JANE CASEY

Der Lilienmörder

Buch

Drei Frauen werden erwürgt in ihren Wohnungen aufgefunden. Jede wurde auf gleiche Art und Weise auf dem Bett drapiert, die Haare wurden abgeschnitten und die Augen sorgfältig entfernt. Das Einzige, was der Mörder seinen Opfern hinterlässt, sind weiße Lilien. Die Ermittlerin Maeve Kerrigan findet lange keinen Anhaltspunkt – bis ein weiterer Mord geschieht, der mit ihrem Kollegen Josh Derwent in Verbindung gebracht wird.

Es ist nicht das erste Mal, dass Derwent der Verdächtige in einem Mordfall ist. Einem Mordfall, der mit diesem dritten Mord unglaublich viele Ähnlichkeiten aufzuweisen hat. Daher begibt sich Maeve auf eine Reise in die Vergangenheit ihres Kollegen, um herauszufinden, was damals wirklich geschah – und wer hinter den grausamen Mordfällen steckt …

Autorin

Jane Casey wuchs in Dublin auf, studierte Englisch in Oxford und Irische Literatur am berühmten Trinity College in Dublin. Nach dem Studienabschluss arbeitete sie in verschiedenen Verlagen als Jugendbuchlektorin. Sie lebt mit ihrem Mann, einem Strafverteidiger, dem gemeinsamen Sohn und Katze Fred in London.

Von Jane Casey bereits erschienen:

Die Vermissten (37521)
Der Brandstifter (37520)
Der Ungnädige (38010)
Die Blender (38011)
Der Lilienmörder (0043)

Jane Casey

Der Lilienmörder

Thriller

Deutsch von Franka Reinhart

blanvalet

Die englische Originalausgabe erschien 2013 unter dem Titel
»The Stranger You Know« bei Ebury Press, London.

MIX
Papier aus verantwortungsvollen Quellen
FSC® C014496

Verlagsgruppe Random House FSC® N001967
Das FSC®-zertifizierte Papier *Holmen Book Cream*
für dieses Buch liefert Holmen Paper, Hallstavik, Schweden.

1. Auflage
Deutsche Erstveröffentlichung August 2015
bei Blanvalet, einem Unternehmen der Verlagsgruppe
Random House GmbH, München

Umschlaggestaltung: www.buerosued.de
Umschlagmotiv: Arcangel Images/David et Myrtille
Redaktion: Kerstin Kubitz
ue · Herstellung: sam
Satz: Buch-Werkstatt GmbH, Bad Aibling
ISBN: 978-3-7341-0043-7

Für Kerry Holland

Die, dem entfliehend, was sie fürchten;
die, was andern Grau'n macht …
Andre gingen wie im Düster ihres eignen
Schattens und nannten ihn Tod …

Percy Bysshe Shelley, Der Triumph des Lebens
Aus dem Englischen von Julius Seybt

1992

Im Garten war es still, kein Windhauch regte sich. Und ebenso reglos lag das Mädchen dort, unter dem Baum.

Reglos und still.

Ihre Augen waren geschlossen. Ihre Arme lagen dicht am Körper, die Handflächen zeigten nach oben. Ihre Haare ergossen sich über das Gras wie gelbe Seide. Und die Blumen unter ihr sahen aus wie die Sterne über ihr.

Er streckte seine Hand aus und spürte die Wärme, die von ihrer Haut ausging. Immer noch. Selbst im Mondlicht konnte er das Blut auf ihrem Gesicht erkennen und die dunklen Flecken an ihrem Hals und ihre schlaffen, leeren Augenlider. Ihre Augen – so blau wie Vergissmeinnicht – waren nicht mehr da. Ihre Lippe war aufgerissen, ihr Gesicht geschwollen.

Sie war wunderschön. Schöner als alle anderen. Makellos.

Erstaunlicherweise machte es ihm nichts aus, dass sie tot war. So konnte er sie ansehen, ganz in Ruhe, ohne dass er dabei gestört wurde. Ohne dass er Angst haben musste, sie könnte etwas sagen oder tun, das ihn verletzen würde.

Er konnte sie jetzt berühren. Seine Hand bewegte sich auf sie zu, hielt jedoch inne.

Er würde sie nie wieder anfassen können.

Sein Atem wurde schneller. Er wollte sich selbst berühren, doch auch das war ihm nicht möglich. Nicht hier.

Es lag einzig und allein daran, dass er sie so sehr liebte. Mehr als alle anderen. Mehr als alles andere.

Vergissmeinnicht.

»Ich vergesse nicht«, versprach er. »Niemals werde ich vergessen.«

Fast kam es ihm vor, als lächelte sie.

Donnerstag

Kapitel 1

Ich hatte schon genug Leichen gesehen, um zu wissen, dass sie friedlich aussehen können. Geradezu gelassen und entspannt.

Princess Gordon gehörte nicht zu dieser Sorte von Leichen.

Aber das war natürlich nicht ihre Schuld. Niemand würde friedlich aussehen, nachdem er erschlagen und anschließend in den Kofferraum eines Nissan Micra verfrachtet worden war, wo er liegen blieb, bis die Leichenstarre vollständig eingetreten war.

»Die genaue Todesursache kann ich Ihnen erst nennen, wenn wir sie da herausgeholt haben, aber auf den ersten Blick sieht es danach aus, dass sie mit einem harten, aber abgerundeten Gegenstand geschlagen wurde, einer Stange zum Beispiel, und zwar irgendwann in den letzten 24 Stunden.« Die Rechtsmedizinerin trat einen Schritt zurück und strich sich mit dem Handschuhrücken über die Stirn. »Weiter eingrenzen kann ich es im Moment noch nicht, aber bei der Autopsie werde ich mir den Mageninhalt ansehen und dann auch eine fundierte Hypothese aufstellen.«

»Die fundierte Hypothese kann ich Ihnen jetzt schon liefern. Es war der Ehemann«, sagte eine Stimme neben mir. Sie kam von Detective Inspector Josh Derwent, der sich in der kleinen, am Heck des Wagens versammelten Gruppe von Beamten und Kriminaltechnikern übertrieben wichtigmachte. Obwohl das Garagentor offen stand, war es mir zu eng in diesem kleinen, vollgestopften Raum. Die

Luft war staubig, und die Beleuchtung warf lange dunkle Schatten. Es kam mir vor, als ob das angehäufte Gerümpel jeden Moment nach mir greifen wollte. Derwent hatte die Hände in den Hosentaschen und seine Ellbogen seitlich weit abgespreizt. Ich war schon zweimal ein Stück von ihm abgerückt, aber nun gab es keinen Platz mehr, um ihm zu entrinnen.

»Sie war gar nicht verheiratet«, bemerkte ich.

»Dann halt ihr Partner. Oder wer auch immer hier der Kerl im Haus ist.«

»Adam Olesugwe.«

»Der halt.«

»Woraus schließen Sie das?« Die Rechtsmedizinerin war neu, sehr gewissenhaft und hochschwanger. Ich wünschte mir verzweifelt, dass sie Derwent einfach ignorierte. Sie hatte keine Ahnung, worauf sie sich da einließ.

»Kann gar nicht anders sein.«

»Falls Sie hier von der statistischen Wahrscheinlichkeit ausgehen ...«

Derwent fiel ihr ins Wort. »Nee, tu ich nicht.«

Einer der Beamten, die als Erste am Tatort waren, räusperte sich. Ich rechnete fast damit, dass er zunächst seine Hand heben und um Erlaubnis bitten würde, ehe er sich äußerte. »Er sagt, dass sie verschwunden war, als er nach Hause kam. Seiner Ansicht nach hat sich jemand Zutritt zum Haus verschafft und sie dort angegriffen.«

»Klar, der weiß natürlich Bescheid. Ist es ja schließlich selbst gewesen.« Derwent machte eine Handbewegung in Richtung der Leiche. »Nehmen wir mal an, es war kein Familiendrama, sondern zum Beispiel ein verpatzter Einbruch oder ein Zufallsmord. Wieso macht sich dann jemand die Mühe, sie ins Auto zu befördern? Weshalb lässt er sie nicht im Haus liegen?«

»Um sie zu verstecken«, mutmaßte der Beamte von eben.

»Aber wozu? Eine Leiche fortzuschaffen ist anstrengend. Noch dazu so eine üppige. Guckt euch mal den Hintern an.«

»Bitte.« Normalerweise gab ich mir keine Mühe, Derwents Bewusstseinsstrom zu lenken, aber das entsetzte Gesicht der Rechtsmedizinerin veranlasste mich dazu. Dr. Early war später gekommen und hatte einen Scherz darüber gemacht. Derwent dachte nicht daran zu lachen.

»Ist was, Kollegin?« Er sah mich unwillig an.

Ich traute mich nicht zuzugeben, warum ich ihn wirklich unterbrochen hatte, denn das würde ihn nur noch mehr dazu anstacheln, sich schlecht zu benehmen. »Aber – aus welchem Grund sollte Olesugwe die Leiche fortschaffen?«

»Er wollte die Tote verschwinden lassen, aber dann tauchte ihre Schwester plötzlich auf.«

Blessed, die Schwester von Princess, hatte die Leiche gefunden und den Notruf gewählt. Zuletzt hatte ich sie völlig aufgelöst am Küchentisch sitzen sehen, daneben eine Beamtin, die beruhigend auf sie einredete. Für eine Vernehmung war sie noch viel zu durcheinander.

»Warum sollte er sie umbringen wollen?«, erkundigte sich Dr. Early.

»Da kann ich auch nur spekulieren wie Sie. Vielleicht ist sie fremdgegangen, oder er hatte nebenher was laufen, oder sie hat die Wäsche nicht gebügelt.« Er warf einen Blick auf den sichtlich gerundeten Bauch der Rechtsmedizinerin. »Sie war laut Olesugwe im vierten Monat. Schwangere Frauen werden häufiger Opfer von häuslicher Gewalt.«

»Das ist ein Märchen.« Dr. Early legte schützend

eine Hand auf ihren Bauch, als wollte sie ihr ungeborenes Kind vor Derwents schädlichem Einfluss bewahren. Ich persönlich war ja der Ansicht, dass Schutzanzüge mit Bleieinlage als Standardausrüstung für alle vorgesehen sein sollten, die mit ihm zu tun hatten – egal ob schwanger oder nicht.

Derwent schüttelte den Kopf. »Laut einer Studie aus den Staaten ist Mord die dritthäufigste unnatürliche Todesursache bei Schwangeren.«

»Und was sind die anderen?«, wollte ich wissen.

»Autounfälle und Selbstmord. Na ja, Frauen am Steuer, sag ich bloß.«

»Tja, unser Opfer ist ganz sicher weder bei einem Unfall gestorben, noch hat sie sich selbst erschlagen.« Dr. Early verschränkte die Arme und legte sie auf ihrer Bauchwölbung ab.

»Genau das meine ich ja. Er hat sie umgebracht«, verkündete Derwent. »Er ist aus irgendeinem Grund wütend, verprügelt sie, die Sache läuft aus dem Ruder, er packt sie ins Auto, fängt an sauberzumachen, wird dabei von der Schwester gestört und so weiter und so fort.«

»In der Küche roch es nach Reinigungsmittel«, merkte ich an.

»Und keinerlei Hinweise auf einen Einbruch. Am Tatort müsste es eigentlich aussehen wie im Schlachthof, aber ich habe im ganzen Haus nicht den kleinsten Blutfleck entdeckt.« Derwent drängte sich an ein paar Kollegen vorbei, warf einen Blick in den Fond des Wagens und sagte dann zu den Kollegen von der Spurensicherung: »Da sind Säcke drin. Wenn ihr Jungs mal eure Arbeit machen und die Dinger rausholen könntet, dann würden wir garantiert blutverschmierte Klamotten in Olesugwes Größe drin finden.«

Dr. Early musterte den Leichnam. »Ich brauche auf jeden Fall Hilfe, um sie aus dem Kofferraum zu holen.«

»Ist es nicht schön, wenn eine Frau zugibt, dass sie Hilfe braucht?«, befand Derwent und ging hinaus, ohne eine Antwort von Dr. Early abzuwarten, geschweige denn ihr seine Unterstützung anzubieten.

Sie presste die Lippen zusammen, und ihre Augen glänzten. Es war offensichtlich, dass sie sich gerade die größte Mühe gab, nicht in Tränen auszubrechen. Das kannte ich nur allzu gut. »Ist der immer so?«, fragte sie mich.

»Nicht immer. Manchmal ist er noch schlimmer.«

»Ich weiß nicht, wie Sie das aushalten.«

»Ich auch nicht«, antwortete ich.

Der Grund, weshalb ich es ertrug, bestand darin, dass er trotz seiner diversen charakterlichen Mängel ein brillanter Polizist war. Er überließ die Kriminaltechniker ihrer Arbeit und brachte Olesugwe und Blessed zum nächstgelegenen Polizeirevier in der Great Portland Street, wo Blessed eine Affäre mit Olesugwe zugab und Olesugwe einräumte, dass Princess dahintergekommen sei. Die Tatwaffe – ein Metallstab, der als Kleiderstange im Schlafzimmerschrank des Paares gedient hatte – wurde in einem Schuppen im Garten ihres kleinen Hauses gefunden, in einem Sack hinter dem Rasenmäher. Olesugwe hatte den Schlüssel für das Vorhängeschloss des Schuppens an seinem Bund, ebenso wie den einzigen Schlüsselsatz für den Nissan. Als ich darauf hinwies, dass weder Vorhängeschloss noch Kofferraum beschädigt waren, bestätigte er, die Leiche ins Auto gelegt und die Waffe beiseitegeschafft zu haben.

»Aber den Mord will er trotzdem nicht gestehen«, sagte ich zu Derwent, als wir das Polizeirevier verließen und uns auf den Rückweg zu unserer Dienststelle machten, um den anstehenden Papierkram zu erledigen. Ich erschauerte, als mir die Kälte ins Gesicht schlug. Wir waren zu Fuß unterwegs, da sich Derwent kategorisch geweigert hatte, mit dem Auto quer durch die Londoner Innenstadt zu fahren, um nach Somers Town zu gelangen, wo Princess ihr Leben ausgehaucht hatte. Unsere neue Dienststelle befand sich in Westminster, von wo aus man mit öffentlichen Verkehrsmitteln doppelt so schnell dort war.

»Er grübelt immer noch, wie er da wieder rauskommen könnte. Ich wette, er wird uns erzählen, dass Blessed sie angegriffen hat und er ihr nur zu Hilfe gekommen ist.«

»Hältst du das für plausibel?«

»Nee. Aber egal. Er wird uns das trotzdem versuchen einzureden.«

»Wenn Blessed beteiligt gewesen wäre, hätte sie doch sicher die Polizei nicht vor dem Abschluss der Aufräumaktion gerufen.«

»Weiß man nicht. Vielleicht ist sie ja nicht die Hellste. Trifft auf die meisten Kriminellen zu.«

»Hab ich auch schon gehört«, konterte ich. Auch wenn ich nur Detective Constable war, hatte ich immerhin sieben Jahre Berufserfahrung vorzuweisen. Es beliebte Derwent, das öfter zu vergessen.

Statt zu antworten, seufzte er nur. »Was für eine verdammte Zeitverschwendung.« Ich hatte mich offenbar nicht getäuscht: Derwents Laune war noch schlechter als üblich.

»Immerhin haben wir ein Ermittlungsergebnis«, warf ich ein.

»Das hätte jeder hingekriegt. Selbst du.«

»Wir haben keine schlechte Arbeit geleistet.«

»Dafür wäre die örtliche Mordkommission zuständig gewesen.«

»Die hatte keine Kapazitäten.«

»Hat dir das der Chef erzählt?« Er schob seine Hände tiefer in die Hosentaschen und lief plötzlich schneller. Ich legte ebenfalls einen Schritt zu.

»Weshalb sollte er uns denn sonst hierherschicken?«

»Tja, warum wohl?«

Ich begriff, dass ich von Derwent keine Antwort auf diese Frage bekommen würde. Andererseits war ich mir auch gar nicht so sicher, ob ich eine haben wollte. Möglicherweise spielte er darauf an, dass ich bei unserem Chef in Ungnade gefallen war. Ich konnte mir lebhaft vorstellen, dass Derwent das alles andere als betrüblich fand, falls er darüber Bescheid wusste. Vor allem im Hinblick auf die Hintergründe.

Daher sagte ich wohlweislich nichts weiter und ging schweigend neben ihm her. Trotzdem interessierte mich eine Sache. »Du warst vorhin ein bisschen ungehalten zu Dr. Early. Was war denn los?«

Derwent presste die Kiefer aufeinander. »In ihrem Zustand sollte sie diese Arbeit nicht machen.«

»Aber sie ist ziemlich kompetent.«

»Wenn du meinst. Wahrscheinlich kommt sie bei der Obduktion nicht mal richtig an den Sektionstisch ran.«

»Ich bin mir sicher, dass sie das hinkriegt.«

»Sollte sie aber lieber sein lassen.« Als uns ein Regenschauer ins Gesicht wehte, schlug Derwent seinen Mantelkragen hoch und zog die Schultern nach oben. »Dieser Job ist sowieso nichts für Frauen. Aber wer ein Kind erwartet, sollte erst recht nichts mit Leichen zu tun haben.«

»Du bist so was von altmodisch, das ist echt nicht zu fassen. Hast du Angst, dass ihr ungeborenes Kind den Anblick der Leichen nicht verkraftet? Normalerweise hat man vom Mutterleib aus keine besonders gute Sicht.«

»Ich finde das einfach nicht richtig«, sagte er in einem Tonfall, der jeden weiteren Einwand überflüssig machte.

Ich sagte nichts mehr, bis wir die Station der U-Bahn erreichten. Dort mussten wir feststellen, dass zwei Linien nicht fuhren – pünktlich zum Feierabendverkehr. Wir drängten uns daher in einen brechend vollen Zug der Metropolitan Line in Richtung Baker Street, stiegen dort in die Bakerloo Line um und durchlitten die Fahrt bis Charing Cross. Es war eine Wohltat, als wir die überheizten, stickigen Tiefen der U-Bahn wieder verließen – obwohl die kalte Herbstluft meinen Kopf zum Dröhnen brachte, als hätte ich soeben einen Schlag abbekommen.

Selbst mit dem Inspector als Begleiter war es durchaus angenehm, den Trafalgar Square zu überqueren und dann die Whitehall Street entlangzugehen, wo gerade die Straßenbeleuchtung ansprang. Während wir in der U-Bahn waren, hatte es einen kurzen, aber heftigen Platzregen gegeben, sodass die Straßen vor Nässe glänzten. Überall lag herabgefallenes Laub, das durch den Regen platt auf den Boden gepresst worden war und aussah wie überlackiert. Meine Schuhe waren für die nun sehr glatten Wege denkbar ungeeignet. Auf Höhe des Kenotaph-Denkmals rutschte ich aus und stieß mit Derwent zusammen, sodass ich mich kurz an seinem Arm festhalten musste. Er beugte seinen Arm, und sein Bizeps wölbte sich unter meinen Fingern. Hastig ließ ich ihn wieder los.

»Hoppla«, sagte Derwent.

»Kommt nur durch das Laub.«

»Schon klar, Kollegin. Dir ist doch jeder Vorwand recht für 'ne kleine Grapscherei.« Er beugte wieder seinen Arm. »Na los, hak dich bei Onkel Josh unter. Ich pass auf dich auf.«

»Geht schon, danke.«

»Ich seh das nicht als Zeichen von Schwäche, falls das dein Problem ist. Ist doch prima, wenn du deine Defizite erkennst. Genau wie Dr. Early. Ihr war klar, dass sie die Leiche nicht allein rausheben kann, also hat sie um Hilfe gebeten. Daran solltest du dir ein Beispiel nehmen. Hilfe annehmen, wenn sie angeboten wird.«

»So wie du das immer machst?«

Er lachte. »Ich brauch *nie* Hilfe.«

»'türlich nicht. Wie komm ich denn auf so was!«

»Aber mal im Ernst. Wenn du ein bisschen Halt brauchst, nur zu.«

»Würd ich sofort machen, wenn's nötig wär. Aber ich komm schon klar.« Eher würde ich meine Schuhe ausziehen, als auf Derwents Vorstellungen von galantem Benehmen einzugehen. Das würde ihn doch nur in seiner Ansicht bestärken, dass Frauen ohne männliche Hilfe nicht auskommen. Und da ich den niedrigeren Dienstrang hatte und obendrein jünger war als er, genoss er es, mich von oben herab zu behandeln.

Mir war nach Schreien zumute.

Wir bogen um die Ecke zum Parliament Square, und ich sah hinüber zu den Houses of Parliament, an denen ich mich nicht sattsehen konnte, obwohl ich jeden Tag auf dem Weg zur Arbeit daran vorbeikam. Sie waren der viktorianischen Auffassung von mittelalterlicher Pracht entsprungen und hatten in meinen Augen etwas Traumgleiches an sich. Mit ihrem filigranen Maßwerk, dem honigfarbenen Kalkstein, den hoch aufragenden goldenen Turmabschlüssen wirkten sie auf mich immer ein bisschen unwirklich. Von hier aus hatte Großbritannien eine Zeitlang die Welt beherrscht, und das sah man den Bauwerken auch an. Mein Vater war der Meinung, dass sie den Überlegenheitskomplex der Briten verkörperten. Er hatte nicht viel übrig für das Britische Empire, und noch weniger mochte er das Land, in dem er lebte. Ich fand zwar, dass man eine ganze Nation nicht so einfach abstempeln konnte, aber ich befand mich auch nicht in der komfortablen Situation, Ausländerin zu sein. Ebenso wenig ging ich jedoch als Britin durch. Ich wurde als Kind irischer Eltern in London geboren, und obwohl wir nicht in Killybegs, sondern in Carshalton wohnten, war ich ganz klar als Irin aufgewachsen und entsprechend erzogen worden. Ich hatte traditionellen Stepptanz gelernt, »Down by the Sally Gardens« auf der Tin Whistle gespielt, mich in streng nach Schaf riechende und von Verwandten handgestrickte Aran-Pullover gequält und meine Sodabrot-Lunchpakete bei meinen Freunden gegen helle Sandwiches ohne Rinde eingetauscht. Ich hatte an den Wochenenden – mehr schlecht als recht – Camogie gespielt und mich in der Schule mit ähnlich mäßigem Erfolg beim Hockey versucht. Per Herkunft Irin und durch Zufall Engländerin, gehörte ich doch keiner dieser Traditionen wirklich an – und auch sonst nirgends richtig dazu. Ich war mit dem Gefühl aufgewachsen, dass mir irgendetwas fehlte, und begann mich erst jetzt zu fragen, ob es etwas Wichtiges sei.

Ruckartig streckte Derwent seinen Arm aus. »Jetzt schau dir das an. Was für eine Schande.«

»Die Houses of Parliament?«, fragte ich verblüfft. Aber natürlich hätte ich wissen müssen, dass Derwent nicht der Typ für urplötzliche postkoloniale Schuldgefühle war.

»Diese Arschlöcher. Das müsste man doch echt verbieten.« Er meinte eine Gruppe von Demonstranten, die inmitten des Parliament Square auf dem Rasen campierten – genau dort, wo zuvor die Kriegsgegner ihre Mahnwache abgehalten und die Globalisierungskritiker ihrem Zorn Ausdruck verliehen hatten. Regelmäßig gab es Polizeieinsätze zur Räumung der Rasenfläche, doch immer wieder tauchten Aktivisten dort auf, und nur selten war der Platz leer.

Ich versuchte, die Sprüche auf den Transparenten zu entziffern, was in der Dämmerung jedoch nicht so einfach war, vor allem weil sie vom Regen aufgeweicht waren. »Gegen Kapitalismus?«

»Dads Matter.«

»Ach, die schon wieder.« Die Gruppierung *Dads Matter* war die militante Alternative zu den *Vätern für Gerechtigkeit,* einem Aktionsbündnis von Männern, die sich von den Familiengerichten unfair behandelt fühlen. *Dads Matter* war eine kleine, jedoch schnell wachsende Gruppierung, die immer wieder mit spektakulären Aktionen auf sich aufmerksam machte. Ihr Anführer war der vierzigjährige Philip Pace, ein gutaussehender, charismatischer Mann mit professionellen PR-Erfahrungen. Er war ausgesprochen eloquent und ein gefragter Interviewpartner in Nachrichtensendungen und TV-Magazinen. Außerdem hatte ihn die Hochglanzzeitschrift *Tatler* voriges Jahr zu einem der zehn begehrtesten Männer des Landes gekürt. Das konnte ich zwar nicht so ganz nachvollziehen, aber ich stand auch nicht so sehr auf Fanatiker. Als offizieller Repräsentant von *Dads Matter* bemühte er sich stets darum, besonnen und gemäßigt aufzutreten, doch die Gruppe selbst war alles andere als das. »Und, was ist ihre neueste Forderung? 100%?«

»Na, da hat wohl jemand die Lageberichte nicht gelesen«, ätzte Derwent. »50:50 lautet es. Sie fordern, dass die Gerichte das Sorgerecht fair zwischen beiden Elternteilen splitten. Ohne Ausnahmen.«

»Ah, das klingt vernünftig. Und was ist mit Kinderschändern? Wie wär's, Kinder vor denen zu schützen?«

»Väter tun doch ihren Kindern nichts an, sondern lieben sie.« Ausnahmsweise zielte Derwents Zynismus diesmal in eine sinnvolle Richtung.

»So ein Schwachsinn.«

»Findest du denn nicht, dass Väter auch Rechte haben?« Derwent hatte seine Augenbrauen nahezu bis zum Haaransatz hochgezogen. »Ich hätte dich für liberaler gehalten. Wenn ich sagen würde, dass Feminismus nur was für Wichser ist, würdest du doch sofort Beschwerde gegen mich einreichen.«

»Das sagst du übrigens ziemlich oft, und ich hab noch nie was dagegen unternommen. Aber das ist auch was völlig anderes. Die Gerichte entscheiden ja immer im konkreten Fall. Manchmal bekommen die Mütter halt das alleinige Sorgerecht, weil man manche Väter besser von ihren Familien fernhalten sollte. Diese Typen sind doch echt die letzten Loser.«

»Heißt aber nicht, dass sie harmlos sind. Du weißt schon, dass sie mit den Abtreibungsgegnern in den Staaten flirten, oder?«

»Nein, wusste ich nicht.« Und ich staunte, dass Derwent darüber im Bilde war. Normalerweise interessierte er sich nicht die Bohne für solche Lageberichte. Eigentlich hatte ich seit Beginn unserer Zusammenarbeit noch nie mitbekommen, dass er überhaupt irgendetwas ausführlich las.

»Pace war vor Kurzem in Washington und hat versucht, einen US-Ableger auf die Beine zu stellen. Bei einer Massenkundgebung ist er zusammen mit den Lebensrechtlern aufgetreten, was allerdings hierzulande nicht bekannt werden soll, weil es Leute abschrecken könnte. Aber da gibt's schon eine Menge Gemeinsamkeiten. Es geht ja vor allem um das Heiligtum Familie. Glückliche Ehepaare mit massenhaft fröhlichen Grinsekindern. Idiotische Wunschträume. Wenn du die Lageberichte nicht gelesen hast, ist dir wahrscheinlich auch das entgangen: Sie haben eine *Dads-Matter*-nahe Website eingerichtet, wo die Namen und Adressen von Familienrichtern und ihren Mitarbeitern aufgelistet sind. Alle Welt ist ziemlich nervös deswegen. Sie rechnen mit Paketbomben, Anthrax und weiß der Geier womit noch.«

»Meine Güte, wie konnte mir das nur alles durchrutschen?« Ich kam mir vor, als hätte ich meine Hausaufgaben vergessen, und der unangenehmste Lehrer wäre mir auf die Schliche gekommen – was ja im Prinzip auch zutraf.

»Keine Ahnung. Vielleicht hast du dich so verkrampft mit dem Naheliegenden beschäftigt, dass dir der Blick fürs große Ganze abhandengekommen ist. Genau aus diesem Grund lautet dein Dienstrang auch DC. Den Kleinscheiß kriegst du ja einigermaßen auf die Reihe, aber auf meiner Ebene braucht man schon ein gewisses strategisches Gespür.«

Wenn du mir nicht den ganzen Papierkrieg und Formularkram überlassen würdest, dann hätte ich vielleicht sogar Zeit, mich mit der Gesamtlage zu beschäftigen. »Danke für die Belehrung.«

»Aber gerne doch«, säuselte er. »Von mir kannst du noch ’ne Menge lernen.«

»Klar. Jeden Tag was Neues.« Das war nicht einmal gelogen. Wenn es um Frauenfeindlichkeit, rechte Verschwörungstheorien oder kreatives Fluchen ging, bot die Arbeit mit Derwent reichlich Stoff zur Weiterbildung.

Unser Weg führte uns dicht an den Demonstranten vorbei, die in ihren durchnässten Regenjacken aussahen wie traurige Pinguine mit Kapuze. Die meisten von ihnen waren schon älter und leicht übergewichtig. Besonders gefährlich sahen sie auf jeden Fall nicht aus.

»Die können doch nicht alle bösartig sein. Bestimmt vermissen sie ihre Kinder«, mutmaßte ich.

»Elende Jammerlappen. Wenn sie ihre Kinder so sehr lieben würden, dann hätten sie sie nicht verlassen.« Er warf ihnen einen vernichtenden Blick zu. »Wer es fertigbringt, zu Füßen des größten Engländers aller Zeiten so ’ne Art Zigeunerlager einzurichten, der hat ja wohl kein bisschen Ehre mehr im Leib.«

»Winston Churchill?«

»Wer denn sonst?« Er sah mich an, als ob er mit Widerspruch rechnete, aber ich würde mich hüten. Derwent brauchte ab und zu einen gepflegten Streit, um die Aggressionen wieder loszuwerden, die sich anscheinend beim Einatmen in ihm aufbauten. Aber ich hatte nicht vor, heute den Prellbock für ihn zu spielen.

Ich hätte schwören können, dass er daraufhin den Kopf ein bisschen hängen ließ.

Kapitel 2

Als wir wieder in unserer Dienststelle ankamen, ließ sich Derwent auf seinen Stuhl fallen und winkte mich herrisch zu sich heran.

»Sieh mal zu, dass du den Chef findest und ihm berichtest, wo wir in dem Fall gerade stehen.«

Erschrocken wandte ich ein: »Willst du das nicht lieber selbst machen?«

»Ich hab andere Sachen zu tun.«

»Ich auch.«

»Aber meine sind wichtiger.«

»Woher willst du das wissen?«

»Weil ich ranghöher bin. Da ist alles, was ich mache, schon vom Prinzip her wichtiger.« Während er das sagte, langte er nach einer Zeitung, die jemand auf einem benachbarten Schreibtisch vergessen hatte.

»Hör mal, ich würde das lieber nicht …«, begann ich.

»Interessiert mich nicht. Erzähl's einfach irgendwem, der Lust hat, dir zuzuhören.« Er sah zu mir hoch. »Was willst du denn immer noch hier?«

Ich machte auf dem Absatz kehrt und durchquerte angespannt den Raum in Richtung des einzigen abgeschlossenen Büros, in dem üblicherweise Chief Superintendent Charles Godley zu finden war. Unmittelbar nachdem ich angeklopft hatte, öffnete sich die Tür, und Godley trat heraus, sodass wir fast zusammenstießen. Synchron entschuldigten wir uns beim jeweils anderen. Meine Wangen waren ohnehin durch den Zorn auf Derwent gerötet, brannten nun aber erst richtig. Ich sah, wie Derwent an seinem Schreibtisch grinste, und nahm auch die neugierigen Blicke meiner anderen Kollegen wahr, die hinter ihren Monitoren hervorspähten. Ich wusste – vermutlich im Gegensatz zu Godley – sehr wohl um das Gerede, er hätte mich nur deshalb in sein Team geholt, weil er mit mir ins Bett wollte. Godley war eine beliebte Zielscheibe für allerlei Spekulationen auf diesem Gebiet. Kein Wunder, immerhin war er umwerfend attraktiv mit seinen eisblauen Augen und dem vorzeitig silbern ergrauten Haar. Außerdem war ich seit Langem die erste Frau, die er angeworben hatte – wenn auch nicht die letzte. Natürlich war den anderen nicht entgangen, dass ich plötzlich in seiner Gegenwart extrem befangen war. Daraus schlossen sie messerscharf, dass zwischen uns etwas gelaufen sein musste, was entweder ich oder er beendet hatte. Oder aber seine Frau war dahintergekommen und hatte *ihrerseits* dafür gesorgt, dass Schluss war.

Sie ahnten ja gar nicht, wie weit sie damit danebenlagen.

»Wollten Sie zu mir, Maeve?«

»DI Derwent hat mich gebeten, Sie in dem Mordfall von Somers Town an – Princess Gordon – auf den neuesten Stand zu bringen. Wir haben eine Festnahme.«

»Ihren Ehemann?«

»Den Lebenspartner.«

»Wie sind die Einzelheiten?« Statt mich in sein Büro zu bitten, blieb er in der offenen Tür stehen, sodass uns alle gut im Blick hatten. Vielleicht wusste er ja doch von den Gerüchten.

Ich berichtete ihm kurz und knapp, was wir bisher herausgefunden hatten. Godley hörte aufmerksam zu und fixierte mich mit seinen blauen Augen. Er hatte die Gabe, seinem jeweiligen Gegenüber vollste Aufmerksamkeit zu schenken, und dank seines Charmes fühlte man sich in diesem Moment wie der einzige Mensch auf Erden, dem er je zugehört hatte. Etwas weniger Konzentration auf meine Person wäre mir allerdings lieber gewesen. Denn dann hätte ich weniger auf meine Stimme, mein Gesicht und meinen Hang zum Gestikulieren geachtet und auch nicht weiter über meine Haare nachgedacht, die in der feuchten Abendluft sicher ganz kraus geworden waren.

Obwohl ihn das alles natürlich nicht im Geringsten interessierte. Sehr wohl von Belang war für ihn allerdings, dass ich zweifelsfrei nachgewiesen hatte, wie heillos korrupt er war. Er hatte sich bezahlen lassen von einem der größten Drogenbosse Londons, einem skrupellosen Verbrecher, der vor keiner Gewalttat zurückschreckte. Was er als Gegenleistung geliefert hatte, wollte ich lieber gar nicht erst wissen. Ich hatte Godley zutiefst verehrt, und es machte mich eher traurig als wütend zu erkennen, dass er nicht aufrichtig war. Doch so bestechlich er auch sein mochte, blieb er dennoch ein überragender Polizeibeamter.

Ich hatte ihm versprochen, ihn nicht zu verraten, denn die Sache ging mich nichts an, und ich brachte es nicht fertig, ihn über die Klinge springen zu lassen. Er wiederum hatte mir versichert, dass es keinerlei Einfluss auf seine Arbeitsweise hätte und er mich nicht anders behandeln würde als zuvor. Doch das war eine Lüge gewesen, und ich begann darüber nachzudenken, ob ich nicht doch etwas unternehmen sollte. Denn ich konnte mich nur schwer mit dem Gedanken abfinden, dass er als Vorgesetzter auf sein gesamtes Umfeld absolute Loyalität ausstrahlte und gleichzeitig gegen Bezahlung interne Informationen weitergegeben hatte. Er hatte zu mir gesagt, dass alles wesentlich komplizierter sei, als ich mir vorstellen könnte, und das wollte ich ihm auch liebend gern glauben.

Aber ich traute ihm nicht mehr über den Weg.

»Und was ist mit der Schwester?«, erkundigte sich Godley.

»DI Derwent möchte sie noch einmal vernehmen, geht aber nicht davon aus, dass sie an der Tat beteiligt war.«

»Oder sie ist total bescheuert.« Derwent kam auf uns zu und faltete im Gehen seine geklaute Zeitung zusammen. Er ließ sich an einem Schreibtisch nieder, der momentan unbesetzt war. Beiläufig und unbekümmert begann er den Arbeitsplatz zu durchsuchen, indem er Schubladen öffnete und wieder schloss. »Wer sitzt hier eigentlich?«

»Keine Ahnung«, antwortete ich, obwohl ich es genau wusste, ihm aber nicht sagen wollte. Es war der Schreibtisch von DCI Una Burt, seiner Vorgesetzten. Sie gehörte ausdrücklich nicht zum erlauchten Kreis der Kollegen, die Derwent genehm waren. Außerdem war sie keine aus dem noch viel kleineren Kreis derer, die ihrerseits Derwent schätzten. »Aber ganz sicher gefällt es demjenigen nicht, wenn du an seine Sachen gehst.«

»Das ist ja ein schicker Tacker.« Er drückte ein paarmal hintereinander darauf. »Viel besser als meiner.«

»Josh. Bleib bei der Sache«, sagte Godley mit sanftem Nachdruck, und Derwent stellte das Klammergerät ab und wandte sich dem Chef zu.

»Die Staatsanwaltschaft hat gleich ganz bereitwillig Anklage gegen Olesugwe erhoben, aber was Blessed angeht, haben sie mir zugestimmt, dass wir erst noch ein bisschen was über sie rausfinden müssen und erst dann entscheiden können. Olesugwe wird sich am Ende wohl schuldig bekennen, aber im Moment hofft er noch auf ein Wunder. Darauf kann er allerdings lange warten, er sitzt ziemlich in der Scheiße. Hat dir Maeve die Sache mit den Schlüsseln erzählt?«

»Was ist damit?«

»Maeve hat vor der Vernehmung noch seine persönlichen Sachen durchsucht. Dabei hat sie die Schlüssel für Schuppen und Auto gefunden und ihn ganz nebenbei gefragt, ob es noch einen zweiten Autoschlüssel gibt.«

»Der Wagen ist schon fünfzehn Jahre alt«, erklärte ich. »Vielleicht aus zweiter oder dritter Hand. Da ist es ja nicht ungewöhnlich, dass der Ersatzschlüssel nicht mehr da ist.«

»Sehr gut«, sagte Godley sachlich, was mich wieder einmal verlegen machte, sodass ich mir wünschte, Derwent hätte es gar nicht erwähnt.

Der grinste mich jedoch völlig unbefangen an. »Siehst du? Du wirkst zwar ein bisschen unbeholfen, aber wenn du dir Mühe gibt, bist du gar nicht mal so dumm.«

»Danke.« *Für nichts,* ergänzte ich innerlich.

»Deshalb frag ich mich natürlich schon, wieso du bei dem großen Fall nicht in die Ermittlungen einbezogen wirst.«

»Was denn für ein Fall?« Fragend sah ich Godley an, dessen Miene wie versteinert wirkte.

»Josh. Das reicht jetzt.«

»Ist doch aber unfair, Maeve da komplett rauszulassen. Sie hat nichts falsch gemacht.«

»Darum geht's auch überhaupt nicht, und das weißt du.« Godley ging zurück in sein Büro. »Komm mit rein, Josh, und mach die Tür hinter dir zu.«

Derwent blätterte jetzt wieder in der Zeitung, schlug einen doppelseitigen Beitrag etwa in der Mitte auf und schob ihn mit einem lässigen Schwung aus dem Handgelenk zu mir herüber. Die Zeitung landete direkt vor meinen Füßen. »Lies mal, Kollegin. Mehr Infos wirst du nicht kriegen.«

Ich hob sie auf. Die Überschrift verkündete in fetten Lettern: *Serienmörder hat es auf Londoner Singles abgesehen.* Darunter großformatige Fotos von zwei jungen Frauen. Eine davon hatte schulterlange rote Haare und die andere eine dunkle Kurzhaarfrisur. Sie sah sehr grazil aus und hatte große Augen, während die Rothaarige mit ihren vollen Lippen und leicht schräg stehenden grünen Augen eher rassig wirkte. Beide waren schlank und sehr attraktiv. Und tot. Mein Blick fiel auf eine hervorgehobene Textpassage: »Sie lebten allein. Niemand hörte ihre Hilfeschreie.« Und auf der gegenüberliegenden Seite stand: »Verstümmelt und ermordet.«

»Das ist nicht unser Fall«, sagte Godley, an mich gewandt. »Ich wurde gebeten, eine Sondereinheit zusammenzustellen, falls sich zeigt, dass es einen Zusammenhang gibt, aber ich arbeite mit den Mordkommissionen vor Ort zusammen, die offiziell noch mit den Ermittlungen betraut sind. Die beiden Opfer kannten sich nicht. Sie wohnten in unterschiedlichen Gegenden. Die erste Frau wurde im Januar umgebracht, die andere vor zwei Monaten. Der Artikel ist die reinste Spekulation.«

Ich war dankbar für die Erläuterungen, auch wenn er sie nicht direkt an mich gerichtet hatte. Und Derwents Bestürzung darüber, dass ich nicht einbezogen wurde, war natürlich auch nur gespielt. Ihn scherte das kein bisschen. Dagegen war er absolut versiert darin, Untergebene auszunutzen, um sich gegenüber seinem Chef zu behaupten. Und damit war er noch längst nicht fertig.

»Ach was, natürlich gibt es eine Verbindung.« Derwent beugte sich zu mir herüber, nahm mir die Zeitung wieder ab und strich sie glatt, damit er laut daraus vorlesen konnte: »Kirsty Campbell und Maxine Willoughby lebten beide allein. Sie arbeiteten nur wenige Kilometer voneinander entfernt in der Londoner Innenstadt. Von Freunden werden beide als lebensfroh und unternehmungslustig beschrieben, wobei sie jedoch in Sachen Liebe offenbar keine glückliche Hand hatten – Maxine konnte wohl nicht den Richtigen finden, während Kirsty sich erst kürzlich von ihrem Verlobten Stephen Reeves (28) getrennt hat. Dieser gab seinen Status auf der zum Gedenken an Kirsty eingerichteten Facebook-Seite als ›todunglücklich‹ an, wollte sich jedoch der Presse gegenüber nicht äußern. Die Polizei konnte Mr. Reeves keine Beteiligung an Kirstys Tod nachweisen.«

»Obwohl er sich nicht äußern wollte, haben sie aber trotzdem einen Kommentar von ihm herbeigezaubert«, merkte ich an. »Dass er nicht verdächtigt wird, haben ihnen wahrscheinlich die Anwälte diktiert.«

Derwent las weiter, diesmal mit mehr Ausdruck.

»Aber ihr Lebensstil war nicht die einzige Gemeinsamkeit. Sowohl Kirsty als auch Maxine wurden in ihrer Wohnung erwürgt. In beiden Fällen gab es keine Einbruchsspuren, was darauf hindeutet, dass sie beide ihren Mörder kannten. Besonders schockierend ist jedoch der uns vorliegende anonyme Hinweis, dass beide Frauen entsetzlich verstümmelt wurden – ihre Leichen geschändet, die Augen ausgestochen. Obwohl die Polizei dieses grausame Detail bisher zurückgehalten hat, lässt es darauf schließen, dass Kirsty und Maxine von ein und demselben Täter ermordet wurden.«

Ich erschauerte. »Das ist ja entsetzlich. Nachvollziehbar, dass das nicht öffentlich werden sollte. Aber wenn niemand etwas davon wusste, kann es ja kein Nachahmungstäter sein.«

»Aber es ist auch noch kein Beweis für eine Verbindung zwischen den beiden Todesfällen«, schaltete sich Godley ein. Derwent schlug mit den flachen Händen auf den Tisch.

»So eine verdammte Augenwischerei.«

»Ich wollte mit dir über diesen Artikel reden, Josh. Aber nicht hier draußen.«

»Damit hab ich ganz bestimmt nichts zu tun.«

»Jemand muss ihnen einen Tipp gegeben haben. Jemand, der unbedingt einen Zusammenhang zwischen den beiden Morden herstellen will. Jemand, der ganz offensichtlich nicht allzu gut informiert war. Da muss ich nicht lange suchen, auf wen das zutreffen könnte.« Ich hatte Godley noch nie so streng reden hören. Er machte kehrt und ging um seinen Schreibtisch herum. Derwent sprang auf und folgte ihm. Er würdigte mich keines Blickes, als er mit blassem, entschlossenem Gesicht und geballten Fäusten an mir vorbeiging. Energisch schlug er die Tür hinter sich zu, um mir – falls ich es noch nicht mitbekommen haben sollte – unmissverständlich klarzumachen, dass meine Anwesenheit nicht erwünscht sei. Die Zeitung war zu Boden gefallen, und ich hob sie auf. Als ich wieder an meinem Schreibtisch saß, las ich den Beitrag zu Ende, wobei ich immer Godleys Tür im Blick behielt, um rechtzeitig zu sehen, wenn Derwent wieder herauskam. Beim Lesen fielen mit zwei Dinge auf. Erstens kannte ich den Chefermittler im Fall Maxine Willoughby nur allzu gut. Und zweitens hatte ich keine Ahnung, weshalb Derwent so gereizt war.

Aber ich würde es schon noch herausfinden.

Kapitel 3

»Hast du heute Abend noch was vor?«

Ich hob nicht einmal den Kopf. »Zeitig Feierabend machen.«

»Falsche Antwort.« Liv fing an, um mich herum meinen Schreibtisch aufzuräumen, und summte dabei vor sich hin.

»Kannst du das mal bitte lassen?«

»Sieht so chaotisch aus bei dir.« Liv war außer mir der einzige weibliche Detective Constable in Godleys Team. Sie sah elegant und apart aus wie eine japanische Tuschezeichnung. Noch nie hatte ich ihre langen dunklen Haare in Unordnung gesehen, und ihr Schreibtisch sah immer derart aufgeräumt aus, als ob sie alles mit dem Lineal ausrichtete.

Ich war in nahezu jeder Hinsicht das genaue Gegenteil von ihr.

»Das ist kreatives Chaos. So kann ich am besten arbeiten.« Hastig schlug ich mit der Hand auf einen Stapel Unterlagen, der abzurutschen drohte. »Alles war prima, bevor du angefangen hast, mein Zeug durcheinanderzubringen.«

»Falls mal eine Dienstvorschrift für aufgeräumte Schreibtische kommt …«

»Dann such ich mir ’nen anderen Job.« Ich nahm ihr die Akte ab, die sie in der Hand hielt, und schob sie wieder in den Stapel.

»Ich ertrag das einfach nicht«, sagte sie.

»Dann schau halt nicht hin.«

»Schaff ich nicht.«

»So schlimm ist es ja nun auch wieder nicht.« Ich rollte mit meinem Stuhl ein Stück zurück und besah mir den Zustand genauer. »Okay. Sieht aus, als ob in 'ner Origami-Ausstellung 'ne Bombe hochgegangen wär.«

»Schlimmer.« Sie nahm meinen Stiftehalter und kippte den Inhalt auf der Tischplatte aus. »Ich glaub, so in etwa sah es vorher aus.«

Ich schob ein paar Büroklammern von dem Blatt, das ich gerade las. »Danke, schon viel besser. Warum hast du eigentlich gefragt, was ich vorhabe?«

»Weil wir noch was trinken gehen und du mitkommen sollst.«

»Nee, lieber nicht.«

»Wieso?«

»Rob fliegt morgen früh für zwei Wochen in die guten alten Vereinigten Staaten.«

Sie zog die Augenbrauen hoch. »Urlaub?«

»FBI-Seminar in Virginia. Hat seine Chefin arrangiert.« Seine nymphomanisch veranlagte Vorgesetzte war ihm den Sommer über derart nachgestiegen, dass ich mich beinahe von ihm getrennt hätte. Ich hatte gemerkt, dass er etwas vor mir verheimlichte, und sofort das Schlimmste angenommen. Ich war mir sicher gewesen, dass er mich betrügt, obwohl das Gegenteil der Fall war. So war das öfter bei Rob und mir. Ich wartete förmlich darauf, dass etwas schiefging, weil so perfekt, wie er es war, eigentlich niemand sein konnte und ich daran zweifelte, dass er für mich wirklich das empfand, was er sagte. Doch zu meiner eigenen Überraschung hatten wir den bei mir für Beziehungen sonst üblichen Verfallszeitpunkt schon lange überschritten. Die meisten hatten bei mir eher Wochen als Monate gehalten, und wir waren inzwischen schon fast ein Jahr zusammen.

Das Seminar war eine große Chance für ihn, die er sich

nicht entgehen lassen durfte, hatte ich zu ihm gesagt und ihn bestärkt. Aber eigentlich fand ich es furchtbar, dass er so lange und vor allem so weit weg sein würde. Und dass DI Deborah Ormond auch mit dabei war, machte die Sache nicht gerade besser.

»Zwei Wochen in die Staaten. Nicht übel, sag ich mal.« Liv ließ sich auf dem Nachbarstuhl nieder und machte es sich bequem. »Und wie geht's dir damit?«

»Lass mal deinen Beziehungsratgeber-Tonfall stecken. Ich freu mich drauf.«

»Schwachsinn.«

»Doch, wirklich. Dann kann ich endlich mal wieder machen, was ich will und wann ich Lust drauf hab. So ganz frei wie als Single.«

Liv hob eine Augenbraue. »Immer noch die alten Bindungsprobleme?«

»Nee, Probleme sind das für mich bestimmt nicht.« Ich blätterte in meinen Unterlagen und tat betont geschäftig. »Ich hab nur gern ein bisschen Handlungsspielraum, das ist alles.«

»Und was meint Rob dazu?«

»Ach, was weiß ich. Er tut so, als wollten wir gemeinsam unseren Lebensabend verbringen.«

»So ein Mistkerl.«

Ich sah sie vorwurfsvoll an. »Können ja nicht alle gleich häuslich werden und sich beim zweiten Date 'nen gemeinsamen Hund zulegen.«

»Es war beim vierten«, erklärte Liv mit gespieltem Ernst. »Und außerdem ist Goldie kein Hund, sondern ein Goldfisch.«

»Ach so, das ist natürlich was völlig anderes.«

Sie grinste. »Aber jetzt mal im Ernst. Sind zwei Wochen die längste Zeit, die ihr bisher getrennt wart?«

»Ja, aber seit er seinen neuen Job hat, sehen wir uns nicht mehr allzu oft.« Das war ein weiterer wunder Punkt. Meinetwegen hatte er eine Arbeit aufgeben müssen, die ihm sehr wichtig gewesen war. Godley hatte sehr klare Vorstellungen, was Beziehungen innerhalb seines Teams anging, und unsere war sehr schnell bekannt geworden. Einer von uns musste also gehen. Rob hatte daraufhin eine Beförderung und eine freie Stelle bei der Sondereinheit Flying Squad an Land gezogen, was jedoch seinen Alltag erheblich komplizierter machte. Und außerdem vermisste er seine früheren Kollegen. Ich seufzte. »Wir haben immer unterschiedliche Dienstpläne.«

»So ist das wohl. Vor allem in unserer Branche.«

»Scheint so. Wenn Männer woanders arbeiten, haben sie kein Verständnis für unsere Arbeitszeiten, den ganzen Stress und die lausige Bezahlung. Und wenn sie im selben Verein schuften, kriegt man sie nicht mehr zu sehen. Was soll man machen?«

»Nix. Höchstens ins Kloster gehen.«

»Würde ich ja, aber die Tracht steht mir nicht.« Ich sah auf die Uhr und merkte plötzlich, wie sehr mir von der vielen Schreibtischarbeit Schultern und Nacken wehtaten. »Wo geht ihr denn hin, und wer kommt sonst noch mit?«

»In unsere Stammkneipe, nur Joanne und ich und dazu noch Christine. Und im Übrigen bin ich kein bisschen beleidigt, dass du erst mal wissen willst, wer noch dabei ist.«

»Joanne alias deine Liebste? Die hab ich ja schon ewig nicht mehr gesehen.«

Ich war ihr erst ein paarmal begegnet, fand sie aber sehr sympathisch. »Okay, bin dabei. Und wer ist eigentlich Christine?«

Liv unterbrach mich, kam näher und antwortete im Flüsterton: »Zivilangestellte für Datenauswertung. Arbeitet schon länger in Godleys Team als ich. Sag nicht, du weißt nicht, wen ich meine.«

»Ach die. Der Name war mir entfallen.« Ich kannte sie zwar, hatte aber nicht viel mit ihr zu tun. Sie war jung, ein bisschen albern und hatte ein Faible für Shoppen in der Mittagspause und Flirts mit den männlichen Kollegen.

Liv neigte den Kopf zur Seite wie ein Vogel. »Jetzt urteile mal nicht voreilig. Du kennst sie ja gar nicht.«

»Okay, kein Urteil. Aber ich kann mir nicht vorstellen, dass wir uns besonders gut verstehen.«

»Ach komm, sie ist wirklich nett. Und außerdem hat sie ein bisschen Angst vor dir.«

»Vor *mir?*« Ich sah zu ihrem Arbeitsplatz hinüber. Sie saß von mir abgewandt, sodass ich nur ihren schmalen Rücken und ihre hellbraunen, lässig hochgesteckten Haare sah. »Wie kommt sie denn darauf? Ich bin doch kein bisschen Furcht einflößend.«

Liv seufzte. »Du checkst es echt nicht, oder?« Sie zählte an den Fingern ab: »Du redest nie mit ihr. Du fährst den Jungs über den Mund, wenn sie sexistische Sprüche liefern. Du nimmst deinen Job verdammt ernst und bist so 'ne Art Workaholic. Außerdem kriegst du normalerweise selbst die kniffeligsten Fälle gelöst. Die meisten im Team stehen total auf dich und würden sonst was dafür geben, um mit dir in der Kiste zu landen. Was dir allerdings offenbar völlig egal ist. Aber dir wärmt ja auch der tollste Typ, der hier je gearbeitet hat, zu Hause das Bett. Kein Wunder also. Sie himmelt dich mehr so still und heimlich an. Als ich ihr erzählt habe, dass du heute vielleicht mitkommst, war sie ganz aus dem Häuschen.«

»Machst du Witze, oder was?« Die ganze Sache war mir extrem unangenehm.

»Nein, überhaupt nicht.«

»Aber sie wird tief enttäuscht sein, wenn sie die Wahrheit erfährt.«

»Was habe ich denn Unwahres gesagt?« Liv tätschelte mir den Kopf. »Denk mal vor allem über die Workaholic-Sache nach. Du musst dir echt ab und zu mal ’ne Pause gönnen.«

Ich überlegte kurz. Abends war ich normalerweise so fertig, dass ich nicht mehr hinbekam, als noch ein halbe Stunde vor dem Fernseher zu sitzen und dann schlafen zu gehen. So sah es zumindest an normalen Arbeitstagen aus, wenn mich kein schlagzeilenträchtiger kriminalistischer Albtraum in Atem hielt. Inzwischen war ich schon derart lange übermüdet, dass es für mich Normalität geworden war. Bewusst wurde mir das immer nur dann, wenn ich so erschöpft war, dass ich weder essen noch schlafen konnte.

Wenn ich es mir so vor Augen führte, klang das alles andere als gesund.

»Okay, überredet.« Liv sah mich triumphierend an, sodass ich vorsorglich einwandte: »Aber nur auf ein Glas. Dann muss ich nach Hause.«

Es war wirklich verblüffend, wie schnell aus einem Drink drei wurden, wenn der Abend unterhaltsam war. Ich grinste Liv und Joanne an, die mir händchenhaltend gegenübersaßen. Joanne war groß und dunkelhaarig, hatte einen klaren Teint mit Sommersprossen und hohe Wangenknochen. Sie sah aus wie ein Model, sprach mit leichtem Liverpooler Dialekt und hatte einen hohen Posten in der Antiterroreinheit *Counter Terrorism Command.* Liv hatte sie kennengelernt, als sie beide noch beim *Special Branch* waren, einer nachrichtendienstlichen Sondereinheit. Der Kontrast zwischen den beiden war eindrucksvoll. Beide waren außerordentlich attraktiv, allerdings auf ganz verschiedene Weise. Und sie waren unübersehbar ineinander verliebt.

Der Gin hatte mir die Zunge gelöst. »Wisst ihr was, ihr seid wirklich ein ganz bezauberndes Paar.«

»Ja klar, wissen wir doch.« Joanne lächelte Liv an und sagte dann zu mir: »1-a-Aushängeschild für Toleranz bei der Metropolitan Police.«

»Das freundliche Gesicht der Homosexualität.« Liv löste ihre Hand aus der ihrer Freundin und hob ihr Glas. »Auf die Liebe unter Frauen.«

Wir stießen an, wobei Christine unsicher kicherte. Das war auch so ziemlich alles, was wir bisher von ihr gehört hatten. Sie saß neben mir und hatte von dort aus – genau wie ich – die Bar im Blick, wo die meisten unserer Kollegen saßen und sich derart heftig betranken, als gäbe es einen Preis dafür. Aus meiner Perspektive sah es ganz danach aus, als ob DS Chris Pettifer den Sieg davontragen würde. Als ich zu ihm hinsah, leerte er gerade sein Bierglas in drei Zügen, stellte es zurück auf die Theke und starrte es dann mit trüben Augen an, als wolle er es damit veranlassen, sich zu bewegen.

»Kein schöner Anblick«, sagte ich. »Chris sollte wohl lieber heimgehen.«

»Der arme Pettifer. Seine Frau hat ihn verlassen.«

Neugierig sah ich Christine an. »Woher weißt du das denn?«

Sie zuckte mit den Schultern. »Ich kriege halt so einiges mit, was bei den Leuten aus dem Team so läuft. Die beiden haben es mit künstlicher Befruchtung probiert, hat aber nicht geklappt. Die Krankenversicherung zahlt keinen weiteren Versuch mehr, und selbst können sie es sich nicht leisten. Jetzt ist sie erst mal allein verreist. Von Verlassen sollte ich also wahrscheinlich nicht reden, sie kann ja immer noch zurückkommen. Offiziell getrennt sind sie jedenfalls noch nicht.«

»Und wieso erfahre ich so was nicht?«, wollte ich von Liv wissen.

»Weil du keine Zeit für Klatsch und Tratsch hast. Dafür bist du viel zu beschäftigt.«

»Das ist echt traurig.« Ich trank mein Glas leer, doch das nächste stand schon sanft perlend vor mir. Ich sollte es zügig leeren, dachte ich und sah schuldbewusst auf die Uhr.

»Meinst du Pettifer?«, erkundigte sich Liv.

»Nee, mich. Ich bin so was von langweilig. Ist ja nun wirklich nicht so, dass ich Klatsch und Tratsch nicht leiden kann. Ganz im Gegenteil. Ich hab nur ständig Angst, dass ich Stress mit Derwent kriege, wenn er mich im Büro beim Lachen erwischt.«

»Wie ist das eigentlich?«, fragte Christine. »Mit DI Derwent zu arbeiten, meine ich.«

»Wir amüsieren uns prächtig.« Ich fischte nach der Zitronenscheibe ganz unten in meinem Glas. Dabei rutsche ein Eiswürfel heraus und glitt über meine Hand auf den Tisch. Ich fluchte.

»Ach ja? Macht es Spaß?« Christine hatte ein herzförmiges Gesicht und blassblaue, sehr große und weit auseinanderstehende Augen, die sie mit viel Eyeliner umrandet hatte. Sie war viel zu hübsch, um sie nicht zu mögen oder auch ernst zu nehmen. Inzwischen hatte sie uns anvertraut, dass sie schon immer davon geträumt habe, Polizistin zu werden, sich da jedoch, seit sie in Godleys Team arbeitete, nicht mehr so sicher war. Ich stellte mir vor, wie neidisch ich an ihrer Stelle auf meinen eigenen Job wäre, während ich den ganzen Tag nur Excel-Listen mit Telefondaten durcharbeiten und farblich kennzeichnen müsste, die mir vollkommen egal wären. Das wäre wahrscheinlich die pure Hölle für mich.

Außerdem fiel mir auf, dass Christine und ich nur wenig gemeinsam hatten.

Ich versuchte zu erklären, was ich meinte. »Na ja, es macht schon auch ein bisschen Spaß. In gewisser Weise. Man muss einfach vieles ignorieren, was er so sagt. Und außerdem testet er mich auch gern.«

»Testen?«

»Na ja, herausfordern. Ach, ich weiß auch nicht. Lässt sich schwer beschreiben.« Unser Arbeitsverhältnis war so gestört, wie man sich kaum vorstellen konnte, aber trotzdem kamen wir zu Ergebnissen. »Wenn ich Vorschläge mache, schießt er sie ab. Oder er macht mir das Leben schwer, wenn ich zu gut bin. Oder weil ich eine Frau bin.«

»Klingt ja nach einem richtigen Charmebolzen.«

»Ich hab mich dran gewöhnt«, sagte ich schlicht.

»Ich würde lieber mit jedem anderen aus dem Team zusammenarbeiten als mit ihm, diesem bigotten Arschloch«, schimpfte Liv aufgebracht, und ich musste lächeln.

»Erzähl doch mal, was das mit dir so macht.«

»Er hasst mich, weil ich nicht an Männern interessiert bin.«

»Ach, er hasst eigentlich jeden. Nimm dir das bloß nicht zu Herzen.« Es kam nicht oft vor, dass ich Derwent verteidigte, aber ich kannte ihn schließlich besser als Liv. Ganz sicher hatte er nichts gegen sie persönlich. Auf dieser Welt gab es nur sehr wenige Menschen, die er mochte, und zu dieser auserwählten Gruppe gehörten rein zufällig überwiegend heterosexuelle weiße Männer wie er selbst.

Christine stützte ihr Kinn in die Hand und schaute gedankenverloren ins Leere. »Eine Freundin hat er nicht, oder? Ich frag mich, wie er wohl im Bett ist?«

»Daran wage ich nicht mal zu denken.« Ich versuchte, sie zu stoppen, ehe sie derartige Gedanken weiterspann.

»Aber wenn man doch mal drüber nachdenkt …« Sie seufzte. »Bestimmt ist er sehr dominant.«

Allein schon bei der Vorstellung verzog ich das Gesicht.

»Dynamisch«, warf Liv ein.

»Los, Maeve«, sagte Joanne. »Du bist dran. Beschreib's mit einem Wort.«

»Schnell.«

Auf unser Gelächter hin drehten sich die Kollegen an der Bar zu uns um und fragten sich wahrscheinlich, worum es an unserem Tisch wohl gerade ging. Sie sahen uns skeptisch an und wirkten vor lauter Unsicherheit leicht gereizt. Denn natürlich gingen sie davon aus, dass wir über unsere Kollegen herzogen.

Und das stimmte ja auch. Obwohl unser Gesprächsthema auch ein ganz anderes hätte sein können.

Liv grinste. »Ich hab eine Idee. Kommt, wir spielen Vögeln, Heiraten, Töten. Maeve, was würdest du machen, wenn du zwischen Derwent, Godley und … Belcott wählen müsstest?«

»Viel zu einfach. Belcott würde man sofort umlegen und *danach* erst mal richtig abfeiern. Auf der Party wäre dann genug Zeit, um sich zwischen Derwent und Godley zu entscheiden.« Belcott war ein kleiner Widerling, der den gleichen Dienstrang hatte wie ich, aber beruflich auf der Stelle trat. Ich hatte erlebt, wie er sich mit fremden Lorbeeren schmückte und jedem in den Hintern kroch, der beim Chef ein gutes Wort für ihn einlegen könnte. Er hatte sich daran geweidet, als mir ein Stalker auf den Fersen gewesen war, und sich damit gebrüstet, dass er bei den

Ermittlungen intimes Videomaterial von Rob und mir gesehen hatte. Und das war nur ein Beispiel von vielen, womit er mich beleidigt hatte.

»Und?«, hakte Liv nach. »Godley heiraten und mit Derwent schlafen?«

»Jetzt mal langsam.« Ich überlegte laut. »Derwent würde seine Frau wahrscheinlich total machomäßig anhimmeln. Wahrscheinlich würde man von ihm nie ein Wort über seine Arbeit hören, dafür aber jeden Freitagabend Blumen bekommen.«

»Und zum Geburtstag Parfüm«, bekräftigte Joanne.

»Immer dieselbe Sorte …«, fügte ich hinzu.

»Nämlich genau die, die seine Mutter immer benutzt hat«, grinste Joanne.

Liv klappte der Kiefer herunter. »Du willst jetzt aber nicht Godley als potenziellen Ehekandidaten abwählen, oder? Wegen *Derwent*?«

»Keine Ahnung, wie glücklich Mrs. Godley so ist. Er ist ja wohl eher mit seinem Beruf verheiratet, schätze ich. Viel mehr als wir alle. Und außerdem müsste man sich damit abfinden, dass alle Welt ihn anstarrt, wenn man irgendwo auftaucht, weil er so toll aussieht.«

»Ich würde mich auf jeden Fall nach ihm umschauen. Er steht auf meiner Liste der Promis, mit denen ich durchaus mal eine Nacht verbringen würde«, verkündete Liv. »Und zwar relativ weit oben.«

Joanne nickte. »Solange du mir hinterher alles genau erzählst, geht das für mich in Ordnung.«

Ich strich mit einem Finger über die Außenseite meines Glases. »Aber ich würde trotzdem keinen Sex mit ihm haben wollen.«

»Weil du Rob liebst«, flötete Liv, und ich warf ihr einen vorwurfsvollen Blick zu.

»Alles klar, Prinzessin Disney. Aber es ist gar nicht nur deswegen.«

»Aber du liebst Rob doch, oder?« Christine seufzte. »Ich war total in ihn verknallt, als ich hier angefangen habe.«

»Wer wäre das nicht gewesen?«, bemerkte ich betont trocken, meinte es aber schon einigermaßen ernst.

»Ich zum Beispiel«, meldete sich Liv umgehend zu Wort. »Aber nur weil ich Jo liebe und er ein Kerl ist und dich außerdem angehimmelt hat ohne Ende, als ich euch beide das erste Mal zusammen gesehen habe.« Sie kniff die Augen zusammen. »Aber zurück zu Godley. Ich bin gespannt.«

Selbst nach drei Drinks würde ich ihnen ganz sicher nicht anvertrauen, was ich über Godley wusste, obwohl sich seitdem meine Einstellung ihm gegenüber stark verändert hatte. Er war immer mein ganz großes Vorbild gewesen, und um bei ihm Anerkennung zu finden, hatte ich mir oft ein Bein ausgerissen. Ich war entschlossen gewesen zu beweisen, dass er die richtige Entscheidung getroffen hatte, als er mich aus meiner lokalen Polizeiinspektion in seine renommierte Mordkommission geholt hatte. Doch dann hatte ich herausgefunden, was bei ihm wirklich lief, und mit meiner Bewunderung war es auf einen Schlag vorbei.

Alle drei warteten gespannt auf meine Antwort. Liv und Joanne waren viel zu versierte Vernehmerinnen, als dass ich darauf hoffen konnte, sie würden das Thema wieder fallen lassen. »Ich steh halt nicht auf ältere Männer.«

»Aber alle sagen, dass du schon mit ihm geschlafen hast.« Mit drei Drinks intus hatte Christine jegliche Zurückhaltung abgelegt. Obwohl mir diese Gerüchte natürlich bekannt waren, fand ich es ausgesprochen unangenehm, wenn sie mir jemand so unverblümt ins Gesicht sagte, als ob sie davon wahr würden.

»Stimmt aber nicht. Und wird auch nie passieren. Sorg dafür, dass du das unter die Leute bringst, wenn du mal wieder Klatsch mit den Kollegen austauschst.« Das hatte ich zwar mit einer gewissen Schärfe in der Stimme gesagt, aber es überraschte mich dann doch, als daraufhin Christines Gesicht in sich zusammenfiel. »Oh Scheiße.«

»Tut mir leid …« Zwei dicke Tränen rollten über ihre Wangen.

Liv schob Christines Glas beiseite. »Das war jetzt erst mal genug Gin, denke ich.«

»Ich wollte doch gar nichts Falsches sagen«, jammerte sie und kramte nach einem Taschentuch. Selbst verheult sah sie immer noch hinreißend aus – ein Umstand, der den Jungs an der Bar auch nicht entgangen war. Ben Dornton gewann das Wettrennen an unseren Tisch und reichte Christine eine Serviette.

»Was wollen die denn von dir, Christine? Und wieso gehst du überhaupt mit diesen trübsinnigen Zicken aus?« Er sah uns drei angewidert an. »Mann, was seid ihr bloß für finstere Hexen. Is schon Halloween, oder was?«

»Dauert noch ein paar Tage.«

Er war ganz offensichtlich auf Ärger aus. »Dafür seht ihr aber ziemlich verkleidet aus.«

Mein Blick wanderte zu den anderen, und ich stellte fest, dass wir allesamt schwarzen Bürochic trugen. Christine dagegen hatte einen violetten Cardigan an mit einem gestickten Schmetterling auf der Schulter. *Entdecke den Unterschied.* Mir war natürlich klar, dass ich zu schroff reagiert hatte.

»Ich wollte dich nicht aus der Fassung bringen, Christine.«

»Ach, ist schon okay. Ich heule immer, wenn ich zu viel getrunken habe«, stammelte sie hinter ihrer Serviette hervor.

»Komm, trink lieber noch was mit uns«, schlug Dornton vor. »Wir passen auf dich auf.«

»Aber wir haben doch Mädelsabend«, widersprach Christine, als wäre das ein unüberwindliches Hindernis, und tauchte hinter ihrer Serviette wieder auf. Allein der Ausdruck ließ mich zusammenzucken.

»So würde ich das nicht nennen. Eher Teamabend.«

»Da gehören wir ja wohl auch dazu, schließlich sind wir Kollegen.« Ben lachte kurz auf und bemühte sich um Lockerheit. Ich hatte den Eindruck, dass er sich große Mühe gab. Als ich zu ihm aufschaute, erkannte ich in dem Blick, mit dem er Christine ansah, das pure Verlangen. Von der Bar aus beobachtete uns Dave Kemp, der grüblerisch seine Bierflasche vor sich drehte. Sein Grübeln bezog sich jedoch nicht auf mich. Kemp kannte ich so gut wie gar nicht, fand ihn allerdings durchaus ansehnlich, wenn man auf blaue Augen, hellblonde Haare und jungenhaftes Auftreten stand. Dornton hatte radikal kurz geschorene Haare und verhielt sich auch in etwa so. Er war älter als Kemp und eigentlich ein übler Zyniker. So offen und angreifbar hatte ich ihn noch nie zuvor erlebt, und ich hoffte nur, dass Christine die beiden nicht gegeneinander ausspielte, denn ich war nicht sicher, wie Dornton das verkraften würde. Plötzlich musste ich an Rob denken und erinnerte mich daran, wie er mich angesehen hatte, bevor wir ein Paar wurden. Damals wusste er zwar genau, was er wollte, war sich aber ganz und gar nicht sicher, ob er es auch bekommen würde. Auf einmal vermisste ich ihn unendlich.

»Na gut«, sagte ich und stand auf. »Ich muss jetzt los. Wir können ja ein andermal weitermachen.«

»Ach so?«, begann Liv, doch Joanne legte ihr die Hand aufs Knie.

»Sie hat Recht. Wir sollten uns auch auf den Weg machen.« Sie suchte meinen Blick und zwinkerte mir zu. Offenbar hatte sie in Dorntons Gesicht das Gleiche gelesen wie ich. »Los, auf ex, Maeve.«

Es war keine gute Idee, meinen Drink so hinterzustürzen, aber ich wollte das Glas auch nicht halbvoll stehen lassen. Leicht benebelt vom Gin, der mir im Magen brannte, beugte ich mich beim Überstreifen meiner Jacke zu Dornton hinüber und raunte ihm zu: »Ich verlass mich drauf, dass Sie auf Christine aufpassen. Sehen Sie zu, dass sie nicht mehr allzu viel trinkt, und sorgen Sie dafür, dass sie sicher nach Hause kommt.«

Er sah mich beleidigt an. »Das versteht sich ja wohl von selbst.«

»Ich *hoffe*, dass das so ist, aber ich mache Sie persönlich dafür verantwortlich. Sie braucht jemanden, der ein Auge auf sie hat.« Ich tippte mit dem Zeigefinger gegen seine Brust. »Und kommen Sie nicht auf die Idee, das auszunutzen.«

»Wie kommen Sie denn darauf?«

»Ich wollte es nur klarstellen.« Als Nächstes warf ich Dave Kemp einen ausgedehnten Blick zu, damit die Botschaft auch bei ihm ankam, was ganz offensichtlich der Fall war.

Während ich in Richtung Tür ging, wurde mir plötzlich klar, dass ich durchaus imstande war, andere einzuschüchtern.

Kapitel 4

Als ich zu Hause ankam, hatte ich mich von der resoluten, unnahbaren Ermittlerin längst wieder in mein normales Ich verwandelt, das jede einzelne Entscheidung hinterfragte, die an diesem Tag zu treffen gewesen war, und dessen Füße von der stundenlangen Tortur in hochhackigen Schuhen heftig schmerzten. Mein umständlicher Heimweg tat ein Übriges. Rob und ich waren nach Dalston gezogen, in einen nüchternen Zweckbau ohne jeglichen Charme. Von dort aus kamen wir zwar beide recht bequem zur Arbeit, aber an die Gegend musste ich mich erst noch gewöhnen. Ich fand es sehr unangenehm, dass wir unsere Wohnung in Battersea, in der wir uns sehr wohlgefühlt hatten, verlassen mussten, weil der Stalker die Adresse herausgefunden hatte. An ihn mochte ich lieber gar nicht denken.

Normalerweise konnte mich so schnell nichts schrecken, aber Chris Swain jagte mir so viel Angst ein, dass ich die umfangreichen Sicherheitsmaßnahmen befolgte, damit er mich nicht erneut ausfindig machte. Er war ein feiger Vergewaltiger, ein Spanner und ein technisches Genie, das passwortgeschützte Websites in den finstersten Abgründen des Internets betrieb, wo gleichgesinnte Widerlinge ihre Fantasien – und Erinnerungen – austauschten. Ich hatte sein ekelhaftes Treiben aufgedeckt, weshalb er es auch ganz besonders auf mich abgesehen hatte, wie er sagte. Da es ihm schon einmal gelungen war, mich aufzuspüren, bestand diese Gefahr auch weiterhin. Aber diesmal würde ich es ihm nicht so leicht machen. Unsere Festnetznummer war in keinem Verzeichnis eingetragen, und sämtliche Post wurde zu unserer Dienststelle umgeleitet. Ich hatte keinerlei Zeitschriften abonniert und war Mitglied keiner Organisation, die mich in ihren Verteiler aufnehmen konnte. Rechnungen wurden nie auf meinen Namen ausgestellt. Auf dem Heimweg vom Büro nutzte ich unterschiedliche Verbindungen, wenn mich niemand im Auto mitnehmen konnte und ich auf den öffentlichen Nahverkehr angewiesen war. Nachdem mein fahrbarer Untersatz das Zeitliche gesegnet hatte, schaffte ich mir keinen neuen an, und Rob parkte seinen Wagen nie direkt vor der Haustür, sondern immer ein gutes Stück entfernt. Auf dem Fußweg zu unserer Wohnung vergewisserte ich mich regelmäßig, dass mir niemand folgte, und variierte jedes Mal meine Strecke.

Chris Swain hatte so ziemlich jede Entscheidung beeinflusst, die wir bei unserem Umzug zu treffen hatten. Das Viertel war recht belebt, gut mit öffentlichen Verkehrsmitteln erreichbar und hatte eine starke Fluktuation, sodass die Nachbarn nicht allzu viel Notiz von uns nehmen würden. Unsere Wohnung lag in der zweiten Etage, und das Gebäude war mit Sicherheitsvorkehrungen inklusive Überwachungskamera ausgestattet. Die Decken waren niedrig und die Räume klein und seelenlos: Das Wohnzimmer diente mit einem Tisch in der Ecke gleichzeitig als Esszimmer, es gab eine schlauchförmige Küche, ein winziges innenliegendes Bad sowie ein Schlafzimmer mit Einbauschränken und einem Bett – mehr passte nicht hinein. Wir hielten im Schlafzimmer fast permanent die Jalousien geschlossen, da wir besser als die meisten anderen Leute wussten, dass im städtischen Raum Privatsphäre eine Illusion war. Der Mietvertrag lief über sechs Monate, wobei wir ihn danach problemlos verlängern konnten, obwohl uns eigentlich nichts dort hielt. Funktional war die wohl treffendste Beschreibung für die Wohnung. Man konnte es auch steril nennen.

Erst beim dritten Anlauf traf ich mit meinem Schlüssel das Türschloss und stolperte beim Betreten der Wohnung als Erstes über den Koffer, der mitten im Flur stand. Polternd landete ich auf den Knien.

»So eine Scheiße, *fuck.*«

»Falls das eine Aufforderung war, stets zu Diensten.« Rob kam mit der Zahnbürste in der Hand aus dem Bad. »Alles klar?«

»Der Alkohol in Blut betäubt den Schmerz.«

»Wo warst du denn?«

»Bin in der Kneipe versackt.« Da ich schon einmal am Boden war, blieb ich dort gleich sitzen und zog mir die Schuhe aus, während Rob sich die Zähne zu Ende putzte. »Liv hat mich überredet.«

»Bestimmt unter Anwendung von Gewalt, was?« Er klang zwar ganz unbeschwert, aber ich hatte trotzdem ein schlechtes Gewissen. Als er zurück in den Flur kam, hielt er mir zum Aufstehen die Hand hin und zog mich hoch. Er roch nach Pfefferminz.

»Ich war schon ewig abends nicht mehr weg. Joanne war auch dabei. Und Christine. Erinnerst du dich noch an sie?«

»Die Datentussi? Jep, so ’ne ganz Süße.«

»Sie erinnert sich auch noch genau an dich, das kann ich dir sagen.«

Er grinste. »Ich wasche meine Hände in Unschuld.«

»Sie meinte, sie wär megascharf auf dich gewesen.«

»Kling gut.« So etwas war bei Rob alles andere als ungewöhnlich, was nicht nur daran lag, dass er groß, schlank und breitschultrig war, schwarze Haare und blaue Augen hatte und in der Regel sehr ruhig und besonnen das Richtige tat. Der Hauptgrund bestand wohl darin, dass er Leuten so gut zuhören konnte, dass er weitaus mehr mitbekam als das, was ihm jemand erzählte. Auf diese Weise konnte er praktisch Gedanken lesen, was gelegentlich etwas beunruhigend war. Wie zum Beispiel jetzt. Er streckte die Hand aus und berührte meine Wange. »Keine Sorge. Ich hatte nur Augen für dich.«

»Wer hat denn gesagt, dass ich besorgt bin? Ich glaube, sie findet auch Derwent toll, so wahnsinnig schmeichelhaft ist das also nicht.«

»Woraus schließt du das?«

»Sie hat darüber spekuliert, wie er wohl im Bett wäre.«

»Und?«

»Wir haben unsere Überlegungen angestellt.« Ich sah blinzelnd zu ihm hinauf. »Aber ich hab die ganze Zeit versucht, sie wieder zu vergessen. Erinnere mich bitte nicht noch mal daran.«

»Ich hab dich aber im Schlaf von ihm reden hören.« Er fing an, es mir vorzuspielen. ›Oohh Josh, bitte noch mal. Ja genau. Tiefer. Hör nicht auf.‹ So ungefähr klang das.«

»Igitt, grausame Vorstellung.«

Er sah mich mit gespielter Empörung an. »Und stell dir mal vor, wie schlimm das erst für mich war.«

»Ich hab noch nie im Leben von Derwent geträumt. Mein Unterbewusstsein wehrt sich konsequent dagegen.«

»Aber ich hab's doch selbst gehört.«

»Quatsch, das hast du frei erfunden.« Zweifelnd sah ich ihn an. »Oder?«

Er lachte auf. »Und, wie ist Derwent gerade so drauf?«

»Ruppig, fies. Ach ja, und irgendwie merkwürdig.« Ich hatte nicht mitbekommen, wie er wieder aus Godleys Büro gekommen war; als ich den Superintendent das nächste Mal sah, war er allein. Derwent hatte zeitig Feierabend gemacht – was bei ihm die absolute Ausnahme war. Als ich Rob davon berichtete, hörte er mit gerunzelter Stirn zu.

»Du weißt ja genauso gut wie ich, dass er sich einen Scheißdreck um meine Karriere schert. Er hat mich einfach nur dazu benutzt, um sich bei Godley zu beschweren, weil der ihn nicht mit in die Sondereinheit aufnimmt, die er gerade einrichtet. Ich hab auch echt keine Ahnung, wieso er da nicht mit dabei sein soll. Oder vielmehr, weshalb er sich so aufregt.«

»Vielleicht weil DCI Burt dabei ist?«, mutmaßte Rob.

»Kann sein. Auf die ist er gar nicht gut zu sprechen«, seufzte ich. »Aber auf Godley war er so was von wütend.«

»Ist halt seine Art, dauerwütend zu sein.« Rob streckte sich gähnend. »Nicht zu fassen, dass ich hier über ihn labere, statt in meinem Bett zu liegen. Ich bin hundemüde.«

»Gehst du gleich schlafen? Wie spät ist es denn?«

»Spät. In sechs Stunden muss ich wieder aufstehen.«

»Ich hab deinen letzten Abend verpasst«, sagte ich und rieb mir die Augen. »Ich bin echt ’ne tolle Freundin.«

»Komm, du hast auch deine guten Seiten.« Rob sah mich versonnen an. »Kann allerdings sein, dass du mir ein bisschen auf die Sprünge helfen musst, damit sie mir wieder einfallen.«

Ich zog meine Jacke aus und lehnte mich gegen die Wand.

»Wo wollen wir anfangen?«

»Mit Abschminken. Wenn du dich so hinlegst, siehst du morgen früh aus wie der traurigste Clown der Welt.« Er stand jetzt ganz dicht vor mir und begann, mein Oberteil aufzuknöpfen.

»Das motiviert mich jetzt aber nicht gerade, den Gesichtsreiniger zu holen.«

»Was denn? Ich versuch doch nur zu helfen.« Er beugte sich zu mir und küsste mich. Ich ließ seine Hände einfach gewähren. Das hatte allerdings keineswegs eine einschläfernde Wirkung, sondern ganz im Gegenteil. Er musste mich nur auf eine ganz bestimmte Art ansehen, und schon ging mein Atem schneller. Wenn er mich dann auch noch berührte, war es um mich geschehen.

»Daran musste ich schon den ganzen Abend denken«, flüsterte ich mit dem Rücken an der kalten Wand, während Rob meine letzten Kleidungsstücke zu Boden gleiten ließ. Als er seine Hand zwischen meine Schenkel schob, überkam mich ein Schauer der Erregung, und ich hielt mich an ihm fest. Er sollte auf keinen Fall aufhören mit dem, was er tat. Und ich wollte noch mehr.

»Genau das hatte ich mir auch vorgestellt.«

»Ach so?« Ich schmiegte mich eng an ihn. »Was genau denn?«

»Das würde ich dir lieber zeigen als erzählen.« Er trat einen Schritt rückwärts in Richtung Schlafzimmer. »Aber beeil dich, ja?«

Sobald ich im Bad mein Spiegelbild sah, landete ich mehr als unsanft wieder in der nüchternen Realität. Die vom Gin ausgelöste Euphorie war verflogen. Meine Haut sah fleckig aus, die Wimperntusche war an beiden Augen verschmiert, und auch meine Haare boten einen traurigen Anblick. Mit allmählich wieder klarerem Kopf säuberte ich mein Gesicht und putzte mir so lange die Zähne, bis der Alkoholgeschmack weg war. Alles, worüber ich mir Sorgen machte, trat plötzlich auf den Plan, während ich müde und unbarmherzig mein Gesicht eincremte. Warum war ich nur so daneben? Ich musste doch eigentlich nicht mehr als zwei Sachen auf die Reihe bekommen: meinen Job und meine Beziehung. Manchmal kam es mir so vor, als würde ich bei beidem versagen.

Als ich in der Küche noch einen halben Liter Wasser trank, sah ich, dass Rob für uns beide Abendessen vorbereitet hatte, was meine Schuldgefühle noch zusätzlich verstärkte. Dass er es vorhin nicht einmal erwähnt hatte, war typisch für ihn. Ebenso typisch war seine Bemerkung, dass es ihm angeblich nichts ausgemacht hatte. Manchmal würde ich alles dafür geben zu erfahren, was er wirklich empfand.

Als ich ins Schlafzimmer kam, saß Rob mit geschlossenen Augen im Bett. Er hatte die Arme über seinem nackten Oberkörper verschränkt und schlief. Auch er sah müde aus – mit dunklen Flecken unter den Augen, die aussahen wie Fingerabdrücke. Wie üblich schlief er ganz ruhig und beherrscht, ohne zu schnarchen oder sich über Gebühr auszustrecken. Er war einfach zu perfekt.

Viel zu gut für mich.

Ich scheute mich, weiter darüber nachzudenken, wohl wissend, dass der logische Schluss aus dieser Wahrheit lautete: Trennung. Aber ich wollte ihn auf keinen Fall verlieren, auch wenn ich ihn nicht verdient hatte. So leise ich konnte, schaltete ich seine Nachttischlampe aus, schlich um das Bett herum zu meiner Seite und wollte unter die Decke schlüpfen, ohne ihn dabei zu wecken.

Das war zumindest der Plan. Aber sein Schlaf war so leicht wie der einer Katze. Als ich mich hinlegte, tastete er nach mir.

»Wo waren wir noch mal stehen geblieben?«

»Ach, lass nur. Du bist bestimmt viel zu müde.«

»Dafür hab ich schon noch Energie, da kannst du sicher sein.«

Ich drehte mich um und vergrub meinen Kopf im Kissen.

»Willst du nicht?«, fragte Rob ratlos.

»Tut mir schrecklich leid, dass ich zum Essen nicht da war«, wisperte ich. »Und dass ich deinen letzten Abend verpasst hab.«

»Na, wird ja wohl hoffentlich nicht mein letzter auf dieser Erde sein.« Er schaltete seine Lampe an. »Maeve, schau mich mal an. Wenn es für mich ganz blöd gewesen wäre, dann hätte ich dich angerufen. Ich hätte ja auch einfach schon schlafen gehen können. Aber ich hab bis fünf Minuten, bevor du gekommen bist, ferngesehen. Es ist völlig in Ordnung, wenn du mit deinen Leuten weggehst und dich amüsierst. Ich erwarte von dir nicht, dass du deine gesamte Freizeit hier zu Hause verbringst.«

»Aber du verreist immerhin.«

»Und ich komme wieder.«

»Findest du mich nicht egoistisch?«

Er sah mich verblüfft an. »Wer behauptet, dass du egoistisch bist? Okay, Zeitplanung ist nicht deine große Stärke, aber das wusste ich ja vorher.«

»Und du findest mich auch mit verschmiertem Make-up und Alkoholfahne attraktiv?«

Er zog einen Mundwinkel hoch. »Dann sogar besonders.«

Das Wunderbare an Rob war, dass er einen untrüglichen Instinkt dafür hatte, immer das Richtige zu sagen oder zu tun. Auf einen Schlag fielen alle Sorgen von mir ab, als er mir sagte, dass er mich liebe – trotz meiner Fehler. Oder zum Teil vielleicht sogar deswegen. Ich zeigte ihm, wie sehr ich ihn liebte – auch wenn ich es ihm noch nicht gesagt hatte, weil ich es nicht konnte. Am Ende fanden wir zu der Sorte von Sex, die einem auch am nächsten Tag noch ein Lächeln ins Gesicht zaubert, wenn man daran denkt – und das tat ich *ziemlich oft*.

Ich war schon beinahe eingeschlafen, als mir noch die Frage einfiel, ob er mich eigentlich einschüchternd fand. Daraufhin musste ich mir mindestens fünf Minuten sein Gelächter anhören, das immer wieder aufflammte und so heftig war, dass unser Bett wackelte. Nach einer Weile drehte ich mich um und schlief einigermaßen beruhigt ein.

Irgendwann in den sehr frühen Morgenstunden, zu der Zeit, wo ich oft einen Anruf wegen eines Leichenfunds bekam, wachte ich auf und tastete wieder nach ihm. Ich schmiegte mich an ihn, schob meine Knie in seine Kniebeugen und legte den Arm um seine Hüfte. Er nahm meine Hand, murmelte meinen Namen, und obwohl ich fast sicher war, dass er schlief, traute ich mich nicht, das auszusprechen, was ich dachte. *Ich liebe dich.* Eigentlich sollte das doch nicht so schwer sein.

Als ich am nächsten Morgen früh – jedoch nicht früh genug – aufwachte und auf meinem Nachttisch ein Glas Wasser und ein paar Alka-Seltzer fand, verzieh ich ihm einmal mehr alles. Daneben lag noch ein Zettel, auf dem stand, dass er mich liebte und dass ich, wenn es nach ihm ging, so einschüchternd sein konnte, wie ich wollte, falls das für mich wichtig sei.

Die Wohnung war aufgeräumt und viel zu still. Plötzlich fühlte ich mich seltsam haltlos. Auch wenn ich Liv gegenüber nicht gelogen hatte und eigentlich ganz gern allein war, traf mich die Realität dann doch heftiger als erwartet.

Was ich wirklich wollte, so wurde mir in diesem Moment klar, waren zwei Wochen allein mit Rob. Ich vermisste ihn schon jetzt.

Nicht einmal verabschiedet hatte ich mich von ihm.

Freitag

Kapitel 5

Um das Beste aus der Situation zu machen, fuhr ich schon sehr früh zur Arbeit. Ich hatte fiese Kopfschmerzen, die ich mich weigerte, als Kater anzuerkennen. Im Moment wollte ich nichts weiter, als in Ruhe an meinem Schreibtisch sitzen und meinen Kaffee trinken, den ich mir unterwegs besorgt hatte. Ich musste erst noch einen Arbeitsweg finden, auf dem ich *nicht* an einem Starbucks vorbeikam, wo ich regelmäßig schwach wurde, obwohl ich eigentlich viel lieber kleinere Geschäfte unterstützte als globale Kaffeedealer. Aber wenn's drauf ankam, brauchte ich einfach nur Koffein, und zwar viel. Und möglichst ohne lästige Konversation nebenbei. Das ging so weit, dass ich mir nicht mal die Mühe machte, die Baristas zu korrigieren, wenn sie mal wieder meinen Namen verunstalteten. Aus diesem Grund hielt ich auch einen Becher in der Hand, auf den außen »Maisy« gekritzelt war. »Midge« und »May« kannte ich ja schon, aber »Maisy« war neu.

Das Büro war so gut wie leer, und ich ließ mich in der Hoffnung an meinem Schreibtisch nieder, einiges zu schaffen, ehe das Telefon zu klingeln begann und die Leute – hauptsächlich in Person von Derwent – anfingen, mich zu belagern. Seine gehässige Bemerkung über mein Versäumnis, die Lageberichte zu lesen, saß mir noch immer im Nacken. Ich nahm sie ihm zwar übel, konnte es aber auch nicht leugnen. Was die Sache noch schlimmer machte.

Sehr weit kam ich allerdings nicht.

»Maeve, kommen Sie bitte mal?« Godley stand mit strenger Miene in der Tür zu seinem Büro.

Ich sprang auf und durchquerte den Raum, fühlte mich allerdings schlagartig extrem unsicher auf den Beinen. Als ich sah, dass Godley nicht allein in seinem Büro war, wusste ich nicht so recht, ob ich darüber erleichtert oder erschrocken sein sollte. Drinnen saßen DCI Burt und daneben DS Harry Maitland. Una Burt wirkte wie immer: unscheinbar, abwesend und angestrengt. Maitlands normalerweise heiteres Gesicht sah ungewöhnlich ernst aus.

»Was gibt's denn?«

»Schlechte Nachrichten, fürchte ich.« Godley nahm seinen Mantel und zog ihn an. »Wieder eine Tote. Diesmal in Tottenham. Sieht ganz danach aus, als ob Josh Recht hatte und wir nach einem Serienmörder zu suchen haben. Der Polizeipräsident hat mich beauftragt, eine Sonderkommission einzuberufen, und da möchte ich Sie dabeihaben, Maeve. Ich beziehe sonst kaum jemanden aus meinem Team mit ein, weil ich die Gesamtleitung der beiden aktuellen Ermittlungen haben werde, an denen insgesamt rund hundert Beamte mitarbeiten. Da wäre es nicht sinnvoll, alle zu integrieren.« Er nahm eine Akte zur Hand. »Können wir?«

Ich musste erst noch die Nachricht verdauen, dass es einen neuen Mord gab. »Woher wissen wir, dass unser jüngstes Opfer in Verbindung zu den anderen steht? Ich meine, zeitlich gesehen …«

»Una wird Sie unterwegs über die Einzelheiten informieren. Sie können fahren. Harry, Sie begleiten mich.«

Ich eilte zurück zu meinem Schreibtisch und holte meine Sachen, während die anderen schon zum Fahrstuhl gingen. Als er kam, drängten wir uns zu viert hinein. Es war so eng, dass ich gegen einen Anflug von Platzangst ankämpfen musste, auf den eine Woge von Übelkeit folgte. Maitland trug eine uralte Wachsjacke, die nach Hund, Zigarettenrauch und Leinöl stank. Als ich meinen Kopf abwandte, fing ich den Blick von DCI Burt auf, die mich äußerst interessiert musterte. Ihr gescheites blasses Gesicht war rosig sauber, und sie duftete ganz bodenständig nach der guten alten Pears-Seife. Sie war etwa Mitte 40, kompakt gebaut und schwitzte leicht in ihrer Synthetikbluse, die sie wahrscheinlich schon seit Jahrzehnten besaß.

»Alles in Ordnung?«

»Ja.« Ich versuchte, einen aufgeweckten Eindruck zu machen, und suchte krampfhaft nach einer intelligenten Bemerkung. »Das gleiche Tatmuster wie bei den anderen beiden?«

»Scheint so«, antwortete Godley. »Glenn ist schon vor Ort. Er hat die anderen Frauen obduziert und sollte uns genauer sagen können, was ihr zugestoßen ist.«

Na toll, dachte ich. Glenn Hanshaw war sehr reizbar, wenn er einen guten Tag hatte. Stand er unter Druck, war der Umgang mit ihm noch schwieriger. Godley kam einigermaßen mit ihm aus, aber damit war er auch wirklich der Einzige. Aus unerfindlichen Gründen schien Hanshaw mich zu verachten.

In der Tiefgarage öffneten sich die Türen des Fahrstuhls. Hier unten roch es penetrant nach Abgasen. Godleys Mercedes – schwarz und schnittig – stand standesgemäß direkt am Fahrstuhl bereit. Maitland gab sich keinerlei Mühe zu verbergen, wie erfreut er war, darin mitzufahren.

Ich nahm den Schlüssel von einem der Dienstwagen und suchte den Stellplatz, wo er geparkt war. Es war ein marineblauer Ford Focus, der ziemlich vernachlässigt aussah, mit Schlammresten an den Hinterrädern und einer reichlich verdreckten Windschutzscheibe. DCI Burt blieb stehen und schrieb etwas in ihr Notizbuch, während Godley und Maitland in den Mercedes stiegen. Leise polternd, rollte der Wagen aus der Ausfahrt – ein Oberklassefahrzeug, unverwüstlich und schnell. Ich war schon öfter bei Godley mitgefahren, sehr komfortabel mit Klimaanlage und Ledersitzen. Allerdings standen die Chancen inzwischen denkbar schlecht, dass mir diese Ehre je wieder zuteilwerden würde. Von nun an war ich auf die Dienstwagen angewiesen mit ihren weichen Bremsen, dem trägen Motor und der schwachen Heizung, die nur auf der höchsten Stufe funktionierte.

Und, Maeve, wie fühlt es sich heute an, eine von den Guten zu sein?

Una Burt klappte ihr Notizbuch zu. »Okay, geben Sie mir den Zündschlüssel. Keine Ahnung, wie Charles Godley darauf kommt, dass ich nicht selber fahren kann. Sie werden mich lotsen.« Sie schloss das Auto auf, nahm auf dem Fahrersitz Platz und begann hoch konzentriert die Spiegel einzustellen.

»Ich weiß ja noch gar nicht, wo es hingehen soll«, gab ich zu bedenken.

»Nach Tottenham. Genauer gesagt Green Lanes.«

»Dort kenne ich mich aber überhaupt nicht aus, und es macht mir auch wirklich nichts aus zu fahren.«

Sie vollführte ruckartig hüpfende Bewegungen auf ihrem Sitz und versuchte, ihn nach vorn zu verschieben. »Darf ich ganz offen sein? Man merkt Ihnen an, dass Sie gestern Abend etwas trinken waren und heute Morgen nicht hundertprozentig fit sind. In diesem Zustand möchte ich nicht unbedingt von Ihnen gefahren werden.«

»Ich kann trotzdem fahren, kein Problem.«

»Rein rechtlich gesehen vielleicht. Aber Ihre Reaktionszeiten sind verzögert. Es würde Sie zu sehr anstrengen, sich auf die Straße zu konzentrieren und gleichzeitig meine Informationen über den Fall aufzunehmen, da Sie ja die Lagebesprechung verpasst haben.«

Eine Lagebesprechung, von der ich vorher überhaupt nichts wusste. Ich öffnete den Mund, um es auszusprechen, schloss ihn jedoch sogleich wieder. Ich kannte Una Burt zwar nicht besonders gut, wusste aber, dass Selbstmitleid bei ihr ganz sicher fehl am Platz war. Also stieg ich ein und klemmte mir den Kaffeebecher zwischen die Knie, da der Wagen im Gegensatz zu Godleys keine Getränkehalter hatte. Ich konnte nur hoffen, dass DCI Burt umsichtig bremste.

»Hier ist die Adresse.« Sie reichte mir das Notizbuch, in dem die entsprechende Seite aufgeschlagen war. »Carrington Road.«

Leider funktionierte das Navigationsgerät nicht. Das Gehäuse war gebrochen, und Kabel hingen seitlich heraus, wo schon jemand – vergeblich – versucht hatte, es zu kleben. Also nahm ich den Londoner Straßenatlas zur Hand und war ausnahmsweise einmal dankbar für Derwents Vorurteile gegen moderne Technik. Er fuhr sehr gern Auto und immer viel zu schnell. Dadurch war ich darin geübt, unter Blaulicht parallel den richtigen Weg zu suchen, Funksprüche an die Zentrale abzusetzen und mich am Angstgriff festzuklammern. Insofern war ich zuversichtlich, dass ich allen Anforderungen von DCI Burt gewachsen war. Das Schicksal und meine Kollegen verschworen sich immer wieder gegen mich, sodass ich viel zu oft mit Derwent zusammenarbeiten musste. Das war für mich so etwas wie Höhentraining: Mir war in dem Moment zwar speiübel, aber gleichzeitig forderte er mich zu Höchstleistungen heraus, die ich sonst nicht vollbringen würde. Und Una Burt ein bisschen zu beeindrucken konnte jetzt definitiv nicht schaden.

Ich riskierte einen Seitenblick in ihre Richtung. Sie hatte ihr Jackett auf den Rücksitz geworfen, wo es zusammen mit ihrem Mantel ein verschlungenes Knäuel bildete. Besonders ansprechend würde beides danach ganz sicher nicht aussehen. Ihr hellbraunes Haar war schulterlang und kräftig. Da sich die Länge nie veränderte, hatte es schon Spekulationen gegeben, ob es eine Perücke sein könnte. Una Burt war wie immer gänzlich ungeschminkt. Schmuck trug sie auch keinen. Sie machte sich offensichtlich keinerlei Gedanken darüber, was die anderen über ihr Aussehen oder ihren Kleidungsstil dachten. Sie galt als blitzgescheit, leicht exzentrisch und außerordentlich ambitioniert. Die Autofahrt würde die längste Zeit sein, die ich mit ihr bisher zu tun hatte, aber ich war mir sicher, dass ich hinterher kein bisschen mehr von ihr wissen würde. Ihre Konzentration wirkte wie ein Schutzpanzer.

»Wir sollten jetzt losfahren, sonst denkt Charlie noch, wir sind abhandengekommen«, sagte sie. *Charlie.* Ich fragte mich, ob sie ihn tatsächlich so ansprach. Was durchaus denkbar war. Auch wenn ich mir einen Flirt zwischen ihr und Godley – oder sonst jemandem – partout nicht vorstellen konnte, hielt ich es für sehr wahrscheinlich, dass sie ihn aufgrund seiner beruflichen Erfolge bewunderte.

Der Wagen glitt die Ausfahrt hinauf und hielt oben nur einen winzigen Augenblick, ehe er sich in eine Lücke im Verkehr einreihte. Ich studierte noch immer die Karte und ermittelte die günstigste Strecke zum Tatort. Nebenbei registrierte ich, dass sie eine ausgezeichnete Autofahrerin war – souverän, aber ohne Effekthascherei. Der Wagen surrte gleichmäßig dahin.

Wir kamen gut voran, bis wir die Euston Road erreichten. Dort herrschte der übliche zähe Berufsverkehr: acht Spuren, auf denen kaum etwas voranging. Una Burt hängte sich an einen roten Bus, an dessen Heck riesige Aufkleber verkündeten, dass seine Abgase jetzt sauberer waren. Der Dieselgestank ließ allerdings nicht gerade auf signifikante Verbesserungen schließen. Ich schaltete auf Innenzirkulation um und nahm resigniert zur Kenntnis, dass die Lüftung daraufhin bedrohlich knirschende Geräusche von sich gab.

»Sie werden es wohl ertragen müssen, fürchte ich«, merkte Una Burt an.

»Ich werd's überleben. Wenigstens sitze ich nicht mit Maitland und seiner geruchsintensiven Jacke im selben Auto.«

Auf ihrem Gesicht erschien ein Anflug von Lächeln, das jedoch schnell verschwand, sobald sie wieder ihren Gedanken nachhing. Als sie mich kurz darauf ansah, kostete es sie sichtlich Mühe, ins Hier und Jetzt zurückzukehren. Wie ein soeben aus den Wassertiefen aufgestiegener Taucher brauchte sie einen Moment, um sich zu orientieren.

»Wo waren wir stehen geblieben? Ich sollte Sie in den Fall einweisen, richtig?«

»Wenn es Ihnen nichts ausmacht.«

»Wissen Sie schon über die beiden anderen Fälle Bescheid? Maxine und Kirsty?«

So wie sie die Namen aussprach, klang es, als hätte sie die beiden persönlich gekannt. Besser konnte man jemanden gar nicht kennenlernen als dadurch, dass man wegen seiner Ermordung ermittelte. Dabei blieb uns kein Geheimnis oder der kleinste dunkle Schatten in einem Leben verborgen. Dafür war ich ausgebildet, obwohl ich mich dabei immer noch manchmal wie ein Eindringling fühlte.

»Ich weiß nur das, was in den Zeitungen stand. Beide waren Single und wurden erwürgt aufgefunden. Jeweils keinerlei Einbruchsspuren. Keine erkennbare Verbindung zwischen den Opfern. Abgesehen von der Tatsache, dass sie von jemandem getötet wurden, dem sie offenbar vertraut hatten.«

»Exakt. Und dem Markenzeichen des Mörders.«

»Den Augen.«

Sie nickte zufrieden. »Aus diesem Grund befürchten wir ja, dass dieser jüngste Mord Teil der Serie ist.«

»Aber darüber wurde sogar im *Evening Standard* berichtet. Das hat doch ganz London gelesen. Es könnte also auch ein Nachahmungstäter sein.«

»Im *Standard* stand, dass die Augen ausgestochen wurden. Das stimmt aber nicht.«

»Ach so?« Ich weiß nicht, warum mich das überraschte. Bekanntlich gaben Journalisten höchst selten Tatsachen korrekt wieder, was vor allem am Stille-Post-Effekt und heimlichen Tipps aus Insiderkreisen lag.

»Er trennt sie mit einem Messer heraus. Und zwar sehr sorgfältig.«

»Als Trophäen? Nimmt er sie mit?«

»Nein. Er arrangiert die Leichen auf eine ganz bestimmte Art und Weise, wie Sie gleich sehen werden. In allen drei Fällen wurden sie mit einem Auge in jeder Hand aufgefunden. Wenn jemand die Angaben aus dem Artikel im *Standard* hätte nachahmen wollen, hätte er sie mit den Händen herausgeholt. Da ja das Wort ›ausdrücken‹ benutzt wurde.«

»Ja, das stimmt.« Meine Übelkeit nahm immer mehr zu.

Der Bus beschleunigte und überquerte die vor uns liegende Kreuzung, als die Ampel schon längst auf Gelb geschaltet hatte. Derwent wäre ganz bestimmt noch bei Rot hinterhergeschossen und hätte anschließend die Kreuzung blockiert und damit ein Verkehrschaos ausgelöst. Doch Una Burt bremste ganz gelassen und kam ein gutes Stück hinter der weißen Linie zum Stehen.

»Charlie hatte ja schon angedeutet, dass wir möglicherweise einbezogen werden, also habe ich schon mal einen Blick in die Akten geworfen. Kann nie schaden, wenn man ein bisschen vorbereitet ist.«

Ach nee. Wäre schön zu wissen, wie sich das anfühlt. Mir ging das *Charlie* nicht aus dem Kopf. Und alle Welt dachte, *ich* hätte etwas mit Godley. Aber Una Burts größter Vorzug bestand darin, dass sie aussah wie ein Bus von hinten. Die beiden konnten *auf gar keinen Fall* eine Affäre haben. Das würde Godley niemals tun. Oder?

Ahnungslos fuhr DCI Burt fort. »Wir haben fest damit gerechnet, dass es eine dritte Tote geben würde. Nur nicht so schnell.«

Drei war eine Art magische Zahl. Damit gelangten wir schlagartig in den Serientäter-Bereich, was für reichlich Hysterie und Medienrummel sorgen würde. Bei drei Morden wurde auch der Polizeipräsident hellhörig und zeigte sich ernsthaft beunruhigt, was die Sicherheit junger Frauen in London anging.

»Sobald wir uns das Mädchen angesehen haben, schickt er die leitenden Ermittler an den neuen Tatort, damit wir auf dem gleichen Stand sind, was die Informationen angeht. Wir werden die Ermittlungen nicht übernehmen, sondern mit ihnen zusammenarbeiten. Zumindest ist das die offizielle Linie.«

»Darüber werden sie aber nicht glücklich sein«, prophezeite ich.

»Würde es Ihnen denn gefallen?« Sie sah mich von der Seite an. »Kann ich mir nicht vorstellen.«

Ich hing meinen eigenen Gedanken nach. »Bin ich deshalb dabei? Weil ich schon mit Andy Bradbury zu tun hatte?«

»Wer ist das?« Die Frage kam wie aus der Pistole geschossen – DCI Burt mochte es überhaupt nicht, wenn ihr wichtige Informationen fehlten.

»Ein DI. Wurde gerade erst befördert. Er ist für die Ermittlungen im Fall Maxine Willoughby zuständig.«

»Und woher kennen Sie ihn?«

»Wir sind vor ein paar Monaten an einem Tatort zusammengetroffen.« *Und ich erinnere mich nur äußerst ungern an diese Begegnung.*

»Charlie wollte Sie gern einbeziehen, weil Sie mehr mit den Opfern gemeinsam haben als wir anderen.«

»Aha.« Ich sah aus dem Fenster und wartete, dass meine Enttäuschung wieder verflog. Also war ich nur aus rein formalen Gründen dabei und nicht aufgrund meiner Kompetenz. Auf einen Schlag kam meine ganze alte Unsicherheit zurück, dass ich meinen Posten nur aus Quotengründen innehatte.

»Nehmen Sie's nicht übel. Aber Sie wissen wahrscheinlich am besten, was bei den drei Frauen als normal anzusehen ist und was nicht.«

»Kann schon sein, aber man muss doch nicht viel mit einem Opfer gemeinsam haben, um zu wissen, was für sie normal war.«

»Es könnte aber helfen.« Wieder sah sie mich an, diesmal etwas länger. »Wissen Sie, die meisten in Ihrem Alter und Dienstrang wären froh, bei einem solchen Fall mitzuarbeiten, vor allem in dieser frühen Phase.«

»Bin ich ja auch.« Das klang allerdings reichlich mürrisch, und DCI Burt seufzte.

»Ich will Ihnen keine klugen Ratschläge geben und habe nicht vor, mich als Ihre Mentorin zu betätigen. Aber

Sie können jetzt entweder Ihre Zeit damit verschwenden, darüber nachzugrübeln, warum Sie mit im Boot sind, oder Sie nutzen diese Chance. Erkundigen Sie sich also lieber bei mir, was wir über die Vorgänge der vergangenen Nacht in der Carrington Road 8 wissen.«

Es gelang mir, meine finsteren Gedanken beiseitezuschieben. Der schulmeisterliche Tonfall lag DCI Burt und wirkte bei mir noch zuverlässiger als Derwents Sarkasmus. »Das wollte ich Sie als Nächstes fragen.«

»Dachte ich mir.« Sie hatte ihr Notizbuch offen auf dem Schoß liegen, ohne jedoch einen Blick hineinzuwerfen, während sie mir die Fakten darlegte. »Das Objekt ist eine abgeschlossene Dreizimmer-Maisonettewohnung im Erdgeschoss mit separatem Eingang und seitlichem Zugang zum hinteren Teil des Grundstücks. Eigentümerin ist Anna Melville, 29, die dort allein lebt. Sie arbeitet in der Personalabteilung einer Bank in der Innenstadt. Ein Nachbar hat gestern Abend um etwa 22.30 Uhr ungewöhnliche Geräusche gehört, musste allerdings erst ein paar Stunden darüber nachdenken, ehe er sie als möglichen Einbruch gemeldet hat.«

»Man will ja nichts überstürzen«, merkte ich an.

»Klar. Besser so lange warten, bis wir definitiv keine Chance mehr haben, jemanden auf frischer Tat zu ertappen. Ein paar Kollegen wurden dort vorbeigeschickt, konnten allerdings nichts Ungewöhnliches feststellen. Nirgends brannte Licht, und auf ihr Klingeln hin hat niemand geöffnet. Da der Nachbar aussagte, dass er seit seinem Anruf bei uns nichts mehr gehört hätte, sind die Kollegen wieder abgefahren. In der Lagebesprechung wurde die Sache dann diskutiert, und die Kollegen beschlossen, bei Tageslicht noch einmal dort vorbeizufahren, um sicherzugehen, dass sie nichts übersehen haben. Ich vermute, dass Wohnungseinbrüche sie gerade ziemlich in Atem halten und die Sache deshalb Priorität für sie hatte.«

»Das hängt sicher mit der Rezession zusammen. Immer wenn die Leute knapp bei Kasse sind, nimmt die Zahl der Einbrüche zu.«

Una Burt nickte. »Auf den ersten Blick sah alles unauffällig aus, aber die Jungs waren gründlich. Einer von ihnen ist um das Haus herumgegangen und hat von hinten durch die Fenster geschaut. Drinnen fiel ihm zunächst nichts Ungewöhnliches auf, bis er zum Schlafzimmer kam. Dort herrschte erhebliche Unordnung, und auf dem Bett meinte er, eine Leiche zu erkennen. Was sich ja dann auch bestätigt hat.«

»Anna Melville?«

»Das muss erst noch geprüft werden, aber wir gehen derzeit davon aus.«

»Und die Leiche war so arrangiert wie die anderen?«

»Mehr oder weniger. Das können wir uns dann vor Ort ansehen.« Sie runzelte die Stirn, und ich verstummte ebenfalls und sah aus dem Fenster, auf die Fußgänger, die schneller vorankamen als wir, und auf die einzelnen jungen Frauen. Die meisten von ihnen waren unterwegs zur Arbeit – elegant in Pumps oder sportlich in flachen Schuhen. Ein kräftiger kalter Ostwind, der direkt von der Nordsee kam, ließ ihre Haare wie Fahnen wehen. Was sie anhatten und vor allem *wie* sie es trugen, verriet eine Menge über sie: Manche kleideten sich mit viel Bedacht, aber hauptsächlich für sich selbst; andere wollten auffallen und wieder andere sich lieber verstecken. Wonach würde ich Ausschau halte, wenn ich auf der Jagd wäre? Wen würde ich auswählen?

Anna Melville hatte etwas mit Maxine Willoughby und Kirsty Campbell gemeinsam, abgesehen von ihrem Tod.

Und genau das hatte der Mörder erkannt und es ausgenutzt, um sie umzubringen. Derzeit war er mir noch völlig fremd, ein schwarzes Loch mitten im Bild. Wenn ich verstehen würde, was er in ihnen gesehen hatte, würde das vielleicht genügen, um ihn zu finden. Una Burt hatte schon Recht. Es war wesentlich besser, mit im Team zu sein als draußen – ganz egal aus welchem Grund. Jeder Fall war eine Chance zu beweisen, dass die Wahl zu Recht auf mich gefallen war und ich die Erwartungen erfüllte. Denn ich *war* gut in meinem Job und wurde den Anforderungen gerecht. Ich straffte mich ein wenig. Mein Kater war endgültig verflogen, und ich hatte wahrlich Besseres zu tun, als in Selbstmitleid zu zerfließen.

Zum Beispiel an mein Handy zu gehen. Es summte in meiner Tasche, und ich kramte es hervor – wohl wissend, dass ich sechseinhalb Klingeltöne lang Zeit hatte, ehe die Mailbox sich einschaltete. *Zwei* ... *drei* ... Als ich es endlich zu fassen bekam, hatte sich ein alter Kassenzettel darumgewickelt, sodass mich das Entfernen eine weitere Sekunde kostete. *Vier* ... Neben mir ließ sich DCI Burts eisige Stimme vernehmen.

»Wer ist das?«

»DI Derwent.« *Wer sonst?*

»Gehen Sie nicht ran.«

Ich hielt meinen Daumen über dem Telefon in der Schwebe und befolgte ihre im Befehlston geäußerte Anweisung, ohne die leiseste Ahnung zu haben, welchen Grund sie hatte. Das Klingeln verstummte, und ich wartete auf den Signalton für eine neue aufgezeichnete Nachricht. Ich war allerdings nicht sonderlich erpicht darauf, sie abzuhören, denn wenn Derwent enttäuscht war, wurde er ziemlich wütend, und ein wütender Derwent war noch erheblich uncharmanter als ohnehin schon.

»Warum sollte ich denn nicht mit ihm reden?«

»Weil es keine besonders gute Idee ist.«

Was praktisch keine Antwort war. »Tja, er wird ziemlich sauer sein und sich zum Beispiel fragen, wo ich stecke.«

»Sie sind doch nicht seine Leibeigene.« Vor uns war die Straße plötzlich auf wundersame Weise frei. Es war einer von diesen seltsamen Momenten im dicksten Verkehr, wenn man plötzlich grüne Welle hat und alle in eine andere Richtung wollen. Dadurch kamen wir endlich in Richtung Tatort voran.

»Natürlich nicht.« Auch wenn er das offenbar denkt … »Treffen wir ihn vor Ort? Oder …«

»DI Derwent ist an diesem Fall nicht beteiligt.«

Ich starrte sie fassungslos an. »Aber er hat sich doch gestern danach erkundigt. Ziemlich nachdrücklich sogar.«

»Er ist an diesem Fall nicht beteiligt«, wiederholte sie. Ich kannte sie nicht gut genug, um herauszuhören, ob sie das mit Genugtuung erfüllte.

Mit halbem Ohr hörte ich die Nachricht auf meiner Mailbox ab, bevor ich sie löschte. Darin echauffierte sich Derwent gewaltig, dass ich nicht im Büro war, obwohl es im Fall Olesugwe so viel zu tun gab. Ich konnte sicher sein, dass dies nur der erste von sehr vielen Anrufen seinerseits sein würde. Ich hatte keine Ahnung, warum Derwent außen vor blieb, konnte mir aber vorstellen, dass es keine angenehmen Gründe hatte.

Kapitel 6

Als wir am Tatort ankamen, stand Godley draußen vor der Tür – wie ein Fels in der Brandung und mit seinem in der Abendsonne schimmernden silberweißen Haar eine enorm eindrucksvolle Erscheinung. Die Spurensicherung war schon bei der Arbeit und riegelte gerade das Grundstück ab; der Superintendent beobachtete alles aus sicherer Entfernung. Er wirkte, als könnte er es nicht erwarten, endlich ins Haus zu kommen, und hätte seine Ungeduld zwar im Griff, aber nur mühsam. Mir ging es ganz ähnlich. Direkt am Tatort zu sehen, wie ein Mörder eine Leiche hinterlassen hatte, war immer von ganz entscheidender Bedeutung. Ich hatte gelernt, dass dabei alle Sinne gefragt waren. Wo normale Menschen sich entsetzt abwandten, sahen wir ganz genau hin und achteten auf jedes noch so kleine Detail. Um zu verstehen, was geschehen war, musste man versuchen, sich in die Situation hineinzuversetzen, was ich im Fall Anna Melville schleunigst hinter mich bringen wollte. Immerhin wusste ich, wie es sich anfühlte, wenn man Angst um sein Leben hatte, auch wenn ich bisher immer Glück gehabt hatte. Anna Melville war das leider nicht vergönnt gewesen.

Die Kriminaltechniker konzentrierten sich nicht nur auf das Haus. Sie konnten auch das Fahrzeug identifizieren. Man würde es zur Auswertung abtransportieren, denn es war gut möglich, dass Anna Melville den Mörder darin mitgenommen, er ihr die Autotür aufgehalten oder sie sich im Gespräch mit ihm einfach nur dagegengelehnt hatte. Genau wie ihre Wohnung würden sie es komplett auseinandernehmen. Um ein winziges Körnchen DNA-Gold zu schürfen, mit dem man einen Mörder überführen konnte, mussten zuvor Unmengen von Schlamm gewaschen werden. Inzwischen reichten zwar kleinste Mengen aus, aber das machte es für die Kriminaltechniker noch schwerer, nach Spuren zu suchen, die buchstäblich unsichtbar waren. Die traditionelle Ermittlungsarbeit war immer noch gefragt, um den Kreis der Verdächtigen auf eine Person – einen kaltblütigen Mörder – einzuengen. Geschworene hatten großen Respekt vor forensischen Beweisen, obwohl ja in vielen Fällen wir diejenigen waren, die einen Beschuldigten auf die Anklagebank brachten, und die Forensik lediglich eine Facette des Gesamtbildes darstellte.

Darüber beklagten sich alle Polizisten. Über sämtliche Dienstgrade, Zuständigkeitsbereiche und Einheiten hinweg gehörte es dazu, sich über zu wenig Wertschätzung zu beschweren. Unser Beruf war gewiss nicht für Leute geeignet, die auf Anerkennung und viel Geld aus waren. Man entschied sich überwiegend dafür, wenn man in anderen Tätigkeiten keinen Sinn sah. Mein Job war ein ganz wesentlicher Teil von mir: Ohne ihn wäre ich nicht das, was ich bin.

Und der Grund, weshalb ich schreckliche Arbeitszeiten, eine miserable Bezahlung und manchmal üble Arbeitsbedingungen in Kauf nahm, schaute auf beiden Straßenseiten aus den Fenstern. Die Nachbarn bekamen allmählich mit, was passiert war, und sahen neugierig zu, wie diese Nachricht Bewegung in ihre Straße brachte. Später würde einigen – den nachdenklicheren – von ihnen bewusst werden, dass kurz zuvor ein Mörder auf dem Weg zu seiner grausamen Tat direkt an ihrer Haustür vorbeigegangen war. Noch schlimmer fand ich allerdings die Vorstellung, wie er den Tatort wieder verlassen hatte, nachdem er sein Verlangen gestillt hatte. Bei diesem Gedanken bekam *ich* eine Gänsehaut, obwohl ich nicht in der Carrington Road wohnte und mein Zuhause nicht geschändet worden war.

DCI Burt parkte den Wagen und summte dabei leise vor sich hin. Als Godley das Motorengeräusch vernahm, drehte er sich zu uns um. Er runzelte die Stirn, ohne dass ich wusste, warum.

Ich ließ Una Burt allein vorangehen und nahm einen kleinen Umweg zu einem Mülleimer, wo ich meinen Kaffeebecher entsorgte. Der Wind wehte mir eisig ins Gesicht. Ich zog meinen Mantel enger um mich und schob mein Kinn tiefer unter den Kragen. Die Carrington Road war von Ahornbäumen gesäumt, die gerade ihr Laub abwarfen, als kämen Blätterkleider in dieser Saison aus der Mode. Die Abflüsse der Straße waren verstopft, und in der Luft lag ein leichter Fäulnisgeruch, wie er typisch für den Herbst war. Ein sarkastisch grinsender Kriminaltechniker in Gummistiefeln und Schutzanzug durchsuchte systematisch stochernd die Laubhaufen am Straßenrand und wurde dabei von einer Handvoll Reporter gefilmt, die es schon an den jüngsten Tatort geschafft hatten. Jemand hatte ihnen gesteckt, dass es um Mord ging, aber ihren in meine Richtung gerufenen Fragen nach zu urteilen wussten sie noch nichts von der möglichen Verbindung zu den anderen Todesfällen. Und von mir würden sie das ganz bestimmt nicht erfahren. Ich machte kehrt und ging in Richtung Haus, als es in der Tasche an meiner Hüfte zu vibrieren begann.

Mist.

Ich weiß nicht, warum ich auf das Display schaute, denn wer es war und was er wollte, wusste ich auch so. Das Klingeln und Vibrieren kam mir heftiger vor als sonst, schließlich war es Derwent, der mich erreichen wollte und vor Wut schäumte, weil ich ihn nicht zurückrief. Aber da DCI Burt es mir untersagt hatte, wagte ich nicht, gegen ihre Anweisung zu verstoßen. Ich hob den Kopf und sah, dass sie mich beobachtete, genauso wie Godley. Demonstrativ drückte ich daher den Anruf weg und verstaute das Telefon mit großer Geste wieder in meiner Tasche, sodass ihnen nicht entgehen konnte, was ich soeben getan hatte. Auch wenn der gegen Hierarchien und Obrigkeiten rebellierende Teil von mir außer sich war, dass ich einen Befehl derart brav ausführte, ohne dass jemand dessen Hintergrund erläutert hatte.

Wenn es um jemand anders als Derwent gegangen wäre, hätte ich das wahrscheinlich auch geäußert.

»Ich habe mit den uniformierten Kollegen gesprochen. Sie kommen später hier vorbei, falls Sie noch etwas erfragen wollen«, sagte Godley. »Wir müssten gleich ins Haus können.«

Wie auf ein Stichwort tauchte Kev Cox neben ihm auf – ein kleiner, zur Glatze neigender Mann mit Schmerbauch, der im Schutzanzug nicht gerade vorteilhaft aussah, und einem freundlichen Gemüt, dem der regelmäßige Anblick zwischenmenschlicher Scheußlichkeiten bisher nichts hatte anhaben können.

»Noch zwei Minuten, Kollegen. Danke für eure Geduld. Sie können sich schon mal fertig machen.«

»Handschuhe und Schuhüberzieher?«, erkundigte sich Godley.

»Und auch Schutzanzüge bitte. Wir müssen hier sehr vorsichtig sein.« Kev wusste genauso gut wie wir, welch großes Interesse der Mord an Anna Melville in der Öffentlichkeit auslösen würde. Da wollte niemand einen Fehler machen.

»Glenn hat sich gerade gemeldet. Er ist unterwegs, steckt aber noch im Stau.« Godley begab sich zur Haustür. Über die Schulter rief er uns noch zu: »Denken Sie beide daran. Er will nicht, dass jemand die Leiche berührt, bevor er sie gesehen hat.«

Nicht einmal im Traum wäre ich auf diese Idee gekommen. Mit allen Mitteln versuchte ich in der Regel, das zu vermeiden, und entwickelte beinahe eine Phobie gegenüber totem Fleisch, das sich unter den Gummihandschuhen unangenehm weich anfühlte und bei Berührung nachgab. Auch wenn meine Kochkünste schon immer denkbar dürftig gewesen waren, verzichtete ich in meiner Küche seit meinem Wechsel in die Mordkommission komplett auf Fleisch. Die Fleischtheke im Supermarkt war für mich der reinste Albtraum, obwohl alles hygienisch in Folie verpackt war.

Vor der Eingangstür war ein Zelt erreichtet worden, das als Schleuse zwischen Außenwelt und Tatort diente. Ich beeilte mich beim Anlegen der Schutzkleidung, auf die uns Kev hingewiesen hatte. Neben mir war Godley ebenfalls damit beschäftigt. Una Burt wollte es uns gerade gleichtun, als ihr Telefon klingelte und sie nach draußen ging, um den Anruf anzunehmen. Ich fragte mich, ob Derwent jetzt dazu überging, sie mit Anrufen zu bombardieren. Als Nächstes überlegte ich, was es war, das sie nicht in meinem Beisein besprechen wollte. Ich kam allerdings zu dem Schluss, dass das alles nur pure Paranoia und ich mal wieder viel zu sehr mit mir selbst beschäftigt war.

»Wo ist eigentlich Harry Maitland?«

»Koordiniert die Haustürbefragung. Ich habe dafür Heerscharen von Uniformierten zur Verfügung, um die ganze Gegend abzudecken, aber ich will, dass sie die richtigen Fragen stellen. Maitland macht ihnen in meinem Auftrag gerade weiß Gott die Hölle heiß.«

Ich musste mir ein Lächeln verkneifen, denn Godley hatte bei der Met den Spitznamen »Gott«, der nicht nur auf seinen Namen anspielte, sondern auch auf sein Aussehen und seine tadellose, unerreichte Erfolgsbilanz. Er leistete dem allerdings keinen Vorschub, und der Name wurde auch hauptsächlich von Leuten verwendet, die nicht direkt mit ihm zusammenarbeiteten. Beruflich trat er ohne jegliche Allüren auf und nahm sich Zeit für junge, unerfahrene und gelegentlich auch erfolglose Kollegen. Das trug ihm im Gegenzug viel Respekt und große Loyalität ein, wodurch seine Untergebenen außergewöhnliche Leistungen erbrachten. Und doch hatte er keine reine Weste. Bei diesem Gedanken gefror mir das Lächeln auf den Lippen, und als ich den Kopf hob, sah ich, dass Godley mich musterte. Ich hatte das ungute Gefühl, dass er genau wusste, was ich dachte.

»Wollen wir auf DCI Burt warten?«, fragte ich.

»Sie weiß ja, wo sie uns findet.« Galant hielt er die Tür auf und ließ mir den Vortritt. Drinnen blickte ich mich um und begann mir anhand der Einrichtung ein erstes Bild von Anna Melville zu machen. Der Flur war hellgrün gestrichen, und an einer Wand hingen zwölf altmodisch anmutende und jeweils in Viererreihen angeordnete Spiegel. Der Holzfußboden war glänzend lackiert, und darauf lag ein makellos sauberer cremefarbener Läufer, der zudem kein bisschen verrutscht war. Ich hielt Ausschau nach einem Schuhregal und entdeckte es neben der Tür. Jeder Besucher hatte dort seine Schuhe ausziehen müssen. Wenn sie ihn also selbst hereingelassen hatte, war er barfuß oder in Socken in die Wohnung gegangen. Wir würden folglich keine Schuhspuren oder Schmutzpartikel finden, die wir etwaigen Verdächtigen zuordnen konnten. Im Regal standen ordentlich aufgereiht etliche Schuhpaare, die eher hübsch als praktisch aussahen: elegante Pumps mit sehr hohen Absätzen und flache verzierte Ballerinas. Selbst ihre Gummistiefel waren rosa mit silbernen Sternchen. Sie war also eher der mädchenhafte Typ gewesen.

»Kein Blut«, sagte ich zu Godley, der nickte, ehe er an mir vorbei in Richtung Wohnzimmer ging.

»Fangen wir erst einmal hier an. Una kommt gleich dazu.«

Der Raum war nicht sonderlich groß, aber durchaus exklusiv eingerichtet. Der graue Velourbezug des Zweisitzer-Sofas sah aus, als hätte noch nie jemand darauf gesessen. Es gab einen Kamin, auf dessen Brennrost Kerzen standen. Die Nischen zu beiden Seiten des Kaminsimses waren mit Regalen versehen. Darin standen Blumenvasen und allerlei Zierrat anstelle von Büchern oder DVDs, die uns Hinweise auf ihre Persönlichkeit gegeben hätten. Aus der Tatsache, dass es keinerlei Bücher oder CDs gab, schloss ich, dass sie meist lange arbeiten musste und keine Zeit für Unterhaltung hatte. Das große graue Weidenherz über dem Sofa deutete darauf hin, dass sie romantisch veranlagt war. Auf dem Sofa selbst lagen bergeweise Kissen, was den femininen Eindruck noch verstärkte. Einen Mann vor dem Fernseher konnte man sich hier nur sehr schwer vorstellen. An einer anderen Wand hing ein gerahmtes Poster, auf dem in geschwungener Schrift das Wort »Beauty« stand. Warum auch nicht? Wenn jemandem etwas wichtig war, sollte er ruhig Farbe bekennen. Trotzdem wurde ich den Eindruck nicht los, dass ich mich mit Miss Melville nicht sonderlich gut verstanden hätte. Die in den Regalen aufgereihten Fotos bestätigten das.

»Was ist denn?« Statt sich weiter umzusehen, beobachtete mich Godley, wodurch ich mich fühlte wie ein Kanarienvogel im Bergwerk. »Sie runzeln die Stirn?«

»Ist sie das?« In den Regalen standen schätzungsweise dreißig Fotos, und auf fast allen war dieselbe dunkelhaarige Frau zu sehen.

»Ich denke schon.«

»Dann muss sie aber enorm unsicher gewesen sein. Wer stellt sich denn gerahmte Bilder von sich selbst in die Wohnung, wenn er allein lebt?« Ich nahm eins davon zur Hand. Es zeigte eine Gruppe von Mädchen, die sich allesamt ganz groß in Schale geworfen hatten und offenbar zusammen ausgehen wollten. Zwei von ihnen hatten einen leicht verzogenen Mund und unterhielten sich offenbar gerade, eine andere sah nicht einmal in die Kamera. Nur die Dunkelhaarige lächelte bezaubernd ins Objektiv. »Und schauen Sie hier. Auf diesem Bild ist sie die Einzige, die gut getroffen ist. Warum sollte sich das jemand einrahmen?«

»Unsicher zu sein ist doch kein Verbrechen.«

»Aber es macht empfänglich für Schmeicheleien. Alle drei Frauen lebten allein. Sie gingen auf die dreißig zu und waren Single. An dieser Stelle könnte er ins Spiel kommen. Wissen wir, ob eine von ihnen in Online-Singlebörsen angemeldet war?«

»Ich werde mich heute Nachmittag bei den anderen Ermittlern danach erkundigen.«

»Er hat etwas Verletzliches in ihnen gesehen. Diese Frau war enorm feminin und wusste sehr wohl um ihre Wirkung auf andere. Was für einen Mann sucht eine solche Person?«

»Einen, der typisch männlich wirkt«, mutmaßte Godley. »Und stark.«

»Ja, und energisch. Jemanden, der das Heft in die Hand

nimmt und Herzen im Sturm erobert. Einen ganz selbstsicheren Typen.«

»Für Selbstsicherheit spricht auf jeden Fall, dass er sie in ihren eigenen vier Wänden ermordet hat. Er fühlt sich sicher dort. Und er nimmt sich viel Zeit.«

»Woraus schließen Sie das?«

»Aus der Art, wie er die Leichen hinterlässt.«

Mein Blick fiel auf das Einzige, was in diesem Raum unpassend wirkte: eine Vase, halb gefüllt mit grünlichem Wasser, in dem ein paar Blattreste schwammen. »Wo sind denn die Blumen?«

»Das werden wir wahrscheinlich gleich herausfinden.« Godley sah auf die Uhr. »Los, Una, Beeilung.«

Als hätte sie auf diese Einladung gewartet, kam sie durch die Tür und raschelte dabei geschäftig mit ihrem Schutzanzug. »Tut mir leid. Jetzt ist alles erledigt.«

»Sind wir hier fertig?«, wollte Godley von mir wissen, und ich nickte, während ich Una zusah, wie sie die Umgebung aufmerksam betrachtete.

»Gehen Sie voran«, sagte Godley zu ihr; ich folgte ihr durch den Flur, vorbei an einem kleinen, in Zartgelb gehaltenen und offenbar als Gästezimmer dienenden Raum sowie dem winzigen Badezimmer, in dem die Kriminaltechniker sich förmlich auf die Füße traten. Sie waren damit beschäftigt, Wattestäbchen einzusammeln und Abflusssiphons zu leeren. Außerdem passierten wir die Küche, in der auf dem Tisch eine Vase mit roten Tulpen stand und gespültes Geschirr fein säuberlich auf ein Abtropfgitter gestellt war. Nirgends etwas Peinliches, wofür Anna sich vor uns geschämt hätte. Die Wohnung wirkte so aufgeräumt, als wäre eine Besichtigung anberaumt– bis hin zu den hübsch an einer Hakenleiste hängenden und zueinanderpassenden Geschirrtüchern und der kleinen kitschigen Tafel mit der Aufschrift »Schon fast Wochenende!« über einer Einkaufsliste. Gut organisiert, sorgfältig, feminin, unsicher. Das war an sich natürlich alles völlig in Ordnung, und ich hätte selbst gern ein bisschen mehr davon. Aber mein Gefühl war, dass genau das sie zum Opfer gemacht hatte. Ich fragte mich, woher und wie gut er sie eigentlich gekannt und wie er seinen Plan gefasst hatte, sie in seine Gewalt zu bringen.

Was er ihr angetan hatte, davon konnten wir uns in ihrem Schlafzimmer überzeugen, wo das Verbrechen ebenso sorgfältig und detailverliebt inszeniert worden war, wie Anna Melvilles Wohnung eingerichtet war. Auf der Türschwelle blieb ich erst einmal stehen, sodass Godley mit mir zusammenstieß und sofort zurückschreckte, als hätte er sich dabei verbrannt.

»Entschuldigung, ich wollte nur …«

»Kein Problem«, antwortete er kurz angebunden. »Lassen Sie sich Zeit.«

Aber er war schon hineingegangen, beugte sich über das Bett und betrachtete konzentriert die dort liegende Leiche. Ich umrundete das Bett und registrierte den Anblick nur aus dem Augenwinkel. Auf dem weiß gestrichenen Holzfußboden lag Kev und leuchtete in die Ritzen zwischen den Dielen. Auf der anderen Seite des Zimmers kauerte eine andere Kollegin von der Spurensicherung auf allen vieren und tat das Gleiche. Ich erkannte sie – es war Caitriona Bennett, eine hübsche, sanfte Kriminaltechnikerin, deren Arbeit uns im vergangenen Sommer auf die Spur eines Mörders gebracht hatte. Es war immerhin ein kleiner Trost für mich, dass nur die Besten Anna Melvilles Tod untersuchten. So hatten wir wenigstens die Chance, ihr einen Hauch von Gerechtigkeit widerfahren zu lassen.

Godley stieg über Kevs ausgestreckten Körper. »Schon was gefunden?«

»Staub«, antwortete er, ohne den Kopf zu heben, und arbeitete sich millimeterweise voran. »Krümel. Wir lassen die Dielen später aufnehmen, damit wir alles, was für uns von Interesse ist, einsammeln können.«

Ich blieb am Fenster stehen, an dem hauchzarte transparente Vorhänge hingen. Zwischen ihnen war ein handbreiter Spalt, durch den vermutlich der uniformierte Kollege von außen hineingesehen hatte. Als ich mich umwandte, sah ich, dass auch dieser Raum im gleichen femininen Stil gestaltet war wie die übrige Wohnung. Über dem Bett war ein weiß gestrichener geschnitzter Holzbalken angebracht, von dem Gardinenschals herunterhingen, die elegant über das Kopfteil des Bettes drapiert waren. Die Bettwäsche war weiß und mit winzigen, ebenfalls weißen Sternen gemustert. Das Bettzeug lag allerdings zusammengefaltet am Fußende, damit sich unter der Leiche nur ein sauberes weißes Bettlaken befand. Auf einer als Nachttisch dienenden kleinen Spiegelkommode standen eine Wasserkaraffe und ein altmodischer Wecker, und daneben lag ein iPad, das wir auf jeden Fall mitnehmen würden. Ich konnte es kaum erwarten, es mir anzusehen, aber die vorgeschriebenen Abläufe mussten eingehalten werden. Außerdem war eine Leiche zu begutachten, rief ich mir ins Gedächtnis und zwang mich, zum Bett zu schauen, auf dem sie lag.

Ihr Kopf lag am Fußende und ihre Füße dicht nebeneinander auf dem Kopfkissen. Sie trug Weiß – ein Nachthemd aus Seide, die so fein war, dass ich durch den Stoff einen Schatten zwischen ihren Schenkeln und die beiden dunklen Wölbungen ihrer Brustwarzen erkannte. Sie war klein und schmal, wirkte zerbrechlich, und ihre Kniescheiben standen hervor wie bei einem Kind. Ihre Hände ruhten eng am Körper, die Handflächen zeigten nach oben, und darin lag das, was er aus ihrem Kopf herausgetrennt hatte. Ihr Gesicht sah grauenhaft aus – dunkel vor lauter Blut und mit heraushängender Zunge. Zu meiner Erleichterung hatte er die Augenlider über den leeren Höhlen geschlossen. Die Male an ihrem Hals fielen auf wie Farbspritzer im Schnee. Ihre langen, dunkel glänzenden Haare waren verschwunden. Er hatte sie unmittelbar am Kopf abgeschnitten. So verunstaltet, sah sie noch hilfloser und jünger aus, und ich fragte mich, ob er ihr die Haare vor ihrem Tod oder danach abgeschnitten hatte. Wollte er sie damit quälen? Oder sich selbst damit belohnen? Oder war es noch komplizierter?

»Hat er die Haare mitgenommen?«

»Nein. Ich habe sie im Bad gefunden. Dort hat er sie entsorgt«, verkündete Kev putzmunter. »Aber abgeschnitten hat er sie hier. Da drüben in der Ecke haben wir ziemlich viele lose Haare gefunden.«

Links und rechts neben ihrem Kopf und ihren Füßen stand jeweils eine Kerze – es waren große, etwa zwanzig Zentimeter hohe Altarkerzen.

»Wie sieht es aus, hat er die selbst mitgebracht?«, wollte Godley wissen und zeigte darauf.

»Das sind die gleichen wie im Wohnzimmer«, warf ich ein und hörte, wie meine Stimme seltsam blechern klang. Emotionslos wie ein Roboter.

»Brannten sie, als die Kollegen hier ankamen?«, wollte Una Burt wissen.

»Nein. Offenbar hat er sie vor dem Gehen gelöscht«, erwiderte Godley.

»Kerzen soll man ja auch nie ohne Aufsicht brennen lassen«, ließ sich vom Boden her Kev vernehmen, der sich Godleys Füßen näherte.

»Ich kann mir nicht vorstellen, dass ihn das interessiert hat.«

»In Maxines Wohnung standen auch Kerzen. Bei Kirsty gab es allerdings keine«, merkte DCI Burt an. »Anscheinend benutzt er einfach das, was er vorfindet.«

»Er richtet sie wie ein Opfer her«, sagte ich. Unvermittelt kam in mir eine alte Erinnerung hoch, wie ich einer von den Nonnen am frühen Morgen half, den Altar für die Frühmesse vorzubereiten. Ein Altartuch aus weißem Leinen. Reinweiße Kerzen in flachen Haltern. Und Blumen, die ich in eine viel zu kleine Messingvase stopfte, weil ich das alles langweilig fand und fertig werden wollte. Doch die Nonne nahm mir vorwurfsvoll den Strauß aus der Hand und schnitt die beschädigten Stiele mit einem kurzen Messer ab, das sie aus den Falten ihrer Ordenstracht hervorgeholte hatte, bis alles tadellos aussah. Ich trat näher heran, sodass ich direkt oberhalb von Annas geschundenem Kopf stand und auf sie hinabblickte. Aus dieser Perspektive erkannte ich, was mir zuvor entgangen war: Sie lag auf einer Handvoll Lilien, deren starker Duft sich mit dem strengen Geruch der gelöschten Kerzen vermengte.

»Das dürften die Blumen aus dem Wohnzimmer sein.«

»Vermutlich«, antwortete Godley und beugte sich zu mir herüber. Dabei berührte sein Ärmel meinen Arm, und er zuckte erneut zurück. Das war nicht gerade hilfreich, wenn wir die anderen davon überzeugen wollten, dass zwischen uns nichts war, dachte ich leicht genervt. Da ich aber keine Chance hatte, ihm das zu sagen, ohne sämtliche Hierarchiegesetze zu brechen, beschloss ich, es einfach zu ignorieren.

»Was haben die Blumen Ihrer Ansicht nach zu bedeuten?«

»Ich weiß nicht so recht. Sie könnten irgendwie zum Ritual gehören, zusammen mit den Kerzen.«

»Damit er sich fühlt wie draußen?«, schlug Una Burt vor.

»Hat er das mit den anderen auch so gemacht?«

Godley nickte.

»Mit Lilien? Oder anderen Blumen?«

»Ich denke, es waren andere.« Er runzelte die Stirn. »Ich habe die Tatortfotos im Auto.«

»Die sollten wir uns genauer ansehen«, sagte DCI Burt. »Und zwar zusammen mit den anderen Ermittlern.«

»Aber hat er denn gewusst, dass Blumen im Haus sind?« Ich schaute genauer hin. Die Blütenblätter sahen etwas mitgenommen aus. Ein paar waren schon bräunlich und lösten sich. Selbst wenn man einrechnete, dass sie durch das Opfer zerdrückt waren, sahen sie ganz bestimmt nicht frisch aus. »Vielleicht hat er sie ihr ja geliefert vor ein paar Tagen? Dabei könnte er sie zum ersten Mal gesehen haben.«

Una Burt reagierte unverhohlen skeptisch. »Aber warum sollte sie ihn dann hereinlassen? Es gab ja bekanntlich keine Einbruchsspuren. Selbst wenn sie ihn erkannt hätte, würde sie doch sicher keinen Lieferanten in ihre Wohnung bitten.«

»Es sei denn, er hätte etwas besonders Schweres gebracht.«

»Zum Beispiel?«

Nichts deutete darauf hin, dass sie eine Lieferung erhalten hatte, und ich gab resigniert auf. Doch Una Burt hatte schon Recht und wollte mich im Gegensatz zu Derwent auch nicht lächerlich machen. Sie sprach einfach nur das aus, was sie dachte.

»Was hat er denn zum Haareschneiden benutzt? Eine Schere?«

»Wir haben keine gefunden.« Kev tauchte neben dem Bett auf. »Wenn Sie mich fragen, hat er ein Messer verwendet, so wie es hier aussieht.«

»Dasselbe wie für die Augen?«, warf DCI Burt in die Runde.

»Gut möglich.«

»Hat sie sich gewehrt?«, erkundigte ich mich. »Was hat der Nachbar denn genau gehört?«

»Ungewöhnliche Geräusche«, sagte er. »Möbelrücken. Poltern und Scharren.« Godley ließ seinen Blick schweifen. »Sieht aber gar nicht danach aus.«

Godley leuchtete mit seiner Taschenlampe in das Gesicht der Frau und betrachtete es aus einem Abstand von wenigen Zentimetern. Dabei erinnerte er fatal an den Märchenprinzen, der sich über Dornröschen beugt und es mit einem Kuss aufwecken will.

»Stopp. Gehen Sie mit der Lampe noch einmal zurück.« Irgendetwas war mir aufgefallen. »Wo Sie gerade hingeleuchtet haben, dort habe ich etwas gesehen.«

»Da war etwas unter ihrem Hals. Ein Haar.«

»Wie überraschend«, entgegnete Godley leicht enttäuscht. »Ist doch klar, dass ihm ein paar entgangen sind.«

Ich nahm ihm die Taschenlampe aus der Hand und richtete sie selbst auf die besagte Stelle. Caitriona eilte herbei, zog das Haar mit einer Pinzette heraus und hielt es hoch, damit sie es in einem Asservatenbeutel verstauen konnte. Bei näherer Betrachtung erkannte ich, dass es rund 30 Zentimeter lang war. Es hing in langgezogener S-Form und sah aus, als ob es so gestylt wäre, dass es sich nach außen wellen sollte. Es leuchtete goldblond.

»Auf keinen Fall von ihr«, merkte Kev erfreut an. »Woher kommt es aber dann?«

»Von ihm?«, antwortete ich zweifelnd. Zu meinem Bild

von einem Serienmörder wollte schulterlanges, sorgsam frisiertes Haar nicht so recht passen.

»Von einem der anderen Opfer?«, mutmaßte Burt.

»Die waren aber auch nicht blond«, gab Godley zu bedenken. »Hoffen wir mal, dass es überhaupt relevant ist.«

»Wir hätten es auf der Bettwäsche dann ohnehin gefunden«, verteidigte sich Caitriona, als hätte ihr jemand Versagen vorgeworfen. »Sobald die Leiche abtransportiert ist, nehmen wir das Bettzeug mit.«

»Keiner transportiert hier ohne meine Genehmigung irgendwas ab«, ließ sich Glenn Hanshaws schneidende Stimme quer durch den Raum vernehmen. Wir schreckten zurück wie Schaben, wenn das Licht angeht. »Entschuldigung, ich bin spät dran.«

Allerdings klang er kein bisschen zerknirscht dabei, sondern eher gereizt. Ich trat den Rückzug in Richtung Tür an, als der große hagere Mann sich neben das Bett kauerte und anfing, seine Ausrüstung auszupacken. Ich schätzte seine berufliche Kompetenz, bekam jedoch immer eine Gänsehaut, wenn er mit einem schnappenden Geräusch seine Gummihandschuhe anzog oder klappernd das Thermometer aus dem Etui nahm. Er agierte außerordentlich professionell und untersuchte seine Patienten, die längst nichts mehr spüren konnten, routiniert, zügig und für mein Gefühl ein Stück zu rabiat. Es grenzte in meinen Augen an Gewalt, als er Anna Melvilles Beine spreizte und dabei keine Zeit verlor, weil er seine Verspätung wettmachen wollte. Da Anna keine Chance mehr hatte, sich zu wehren, überkam mich ein ungutes Gefühl, das schon fast an Empörung grenzte. Ich verließ den Raum und atmete im Flur erst einmal tief durch und wartete, bis meine Herzfrequenz sich wieder normalisierte.

»Alles in Ordnung?« Als ich aufschaute, sah ich direkt in Una Burts Gesicht.

»Diesen Teil finde ich schrecklich.«

»Ich auch. Aber es ist ja nicht Hanshaws Schuld. Er ist nicht für ihren Zustand verantwortlich.«

»Schon klar.« Keine Frage. »Ich beschuldige ihn ja gar nicht. Dieser Fall geht mir nur ganz schön an die Nieren. Sie hatten schon Recht. Die Opfer sind mir ziemlich nahe. Auch wenn es mich nicht direkt angeht.« Obwohl ich vor einiger Zeit beinahe selbst betroffen gewesen wäre, als ich meinen Stalker Chris Swain für einen freundlichen Nachbarn hielt. Er war mir nähergekommen, als ich mich daran erinnern mochte. »Es könnte eine von meinen Freundinnen sein, die anderen schneller vertraut als ich.«

»Sie denken also, er gewinnt ihr Vertrauen.«

»Sie wurde weder gefesselt noch geschlagen. Trotzdem konnte er sie töten. Wie hat er das geschafft? Ich kann es mir nur so erklären, dass er ihr gegenüber sehr dominant aufgetreten ist. Sie musste tun, was er von ihr verlangt hat.«

»Da können Sie Recht haben.« Sie wandte den Blick von mir ab in Richtung des Raumes, in dem Anna Melville noch immer lag. Ihre nächste Bemerkung bewies, dass ich ihren Gedankengängen kein bisschen folgen konnte, denn ich hatte keine Ahnung, wie sie darauf kam. »Wenn DI Derwent mit Ihnen über diesen Fall reden will, verweisen Sie ihn bitte an mich.«

Noch ehe ich nachfragen konnte, warum, war sie schon verschwunden.

Kapitel 7

Ich wollte gerade wieder hineingehen und tapfer den Anblick der Leiche ertragen und zusehen, was Glenn Hanshaw damit anstellte, als ich vor der Eingangstür Stimmen hörte. Ich eilte durch den Korridor und sah vier Männer in Schutzanzüge steigen, während ein Kriminaltechniker mit verschränkten Armen daneben stand. Sein Name war Pierce, erinnerte ich mich, und sein Tonfall klang gekünstelt und durchdringend.

»Vor allem für Sie ist es besonders wichtig, dass Sie nichts hier hineintragen. Wenn einer von Ihnen Material von einem anderen Tatort mitbringt, können wir gleich einpacken. Haben Sie mich verstanden?«

»Ja, wir ahnen, worum es geht.« Die gereizte Bemerkung erinnerte mich daran, wie unsympathisch mir Andrew Bradbury gewesen war. Er war dünn, trug eine Brille mit klobigem Gestell und lächelte praktisch nie. Bei manchen Männern war es durchaus attraktiv, wenn ihr Kopf allmählich kahl wurde – Bradbury gehörte nicht dazu.

»Tut mir leid, wenn Ihnen das nicht gefällt. Ich mache hier nur meine Arbeit. Wenn ich Sie einfach so reinlasse, werde ich gelyncht.« Aber in Wirklichkeit schien Pierce eher erfreut darüber, den Detectives Anweisungen geben zu können. Als ich mich räusperte, wirbelte er herum. »Ah, hier ist DC Kerrigan. Sie wird sich um Sie kümmern.«

Ich wartete, ob Bradbury erkennen ließ, dass wir uns

kannten, aber offenbar hatte ich keinerlei Eindruck auf ihn gemacht. Seit unserer Begegnung war er befördert worden, obwohl er einer der uninspiriertesten Detective Sergeants gewesen war, die ich je erlebt hatte. Aufgestiegen war er Derwents Vermutung nach nur, weil man ihn so aus dem Weg schaffen konnte. Da Derwent ihm als Alphatier das Leben gehörig schwer gemacht hatte, war Bradbury vor ihm sofort zu Kreuze gekrochen. Wäre Derwent dabei gewesen, hätte es Bradbury sicher nicht gewagt, sich einfach an mir vorbeizudrängen. Aber so grüßte er mich nicht einmal.

»Wo ist Superintendent Godley?«

»Im Schlafzimmer, ganz hinten links.«

Er stürmte los und durchquerte im Eilschritt den Korridor. Ich ließ ihn gehen und wandte mich den drei Männern zu, die immer noch vor der Tür standen.

»Danke, dass Sie gekommen sind. Mein Name ist Maeve Kerrigan, ich arbeite mit Superintendent Godley zusammen.«

»Angenehm«, antwortete ein bleicher, schwermütig dreinblickender Mittvierziger. »DI Carl Groves. Das ist DS Burns. Frank sein Name, frank und frei sein Charakter«, fügte er hinzu.

Der Sergeant hob nur grüßend seine schon mit einem Handschuh überzogene Hand. »Danke, dass Sie über den Scherz vom Chef gelacht haben. Die ersten tausend Mal hab ich das auch noch gemacht.«

Ich grinste die beiden an. Sie sahen aus wie ein Komikerduo: einer dick, der andere dünn, etwa im gleichen Alter. Außerdem wirkten sie seltsam altmodisch und so zynisch, wie es Mordermittler gängigen Klischees nach zu sein hatten. Der Dritte im Bunde stellte sich als James Peake vor, er war Detective im Londoner East End, wo auch Andy Bradbury arbeitete und Maxine Willoughby umgebracht worden war. Er war ungefähr so alt wie ich und ein großer, gutaussehender Rotschopf.

»Wollen Sie erst mit Superintendent Godley sprechen oder …«

»Ist wahrscheinlich sinnvoller, wenn wir uns hier mal ein bisschen umsehen«, antwortete Groves. »Deshalb sind wir ja hergekommen.«

Da gab ich ihm völlig Recht. Nur Bradbury hatte den Kern der Sache offenbar noch nicht verstanden.

Sobald sie die Wohnung betraten, verstummten sie und ließen alles auf sich wirken, was Aufschluss über Anna und ihre Lebenswelt geben konnte. DCI Burt erschien in der Küche. Godley hatte sie hierhergeschickt, und wieder gab es eine Vorstellungsrunde.

»Sehen Sie Übereinstimmungen?«, fragte sie in forschem Tonfall, woraufhin alle drei in unterschiedlicher Intensität nickten.

»Ganz klar der gleiche Opfertyp.« Burns befühlte den Stoff eines Vorhangs und wog ihn in der Hand. »Finanziell besser gestellt als Kirsty, würde ich sagen.«

»Aber wohnte die nicht in Blackheath?« Diese Information aus dem Artikel im *Standard* hatte ich mir gemerkt, da es eine besonders attraktive Gegend im Südosten Londons war, nahe am Fluss unweit von Greenwich gelegen und sehr grün. Falls ich irgendwann mal genug für eine Eigentumswohnung – wahrscheinlich für mich allein, wie ich mich so kannte – gespart haben sollte, stand dieser Stadtteil definitiv auf meiner Wunschliste. Auf jeden Fall war es kein Viertel, wo man damit zu rechnen hatte, erwürgt in seinem Bett zu enden.

»Na ja, Immobilienmakler rechnen diese Ecke gern zu Blackheath, aber eigentlich ist es eher Lewisham.«

»Lewisham ist doch prima«, warf Groves ein. »Was ist das Problem an Lewisham?«

»Wo soll ich anfangen?« Burns verdrehte die Augen. Als Nächstes würden sie wahrscheinlich eine Kabarettnummer aufführen. Una Burt witterte die Gefahr offenbar ebenfalls und unterbrach ihn.

»Und was ist mit Maxine Willoughby? Wo hat sie gewohnt?«

»Sie hatte eine Zweizimmerwohnung in Whitechapel«, antwortete Peake. »So was hier hätte sie sich niemals leisten können.«

»Anna hat als Personalsachbearbeiterin in der Innenstadt gearbeitet«, warf ich ein. »Da hat sie bestimmt nicht schlecht verdient.«

»Trotzdem hat sie eher bescheiden gelebt«, merkte Una Burt an. »Und recht zurückgezogen.«

»Ja, sehr unauffällig«, pflichtete ich ihr bei.

»Egal, ob sie auffallen wollte oder nicht – auf jeden Fall ist genau der Falsche auf sie aufmerksam geworden«, sagte Groves.

»Der Schlimmste.« Burt sah sich suchend um. »Sollte DI Bradbury nicht auch dabei sein? Ich dachte, er wäre gleich mit mir mitgekommen. Wo ist er denn abgeblieben?«

»Einfach mal in Godleys Hintern nachsehen«, murmelte Peake so leise, dass nur ich es hören konnte, woraufhin ich mir ein Lachen verkneifen musste, was ich durch Husten zu überspielen versuchte. Das hatte zur Folge, dass alle mich ansahen. Um die dadurch erzeugte Aufmerksamkeit gleich auszunutzen, erkundigte ich mich nach der Vase. Kev Cox hatte dafür gesorgt, dass sie mitgenommen wurde, nachdem Godley und ich darauf hingewiesen hatten. Ich konnte sie jedoch beschreiben.

»Haben Sie in den anderen Wohnungen auch so etwas gefunden?«

»Blumen, ja.« Groves überlegte und verzog dabei das Gesicht. »Keine Ahnung, ob überhaupt ermittelt wurde, woher die stammten.«

Peake blätterte in einem Hefter voller Fotos, der zuvor unter seinem Arm geklemmt hatte. Es waren Bilder von Maxines Wohnung. Ich schaute ihm über die Schulter und sah hübsche, jedoch in fantasielosem IKEA-Chic eingerichtete Räume, die allesamt im selben Cremefarbton gestrichen waren.

»Da. Auf dem Abtropfgitter.« Ich hielt seinen Arm fest, als er die Küchenfotos überblättern wollte. »Das ist doch eine Vase, oder?«

Sie stand falsch herum, als hätte sie jemand ausgespült.

»Ob er sie so hinterlassen hat?«

»Könnte sein. Auf jeden Fall hat er aufgeräumt, nachdem er mit Maxine fertig war. Dabei war er nicht in Eile. Er hat unserer Ansicht nach sogar noch staubgesaugt und den Beutel mitgenommen. Offenbar hat er sich sehr sicher gefühlt. Wenn es hier lauter zuging – Sie sagten doch, ein Nachbar hätte den Notruf gewählt, oder? –, dann hatte er vielleicht nicht die Ruhe, hinterher noch Ordnung zu machen.«

»Durchaus möglich.«

Groves und Burns berieten sich leise und kamen dabei zu dem Schluss, dass möglicherweise eine Vase da gewesen war. Sie wussten es jedoch nicht mehr genau.

»Wie ist Ihre Theorie?«, wollte Peake wissen.

Ich runzelte die Stirn. »Im Moment habe ich noch keine schlüssige. Vielleicht liefert er die Blumen und nutzt die Gelegenheit, potenzielle Opfer und ihre Wohnungen auszuspähen. Oder er schenkt ihnen Blumen und gewinnt damit ihr Vertrauen.«

»Dann muss er aber verdammt charmant sein, dass sie ihn in ihre Wohnung lassen und sich dann nicht mal wehren.« Groves schüttelte den Kopf. »Vielleicht bringt er ja auch noch Pralinen mit.«

»Und bietet ihnen an, Sachen zu reparieren«, mutmaßte Burns. »Und erzählt ihnen, dass er Fußball nicht ausstehen kann.«

»Aber dafür total gern shoppen geht«, grinste Peake.

Una Burt wirkte in etwa so erheitert wie ich, nämlich kein bisschen. *Die kleinen Dummchen hoffen auf den Märchenprinzen und vertrauen dem Falschen.* »Ich unterbreche ja nur ungern, aber ich denke, wir sollten jetzt weitermachen. Dr. Hanshaw möchte die Leiche bewegen. Falls Sie also noch einen Blick auf die Ausgangslage werfen wollen …«

Die drei schlossen sich an, und im Gänsemarsch besichtigten wir den Rest der Wohnung, unter anderem das kleine Badezimmer, wo die Spurensicherung inzwischen ihre Arbeit beendet hatte und mir der mit winzigen gelben Enten bedruckte Duschvorhang ins Auge fiel. Solche Details erinnerten mich daran, warum wir eigentlich hier waren. Die Person, die ihn ausgesucht, angebracht und jeden Morgen gesehen hatte, lag jetzt leblos, erstarrt und für alle sichtbar in ihrem Schlafzimmer, weil jemand anders das so wollte.

Da in diesem Raum großer Andrang herrschte, hielt ich mich im Hintergrund und sah Caitriona herauskommen, eilig und verbissen wie eine aufgebrachte Wespe, die den Weg aus einer Flasche sucht. Glenn Hanshaw hatte seine Arbeit beendet, und Godley hörte geduldig zu, was Andy Bradbury wichtigtuerisch über den Tatort im Fall Maxine Willoughby und die Unterschiede zu berichten wusste.

»Ich denke, das sollten wir im örtlichen Polizeirevier

besprechen. Ich habe veranlasst, dass uns dort ein Raum zur Verfügung gestellt wird«, sagte Godley, als er endlich zu Wort kam. »Wir müssen uns Ihre Tatortfotos ansehen. Und außerdem möchte ich, dass alle hören, was Sie zu sagen haben, nicht nur ich.«

»Ja natürlich«, antwortete Bradbury gleichmütig und erkannte möglicherweise gar nicht, dass das für alle galt.

»Dann sind wir hier fertig, denke ich. Kev, können Sie Bescheid sagen, dass die Leiche abgeholt werden kann?«

Kev nickte freundlich. »Ja, wir kümmern uns um den Rest.«

Als ich mit den anderen Anna Melvilles Wohnung verließ, war ich ziemlich niedergeschlagen. Nachdem wir alles nötige Beweismaterial sichergestellt hatten, würden nun andere kommen und hier aufräumen. Jemand würde darüber entscheiden, was von Annas Sachen entsorgt, veräußert oder aufgehoben werden sollte. Anschließend würde die Wohnung von jemandem gekauft werden, der entweder nicht allzu zart besaitet war oder gar nicht wusste, was sich hier abgespielt hatte. Jemand anders würde Annas Stelle übernehmen. Sie hatte keine Kinder, die um sie trauern würden. Außerdem war sie Einzelkind, und ihre Eltern lebten schon lange nicht mehr. Als nächste Angehörige wurde uns eine Taufpatin genannt, die sie jedoch vor fünf oder sechs Jahren zum letzten Mal gesehen hatte. Annas Leben wurde abgewickelt, und damit war ihre Existenz getilgt.

Es war alles so ungerecht.

Kapitel 8

Der für uns reservierte Raum im Polizeirevier war eher von der kleinen Sorte, dafür aber mit einem Beamer und – noch wichtiger – Jalousien ausgestattet, die einen Sichtschutz für Fenster und Glastür boten. Denn es wäre denkbar ungünstig, wenn andere sehen oder hören würden, was wir zu besprechen hatten. Wir saßen um den Tisch herum wie brave Kinder bei einer Geburtstagsfeier. Die Heizung war voll aufgedreht und die Luft schon zum Schneiden, ehe die Besprechung überhaupt begonnen hatte. Ich fing an, mein Jackett aufzuknöpfen, überlegte es mir jedoch anders, als Peake mir allzu interessiert dabei zusah. Ich würde wohl schwitzen müssen.

»Also, aus meiner Sicht wäre es sinnvoll, erst einmal durchzusprechen, was wir bisher wissen«, nahm Godley das Heft in die Hand. »Carl?«

Groves schlug die vor ihm liegende Akte auf. »Kirsty Campbell. Hübsches Mädchen. 28. Hat sich ein paar Monate vor ihrem Tod von ihrem Verlobten getrennt. Weil sie sich auseinandergelebt hatten, nicht weil er oder sie fremdgegangen ist oder Ähnliches. Er wurde zunächst natürlich verdächtigt, hatte allerdings ein Alibi und eine neue Freundin und ist überhaupt nicht der Typ für so etwas.«

Burns nickte. »Stephen Reeves ist sein Name. Wir haben ihn zweimal vernommen, um sicherzugehen. Aber wir hatten bei ihm nie ein ungutes Gefühl. Ein total ehrlicher und aufrichtiger Mensch.«

»Und Kirsty? Hatte sie jemand Neuen gefunden?«, erkundigte sich Una Burt.

»Tja, das ist die Frage. Wir haben dazu umfangreiche Nachforschungen angestellt, das können Sie uns glauben. Manche Freunde sagen ja, andere nein. Sie wollte wohl vorerst keine Beziehung, weil es sie sehr mitgenommen hat, dass ihr Freund sich so schnell neu orientiert hat. Obwohl die Trennung von ihr ausging, war es für sie offenbar schlimmer als für ihn.«

»Wenn die biologische Uhr tickt«, merkte Burns wissend an.

Sein Chef ignorierte den Kommentar und fuhr fort: »Nach Aussage ihrer Kolleginnen hat sie bei der Arbeit manchmal geweint.«

»Das war wo genau?«, wollte Godley wissen.

»Bei der Stadtverwaltung Westminster. Sie war Stadtplanerin.«

In dieser Funktion hatte sie auf jeden Fall direkten Kontakt mit Bürgern. »Konnten Sie alle Antragsteller kontaktieren, mit denen sie zu tun hatte?«, fragte ich.

»Wir haben alle aus den letzten zwölf Monaten überprüft«, antwortete Burns. »Haben aber niemanden gefunden, der wütend auf sie war oder sich bei Erwähnung ihres Namens seltsam verhalten hat. Manche von ihnen waren zwar vorbestraft, aber nur wegen Tätlichkeiten oder Betrugs, keiner wegen Stalkings oder Sexualdelikten. Wir sind allem nachgegangen.«

Godley lächelte. »Niemand sagt, dass Sie etwas übersehen haben, Frank. Das möchte ich auch Ihnen gegenüber noch einmal ausdrücklich betonen, Andy. Hier geht es nicht darum, alte Fälle dahingehend zu überprüfen, ob Sie sorgfältig gearbeitet haben, sondern ausschließlich um Gemeinsamkeiten bei den Opfern.«

»Was war Kirsty für ein Mensch?«, warf ich ein.

»Sanft. Zurückhaltend«, sagte Groves. »Ursprünglich stammte sie aus Edinburgh. Sprach allerdings kaum Dialekt. Einer ihrer Kollegen meinte, sie hätte die angenehmste Stimme gehabt, die er je gehört hat.«

»Seltsame Bemerkung, oder?«, befand Bradbury.

»Finden Sie?« Groves zog die Stirn kraus, während er darüber nachdachte. »War schon älter, ihr Chef. Verheiratet. Hatte keine zwielichtigen Absichten. Und er war im Ausland, als sie umgebracht wurde, wenn ich mich recht erinnere.«

Da wir kaum etwas in der Hand hatten, gingen wir den nichtigsten Anhaltspunkten nach. Godley lenkte Groves zurück auf das eigentliche Thema. »War sie in ihrer Arbeitsstelle beliebt?«

»Ja, sehr. Von keinem haben wir ein böses Wort über sie gehört. Außerdem war sie sehr attraktiv.« Zum Beweis hielt Groves ein Foto von ihr hoch, das ich noch nicht kannte. Darauf fiel besonders ihr üppiges rotes Haar ins Auge und ihr schüchternes, aber charmantes Lächeln. »Sie war enorm fleißig und hat ehrenamtlich bei einem Verein mitgearbeitet, der die Lesekompetenz von Kindern fördert.«

»Wir haben alle Leute kontaktiert, die sonst noch dort tätig waren. Auch die Lehrer und Kinder, mit denen sie zu tun hatte«, fügte Burns hinzu.

»Ihre Eltern haben uns erzählt, dass sie immer sehr stolz auf sie waren. Ganz intakte Verhältnisse. Auch mit ihren Exfreunden haben wir gesprochen, was nicht allzu viele waren. Sie haben alle das Gleiche über sie gesagt: sanft, aufrichtig, Perfektionistin. Viel strenger mit sich selbst als mit anderen.«

»Gibt es Hinweise auf Depressionen oder sonstige psychische Beschwerden?«, erkundigte ich mich.

»Warum fragen Sie das, Maeve?«, wollte Godley wissen.

»Perfektionismus, Weinen bei der Arbeit, streng zu sich selbst – das klingt alles danach, als wäre sie seelisch nicht sehr stabil gewesen. Sie hat sich von ihrem Verlobten getrennt, konnte damit aber schlechter umgehen als er. Vielleicht fand sie ja, sie sei nicht gut genug für ihn.« *Wie ich darauf wohl komme?*

»Ja, so hat es uns ihre Mutter gesagt«, bestätigte Groves.

»Sie hatten vor zu heiraten, und plötzlich war alles vorbei. Das hat ihre Lebenspläne völlig durcheinandergebracht. Vielleicht hat sie sich danach Rat bei einem Psychologen geholt. Oder in einer Selbsthilfegruppe«, überlegte ich laut.

»Davon hat sie möglicherweise niemandem etwas gesagt«, gab Peake zu bedenken. »Kann sein, dass sie es sogar bewusst verheimlicht hat.«

»Daran haben wir gar nicht gedacht«, gab Groves zu.

»Gehen Sie der Sache nach«, sagte Godley zu mir. »Recherchieren Sie in Kirstys Wohngegend. Die Kirchen im Stadtteil und die Bibliothek.«

»Können wir einen Blick auf die Fotos aus ihrer Wohnung werfen?«, meldete sich Una Burt zu Wort.

Burns stand auf und machte sich an seinem Laptop zu schaffen, den er an den Beamer angeschlossen hatte. »Ich hoffe, das Ding funktioniert.«

»Früher war alles einfacher«, ließ sich Groves vernehmen. »Damals, als wir noch jung waren. Da hat man schlicht ein paar Fotos an die Wand gepinnt und musste sich keinen Kopf wegen irgendwelcher Technik machen. Dass sich durch Computer irgendwas verbessert hätte, kann ich noch nicht sehen.«

Auf der Leinwand flackerte es, und sein Desktop wurde sichtbar. Wir sahen zu, wie Burns quälend langsam den

Cursor bewegte und das Verzeichnis auswählte, in dem die Bilder abgelegt waren. Dabei atmete er schwer und hoch konzentriert, als hätte er etwas außerordentlich Anstrengendes zu bewältigen. Endlich schaffte er es, die Bilder mit einem Doppelklick zu öffnen, und ein erleichtertes Seufzen ging durch den Raum.

»Erdgeschosswohnung in einem Wohnblock«, erläuterte Groves, als das erste Bild der Diashow erschien. »Dort wohnte sie seit einem halben Jahr.«

»Seit der Trennung?«, wollte Una Burt wissen.

»Richtig.«

Das Haus war ein ansehnliches rotes Backsteingebäude mit grauen Fenstereinfassungen und niedrigen Sträuchern ringsum.

»Gemeinsam genutztes Treppenhaus. Der Hauseingang sollte eigentlich abgeschlossen sein, aber das Schloss war defekt.«

»Verdächtig«, merkte Peake an.

»Ja, das stimmt. Die Kontakte waren beschädigt, sodass der Magnetschließer nicht funktionierte. Der Defekt entstand wenige Tage vor dem Mord. Die Hausverwaltung wurde informiert, hat jedoch nichts unternommen. Das Problem war schon mehrfach aufgetreten, sodass niemand sonderlich beunruhigt war. Alle Wohnungen haben eine eigene Eingangstür, und im Treppenhaus durften keine privaten Gegenstände oder Fahrräder abgestellt werden.«

»Wie groß ist denn das Gebäude? Und wie viele Leute wohnen da?«

»Insgesamt sind es sechs Wohnungen und außer ihr neun weitere Bewohner. Die haben wir alle überprüft. Niemand hat etwas gehört, und keiner von ihnen wurde in den Kreis der Verdächtigen aufgenommen.«

Auf der Leinwand war jetzt eine Wohnungstür zu sehen, grün gestrichen und mit einem Einsatz aus Mattglas versehen. »Die gehört zu Kirstys Wohnung.«

»Überwachungskamera?«, fragte Bradbury.

»Nein.«

»Mist.«

»Ja genau.« Groves wartete auf das nächste Bild, eine Nahaufnahme des Türschlosses. »Hier lagen keinerlei Beschädigungen vor. Auch die Fenster waren vollkommen unversehrt.«

»Sie hat ihn also hereingelassen«, konstatierte Godley finster.

»In der Tat.«

»Wissen wir, wo sie den Abend vor ihrem Tod verbracht hat?«, hakte ich nach. »Was für ein Wochentag war das?«

»Ein Freitag. Sie war nach der Arbeit noch etwas trinken, und zwar mit einer Kollegin, die Geburtstag hatte. Offenbar ist sie nicht lange geblieben. Sie war nicht betrunken und ist mit der U-Bahn nach Hause gefahren. Wir haben sie auf Bildern von Überwachungskameras identifiziert, als sie die Bahnstation durchquert hat und später an ihrem Stammlokal vorbeigekommen ist. Allem Anschein nach ist ihr niemand gefolgt.«

Dann kam ein Wohnzimmer. Bücherregale. Eine riesige DVD-Sammlung und schätzungsweise zwanzig Romane.

»War sie in einem Buchclub?«, erkundigte ich mich.

»Das kann ich nicht beantworten.« Groves schaute zu Burns, der jedoch mit den Schultern zuckte.

»Versuchen Sie es herauszufinden, Maeve«, wies mich Godley an. »Womit hat sie sich sonst noch beschäftigt?«

»Sie war Mitglied in einem Fitnessstudio, und zwar in Blackheath. Da sie kein Auto hatte, war sie meistens zu Fuß unterwegs. Außerdem ist sie zu einer Strickgruppe gegangen, ob Sie es glauben oder nicht. Die hat sich in einer Kneipe um die Ecke getroffen. Allerdings war sie nur ein paarmal dort, und keiner erinnert sich so recht an sie.«

»Stricken?« Peake verdrehte die Augen.

»Das ist gerade ziemlich angesagt«, erklärte ich ihm.

»Aber wahrscheinlich keine gute Idee, wenn man Jungs kennenlernen will.«

»Ich dachte, wir hätten schon festgestellt, dass sie daran kein Interesse hatte.«

»Beruhigen Sie sich«, ermahnte uns Bradbury. »Sie hat eben gern gestrickt.«

»Verreist ist sie eher selten«, fuhr Burns fort. »Wenn sie freihatte, ist sie meistens nach Edinburgh gefahren, um ihre Familie zu besuchen. Außerdem hat sie viel gebacken.« Im Bild war jetzt ihre Küche, in nichtssagendem Kieferndekor und bestückt mit roten Geschirrtüchern, einer roten Teekanne und roten Vorratsdosen.

»Anna war genauso feminin«, merkte ich an.

»Das spricht dafür, dass sie getan haben, was ihnen jemand gesagt hat«, schaltete sich Una Burt wieder ein. »Sie waren es gewohnt, Anweisungen von Männern auszuführen.«

Das nächste Bild zeigte die offen stehende Schlafzimmertür. Ein Stück von ihrem Bett rief uns schmerzhaft das Grauen ins Gedächtnis, dessentwegen wir alle überhaupt etwas von Kirsty wussten. Auf dem Boden vor der Tür lagen ein umgekippter Staubsauger und ein Eimer mit Reinigungsmitteln.

»Ihre Putzfrau hat sie gefunden. Sie wohnte auch mit im Haus und wollte sich ein bisschen was dazuverdienen, weil sie alleinerziehend war und Weihnachten viel Geld gekostet hatte. Kirsty hat sie die Wohnung putzen und die Wäsche bügeln lassen, was wahrscheinlich eher ein Akt der

Wohltätigkeit war, schätze ich. Die Frau sagte, alles sei immer tipptopp in Ordnung gewesen.«

»Hatte sie den Rest der Wohnung schon saubergemacht, ehe sie ins Schlafzimmer kam?«, hakte Godley nach.

»Ja.«

Ein Aufstöhnen ging durch den Raum, und Groves nickte. »Tja, in diesem Fall hatten wir wenig Glück. Die Spurensicherung hat nichts Verwertbares gefunden, nicht mal im Schlafzimmer selbst. Was sie nicht geputzt hatte, das hat der Täter erledigt.«

»Und an der Leiche selbst?«

»Nichts. Er hatte auf jeden Fall keinen Sex mit ihr, weder mit Kondom noch ohne, einvernehmlich oder nicht. Er hat sie nur berührt, um sie zu töten.«

Auf den nächsten Bildern waren das Schlafzimmer und der Leichnam zu sehen, sowohl aus einer gewissen Entfernung als auch in Nahaufnahme. Ihre Bettwäsche war blau. Er hatte das Bettzeug in einer Zimmerecke abgelegt und ein weißes Bettlaken über die Matratze gebreitet. Auch sie war weiß gekleidet und trug eine Art Strandkleid mit schmalen Trägern und einem halblangen Stufenrock. Ihre Haare waren wie bei Anna ganz kurz geschnitten, und ihr Kopf war auf weiße Rosen gebettet, die schon sehr weit aufgeblüht waren und an den Spitzen bereits bräunlich wurden.

»Das sind keine frischen Blumen«, warf ich ein. »Wissen wir, woher sie kamen?«

»Nein. Es war der 30. Januar, und in den Blumenläden herrschte nach Weihnachten ziemliche Flaute. Da hätten sie sich auf jeden Fall an jemanden erinnert, der Rosen gekauft hat. Aber überall Fehlanzeige.«

»Und was hat er mit ihren Haaren gemacht?«, wollte Una Burt wissen.

»Im Mülleimer in der Küche entsorgt. In einer Plastiktüte. Fein säuberlich«, sagte DS Burns unzufrieden.

Ihre Verletzungen waren ganz ähnlich wie bei Anna. Ich wandte mich an Bradbury: »Wie verhält sich das zur Art und Weise, wie Maxine aufgefunden wurde?«

»Sie war ebenfalls tot.«

Idiot. »Ich meine, in Bezug auf das Maß der von ihm angewandten Gewalt.«

Peake antwortete anstelle seines Chefs. »Würgemale am Hals und Schnitte rings um die Augen, was unserer Ansicht nach allerdings beim Entfernen der Augäpfel passiert ist, und zwar nach ihrem Tod.« Er nahm ein Foto aus seiner Akte und hielt es hoch. Es stammte von der Obduktion und war eine Nahaufnahme des Gesichtes. Ich hätte sie nicht als die Frau erkannt, deren Bild ich in der Zeitung gesehen hatte. Ihre Haut war perlweiß wie Pflaumenblüten. Ihre Haare waren so dunkel wie die von Anna.

»Das Maß an Gewalt ist eher gering«, merkte ich an. »Keine Abwehrverletzungen. Keine Prellungen oder Schrammen. Er scheint sehr beherrscht vorzugehen.«

»Er will das Bild in seinem Kopf nicht zerstören.« Una Burt nahm das Foto zur Hand, das Peake zuvor hochgehalten hatte, und betrachtete es einen Moment, ehe sie wieder zur Leinwand schaute. »Genau das tut er doch, oder? Er malt ein Bild, allerdings mit Leichen.«

»Ich möchte nicht, dass er als Künstler hingestellt oder anderweitig glorifiziert wird«, schaltete sich Godley streng ein. »Er tötet Frauen, weil es ihn erregt und er es gern tut. Wenn wir anfangen, seine Selbstwahrnehmung zu teilen, hat er gewonnen.«

»Aber wir müssen versuchen zu verstehen, warum er das macht«, widersprach Una Burt.

»Wir müssen das Wie und Wer herausfinden, nicht das

Warum.« Noch nie hatte ich erlebt, dass Una Burt von Godley derart barsch zurechtgewiesen wurde. Normalerweise war er ausgesprochen höflich, ganz besonders im Umgang mit seiner exzellenten, aber schwierigen Mitarbeiterin im Rang eines Chief Inspectors. Damit setzte er den Maßstab im Team. Allerdings war mir schön öfter aufgefallen, dass er höchst ungehalten wurde, wenn einem Mörder eine Mission unterstellt oder einem Serientäter ein besonders ausgeklügeltes Spiel angedichtet wurde. Er war ein absoluter Realist. Er jagte Menschen, die ihre finstersten Triebe auslebten, lehnte es jedoch kategorisch ab, mehr hineinzuinterpretieren. Ein Mörder war ein Mörder. Punktum.

»Hat er Maxine auch die Haare abgeschnitten?«, erkundigte ich mich.

»Nein, dafür hat sie selbst gesorgt. Sie hatte eine Kurzhaarfrisur. Die hat sie sich vor etwa einem halben Jahr schneiden lassen und fand sie laut ihrer Freundin ganz toll.« Bei Bradbury hörte sich das an wie die absurdeste Vorstellung seit Menschengedenken. Doch Maxine hatte wie die anderen beiden Frauen ein schmales, apartes Gesicht, zu dem kurze Haare sehr gut passten.

»Dann hat er ihr die Haare also nicht aus Prinzip geschnitten. Offenbar gibt es einen praktischen Grund dafür«, stellte ich fest. »Bei Maxine war das nicht nötig.«

»Vielleicht hatten es ihm bei ihr ja gerade die kurzen Haare angetan«, mutmaßte Peake.

»Genau da liegt das Problem, dass wir nicht wissen, wodurch er sich angezogen fühlt«, seufzte Godley. »Andy, auch wenn Sie weniger Zeit hatten als diese Kollegen hier, um sich mit dem Leben Ihres Opfers vertraut zu machen, würde ich Sie bitten, uns über Ihre Erkenntnisse zu informieren.«

Die Ohren des Inspectors wurden ein wenig rot, als sich alle Blicke auf ihn richteten. Er fühlte sich zwar gern wichtig, mochte es aber nicht sonderlich, im Mittelpunkt zu stehen, dachte ich. Macht, aber ohne Druck.

»Maxine Willoughby war 29. Sie stammte aus Australien, aus einer winzigen Stadt am Ende der Welt. In London lebte sie seit einem Dreivierteljahr. Sie hat bei einem Versicherungsunternehmen in der Marketingabteilung gearbeitet, ganz in der Nähe von Covent Garden. Sie hatte keinen direkten Kontakt zu Kunden oder der Öffentlichkeit, sondern war eher im Hintergrund tätig. Im Kollegenkreis war sie beliebt. Sie galt als fleißig und hat oft Überstunden gemacht. Einen Freund hatte sie nicht, und mit ihren Kolleginnen hat sie oft Witze darüber gemacht, dass sie sich einen anständigen Engländer suchen sollte. Aber besondere Anstrengungen hat sie offenbar nicht unternommen. Eine Kollegin hat sie bei der Befragung sogar als ›Sexmuffel‹ bezeichnet. Als sie neu in der Firma war, hatten es sämtliche Singlemänner auf sie abgesehen, aber sie war nicht interessiert oder hat es gar nicht mitbekommen.«

»Vielleicht hatte sie einfach kein Interesse an Männern«, gab ich zu bedenken.

»Lesbisch war sie definitiv nicht. Da habe ich mich erkundigt. Eine von ihren Kolleginnen ist es nämlich, was Maxine aber anstrengend fand, weil sie immer Angst hatte, etwas Falsches zu sagen.«

»Kirsty und Maxine haben beide Dialekt gesprochen«, sagte Burns.

»Jeder spricht Dialekt. Sie auch. Eine neutrale Aussprache gibt es überhaupt nicht.« Una Burt hob nicht einmal den Kopf, um zu sehen, ob es dem Sergeant unangenehm war, derart korrigiert zu werden. Langsam begriff ich, dass es ihr selbst überhaupt nichts ausmachte, wenn sie auf einen Fehler hingewiesen wurde, und dass sie schlichtweg davon ausging, bei allen anderen sei das genauso. Wichtig war für sie vor allem Genauigkeit.

Burns räusperte sich. »Ich meine, sie kamen beide aus Regionen mit starkem Dialekt. Vielleicht hat er mit ihnen telefoniert.«

»Kann in dieser Hinsicht jemand etwas zu Anna sagen? Nein?« Godley wandte sich an mich. »Kümmern Sie sich darum, ihre Freunde und Kollegen nach ihrer Aussprache zu fragen. Wir können für alle drei die Telefondaten anfordern und vergleichen, ob es identische Nummern gibt.«

Das klang nach einer mehr als undankbaren Aufgabe. Die Verbindungsdaten einzuholen war ja kein Problem, aber lieber würde ich mir die Haare einzeln ausreißen, als tagelang Zahlenkolonnen zu vergleichen.

Bradbury fuhr fort. Maxine entsprach nicht gerade den gängigen Aussie-Klischees. Sie war scheu und zurückhaltend und wirkte jünger, als sie tatsächlich war. Die Großstadt hatte sie eingeschüchtert. Als Wohnort hatte sie sich Whitechapel ausgesucht, ohne sich dort auszukennen, und es fiel ihr schwer, sich dort einzuleben.« Ich dachte an die fliegenden Händler auf der Hauptstraße von Whitechapel und die Verkäufer auf dem Wochenmarkt, die ihre Waren in allen erdenklichen Sprachen anpriesen, sodass man sich wie in einem Schmelztiegel verschiedenster Nationen fühlte. Da Maxine aus einer ländlich geprägten Kleinstadt kam, war das für sie sicher sehr fremd.

»Warum ist sie denn dort wohnen geblieben?«, fragte Godley.

Bradbury zuckte mit den Schultern. »Sie konnte es sich leisten.«

»Ich nehme an, sie wollte vor ihrer Familie nicht zugeben, dass es ein Fehler war, dorthin zu ziehen«, sagte

Peake sanft. Das war ein durchaus einfühlsamer Erklärungsansatz für Maxines Entscheidung, ihren Wohnort beizubehalten. Ich hatte Bekannte, die Whitechapel über alles liebten und nirgendwo anders leben wollten, aber Maxine wäre vermutlich in einer anderen Gegend glücklicher gewesen.

»Diese Bilder hier, die Tatortfotos, kann ich nicht in PowerPoint zeigen.« Bradbury schob sie über den Tisch und breitete sie aus, damit wir alle sie sehen konnten. »Nelken unter dem Leichnam. Natürlich weiße. Sie war allerdings nackt.«

Jedoch lag sie nicht entblößt, sondern mit einem Laken bedeckt. Diesmal war das Bett von Teelichtern eingerahmt, es waren zehn oder zwölf, die alle heruntergebrannt waren. Der Teppichboden war cremefarben und wirkte alles andere als neu. An mehreren Stellen hatte er Flecken, die schon älter aussahen. Ihr Zimmer war zwar sauber und ordentlich, aber nur mit den allerbilligsten Möbeln eingerichtet.

»Irgendwelche DNA-Spuren?«

»Keine einzige. Zumindest keine frische«, korrigierte sich Bradbury.

»Wenigstens den Teppich hätten sie bei der Neuvermietung ja austauschen können«, murmelte Groves.

»Es gab keinerlei Anzeichen für einen Einbruch. Freunden und Verwandten hatte sie auch nichts von einer neuen Bekanntschaft erzählt, soweit wir wissen. Im Gegensatz zu Kirsty hatte sie offenbar keine Hobbys. Sie war nicht der Typ dafür, einfach loszugehen und irgendwo Mitglied zu werden.«

Es hatte etwas zutiefst Herzergreifendes, dass dieses Mädchen um die halbe Welt gereist war, um dann mutterseelenallein in einer schäbigen Bleibe in Whitechapel zu wohnen, fleißig zu arbeiten und bei den Kollegen als seltsam und unreif zu gelten. Junge Leute aus Neuseeland, Südafrika und Australien betrachteten das als eine Art Initiationsritus, aber sie blieben hier normalerweise unter sich, dominierten ganze Wohnviertel und schufen sich so ihr ganz eigenes London. Maxine hatte jedoch nicht einmal unter ihresgleichen Anschluss gefunden. Und Einzeltiere waren ohne Kontakt zur Herde bekanntlich besonders gefährdet.

»Gut. Moment mal.« Burns schnippte mit den Fingern. »Mir kommt da so eine Idee.«

»Alle Mann festhalten«, witzelte Groves.

»Farben und Orte.«

»Wie bitte?«

*»Black*heath. *White*chapel. *Green* Lanes«, verkündete er triumphierend. »Wie finden Sie das?«

»In London gibt es ziemlich viele Stadtteile, die eine Farbe im Namen haben«, entgegnete Groves. »Unmengen sogar.«

»Außerdem sagten Sie doch Lewisham und nicht Blackheath.« Una Burt blätterte zur Kontrolle ihre Notizen durch und runzelte dabei die Stirn.

»Greenwich. Redbridge. Limehouse. Blackfriars. Bethnal Green. Wood Green. White City.« Groves machte den Eindruck, als wollte er die ganze Nacht so weitermachen, weshalb Godley ihn unterbrach.

»Gibt es sonst noch etwas, was wir wissen sollten? Weitere Ansätze?«

»Ansätze gibt es eine Menge, aber sie führen alle ins Leere«, antwortete Peake. »Immer wenn wir einen Plan haben, wie wir ihn überführen können, ist er schon vor uns darauf gekommen und entwischt uns. Wir finden nirgends eine Spur von ihm. Keine DNA. Keine Treffer auf

Überwachungskameras. Keine Strafzettel. Keinerlei Verbindung zwischen den Opfern. Kein Hinweis darauf, warum er gerade sie ausgewählt hat und keine andere. Er hat uns nichts hinterlassen außer den Toten. Man könnte fast auf die Idee kommen, dass er weiß, wie wir denken.« Aus seiner Stimme war deutlich die Verbitterung darüber herauszuhören, dass sie seit zwei Monaten im Dunkeln tappten. »Es scheint so, dass er besser ist als wir.«

Bradbury sprach aus, was wir alle dachten:

»Man könnte denken, er ist einer von uns. Ein Polizeibeamter.«

Godley hantierte mit seinen Unterlagen und hielt den Kopf gesenkt, sodass ich seinen Blick nicht auffangen konnte. Daher schaute ich zu Una Burt, die jedoch mit unergründlicher Miene dasaß. In meinem Hinterkopf keimte eine leise Ahnung.

Aber das war natürlich völliger Unsinn.

»Er könnte Polizist sein«, wiederholte Groves. »Das haben wir in Betracht gezogen. Er könnte sich unter dem Vorwand einer Befragung Zutritt zur Wohnung verschafft haben.«

»Das würde auch erklären, wie er sie dazu gebracht hat, seinen Worten Folge zu leisten«, warf Una Burt ein.

»Er dürfte es gewohnt sein, andere herumzukommandieren«, sagte Burns mit finsterer Miene.

Schweigend ließen wir uns diesen Gedanken durch den Sinn gehen, bis Groves sich wieder zu Wort meldete.

»Die Pausen werden kürzer. Zuerst sieben Monate, jetzt nur noch zwei. Er fühlt sich immer sicherer. Sie wissen selbst, was das bedeutet.« Das wussten wir in der Tat, trotzdem sprach er es aus: »Uns bleibt nicht mehr viel Zeit, ehe er wieder zuschlägt.«

Kapitel 9

Nachdem ich am Tatort gekniffen hatte, als Dr. Hanshaw in Aktion war, legte ich großen Wert darauf, an Anna Melvilles Obduktion teilzunehmen, und schaffte es sogar, dort weder ohnmächtig zu werden noch mich zu übergeben oder sonstige Anzeichen dafür erkennen zu lassen, dass mich der Anblick ihres nach außen gekehrten Innersten mitnahm. Ich fand es im Leichenschauhaus leichter zu ertragen als in ihrer Wohnung. Dadurch erschien ihr Leichnam nicht mehr so sehr als Mensch, der einmal gelebt, gefühlt und geatmet hatte, sondern eher als eine Art Forschungsgegenstand. Und Hanshaw war in seinem vertrauten Arbeitsumfeld auch deutlich besser in Form, während er systematisch Anna Melville sämtliche Geheimnisse entlockte. Ich stand neben Godley, hatte die Hände in den Manteltaschen vergraben und hielt einen gewissen Abstand zum Geschehen, obwohl ich alles gut im Blick behielt. Ich war schon bei genug Obduktionen dabei gewesen, um zu wissen, was auf mich zukam. Überraschungen waren also nicht zu erwarten.

Abgesehen von einer.

»Ihr Opfer war noch Jungfrau. Keinerlei Anzeichen für sexuelle Gewalt, überhaupt kein Hinweis auf sexuelle Aktivitäten.«

»Tatsächlich? In ihrem Alter?« Ich konnte es kaum fassen.

»Sieht ganz so aus. Vielleicht wollte sie sich ja für Mister Right aufsparen«, mutmaßte Hanshaw.

»Und dann kam Mister Wrong.«

»Bitte unterlassen Sie das. Das Letzte, was wir jetzt brauchen können, sind solche Namen für ihn in den Zeitungen.« Godley sah mich mit gequältem Gesicht an, was nicht verwunderlich war. Die Nachricht, dass es eine weitere Tote gab, hatte längst die Runde gemacht, und nun hatte man tatsächlich von einem Serienmörder auszugehen, der es auf alleinstehende Frauen abgesehen hatte. Das war an sich schon schlagzeilenträchtig genug, aber zu allem Überfluss hatte ein Klatschreporter den Täter bei der von Godley unwillig einberufenen Pressekonferenz auch noch als »Gentleman-Mörder« bezeichnet.

Godley war außer sich gewesen.

Jetzt schüttelte er den Kopf. »Ich verstehe das nicht. Wir wissen, dass er keinen Verkehr mit seinen Opfern hat. Aber trotzdem muss es da eine sexuelle Komponente geben – wenn er sie so anzieht und ihnen die Haare schneidet. Das muss ihn irgendwie erregen.«

»Vielleicht kann er ja keinen Sex mit ihnen haben«, überlegte ich laut. »Oder er will nicht das Risiko eingehen, an den Opfern Körperflüssigkeiten und Hautzellen zu hinterlassen, weil er Angst hat, dass wir seine DNA finden. Er hat ja hinterher immer sehr sorgfältig geputzt, was darauf hindeutet, dass er bei uns schon aktenkundig ist. Wenn ich wieder im Büro bin, recherchiere ich in der CRIS-Datenbank nach ähnlichen Aspekten: Würgen – nicht zwangsläufig mit tödlichem Ausgang –, Abschneiden der Haare, Entfernen der Augen. In allen Kombinationen.«

»Da werden Sie nicht weit kommen. Das sind einfach zu viele Daten für Sie allein.«

»Ich kann ja noch jemanden mit einbeziehen. Colin Vale zum Beispiel.« Diese Aufgabe war von der maximal ermüdenden Sorte. Bei der Aussicht darauf hellte sich Colin Vales Gesicht jedoch schlagartig auf.

»Colin hat zu tun.«

Und ich entscheide, wer in meinem Team welche Aufgabe übernimmt, ergänzte ich innerlich.

»Er scheint mir enorm kontrolliert zu sein«, ließ sich Dr. Hanshaw vernehmen, und ich war ihm sehr dankbar, dass er das peinliche Schweigen brach, das sich ausgebreitet hatte. »Das wäre der Höhepunkt seiner sexuellen Befriedigung, falls es ihm darum geht. Weder sie noch sich selbst zu berühren – verdirbt ihm das denn nicht alles?«

»Der Tatort deutet auf jemanden hin, der die Lage vollständig im Griff hat. Es scheint jemand zu sein, der sich Zeit nimmt, um das zu erreichen, was er sich vorgenommen hat. Ich will nicht behaupten, dass ich die Psychologie dahinter durchschaue, aber ich weiß, dass es einen Typ Mörder gibt, der die Erregung im Nachhinein auslebt. So wie der Serienmörder Ted Bundy. Das Töten ist der riskanteste Teil; dabei ist die Gefahr, erwischt zu werden, am größten. Wenn er seine Tat begangen hat und unentdeckt entkommen konnte, kann er sich in aller Ruhe im Nachhinein daran weiden.« Godley seufzte. »Vielleicht geht es ihm ja gar nicht um das Körperliche. Aber ich wüsste schon wirklich sehr gern, worauf er sonst aus ist.«

»Durchaus möglich, dass es ihm schlichtweg ums Töten geht. Und darum, dass wir sie genauso auffinden, wie er sich das vorstellt«, riskierte ich eine Hypothese.

»Damit bestimmt er, wie wir sie zu sehen bekommen«, nickte Godley. »Durch die abgeschnittenen Haare nimmt er ihnen ein Stück ihrer Persönlichkeit. Vielleicht ist es genau das, was er will. Haare sind ja etwas sehr Weibliches. Indem er sie abschneidet, das Opfer in Weiß kleidet, Kerzen anzündet – Frauen, die der Männerwelt abgeschworen haben. Was fällt Ihnen dazu ein?«

»Eine Novizin.«

»Als Braut Christi«, sagte Godley.

»Tja, den hatte ich bisher eigentlich nicht auf meiner Liste der Verdächtigen.«

Obwohl es ein Witz war, lachte Godley nicht. »Genau das ist das Problem. Eine solche Liste existiert offenbar gar nicht. Bei diesen drei Frauen sind keinerlei Gemeinsamkeiten erkennbar.«

»Aber es muss welche geben«, merkte Hanshaw an, entnahm etwas Glänzendes aus ihrem Brustkorb und legte es zum Wiegen in eine Schale. »Er sucht sie sicher nicht wahllos aus.«

»Woraus schließen Sie das?«, wollte Godley wissen.

»Daraus, wie er die anderen hinterlassen hat. Er ist Perfektionist und legt Wert auf Konformität. Sie müssen also etwas gemeinsam haben, was ihn auf sie aufmerksam macht, auch wenn wir noch nicht erkannt haben, was es ist.«

»Ich hätte nicht gedacht, dass ich mir irgendwann mal einen ganz gewöhnlichen mordenden Vergewaltiger herbeiwünschen würde«, konstatierte Godley. »Bei denen ist wenigstens offensichtlich, was sie antreibt.«

»Wenn wir verstehen, aus welchem Grund er die Leichen auf diese Weise hinterlässt, würde uns das ein ganzes Stück voranbringen«, sagte ich. »Gerade die gewöhnlichen mordenden Vergewaltiger bleiben ja oft jahrelang unentdeckt, weil sie ihre Opfer ohne Umschweife vergewaltigen, töten und dann wieder abtauchen. Da dieser Täter viel komplizierter vorgeht, haben wir auch viel mehr Anhaltspunkte.«

»Woher wollen Sie denn wissen, dass er nicht schon seit Jahren oder gar Jahrzehnten tötet?«, fragte Godley unterkühlt. »Kirsty Campbell ist die Erste, die wir direkt mit ihm in Verbindung bringen können, aber sie wird nicht sein erstes Opfer sein. Höchstwahrscheinlich hat er vorher schon anderen etwas angetan, wenn es auch nicht unbedingt Mord war. Das sollte Ihnen eigentlich klar sein, Maeve.«

Aus dem Augenwinkel sah ich, wie Hanshaw uns musterte und dann einen Blick mit seiner Assistentin wechselte. *Nicht Sie auch noch …*

Ich bemühte mich, nicht entschuldigend zu klingen: »Genau deshalb wollte ich ja einen Blick in die CRIS-Datenbank werfen. Seine Vorgehensweise ist derart speziell, dass wir in der Lage sein sollten, darin ein Muster zu erkennen und zu verfolgen, wie die Intensität zunimmt. Damit macht er es uns ziemlich leicht.«

Godley presste die Kiefer aufeinander. »Er macht es uns verdammt viel schwerer. Wenn Sie wüssten …« Er unterbrach sich.

»Wenn ich *was* wüsste?«

»Später. Nicht hier.«

Da ich nur allzu gut wusste, dass man einem Vorgesetzten nicht widersprechen sollte, verstummte ich und verfolgte schweigend den Rest der Obduktion. Währenddessen grübelte ich, wie ihm beizubringen war, dass alle Welt davon ausging, wir hätten etwas miteinander, weshalb er bitte aufhören sollte, ständig irgendwelche kryptischen Bemerkungen zu machen, weil dadurch alles nur noch schlimmer wurde.

Aber mir fiel nichts ein.

Als die Obduktion zu Ende war, fuhr Godley zurück ins Büro, während er mich in die entgegengesetzte Richtung schickte, nämlich zu Anna Melvilles Arbeitsplatz in die Innenstadt. So war ich also allein mit meinen Gedanken und Hunderten von Fremden in der U-Bahn. Die Fahrt zog sich endlos hin. Die Bahn fuhr quälend langsam, und wegen irgendwelcher Probleme mit der Signalanlage hielten wir immer wieder zwischen zwei Stationen. Ich testete, wie viel ich über die anderen Fahrgäste herausfinden konnte, indem ich sie mir einfach genauer ansah: was sie lasen, was sie bei sich hatten, wie sie gekleidet waren. Sichtbare Firmenausweise waren da besonders hilfreich, sie verrieten Namen, Berufsbezeichnung, Büroadresse … Da blieben keine Wünsche offen. Hier war das perfekte Jagdrevier, denn durch die Enge entstand vorübergehend eine gewisse Nähe. Außerdem war es denkbar einfach, jemandem inmitten der Menschenmassen durch das Labyrinth aus Gängen und Rolltreppen an jeder Station zu folgen, ohne dass dieser etwas davon merkte. Ich fragte mich, ob der Mörder vielleicht gar nichts weiter tun musste, als einfach in der U-Bahn zu sitzen und zu warten – auf die besonders feminine und fügsame Sorte Frau, die anderen bereitwillig den Vortritt ließ. Die errötete, wenn man neben ihr stand. Die Liebesromane las und küssende Paare wehmütig anstarrte, während sich alle anderen angewidert abwandten. Solche Frauen waren die idealen unterwürfigen Opfer.

Ich stieg an der Station *Bank* aus und trat im Schatten der altehrwürdigen Bank of England wieder hinaus an die frische Luft. Wie immer fiel mir der unvermittelte Ausbruch von Wohlstand auf, der die Square Mile von der übrigen Londoner Innenstadt unterschied. Die Restaurants priesen hier zwanzig Sorten Champagner an, die Frauen trugen perfekt sitzenden Businesschic und hatten Handtaschen dabei, die ein Vielfaches meines Gehalts kosteten. Alle hatten es eilig, und in den lautstark geführten Gesprächen kamen Abkürzungen vor, die mir nicht das Geringste sagten. Hier in der City drehte sich alles ums Geld und wie man für sich und andere das meiste herausholte. Das war mir alles derart fremd, dass ich mir vorkam wie in einem anderen Land. Seltsam war zudem, dass die ganze Glas-Stahl-Modernität lediglich die allerjüngste Entwicklung widerspiegelte. Die eigentliche Geschichte des Viertels lebte in den Namen und eigenartigen Biegungen der Straßen weiter, die auf mittelalterliche Gegebenheiten zurückzuführen waren. So etwa Pudding Lane, wo 1666 der große Stadtbrand ausgebrochen war. Oder Cheapside und Tokenhouse Yard. Threadneedle Street. Das florierende Leben von damals war im Verborgenen noch spürbar, und die alten Namen erinnerten daran, dass Handel einst mit unmittelbar lebensnotwendigen Dingen getrieben wurde und nicht mit Wertpapieren und Termingeschäften.

Ich ging in Richtung *Monument* und musste dabei an Anna Melville und ihren Arbeitsweg denken und an die anderen Frauen und deren Leben. Kirsty war Stadtplanerin bei der Stadtverwaltung Westminster gewesen, und Maxine hatte bei einem Versicherungsunternehmen ganz in der Nähe von Long Acre gearbeitet. Es war nicht überraschend, dass ihre Arbeitsstellen so dicht beieinanderlagen, schließlich war das Londoner Stadtzentrum recht kompakt und während der Geschäftszeiten extrem voll mit Menschen. Eine übliche Floskel besagte, dass die Londoner sich in bestimmten Vierteln detailliert auskannten, jedoch vom Rest der Stadt nur sehr vage Vorstellungen hatten. Durch meine zahlreichen Umzüge war mir vielleicht bewusster als den meisten anderen, dass London genau wie in längst vergangenen Zeiten noch heute eine Ansammlung einzelner Dörfer war und man in seiner Wohngegend ein beschauliches Leben führen konnte, ohne sie allzu oft zu verlassen. Covent Garden war von der Innenstadt und Westminster aus zwar fußläufig erreichbar, aber es wäre ungewöhnlich, wenn sich jemand in allen drei Stadtteilen gleichermaßen gut auskannte, es sei denn, er war Taxifahrer.

Eigentlich konnte es durchaus sein, dass es sich um einen Taxifahrer handelte. Ich nahm mir vor, Godley von diesem Gedanken zu unterrichten, vorausgesetzt natürlich, der Superintendent war überhaupt bereit, mir Gehör zu schenken. Ich war fest entschlossen, mich in meiner Arbeit nicht von den Erkenntnissen über ihn beeinflussen zu lassen. Ich hielt ihn für einen ausgezeichneten Polizisten und arbeitete sehr gern in seinem Team. Allerdings war mir nicht klar gewesen, wie seltsam das von nun an sein würde.

Kirsty Campbell hatte ihren Beruf ebenfalls geliebt, und für Maxine Willoughby hatte es kaum etwas anderes gegeben. Wenn Anna Melville auch so in ihrem Job aufgegangen war, dann wäre dies praktisch die erste und einzige Gemeinsamkeit zwischen ihnen. Je intensiver ich nachforschte, desto weniger Übereinstimmungen entdeckte ich.

Abgesehen von ihrem Tod natürlich.

Ich fand Annas Büroadresse und fragte nach Vanessa Knight. Die Mitarbeiterin am Empfang musterte mich verstohlen, während ich auf Annas Chefin wartete.

Der Fahrstuhl öffnete sich, und eine blonde Frau kam auf mich zugeeilt. Ihre Absätze klapperten auf dem glänzenden Fußboden.

»Sie sind also von der Polizei. Kommen Sie bitte.«

Nachdem sich die Aufzugtüren geschlossen hatten, sah sie mich an. »Es tut mir leid, aber ich bin sehr nervös. Ich hatte noch nie näher mit der Polizei zu tun.«

»Ich möchte Ihnen nur ein paar Fragen über Anna stellen.«

»Wie ist es denn eigentlich passiert?«

»Das besprechen wir lieber nicht im Fahrstuhl.«

»Nein. Natürlich nicht. Selbstverständlich.« Hektisch drückte sie auf die Knöpfe. »Oh mein Gott.«

»Alles in Ordnung mit Ihnen?«

Sie lehnte sich an die Wand des Fahrstuhls und presste eine Hand auf ihre Brust. Ihre Ringe funkelten, während sie bebend tief Luft holte. »Ich werde nur immer schnell nervös. Meine Güte, ich bin ja so was von unhöflich.«

»Mrs. Knight, es gibt keinen Grund, nervös zu sein. Versuchen Sie sich zu beruhigen.«

»Okay. Ja. Sie haben Recht.« Sie sah mich mit kläglichem Blick an. »Ohne sie bin ich verloren, wissen Sie das? Ohne Anna, meine ich. Ich weiß überhaupt nicht, wie ich zurechtkommen soll.«

Als die Fahrstuhltüren wieder aufgingen, stürmte sie hinaus. »Hier entlang, bitte.«

Sie führte mich in einen kleinen Besprechungsraum und brachte Ewigkeiten mit den Jalousien zu, um die tief stehende Sonne auszusperren, die direkt auf den Tisch schien und mich stark blendete. Mit einiger Mühe gelang es mir, sie nicht aufzufordern, sich zu beeilen, und so wartete ich, bis sie endlich mir gegenüber Platz nahm und ich mit der Befragung beginnen konnte.

»Kannten Sie Anna gut? Hat sie schon lange hier gearbeitet?«

»Seit ungefähr fünf Jahren.« Sie wiegte den Kopf und überlegte. »Ja, fünf waren es.«

»Würden Sie sagen, dass Sie mit ihr befreundet waren?«

»Wir sind gut miteinander ausgekommen und hatten ein sehr kollegiales Verhältnis.« Vanessa betonte das Wort »kollegial«.

»Hätten Sie mitbekommen, was in ihrem Privatleben vor sich ging? Hatte sie zum Beispiel Beziehungen?«

Sie schüttelte den Kopf. »Sie war ab und zu mal verabredet, aber das war nie etwas Ernstes. Sie wollte keinen Freund, sondern heiraten, aber das eine ist ohne das andere natürlich schwer zu haben. Wissen Sie, sie war durchaus wohlhabend. Jemand hatte sie wohl mal vor Männern gewarnt, die Frauen nur ans Geld wollen.«

»Und wie sah ihr soziales Umfeld aus? Hatte sie Freunde? Gab es Kurse oder sonstige Gruppen, an denen sie nach der Arbeit teilgenommen hat?«

Vanessa sah mich mit ausdrucksloser Miene an. »Ich glaube nicht. Sie hat viel ferngesehen. Und shoppen ist sie gern gegangen.«

Vor dem Verlassen von Annas Wohnung hatte ich noch einen Blick in ihren Kleiderschrank geworfen. Darin war alles fein säuberlich nach Farben sortiert und ausschließlich für chemische Reinigung geeignet. Allerdings war nichts Auffälliges dabei. Ihr Kleidungsstil war so dezent, dass er sie wohl praktisch unsichtbar gemacht hatte. Außerdem passte alles eher zu einer reiferen Dame. Als ich mir allerdings Vanessa besah, mausgrau in Kaschmir und Bleistiftrock, war mir klar, dass sie damit ihrer Chefin imponieren wollte.

»Mit welchem Verkehrsmittel ist sie denn normalerweise zur Arbeit gekommen?«

»Das weiß ich nicht.«

»War sie im Kollegenkreis beliebt?«

»Selbstverständlich.«

»Hat sie jemals dafür gesorgt, dass jemand überflüssig wird?«

»Sie war an Umstrukturierungen beteiligt, allerdings nicht eigenverantwortlich.«

»Hatte sie mit Disziplinarverfahren zu tun?«

»Gelegentlich.«

»Ist Ihnen bekannt, ob sie Feinde hatte?«

»Natürlich nicht.«

»Was war sie denn für ein Mensch?«

»Fleißig, kompetent, engagiert«, antwortete sie, ohne nachzudenken, und ich nahm an, dass dies die Kurzform des Nachrufs war, der später als Rundmail an alle Mitarbeiter gehen würde, um den Wahrheitsgehalt der Gerüchte zu bestätigen, dass das jüngste Mordopfer tatsächlich Anna Melville aus der sechsten Etage war … »Alle, die sie kannten, schätzten sie«, fügte Vanessa abschließend hinzu, als wäre es das letzte Wort zu diesem Thema.

»Würden Sie sagen, dass sie attraktiv war?«

»Ja. Natürlich. Ich meine, darüber habe ich nie nachgedacht.«

»Hatte sie manchmal Termine mit externen Geschäftspartnern?«

»Nicht dass ich wüsste.«

»Wie klang eigentlich ihre Stimme?«

Vanessa sah mich ratlos an.

»Sprach sie Dialekt?«

»Nein. Sie hat normal gesprochen. Völlig normal.« Vanessa selbst hörte sich extrem nach Oberschicht an und sagte zum Beispiel *nay* statt *no* und *yah* statt *yeah*. *Nay* hörte ich im Übrigen deutlich öfter als *yah*.

»In den vergangenen zwölf Monaten gab es noch zwei weitere Londoner Mordfälle, in denen wir ermitteln. Möglicherweise gibt es einen Zusammenhang mit dem Mord an Anna – das ist zumindest ein Ansatz, den wir verfolgen. Hat Anna darüber gesprochen, ob sie eins der anderen Opfer kannte? Hat sie je die Namen Kirsty Campbell oder Maxine Willoughby erwähnt?«

Langsames Kopfschütteln.

»Hatte sie ab und zu in Gegenden südlich der Themse oder im East End zu tun?«

»Das weiß ich nicht.«

»Hat sie irgendwann einmal geäußert, dass sie Angst vor jemandem hat?«

»Nein.«

»Wann haben Sie Anna denn zum letzten Mal gesehen?«

»Gestern, gegen vier. Ich musste zeitig Feierabend machen, da ich eigentlich morgen in Urlaub gehen will. Anna sollte sich um alles kümmern, während ich nicht da bin. Ich weiß gar nicht, wie ich das jetzt alles regeln soll.«

Ich kam zügig zum Schluss und bat dann, noch einen Blick auf Annas Arbeitsplatz werfen zu dürfen. Sachlich begleitete mich Vanessa durch einen von Büros mit Glaswänden gesäumten Korridor zu einem Großraumbüro mit abgeteilten Arbeitsnischen, in denen sich zahlreiche Mitarbeiter über ihre Schreibtische beugten und garantiert jeder mitbekam, was ich hier tat. Vanessa blieb neben mir stehen und beobachtete mich, was für meine Konzentration nicht unbedingt förderlich war. Daher bedankte ich mich bei ihr, dass sie sich Zeit genommen hatte, und ließ sie wissen, dass ich mich melden würde, falls weitere Fragen anstünden.

»Man braucht einen Transponder für den Aufzug, und ich habe leider kein zusätzliches Exemplar für Sie. Wenn Sie fertig sind, wenden Sie sich einfach an …« Sie warf einen Blick nach links.

»Penny«, soufflierte eine Stimme aus der dortigen Nische.

»Ja, Penny. Natürlich. Sie wird Sie hinausbegleiten.«

Ich bedankte mich mit einem Kopfnicken und wartete, bis sie außer Sichtweite war, ehe ich mich Annas Arbeitsplatz zuwandte. Sie hatte die Trennwände rings um ihren Schreibtisch dekoriert wie ein Einsiedlerkrebs und daran allerlei Dinge angeheftet, die ihr untergekommen waren. Beispielsweise eine Probe *Chanel Mademoiselle* aus einer Zeitschrift. Ein Paar längere Perlenohrringe – Modeschmuck zwar, aber hübsch. Eine Postkarte von den Malediven, die ihr offenbar eine Freundin geschickt hatte und die ich mitnahm, um sie an Harry Maitland weiterzugeben. Er arbeitete gerade ihr Adressbuch und ihre Mailkontakte durch, und ich hoffte, dass er mehr Erfolg hatte als ich.

Ich setzte mich auf ihren Bürostuhl und öffnete nacheinander die Schubladen. Darin fand ich ordentlich sortiertes Büromaterial, ein leeres Notizbuch, ein Schminketui mit Reißverschluss sowie Haarbürste, Trockenshampoo, eine Zahnbürste, Pumps, flache Schuhe … alles, was man eben so braucht, wenn man häufig Überstunden macht. Oder wenn man direkt vom Büro aus zu Verabredungen geht. Ich drehte mich um 180 Grad und sah mich direkt einem neugierigen Gesicht gegenüber, das über die seitliche Trennwand schaute. Es gehörte einer jungen blonden Frau mit breitem Schmollmund, durch den sie leicht vorwitzig aussah.

»Penny?«

»Ich wollte nur schauen, ob Sie vielleicht was brauchen.«

»Im Moment nicht.«

»Okay. Sagen Sie mir sonst einfach Bescheid.«

Ich schaute ihr nach, wie sie verschwand. »Penny?«

»Ja?« Sie kam zurückgeschnellt wie eine Feder.

»Kennen Sie das Passwort für Annas Computer?«

Statt zu antworten, verschwand sie wieder, und ich hörte Schritte, bis sie schließlich neben mir stand und mir einen zerknitterten Klebezettel reichte. »Den hatte ich an meinem Monitor. Vor ihrem letzten Urlaub hat sie ihn mir gegeben, falls ich etwas von ihren Daten brauchte. Ich weiß nicht, ob sie es seitdem geändert hat, aber eigentlich werden die von der IT-Abteilung erzeugt, und wir sollen sie so lassen.«

Ich nahm den Zettel entgegen und bedankte mich.

»Brauchen Sie sonst noch was?«

»Ich denke nicht.« Leiser fügte ich hinzu: »Es sei denn, Sie wissen noch etwas, das uns weiterhelfen könnte.«

»Wer sie umgebracht hat?«

»Das wäre natürlich ideal. Oder etwas über ihr Leben. Wenn Ihnen etwas Außergewöhnliches oder Untypisches aufgefallen ist.«

Penny schüttelte bedauernd den Kopf. »Sie war so geradlinig, es war unglaublich. Sie hat nie irgendetwas Seltsames oder Eigenartiges getan.«

»Kannten Sie Anna gut?«

»Ja, ich denke schon. Wir haben ja zweieinhalb Jahre zusammengearbeitet.«

»Sind Sie gut mit ihr ausgekommen?«

Penny hatte bisher ebenfalls leise gesprochen, aber jetzt ging sie plötzlich zum Flüsterton über: »Ich konnte sie nicht ausstehen. Sie war total ichbezogen. Eingebildet und überheblich. Vanessa ist sie praktisch in den Hintern gekrochen, aber mit anderen wollte sie nichts zu tun haben. Sie hat mich zum Beispiel nie gefragt, wie mein Wochenende war.«

Das war so ziemlich das Mindeste an Bürokonversation, was man erwarten konnte. Diese Frage stellte man sogar der Empfangsdame, dem Postmann, dem eigenen Chef oder dem Geschäftsführer, wenn man sie am Montagmorgen sah. Selbst aus Derwents Mund hatte ich sie schon gehört, obwohl er damit wahrscheinlich eher auf schlüpfrige Details aus dem Privatleben von Rob und mir aus war. Das komplett zu unterlassen war schon ein ziemlicher Affront.

»Und wie sah es mit ihrem Liebesleben aus? Wissen Sie, ob sie in letzter Zeit mit jemandem zusammen war?«

»Ich nehme es an.«

»Warum?«

»Weil sie ziemlichen Wind um die Blumen gemacht hat, die sie von ihm vorige Woche geschickt bekam. Weiße Lilien.« Penny verzog das Gesicht. »Die nimmt man doch eher für Beerdigungen, dachte ich immer. Und dann der Duft. Das ganze Büro hat danach gestunken.«

»Ich mag sie eigentlich ganz gern«, sagte ich.

Sie schüttelte sich. »Ich kann sie nicht ausstehen. Aber Anna war ganz hin und weg.«

»Wann sind die Blumen denn angekommen?«

»Hm … am Donnerstag?«

»Lag eine Karte bei?«

»Das weiß ich nicht.«

»Wusste sie, von wem sie stammten?«

»Ich denke mal schon. Allerdings hat sie es keinem gesagt. Jemand meinte …« Penny lachte verlegen und sah mich dann schuldbewusst und auch ein bisschen ängstlich an.

»Was denn?«

»Dass sie sich die Blumen vielleicht selbst geschickt hat.« Sie wirkte nervös. »Tut mir leid. Das war ziemlich gemein.«

»Tja, ausgeschlossen ist es nicht. Aber eher unwahrscheinlich.«

Sie waren wohl ein als Geschenk getarntes Requisit. Dekoration für ihren Leichnam, ein Gruß von ihrem Mörder. »Was war sie denn für ein Mensch? Mit welchen Worten würden Sie ihren Charakter beschreiben?«

»Kalt. Berechnend.« Penny überlegte weiter. »Auf eine Art auch nett, aber irgendwie aufgesetzt. Und bedürftig.«

Ich stellte Penny noch ein paar Fragen, die aber keine weiteren Erkenntnisse brachten. Ich drückte ihr eine von meinen Visitenkarten in die Hand, falls ihr noch etwas einfiel. Ich hoffte, dass sie sich bemühen würde, uns zu helfen, auch wenn sie Anna nicht leiden konnte.

Ich schaltete den Computer an und schaute auf den Zettel von Penny. Darauf stand A_Melville und darunter Xanna0Melv. Ich tippte beides in die entsprechenden Felder ein, und siehe da – meine exzellente kriminalistische Arbeit wurde mit dem Zugang zu Annas sämtlichen Daten belohnt. Ich ging einen Ordner nach dem anderen durch und hielt Ausschau nach privaten Informationen, fand aber nichts Aufschlussreiches. In einigen Fällen sogar buchstäblich gar nichts. Die Browserverlauf war komplett gelöscht worden, was mich sofort misstrauisch machte. Schließlich nutzten alle das Internet – beruflich wie privat. Ich erkundigte mich daraufhin bei Penny und erfuhr von ihr, dass Anna die Angewohnheit hatte, ihre Internetchronik täglich zu löschen, »falls ihre Identität gestohlen wurde oder so«. Auf eine Eingebung hin überprüfte ich die von ihr bevorzugten Seiten und stellte fest, dass sie die Cookies vergessen hatte oder nicht wusste, dass diese den Aufruf von Websites protokollierten. Hastig scrollte ich durch und stieß dabei hauptsächlich auf Onlineshops und Modeblogs. Außerdem auf Onlinebanking, ein paar Tageszeitungen, YouTube, Amazon, eBay. Es war praktisch eine Ansammlung der größten Internethits. Nichts Auffälliges.

Mit einer Ausnahme.

Ich hatte den Eintrag zunächst sogar übersehen, ehe ich ihn bewusst zur Kenntnis nahm, da mir die Seite so vertraut war. Aber dann fragte ich mich, was Anna daran interessiert hatte. Ohne den Browserverlauf konnte ich nichts Näheres darüber herausfinden und kannte mich nicht gut genug aus, um dem System weitere Informationen zu entlocken. Trotzdem schrillten bei mir bereits die Alarmglocken.

Drei Tage vor ihrem Tod hatte Anna um 17.53 Uhr zwölf Minuten lang die Website der Metropolitan Police konsultiert.

Kapitel 10

Nach meinem Ausflug in die City fuhr ich nicht zurück ins Büro, obwohl ich das eigentlich vorgehabt hatte. Zunächst rief ich Una Burt an.

»Ich glaube, sie war nicht sonderlich beliebt an ihrem Arbeitsplatz. Eher egozentrisch und unterkühlt. Hat sich mehr um ihre Arbeit bemüht als um ihre Kollegen.« Zu spät fiel mir auf, dass diese Beschreibung 1:1 auch auf DCI Burt passen würde, deren Desinteresse an ihren Mitmenschen legendär war – es sei denn, sie lebten nicht mehr. Falls es ihr aufgefallen war, ging sie nicht darauf ein.

»Klingt deutlich anders als bei den anderen. Kirsty war freundlich und aufgeschlossen und Maxine scheu und unreif.«

»Anna war arrogant und selbstbezogen. Allerdings hatten sie allesamt kein glückliches Händchen mit Männern.«

»Das ist aber noch lange keine Erklärung dafür, warum sie ihn hereingelassen haben«, entgegnete sie scharf. »Heute Morgen haben alle gedacht, wir hätten es mit verzweifelten alten Jungfern zu tun, aber das hat uns bei den Ermittlungen bisher kein Stück weitergebracht. Überlegen Sie lieber, was es sonst noch für Gemeinsamkeiten gab.«

Verzweifelte alte Jungfern … Ich fragte mich, ob Una Burt die Parallelen vielleicht ein bisschen zu offensichtlich waren. Immerhin war sie alleinstehend, und das offenbar seit jeher. Bei diesem Gedanken bekam ich ihr gegenüber ein schlechtes Gewissen. Es gab zwar eine Menge unverheiratete Kollegen in ihrem Alter, was jedoch nur dann niemanden interessierte, wenn es Männer waren.

Außerdem hatten die Opfer mehr mit mir gemeinsam als mit ihr. Zum einen war ich mehr oder weniger in ihrem Alter. Wenn ich an die Fotos vom Tatort dachte, hätte ich in Kirstys Wohnung problemlos einziehen können, ohne viel zu verändern. Normalerweise waren die Tatorte, die ich aufsuchen musste, denkbar abstoßend – heruntergekommene Einzimmerwohnungen in trostlosen, von Armut geprägten Vierteln, deprimierend altertümliche Behausungen von einsamen Senioren oder finstere Gassen, leer stehende Häuser und abgelegene Brachflächen, wo Leichen zumeist entsorgt wurden. Morde passierten jedoch in allen Schichten, sodass ich als Tatorte noble Millionärsvillen schon genauso gesehen hatte wie üble Bruchbuden, in denen man nichts anfassen wollte und beim Hinsetzen garantiert Flöhe bekam. Doch noch nie war mir bewusster geworden als bei diesem Fall, wie klein der Unterschied zwischen mir und den Opfern war. Ich hatte mehr Glück und war hoffentlich klüger und definitiv nicht mehr Single. Aber ich konnte mich problemlos in sie hineinversetzen.

»Sind die Ergebnisse der kriminaltechnischen Untersuchung schon da? Wurde auf Annas iPad etwas gefunden?«

»Gar nichts. Der Verlauf wurde gelöscht.« Sie klang frustriert. »Die Kollegen versuchen, die Daten wiederherzustellen, aber die Chancen stehen wohl schlecht, meinten sie. Offensichtlich war es so gut wie neu.«

»Glauben Sie, dass der Mörder die Daten gelöscht hat?«

»Spekulieren bringt nichts. Wir werden es nie erfahren.«

Diese Bemerkung saß. Natürlich hatte sie Recht. Es sei denn, wir fassten den Mörder, und er zeigte sich so kooperativ, es zuzugeben. »Vielleicht war es auch Anna selbst. Sie hatte die Angewohnheit, die Chronik zu löschen, nachdem sie online gewesen war. Zumindest war das bei ihrem Rechner im Büro der Fall.«

»Wirklich? Mist.«

»Ja, aber trotzdem kann man möglicherweise noch etwas rekonstruieren. Ich habe Annas Kollegen angewiesen, das Gerät nicht anzurühren, bis es jemand abholen kommt. Denn raten Sie mal, welche Seite Anna vor ihrem Tod besucht hat?«

Ich berichtete Una Burt von der Spur, die zur Met-Website geführt hatte. Da ich Una Burts Gesicht nicht sehen konnte, hatte ich keinen blassen Schimmer, was sie davon hielt. Ihr Schweigen wirkte allerdings derart auffällig, dass es nach mehr klang als purer Konzentration. Nachdem ich fertig war, fragte sie jedoch nur: »Was machen Sie als Nächstes?«

»Ich komme zurück ins Büro. Ich muss noch ein bisschen Schreibkram erledigen und …«

»Kümmern Sie sich doch vorher noch um die Spuren in Lewisham. Den Leseverein und die Selbsthilfegruppen.«

»Oh«, antwortete ich matt. »Ja, das könnte ich noch machen.«

»Ihnen erscheint das vielleicht nebensächlich, aber genau solche Zuarbeiten liefern manchmal die entscheidenden Beweise. Außerdem war es Ihre Idee.«

»Schon klar. Das bringt uns sicher weiter. Ich hatte nur nicht vor …«

»Sie denken wahrscheinlich, Zeit spielt hier keine Rolle, weil Kirsty schon seit fast einem Jahr tot ist. Aber in der Stadt treibt ein hochaktiver Serienmörder sein Unwesen, und ich muss Sie wohl nicht daran erinnern, dass die Abstände zwischen den Morden kürzer werden. Täuschen Sie sich bitte nicht, hier müssen wir schnell reagieren.«

»Ja, das ist mir natürlich klar. Ich dachte nur, das wäre nicht besonders aussichtsreich.«

»Zu so vorgerückter Stunde ist nichts sonderlich aussichtsreich«, entgegnete Una Burt müde. »Bringen Sie es hinter sich. Und noch etwas, Maeve.«

»Ja?«

»Nach dem zu urteilen, was uns die Kollegen heute berichtet haben, war ihre Arbeit solide und gründlich, auch wenn ihnen diese Querverbindung entgangen ist. Passen Sie also auf, dass Sie niemandem zu nahe treten, wenn Sie in fremdem Terrain unterwegs sind.«

Ich verdrehte die Augen. Vorträge über Höflichkeit von Una Burt waren in etwa so hilfreich wie Schminktipps von Barbara Cartland. »Ich werde dran denken. Wenn es Unstimmigkeiten geben sollte, dann höchstwahrscheinlich mit Andy Bradbury.«

»Wie kommen Sie darauf?«

Weil er ein Depp ist. »Weil er vor Kurzem befördert wurde und bei der Besprechung heute so abweisend wirkte.«

»In der Tat. War das bei Ihrem letzten Zusammentreffen auch so?«

»Mehr oder weniger.«

Sie gab ein Geräusch von sich, das sich zu meinem großen Erstaunen als Kichern herausstellte. »Seien Sie ganz beruhigt, ich werde mit großem Vergnügen seine Arbeit durchgehen und herausfinden, was er falsch gemacht hat.«

»Ohne ihm zu nahe zu treten.«

»Manche Leute brauchen das gelegentlich.« Unvermittelt legte sie auf.

Ich hatte ein paar Fotos von Kirsty Campbell mitgenommen, da ihr Tod ja schon ein Dreivierteljahr zurücklag. Aber in Blackheath wussten alle Bescheid. Durch den Beitrag in der Abendzeitung hatten sich die meisten Leute wieder an sie erinnert. Der Mord an Anna war den ganzen Tag durch die Nachrichten gegangen, woraufhin eine merkwürdige und unangenehme Spannung in der Luft lag – eine Art unterdrückter Nervenkitzel, dass direkt vor der Haustür etwas Außerordentliches geschah, das von ähnlich historischem Ausmaß sein könnte wie damals bei Jack the Ripper. Für mich waren derartige Gewaltverbrechen dagegen viel zu sehr Alltag, als dass ich nachvollziehen konnte, was den Reiz daran ausmachte.

Zu Fuß ging ich von der U-Bahn-Station zu dem Haus, in dem Kirsty ermordet worden war. Auf dem Weg dorthin versuchte ich, die Umgebung mit ihren Augen zu sehen. Mehr denn je begann ich mich mit ihr zu identifizieren, während ich die geschäftige Hauptstraße entlanglief und von dort aus in die ruhigeren Anwohnerstraßen einbog, wo nach und nach in den Häusern die Lichter angingen. Ich erkannte den Wohnblock schon von Weitem und ging außen um das Gebäude herum. Es war überflüssig, mich um Zutritt zu der Wohnung zu bemühen, in der sie gestorben war. Schließlich war dort nichts mehr so, wie sie es eingerichtet hatte. Zu diesem Zweck konnte ich ja auf die Tatortfotos zurückgreifen. Aber mir fiel auf, dass Kirstys Wohnung im vorderen Teil des Hauses lag und gut einsehbar war. Die Sicherheitsvorkehrungen am Gebäude waren auch nicht gerade umfangreich. Ich fragte mich, ob für den Mörder bei der Auswahl seiner Opfer vielleicht besonders die Wohnsituation ausschlaggebend war. Dann wäre das hier perfekt gewesen für seine Zwecke.

Bei meinen Erkundigungen über Kirsty erfuhr ich einiges: Ich fand die chemische Reinigung, in die sie ihre Kleidung gebracht hatte, und den kleinen Laden, wo sie samstags immer ihre Zeitung gekauft hatte. Ein gepflegtes, frisch renoviertes Lokal mit knarzenden Ledersofas und einer gigantischen Sammlung an Brettspielen war der Treffpunkt der Strickgruppe, zu der Kirsty kurzzeitig gegangen war. Allerdings konnte sich der Betreiber nicht mehr an sie erinnern.

»Wissen Sie, hier gehen so viele Leute ein und aus.« Skeptisch beäugte er mich, als ob ich ihm die Schuld an dem Verbrechen gäbe und ihm die Lizenz entziehen wollte.

»Gibt es noch andere Gruppen, die sich hier treffen?«

»Dienstags der Rugby-Verein, mittwochs die Nährunde – Quilts machen die«, sagte er und sah mich prüfend an. »Die Strickgruppe kommt montags. Donnerstag bis Sonntag ist es hier zu voll, da brauchen wir den Platz.«

»Ein Lesetreff ist nicht dabei?«

Er schüttelte den Kopf. »Vielleicht in der Bibliothek.«

Ich bedankte mich, wenn auch nicht gerade überschwänglich. Derwent hätte sicher noch einen ironischen Spruch für ihn parat gehabt, dass er mit solchen cleveren Ideen bei der Met anheuern sollte. Eine große Hilfe war er jedenfalls nicht. Kirsty war eine hübsche, aufgeschlossene junge Frau gewesen, sodass ich es schon verwunderlich fand, wenn er sich nicht an sie erinnern konnte. Vermutlich lag es daran, dass sie eine so höfliche und unaufdringliche Art gehabt hatte und niemandem Umstände machen wollte.

Vielleicht hatten ja genau das alle Opfer gemeinsam, überlegte ich, während ich weiterging. Ein Doppeldeckerbus fuhr viel zu schnell an mir vorbei, kam dabei ins Schlingern und wäre beinahe zur Seite gekippt. Sie gehörten zu dem Typ von Frauen, die man leicht übersah, obwohl sie durchaus attraktiv und erfolgreich waren. In ihrer introvertierten Art war es für sie so ungewöhnlich, wenn ihnen jemand besondere Aufmerksamkeit entgegenbrachte, dass sie dann alle Vorsicht vergaßen. Denn genau das hatten sie ganz offensichtlich getan, als sie den Mörder in ihre Wohnung ließen. Es lief alles darauf hinaus, dass er ihr Vertrauen gewonnen haben musste.

Oder sie hatten solche Angst vor ihm, dass sie sämtliche Anweisungen von ihm befolgten. Als ich mich in ihre Lage versetzte, erschauerte ich. Zweifellos hatten sie zuletzt unter Todesangst gelitten, als ihnen klar wurde, dass es kein Entrinnen gab. Ich an ihrer Stelle hätte verhandelt, gekämpft, gefleht und alles Erdenkliche unternommen, um mit dem Leben davonzukommen – aber vielleicht hatten sie das alles und mehr ja getan. Oder sie hatten im Angesicht des abgrundtief Bösen alle Hoffnung aufgegeben. Wie es tatsächlich gewesen war, wusste nur der Mörder.

Nachdem ich angenommen hatte, dass ich wohl in der Bibliothek Antworten finden würde, war es eine große Enttäuschung, als ich erfuhr, dass es dort keinen Lesetreff gab – zumindest nicht für junge Frauen. Angeboten wurde lediglich eine Gruppe für Senioren und eine weitere für Schüler.

»Wegen der Sparmaßnahmen mussten wir unsere Öffnungszeiten verkürzen. Deshalb können wir abends keine Veranstaltungen anbieten«, erklärte mir der Bibliothekar. »Dadurch erreichen wir jüngere Berufstätige nicht, die vielleicht Interesse an so etwas hätten.«

»Wissen Sie, ob es hier in der Gegend einen Lesetreff gibt, der Kirsty angesprochen haben könnte?«

Der Bibliothekar wiegte nachdenklich den Kopf. Er wirkte geradezu beängstigend kompetent und hatte die Warteschlange vor mir beeindruckend zügig bedient. Jetzt hielt ich ihn über Gebühr auf. Hinter mir standen rund zwanzig Leute, und in fünf Minuten schloss die Bibliothek. Außerdem war es hier drinnen viel zu warm, sodass ich mich ärgerte, beim Hereinkommen meinen Mantel nicht ausgezogen zu haben.

»Von einem Lesetreff weiß ich nichts. Aber lassen Sie mir am besten Ihre Kontaktdaten da, ich erkundige mich noch einmal bei meinen Kollegen.«

»Und existiert so etwas wie eine Selbsthilfegruppe? Für Trauernde oder Leute mit Essstörungen oder …«

Er schüttelte den Kopf.

Ich gab ihm meine Visitenkarte und verabschiedete mich. Als ich zur Tür hinaustrat, überkam mich nach der tropischen Hitze drinnen angesichts der kühlen frischen Luft ein wohliger Schauer. Wenn sie einfach die Heizung ein Stück herunterregeln würden, könnten sie sicher eine Menge sparen, dachte ich müde und frustriert. Die ganze Fahrt hierher war reine Zeitverschwendung gewesen.

»Entschuldigung? Tut mir leid, ich stand in der Schlange hinter Ihnen und habe zwangsläufig mitgehört …« Vor mir stand eine junge Frau, die mir zuvor überhaupt nicht aufgefallen war. Sie trug einen selbstgestrickten Schal mit langen Fransen und eine passende Mütze, die sie bis über die Augenbrauen gezogen hatte. »Sie sind von der Polizei, oder?«

»So ist es.«

»Sie ermitteln im Mord an Kirsty Campbell?«

»Unter anderem.«

»Ich habe von den anderen Fällen gehört. Auch von dem heute in Tottenham.« Mit geschickten Fingern flocht sie die Fransen zusammen und wieder auseinander. Sie war groß und schlank, etwas unbeholfen, und wirkte jünger, als sie vermutlich war.

»Kann ich Ihnen irgendwie helfen?« Allzu ermunternd klang ich nicht. Wahrscheinlich wollte sie einen Rat von mir, wie sie sich schützen konnte und außerdem die Versicherung, dass sie keine Angst haben musste. Für so etwas hatte ich allerdings nicht endlos Nerven, zumal ich ziemlich erschöpft war.

»Ich kannte sie nämlich. Also Kirsty.«

»Wirklich?«

Sie nickte. »Aus der Kirche.«

Ich versuchte mich zu erinnern, ob Kirsty religiös gewesen war.

»Ich wusste gar nicht, dass Kirsty in die Kirche gegangen ist.«

»Ist sie auch nicht. Zumindest nicht regelmäßig. Genau wie ich. Aber der Pfarrer von St. Mary's hat so einen Kurs angeboten, an dem wir beide teilgenommen haben.«

»Worum ging es denn in dem Kurs?«

»Um die Entwicklung der eigenen Persönlichkeit.« Sie errötete leicht. »Es ging darum, das eigene Leben in die Hand zu nehmen. Dass man nicht mehr abhängig von anderen ist, um Erfüllung zu finden. Wahrscheinlich sollten wir uns dazu irgendwie Jesus zuwenden, aber das hat nicht so ganz funktioniert.«

Schlagartig wurde mir klar, dass sie keine Nervensäge war, sondern eine wichtige Informationsquelle. Ich spürte, wie mein Herzschlag sich beschleunigte. »Wie, sagten Sie, war noch mal Ihr Name?«

»Den habe ich noch gar nicht genannt. Ich heiße Ruth Johnson. Aber alle nennen mich Jonty.«

»Hat Sie schon jemand zu Ihrer Freundschaft mit Kirsty befragt, seit sie tot ist? Jemand von der Polizei, meine ich.«

»Nein.« Sie winkte ab. »Ich dachte, das würde niemanden interessieren. Wir waren ja gar nicht richtig befreundet. Ich habe sie doch nur drei Mal getroffen.«

»Uns hilft alles weiter. Vor allem wenn es etwas gibt, das Sie beunruhigt hat.«

»Na ja. Kann sein. Ich weiß nicht. Wahrscheinlich ist es gar nicht wichtig.«

Das werde ich dann schon entscheiden. »Sagen Sie, können wir uns irgendwo ungestört unterhalten?«

»Das Café *Bon* ist ganz nett.«

Ob nett oder nicht, war mir so ziemlich egal. Wichtig war vor allem, was Jonty Johnson ein Dreivierteljahr lang für sich behalten hatte, weil sie nicht den Mut aufbrachte oder einfach nicht auf die Idee gekommen war, zur Polizei zu gehen und sich dort an jemanden zu wenden, der für Mordermittlungen im Fall Kirsty Campbell zuständig war. Auf jeden Fall würde ich sie nicht aus den Augen lassen, bis ich wusste, was sie mir zu sagen hatte.

Das Café *Bon* erwies sich als vegetarisches Biolokal, in dem es hauptsächlich Hülsenfrüchte und Quinoa gab. Es war ostentativ in einem Grünton gestrichen. Ich setzte mich auf eine Bank, die für mich eine völlig falsche Höhe und zudem keine Rückenlehne hatte. Die trübe Brühe, die sie als Kaffee bezeichneten, wurde in einer schweren Tasse aus Steingut serviert, die sich ganz rau anfühlte und aus der es sich ausgesprochen unangenehm trank.

Jonty hatte einen Kräutertee bestellt, den sie in einem Glas bekam, das deutlich angenehmer wirkte als mein Trinkgefäß. Allerdings roch es daraus verdächtig nach Katerpopo, wovon sie sich aber keineswegs abschrecken ließ. Wenn das der Grund für ihre roten Wangen war, wäre es fast einen Versuch wert gewesen, ihn zu probieren – immerhin sah sie aus, als würde sie sich regelmäßig mit geschmolzenem Schnee abreiben. Unter der Mütze kam ihr kräftiges blondes Haar zum Vorschein, das sie geflochten, gedreht und irgendwie aufgesteckt hatte. Sie hatte schmale Augen, die durch ihren schwarzen Lidstrich noch kleiner wirkten, und ihre Augenbrauen waren dicht und gerade. Ihre Zähne waren strahlend weiß, klein und standen leicht auseinander wie in einem Milchgebiss. Ich merkte, wie der Mitarbeiter an der Theke sie deswegen anstarrte. Aber Jonty selbst schien das gar nicht zu registrieren. Statt mich anzusehen, schaute sie nervös umher, rutschte auf ihrem Platz herum und sah ständig auf ihr Handy und ihre Uhr. Jetzt, da wir uns gegenübersaßen, hatte ihr Mitteilungsbedürfnis deutlich nachgelassen. Daher fing ich mit einer einfachen Frage an.

»Erzählen Sie mir etwas über diesen Kurs.«

»Ähm, der ging über drei Wochen. Jeweils 50 Minuten, einmal pro Woche. Man musste keiner Konfession angehören, obwohl ich glaube, dass man hinterher einen Glaubenskurs belegen sollte, um richtig Christ zu werden.«

»Wann genau war das?«

»Im Januar. Es ging gleich nach Weihnachten los. Für alle, die sich zum neuen Jahr vorgenommen hatten, ihr Leben in Ordnung zu bringen, nehme ich mal an.« Ihr Tonfall war ironisch.

»War das auch bei Ihnen der Grund dafür?«

»Ja klar. Für mich war es höchste Zeit, endlich auf eigenen Beinen zu stehen und nicht mehr von anderen abhängig zu sein. Vor allem von meinen Eltern. Ich musste unbedingt von ihrem Rockzipfel loskommen.«

Ich musste an meine Eltern denken und bekam sofort ein schlechtes Gewissen, hatte doch mein Leben nur wenig mit dem zu tun, was meine Eltern sich für mich gewünscht hatten – angefangen bei meinem Beruf bis hin zu der Tatsache, dass ich nicht verheiratet war. Ich ging meinen eigenen Weg und traf meine eigenen Entscheidungen, bemühte mich trotz allem aber nach wie vor wiedergutzumachen, dass ich ihre Erwartungen nicht erfüllt hatte. Immer noch hoffte ich darauf, dass sie eines Tages vielleicht doch noch stolz auf mich waren. Die meisten meiner Freunde hatten solche Probleme offenbar nicht. Manchmal kam es mir so vor, als ob es etwas typisch Irisches war.

»Und ist Ihnen das gelungen?«

»Nicht so ganz. Meine Eltern sind sehr dominant. Sie sind reich und haben zum Beispiel meine Wohnung bezahlt. Ich kann es mir einfach noch nicht leisten, ihnen den Rücken zu kehren.«

»Was machen Sie denn beruflich?«

»Ich bin Sängerin. Außerdem schreibe ich auch Songs für andere Musiker.« Sie trank einen Schluck Tee und wartete auf meine nächste Frage. »Leben kann ich davon allerdings nicht, aber ich mache trotzdem weiter, weil es genau das ist, was ich will.«

»Wie haben Sie denn von diesem Kurs erfahren?«

»Ich habe vor der Kirche einen Aushang gesehen und dachte, das könnte mich interessieren. Es war eins von diesen ›Keep Calm‹-Plakaten aus Kriegszeiten.« Sie lachte auf. »Na ja, die Gemeinde ist halt nicht sonderlich modern. Diese Plakate kann man ja schon langsam nicht mehr sehen. In diesem Fall hieß der Spruch: ›Keep Calm and Find Happiness‹. Und darunter stand: ›Du kannst alles sein, was du brauchst‹. Das hat mich einfach angesprochen. Ich war zu der Zeit ziemlich am Ende und deprimiert und wollte alles hinschmeißen. Da ging es mir darum, einfach mal wieder zu mir selbst zu finden, ohne dazu ein Jahr in den Fernen Osten zu reisen.« Der Tee schwappte leicht über, während sie gedankenverloren das Glas auf der Untertasse drehte. »Schon wieder, meine ich. Außerdem war es kostenlos.«

»Wie viele Leute haben daran teilgenommen?«

»Ungefähr fünfzehn. Es gab einen Stuhlkreis, und mir war das Ganze so peinlich, dass ich mich verschämt auf den erstbesten gesetzt habe. Das war zufällig neben Kirsty.«

»Und dadurch sind Sie mit ihr ins Gespräch gekommen?«

»Noch nicht gleich. Erst hinterher. Als wir rauskamen, wollte ich noch nicht gleich nach Hause gehen, weil mir noch zu viel durch den Kopf ging. Ich mochte lieber nicht allein sein und die Wand anstarren, wissen Sie. Kirsty ging es wahrscheinlich genauso, denn sie kam auf mich zu und fragte, ob wir nicht zusammen noch was trinken gehen wollen und ein bisschen darüber reden, warum wir eigentlich hier sind und was wir davon erwarten.«

»Was hat sich Kirsty denn erhofft?«

»Sie wollte nach der Trennung von ihrem Verlobten wieder auf die Beine kommen.« Jonty seufzte. »Das war unglaublich schwer für sie. Es hat sie viel Mut gekostet, die Beziehung zu beenden. Alle waren schon mit Hochzeitsvorbereitungen beschäftigt, und sie konnte nur …« Sie ließ die Finger das Gesicht hinuntergleiten und formte den Mund zu einem stummen Schrei.

»Und weshalb?«

»Sie hat ihn nicht genug geliebt, meinte sie. Sie fühlte sich total erdrückt und hatte den Eindruck, dass er ihr ganzes Leben bestimmt oder es zumindest versucht. Darüber war sie sehr unglücklich. Sie wollte eine Weile für sich sein und herausfinden, was sie eigentlich brauchte.«

Das kannte ich nur allzu gut. Ich wusste genau, welch hässliche Mischung aus Schuldgefühlen und Unzufriedenheit damit einhergehen konnte. Es war der Todesstoß für jede Beziehung. Rob achtete sehr darauf, sich zurückzuziehen, sobald er merkte, dass es mir zu eng wurde. Manchmal fast zu schnell. Daher meine Paranoia.

Ich lenkte meine Aufmerksamkeit zurück auf Kirsty. »Sie wollte also allein sein. Demnach hat sie sich nicht mit Männern verabredet.«

»Nein. Also, damals jedenfalls nicht.« Jonty betrachtete ihren Tee. »Der schmeckt grässlich. Vielleicht hilft ja ein bisschen Zucker.«

Sie nahm sich ein Tütchen aus der Schüssel auf dem Tisch, doch ich streckte meine Hand aus und hielt sie zurück. »Also, erstens hilft das bestimmt nicht, und zweitens: Was meinen Sie mit ›damals jedenfalls nicht‹?«

»Na ja, wegen diesem Typen.«

»Was für einem Typen?« Ich beugte mich nach vorn.

»Dieser Typ, mit dem sie verabredet war, als ich sie das letzte Mal gesehen habe.« Jonty zog ein Bein an, stellte es auf ihrem Stuhl ab und band die Schleife an ihrem Doc Marten neu. Ich biss mir vor Anspannung so stark innen auf die Wange, dass ich Blut schmeckte, und musste mich zwingen, sie nicht aufzufordern, sich zu beeilen. »Am dritten Kursabend hatte sie keine Zeit, um noch was trinken zu gehen. Sie meinte, dass sie sich hinterher noch mit jemandem treffen müsste. Es tat ihr zwar sehr leid, aber angeblich hatte er nur an diesem Tag Zeit.«

»War es ein Rendezvous?«

»Ich glaube nicht. Als sie mir von der Verabredung erzählte, hatte ich vielsagend ›ooooh‹ gemacht – so wie wenn man von einer Affäre erfährt. Aber sie war total kurz angebunden und hat nur gesagt: ›Nicht was du jetzt denkst.‹ Dann hat sie mir ihre Nummer gegeben und angeboten, dass ich sie anrufen soll, wenn ich nicht mehr weiterweiß. Hier.« Sie durchsuchte ihre Kontakte, bis sie Kirstys Namen fand, und präsentierte ihn mir stolz wie ein Schulkind seine Hausaufgaben.

»Wann war das?«

»Ende Januar. Am 26.«

»Und gestorben ist sie …«

»Am 30.«, nickte Jonty. »Ich habe es in der Zeitung gelesen und konnte es gar nicht fassen. Um ein Haar hätte ich ihr eine SMS geschrieben – können Sie sich das vorstellen? Obwohl ich ja wusste, dass sie tot ist. Verrückt.«

»Das ist gar nicht so ungewöhnlich. Manche Leute rufen auch bei ihren verstorbenen Angehörigen an und hinterlassen Nachrichten, in denen sie das aussprechen, was sie ihnen nicht mehr persönlich sagen konnten.«

»Da bin ich ja beruhigt. Ich dachte schon, ich bin durchgedreht.« Betrübt lächelte sie mich an.

»Ich würde gern noch einmal auf diesen Mann zurückkommen. Hatte sie ihn vorher schon irgendwann erwähnt?«

»Nein, definitiv nicht.«

»Haben Sie ihn mal gesehen? Hat sie Ihnen etwas über ihn erzählt? Wissen Sie seinen Namen oder woher sie ihn kannte?« Ich unterbrach mich, als ich sah, dass der Schwall von Fragen sie verwirrte.

»Ich habe ihn nie gesehen. Sie hat sich mit ihm woanders getroffen. Sie hat mir auch nie gesagt, weshalb sie sich eigentlich mit ihm verabredet, aber es kam mir eher vor wie eine Pflicht als etwas Schönes. So als ob er Schornsteinfeger oder Klempner oder so was wäre, den sie halt reinlassen musste.«

»In ihre Wohnung?«

»Ich weiß nicht.« Jonty runzelte die Stirn. »Es kam mir irgendwie so vor. Als sie sagte, dass er nur an diesem Abend Zeit hat, klang sie zwar leicht gereizt, aber mehr oder weniger geschäftsmäßig.«

Eigentlich kümmerte sich die Hausverwaltung bei Bedarf um Handwerker für die Mieter. Ich machte mir eine

Notiz, dort später nachzufragen, ob sie in den Monaten vor ihrem Tod etwaige Mängel gemeldet habe.

»Und Sie sind sich ganz sicher, dass sie keinen Namen erwähnt hat?«

»Kann sein, dass sie ihn irgendwann mal genannt hat, aber ich habe ein total schlechtes Namensgedächtnis.« Jonty lachte nervös auf, weil ihr klar war, dass das in diesem Fall ausgesprochen ärgerlich war. »Er klang irgendwie kurz und schlicht. Nichts Ausländisches. Eher Geoff oder John. Obwohl es das beides nicht war.«

Ich schrieb es mir trotzdem auf. Einheimischer Name, eine Silbe, vermutlich mit J am Anfang. »Jack, James, Jim.«

»Nein, leider nicht.« Sie schüttelte den Kopf. »Ich kann mich einfach nicht erinnern, egal, wie sehr ich mich anstrenge.«

»Nicht so schlimm.« Ich schaffte es tatsächlich, mir meine Enttäuschung nicht anmerken zu lassen. Zumindest weitestgehend. »Das kommt vor. Geben Sie mir unbedingt Bescheid, falls er Ihnen doch noch einfällt. Sie haben mir sehr geholfen.«

»Wirklich?« Sie sah mich unsicher an. »Ich wollte ja helfen, aber ich hatte Angst, dass es nicht wichtig ist und ich anderen nur die Zeit stehle.«

»Ganz und gar nicht«, widersprach ich. »Wären Sie denn bereit, eine Aussage gegenüber den für den Mord an Kirsty zuständigen Ermittlern zu machen?«

»Ich denke schon«, antwortete sie verängstigt.

»Die Kollegen sind wirklich nett. Vor denen müssen Sie sich nicht fürchten. Ich kann sie kurz anrufen, wann sie mit Ihnen sprechen wollen.« Ich wählte die Nummer von Groves, der über meinen Anruf hocherfreut war, jedoch erst einmal verstummte, als ich ihm berichtete, was ich herausgefunden hatte. Er sagte, am liebsten würde er sofort mit Jonty reden, vorzugsweise auf dem Revier, falls sie dorthin kommen könnte. Er würde sich bemühen, sie nicht allzu lange aufzuhalten.

Ich gab diese Informationen an Jonty weiter, die sich als braves Mädchen sofort dazu bereiterklärte. Allerdings machte sie einen unsicheren Eindruck und trank ihren Tee in einem Zug aus, ohne daran zu denken, dass er ihr gar nicht schmeckte.

Sie wickelte sich ihren Schal wieder um den Hals, diesmal in langen, ungleichmäßigen Schlaufen. Dabei stellte sie mir die Frage, die ich befürchtet hatte.

»Denken Sie, dass dieser Mann derjenige war … Sie wissen schon?«

»Der sie umgebracht hat?«

Sie nickte.

Ja. »Ich weiß es nicht.«

Sie schluckte. »Meinen Sie, ich hätte mich früher melden sollen? Als sie nach Zeugen gesucht haben?«

»Sie sind nicht dafür verantwortlich«, sagte ich und ahnte schon, worauf sie hinauswollte. »Sie haben ihn nicht dazu gebracht, jemanden umzubringen. Natürlich hätten Sie früher kommen können, aber das hätte wahrscheinlich nichts geändert.«

Im Großen und Ganzen war eine kleine Lüge manchmal sinnvoller als die Wahrheit. Möglicherweise hätte es doch etwas geändert, sehr viel sogar, aber das brauchte sie nicht zu wissen.

Kapitel 11

Es war spät, als ich wieder an meinem Schreibtisch ankam, fast schon neun. Das Büro leerte sich allmählich nach diesem stressigen Tag. Trotz Klimaanlage war die Luft verbraucht, und durch die großen Fensterfronten sah der dunkle Himmel mit den hellen Lichtern aus wie mit Pailletten bestickter Samt. Nach Einbruch der Dunkelheit war die Atmosphäre im Büro eine ganz andere. Die Schreibtischlampen – die so viel angenehmer waren als die Neonbeleuchtung an der Decke – erhellten die vereinzelt noch besetzten Arbeitsplätze wie einsame Inseln, und der Geräuschpegel war zu einem leisen Gemurmel abgeebbt. Einige Kollegen telefonierten, waren aber fast fertig mit ihren Gesprächen.

Die Tür zu Godleys Büro stand offen. Sein Platz war leer, doch sein Mantel hing noch am Haken, und sein Computer lief. Una Burts Schreibtisch war ebenfalls unbesetzt, und sie ging auch nicht an ihr Handy. Ich hoffte, sie noch vor Feierabend zu sehen, damit ich berichten konnte, was ich in Lewisham erfahren hatte. Nach Hause zog mich nichts. Obwohl ich mir für die Zeit ohne Rob einiges vorgenommen hatte: vernünftig essen, zeitig schlafen gehen, Fingernägel lackieren, Mails an alte Freunde schreiben und endlich den Stapel ungelesener Bücher auf meinem Nachttisch reduzieren. Heute war der erste Tag seiner Reise, und ich ahnte schon, dass ich nicht viel davon schaffen würde. Essen würde ich dann, wenn es gerade passte, außerdem arbeiten bis zum Umfallen, und zum Lesen blieb vermutlich auch keine Zeit.

Dann eben nicht. Es gab Wichtigeres als Maniküre.

Da ich den ganzen Tag unterwegs gewesen war, waren in meinem Postfach massenhaft Mails aufgelaufen. Ich ging sie durch und versuchte, in den Fällen auf dem Laufenden zu bleiben, die weniger Medieninteresse hervorriefen und bei denen die Öffentlichkeit nicht lautstark nach Ergebnissen verlangte. Von Princess Gordons gewaltsamem Tod hatte kaum jemand Notiz genommen, was keineswegs daran lag, dass er so schnell aufgeklärt worden war. Die Medien interessierten sich schlichtweg nicht für eine junge Schwarze, die von ihrem Partner erschlagen wurde – obwohl sie zudem schwanger war. Aber letztendlich war sie nicht weniger tot als die Opfer des »Gentleman-Mörders«.

DS Burns hatte einen Trumpf aus dem Ärmel gezaubert und die Nummer der Firma »Method Management« recherchiert, die Kirsty Campbells Wohnhaus betreute. Glücklicherweise gab es eine Notfall-Hotline, deren Nummer ich umgehend wählte, während ich nebenbei meine restlichen Mails durchsah. Am anderen Ende meldete sich ein gelangweilt klingender Mann. Ich nannte ihm meinen Namen und mein Anliegen.

»Könnten Sie bitte prüfen, ob Kirsty in Bezug auf ihre Wohnung ein Anliegen an Sie hatte oder etwaige Mängel bei Ihnen gemeldet hat?«

»In welchem Zeitraum?«

»Erst einmal im Dezember und Januar.«

»Da muss ich nachschauen. Soll ich Sie zurückrufen?«

»Ich warte gleich.«

Er legte den Hörer ab, und ich hörte dem Klappern seiner Tastatur zu, während ich hoffte, dass er tatsächlich die

Informationen abrief, die ich brauchte und nicht mal eben seinen Facebook-Status aktualisierte.

»Ich muss noch einmal Rücksprache halten«, meldete er sich wieder und knallte den Hörer sofort wieder auf seinen Schreibtisch, ohne eine Antwort von mir abzuwarten. Quietschend schob er seinen Bürostuhl zurück, und ich stellte mir vor, wie er das Büro durchquerte. In Gedanken sah ich ihn mit einem zerknitterten weißen Hemd vor mir, das aus dem Bund seiner nicht minder faltenreichen Hose heraushing, dazu ausgetretene Schuhe. In meiner Fantasie hatte er dringend einen Friseurbesuch nötig und außerdem eine Schwäche für Backwaren. In Wirklichkeit war er vermutlich spindeldürr und sah aus wie aus dem Ei gepellt.

Während ich am Telefon wartete, widmete ich mich den restlichen Mails. Als ich fast bei der letzten angekommen war, erschien eine neue Nachricht in meinem Posteingang. Sie kam von DS James Peake, der im Fall Maxine Willoughby ermittelte. Das war an sich nicht weiter ungewöhnlich, schließlich hatte ich nach der Besprechung großflächig meine Visitenkarten verteilt. Was mich vielmehr beunruhigte, war der Betreff: *Was trinken gehen?*

»Sind Sie noch dran?«

»Ja«, antwortete ich und lenkte meine Gedanken wieder zurück zu Kirsty.

»Nur zur Erklärung: Ich musste erst mit meinem Chef klären, ob ich die Informationen überhaupt rausgeben darf. Ich soll Sie darauf hinweisen, dass wir keinerlei Verantwortung übernehmen.«

»Deswegen rufe ich auch gar nicht an. Mich interessiert vor allem, was sie beunruhigt hat.« Ich ließ meinen Stift zwischen den Fingern kreisen und tippte mit der Rückseite auf den Tisch. Je länger er mich hinhielt, desto schneller wurde mein Klopfen.

»Er möchte selbst mit Ihnen sprechen.«

»Okay, dann geben Sie mir seine Nummer.« Ich war bereit, mit jedem zu reden, wenn mir nur endlich jemand weiterhelfen konnte.

Noch vor dem ersten Rufton nahm er den Hörer ab und meldete sich mit einem strengen »Hallo?«.

»Hier ist Detective Constable Maeve Kerrigan.«

»Mein Name ist Kevin Montrose, ich bin Inhaber der Firma *Method Management.*«

Schön für Sie. »Ich ermittle im Mordfall Kirsty Campbell.«

»Das habe ich schon gehört. Nur damit Sie Bescheid wissen – es gab keinerlei Schäden an der Immobilie und auch nirgends Anzeichen für ein gewaltsames Eindringen.« In seinem Tonfall lag nicht nur Schärfe, sondern auch eine gewisse Angst. Da steckte vermutlich noch etwas dahinter.

»Dass es keine Einbruchsspuren gab, ist mir bekannt.«

»Miss Campbells Anliegen sollten geprüft werden, und zum Zeitpunkt ihres Todes waren wir gerade intensiv damit beschäftigt.«

»Verstehe. Und worin bestanden diese Anliegen?«

»Aus unseren Unterlagen geht hervor, dass Miss Campbell skeptisch war, was die Qualität der Schlösser an den Haustüren sowie den Wohnungstüren im Gebäude selbst betraf. Außerdem war sie beunruhigt im Hinblick auf die Schließtechnik der Fenster und die Fluchtwege des Objekts im Fall eines Brandes. Ich habe ihr mitgeteilt, dass wir selbstverständlich darauf achten, dass Rauchmelder vorhanden sind und in den von uns betreuten Gebäuden der Kohlenmonoxidgehalt der Luft überwacht wird.«

»Wann genau hat sie mit Ihnen deswegen Kontakt aufgenommen?«

»Siebenundzwanzig null eins.«

Ich brauchte einen Moment, bis ich begriff. »Am 27. Januar? Drei Tage vor ihrem Tod?«

»Offenbar.«

»Wissen Sie sonst noch etwas?«

»Sie sagte, man hätte ihr geraten, dass wir in den Eingangsbereichen vorn und hinten am Gebäude sowie am Parkplatz Überwachungskameras anbringen lassen. Am Haus gibt es außerdem einen Fahrradständer, und sie war besorgt, dass von dort Fahrräder gestohlen werden könnten. Ich habe ihr gesagt, dass Diebe mit dem festen Vorsatz, etwas zu stehlen, sich von Schlössern oder Kameraüberwachung ganz bestimmt nicht abhalten lassen, aber das hat sie nicht gerade überzeugt.« Er lachte leise auf. »Außerdem wollte sie, dass wir eine Videosprechanlage installieren, damit die Bewohner sehen können, wen sie ins Gebäude hineinlassen.«

»Das wird auf der Website der Metropolitan Police empfohlen.«

»Dann sollen sie es auch bezahlen. Ich habe ihr erklärt, dass das ein Vermögen kostet und keine Chance besteht, alle anderen im Haus zu bewegen, sich finanziell daran zu beteiligen. Die Kapitalanleger haben an so etwas überhaupt kein Interesse, und die Selbstnutzer haben genug damit zu tun, die normalen Kosten zu stemmen.« Das hörte sich aus seinem Mund einigermaßen überheblich an, und da ja sein Unternehmen die Höhe der Zahlungen festsetzte, konnte ich mir lebhaft vorstellen, warum.

»Gab es sonst noch etwas?«

»Innen an der Tür Abdeckungen für den Briefschlitz, damit niemand hindurchgreifen kann. Sicherheitsbeleuchtung außen. Und sie wollte in ihrer Wohnung den Türrahmen verstärkt haben.«

»Das klingt ganz danach, als ob sie sehr in Sorge um ihre Sicherheit war.«

»Durch irgendetwas ist sie auf mögliche Sicherheitsgefahren aufmerksam geworden.« Mr. Montrose formulierte das deutlich nüchterner und vorsichtiger als ich.

»Haben Sie selbst mit ihr gesprochen?«

»Der Anruf wurde auf Miss Campbells Bitte zu mir durchgestellt.«

»Was hatten Sie dabei für einen Eindruck von ihr? War sie sehr aufgeregt?«

»Nein. Das Telefonat war nicht unangenehm. Sie wirkte recht gefasst. Mir kam es so vor, als hätte ihr jemand eine Liste gegeben, die sie abarbeitete. Es war ihr anscheinend gar nicht klar oder interessierte sie nicht, dass die von ihr geforderten Vorkehrungen sehr teuer waren.«

»Vielleicht dachte sie, dass ihre Sicherheit das wert ist«, gab ich zu bedenken. »Fakt ist ja, dass sie in ihrer Wohnung letztendlich nicht sicher war. Und Sie hatten nicht vor, etwas von den Maßnahmen umzusetzen.«

»Das stimmt so nicht. Wie Sie sehen, haben wir alles aufgelistet, und wir waren gerade dabei, die Kosten zu ermitteln, als sie tot aufgefunden wurde.«

»Haben Sie die Kostenaufstellung auch in Ihrem System?«

»Ich glaube, wir haben sie nicht abgeschlossen. In diesen Umständen …«

»Durch die Umstände ist es ja wohl umso dringlicher geworden.« *Außerdem heißt es »unter« diesen Umständen, du schmieriger kleiner Blödmann.* »Ich war heute vor Ort, Mr. Montrose. Und wissen Sie, was ich dort vorgefunden habe? Keinerlei Kameraüberwachung. Keine Sicherheitsbeleuchtung. Keine Videosprechanlage. Die Schlösser habe ich nicht kontrolliert, aber ich nehme stark an, dass es noch dieselben sind, die schon zu Kirsty Campbells Lebzeiten in Benutzung waren.«

Sein Schweigen bestätigte meine Vermutung.

»Hätten Sie ihre Befürchtungen ernst genommen, dann hätten Sie die Maßnahmen, denen die Mieter zugestimmt haben, weiterverfolgt. Sie hätten eine ordentliche Kostenaufstellung gemacht und sie den Bewohnern zukommen lassen. Möglicherweise wäre nicht alles genauso umgesetzt worden, aber zumindest ein Teil davon. Aber als Sie erfahren haben, dass Kirsty tot ist, war von Ihrer Seite die Sache erledigt.«

»Sie ist doch nicht deshalb gestorben, weil die Schlösser nicht in Ordnung waren«, echauffierte er sich. »Es gab in diesem Gebäude keine Anzeichen für einen Einbruch. Wir hatten im Januar intensiven Kontakt mit den für diesen Mordfall zuständigen Beamten, und sie haben uns eindeutig gesagt, dass es weder am Haus noch an den Schlössern, Türen oder Fenstern Schäden gab.«

»Und was ist mit dem kaputten Schloss an der Haustür?«

»Was soll damit sein?«

»Das wurde Ihnen doch gemeldet, richtig? Nicht nur von Kirsty, sondern auch von anderen Hausbewohnern. Ich habe gehört, dass es deswegen viele Beschwerden gab – vor dem Mord.«

»Ein paar.«

»Wann ist denn die erste eingegangen?«

»Vier Tage vor dem Mord.«

»Vier Tage«, wiederholte ich. »Und Sie haben es nicht reparieren lassen.«

»Wir wollten einen Fachmann holen.«

»Und von wo? Aus China? Durch das kaputte Schloss bestand für die Mieter ein hohes Risiko im Hinblick auf

Einbrüche oder noch gravierendere Straftaten. Und Kirsty ist immerhin *gestorben.*« An dieser Stelle war ich lauter geworden. Als mir das bewusst wurde, sah ich mich verlegen um. Während ich telefonierte, hatte sich das Büro allmählich geleert. Abgesehen von Dave Kemp, dem neuen Detective, war ich allein. »Was hat Sie eigentlich abgehalten?«

»Ich weiß es nicht genau.«

»Wahrscheinlich die übliche Strategie, oder?«

»Ich glaube nicht, dass ich darauf antworten muss.«

»Wir sind hier nicht vor Gericht, Mr. Montrose, und Sie befinden sich nicht im Zeugenstand. Ich versuche, einfach nur die Fakten zu ermitteln. Ich werde Sie bestimmt nicht wegen Kirsty verklagen.«

»Für eine Klage gibt es auch überhaupt keine Grundlage«, antwortete er viel zu hastig. Ich hatte meine Zweifel, ob Kevin Montrose nachts noch ruhig schlafen konnte.

»Hat Kirsty erwähnt, dass sie konkret vor etwas oder jemandem Angst hatte?«

»Nein.«

»Hat sie Ihnen gesagt, woher sie diese Liste mit den Sicherheitsmaßnahmen hat?«

»Nein.«

»Hat sie überhaupt andere Personen genannt? Hausbewohner? Bekannte? Einen festen Freund?«

»Nein. Das hat mich die Polizei damals schon gefragt.«

»Tja, und ich frage Sie eben noch einmal.«

»Hat das etwas mit den anderen Morden zu tun?«

Ich antwortete nicht gleich, sondern überlegte erst einmal, wie ich die Sache angehen sollte. Aber er fügte hinzu:

»Ich habe es in der Zeitung gelesen. Drei sind es ja inzwischen. Schrecklich ist das. Wissen Sie, Sie machen mich hier fertig wegen diesen Sicherheitssachen, dabei ist es doch die Polizei selbst, die sich an die Nase fassen müsste.« Er war aufgebracht und zeigte sich zunehmend angriffslustiger. »Wenn Sie ihn damals im Januar gleich gefasst hätten, dann wären zwei Frauen noch am Leben. Das ist ja wohl um einiges schlimmer, als wenn man eine Tür nicht gleich repariert.« Er legte auf, kaum dass er den Satz zu Ende gesprochen hatte, wahrscheinlich weil er fürchtete, dass ich ihm mit einem Konter das letzte Wort nehmen würde.

»Idiot«, murmelte ich und legte auf, damit ich die Mail von James Peake öffnen konnte. Die hatte ich beim Telefonieren erst einmal aufgeschoben, jedoch nicht vergessen. Trotzdem hatte ich sie die ganze Zeit im Auge gehabt, während ich das Gespräch mit Kevin Montrose ertrug. Es dauerte nicht lange, sie zu lesen.

Ich dachte, wir sollten uns mal treffen, um über den Fall zu reden. Im persönlichen Gespräch ist das vielleicht günstiger. JP

Meine Anspannung fiel von mir ab. Nichts weiter als eine freundliche Einladung auf einen Drink. Und vielleicht ein Hinweis darauf, dass er Andy Bradbury ähnlich anstrengend fand wie ich. Vielleicht wollte er mir ja etwas über die Ermittlungen des neuen Inspectors mitteilen, was er so explizit nicht in eine dienstliche Mail schreiben konnte. Er würde Bradbury nie bei einem Vorgesetzten wie Una Burt oder Godley höchstselbst anschwärzen, so unangenehm es auch war, unter seiner Leitung zu arbeiten. Ich stand in der Hierarchie weit genug unten, um für ihn keine Bedrohung darzustellen, aber trotzdem konnte ich der Chefetage jederzeit zutragen, dass Bradbury keinen blassen Schimmer hatte. Das Anliegen erschien mir daher absolut nachvollziehbar, sodass ich schnell eine Antwort tippte, in der ich ein Treffen am nächsten Abend vorschlug und die Auswahl des Lokals ihm überließ. Wir waren somit für einen Samstag verabredet, was mir eigentlich nicht so ganz recht war. Andererseits würde ich ohnehin das gesamte Wochenende durcharbeiten und er ebenfalls. Da war ihm hoffentlich klar, dass es sich um eine rein dienstliche Verabredung handelte.

Ohne weiter darüber nachzudenken, schickte ich meine Mail ab und war dabei auch ein wenig erleichtert, dass ich mir soeben ein bisschen Gesellschaft organisiert hatte. So viel also zu meinem Plan, das Alleinsein zu genießen. Wieder einmal warf ich einen Blick auf mein Handy in der Hoffnung auf eine Nachricht von Rob, aber Fehlanzeige. Ich hatte zwar eine SMS bekommen, dass er gut angekommen war, aber mehr noch nicht. Da die Mobilfunkkosten im Ausland horrend waren, würde er sein Handy höchstwahrscheinlich gar nicht benutzen. Trotzdem schaute ich immer wieder nach.

»Was machst du denn hier?«

Ich erschrak fast zu Tode. »N…nichts.«

Derwent stand direkt hinter meinem Stuhl. Ich hatte nichts davon mitbekommen, dass er hereingekommen war – der Teppichboden hatte seine Schritte völlig unhörbar gemacht. Wegen der schwachen Beleuchtung konnte ich sein Gesicht nicht richtig erkennen. Nur dass er ausgesprochen miese Laune hatte, war nicht zu übersehen. Unbeholfen vollführte ich eine Drehung mit meinem Stuhl, um ihn besser im Blick zu haben. Interessiert sah er sich auf meinem Schreibtisch um, was für Notizen ich mir während des Gesprächs mit Kevin Montrose gemacht hatte. Kirstys Name stand in Großbuchstaben ganz oben auf der Seite, und der Rest bestand aus lauter Daten und Stichpunkten, die außer für mich vermutlich für niemanden einen Sinn ergaben. Trotzdem legte ich eine Akte darüber, um Derwent den Blick darauf zu verwehren.

Das hatte in etwa die gleiche Wirkung wie Fingerschnippen bei einem Schlafwandler. Sofort war sein Interesse geweckt, und seine Miene verfinsterte sich noch mehr. »Versteckst du deine Arbeit vor mir? Hast du Angst, dass ich abschreiben will? Verpetz mich bloß nicht bei den Lehrern, ja?«

»Was gibt's denn?«, erkundigte ich mich betont ruhig und stieg auf seinen Tonfall gar nicht ein, obwohl mein Herz raste.

»Dasselbe wollte ich dich gerade fragen. Du bist mir aus dem Weg gegangen und hast meine Anrufe ignoriert.«

»Das stimmt nicht.«

Er beugte sich über mich und griff nach meinem Handy. »Mailbox. Keine neuen Nachrichten, keine gespeicherten Nachrichten.« Er präsentierte mir das Display. »Aber ich hab dich acht Mal angerufen und dabei immer eine Nachricht hinterlassen. Das bedeutet, du musst sie gelöscht haben.«

»Das war bestimmt ein Versehen.«

»Das war ein verdammt großer Fehler, sag ich dir.« Er beugte sich nach vorn, sodass ich den von ihm bevorzugten Doublemint Kaugummi riechen konnte und daneben noch etwas anderes, säuerliches, als ob er schon länger nichts gegessen hätte. »Hör auf, mich zu übergehen.«

»Ich hatte zu tun. DCI Burt …«

»Vergiss es. Ich will diesen Namen nicht hören.« Er stand immer noch über mich gebeugt und schob jetzt rabiat die Akte beiseite, damit mein Notizbuch wieder sichtbar wurde. »Kirsty Campbell. Das Mädchen, das im Januar in Lewisham ermordet wurde. Ermitteln wir jetzt in diesem Fall?«

»*Wir* ganz bestimmt nicht.«

Er richtete sich auf, als hätte ich ihn weggestoßen, und starrte mich von oben derart erschrocken und gekränkt an, dass es mir sofort leidtat. Ich war verunsichert und hatte ein schlechtes Gewissen.

»Was soll das denn heißen? Du bist dabei und ich nicht, oder was?«

»Der Chef wollte, dass ich den Fall zusammen mit Una Burt übernehme. Sie hat mich heute den ganzen Tag durch die Gegend geschickt. Ich hatte einfach keine Zeit, dich anzurufen.« Außerdem wollte ich mir seine Wut nicht antun, denn das fühlte sich in etwa so an, wie an der Feuerklappe eines Hochofens zu stehen. Man war permanent sengender Hitze ausgesetzt. Er starrte mich gefühlt eine halbe Ewigkeit lang an.

»Wer wollte das so? Wer hat mich abserviert?« Er packte die Armlehnen meines Bürostuhls und drehte ihn zu sich herum, sodass wir uns direkt in die Augen sahen. »Wer hat dich angewiesen, nicht mit mir zu reden?«

»Ich.«

Noch nie zuvor war ich derart erfreut gewesen, die Stimme von Una Burt zu hören. Sie stand relativ weit entfernt, in der Tür zum Büro, und doch hatte ihre Aussage etwas ungemein Beruhigendes an sich.

»Sie also.« Derwent hatte sich zu ihr umgedreht, während er nach wie vor über mich gebeugt stand und sein Gesicht nur wenige Zentimeter von meinem entfernt war. Ich lehnte meinen Kopf so weit wie möglich gegen die Rückenlehne, um den Abstand zwischen uns zu vergrößern.

»Richtig. Wenn Sie also jemanden einschüchtern wollen, dann versuchen Sie es bei mir.« Sie kam hereinstolziert. Als sie meinen Schreibtisch erreicht hatte, stellte sie nachdrücklich ihre Handtasche darauf ab. Derwent würdigte sie dabei keines Blickes. Sie kehrte ihm den Rücken zu, was ich ganz sicher nicht riskiert hätte, wenn er derart außer sich war. Nach einer Weile richtete er sich endlich wieder auf, und ich ließ Luft in meine schmerzende Lunge strömen, wobei ich erst jetzt merkte, dass mir in seiner unmittelbaren Nähe der Atem gestockt hatte. Hinter ihr streifte Dave Kemp seinen Mantel über und strebte in Richtung Tür. Er murmelte einen Abschiedsgruß und vermied es krampfhaft, uns dabei anzusehen. Sehr vernünftig von ihm, sich eine solche Vorstellung zu ersparen. Diese Wahl hätte ich auch gern gehabt.

»Was gibt Ihnen eigentlich das Recht, *ihr* zu verbieten, mit mir zu telefonieren?«

»Sie arbeitet an einem sehr diffizilen Fall mit. Da ist es nicht angebracht, darüber zu sprechen.«

»Aber DC Kerrigan und ich sind Kollegen. Wir haben zusammen Fälle aufzuklären. Und mit diffizilen Angelegenheiten bin ich absolut vertraut. In diesem speziellen Fall kenne ich mich bestens aus.«

»Das kann gut sein.«

»Was soll das denn nun wieder heißen?« Er trat hinter meinem Schreibtisch hervor und ging in diesem schwankenden Schlafwandlerschritt auf sie zu, der mir sagte, dass er gerade völlig blind war vor Zorn. Der rote Nebel, die mordende Furie – wie auch immer man es nennen wollte – hatte Derwent jedenfalls momentan fest im Griff und bestimmte voll und ganz sein Denken. Seine Vernunft war abhandengekommen, ebenso wie offenbar Una Burts Vorsicht. Ich stand ebenfalls auf, wusste aber nicht so recht, was ich tun sollte. Ich begann Ausschau zu halten nach einem hinreichend schweren Gegenstand, fand aber keinen. Der Tacker war jedenfalls nicht geeignet. Dringend wünschte ich mir meinen Teleskopschlagstock herbei. Damit hatte ich mir früher im Streifendienst Respekt verschafft. Ein halber Meter aus Stahl war in den meisten Fällen ein mehr als überzeugendes Argument.

»War das Ihre Idee?«, fragte er drohend und ging immer näher auf Una Burt zu, die scheinbar unbeeindruckt in einer Akte las, als ob nichts weiter wäre. »Ob das Ihre Idee war, mich auszuschließen?«

»Wenn Sie es unbedingt wissen wollen: Sie stammte von Godley.«

»Nein, das glaube ich nicht.« Derwent blieb stehen.

»Doch.« Sie fuhr herum und warf ihm einen Blick zu, bei dem es mir sehr unbehaglich wurde und der erkennen ließ, dass sie die Situation genoss. »Er hat ganz eindeutig festgelegt, dass Sie von den Ermittlungen in diesem Fall fernzuhalten sind.«

»Aber warum denn?«, erkundigte sich Derwent beinahe wehleidig.

»Das wissen Sie doch selbst.«

Ich hörte Schritte im Korridor, und kurz darauf stand Godley in der Tür. Er blieb überrascht stehen. »Was ist denn hier los?«

»Ich will nur wissen, warum ich nicht mitspielen darf, Chef.« Der bittere Tonfall in seiner Stimme verursachte mir fast körperliche Schmerzen.

»Das stimmt doch gar nicht.«

»Doch, genauso ist es«, widersprach Derwent.

»Für diesen Fall habe ich ein kleines, überschaubares Team zusammengestellt. Noch einen DI brauche ich da nicht.«

»Aber die Kerrigan und *sie* hier brauchst du?« Er zeigte auf Una Burt.

»Und Harry Maitland. Dazu noch ein, zwei andere.« Godley trat noch näher an Derwent heran. »Ich kann mich in diesem Fall vor Beamten nicht retten. Da möchte ich Leute wie dich nicht aus anderen laufenden Ermittlungen abziehen. Die sind schließlich auch wichtig.«

»Ich habe dich aber darum gebeten. Und zwar *inständig.*«

»Daraus wird leider nichts. Und jetzt solltest du besser gehen, ehe du einen großen Fehler machst.« Godley trat einen weiteren Schritt auf ihn zu. Da er sich immer ausgesucht höflich gab, vergaß ich gelegentlich, wie groß und durchtrainiert er war. Immerhin hatte er früher auch im Streifendienst gearbeitet. Als ich Godley mit wachsamem Blick neben Derwent stehen sah, hatte ich keinerlei Zweifel, dass er sich in einem Zweikampf würde behaupten können. Ich sah, wie er das Gewicht von einem Fuß auf den anderen verlagerte, und plötzlich überkam mich Mitleid mit Derwent – und Angst.

»Ganz ruhig«, stammelte ich und hatte keine Ahnung, was ich als Nächstes sagen sollte.

Godley warf mir einen kurzen Blick zu, ehe er sich wieder Derwent zuwandte. »Gehen Sie in mein Büro, Maeve.«

»Sir, ich habe nicht auf DI Derwents Anrufe reagiert und auch sonst keinen Kontakt zu ihm gehalten. Er wollte mich dringend im Fall Gordon erreichen.« Derwent starrte mich an, als hätte er mich noch nie gesehen und auch den Namen Gordon nie zuvor gehört. »Es tut mir leid«, fügte ich hinzu und verstummte dann. *Bitte greif nach diesem Strohhalm und nutze die Hintertür, die ich dir hier aufmache. Alle wissen, dass mein Gerede totaler Unsinn ist, aber damit kannst du wenigstens einigermaßen dein Gesicht wahren.*

Derwent sah wieder zu Godley, und er wirkte, als wäre etwas in ihm zerbrochen. Der Zorn war es nicht. Eher sein Stolz. Mit tonloser Stimme antwortete er: »Das ist richtig.

Ich musste im Fall Gordon etwas mit ihr besprechen. Da gibt es noch einigen Klärungsbedarf.«

»Das muss jetzt warten.« Godleys Miene war undurchdringlich. »Maeve, warten Sie bitte in meinem Büro und schließen Sie die Tür. DCI Burt und ich haben noch etwas mit Ihnen zu besprechen, bevor Sie Feierabend machen.«

Ich ging nicht direkt an Derwent vorbei, sondern nahm einen Umweg. Als ich die Tür hinter mir zugemacht hatte, ließ ich mich auf einen Stuhl sinken und war kurz davor, in Tränen auszubrechen. Mir war vollkommen unklar, was hier eigentlich vor sich ging. Ich begriff nicht, weshalb sich Derwent so benahm oder was die beiden von ihm wollten. Durch eine Lücke in der Jalousie erspähte ich, wie die drei dicht beieinanderstanden und Godley auf Derwent einredete. Der schaute jedoch nicht den Superintendent an, sondern sah zu Boden. Nach einer Weile drehte er sich um und verließ den Raum, während Godley noch mit ihm sprach. Una Burt und Godley sahen ihm gemeinsam nach. Als sie sich in Richtung Büro in Bewegung setzten, stand ich schon längst nicht mehr an der Jalousie, sondern blätterte gedankenverloren in der Zeitung vom Vortag. Trotzdem konnte ich damit vermutlich niemanden täuschen.

»Also, Maeve, berichten Sie bitte von Annas Arbeitsstelle. Was haben Sie dort herausgefunden?« Godley bemühte sich um einen ganz alltäglichen Tonfall, doch der wirkte eine Spur zu bemüht und aufgesetzt. *Vertrauen Sie mir …* Doch genau das konnte ich eben nicht.

Erneut berichtete ich von den Cookies auf ihrem Computer, die unter anderem auf die Met-Website verwiesen. Una Burt und Godley tauschten einen vielsagenden Blick aus, der so kurz war, dass er mir beinahe entgangen wäre. Allerdings nur beinahe.

»Die Techniker haben die Daten schon wiederhergestellt. Sie klären gerade mit der IT-Abteilung von Annas Arbeitgeber, ob es noch andere Protokolle gibt, welche Seiten die Mitarbeiter von ihrem Dienstrechner aus besucht haben«, ergänzte DCI Burt.

»In einem solchen Unternehmen ist das sehr wahrscheinlich«, nickte Godley. »Gut. Und sonst? Sie waren in Lewisham, richtig? Gibt es von dort Neuigkeiten?«

»Was den Lesetreff angeht, leider Fehlanzeige. Aber ich habe erfahren, dass Kirsty wenige Tage vor ihrem Tod einen Mann treffen wollte und sehr besorgt war in Bezug auf die Sicherheitsvorkehrungen in ihrem Wohnhaus.« Ich berichtete ihnen von meinem Gespräch mit Jonty und meinem Telefonat mit Montrose.

»Ist es möglich, dass wir hier eine Stalking-Problematik haben?« Una Burt zog ihre borstigen Augenbrauen zusammen. Es fiel mir schwer, sie anzusehen. Bisher hatte niemand ein Wort über Derwent verloren, aber sein verzweifeltes Benehmen ging mir nicht aus dem Kopf.

»Kann schon sein. Allerdings war sie nach Aussage von Mr. Montrose am Telefon ruhig und gefasst.«

»Schließen Sie sich dazu mit Groves kurz, ob ihre Freunde oder Kollegen etwas darüber wussten. Bestimmt haben die Kollegen diese Frage schon abgeklärt.«

»Obwohl sie sonst nicht allzu viel hinbekommen haben«, schnaubte Burt. »Da geht Maeve einen halben Tag lang ein paar Hinweisen nach und findet dabei mehr heraus als die Kollegen in einem Dreivierteljahr.«

»Gute Arbeit«, sagte Godley zu mir, und ich zwang mich zu einem Lächeln. Beide musterten mich und versuchten wahrscheinlich zu ergründen, ob ich auf ihrer Seite war. Aber solche Spielchen waren kein Problem für mich. Ich konnte mich kooperativ zeigen und dadurch wieder ein Stück auf der Karriereleiter vorankommen.

Ich konnte alle Selbstachtung aufgeben.

»Noch mal zu DI Derwent.«

Die beiden sahen mich gleichermaßen abweisend an.

»Ich finde, dass Sie mir langsam sagen sollten, was eigentlich los ist.«

Schweigen.

»In Ordnung.« Ich stand auf. »Dann bis morgen.«

»Wo wollen Sie denn hin?«

Ich schenkte den beiden mein sonnigstes Lächeln. »Wenn von Ihnen niemand bereit ist, mit mir zu reden, dann muss ich ihn halt selbst fragen.«

Kapitel 12

Eines musste ich Godley und Una Burt zugutehalten: Sie waren Realisten genug, um zu wissen, dass ich es ernst meinte und sie mich nur mit Hilfe der Wahrheit davon abhalten konnten. An meiner Stelle hätten sie wohl ähnlich gehandelt. Daher legten sie endlich die Karten auf den Tisch.

Allerdings nicht ohne eine vorherige Warnung von Godley.

»Es hat Gründe, dass wir uns bemüht haben, diese Angelegenheit von Ihnen fernzuhalten, Maeve. Ein solches Wissen lässt sich nicht wieder tilgen. Sie arbeiten schon länger mit DI Derwent zusammen und werden es möglicherweise auch in Zukunft tun. Was Sie jetzt erfahren, dürfen Sie ihm gegenüber keinesfalls preisgeben, auch wenn er Sie dazu auffordert. Sind Sie dazu in der Lage?«

»Ich habe Erfahrung darin, diskret zu sein.« Das konnte Godley auslegen, wie er wollte.

»Es ist außerdem unerlässlich, dass Sie auch sonst niemandem Auskunft darüber geben. Ich möchte unbedingt vermeiden, dass es Gerede gibt. Je mehr Leute darüber Bescheid wissen, desto größer werden die Probleme für uns.«

»Verstehe. Für Klatsch und Tratsch habe ich sowieso nichts übrig.«

»Gerede gibt es überall. Aus diesem Grund möchte ich auch das Team nicht mehr als unbedingt nötig in die Ermittlungen zu den Serienmorden einbeziehen. Ich benötige genaue Informationen über die Vorgänge, kann es aber nicht brauchen, dass alle Welt über Josh Bescheid weiß. Verstehen Sie?«

»Ansatzweise.« Ich war schon an der Tür gewesen, kam jedoch wieder zurück und setzte mich. »Ich kann nicht behaupten, dass ich verstehe, wenn ich gar nicht weiß, worum es eigentlich geht.«

»Das ist nicht weiter kompliziert. Als Josh ein Teenager war, wurde seine Freundin ermordet. Obwohl er als Hauptverdächtiger galt, wurde er nie verurteilt.«

»Es konnte ihm nichts nachgewiesen werden«, schaltete sich Una Burt ein. »Ich habe mir die Akte angesehen.«

»Er hatte ein Alibi.« Godley warf ihr einen unwilligen Blick zu. »Seine Beteiligung konnte ausgeschlossen werden. Seine Bewerbung bei der Met hätte nicht den Hauch einer Chance gehabt, wenn er als potenzieller Mörder gelten würde.«

»Das sagen Sie«, wandte sie skeptisch ein.

»Ich weiß, dass Sie ihn nicht mögen, aber …« Godley schien plötzlich einzufallen, dass ich anwesend war, und er beendete seinen Satz nicht. »Wo war ich stehen geblieben?«

»Bei dem Mord. An seiner Freundin.«

»Ja, richtig. Nun ja, es gibt da einige … Ähnlichkeiten zwischen dem Mord an dieser Freundin und den jüngsten Todesfällen.«

»Zum Beispiel?«

»Angela Poole wurde erwürgt. Und ihre Augen wurden entfernt. Aber das Verbrechen hat sich im Garten hinter ihrem Wohnhaus ereignet, nicht in ihrem Schlafzimmer«, erläuterte Una Burt nüchtern und sachlich, und das blieb sie auch, als sie das letzte Detail hinzufügte, bei dem ich eine Gänsehaut bekam. »Sie war fünfzehn Jahre alt.«

»Wurde der Täter je gefasst?«

»Es konnte keiner ermittelt werden«, antwortete Godley. »Und Josh hat die letzten 20 Jahre versucht, den Schuldigen zu finden.«

»Derwent kommt also nicht von seiner Freundin los, und es gibt auf den ersten Blick Ähnlichkeiten zwischen diesem Fall und den aktuellen Morden.« Mir war nach wie vor unklar, worin eigentlich das Problem bestand.

»Die Morde sind nicht nur ähnlich, sondern in vielerlei Hinsicht praktisch identisch«, meldete sich Una Burt zu Wort.

»Ich wollte Josh von Anfang an nicht bei diesen Ermittlungen dabeihaben«, erklärte Godley. »Es ist sehr wahrscheinlich, dass er sich dabei unangemessen verhält oder äußert. Er ist vollkommen außer sich im Moment.«

Una Burt schnaubte verächtlich. »Ich denke, er hat gerade sein wahres Ich gezeigt, Charlie.«

»Ich kenne ihn besser als Sie.«

»Ich lege keinen Wert darauf, ihn näher kennenzulernen.«

Ihr Geplänkel erinnerte fatal an ein altes Ehepaar. Ich räusperte mich. »Das ist also der Grund, weshalb er nicht erfahren darf, was vor sich geht? Deshalb darf ich nicht mal mit ihm *reden?*«

Godley vermied es, mich anzusehen, und senkte den Blick. »Bei der Besprechung heute wurde darüber spekuliert, was für ein Mensch unser Mörder ist. Und was er für einen Beruf hat.«

»Er könnte Polizeibeamter sein. Oder sich als einer ausgeben«, fügte ich hinzu.

»Gut möglich.«

»Ja, aber das heißt doch nicht, dass es Derwent sein muss.«

»Sie sollten sie über das Profil informieren«, warf Burt ein.

»Welches Profil denn?«

Godley begann seine Postablage zu durchsuchen. »Vor ein paar Wochen habe ich Dr. Chen beauftragt, ein Täterprofil zu erstellen. Es basiert auf den Informationen, die uns von den ersten beiden Morden vorlagen. Das Ergebnis ist erschreckend, Maeve.«

»Ich fasse es nicht. Sie lassen Derwent fallen, nur weil es ein rechtspsychologisches Gutachten gibt?« Vor lauter Empörung warf ich alle Diplomatie über Bord. Auch wenn ich Derwent bestimmt nicht sonderlich mochte, war er doch immer noch ein engagierter Kollege und den Menschen gegenüber, die ihm wichtig waren, auf seine ganz eigene Weise loyal – und Godley gehörte ganz eindeutig dazu. Außerdem war es für mich undenkbar, dass er für das Verbrechen verantwortlich sein könnte, an dessen Tatort ich heute gewesen war. Einen Mord hätte ich ihm möglicherweise zugetraut, einen derart kaltblütigen jedoch keinesfalls.

»Hören Sie bitte erst zu, bevor Sie sich eine Meinung bilden«, ermahnte mich Godley und begann vorzulesen: »Der Gesuchte ist zwischen 30 und 45 Jahre alt und hat eine dominante Persönlichkeitsstruktur. Mit Frauen geht er souverän um und arbeitet vermutlich in leitender Stellung. Er ist Single und lebt allein. Er ist detailbesessen und perfektionistisch veranlagt. Er neigt zur Manipulation und hat sadistische Züge, verhält sich jedoch sehr kontrolliert und ist in der Lage, diesen Teil seiner Persönlichkeit meist zu unterdrücken. Er könnte einen militärischen Hintergrund oder Erfahrungen in einer stark reglementierten Umgebung gesammelt haben, etwa in einem strengen Internat, im Jugendstrafvollzug oder in einer sonstigen Haftanstalt. In Rahmen seiner beruflichen Tätigkeit genießt er ein erhebliches Maß an persönlicher

Freiheit und ist daher möglicherweise eher selbstständig als in einem Privatunternehmen angestellt. Eventuell hat er eine Zeitlang außerhalb Großbritanniens verbracht. Er kann sich gut ausdrücken, stammt aus der Mittelschicht und wirkt auf den ersten Blick attraktiv. Allerdings hat er massive soziopathische Züge.«

Ich schnaubte verächtlich. »Derwent ist ein Arschloch. Das würden Psychologen zwar anders formulieren, doch es stimmt. Ein Soziopath ist er aber nicht.«

»Das ist verbreiteter, als Sie denken. Schätzungen gehen von einem Prozent der Bevölkerung aus. Keine Empathiefähigkeit. Keinerlei Skrupel bei Gewalttaten. Fehlendes Moralbewusstsein«, zählte Una Burt auf.

»Derwent ist der Mensch mit den striktesten Moralvorstellungen, den ich kenne.« Zugegebenermaßen hatte er seine ganz eigenen, und so etwas wie Gleichberechtigung war für ihn ein Fremdwort.

»Falls er ein Soziopath ist, dann kann er das sehr gekonnt verbergen«, konstatierte Una Burt. »Und so clever, wie er ist, kann er sich natürlich informieren, durch welche Eigenschaften sich ein Soziopath tarnen kann, um einen gegenteiligen Eindruck zu erwecken. Haben Sie denn nicht zugehört, Maeve? Dieses Profil passt doch fast überall 1:1 auf ihn.«

»Es ist mir neu, dass ein Profil die geeignetste Methode ist, um einen Mörder zu fassen. Ich konzentriere mich lieber auf Beweise. Und die gibt es in diesem Fall nicht.«

»Nein, beweisen können wir nichts«, bestätigte Godley. »Aber können Sie jetzt verstehen, warum ich nicht riskieren kann, dass er zu viel erfährt? Ich habe Una gegenüber meine Bedenken geäußert, als Josh zum ersten Mal eine mögliche Verbindung zum Mord an Angela Poole hergestellt hat …«

»Und von mir stammt der Vorstoß, ihn als potenziellen Verdächtigen zu behandeln«, teilte sie abschließend mit.

Godley verzog das Gesicht. »Ich möchte es am liebsten gar nicht in Betracht ziehen, aber ich kann es auch nicht von vornherein ausschließen, nur weil ich ihn schätze. Ich muss diese Möglichkeit im Hinterkopf behalten. Ich habe ihn für die nächsten zwei Wochen beurlaubt und ihn zugleich gewarnt, sich weder dem Büro noch Ihnen oder sonstigen Kollegen zu nähern, die an diesem Fall arbeiten.«

»Wenn er also versucht, Kontakt zu Ihnen aufzunehmen, dann informieren Sie uns.« DCI Burt befeuchtete mit der Zunge ihre Oberlippe, und ich musste den Blick abwenden, weil mich die Genugtuung in ihren Augen anwiderte. Sie hasste Derwent beinahe ebenso sehr wie er sie. Offenbar war ihr meine Bestürzung nicht entgangen. »Hören Sie, Maeve, was Sie heute herausgefunden haben, deutet ausnahmslos auf Josh Derwent hin. Anna hat die Website der Met konsultiert. Miss Johnson vermutet, dass der Name des Mannes, mit dem Kirsty verabredet war, Josh lauten könnte.«

»Das hat sie so nicht gesagt.«

»Aber angedeutet.«

»Ich glaube, Sie sehen vor allem das, was Sie sehen wollen. Bei allem Respekt«, fügte ich hinzu, weil mir einfiel, dass sie ja Detective Chief Inspector war.

»Er ist wie besessen von diesem Fall und will unbedingt in die Ermittlungen einbezogen werden. Der Mord an Angela bedeutete einen massiven Wendepunkt in seinem Leben. Sie wissen sicher, dass seine Eltern ihn hinausgeworfen haben, bevor er zum Militär gegangen ist? Das haben sie getan, weil er eine zu große Schande für sie war. Versuchen Sie sich einmal vorzustellen, was das für sie bedeutet haben muss, ihn derart zu verstoßen. Sie haben ihn für *schuldig* gehalten.«

»Das ist doch reine Spekulation«, widersprach ich.

»Es ist eine Theorie, die sehr plausibel ist.« Una Burt beugte sich zu mir herüber. »Ich habe gehört, was gestern passiert ist. Derwent ist ausgerastet, weil er Informationen über die Ermittlungen in den Mordfällen an Kirsty und Maxine eingefordert hat. Wenige Stunden später war Anna tot. Warum? Weshalb so kurz nach Maxine? Gestern Abend hat er die Beherrschung verloren, und heute haben wir einen Mord. Gut möglich also, dass er sich auch im Januar und im August vergessen hat, als die anderen beiden Frauen gestorben sind.«

»Wir reden hier von Derwent«, sagte ich. »Der ist praktisch dauerwütend.«

»Hat er je mit Ihnen über Angela gesprochen?«, fragte Godley und fixierte mich mit seinem Blick.

»So nahe stehen wir uns nicht.« Was heißen sollte, dass ich eher über Glasscherben robben würde, als mit ihm über mein Privatleben zu reden. Er selbst war in dieser Hinsicht auch nicht sehr gesprächig, abgesehen freilich von Berichten über sexuelle Heldentaten, von denen er wusste, dass ich sie nicht hören wollte. Sadistische Tendenzen? Tja, durchaus möglich.

Godley schob die Akte zu mir herüber. »Hier ist eine Kopie der Fallakte. Nehmen Sie die mit und lesen Sie sich ein, damit Sie Ihre eigenen Schlüsse daraus ziehen können.«

»Sie glauben doch nicht ernsthaft, dass er ein Mörder ist. Wenn das so wäre, dann hätten Sie doch nicht im Traum daran gedacht, ihn in Ihr Team zu holen.« Ich sah Godley herausfordernd an und hielt seinem Blick stand.

»Ehrlich gesagt weiß ich nicht, was ich denken soll. Seit

ich ihn kenne, ist er wie besessen von diesem Mord. Ständig redet er darüber und von ihr.«

»Ich habe davon nie etwas bemerkt.« Doch während ich das aussprach, fielen mir Begebenheiten im Zusammenhang mit anderen Fällen ein – seine unter Polizisten ungewöhnlich prüden Ansichten in Bezug auf junge Mädchen. Mir fiel ein, wie er sich einmal an einem Tatort übergeben musste, als das Opfer eine Jugendliche war – er hatte damals eine Lebensmittelvergiftung vorgeschoben. Außerdem ging er erstaunlich behutsam vor, als er eine verstörte junge Frau davon abzuhalten versuchte, sich selbst anzuzünden. Einmal hatte er zugegeben, keinen Kontakt mehr zu seinen Eltern zu haben, wollte jedoch nicht weiter darüber reden. Und schließlich hatte er noch ein Faible für meine überbehütende Familie, die bei ihm eine gewisse Wehmut auslöste. Auf einen Schlag ließen sich all jene Momente, in denen Derwent mich verblüfft hatte, auf diesen Fall zurückführen, der ihn ganz offensichtlich begleitete wie ein Schatten.

»Sie kennen Josh«, sagte Godley leise und mit geradezu hypnotisierender Stimme. »Sie wissen, wie er ist. Wenn er sich etwas in den Kopf gesetzt hat, dann muss er das durchziehen, ohne Rücksicht auf Verluste. Er könnte es getan haben, Maeve. Und wenn nicht – was ich hoffe und wünsche –, dann kann ich nicht zulassen, dass er in diesem Fall die rasende Wildsau spielt und überall Chaos stiftet. Aber lesen Sie erst einmal die Akte. Sie können sie mit nach Hause nehmen. Aus naheliegenden Gründen möchte ich nicht, dass Sie sich hier im Büro damit beschäftigen.«

Ich stand auf und nahm sie entgegen. Für einen Mordfall war die Akte erstaunlich dünn, selbst wenn er schon 20 Jahre zurücklag. Viel zu dünn, um jemandem die Laufbahn zu ruinieren.

»Geben Sie sie mir morgen zurück und kommen Sie um zehn in mein Büro. Sie bitte auch, Una.«

Ich hatte es sehr eilig, Godleys Büro zu verlassen. Die Akte passte in meine Schultertasche. Allerdings war darin nun kein Platz mehr für meine Notizen zum aktuellen Fall. Ich fuhr den Computer herunter, schaltete meine Schreibtischlampe aus, nahm meinen Mantel und ging zur Tür. DCI Burt saß schon wieder an ihrem Schreibtisch und beobachtete mich, als ich das Büro durchquerte.

»Sie wollten es ja unbedingt wissen.«

»Ich habe kein Problem damit.« *Ärgerlich finde ich nur, wie Sie das alles amüsiert.*

»Ich bin froh, dass Sie jetzt informiert sind. Zu Ihrer eigenen Sicherheit.«

Ich lachte. »Vor Derwent muss ich mich ganz bestimmt nicht fürchten.«

»Man kann nie wissen. Passen Sie auf sich auf.«

Sie erinnerte mich an den Mob, der sich im 19. Jahrhundert bei öffentlichen Hinrichtungen rund um einen Galgen versammelt hatte. Obwohl ich noch nicht so ganz auf Derwents Seite war, stand ich ganz bestimmt nicht auf ihrer. Ich würde mir meine eigene Meinung bilden. Eilig lief ich die Treppe hinunter, weil ich unendlich gespannt auf die Akte zum Mordfall Angela Poole war. Sie würde mir Aufschluss darüber geben, was Derwent zu dem Mann gemacht hatte, der er war. Wenn man ganz normal und glücklich aufwuchs, wurde man ganz bestimmt nicht ein so komplizierter Mensch wie er. Das Gebäude war inzwischen völlig verwaist. Im Treppenhaus war es so still, dass ich den Fahrstuhl hinauf- und hinunterfahren hörte. Auf den gefliesten Treppenstufen hallte das Klappern meiner Absätze wider wie ein schnelles Stakkato. Ich überlegte, welchen Weg ich nach Hause nehmen sollte, und kam zu dem Schluss, dass ich mit dem Bus fahren würde, zumindest einen Teil der Strecke. Häufig die Verkehrsmittel zu wechseln war eine gute Strategie gegen etwaige Verfolger. Zum Glück hatte ich überall freie Fahrt – einer der Vorzüge meines Berufes. Mit dem Dienstausweis in der Hand nickte ich dem Mitarbeiter des Wachschutzes zu und schob mich durch die Drehtür nach draußen. Gewohnheitsmäßig taxierte ich die Passanten, die Fahrzeuge auf der Straße und überprüfte die allgemeine Sicherheitslage. Keine Autos, die mir bekannt vorkamen. Niemand musterte mich auffällig. Nichts anderweitig Verdächtiges. Ich blieb stehen, wickelte mir den Schal um den Hals und schob ihn unter den Kragen des teuren Mantels, der ein Weihnachtsgeschenk meines gut betuchten Freundes – Robs Vorgänger – gewesen war. Von der Drehtür hinter mir ertönte ein leises Geräusch, das wie ein kurzes Einatmen klang, als käme noch jemand aus dem Gebäude. Ich nahm es nur ganz am Rande wahr.

Daher erschrak ich fast zu Tode, als mich von hinten jemand packte und meinen Arm so fest umklammerte, als würde er ihn nie wieder loslassen – auch nicht wenn ich weinte, fluchte oder mich gewaltsam wehrte. Einen Augenblick lang zog ich alle drei Optionen in Erwägung. Schon von der ersten Berührung an war mir klar, mit wem ich es zu tun hatte – auch ohne ihn anzusehen. Mein Herz klopfte heftig vor Schreck und Zorn; Angst hatte ich jedoch keine. Er schob mich die Straße entlang und ging dabei so dicht neben mir, dass niemand seinen Griff bemerken konnte. Das war wirklich hochprofessionell gemacht.

Er lotste mich in eine Einbahnstraße unweit unserer Dienststelle – eine dieser engen, versteckten Gassen mitten in Westminster, die so schmal war, dass hier keine Autos parken konnten. Sie fungierte mehr als Abkürzung für Taxis und quer durch das Viertel verlaufender Schleichweg denn als richtige Straße. Außerdem war sie menschenleer. Nachdem wir sie zur Hälfte passiert hatten, blieb Derwent stehen. Er trug einen dunklen geschlossenen Mantel mit hochgeschlagenem Kragen gegen den eisigen Ostwind, der ihm die Haare zerzaust und die Wangen gerötet hatte.

Endlich fand ich meine Sprache wieder: »Was zum Teufel soll das werden?«

»Nur ’ne kleine Entführung. Nichts Besonderes.«

»Hände weg.« Ich ging auf Abstand oder versuchte es zumindest. Doch aller Feminismus dieser Welt gab mir nicht genug Kraft, um auch nur einen Zentimeter Luft zwischen uns zu bringen.

»Wo willst du denn so eilig hin?«, erkundigte er sich fahrig. Dabei bemühte er sich ohne Erfolg, seine Nervosität durch krampfhafte Witzeleien zu überspielen.

»Nach Hause.«

»Nach Hause«, wiederholte er. »Und was ist das hier? Nimmst du dir Arbeit mit? Ein bisschen zusätzliche Lektüre?« Er zupfte am Riemen meiner Tasche, sodass ich sie unwillkürlich fester an mich drückte.

»Nur ein paar Sachen, die ich noch mal durchgehen wollte. Du weißt ja, dass ich es nie schaffe, die Lageberichte gründlich zu lesen.«

Seine Augen glänzten im Schein der Straßenbeleuchtung, und sein Grinsen wirkte mit jeder Minute aufgesetzter. »Hast du deshalb Überstunden geschoben, Kollegin? Alles ganz brav ausgedruckt? Damit die Burt und Godley sehen, dass du fleißiger bist als der Durchschnitt?«

»Wenn du meinst.«

»Es geht nicht darum, was *ich* meine. Ich spiele überhaupt keine Rolle mehr. Du musst dir jetzt jemand anders suchen, dem du in den Arsch kriechen kannst.«

Es war nicht das erste Mal, dass Derwent mir Angst einjagte, aber inzwischen kannte ich ihn besser als beim letzten Mal, und außerdem war ich ebenfalls wütend. »Spar dir dein Selbstmitleid. So was hab ich überhaupt nicht nötig. Ich hab mich noch nie bei irgendwem angebiedert – weder bei dir noch bei Chief Inspector Burt. Du wünschst dir das nur, damit du mich so richtig schön fertigmachen kannst.«

Er sah mich verblüfft an. »Wieso sollte ich dich denn fertigmachen wollen?«

»Das wüsste ich auch gerne.« Ich nutzte die Gelegenheit und versuchte erneut, meinen Arm aus seinem Griff zu befreien, was leider misslang. »Sag mal, was willst du eigentlich von mir?«

»Mit dir reden.«

»Aber dazu musst du dich doch nicht wie ein Berufsverbrecher benehmen.«

»Ich hab versucht, dich anzurufen«, presste er hervor.

»Darum geht's also? Du trittst noch mal nach, nur weil ich dich nicht zurückgerufen habe? Du solltest dir echt mal 'nen Plan machen, wie du mit Ablehnung umgehen kannst.«

»Halt die Klappe.« Um die Ecke bog ein schwarzes Taxi, dessen orangefarbene Anzeige leuchtete. Der Dieselmotor dröhnte laut in der engen Gasse. Derwent beugte sich in Richtung Straße vor und winkte dem Fahrer. Dieser hielt direkt neben uns, und Derwent riss die Tür auf. Er schob mich zum Wagen. »Los, einsteigen.«

»Mit dir fahre ich nirgendwohin«, protestierte ich.

»Wieso denn nicht? Misstraust du mir?«

Ich schaute zu ihm auf und wollte gerade noch eine bissige Bemerkung machen, brachte sie aber nicht über die Lippen, als ich erkannte, dass er diese Frage ernst meinte. Sein Gesicht war angespannt und gekränkt.

»Was willst du von mir«, fragte ich ihn leise. »Was soll ich deiner Ansicht nach tun?«

»Ich weiß es nicht. Keine Ahnung, was ich machen soll.« Keine Attitüde, keine Konfrontation. Derwent bat mich tatsächlich um Hilfe – auf seine ganz eigene, unbeholfene Art.

»Was ist jetzt, Kumpel, gibt's ein Problem?« Interessiert musterte uns der Fahrer. »Alles in Ordnung, meine Gute? Soll ich dafür sorgen, dass der Mann Sie in Ruhe lässt?«

Derwent stand schweigend neben mir und wartete auf meine Reaktion. »Nein«, antwortete ich. »Ist schon okay.«

»Steigen Sie nun ein oder nicht? Ich muss heute noch was verdienen.«

Derwent ließ mich los und trat zurück. »Entscheide du, ob du mitkommst oder nicht.«

Ich hätte sehr gern vorher die Akte gelesen; ich war mir nicht sicher, ob ich ihm trauen konnte. Immerhin war ich explizit davor gewarnt worden, mit ihm zu reden. Die Vorsicht hätte es also geboten, davon Abstand zu nehmen.

Aber Vorsicht war noch nie meine Stärke gewesen.

Also stieg ich ins Taxi.

Kapitel 13

Die Adresse, die Derwent dem Fahrer nannte, lag in London Fields. Das war gar nicht mal so weit weg von meiner eigenen Wohngegend, allerdings hatte ich nicht das Bedürfnis, ihm das mitzuteilen. Er setzte sich auf den Klappsitz mir gegenüber und schaute mich mit einer Art Hundeblick an.

»Verstehst du, warum ich das so machen musste?«

»Nicht so ganz.«

»Godley hat mir eingeschärft, mich von dir fernzuhalten«, sagte Derwent.

»Und jetzt sitzen wir hier.«

»Ich will wissen, was in dem Fall läuft.«

»Darüber darf ich mit dir nicht reden.« Ich verschränkte die Arme über meiner Tasche. »Du weißt schon, dass du verdächtigt wirst, oder?«

Er warf einen Blick über die Schulter in Richtung Fahrer. »Nicht so laut.«

»Du hast mir aufgelauert, weil du dachtest, du kannst mich ein bisschen drangsalieren. Dir war klar, dass Godley und die Burt mir einen Maulkorb verpassen würden, sobald du anfängst, Fragen zu stellen, aber gleichzeitig wusstest du, dass ich dir nicht so einfach 'ne Abfuhr erteilen kann.«

»Na ja, ich bin beurlaubt und daher im Moment nicht dein Vorgesetzter. Du kannst reden, worüber du willst, solange du ehrlich zu mir bist.«

»Ich werde mit dir nicht darüber sprechen.«

»Weil du ihrer Meinung bist.«

»Ich bin noch nicht gut genug darüber informiert.« Ich sah ihn an. Er nahm die andere Seite des Taxis fast vollständig ein und hielt die Haltegriffe umklammert, während der Fahrer rasant um die Kurven bog. Er hatte breite Schultern und einen durchtrainierten Körper. Um mit diesen Muskelpaketen mehr als 42 Kilometer zu laufen, wie er es gelegentlich tat, musste man schon sehr ambitioniert sein. Konsequent kämpfte er gegen die zunehmenden Rundungen an, die das viele Autofahren plus Fastfood im Dienst so mit sich brachten. Dadurch blieb sein Bauch flach und sein Kinn fest, und er war deutlich stärker als ich, wie er soeben eindrücklich bewiesen hatte. Durch seine körperliche Überlegenheit und seine dominante Art wirkte er einschüchternd und unberechenbar. Man konnte nie wissen, wann er mit Brutalität reagierte. Trotzdem versuchte ich, meine Furcht vor ihm zu verbergen. Bei dem Gedanken, dass er womöglich ein Mörder war, wurde mir ganz flau im Magen – es fühlte sich an, als würde ich eine Treppenstufe verfehlen und um Haaresbreite stürzen. Obwohl es mir unwahrscheinlich erschien und ich nicht daran glauben wollte, war mir äußerst bang zumute. Denn eins wussten wir ja über den von uns gesuchten Mörder schon: dass es ihm leicht gelang, Frauen dazu zu bringen, ihm zu vertrauen. Daher blieb ich wachsam – trotz seines wehleidigen Blicks.

»Was wollen wir denn bei dir zu Hause?«

»Na, zu dir wirst du mich ja wahrscheinlich nicht einladen wollen.«

»Davon kannst du ausgehen.«

Er grinste, wobei der alten Derwent ganz kurz zum Vorschein kam. »Ich steh total auf resolute Frauen. Mach ruhig weiter.«

»Du hast mich offenbar noch nicht resolut erlebt, mein Lieber.«

Sein Grinsen wurde breiter. »Wär super, wenn dich deine Busenfreundin Burt so sehen könnte. Die hält dich nämlich für die Unschuld vom Lande.«

»Hat sie mich wacker verteidigt?«

»Sie hat zu mir gesagt, dass ich sie mal kreuzweise kann. Und zwar wörtlich.« Derwent schüttelte den Kopf. »Hätte ich gar nicht gedacht, dass die auf solche Sachen scharf ist. Wirkt ja eigentlich in dieser Richtung eher unbedarft.«

»Soll das jetzt 'ne sexuelle Anspielung sein?« Ich verzog das Gesicht. »Ich hab's mir überlegt. Ich fahr doch lieber nach Hause.«

»Nein, bitte nicht«, bat er, ohne nachzudenken.

»Una Burt hat mich benutzt, um dir eins auszuwischen. Sie hält mich bestimmt nicht für ein unbedarftes Etwas.«

»Was hab ich der denn eigentlich getan?«

»Tja, wo soll ich da anfangen? Du trittst ihr ständig zu nahe, seit sie bei uns angefangen hat. Die eigentliche Frage ist doch aber, womit du Godley derart gegen dich aufgebracht hast. Ich hätte nie gedacht, dass er ihr mal so nach dem Mund reden würde.«

»Godley hat nichts gegen mich. Er versucht nur Ärger zu vermeiden. Und Ärger hab ich definitiv am Hals.« Er sah mich ratlos an. Für jemanden, der normalerweise großen Wert auf seinen Platz im Wolfsrudel legte, war es sicher die blanke Folter, so ausgestoßen zu werden. Und trotzdem verteidigte er Godley und blieb ihm gegenüber loyal, auch wenn es der Superintendent ihm gegenüber längst nicht mehr war. »Hör zu, ich will nicht, dass du Stress kriegst, weil du mit mir redest. Aber ich muss unbedingt wissen, was los ist. Die haben dir doch bestimmt von Angela erzählt, oder?«

Ich nickte.

»Okay.« Er holte tief Luft und atmete hörbar aus, während er kurzzeitig den Blick abwandte. Rang er nach Fassung, oder tat er nur so? »Ich versuche schon seit Ewigkeiten, den Typen zu finden, der ihr das angetan hat. Deswegen bin ich überhaupt Bulle geworden.«

»Dann solltest du dich aber vor allem mit ungelösten Kriminalfällen beschäftigen, statt Mörder zu jagen.«

»Angelas Fall wird nie und nimmer wieder aufgerollt«, erklärte er bestimmt. »Die Beweislage war hundsmiserabel.«

»Und die Forensik?«

»Nicht hier.« Er rieb sich das Gesicht. »Ich erzähl's dir, aber woanders. Vorerst reicht es, wenn ich dir sage, dass das jetzt die erste Chance überhaupt ist, um aufzuklären, was damals eigentlich passiert ist.«

»Denkst du wirklich, dass wir es mit ein und demselben Täter zu tun haben?«

»Ich weiß es nicht. Die haben mich ja rausgekickt.« Er schlug gegen die Tür, sodass der Fahrer kurz das Tempo verringerte, um zu sehen, woher das Geräusch kam. »Das treibt mich in den Wahnsinn, Maeve. Zwanzig Jahre habe ich auf diese Gelegenheit gewartet. Alles, was ich als Erwachsener getan habe, drehte sich ausschließlich darum. Und jetzt darf ich nicht erfahren, was da gerade läuft.«

»Es kann nicht derselbe Mörder sein.«

»Woraus schließt du das?«

»Das ist zwanzig Jahre her. Weshalb sollte er ausgerechnet jetzt wieder anfangen?«

»Vielleicht saß er im Gefängnis. Oder er war im Ausland.«

»Es könnte auch ein anderer Täter sein.«

»Aber wie soll das gehen? Was ich aus den Zeitungen und Nachrichten so erfahre, klingt genau wie bei ihr. Das mit den Augen.« Beim letzten Wort versagte ihm die Stimme, und er räusperte sich verärgert. »Schau, wenn ich an diesem Fall arbeiten würde, dann würde ich dafür sorgen, dass man ihn mit dem ursprünglichen Mord vergleicht. Schließlich bezieht er sich darauf. Und wenn Angelas Fall geklärt ist, hat man den Täter.«

»Falls es eine Verbindung gibt.«

»Die muss es geben«, beharrte er und hielt meinem Blick stand. Er hatte alles auf mich gesetzt. Wenn ich sein Verhalten weitermelden würde, könnte ich ihn ernsthaft in Schwierigkeiten bringen, bis hin zum Rauswurf.

»Ich soll dir also berichten, was ich weiß.«

»Ich bitte dich darum. Wie gesagt, ich weiß nicht, was ich sonst machen soll.« Er saß zusammengesunken da wie ein Häufchen Elend.

Ich fasste einen Entschluss. »Okay. Machen wir einen Deal. Du erzählst mir, was mit Angela passiert ist. Und zwar alles.«

Er nickte.

»Und danach gebe ich das an dich weiter, was ich über die anderen Morde weiß. Aber ich kann dir natürlich nicht garantieren, dass ich genau die Informationen habe, die du brauchst.«

»Das rechne ich dir hoch an.«

»Und es bleibt definitiv unter uns. Wenn Godley davon Wind kriegt, würde er mich sofort zurück in irgendein verschlafenes Kommissariat schicken, ehe ich richtig zur Besinnung komme.«

»Diskretion ist Ehrensache.« Er sah jetzt schon etwas besser aus, und seine Anspannung ließ ein wenig nach. Man musste Derwent nur seinen Willen lassen, wenn man ihn aufmuntern wollte.

Und ich konnte nur hoffen, dass ich das Richtige tat.

Eine Motivation, warum ich bereit war, Derwent zu helfen, war unter anderem die einmalige Chance, sein Zuhause zu sehen. Von außen sah es schon mal gar nicht so übel aus: ein viktorianisches Reihenendhaus in einer durchaus wohlsituierten Straße. Die meisten Gebäude hier waren in einem guten Zustand. Seins war zwar nicht das schönste weit und breit, aber ganz sicher auch nicht das schlechteste. An der Seite gab es einen eigenen Eingang. Dort befand sich ein kleiner Hausflur, von dem aus eine steile Treppe hinauf zu seiner Wohnung führte. Unten hängte Derwent lässig seinen Mantel an einen Kleiderhaken und ließ mir dann den Vortritt auf der Treppe.

»Du kennst den Weg besser als ich«, wandte ich ein und rührte mich nicht von der Stelle. Jetzt, wo wir allein waren, zweifelte ich doch sehr an meiner Entscheidung. Immerhin war er extrem sprunghaft und unbeherrscht und hatte beim Militär gelernt, wie man tötet. Obwohl ich mir beim besten Willen nicht vorstellen konnte, dass er der Gentleman-Mörder war, riskierte ich gerade einiges und fühlte mich alles andere als wohl. Da es natürlich zu spät war umzukehren, musste ich die Sache jetzt durchziehen. Allerdings wollte ich ganz bestimmt nicht direkt vor ihm die Treppe hochsteigen, und auch meinen Mantel ließ ich vorsichtshalber an. Er verzichtete auf einen Kommentar und schaltete wortlos das Deckenlicht an, während ich ihm auf den schmalen Stufen nach oben folgte, ohne zu wissen, was mich dort erwartete.

»Wohnzimmer.« Er machte ein einladende Geste und fügte hinzu: »Setz dich.«

Das Zimmer war klein und relativ bescheiden, aber extrem ordentlich. Dass er beim Militär gewesen war, konnte man deutlich sehen: Alles war tipptopp aufgeräumt. Ein Sofa, ein Sessel, ein gigantischer Fernseher für endlose

Sportübertragungen. Eine teure Musikanlage. Ein Couchtisch mit sorgfältig aufgereihten Fernbedienungen. Keine Kissen, Decken oder Teppiche. An den Fenstern Jalousien statt Vorhänge. Kein Schmuck, keine Bilder. Aber erstaunlicherweise wirkte die Einrichtung keineswegs trist, sondern funktional und durchaus wohnlich. Die Zentralheizung lief, und zum ersten Mal an diesem Tag merkte ich, wie meine Füße begannen aufzutauen. Ich nahm auf dem äußersten Rand des Sofas Platz, lehnte meine Tasche gegen meine Beine und lockerte sogar den Schal ein bisschen.

Er kam wieder herein, hatte zuvor sein Jackett abgelegt und krempelte seine Hemdsärmel hoch. »Was willst du trinken?«

»Keine übertriebenen Förmlichkeiten. Du musst hier nicht den Gastgeber spielen.«

»Na ja, bekochen werde ich dich nicht gleich. Aber ein Getränk kann ich dir schon anbieten.«

»Was hast du denn da?«

»Bier.«

»Und?«

»Whiskey.«

»Und?«

»Bier«, wiederholte er und schenkte mir sein breitestes Grinsen. In seiner vertrauten Umgebung war Derwent schon wesentlich gelassener. Ich hoffte nur inständig, dass er nicht noch mehr Kleidungsstücke auszog.

»Ich nehm ein Wasser«, antwortete ich.

»Wie langweilig.«

»Wie ich schon sagte: Ich bin nicht zum Spaß hier.«

Er kam mit einer Flasche Bier für sich und einem großen Wasserglas für mich zurück. Da das Glas außen feucht war, suchte er hektisch nach einem Untersetzer.

»Wär ja 'ne Katastrophe, wenn ich Flecken auf deinem Couchtisch hinterlasse.«

»Wenn du es vielleicht vermeiden könntest«, entgegnete er bissig. Offenbar war es mit seiner Freundlichkeit jetzt vorbei, was mich seltsamerweise irgendwie erleichterte und sogar dazu veranlasste, meinen Mantel abzulegen. Als er den Tisch näher zu mir heranschob, wehte ein leichter Alkoholdunst zu mir herüber. Hatte er sich in der Küche einen Whiskey genehmigt, um sich Mut anzutrinken? Oder sogar zwei oder noch mehr?

»Wo willst du anfangen?« Er schaltete das Deckenlicht aus, sodass nur noch eine kleine Lampe direkt neben mir leuchtete. Er saß im Sessel. »Ich komme mir vor wie beim Therapeuten.«

»Hast du da Erfahrung?«

Er blinzelte. »Ich musste ein paarmal hingehen, als Auflage. Pure Zeitverschwendung.«

Ich konnte mir lebhaft vorstellen, dass er komplett beratungsresistent war, vor allem gegenüber Leuten, die keinen höheren Rang hatten als er. »Was denkst du, weshalb sie dich verdächtigen?«

»Wüsste ich auch gerne.« Er trank einen Schluck Bier.

»Das ist keine Antwort.«

»Sicher wegen der Sache mit Angela.«

»Aber du wurdest nie angeklagt.«

»Korrekt. Ich war nur Zuschauer.« Er stellte seine Bierflasche auf einem kleinen Beistelltisch ab, wobei er sorgfältig darauf achtete, sie auf einem Untersetzer zu platzieren. »Die hätten mich definitiv weggesperrt, wenn sie die Chance dazu gehabt hätten. Und jetzt wäre das nicht anders, wenn sie Anhaltspunkte hätten.«

»Aber Godley doch nicht.«

»Doch, keine Frage. Ohne mit der Wimper zu zucken.«

Wahrscheinlich hatte er Recht. Schließlich wollte Godley den Fall ja aufklären. Oder er wollte Derwent loswerden, weil der ihn besser kannte als alle anderen und möglicherweise herausfinden würde, dass Godley gewisse Einnahmequellen hatte. Wenn jemand einen Fehler gemacht hatte, kannte Derwent keine Gnade. Da war er wesentlich härter als ich. Einen Moment lang überlegte ich, ob ich ihm anvertrauen sollte, was ich wusste. Die Versuchung war groß, mein Wissen und die damit verbundene Last mit jemandem zu teilen, der daraufhin möglicherweise etwas unternehmen würde. Aber ich entschied mich dann doch dagegen. Es war nicht der richtige Moment, um Derwent einzuweihen, was ich über Godley erfahren hatte – falls es für ein solches Gespräch überhaupt je einen geeigneten Zeitpunkt gab.

»Eins kann ich dir sagen: Es ist schon heftig, wieder unter Verdacht zu stehen. Fühlt sich an, als ob ich wieder siebzehn wäre. Nicht schön.« Er versuchte zu lachen, aber es gelang ihm nicht so recht.

Ich lehnte mich zurück. »Okay. Erzähl mir von damals.«

»Wo soll ich anfangen?«

»Bei Angela«, sagte ich behutsam. »Woran du dich erinnern kannst.«

»Ich erinnere mich noch an alles.«

»Dann erzähl mir alles.«

Und zu meiner großen Überraschung tat er das tatsächlich.

Im Sommer 1992 war Angela Poole fünfzehn. Wenn jemand je diesen Namen verdient hatte, dann sie. Denn sie besaß so viel Ähnlichkeit mit einem Engel, wie es auf Erden nur irgend möglich war. Sie hatte volles honigblondes Haar, und ihre Augenfarbe glich dem Himmel an einem strahlenden Sommertag. Sie war klein und schlank und ausgesprochen albern. In der Schule war sie nicht die Beste, obwohl sie alles andere als dumm war und sich immer große Mühe gab. Sie war ein anständiges und entzückendes Mädchen. Der einzige Punkt, in dem sie ihre Eltern belogen hatte, war ihr Freund.

»Also sozusagen ich«, fügte Derwent verlegen hinzu.

»Schlechter Einfluss«, merkte ich an.

»Immer.«

In Bromley wusste jeder, wer Josh Derwent war: nämlich ein Aufrührer – unverschämt und überheblich. Er hing ständig in der Fußgängerzone herum und gab patzige Antworten, wenn ihm jemand Vorschriften machen wollte. Er ging in die Schule, weil er gern lernte und schlau genug war, um ohne viel Aufwand ganz vorn mitzumischen. Als Streber galt er trotzdem nicht, denn er spielte ganz gut Fußball – sogar so, dass er zum Probetraining der Arsenal-Jugend eingeladen wurde.

»Woraus nichts weiter geworden ist, wie du sicher gemerkt hast.«

»Stell dir mal vor, wenn du Fußballprofi statt Polizist geworden wärst. Dann würdest du jetzt in einer Villa wohnen.«

»Und außerdem wär ich längst in Rente.«

»Aber deine Knie würden nicht mehr mitmachen. Keine Chance auf Marathon.«

Er zog eine Augenbraue hoch. »Das würde ich überleben.«

Wie es Josh gelungen war, Angela zu überreden, sich mit ihm einzulassen, war kein Geheimnis. Ihr Bruder Shane war sein bester Kumpel, und Angela hatte Josh schon seit Jahren angehimmelt. Er sah gut aus, war witzig und konnte sich in Auseinandersetzungen gut behaupten. Sie war bei Weitem nicht die Einzige, die an ihm interessiert war, aber dafür etwas ganz Besonderes. Er hatte sie aufwachsen sehen, ohne sich etwas dabei zu denken – schließlich war sie ja noch ein Kind. Doch dann kam plötzlich der Tag, an dem sich das änderte. Sie kam mit enger Jeans und figurbetontem Oberteil ins Zimmer, und er verliebte sich Hals über Kopf in sie. Er brachte kein Wort heraus und konnte keinen klaren Gedanken fassen. Ein Jahr lang versuchte er sich einzureden, dass sie viel zu jung für ihn war, zu bezaubernd, zu unschuldig. Aber egal, wie viele andere Mädchen er küsste, die ihn teilweise sogar an ihren Busen ließen oder – noch viel aufregender – an denen er herumfingern durfte, so konnte er doch nicht aufhören, an sie zu denken.

»Wie romantisch.«

»So sind Siebzehnjährige halt. Ich nehme an, du hast auch ein paar von ihnen kennengelernt.«

»Mit solchen Jungs durfte ich mich gar nicht abgeben.«

»Angela auch nicht.«

Shane und Josh waren mit Vinny Naylor und Vinnys Schwester Claire befreundet. Vinny war der Vernünftigste von ihnen, der gelegentlich die Notbremse zog, wenn etwas aus dem Ruder lief. Er war ein cleverer Bursche und konnte ziemlich gut kaputte Sachen reparieren. Claire war ein eher jungenhaft-burschikoses Mädchen. Flach wie ein Brett und ausgesprochen handfest. Zwischen Vinny und ihr lagen nur elf Monate, und sie waren unzertrennlich. Wo Vinny dazugehörte, war Claire auch dabei. Shane war nicht sonderlich begeistert, dass Angela ebenfalls hinzukam, konnte aber nicht viel dagegen tun. Denn das Sagen hatte ganz klar Josh. Shane ging allerdings so weit, ihn davor zu warnen, seine Schwester auszunutzen, woraufhin Josh ihn verprügelte, weil er es gewagt hatte anzudeuten, seine Schwester könnte sich auf Sex mit ihm einlassen.

»Aber darauf gehofft hast du schon, oder?«

»Ich habe sie zu nichts gedrängt«, fuhr mich Derwent an. »Verdammt, so war ich damals halt drauf. Ich wollte sie nicht verderben. Ich war total in sie verknallt und wollte nichts überstürzen. Sie war eher diejenige, die …« Er unterbrach sich. »Aber ich greife vor.«

»Dann erzähl einfach weiter.«

Den ganzen Sommer über, wenn es lange hell war und sie nicht in der Schule waren, streiften die fünf umher, stellten Unsinn an und amüsierten sich prächtig. Abends verbrachten Angela und Josh so viel Zeit zusammen wie nur irgend möglich und vergingen ansonsten fast vor Sehnsucht. Sie hatten kein Geld und wussten nicht, wo sie sich treffen sollten. Josh hatte einen Teilzeitjob als Tellerwäscher in einem der örtlichen Cafés. Er behielt ihn nur deshalb, weil der Betreiber gut mit seiner Mutter befreundet war und er sich daher dort nicht gar zu sehr danebenbenehmen konnte. Er musste ihn auch dringend behalten, weil er das Geld brauchte, um Angela ab und zu auszuführen – ins Kino oder nach London zum Stadtbummel. Kneipenbesuche waren ihnen verwehrt – obwohl Josh durchaus als Achtzehnjähriger durchging, hatten sie bei Angela keine Chance, in Bezug auf ihr Alter zu schummeln. Zu Josh nach Hause konnten sie nicht gehen, weil seine Mutter es nicht guthieß, dass er in seinem Alter eine feste Freundin hatte. Sie hätte ihn in der Luft zerrissen, wenn sie auch nur geahnt hätte, dass sie schon ans Küssen dachten – geschweige denn an Sex. Außerdem gab es noch Joshs kleine Schwester Naomi. Sie war fünf Jahre jünger und eine schreckliche Nervensäge. Wenn er zu Hause war, hockte sie ihm ständig auf der Pelle, und wenn er nicht da war, schnüffelte sie in seinen Sachen herum. Wenn er sie deswegen zurechtwies, bekam er Ärger. Zu Angela konnten sie auch nicht gehen, weil ihn dort Shane argwöhnisch beäugen würde. Außerdem fanden Angelas Eltern Josh schon als Kumpel für Shane nicht sonderlich geeignet, sodass er als Freund ihrer bezaubernden Tochter erst recht nicht in Frage kam.

»Sie waren Katholiken, wie du dir sicher denken kannst. Acht Kinder. Irische Wurzeln. Genau wie bei dir.«

»Bei uns gab es aber nur zwei Kinder«, warf ich ein.

»Dann war deine Mutter entweder frigide, oder dein Vater hat nicht mehr als zwei Mal einen hochgekriegt. Das Problem hatte Mr. Naylor ganz bestimmt nicht.«

»Das Problem hatte wohl eher Mrs. Naylor. Acht Schwangerschaften muss man erst mal verkraften.«

»Das waren noch nicht mal alle. Zusätzlich hatte sie Hunderte von Fehlgeburten. In ihrem Haus gab es nur fünf Zimmer; kein Mensch weiß, wo sie die Ruhe zum Sex hernahmen.«

»Und die Zeit.«

»Wie dem auch sei, in diesem Irrenhaus war also auch kein Patz für uns.«

»Wohin habt ihr euch denn dann zurückgezogen?«

Betreten gestand er mir: »Auf den Friedhof.«

In jenem Sommer war ausnehmend schönes Wetter, sodass es nicht unangenehm war, viel Zeit draußen zu verbringen. Und über die Friedhofsmauer konnte man problemlos hinüberklettern. Dort gab es verschwiegene Ecken, die gut versteckt hinter Bäumen und Büschen lagen und wo einsame Bänke standen, auf denen man stundenlang sitzen und in den Sternenhimmel schauen konnte. An diesem per se ruhigen Ort konnten sie ihre Zweisamkeit voll und ganz genießen, was in keinem Park der Gegend auch nur ansatzweise denkbar gewesen wäre. Dort wimmelte es nach Einbruch der Dunkelheit nur so von trinkenden und feiernden Jugendlichen. Wenn Josh mit Angela zusammen war, wollte er aber kein Publikum dabeihaben, hätte es doch seinem Ruf schaden können, wenn andere sahen, dass er sie wie zerbrechliches Porzellan behandelte.

Dabei war sie diejenige, von der alle Vorstöße ausgingen. Sie flüsterte ihm ins Ohr, was sie am liebsten mit ihm anstellen würde. Sie streichelte durch die Jeans hindurch sein Glied oder trug keinen BH, wenn sie sich trafen, sodass er durch das Oberteil ihre Brustwarzen erkennen konnte. Wenn sie sich küssten, biss sie sanft in seine Lippe und hinterließ an seinem Hals violette Knutschflecke. Sie setzte sich rittlings auf seinen Schoß und rieb ihr Becken an ihm, bis er in seiner Hose kam.

Ich blinzelte. »Du lässt wirklich kein Detail aus, was?«

»Ich will, dass du verstehst, wie es damals war.« Er griff nach seinem Bier, hielt vor dem Trinken jedoch noch einmal inne. »Ist seitdem logischerweise nicht wieder vorgekommen.«

»Klar.«

Josh gewöhnte sich an, zu den Treffen auf dem Friedhof immer eine Decke und eine Flasche Wein mitzubringen. Dabei achtete er darauf, dass Angela nicht zu viel trank, weil sie ja nicht daran gewöhnt war und sonst auf verrückte Gedanken kam. Schließlich musste sie hinterher ihren Eltern gegenübertreten, die, auch ohne dass sie sturzbetrunken erschien, schon skeptisch genug waren. Wenn sie das Haus verließ, war sie immer züchtig gekleidet und verbarg unter einer Strickjacke das knappe Top, mit dem sie ihn erregen wollte. Ihr Haar hatte sie zu einem braven Kleinmädchen-Pferdeschwanz gebunden. Unterwegs blieben dann allerdings Strickjacke, Pferdeschwanz und jegliche Hemmungen auf der Strecke. Manchmal erschreckte ihn ihre Art geradezu und schüchterte ihn ein. Er war derjenige, der versuchte, nichts zu überstürzen. Aber Angela hatte da anderes im Sinn.

»Sie wollte unbedingt ihre Unschuld verlieren, bevor die Schule wieder anfing. Das war bei ihr wie eine fixe Idee. Sie war unter anderem deshalb mit mir zusammen, weil alle Welt wusste, dass ich viel herumgevögelt hatte.« Er nahm einen tiefen Zug aus seinem Bier. »Was völliger Schwachsinn war. Ich hatte null Erfahrung. Aber das Gerede ging in Ordnung, weil es gut für meinen Ruf war. Und die Mädels widersprachen nicht, weil das so ein Statusding war – keine wollte eingestehen, dass ich sie gar nicht gevögelt hatte.«

»Und wieso hast du nichts gesagt?«

»Weiß ich auch nicht.« Er fing an, das Etikett abzureißen. »Ich konnte es nicht zugeben. Ich konnte doch nicht riskieren, dass eine, wenn's schiefläuft, überall rumerzählt, dass ich's nicht bringe. Ich hatte echt Panik. Vinny hatte es schon ein paarmal mit unterschiedlichen Bräuten gemacht. Und Shane hatte eine Freundin, Mags, die in dieser Richtung ziemlich krass unterwegs war. Die hatte das Kamasutra zu Hause und das Ding mit ihm in allen Einzelheiten durchgearbeitet.« Unvermittelt grinste er. »Der arme Kerl. Sie hat echt nichts ausgelassen. Irgendwann hat er mal zu mir gesagt: ›Manchmal will ich einfach nur gediegen einen von der Palme gewedelt kriegen und sie ein bisschen flachlegen.‹«

Wir lachten beide. »Hast du noch Kontakt zu Shane?«

»Nein«, antwortete er lapidar, und seine Stimmung wechselte schlagartig wieder. Die Atmosphäre im Raum wurde unterkühlter und düsterer.

»Zurück zu deinem Bericht«, sagte ich.

Josh wollte Angela nicht gestehen, dass er auch noch Jungfrau war. Dazu würde später noch genug Zeit sein, wenn sie älter waren. Er hatte sich vorgenommen, ihr an ihrem achtzehnten Geburtstag einen Heiratsantrag zu machen. Wenn er als Elektriker arbeiten würde, müsste er zwar vorher noch eine Ausbildung machen, würde dann aber nicht schlecht verdienen. Kabelaffen wurden auf dem Bau immer gebraucht. Sein Onkel war zum Beispiel einer; ihm hatte er davon erzählt. Die Karriereberaterin in der Schule war entsetzt, weil er ihrer Ansicht nach unbedingt studieren sollte, aber er war fest entschlossen.

»Ich habe Angela regelrecht angebetet. Für sie hätte ich alles getan«, sagte Derwent träumerisch. »So was habe ich weder vorher noch danach wieder erlebt.«

»Die erste Liebe ist schon was ganz Besonderes.«

»Sollte auch die einzige bleiben«, antwortete er unterkühlt.

»Du warst noch sehr jung.«

»Ich wusste genau, was ich wollte. Nämlich sie.«

Ich nickte und musste an meinen ersten richtigen Freund denken. Er hieß Gerard, und zum Glück hatten wir uns damals nicht verlobt. Denn immer, wenn wir Sex hatten, musste er weinen.

Jedes. Mal.

Das fand ich nach einer Weile überhaupt nicht mehr niedlich.

»Wie dem auch sei«, fuhr Derwent fort, »zwischen uns, das war schon was Ernstes. Das wollte ich damit sagen. Ich hätte mich eher selbst umgebracht, als ihr wehzutun.«

»Und was ist dann passiert?«

»Da brauche ich erst mal noch ein Bier.« Er stand auf und stürzte aus dem Zimmer, sodass ich mich besorgt fragte, was mich wohl Schlimmes erwartete, das er mir nicht so ohne weiteres sagen wollte, obwohl er alles andere so bereitwillig erzählt hatte. Er kam mit zwei Flaschen wieder und reichte mir eine davon.

»Du wolltest zwar vorhin keins …«

»Jetzt schon.«

Er öffnete sein Bier und warf mir dann seinen Schlüssel zu, an dem auch ein Flaschenöffner hing. Er hatte die Form von Handschellen.

»Wie neckisch«, merkte ich an.

»War mal ein Geschenk.«

»Von jemandem, der dich gut kennt?«

»Von einer, mit der ich mal 'ne Weile zusammen war. Sie stand drauf, mit 'nem Bullen zu vögeln.«

»Musstest du sie dabei mit Handschellen fesseln? Und deine Uniform anziehen?«

Aus seinem Grinsen schloss ich, dass ich richtiglag. Sehr konzentriert tauschte ich mein Glas auf dem kostbaren Couchtisch gegen die Bierflasche aus. *Man soll eben keine Fragen stellen, auf die man keine Antwort hören will.*

»Ich rechne dir das echt hoch an, dass du dich darauf einlässt«, erklärte Derwent.

»Ist notiert.«

»Willst du Rob kurz anrufen und ihm sagen, wo du bist?«

»Nee. Er ist ja nicht mein Aufpasser.« Dass er Tausende Kilometer weit weg war, musste er nicht wissen. »Wo waren wir stehen geblieben?«

»Jung. Glücklich. Verliebt.« Er seufzte. »Und dann fing die große Scheiße an.«

Ich richtete mich wieder auf, während Derwent mir das Ende von Angela Pooles kurzem Leben schilderte. Diesmal schwieg ich und ließ ihn einfach reden. Und nach den ersten Minuten vergaß er wahrscheinlich, dass ich überhaupt da war.

1992

Der Spiegel im Badezimmer war vollständig beschlagen, was nicht weiter verwunderlich war, nachdem Josh – er hatte auf die Uhr gesehen – 23 Minuten unter der Dusche gestanden hatte. Im Bad herrschte jetzt ein tropisches Klima, und das warme Wasser war komplett aufgebraucht. Er wischte mit dem Handtuch auf dem Spiegel herum, verschmierte ihn dabei aber nur. Er konnte sich nicht gut genug darin erkennen, um eine Rasur zu riskieren.

»Verdammt.« Er strich sich übers Kinn und fühlte den samtigen Flaum, der seit gestern dort gewachsen war. Eigentlich war es gar nicht so viel, dass er sich schon wieder rasieren musste. Es war ihm allerdings wichtig, Rücksicht auf Angela zu nehmen. Wenn man so ausdauernd knutschte wie bei ihnen üblich, bestand schon bei den kleinsten Stoppeln die Gefahr, dass ihre Haut davon gereizt wurde. Dadurch würden ihre Eltern Verdacht schöpfen, und er bekäme ein schlechtes Gewissen.

Also hieß es rasieren.

Er nahm sich ein Handtuch und wickelte es sich um die Hüften, so tief, dass es gerade noch hielt. Dann beugte er sich hinüber und öffnete das Badfenster weit. Er stützte sich mit den Ellbogen auf das Fensterbrett. In der Ferne brummte ein Rasenmäher, und im Garten nebenan hüpften ein paar Kinder auf dem Trampolin. Dabei sangen sie lauthals die verschiedensten Popsongs. Der Sommer machte ihn glücklich.

Und Angela ganz besonders.

Nach und nach trocknete der Spiegel, sodass er sich darin wieder erkennen konnte. Kritisch begutachtete er seinen Oberkörper und fragte sich, ob es nur Einbildung war, dass Brustkorb und Schultern breiter wirkten.

Trainiert hatte er zumindest genug. Er beugte seinen Arm und betrachtete den angespannten Bizeps. Gar nicht so übel.

Zügig rasierte er sich, ohne sich zu schneiden, und zog dabei im Spiegel zu seiner eigenen Belustigung Grimassen. Meine Güte, war das langweilig. Das musste er ab jetzt sein ganzes Leben lang machen, falls er sich keinen Bart wachsen ließ, was Angela aber ganz sicher nicht mochte. Bart schied also aus. Er beendete die Rasur mit einer Handvoll Cool Water, einem Aftershave, das er besonders mochte. Es brannte allerdings so höllisch auf der Haut, dass er fluchte und ihm die Tränen in die Augen stiegen. Trotzdem tat der Schmerz irgendwie auch gut. Er gehörte ebenso zum Ritual, wie ein frisches T-Shirt anzuziehen oder zu kontrollieren, ob die Kondome in der Seitentasche seines Rucksacks steckten.

Kondome. Hätte sie gewusst, dass er welche dabeihatte, dann wären sie schon vorige Woche so weit gegangen. Er wusste selbst nicht, warum er ihr nichts davon gesagt hatte. Er wollte es ja auch – die Vorfreude darauf spukte so sehr in seinem Kopf herum, dass er kaum noch einen klaren Gedanken fassen konnte und dieses Thema immer wieder ganz bewusst ausblenden musste. Doch als es ernst wurde, konnte er es ihr gegenüber partout nicht *aussprechen*. Jetzt im Bad konnte er das überhaupt nicht mehr nachvollziehen. Sie wollte es genauso sehr wie er, wenn nicht sogar mehr. Sie wäre beglückt gewesen.

Aber heute Abend sollte es passieren. Ihn überkam ein Schauer freudiger Erregung, und wieder musterte er sein

Spiegelbild und fragte sich, ob er hinterher anders aussehen oder sich nur anders fühlen würde.

Er war zufrieden mit seinem Anblick. Seine Haut war braun gebrannt, er hatte einen Mittelscheitel, und seine Haare hingen ihm bis zu den Augenbrauen ins Gesicht. Vom Nacken bis zum Hinterkopf trug er sie jedoch eher kurz geschoren. Seine Lehrerin Mrs. Beale hatte zu ihm gesagt, mit diesem Haarschnitt würde er aussehen wie das Mitglied einer Boygroup. Daraufhin hatte er sie nur wortlos so lange angeschaut, bis sie rot wurde, sich umdrehte und ging. Alle wussten, dass sie auf ihn stand und immer ihre Bluse ein Stück weiter aufknöpfte als sonst, wenn seine Klasse bei ihr Geografie hatte. Er hatte nichts dagegen. Er hatte nie etwas dagegen, wenn Frauen ihn anhimmelten. Während er etwas zu ihnen sagte, beobachtete er gern ihre Reaktionen – wie sie kurz den Atem anhielten, sich ihre Wangen röteten oder ihre Pupillen weit wurden. Es war ein Kinderspiel für ihn.

Er legte den Kopf in den Nacken und setzte seinen unnahbaren Blick auf, der so viel sagen sollte wie: Los, versuch's doch, wenn du dich traust. Er war mit seinem Anblick zufrieden. Kein Wunder, dass er bei den Mädchen beliebt war. Trotz seines jugendlichen Alters. Seine Brust war noch nahezu unbehaart. Er zeichnete mit dem Finger den dunklen Strich nach, der von seinem Bauchnabel bis unter das um seine Hüften geschlungene Handtuch verlief. Dabei stellte er sich vor, wie Angela mit ihren kleinen wunderbaren Fingern darüberstrich. Sofort machte sich sein Glied bemerkbar. Er umfasste es und dachte an nachher. Er erinnerte sich, was sie vorige Woche zu ihm gesagt hatte, während sie ihre Hand daran auf und ab gleiten ließ, wie er es ihr gezeigt hatte.

»Ich will ihn in den Mund nehmen.«

Aber das hatte er nicht zugelassen. Hinterher wäre sie angeekelt von sich selbst, dachte er. Und er wollte nicht, dass sie so etwas tat. Nicht in ihrem Alter. Fünfzehn war definitiv zu jung, um ihm einen zu blasen. Doch die *Vorstellung* – wie ihre Zunge seine Schwanzspitze umspielte und sie ihren süßen Mund weit öffnete, um ihn darin aufzunehmen, während er stieß; wie seine Hand auf ihrem Kopf lag und ihn ein Stück zu sich heranschob.

Verdammt. Stöhnend sah er auf die Uhr. Die Zeit reichte noch, um ein bisschen zu wichsen, bevor er losmusste. Gar keine schlechte Idee, um ein bisschen Druck abzulassen.

Außerdem ging es ja schnell.

Er fühlte sich wie ein Riese, als er lässig mit dem Rucksack über einer Schulter ihre Straße entlanglief. Ein Freund, der in einem Spirituosengeschäft arbeitete, hatte ihm eine Flasche Wein besorgt, sodass der Rucksack relativ schwer war. Sie wartete vor ihrem Haus schon auf ihn und saß auf dem Ziegelpfeiler neben dem Tor. Ihr Vater hatte rings um das Grundstück eine riesige Hecke angepflanzt, die dringend geschnitten werden musste. Daher konnte er zuerst nur ihre Füße sehen, die sie übereinandergeschlagen hatte und an denen sie weiße Converse Chucks trug. Das mochte er an ihr – dass sie nicht albern in Absatzschuhen einherstakste, wo sie doch über Mauern zu klettern und Wiesen zu überqueren hatten. Mutig und tough war sie, fand er, und sie nörgelte nie. Darin waren sie sich sehr ähnlich.

Sie bemerkte ihn erst, als er schon fast vor ihr stand. »Dann wollen wir mal, Süße.«

»Josh!« Sie wollte gerade vom Pfeiler springen, aber er hielt sie davon ab und schob sich stattdessen zwischen ihre Knie, zog ihr Gesicht zu sich heran und küsste sie lange und begierig. Sie schlang ihre Beine um seine Taille und lachte, als ihr der Jeansminirock dabei bis zur Taille hochrutschte.

»Vorsicht.«

»Ist er da?«

»Jep. Muss gleich zum Dienst.«

»Er« war ihr Vater. Er arbeitete als Busfahrer und hatte diese Woche Nachtdienst. Angela vergötterte er geradezu. Wenn er gewusst hätte, was zwischen den beiden lief, hätte er Josh mit einer rostigen Schere und einem Grinsen kastriert. Und mit ihr hätte er nie wieder gesprochen.

Doch das war Josh in diesem Moment vollkommen egal. Sie fühlte sich so warm und real in seinen Armen an. Wieder küsste er sie, und ihre Zunge spielte mit seiner. Dabei fiel ihm ein, was sie zu ihm gesagt hatte, und er stellte sich vor, wie diese Zunge über seine Eichel glitt. Sofort bekam er wieder eine heftige Erektion, die ihr nicht verborgen blieb. Sie lachte. Er neigte seinen Kopf zur Seite, damit sie sich an seinen Hals schmiegen konnte. Das liebte sie – besonders wenn er frisch rasiert war. Währenddessen ließ er seinen Blick zum Nachbarhaus schweifen, bis hinauf zur ersten Etage, wo jemand am Schlafzimmerfenster stand und sie beobachtete. Der fette Stu. Er war fünfzehn, genau wie Angela, aber mehr hatten sie nicht gemeinsam. Er war klein und untersetzt und hatte wie Prinzessin Diana einen Fransenpony. Außerdem hatte er vorstehende Zähne, die einem Kieferorthopäden einen Fünf-Sterne-Strandurlaub beschert hätten, wenn seine Eltern nicht zu geizig gewesen wären, sie richten zu lassen. Er zog sich am Wochenende immer schwarz an und hörte ganz laut *The Smiths,* woraus Josh schloss, dass er schwul sein musste. Josh fand, dass er wie ein Biber aussah, und nannte ihn deswegen auch so – Biberchen. Oder fetter Stu. Oder Volltrottel. Oder Schwuchtel. Oder was ihm sonst noch so einfiel.

Josh behielt den fetten Stu fest im Blick, während er eine Hand unter Angelas Hintern schob und seine Finger in Richtung ihrer Pospalte gleiten ließ. Mit der anderen Hand streichelte er ihren Rücken und streckte dabei seinen Mittelfinger aus. *Fick dich ins Knie, Biberchen.* Trotz der Entfernung konnte er erkennen, wie Stu knallrot anlief, sich dann umdrehte und verschwand. Was wollte der eigentlich im Schlafzimmer seiner Mutter? Wahrscheinlich ihre Sachen anprobieren. Josh stellte sich Stus unsichtbare untere Körperhälfte vor, mit Absatzschuhen und Strapsen. Daraufhin musste er sein Gesicht in Angelas Haar vergraben, nicht dass sie sein Grinsen noch bemerkte und nachfragte. Denn über den fetten Stu wollte er jetzt auf gar keinen Fall reden.

Diese Ablenkung hatte aber zumindest den Vorteil, dass er nicht mehr permanent an Sex dachte und seine Erektion folglich so weit nachgelassen hatte, dass er sich auf die Straße wagen konnte.

»Wollen wir los?«

Sie nickte.

»Ganz sicher?«

Wieder entschiedenes Nicken.

»Na dann.«

Als sie beim Friedhof ankamen, war es schon neun. Die Sonne war gerade untergegangen, und die Wolken am Himmel leuchteten rötlichviolett. *Abendrot – Schönwetterbot’*. Der August war ein merkwürdiger Monat: Es war zwar heiß, aber die Nächte wurden wieder länger, und die Bäume verfärbten sich an manchen Stellen schon. Lange würde der Sommer nicht mehr dauern. Aber daran wollte

Josh jetzt ebenso wenig denken wie an die Entscheidung zwischen Abitur und Studium oder Lehre und Hausaufgaben, Stress mit seiner Familie und Angela nicht sehen zu können. Der Friedhof wäre schon bald keine Option mehr, und ein anderer Ort fiel ihm nicht ein. Aber diese düsteren Gedanken behielt Josh für sich und half Angela über die Mauer, wobei ihr Rock schon wieder hochrutschte. Danach schwang er sich ebenfalls hinüber und landete neben ihr im Gras.

»Selbe Stelle wie immer?«

»Wo denn sonst?«

Dieser Platz lag ganz am anderen Ende, wo hauptsächlich sehr alte Grabsteine standen. Sie waren brüchig, mit Moos bewachsen und die Inschriften im Laufe der Jahre vom schadstoffbelasteten Regen ausgewaschen. Vor langer Zeit hatten trauernde Familien um die Gräber ihrer Lieben Bäume gepflanzt, die dort wild und ungezähmt wachsen konnten. Efeu hatte sich ausgebreitet, und Kletterrosen rankten zwischen den Zweigen empor. Die Stadtverwaltung hatte glücklicherweise nichts dagegen unternommen, sondern lediglich von der zuständigen Behörde ein Schild aufstellen lassen, dass das Betreten auf eigene Gefahr erfolge. Außerdem hatte jemand eine Bank gestiftet, die unter dem größten Baum aufgestellt worden war und vor der es ein ebenes Fleckchen gab, wo man wunderbar eine Decke ausbreiten konnte. Hier fühlten sie sich kaum noch wie auf einem Friedhof.

Am schwierigsten war es, in der hereinbrechenden Dunkelheit den Weg zu finden. Josh hatte zwar Augen wie ein Luchs und konnte sich gut orientieren, doch Angela stolperte häufig. Sie mussten sich immer sehr beeilen, damit sie nicht gesehen wurden. Schließlich hatte er keine Lust, neugierigen Gärtnern, Nachbarn oder gar der Polizei zu erklären, was sie hier wollten. Diesmal schafften sie es ohne Schwierigkeiten, obwohl das Herz in seinem Brustkorb hämmerte wie ein dumpfer Bass.

Das war vermutlich die Aufregung, konstatierte der nüchterne Teil seines Hirns. Er sah Angela an, deren Brustkorb sich rasch hob und senkte, und musste grinsen.

»Da wären wir.«

»Genau.«

»Was zu trinken?«

»Ja.« Lächelnd streifte sie den Rucksack von seiner Schulter und öffnete ihn. Sie nahm die Decke heraus und breitete sie auf dem Boden aus.

Sie wirkte an ihrem eigenen Fall als Komplizin mit. Und war glücklich dabei.

Später, viel später hatte sich der Himmel zu einem tief leuchtenden Blau verdunkelt, das so klar war wie Glas. Angelas Slip lag neben ihnen, ihr Oberteil war hochgeschoben und ihr Rock ebenfalls. Sie lächelte ihn mit einem von Lust und Alkohol verschleierten Blick an und spreizte dann die Beine.

»Ich will es jetzt.«

»Ange«, keuchte er.

»Komm, bitte.« Sie stützte einen Ellbogen auf und schob ihre Hand über seine Brust hinauf zu seinem Gesicht und dann wieder hinunter zu seinem Schwanz. »Ich will dich in mir spüren.«

Hastig wie noch nie zuvor beugte er sich zu seinem Rucksack und griff nach den Kondomen, die er dabeihatte. Allerdings waren sie jetzt verschwunden. Er hatte sie schon aus der Packung genommen, damit es schneller ging. Doch er konnte sie nicht ertasten, und zum Nachsehen war es zu dunkel.

»Was ist denn los?«

»Die Kondome sind weg.«

»Nicht schlimm«, sagte sie leise und flehend. Sie hielt ihn fest umschlungen. »Das stört mich nicht. Ich will ja *dich* fühlen und nicht irgendwelchen Gummi.«

Obwohl er leicht benommen war, meldete sich seine Vernunft zu Wort, die irgendwie losgelöst schien vom Sog des Verlangens, der ihn zittern ließ, als hätte er Fieber. »Nicht dass du noch schwanger wirst.«

»Kein Problem. Da kann zurzeit nichts passieren.« Sie nahm seine Hand und legte sie zwischen ihre Beine. »Merkst du, wie sehr ich dich will? Und zwar *jetzt,* Josh.«

Er ging davon aus, dass sie Bescheid wusste und tatsächlich keine Gefahr bestand. Da er genau wie sie noch Jungfrau war, musste er sich keine Sorgen wegen Geschlechtskrankheiten machen. Wenn es jetzt nicht bald passierte …

Im selben Moment schob sie seine Hand beiseite, hob ihre Hüften ein Stück an und zeigte ihm, dass sie für ihn bereit war. Er warf alle Bedenken über Bord und hielt sich nicht länger zurück. Mehr durch Zufall als gezielt fand er die richtige Stelle und drang in sie ein. Das war jedoch schwieriger als erwartet, sodass er einiges an Kraft aufwenden musste, bis endlich etwas nachgab. Er hielt inne, als sie aufstöhnte – und zwar vor Schmerz und nicht aus Lust. Doch sie krallte ihre Nägel in seinen Hintern.

»Mach weiter. Ich will es.«

Also stieß er weiter und spürte plötzlich, dass er ganz in ihr war. Sie fühlte sich feucht und warm und eng an. Er vögelte sie keuchend und stieß hart zu, als sie ihn zu sich heranzog, sich an seinen Rücken klammerte und ihre Lage so veränderte, dass er noch tiefer in sie eindringen konnte. Trotzdem war ihr Gesicht verzerrt, als täte es weh, sehr sogar. Aber darauf nahm er keine Rücksicht, das war unmöglich. Er stand kurz vor dem Höhepunkt, und als er dann kam, gab er einen erstickten Schrei von sich, wie er ihn bei sich noch nie gehört hatte, und sank dann neben ihr nieder, wobei er hart auf seine Wange fiel.

Die Euphorie hielt etwa so lange an, bis er seine Sprache wiederfand. Da bekam er es mit der Angst zu tun.

»Meine Güte, Angela. Ist alles okay mit dir? Hab ich dir wehgetan?«

»Ist schon gut.« Sie sah ihn nicht an, sondern starrte mit einem seltsamen Lächeln hinauf in die Bäume über ihnen.

»Bist du sicher? Ange, wenn ich dir wehgetan habe …«

»Erzähl doch keinen Quatsch.« Sie legte den Arm um seinen Hals und streichelte seine Schulter. »Ist schon okay.«

Obwohl er es gewohnt war, das Sagen zu haben, kam sie ihm plötzlich älter vor als er. Jahrzehnte älter oder gar Jahrhunderte.

»War es nicht …« *Schön,* wollte er sagen, doch sie brachte ihn mit einem Kuss zum Schweigen.

»Es war toll.«

»Tut es sehr weh?«

»Ich werd's überleben.« Wieder dieses Lächeln. »Hast du Taschentücher oder so was dabei?«

Daran hatte er nicht gedacht. Auf diese Idee war er gar nicht gekommen, sondern hatte angenommen, dass alles im Kondom landen würde. Das hätte er dann einfach zugeknotet und entsorgt. Schließlich reichte er ihr seine Socken, mit denen sie sich einigermaßen wieder herzurichten versuchte. Währenddessen drehte er sich weg und tat so, als hätte er an seinem Rucksack etwas ganz Wichtiges zu tun, bis sie fertig war und ihren Slip wieder angezogen hatte.

Sie stand auf, und wieder hatte er dabei das Gefühl, zwischen ihnen wäre etwas anders geworden. Jetzt gab sie den Ton an, obwohl er sie doch genommen hatte. Das konnte er nicht so ganz verstehen. »Wir müssen los.«

»Ja klar. Ich bring dich nach Hause.«

»Danke.«

Sie gingen zu der Stelle, wo sie auf den Friedhof gelangt waren. Normalerweise knutschten sie dort immer noch ein bisschen, ehe sie wieder über die Mauer kletterten, zurück in die Wirklichkeit. Aber diesmal kletterte Angela über die Mauer, ohne auf Hilfe von ihm zu warten, geschweige denn auf einen Kuss. Schweigend folgte er ihr. Seine Turnschuhe saßen locker an den nackten Füßen. Um ein Haar hätte er sie gefragt, was los war, brachte es dann aber doch nicht fertig, weil er sich vor der Antwort fürchtete. Es war nicht schön für sie gewesen. *Er* hatte es nicht schön für sie gemacht. Der Weinrausch war verflogen. Er fühlte sich nüchtern und müde und wollte nur noch nach Hause in sein Bett, statt am anderen Ende der Stadt neben einem Mädchen herzulaufen, das er eigentlich anbetete, das ihm jetzt aber merkwürdig fremd geworden war.

Sie erreichten die Kreuzung, an der Josh abbiegen müsste, wenn er auf direktem Weg nach Hause wollte. Angela blieb stehen.

»Du kannst ruhig nach Hause gehen. Ist nicht nötig, mich bis vor die Haustür zu bringen.«

»Mach ich aber trotzdem.«

»Ach komm, sind doch nur zehn Minuten.«

»Eben.«

»Aber für dich sind es zwanzig Minuten, zehn hin und zehn zurück.« Sie schaute ihn nicht an, sondern hatte ihren Blick zur Straße gerichtet. Eigentlich hatte sie ihn seitdem überhaupt noch nicht wieder angesehen, stellte er fest.

»Ist es dir lieber, wenn ich gehe?«

»*Mir* ist das doch egal.« Wie sie das sagte, klang es, als hätte er etwas ganz und gar Unverschämtes vorgeschlagen, das so ungeheuerlich war, dass man nur mit Spott darauf reagieren konnte.

»Ange...«

»Was denn?« Nun sah sie ihn wieder mit diesem mitleidigen Halblächeln an. »Was ist denn, Josh?«

»Ist wirklich alles in Ordnung mit dir?«

»Ich hab doch gesagt, dass alles okay ist.«

»Aber du benimmst dich, als ob du total sauer wärst.«

Seufzend wandte sie wieder den Blick ab. »Nein, bin ich nicht.«

»Ich dachte, das war, was du wolltest.«

»War es ja auch.« Sie legte ihren Arm um ihn und lehnte sich an. Ihr Kopf ruhte unter seinem Kinn. »Ich bin müde.«

»Wenn sonst nichts weiter ist.«

»Natürlich nicht.«

»Wann seh ich dich denn wieder?«

»Weiß noch nicht.« Sie klang wirklich müde, dachte er. »Vielleicht morgen. Musst du arbeiten?«

»Frühstück und Mittag.« Er musste um halb sechs anfangen, um den morgendlichen Ansturm der Bauarbeiter und Taxifahrer zu bewältigen. Die verdrückten innerhalb kürzester Zeit enorme Mengen. Da hieß es Teller abräumen, zum Abwaschen die Arme bis zu den Ellbogen in heißes Wasser tauchen und schwere Tabletts mit Tassen schleppen, bis die Muskeln rebellierten. »Um zwei hab ich Schluss.«

»Dann komm ich einfach dort vorbei.«

»Komm nicht ins Café. Ich will erst mal nach Hause und mich umziehen.« Er mochte den Frittengeruch nicht, der ihm zum Feierabend an Haut und Haaren hing. Den sollte sie auf keinen Fall mit ihm in Verbindung bringen.

»Dann um drei bei dir zu Hause.«

»Okay.« Er zog ihr Gesicht zu sich heran und küsste sie. Es war jedoch ein eher braver Kuss, ohne Zunge. Ihre Lippen waren aufeinandergepresst. »Komm schon, ich kann dich doch nach Hause bringen.«

Sie schüttelte den Kopf. »Wir haben uns doch schon verabschiedet.«

»Angela.«

»Bis morgen, Josh.« Sie schlüpfte aus seiner Umarmung und machte sich auf den Weg. Dabei lief sie behutsam und vorsichtig, als hätte sie Schmerzen. Aber sie hatte doch gesagt, dass es ihr gut ging, dachte er. Ihm selbst zitterten die Beine, als hätte er einen Tempolauf über mindestens fünf Kilometer absolviert. Vielleicht war ja genau das ihr Problem.

Er wartete, bis sie außer Sichtweite war, und ging dann ebenfalls los. Das sollte er nie vergessen. Niemals würde er über sein schlechtes Gewissen angesichts des Gefühls hinwegkommen, das sich in ihm ausbreitete, während er sie weggehen sah.

Erleichterung.

Kapitel 14

Es war ein Uhr morgens, als Derwent die Worte ausgingen – in etwa zur gleichen Zeit, als Angela in seinem Bericht das Glück verließ. Seine Stimme war vom vielen Reden rau geworden und seine Augen vor Müdigkeit ganz rot. Dass es daran lag, dass er aufgewühlt war, wagte ich nicht anzunehmen. Irgendwann war er vom Bier zu Whisky übergegangen und hatte mir ebenfalls ein Glas davon eingeschenkt. Scotch trank ich sonst eigentlich nicht, aber diesmal genoss ich ihn, sehr langsam, und spürte, wie sich mit jedem Schluck die Wärme weiter in meinem Körper ausbreitete, bis hinunter zu den Zehen. Derwent kippte ihn eher hastig hinunter, was aber keine erkennbare Wirkung bei ihm zeigte. Gewohnheit, nahm ich an und hatte somit einen Grund mehr, beunruhigt zu sein. Ein alkoholabhängiger Derwent würde nicht gerade einen umgänglicheren Kollegen abgeben.

Nachdem er verstummt war, starrte er ins Leere und hing zwanzig Jahre alten Erinnerungen nach. Ich konnte das Gähnen nicht mehr länger unterdrücken – trotz aller Bemühungen. Mein Mund schnippte auf, als hätte er unter Federspannung gestanden, und ich hielt mir die Hand davor, die ich gerade nicht zum Aufschreiben meiner knappen Notizen brauchte.

»Sag Bescheid, wenn ich dich langweile, okay?« Seine Stimme triefte vor Sarkasmus. Hier kam wieder der Derwent zum Vorschein, wie er leibte und lebte.

»Tut mir leid. Es ist schon spät.«

»Ich schütte dir hier mein verdammtes Herz aus, und du gähnst dabei.« Er schüttelte den Kopf. »Das hätte ich echt nicht von dir gedacht, Kollegin.«

»Und was ist dann passiert?«

»Sie wurde erwürgt.«

»Das weiß ich. Mit dir, meine ich.«

Er zuckte die Schultern. »Ich bin nach Hause gegangen und habe mich schlafen gelegt. Am nächsten Morgen musste ich wegen der Arbeit früh raus. Hab den ganzen Tag nichts von ihr gehört und mir nichts weiter dabei gedacht. Das war vor der Zeit, als Jugendliche Handys hatten, falls dir das nicht klar war. Das Geschehen ist also quasi historisch. Ich habe gegen drei bei mir zu Hause auf sie gewartet, aber stattdessen tauchten zwei fette Kriminalbeamte auf.«

»Die haben dich vernommen?«

»Verhaftet. Und zum nächstbesten Polizeirevier geschleppt. Dort wurde ich dann vernommen. Ziemlich rabiat.« Langsam nippte er an seinem Glas. »Natürlich hab ich zu dem Zeitpunkt gelogen, was das Zeug hielt. Die haben mir erzählt, dass sie tot ist, und ich dachte, das wär eine Falle. Dass ihr Alter dadurch versuchen wollte rauszufinden, was wir angestellt hatten. Einer der beiden Polizisten war ein alter Kumpel von ihm, daher hab ich ihm das nicht abgenommen. Außerdem wollte ich natürlich auf gar keinen Fall zugeben, was bei uns gelaufen war. Sie war ja erst fünfzehn, also ging es um Verführung Minderjähriger. Ich hab ’ne ganze Weile gebraucht, bis ich kapiert habe, dass es wahr ist, was die mir erzählen.«

»Wie haben sie das geschafft?«

Wieder trank er einen Schluck und verzog dabei das Gesicht. »Die haben mir Bilder vom Tatort gezeigt.«

»Ihre Leiche?«

Er nickte und starrte mit ausdruckslosem Gesicht in sein Glas.

»Haben die wirklich gedacht, du wärst ihr Mörder?«

»Definitiv. Die haben keine Sekunde daran gezweifelt. Das waren die längsten 24 Stunden meines Lebens.«

»Aber angeklagt wurdest du nicht.«

»Nee.«

»Und warum nicht?«

»Ich hatte ein Alibi. Jemand hat mich auf dem Heimweg in der Stadt gesehen. Dazu muss ich noch mal betonen, dass damals noch nicht allzu viele Überwachungskameras herumhingen. Ich hatte also verdammtes Glück, dass es einen Zeugen gab, der meine Version bestätigen konnte.«

»Dann muss derjenige aber absolut sicher gewesen sein, dass du es tatsächlich warst.«

»War er auch. Hätte zwar lieber was anderes ausgesagt, konnte aber nicht anders.«

»Wer war es denn?«

»Angelas Vater.«

»Oh.«

»Der arme Kerl. Ich war auf dem Heimweg durch die Innenstadt. Wie Jugendliche so sind, dachte ich, mir könnte nichts passieren, und bin direkt vor ’nem Bus über die Straße gerannt. Der Fahrer musste ’ne Vollbremsung hinlegen. Dabei ist ein Fahrgast gestürzt und hat sich am Kopf verletzt. Der Typ war zu besoffen, um sich richtig festzuhalten. Trotzdem war Charlie Poole natürlich verantwortlich. Vorschriftsmäßig hat er die Uhrzeit notiert, wann es passiert ist, und da ich nur so weit von ihm entfernt war« – er zeigte mit seinen Händen etwa einen halben Meter an – »und ihm frech, wie ich war, auch noch zugewinkt hab, gab es im Hinblick auf meine Identität keinen Zweifel. Passiert ist das Ganze zwei Minuten vor Mitternacht, und das war exakt ihr Todeszeitpunkt.«

»Du willst mir doch nicht erzählen, dass der Pathologe ihn so genau ermitteln konnte.«

»Dazu war gar kein Pathologe nötig«, erklärte Derwent mit einem verbitterten Lächeln. »Es gab einen Zeugen.«

»Und wen?«

»Stuart Sinclair. Den fetten Stu von nebenan. Geräusche hatten ihn um 23.56 Uhr geweckt, was er so genau wusste, weil sein Funkwecker direkt neben seinem Bett stand. Er hat aus dem Fenster geschaut und erst mal nichts gesehen. Ein paar Minuten später ist er wieder aufgestanden und wollte noch mal kontrollieren, ob auch wirklich alles in Ordnung war. Dabei hat er nebenan eine männliche Person durch das Gartentor und die Straße hinunter gehen sehen. Das war eine Minute nach Mitternacht.«

»Konnte er denjenigen beschreiben?«

»Jep. Mich. Bis hin zur Farbe meines T-Shirts.«

»Aber du konntest es doch gar nicht gewesen sein.«

»Hab ich ja auch gesagt. Und irgendwann mussten sie es dann auch einsehen.«

»Hat Stu denn seine Aussage nicht zurückgezogen?«

Langsames Kopfschütteln.

»Aber er musste doch zugeben, dass sie unsinnig war.«

»Er ist trotzdem dabeigeblieben.«

»Der war wohl kein großer Fan von dir, was?«, merkte ich an.

»Nee. Der stand irgendwie auf Angela, obwohl die ihn wahrscheinlich nicht mal mit dem Hintern angesehen hätte. Mich hat er halt gehasst, weil ich so Scheiße war zu ihm.«

»Der arme Kerl.«

»Ein Volltrottel war das«, ereiferte sich Derwent. »Der

arme Kerl hat immerhin versucht, mir ’nen Mord anzuhängen.«

»Gehe ich recht in der Annahme, dass er nicht verdächtigt wurde?«

»Korrekt. Seine Hände waren zu klein für die Würgemale an ihrem Hals. Meine hätten gepasst, aber ich war ja auch schon um die 1,80 Meter groß. Stu war noch ein Kind. Der hat noch darauf gewartet, dass die Pubertät endlich losgeht.« Er lachte. »Ich glaube, der war sogar Vegetarier, wie Morrissey. Und im Schulchor hat er gesungen. So einer taugt definitiv nicht als Mörder.«

»Okay. Aber bei den Ermittlungen hat er für reichlich Verwirrung gesorgt.«

»Die waren ohnehin eine Katastrophe. Nachdem ich nicht in Frage kam, sind sie nicht mehr allzu weit gekommen. Ich habe mal nachgelesen: Fünf Jahre davor und danach hat es im Großraum London ziemlich viele Todesfälle durch Erwürgen gegeben, allerdings nicht mit diesen charakteristischen Merkmalen.«

»Die Augen.«

»Ja genau.« Er rieb sich das Gesicht. »Wo waren wir stehen geblieben?«

»Wie es kam, dass du vom Sonnyboy zum Tatverdächtigen wurdest, der dann doch entlastet wurde.«

»Zumindest aus Sicht der Polizei. Die Leute haben das ganz anders gesehen. Alle wussten, dass ich ins Visier geraten war und mich jemand in der Nähe des Tatorts gesehen hatte. Sie dachten, die Polizei würde es einfach nicht auf die Reihe kriegen. Unser Haus wurde verwüstet. Eine Gruppe Mädchen hat meine Schwester auf dem Heimweg von der Schule verprügelt, weil sie ihrer Ansicht nach zu sehr zu mir hielt. So lief das. In der Zwischenzeit hatte ich die Karten auf den Tisch angelegt, was den Sex anging, weil sie in Angelas Körper Sperma gefunden hatten und meinten, dass sie nachweisen könnten, dass es von mir stammte. Das hätte zwar wahrscheinlich Wochen gedauert, aber inzwischen hab ich dann mit ihnen auf der ganzen Linie kooperiert. Sie hatten mir gründlich das Rückgrat gebrochen. Also wussten auch alle, was zwischen uns gelaufen war. Meine Eltern waren außer sich und hatten Angst um meine Schwester. Ich kann's ihnen nicht verdenken, was sie dann getan haben.«

»Dich rauszuwerfen?«

Er nickte. »Vinnys Eltern haben mich dann eine Zeitlang bei sich aufgenommen, aber sie hatten nicht genug Platz, und ich wollte ihnen nicht zur Last fallen. Da ich noch keine achtzehn war, hatte ich Anspruch auf staatliche Fürsorge und landete letztendlich in einem Heim.«

»Was bekanntlich nicht gerade kuschelig ist.«

»War okay«, entgegnete er verschlossen, und mir war klar, dass er mir nicht erzählen würde, wie es dort wirklich für ihn gewesen war. Es bedeutete auf jeden Fall, dass es schlimm war. »Ich war ziemlich neben der Spur wegen Angela. Vinny und Claire redeten zwar noch mit mir, aber Shane konnte meinen Anblick nicht mehr ertragen. Als ich versucht habe, ihm zu sagen, wie leid mir das alles tat, musste er doch tatsächlich kotzen – mir direkt vor die Füße. Ich bin daraufhin nicht mehr in die Schule gegangen. Irgendwer hat mir gesagt, in meinem Alter könnte ich schon zum Militär gehen. Das habe ich dann gemacht, ohne groß drüber nachzudenken. Es war mein Ausweg. Als ich zu Hause angerufen habe, um meine Eltern darüber zu informieren, hat mein Vater einfach aufgelegt. Seitdem haben wir keinen Kontakt mehr.« Er leerte sein Glas und schenkte sich gekonnt nach. »Die Armee hat mich aufgenommen und ernährt. Dort hatte ich viele Jahre lang ein Dach über dem Kopf, Kleidung und ein Einkommen. Es war meine Familie. Eigentlich noch besser als meine Familie.«

»Trotzdem hast du ihr den Rücken gekehrt.«

»Ich wusste irgendwann, was ich mit meinem Leben anfangen will. Also bin ich aus der Armee ausgetreten, habe mein Abitur nachgeholt, meine Prüfungen abgelegt, bei der Met angefangen, und den Rest weißt du. Traumkarriere, mit 36 schon Inspector, allgemeines Sexsymbol und Spitzenplatz auf der Beliebtheitsskala.«

»Äh, von wem redest du noch mal gerade?«

Er grinste. »Vorsicht, Kollegin.«

»Hast du ein Foto von ihr?«

»Ja, hab ich.«

»Kann ich es sehen?«

Er zögerte zunächst, wusste allerdings nur allzu gut, dass er an meiner Stelle das Gleiche gefragt hätte. »Bin gleich wieder da.«

Er verschwand im Zimmer nebenan, und ich hörte, wie eine Schublade geöffnet und wieder geschlossen wurde. Er bewahrte es nicht sichtbar auf, was aber ganz sicher nicht daran lag, dass es ihm egal war. Vermutlich verging kein Tag, an dem er nicht an Angela dachte.

Als er wiederkam, reichte er mir ein gerahmtes Bild und blieb neben mir stehen. »Ange, ich, Vinny, Claire. Und das da ist Shane. Seine Freundin hat das Foto gemacht.«

Es war nicht besonders gelungen – leicht unscharf und die Farben trüb. Sie hatten zusammen in irgendeinem Garten gegrillt, im Hintergrund sah man einen nichtssagenden Zaun. Ein unfassbar junger Derwent saß auf einem weißen Gartenstuhl aus Plastik und lehnte sich damit so weit zurück, dass die vorderen Stuhlbeine in der Luft hingen. Er sah unschuldig und vorwitzig aus, und ich starrte ihn eine ganze Weile an und versuchte, das Foto mit Derwents heutiger Version in Einklang zu bringen. Auf seinem Schoß saß ein Mädchen. Sie war hübsch und zierlich und hatte den Kopf gegen seinen gelehnt und die Arme um seinen Hals geschlungen. Vereinnahmend war das Wort, das mir dazu als Erstes in den Sinn kam. Vielleicht auch unsicher. Alle waren scharf auf ihn, und sie hatte ihn bekommen, obwohl er zwei Jahre älter und der Freund ihres Bruders war. Wahrscheinlich konnte sie ihr Glück kaum fassen, was in Bezug auf Derwent ein seltsamer Gedanke war. Ihr Bruder war ein brünetter Typ und ein Schrank von einem Kerl. Er starrte in die Kamera, als wollte er sie herausfordern, ein Bild von ihm aufzunehmen. Auf dem Stuhl neben ihm saß Claire. Sie hatte ein Bein angezogen und hielt sich gerade eine Getränkedose an den Mund, sodass ihr Gesicht kaum zu erkennen war. Sie war sehr schlank, hatte lange Arme und Beine und kurze schwarze Haare, die sie sich hinter die Ohren gestrichen hatte. An einem Arm trug sie etliche breite Armbänder aus Leder und hatte dazu ein Nevermind-Shirt von Nirvana an.

Vinny stand hinter ihnen, mit ausgebreiteten Armen und offenem Mund, als würde er johlen. Er, Shane und Derwent waren nahezu identisch gekleidet – mit Lagenshirt, Baggy-Jeans und Vans-Sneakers. Vinny hatte außerdem den gleichen Haarschnitt wie Derwent.

»Modetechnisch schon ’ne schwierige Zeit, was?«

»Das kannst du laut sagen. Genug gesehen?«

Ich nickte und ließ mir das Foto von ihm wieder aus der Hand nehmen. »Ist das dein einziges?«

»Musst du unbedingt noch eins sehen?«, fragte er genervt, woraufhin ich den Kopf schüttelte. Bei Derwent musste man ein gutes Gespür dafür haben, wann man aufhören sollte zu pokern. Manchmal gelang es mir. Wieder verließ er das Zimmer, und die Schublade öffnete und schloss sich erneut. Alles hatte seinen Platz. In meinem Kopf hallte Godleys Stimme mit einer Formulierung aus Dr. Chens Profil wider: *Er ist detailbesessen und perfektionistisch veranlagt …*

Für den Fall, dass Derwent Gedanken lesen konnte, verbannte ich diese Überlegung jedoch in den hintersten Winkel meines Gehirns. Während er draußen war, stand ich auf und zog meinen Mantel wieder an. Das erzielte den beabsichtigten Effekt.

»Wo willst du denn hin?«

»Es ist spät.«

»Und?«

»Und ich muss morgen zeitig im Büro sein.«

»Du bist mir noch was schuldig. Jetzt bist du dran mit Reden, Maeve.« Er verschränkte die Arme. »Wir haben eine Abmachung.«

»Und ich werde mich auch daran halten.« Ich streifte mir die Tasche über die Schulter. »Hör zu, ich habe die Akte zu den Mordfällen nicht dabei und muss mich selbst erst mal einlesen. Morgen treffe ich mich mit dem DS von Bradbury und höre mir an, was sie herausgefunden haben. Danach kann ich wieder herkommen und dir bis ins Detail berichten.«

Er musterte mich und versuchte offenbar herauszufinden, ob ich das ernst meinte. »Kann ich mich darauf verlassen?«

»Versprochen. Und keine Entführungsspielchen diesmal, ja?«

»Sag mal, glaubst du mir eigentlich?«

»Würde ich sonst freiwillig wiederkommen?«

Natürlich war er clever genug, um zu merken, dass ich

seine Frage nicht beantwortet hatte. Er nickte, als wäre ihm gerade etwas klar geworden.

»Wie kommst du nach Hause?«

»Ich hab's nicht weit«, antwortete ich.

»Wo wohnst du denn?«

»In Dalston«, offenbarte ich ihm.

»Wirklich? Wieso weiß ich das denn nicht?«

»Ich behalte das normalerweise für mich.«

»Und was verschweigst du sonst noch so?«

Bestimmt weniger als du, dachte ich. Er hatte mir längst nicht alles erzählt. Nicht einmal ansatzweise.

Er ging vor mir die Treppe hinunter und nahm seinen Mantel vom Haken. Zwei Stufen vor dem letzten Absatz blieb ich stehen.

»Was soll das jetzt werden?«

»Wie kommst du denn nach Hause?«

»Ich nehm ein Taxi. Hier ist doch ein Standplatz ganz in der Nähe, oder? Hab ich auf der Hinfahrt gesehen.«

Er zog seinen Mantel an. »Genau. Ich bringe dich hin.«

»Aber das ist absolut nicht nötig.«

»Verdammt noch mal, Maeve. Hast du mir auch nur *einen Moment* zugehört?«

»Ich brauche ganz sicher keinen Beschützer.«

»Doch, brauchst du.« Er kam auf mich zu, und der kleine Korridor fühlte sich auf einmal bedrückend eng an. »Hältst du dich für unangreifbar oder was, nur weil du Polizistin bist? Was würdest du machen, wenn dich jemand – ein Mann – attackiert? Dich mit ihm prügeln?«

»Ich habe eine Kampfausbildung absolviert.«

»Hat dir heute Abend aber nicht allzu viel geholfen.« Er trat einen weiteren Schritt auf mich zu, und ich konnte nur mit größter Mühe dem Drang widerstehen, auf der Treppe zurück nach oben zu fliehen. »Genau aus diesem

Grund hasse ich diesen ganzen feministischen Scheiß. Ihr seid kein bisschen gleichberechtigt und unabhängig. Sobald ihr das Haus verlasst, seid ihr leichte Beute. Schlicht und ergreifend.«

»Du übertreibst.«

»Mir doch egal.« Er hatte sich zwischen mir und der Tür aufgebaut. Sein Gesicht wurde milder. »Hör zu, Maeve, ich kann nicht anders.«

»Ich bin aber nicht Angela.«

»Das weiß ich.«

»Du bist nicht schuld an dem, was ihr zugestoßen ist.«

»Das sehe ich anders.«

»Jemand hat sie umgebracht. *Nicht du.* Jemand hat beschlossen, ihrem Leben ein Ende zu setzen, aber dafür trägt der Täter die Verantwortung.« Ich argumentierte gegen eine zwei Jahrzehnte alte Konditionierung an und konnte an seinem Gesicht ablesen, dass es sinnlos war. Ich seufzte. »Also gut. Dann bring mich halt zum Taxistand.«

»Na endlich.« Erleichtert ging er zur Tür. »Ich dachte schon, ich muss dir hinterhergehen.«

»Wie du das sagst, klingt es fast, als wäre das was ganz Normales.« Ich sah seinen Gesichtsausdruck. »Sag nicht, dass du Frauen heimlich nachschleichst.«

»Wenn es spät ist und sie allein unterwegs sind. Nur damit sie in Sicherheit sind.«

»Du lieber Himmel!« Ich folgte ihm nach draußen. »Echt jetzt.«

Er schloss die Tür hinter mir ab und wirkte dabei kein bisschen verlegen.

»Na und? Meistens kriegen sie es ja nicht mal mit.«

Kapitel 15

Bis zu meiner Wohnung war es nur eine kurze Fahrt, aber sie kam mir endlos vor. Der Fahrer war zutiefst beleidigt gewesen, als Derwent seinen Namen abfragte, die Lizenz kontrollierte und sich wichtigtuerisch auch noch die Wagennummer notierte. Wütend saß ich im Fond, während Derwent ihm einen Vortrag über Reifenwartung hielt und ihn ins Kreuzverhör nahm, ob er sein Auto auch regelmäßig technisch überprüfen ließ. Als der Fahrer dann endlich wieder einsteigen durfte, war seine Laune identisch mit meiner. Während er rasant beschleunigte, um von Derwent wegzukommen, drehte er das Radio laut auf, und ich musste mich den gesamten Weg über mit indischer Bhangra-Musik beschallen lassen. Trotz seiner mürrischen Art und der Musik gab ich ihm reichlich Trinkgeld und musste mir zum Dank eine beleidigte Tirade in nur halb verständlichem Englisch anhören, dass er ein guter und vertrauenswürdiger Fahrer sei und ja selbst auch Töchter hätte.

Irgendwann fuhr das Taxi endlich ab, und in der Straße wurde es wieder still, nachdem das Motorengeräusch in der Ferne verklungen war. Nirgends war noch jemand unterwegs, und in unserem Haus hörte man keinerlei Geräusche, als ich die Treppe hinaufstieg. Jetzt spürte ich erst richtig, unter welcher Anspannung ich den ganzen Tag gestanden hatte und wie erschöpft ich war. Ich wollte eigentlich nur noch schlafen, musste aber vorher noch einen Blick in Angela Pooles Akte werfen, solange Derwents Schilderung der Ereignisse in meinem Gedächtnis noch frisch war. Ich fühlte mich vollkommen ausgelaugt. Der heutige Tag hatte mich sämtliche verfügbaren Kräfte und mehr gekostet. Vom Alkohol auf leeren Magen hatte ich Kopfschmerzen und Sodbrennen. Ich brauchte dringend etwas zu essen und Koffein. Eine Stunde gestattete ich mir für das Aktenstudium, mehr nicht. Vier Stunden Schlaf waren das absolute Minimum. Danach musste ich wieder ins Büro und Godley und Una Burt gegenübertreten. Möglicherweise galt es, Derwent zu verteidigen, falls ich die Nerven dazu hatte und es hinbekam, ohne unsere Begegnung zu offenbaren. Eins hatte mir dieses nächtliche Abenteuer gezeigt: dass er genauso neben der Spur war, wie ich immer vermutet hatte. Aber für einen Mörder hielt ich ihn nicht.

Wahrscheinlich.

Obwohl ich durch das Treppensteigen außer Atem war, blieb ich auf dem Absatz vor meiner Wohnung nicht deshalb so abrupt stehen, weil ich hätte Luft holen müssen. An der Tür lehnte ein großer Strauß roter Rosen, gekonnt gebunden und mit einem kleinen Wasservorrat in der Plastikfolie versehen, damit sie bis zu meiner Rückkehr frisch blieben.

Es war ausgesprochen traurig, dass meine erste Reaktion darauf Angst war. Danach folgte Zorn. *Nicht schon wieder.* Bei Blumen vor der Tür musste ich schlagartig an Chris Swain denken. Das war genau die Sorte von Romantik, von der er wusste, dass sie mich erschrecken würde.

Ich zog die blauen Latexhandschuhe an, die ich in meiner Tasche hatte, und näherte mich zaghaft den Blumen, als ob sich darin ein ausgewachsenes Raubtier verbärge. An der Folie klebte ein kleiner weißer Briefumschlag, den ich vorsichtig öffnete, um das Klebeband zu erhalten. Die Spurensicherung liebte Klebeband. Es eignete sich hervorragend, um Spuren und Fingerabdrücke zu gewinnen und einen Täter endgültig zu überführen, wenn man ihn erst einmal gefasst hatte. Der Umschlag war nicht zugeklebt. Vorsichtig zog ich die Karte heraus und versuchte, sie so wenig wie möglich zu berühren. Es war eine hastig mit Kugelschreiber gekritzelte Nachricht. Da ich die Handschrift nicht kannte, waren die Worte vermutlich am Telefon der Floristin diktiert worden, die den Strauß gebunden hatte.

»Ich werd dich vermissen. Sei brav, während ich weg bin. In Liebe, Rob.«

Vor lauter Erleichterung war ich schlagartig gereizt. »Sei brav«? Solche Vorschriften waren ganz und gar untypisch für ihn. Und Blumen nach Hause zu schicken verstieß gegen die Sicherheitsvorschriften, vor allem wenn sie namentlich an mich adressiert waren. Ich hob den Strauß auf und roch an der erstbesten Blüte. Obwohl sie eindeutig auf Aussehen und nicht auf Duft gezüchtet waren, verströmten sie dennoch einen leicht süßlichen Hauch, und mein Ärger verflog auf einen Schlag. Er vermisste mich, und mir fehlte er auch. Wahrscheinlich hatte er geahnt, dass es ein komisches Gefühl sein würde, in die leere Wohnung zu kommen. Lächelnd nahm ich die Blumen daher mit hinein, befreite sie aus der Folie und steckte sie in eine Vase, ohne den bastähnlichen Bindfaden zu lösen, der sie zusammenhielt. Gut, dass er eine Variante ausgewählt hatte, mit der ich nicht viel Aufwand hatte, da ich nicht der Typ dafür war, die Blumen stundenlang zurechtzuzupfen. Was er natürlich wusste.

Ich machte mir einen Toast und einen Kaffee und stellte mir den Handywecker auf 3.30 Uhr, um dann auch wirklich schlafen zu gehen. Im Schlafanzug ließ ich mich mit der Akte auf dem Sofa nieder und breitete deren Inhalt vor mir auf dem Tisch aus. Dann schaltete ich die Nachrichten an, um mich auf den neuesten Stand zu bringen. Wir liefen nach wie vor als Spitzenmeldung. Videomaterial war aufgetaucht, in dem Anna Melville an Prinzessin Anne einen Strauß Blumen überreicht. Es war merkwürdig und beunruhigend, ein Opfer in jüngeren Jahren zu sehen, wie es sich bewegte und lächelte. Godley gelang es in seiner Pressekonferenz wieder einmal, sich souverän und makellos wie ein Filmstar zu präsentieren. Und natürlich hatten sie sich begeistert auf die Bezeichnung Gentleman-Mörder gestürzt. Nach dem Bericht folgte die Presseschau – selbstverständlich diente der Fall auch in sämtlichen Zeitungen als Aufmacher. Wir waren nicht sicher, ob die mediale Aufmerksamkeit unseren Täter zusätzlich animierte oder eher abschreckte, aber wir konnten ohnehin nichts dagegen tun.

Die zweite Meldung nach dem Mord an Anna Melville galt einer Demonstration der Väterrechtler von *Dads Matter* in Liverpool, bei der ein Polizeibeamter am Kopf verletzt worden war und eine Gehirnerschütterung erlitten hatte. Philip Pace gab dazu eine aalglatte Erklärung ab, in der es ihm tatsächlich gelang, keine Entschuldigung auszusprechen und stattdessen anzudeuten, dass der Polizist selbst schuld gewesen sei. Um nicht noch mehr davon hören zu müssen, schaltete ich den Fernseher aus und wandte mich der Akte zu.

Ganz oben lag das Formular MG5, in dem der Fall durch den Officer in Charge (kurz OIC), also den zuständigen Sachbearbeiter, kompakt zusammengefasst wurde. Sein Name war Lionel Orpen. Diese Seiten legte ich erst einmal beiseite und suchte mir die Zeugenaussagen heraus. Stuart Sinclair hieß der fette Stu offensichtlich mit vollem Namen. Seine Aussage stimmte auf den ersten Blick mit

Derwents Bericht überein, und die Zeitangaben entlasteten Derwent. Die Aussage von Charles Poole stellte Derwents Alibi dar. In Josh Derwents eigener Aussage fand ich exakt die Darstellung wieder, die er mir gegenüber abgegeben hatte, nur in Amtssprache formuliert. »Ich sah das Opfer zuletzt um 23.39 Uhr in der AUDERLY Road, wo es in Richtung KIMLETT Road unterwegs war.« Und dann für immer aus seinem Leben verschwand. Orpheus und Eurydike von Bromley. Es handelte sich um die Aussage, die nach stundenlangen Vernehmungen zustande gekommen war, nachdem sämtliche Mutmaßungen, Unterstellungen und wiederholt gestellten Fragen die Wahrheit ans Licht befördert hatten. Der Text war emotions- und kommentarlos verfasst worden, und ich war froh, dass ich zuerst Derwents Version gehört hatte. Aus jeder einzelnen Zeile der Geschichte konnte man seine Erschöpfung herauslesen. Von einem gebrochenen Rückgrat hatte er gesprochen. Und beim Militär hatte er sich wieder aufgerichtet, in einem Umfeld, in dem gnadenlose Intoleranz gegenüber jeglichem Anderssein vorherrschte – ob im Hinblick auf Nationalität, Sexualität oder Geschlecht. Und ich wunderte mich, dass er so ein Vollidiot war.

Ich legte die übrigen Zeugenaussagen auf einen Stapel und fand schließlich, wonach ich eigentlich gesucht hatte: den Bericht der Spurensicherung vom Tatort und einen Stapel neuerer Farbkopien der Originalfotos, die über die Jahre recht gut erhalten waren. Ein Haus, aufgenommen von der gegenüberliegenden Straßenseite: eine kleine Doppelhaushälfte aus den Dreißigerjahren, mit quadratischem Grundriss wie aus einer Kinderzeichnung. Über der Eingangstür gab es zwei Fenster und im Erdgeschoss einen Erker. Den konnte man durch das Tor sehen, das die Hecke unterbrach. Diese Hecke war, wie von Derwent beschrieben, gut und gern drei Meter hoch. Sie sah zudem sehr dicht aus und wucherte über die Grundstücksmauer. Dann – aus größerer Nähe – ein Foto vom Weg zur Haustür. Der Fotograf hatte sich systematisch einmal um das gesamte Haus bewegt und war dabei der Spur gefolgt, die sich im Gras fand, das praktischerweise lange nicht gemäht worden. Sie zeigte an, wo Angela bis zu ihrem Tod entlanggeschleift worden war. Auf der rechten Seite des Vorgartens, an der Hecke, die das Grundstück der Sinclairs von dem der Nachbarn trennte, stand eine kleine Buche. Darunter befand sich eine kleine Rabatte mit winzigen weißen Blumen auf zarten Stängeln. Und inmitten dieser Blumen, unter dem Baum, lag Angela Poole – bekleidet mit einem Jeansminirock und einem tief ausgeschnittenen ärmellosen Oberteil. Ihr Haar lag wirr im Gras, blonde Locken glänzten im Schein des Blitzlichts. Ihre blassrosa Strickjacke lag zusammengeknüllt daneben. Ihre Beine waren gespreizt, was allerdings eher zufällig aussah als nach einem gezielten Zur-Schau-Stellen. Bewusst entfernt wurden hingegen die Augen. Herausgerissen, dachte ich und starrte die gallertartige Masse an, die neben ihrem Kopf statt auf den Handflächen platziert worden war. Kein Messer. Er hatte improvisiert.

Der Fotograf hatte noch einige Nahaufnahmen von Angelas Gesicht beigefügt. Ich hatte ja keinerlei persönlichen Bezug zu ihr und bisher nur ein Bild von ihr gesehen und Derwents detailreiche Beschreibung ihrer unfassbaren Perfektion – beides brachte sie mir als Mensch jedoch nicht wirklich näher. Doch die erkennbaren Spuren der Gewalt hatten etwas unsagbar Grauenhaftes an sich: die violetten Male an ihrem Hals, die roten Flecken auf ihrer Haut, die von geplatzten Blutgefäßen infolge ihrer Atemnot herrührten. Die Zähne in ihrem offenen Mund leuchteten weiß. Ihre Lippen waren wund, wobei ich jedoch an das stundenlange Küssen von Jugendlichen denken musste und mich an meine eigenen prickelnden Lippen erinnerte, als ich mich nachts mit einem Dauerlächeln im Gesicht ins Haus schlich, nachdem ich mit 15 in der Krystal-Disco etwas mit Brian O'Neill angefangen hatte. Durch die fehlenden Augen wirkten ihre Lider seltsam runzelig und eingefallen. An den Wimpern klebte noch Mascara. Wie gern hätte ich jetzt auch die Tatortfotos von Kirsty, Maxine und Anna hier gehabt, um sie direkt zu vergleichen. Aber ich wusste auch so, was ich da sehen würde. Es gab Unterschiede. So hatte er seine Tat zum Beispiel drinnen begangen und nicht unter freiem Himmel. Er hatte sich seit diesem Mord weiterentwickelt und gab seinen Verbrechen mit den Kerzen, den verwelkten Blumen und dem weißen Laken unter der Leiche nun eine ganz eigene Note. Aber Derwent hatte schon Recht. Das hier war der Anfang. Und es war dringend nötig, dass sich jemand den Mord an Angela Poole noch einmal näher ansah.

Bei den nächsten Bildern zuckte ich zusammen, denn darauf schaute mir der siebzehnjährige Derwent entgegen – mit makelloser Haut und jugendlich straffen Gesichtszügen. Seine Haare sahen unglaublich albern aus, sie hingen ihm auf beiden Seiten wie Vorhänge tief in die Stirn. Überhaupt nicht erwähnt hatte er auch die Doppellinie, die er sich in eine Augenbraue rasiert hatte.

»Vanilla Ice lässt grüßen«, murmelte ich grinsend vor mich hin. Bei passender Gelegenheit würde ich ihn damit ein bisschen aufziehen, nahm ich mir vor.

Auf dem ersten Bild starrte er in die Kamera, als hätte jemand eine Waffe auf ihn gerichtet. Sein Blick war wütend und misstrauisch und mutete verunsichert und zugleich gefährlich an wie bei einem in die Enge getriebenen Tier. Die Haut rings um die Augen war verquollen, als hätte er geweint. Auf dem nächsten Bild war der Fotograf ganz nah an eine Schramme auf seiner Wange herangegangen, und ich erinnerte mich an seine Bemerkung, dass er hart mit dem Gesicht aufgekommen war. Eine andere Aufnahme zeigte seinen Hals mit einem gelblichen Fleck unter einem Ohr – ein älterer, schon fast abgeheilter Knutschfleck. Auf dem nächsten Foto sah man seinen Rücken mit ein paar langgezogenen, tiefen Kratzern auf seiner braun gebrannten Haut. Es war klar, worauf sie damit hinauswollten. Manchmal war es nicht leicht zu unterscheiden, ob Verletzungen vom Liebesspiel stammten oder durch das Opfer verursacht worden waren. In Derwents Version gab es für jede dieser Blessuren eine plausible Erklärung. Fast hatte es den Anschein, als hätte er seine Schilderung der Ereignisse genau darauf zugeschnitten.

Oder es war schlicht die Wahrheit. Das war natürlich ebenso möglich.

Das nächste Bild war eine A4-Vergrößerung der lebenden Angela. Ungeschminkt und sehr hübsch posierte sie in Schuluniform vor der Kamera, als könnte sie kein Wässerchen trüben. Unschuldig und jungfräulich. Und der Jungfräulichkeit überdrüssig, wie ich erfahren hatte. Vorausgesetzt, der Sex hatte tatsächlich einvernehmlich stattgefunden, wobei bisher nichts auf das Gegenteil hindeutete. Ich sah noch kurz die restlichen Fotos durch: Beweisstücke wie etwa Derwents Rucksack, die unbenutzten Kondome, die auf einem Tisch ausgebreitete Strickjacke mit der Nahaufnahme eines Ärmels, der einen Riss hatte. Darüber hinaus fand ich eine Liste mit Gegenständen, die in Derwents Elternhaus beschlagnahmt worden waren: der Rucksack samt Inhalt, Notizen des Opfers, eine vom Opfer aufgenommene Tonkassette, Fotos … die komplette Vergangenheit ihrer Beziehung; alles, was sie berührt hatte. Damit nahmen sie ihm Angela noch ein zweites Mal. Anhand von kopierten Seiten aus ihrem Tagebuch war erkennbar, dass sie sich ganz typisch für ein Mädchen ihres Alters verhalten hatte. Sie hatte viel über Derwent aufgeschrieben, zumeist in einem Code, der denkbar leicht zu entschlüsseln war. Sie äußerte sich sehr begeistert über das, was zwischen den beiden lief, wie ich feststellte.

Besonders dankbar war ich auch für einen Lageplan; ich blätterte zu Derwents Aussage zurück, um seinen und Angelas Weg genau nachzuvollziehen. Wenn ich Zeit dazu hatte, wollte ich beides am nächsten Tag abgleichen, um zu sehen, bis wohin sie zusammen gegangen waren und wo sich ihre Wege getrennt hatten.

Noch aufschlussreicher war allerdings der Grundriss vom Haus der Derwents sowie des Nachbarhauses, in dem Stuart Sinclairs Zimmer markiert war. Ich warf noch einmal einen Blick auf die Fotos mit der Seitenansicht des Hauses und der Hecke und versuchte mir vorzustellen, was Stuart Sinclair gesehen haben konnte. Ich würde hinfahren und mir vor Ort eine Hecke so hoch wie im Sommer 1992 vorstellen müssen. Sicher konnte es auch nicht schaden zu überprüfen, ob die Pooles noch immer dort wohnten. Behelligen wollte ich sie allerdings nur, wenn es unbedingt sein musste.

Um mir den Obduktionsbericht im Detail durchzulesen, war ich einfach zu müde, aber das Wesentliche nahm ich natürlich zur Kenntnis: Tod durch Erwürgen. Die Augen waren vor ihrem Tod entfernt worden. Bei dieser Information hielt ich kurz inne. Ihr Vaginalbereich war wund, und an der vorderen Scheidenwand befand sich etwas Blut. Außerdem wurde Sperma in ihrem Körper und auf ihrer Unterwäsche gefunden, wobei die Unterwäsche jedoch ansonsten ganz und gar unauffällig war. Der Rechtsmediziner war der Ansicht, dass diese Intimverletzungen durchaus von den einvernehmlichen sexuellen Handlungen stammen konnten – wie üblich ging diese Aussage allerdings einher mit einer ordentlichen Portion Relativierungen.

Mir fielen die Augen zu. Die letzten Seiten ging ich nur ganz flüchtig durch, um wenigstens zu wissen, was ich da überblätterte. Zum Beispiel einen Bericht über die Spuren unter den Fingernägeln des Opfers, die Aussage des gestürzten Busfahrgastes, die Aussage von Shane Poole und seiner Mutter, wann sie Angela zum letzten Mal gesehen hatten. Dazu die Aussage von Derwents Mutter, die ganz früh am nächsten Morgen seine Sachen gewaschen hatte. Es sei eine feste Gewohnheit von ihr gewesen, die Waschmaschine schon vor dem Frühstück in Gang zu setzen, hatte sie erklärt, wobei aus jeder Zeile Empörung sprach. Er hatte sie nicht darum gebeten, sondern sie hatte wie üblich seine Sachen vom Fußboden seines Zimmers aufgelesen.

Es warf natürlich ein schlechtes Licht auf ihn, dass sie seine Kleidung gewaschen hatte, obwohl daran nichts nachzuweisen war und er ein wasserdichtes Alibi hatte. Das konstatierte Lionel Orpen zumindest in seiner Zusammenfassung und listete zugleich die zahlreichen Versuche auf, mit denen man Derwent eine Schuld hatte nachweisen wollen, was jedoch nicht gelungen war. Natürlich hatte man auch nach anderen Verdächtigen Ausschau gehalten. Sexualstraftätern. Mördern mit Freigang. Männern, die nach Angaben der örtlichen Prostituierten beim Sex auf Erstickungsspielchen standen. Sie hatten einiges unternommen, um den Täter zu finden, jedoch ohne Erfolg.

Mein Telefon meldete sich und spielte die muntere kleine Weckmelodie, derentwegen ich es morgens oft am liebsten an die Wand werfen würde. Ich ging meine Nachrichten durch, erkannte einige der Absender und hätte am liebsten noch das ein oder andere gelesen. Aber ich war mit meinen Kräften völlig am Ende, und morgen war ein wichtiger Tag. Daher schob ich alles zurück in die Aktenmappe und begab mich in mein kaltes, leeres Bett. Glücklicherweise war ich viel zu müde, um noch über das Alleinsein nachzudenken.

Trotz des aufwühlenden Abends – oder gerade deswegen – schlief ich wie ein Stein.

Samstag

Kapitel 16

»Der Mörder sieht seine Opfer nicht als menschliche Wesen an. Ihre Rolle besteht aus seiner Sicht darin, Teil eines von ihm geschaffenen Szenarios zu sein, das für ihn von persönlicher Relevanz ist. Dabei handelt es sich um eine Erinnerung oder Fantasie, die er zum Leben erwecken will.« Dr. Chen saß mit elegant übergeschlagenen Beinen und im Schoß gefalteten Händen in Godleys Büro. Da sie eine leise Stimme hatte, beugten wir – Godley, Una Burt und ich – uns allesamt ein Stück nach vorn, um nichts zu verpassen. Dadurch entstand im Raum eine seltsam intime Atmosphäre, als lauschten wir Weissagungen über unsere Zukunft statt einer wissenschaftlichen Analyse über die mutmaßliche Herkunft und Identität eines Kriminellen. Normalerweise würde sie darüber in einer größeren Runde referieren, aber durch Godleys Strategie, den auf Derwent abzielenden Ermittlungsansatz geheim zu halten, waren wir insgesamt lediglich zu viert.

»Ist es denkbar, dass es um eine Sache geht, die er selbst erlebt hat? Oder könnte es etwas sein, was er irgendwo gesehen hat? Auf einem Foto oder in einem Film beispielsweise?« Una Burt bemühte sich krampfhaft, Derwent mit dem Profil in Einklang zu bringen, selbst wenn sie nicht an der Zeitschraube drehen konnte, damit er im Mordfall Angela Poole doch noch als Verdächtiger durchging.

»Könnte durchaus sein. Dann müsste es für ihn jedoch von enormer Bedeutung sein. Es geht um eine Erfahrung, die ihn von Grund auf geprägt hat. Diese möchte er noch einmal erleben oder wieder erzeugen.« Dr. Chen trug wie üblich roten Lippenstift sowie eine kirschrote Strickjacke über einem weißen Oberteil und sah damit auf makellose Weise adrett aus. »Sie können natürlich nach Ähnlichkeiten zwischen den Frauen suchen, es ist aber auch gut möglich, dass sie nichts weiter verbindet als die Tatsache, dass er sie dazu gebracht hat, ihm zu vertrauen.«

»Und wenn er sich als Polizist ausgibt?«, fragte ich. Betonung auf *ausgibt*.

»Das könnte sein. Es würde auch dazu passen, wie er sich nach außen hin zeigt. Vertrauenswürdig, aber imstande, ihr Verhalten zu steuern. Interessant finde ich, dass ihn offenbar keine der Frauen gegenüber ihren Freunden oder Angehörigen erwähnt hat. Es ist ihm gelungen, sie zu überzeugen, den Kontakt zu ihm geheim zu halten. Oder sie wollten aus anderen Gründen nicht über ihn sprechen. Möglicherweise weil sie sich geschämt haben oder weil sie ihn als potenziellen Liebespartner nicht verschrecken wollten.«

»Sie haben alle auf ihr persönliches Happy End gewartet. Nur dass es leider anders ausgegangen ist.« Godley schüttelte den Kopf.

»In keinem der Fälle ist es zu sexuellen Übergriffen gekommen. Ist das von Belang?«, erkundigte sich Una Burt.

»Ja, ich denke schon. Es gibt hier durchaus eine sexuelle Komponente, selbst wenn keine sexuelle Gewalt vorliegt. Das Erwürgen kann für Mörder dieses Typs außerordentlich erregend sein.«

»Wäre einer Freundin oder Partnerin so etwas bewusst?«, wollte ich wissen. »Speziell die Sache mit dem Würgen?«

»Unter Umständen. Allerdings kann es sein, dass er zu normalen sexuellen Kontakten gar nicht in der Lage ist. Denkbar ist jedoch auch, dass er durchaus mittelfristige Beziehungen mit Frauen pflegt, die auch ein intaktes Sexualleben beinhalten. Höchstwahrscheinlich nutzt er zusätzlich noch pornografisches Material oder besucht Prostituierte, um seine weniger alltäglichen Bedürfnisse zu befriedigen.«

»Er könnte also impotent, pervers, pornosüchtig oder normal sein.« *Was die Sache für uns jetzt nicht direkt eingrenzt.*

Dr. Chen verstand meine Anspielung und wurde rot. »Mörder haben bestimmte Gemeinsamkeiten, und wir können bei diesem nur spekulieren. Wenn Sie ihn finden, werden Sie einige Aspekte dieses Profils bestätigt finden und andere weniger. Es soll lediglich dazu dienen, einige Verdächtige auszuschließen. Mit einem Profil allein fasst man keinen Mörder, egal, wie präzise es ist.«

Deshalb beschäftigt die Polizei ja auch immer noch Ermittler, statt die Suche komplett den Psychologen zu überlassen.

»Das Würgen ist für ihn also erregend, aber es gelingt ihm, sich zu beherrschen und sich nicht an ihnen zu vergehen«, erklärte Una Burt. »Vermutlich kennt er sich zu gut in der Forensik aus, um das zu riskieren.«

»Es ist mit großer Wahrscheinlichkeit davon auszugehen, dass er nach dem Herrichten der Leiche masturbiert. Gut möglich, dass er sie auch fotografiert, um jederzeit gedanklich zu dem Szenario zurückkehren zu können, wenn ihm danach ist.«

»Aber er hat den Tatort so penibel gereinigt, dass die Spurensicherung keine Chance hatte.« Una Burt notierte sich etwas. »Beim nächsten Fall werden wir das bedenken.«

»Una«, sagte Godley missbilligend.

»Aber wir haben garantiert mit einem weiteren Mord

zu rechnen. Er wird doch jetzt nicht aufhören.« Sie blätterte um. »Es sei denn, er bekommt es mit der Angst zu tun und setzt sich ab. Aber ich bin mir sicher, dass der nächste Fall nicht mehr lange auf sich warten lässt.«

Godley ging nicht darauf ein und wandte sich wieder Dr. Chen zu. »Was hat es mit den Inszenierungen auf sich? Die weiße Kleidung, die Blumen, die Kerzen?«

»Diese Opfer wurden auf eine ganz charakteristische Art und Weise hinterlassen, die jedoch nicht schockieren soll. Viele Mörder demütigen ihre Opfer, indem sie gezielt Genitalien und Brüste entblößen.«

»Hier ist wohl eher das Gegenteil der Fall«, merkte ich an und dachte an Maxine, die vom Hals bis zu den Knien in ein Laken gewickelt war.

»Ja. In seiner Fantasie spielt Reinheit eine große Rolle. Die Leichen sind immer sauber. Blut findet sich nirgends. Und die abgeschnittenen Haare räumt er weg.«

»Und wie lässt sich die Verstümmelung erklären?«, fragte ich. »Das ist ja, abgesehen von der Tötung, die einzige Verletzung, die er ihnen zufügt. Warum tut er das?«

»Das ist in der Tat interessant«, antwortete Dr. Chen. »Es erfolgt post mortem, was bedeutet, dass er sie damit nicht foltern will. Die Viktorianer glaubten zum Beispiel, dass das Letzte, was ein Mensch vor seinem Tod sieht, sich dauerhaft auf dessen Netzhaut einbrennen würde. In diesem Fall wäre es der Mörder. Sie haben das sehr ernst genommen und versucht, die Augen eines Opfers von Jack the Ripper zu fotografieren. Das fiel mir sofort ein, als ich von den Augen erfahren habe.«

»Bitte erwähnen Sie Jack the Ripper nicht im Zusammenhang mit diesen Verbrechen«, gebot Godley. »Ein Serienmörder in London mit einem Opfer in Whitechapel – das weckt von ganz allein morbide Fantasien.«

Dr. Chens Mund zog sich zu einer schmalen Linie zusammen. Sie schätzte es gar nicht, wenn sie zurechtgewiesen wurde. Hastig schob ich daher meine nächste Frage nach: »Wie deuten Sie die Sache mit den Haaren?«

»Traditionell wird das Abschneiden der Haare als Strafe gedeutet. Möglicherweise verleitet er sie zu Handlungen, die in seinen Augen ungehörig sind – möglicherweise bieten sie Sex an, um ihn zu beruhigen, was jedoch bei ihm genau das Gegenteil bewirkt. Anschließend schneidet er ihnen als Buße für ihre Sünden die Haare ab. Oder er tut dies, wenn sie tot sind.«

»Sie sehen dadurch aus wie Mannequins. Geradezu entmenschlicht.« Una Burt tippte sich mit dem Stift gegen die Zähne. »Oder er will ihnen damit alles Weibliche nehmen.«

»Sie wirken auch viel jünger«, warf ich ein. »Alle sind sie recht klein und sehr schlank. Anna sah fast aus wie ein Kind.«

Dr. Chen schaute auf die Uhr. »Es tut mir leid, wenn ich hier abbreche, aber ich muss gehen.«

»Natürlich.« Godley stand auf. »Gibt es sonst noch etwas, was wir wissen sollten?«

»Chief Inspector Burt hat Recht. Er wird weitermorden, solange er sich in Sicherheit wiegt. Er geht nicht gern Risiken ein. Im Moment ist er ganz klar im Vorteil. Wenn Sie dafür sorgen können, dass sich daran etwas ändert, dann werden Sie vielleicht feststellen, dass er aufhört oder anderswo weitermacht. Falls er seine Aktivitäten in London einstellen sollte, wäre es sicher sinnvoll, ein Auge auf Mordfälle in anderen Teilen Großbritanniens zu werfen oder sogar Europa und die USA einzubeziehen.«

»Dazu wird es nicht kommen«, sagt Godley. »Bevor er woanders aktiv wird, erwischen wir ihn.«

Das wird nicht klappen, wenn ihr euch nur auf Josh Derwent konzentriert, dachte ich.

Galant begleitete Godley Dr. Chen zur Tür. Ich ging hinüber zur Pinnwand und betrachtete die Bilder der drei Toten, die Godley dort aufgehängt hatte.

»Sie sehen müde aus«, sagte Una Burt.

»Bin ich auch. War 'ne kurze Nacht.«

»Sie haben sicher die Akte von Angela Poole gelesen. Was denken Sie darüber?«

Ich zuckte mit den Schultern. »Ich weiß nicht genau.«

»Glauben Sie, sie ist relevant für den aktuellen Fall?«

Ich öffnete den Mund, um Ja zu sagen, überlegte es mir jedoch im letzten Moment anders. »Ich weiß es nicht. Vielleicht ist es auch ein völliger Irrweg.«

»Wie kommen Sie darauf?«

»Es gibt so viele Unterschiede. Angela wurde im Freien getötet. Diese Frauen in ihren Wohnungen. Unsere Opfer sind über zwanzig, Angela war fünfzehn. Sie wurden nicht auf der Erde liegend, sondern in ihrem Bett aufgefunden. Sie trug nichts Weißes, und die Haare wurden ihr auch nicht abgeschnitten. Jemand ist ihr gefolgt und hat sie umgebracht – das hatte nicht viel mit Planung oder Ritual zu tun wie bei den aktuellen Fällen. Dazwischen liegen zwanzig Jahre ohne weitere Morde. Ich halte es für unwahrscheinlich, dass wir es mit ein und demselben Täter zu tun haben. Das passt alles überhaupt nicht zusammen.« Ich rieb mir die Augen und fühlte mich plötzlich sehr erschöpft. »Derwent ist besessen von Angela und sieht Zusammenhänge zu jedem Fall, in dem eine Frau erwürgt wurde. Er zieht zwanghaft Parallelen, und Sie lassen sich davon anstecken. Plausibler wird es so aber auch nicht.«

»Und was ist mit den Augen?«

»Was soll damit sein? Sie haben doch eben gehört, was Dr. Chen gesagt hat. Vielleicht ist der Mörder abergläubisch. Auf jeden Fall wurden Angelas Augen entfernt, als sie noch lebte, und dann neben ihr platziert. Bei den drei Opfern in unserem Fall wurden sie nach dem Tod herausgeholt und ihnen in die Hände gelegt. Das ist ein Freimaurer-Symbol – das Auge auf dem Handteller. Vielleicht müssen wir ja nach einem Freimaurer suchen.«

»Vielleicht sollten wir das tatsächlich.« Godley war hinter mir wieder hereingekommen, während ich redete. Mit verschränkten Armen lehnte er im Türrahmen. »Sie finden also, dass wir voreingenommen sind, Maeve.«

»Genau. Und außerdem finde ich, dass Sie gegenüber Derwent nicht fair sind, wenn Sie bei ihm den Eindruck erwecken, dass es einen Zusammenhang gibt. Er ist völlig außer sich deswegen. Nehme ich zumindest an«, fügte ich hastig hinzu. *Denn ich habe ihn ja gar nicht mehr gesehen, seit Sie mir den Kontakt untersagt haben.*

»Was meinen Sie, Una?«, erkundigte sich Godley.

»Ich sehe das anders.« Sie sah mich unwillig an. »Sie versuchen doch die ganze Zeit, die Fakten für Ihre Theorie passend zu machen, dass er unschuldig ist. Das finde ich genauso falsch.«

»Wenn es denn Fakten gäbe, würde das vielleicht zutreffen.«

Sie sah mich entrüstet an. Ich rief mir ins Gedächtnis, dass ich es mit einer Vorgesetzten zu tun hatte, und schlug einen gemäßigteren Ton an. »Falls Sie Recht haben und es eine Verbindung zwischen diesen Mordfällen und Angela Pooles Tod gibt, warum gehen Sie dann davon aus, dass Derwent dafür verantwortlich ist? Angelas Mörder wurde schließlich nie gefasst.«

»Angelas Mörder ist vermutlich tot. Wir suchen nach

jemandem, der sein ganzes Leben lang nicht über sie hinweggekommen ist.«

»Meiner Ansicht nach grenzen Sie die Suche viel zu früh ein.«

Sie schlug mit der flachen Hand auf den Tisch. »Sie setzen sich hier massiv für jemanden ein, der nicht daran denken würde, das Gleiche für Sie zu tun.«

»Es spielt überhaupt keine Rolle, was er tun würde und was nicht. Hier geht es nicht um persönliche Befindlichkeiten, sondern um die Wahrheit.« Ich war ebenfalls lauter geworden, was rings um Godleys Büro einige Aufmerksamkeit erregte.

»Lassen Sie es gut sein.« Godley trat zwischen uns. »Una, Sie haben andere Verpflichtungen, denke ich.«

»In Whitechapel. Ich werde Maxines Nachbarn noch einmal vernehmen.« Lautstark klappte sie ihr Notizbuch zu und sah mich herausfordernd an. »Wollen Sie mitkommen?«

Nein.

»Nein«, widersprach Godley sachlich. »Maeve hat anderes zu tun. Nehmen Sie Belcott mit.«

Davon schien sie nicht sonderlich begeistert zu sein, was ich ihr nicht verdenken konnte. Belcott war zumeist kein angenehmer Begleiter. So verärgert ich auch über Una Burt war, Belcott wünschte ich ihr dann doch nicht an den Hals. Ungehalten verließ sie das Büro, und Godley schloss die Tür hinter ihr.

»Wie schätzen Sie die Sache wirklich ein?«

»Ich bin mir unsicher. Sehr sogar. Aber ich kann mir einfach nicht vorstellen, dass Derwent etwas damit zu tun hat.«

»Ich hätte nie gedacht, dass ich es noch einmal erleben werde, wie Sie sich für ihn stark machen.« Er setzte sich an seinen Schreibtisch.

»Und ich hätte nicht gedacht, dass Sie ihn irgendwann derart fallen lassen. Es geht hier um Derwent, dessen prägnanteste Eigenschaft seine Loyalität ist. Er würde für Sie buchstäblich sein Leben lassen. Und Sie versuchen, ihn allen Ernstes als Serienmörder hinzustellen?«

Godleys Miene war verbissen. »Vor allem will ich vermeiden, dass jemand in meinem Fall herumpfuscht, für den Vorschriften ein Fremdwort sind.«

»Ich wusste gar nicht, dass Vorschriften für Sie so wichtig sind.«

»Was soll das denn jetzt heißen?«

»Sie wissen genau, was das heißen soll.«

Kreidebleich stand er auf. »Ich werde mich nicht von einem Mitglied meines Teams erpressen lassen. Wenn Sie in Bezug auf meine Person Grund zur Beschwerde haben, dann erledigen Sie das bitte auf dem offiziellen Weg.«

»Ich will weder Beschwerde einreichen, noch habe ich vor, Sie zu erpressen. Ich finde nur, dass Sie Derwent ungerecht behandeln.«

»Ich würde mir an Ihrer Stelle gut überlegen, ob Sie den unbestreitbaren Vorteil, in dem Sie sich befinden, für Derwent aufs Spiel setzen.«

Ich merkte, wie meine Hände zitterten – teils vor Wut, teils vor innerer Anspannung. Wenn jetzt etwas schieflief, dann würde ich im besten Fall wieder in einem x-beliebigen Kommissariat landen. Und im schlechtesten Fall bei der Verkehrspolizei, wo ich Strafzettel wegen abgenutzter Reifen verteilen dürfte. »Hier geht es weder um mich noch um Sie. Ich verstehe zwar immer noch nicht, weshalb Sie für ein bisschen Geld Ihren Ruf und Ihre Karriere riskieren, aber ich stehe nach wie vor zu dem, was ich Ihnen in unserem letzten Gespräch gesagt habe – ich werde mich nicht einmischen. Und ich bin ganz bestimmt kein Mensch, der solche Sachen ausnutzt, um sich dadurch Vorteile zu verschaffen. Sie müssen also ganz sicher nicht befürchten, dass ich versuche, Ihnen zu schaden.«

Godley spielte immer noch nervös mit seinem Stift.

»Wissen Sie, ich will nur zu bedenken geben, dass niemand vollkommen ist. Ich verstehe ja, warum Sie Derwent nicht einbeziehen wollen, aber das ist noch lange kein Grund, ihn komplett auszusortieren. Sie wissen doch, dass DCI Burt ihn nicht ausstehen kann und keine Gelegenheit auslässt, um ihm Unannehmlichkeiten zu bereiten. Sie halten ihn doch beide nicht ernsthaft für schuldig, oder?«

»Ich weiß es nicht. Haben Sie die Akte gelesen?«

»Ja.«

»Vollständig?«

Ich überlegte. »Ich … ja. Nicht in allen Einzelheiten. Dazu hatte ich nicht genug Zeit. Ich war erst nach Mitternacht zu Hause.«

Er zog die Augenbrauen hoch. »Dann haben Sie aber lange für den Heimweg gebraucht.«

Scheiße. Mir war völlig entfallen, dass er ja wusste, wann ich Feierabend gemacht hatte. »Was habe ich denn Ihrer Ansicht nach darin überlesen?«, fragte ich hastig.

»Er war damals ein ganz anderer Mensch.«

»Er war siebzehn. Jeder verändert sich innerhalb von zwanzig Jahren. Außerdem war er beim Militär. Er hat erlebt, wie auf ihn geschossen wurde.«

»Genau das meine ich. Er hat schwere Zeiten hinter sich. Sie kennen ihn, Maeve. Sie wissen, dass er nicht der Stabilste ist.«

»Er ist nicht immer der *Angenehmste.*«

»Sie wollen nichts Schlechtes von ihm denken. Ich ja auch nicht.«

»Ich kann etwas nur glauben, wenn ich Beweise sehe.«

»In Ordnung«, sagte Godley. »Sie wissen, dass ich Josh schätze und gern mit ihm zusammenarbeite. Ich kann nicht bestreiten, was Sie über Una gesagt haben, dass sie wohl eine gewisse Genugtuung empfindet. Aber sie ist genauso Profi wie ich. Wir sind beide der Ansicht, dass es hier reichlich Anlass gibt, seinetwegen beunruhigt zu sein. Er ist im Moment ziemlich neben der Spur, und diese Morde tun dazu ein Übriges.«

Ich musste daran denken, wie er mich am Abend zuvor überfallen hatte. »Da gebe ich Ihnen Recht.«

»Sie scheinen anzunehmen, dass ich ihm schaden will, aber da täuschen Sie sich. Ganz im Gegenteil, ich versuche nur, ihn zu schützen. Ich möchte die Sache mit Angela Poole einstweilen diskret behandeln, bis wir sicher sind, ob es einen Zusammenhang gibt oder nicht. Wenn wir parallel zu den aktuellen Mordfällen die Ermittlungen wiederaufnehmen, wird es Gerede geben. Daher möchte ich es auf die informelle Art angehen.«

»Darf ich mir den Tod von Angela Poole noch einmal genauer ansehen?«

»Können Sie denn in Bezug auf Derwent objektiv herangehen?«, wollte Godley wissen.

»Selbstverständlich.«

»Betrachten Sie ihn als Freund?«

»Nein.«

»Und als Feind?«

»Nein.«

»Sehen Sie sich selbst als neutral an?«

Es war schwierig, bei Derwent neutral zu sein. »Er ist mein Kollege. Manches an ihm bewundere ich. Anderes stößt mich ab. Ich muss nicht mit ihm befreundet sein, um mit ihm zusammenzuarbeiten.«

»In Ordnung. Aber hängen Sie es nicht an die große

Glocke. Halten Sie mich auf dem Laufenden. Ich werde noch ein paar andere Teammitglieder in die Ermittlungen zu den aktuellen Morden einbeziehen, möchte aber vermeiden, dass Details zum Fall Angela Poole bekannt werden. Josh arbeitet ja nach wie vor hier, und ich will wie gesagt vermeiden, dass über ihn geredet wird.«

»Wie sieht es mit Chief Inspector Burt aus?«

»Sie hält die Verbindung zu Bradbury und Groves und ist mit den aktuellen Fällen betraut. Sie hat die Akte gelesen und sich eine eigene Meinung dazu gebildet. Ihrer Ansicht nach finden wir den Täter nur dann, wenn wir uns auf die Gegenwart konzentrieren und uns nicht mit ungeklärten Fällen aus der Vergangenheit aufhalten.«

»Darf ich mit Derwent reden?«

»Halten Sie sich bitte von ihm fern.«

»Aber er könnte eine Hilfe sein.«

»Er könnte gefährlich sein«, warnte mich Godley. »Lassen Sie es sein, Maeve.«

»Ich habe auf jeden Fall seine Aussage«, sagte ich, was ja auch stimmte, aber nicht relevant war.

»Sprechen Sie mit den Zeugen. Sehen Sie sich den Tatort an. Gehen Sie unauffällig vor und informieren Sie mich zeitnah. Dann kann ich Josh mit gutem Gewissen sagen, dass wir daran arbeiten.« Godley seufzte. »Sie glauben also, dass es keine Verbindung zwischen den beiden Fällen gibt und dass wir uns wegen Derwent keine Sorgen machen müssen. Ich hoffe sehr, dass Sie in beiden Punkten Recht behalten.«

Kapitel 17

Ich brachte den Tag damit zu, Angela Pooles Akte sorgfältig durchzuarbeiten und außerdem einiges an Papierkram zu erledigen. Am Abend brummte mir davon so der Kopf, dass ich zeitig Feierabend machte. Ich freute mich auf das Treffen mit James Peake, den ich um einiges charmanter fand als seinen Chef – was allerdings auch kein großes Kunststück war. Erfreulich fand ich auch, dass ich im Hinblick auf Maxine Willoughby die eindeutig bessere Karte gezogen hatte, ohne Una Burt darum bitten zu müssen. Seit sie sich in Bezug auf Derwent derartig rachsüchtig gab, war sie in meiner Achtung ein ganzes Stück gesunken. Was einer gewissen Ironie nicht entbehrte, war doch Derwent der Rachegott persönlich. Er an ihrer Stelle hätte garantiert das Gleiche getan oder Schlimmeres. Trotzdem hatte ich meine festen Maßstäbe, denen Una Burt im Moment alles andere als gerecht wurde.

Peake hatte eine Hotelbar in Kensington ausgesucht, die mit viel Glas, Spiegeln und niedrigen Designersesseln sowie gedämpfter Beleuchtung ausgestattet war. Obwohl sie gut besucht war, hörte man überall nur angenehm dezentes Gemurmel. Er saß an einem Tisch ganz am Ende des Raumes und winkte mir zu, als ich hereinkam. Mit seinem Anzug und einer erbärmlichen Krawatte sah er aus, als käme er direkt vom Dienst. Ich hoffte, dass ich wenigstens einen Hauch besser aussah als er. Ich trug einen von Liv abgenickten dunkelgrauen Hosenanzug, flache Absätze und offene, aber einigermaßen gebändigte Haare. Ganz geschäftsmäßig und kein bisschen aufreizend. Trotzdem konnte ich eine heimliche Genugtuung nicht verhehlen, als ich auf Peake zuging und dieser von meinem Anblick offensichtlich durchaus angetan war. Die Freude darüber ließ jedoch augenblicklich nach, als ich überlegte, wie unpassend es war, ihn auf die Idee zu bringen, dass er etwas anderes in mir sehen könnte als eine Kollegin. Denn natürlich galt mein Interesse an ihm seinen Erkenntnissen über Maxine Willoughby. Und zwar ausschließlich. Mein früheres Ich – aus den Zeiten vor Rob – wäre dem Reiz sicher erlegen, aber heute ließ mich so etwas völlig kalt.

»Danke, dass Sie gekommen sind.« Er stand auf und rückte mir einen Stuhl zurecht. »Was wollen Sie trinken?«

»Ich nehme einen Tonic.«

»Mit Gin oder Wodka?«

Ich lächelte. »Mit gar nichts, solange ich noch im Dienst bin.«

»Verstehe. Später dann vielleicht.«

Er ging an die Bar und lehnte sich lässig an die Theke, wobei er die umstehenden Männer um einiges überragte und auch erheblich muskulöser wirkte. Er sah aus, als wollte er gegen sämtliche Anwesenden im Armdrücken gewinnen. Seine Haare waren feuerrot, was mir gut gefiel. Nach den Blicken zu urteilen, die Peake seitens der Frauen – und nicht weniger Männer – auf sich zog, war ich bei Weitem nicht die Einzige, die der Meinung war, dass sie ihm ausgesprochen gut standen.

Als er zurückkam, balancierte er ein Bier, eine Flasche Tonic samt Glas mit Eis für mich und eine Schale mit Nüssen und Chips in den Händen.

»Nervennahrung. Bitte sehr.«

Mich überkam plötzlich ein Heißhunger, und ich nahm mir eine Salzbrezel. »Sind Sie hier Stammgast? Wie kommt es, dass wir die Einzigen sind, die so was bekommen haben?«

»Ich war eben nett zu Magda.« Grinsend drehte er sich zu dem Mädchen um, das auf unserer Seite hinter der Theke stand, und erntete ein schiefes Lächeln von ihr. »Sie kommt aus Krakau.«

»Wahrscheinlich haben Sie ihr gerade den Moment des Abends beschert.« Sie wischte jetzt konzentriert auf einem Fleck herum, der vermutlich längst verschwunden war, weil sie von dieser Stelle aus Peake besonders gut im Blick hatte. Eigentlich nicht verwunderlich, dachte ich. Er war sympathisch, gut gebaut und in meinen Augen durchaus attraktiv. Ich rief mir jedoch in Erinnerung, dass mein Freund diese drei Eigenschaften ebenfalls im Überfluss besaß, und konzentrierte mich auf mein Glas.

»Womit sind Sie eigentlich meinem Chef auf den Schlips getreten?« Peake zog langsam eine Augenbraue hoch. »Gibt's da irgendwas, das ich wissen sollte?«

»Ich hätte nicht gedacht, dass er sich noch an mich erinnert. Warum, was hat er denn gesagt?«

»Er meinte, Sie wären arrogant.«

»Einfach nur arrogant?«

»Eine arrogante Zicke.«

Ich nickte. »Wie nett.«

»Tut mir leid.« Er trank einen Schluck Bier. »So viel wollte ich eigentlich gar nicht sagen.«

»Oje, dann sollten Sie nie ein Verbrechen begehen. Die Vernehmung wäre eine Katastrophe.«

»Tja, was soll ich sagen? Sie kann ich einfach nicht belügen.«

Höflich lächelnd, schaute ich zur Seite.

Ohne weiter darauf einzugehen, fuhr er fort. »Ich dachte, wir sollten uns mal zusammensetzen und uns über den

Fall austauschen, ohne dass mein anstrengender Chef und Ihre … Frau Chief Inspector Burt dabei sind.«

Ich fragte mich, auf welches Attribut er wohl gerade verzichtet hatte. Es war diplomatisch von ihm, sich nicht abfällig über sie zu äußern, da er ja nicht wissen konnte, wie ich zu ihr stand. Kurioserweise wusste ich das selbst nicht so genau.

»Was ist denn da eigentlich gelaufen? Wie ist Bradbury zu diesem Fall gekommen, wo er doch gerade erst befördert wurde?«

»Sonst wollte ihn keiner übernehmen. Alle dachten, es wäre nur ein Fall von aus dem Ruder gelaufener häuslicher Gewalt. Leichte Nummer also, der Bradbury gewachsen wäre. Die Verbindung zu den anderen Fällen ist erst nach der Obduktion aufgefallen, als Dr. Hanshaw auf die Parallelen hingewiesen hat. Und dann kamen Groves und sein dicker Kumpel vorbei und haben sich eingemischt.«

»Die beiden sind schon ein schräges Duo«, merkte ich an.

»Sie wollten den Fall unbedingt übernehmen. Kann man ihnen auch nicht verdenken.« Er leerte sein Glas mit einem langen Zug, drehte sich zu Magda um und hielt es in die Höhe. »Haben Sie es sich jetzt überlegt?«

Ich hatte fast noch nichts getrunken. »Nein danke. Was gab es denn für ein Problem bei den Ermittlungen? Warum wollten die beiden den Fall unbedingt übernehmen?«

»Bradbury lässt sich von keinem was sagen. Also wirklich von niemandem. Es war schon einiges an Überzeugungsarbeit nötig, um ihm klarzumachen, dass wir es wahrscheinlich mit ein und demselben Täter zu tun haben.«

»Hatte er denn die Fotos vom Tatort nicht gesehen?«

»Doch. Aber zuerst wollte er partout nicht einsehen,

dass sie übereinstimmen. Wahrscheinlich hatte er Angst, dass ihm der Fall dann entzogen wird.«

»Da müsste er doch hocherfreut darüber sein, wie sich die Sache jetzt entwickelt, seit Godley hinzugezogen wurde.«

»Ist er vermutlich auch. Er ist ganz beglückt über seine Chance, Ihren Chef zu beeindrucken.«

»Dann wollen wir mal hoffen, dass er ihn nicht vor lauter Begeisterung gleich in sein Team holt.«

»So blöd wird Godley bestimmt nicht sein.«

»Sollte man denken, aber leider filtert er die Idioten nicht raus.« Ich rührte mit dem völlig überflüssigen Cocktailstäbchen in meinem Tonic und stach damit auf die Eiswürfel ein. »Wenn jemand ein guter Polizist ist, nimmt er ihn.«

»Dann ist Bradbury raus, keine Sorge.«

»Kriegt er denn gar nichts auf die Reihe, oder verschleppt er nur?«

»Der kriegt es einfach nicht gebacken. In Maxines Arbeitsstelle hat er schon alle total vor den Kopf gestoßen, weil er sich detailreich nach ihrem Sexleben – und dem aller anderen gleich mit – erkundigt hat. Ihren Eltern ist er in einer Videovernehmung auch zu nahe getreten. Die waren danach derart außer sich, dass sie sich bei unserem Chef beschwert haben.«

»Was hat er denn so Schlimmes zu ihnen gesagt?«

»Er hatte sich in den Kopf gesetzt, dass sie als Prostituierte gearbeitet hat, um sich ein bisschen was dazuzuverdienen. Fragen Sie mich nicht, wie er auf diese Idee gekommen ist, denn dafür gab es meiner Meinung nach überhaupt keine Anhaltspunkte. Reine Vermutung offenbar, einfach aus dem Bauch heraus.«

»Das ist natürlich immer total zuverlässig.«

»Ich nehme an, er ist durch ihre Wohnsituation darauf gekommen.« Er unterbrach sich, als Magda mit schwungvoller Geste einen neuen Untersetzer und ein frisches Glas vor ihm platzierte. Dafür bekam sie ein Lächeln von ihm, das sie hocherfreut erwiderte. Nachdem sie wieder außer Hörweite war, fuhr er fort: »Es ist ja ein Mehrfamilienhaus. Und die oberste Etage wurde von einer Teilzeitnutte genutzt. Nur nach Terminvergabe. Sie ging nicht auf der Straße anschaffen und hat wildfremde Freier angeschleppt. Sie wohnt dort auch gar nicht. Wir sind im Zusammenhang mit der Befragung der Hausbewohner darauf gekommen.«

»Wie hat sie denn für ihre Dienste geworben?«

»Auf Escort-Seiten im Internet. Sie hat ihre Adresse nur dann rausgegeben, wenn sie sich mit einem Kunden auch wirklich einlassen wollte. Sie meinte, sie hätte ein ganz gutes Gespür, wenn es darum geht, die Falschen auszusortieren.«

»Bis es mal schiefgeht«, sagte ich. »Ist es auch schon vorgekommen, dass sie versetzt wurde?«

»Andauernd«, grinste Peake. »Anscheinend verlieren viele Männer beim ersten Mal die Nerven. Wenn sie dann erst mal da waren, kommen sie meistens auch wieder. Hat sie mir zumindest erzählt«, fügte er hinzu. »Ich kann da nicht aus Erfahrung sprechen.«

»Ich frage mich, ob sich jemand die Adresse verschafft haben kann, indem er sich als Freier ausgegeben und dann nur die Wohnungen verwechselt hat.«

»Diese Variante haben wir auch überprüft, sind dabei aber nicht allzu weit gekommen. Bradbury hat jedenfalls gedacht, Maxine hätte von ihr die Idee übernommen, sich im horizontalen Gewerbe zu betätigen. Das müsste sie dann allerdings auf der Straße getan haben, ohne sich gut genug auszukennen, um kein Risiko einzugehen.«

Ich dachte an die Tatortaufnahmen. »Das würde aber überhaupt nicht zu ihr passen.«

»Genau das haben ihre Eltern ja auch gesagt. Auf jeden Fall hat die Nutte ausgesagt, dass sie Maxine noch nie gesehen und ihr erst recht keine Tipps für die Arbeit als Prostituierte gegeben hat. Während Maxine dort wohnte, hat sie ausschließlich Stammkunden bedient. Übrigens ist sie Studentin und finanziert auf diese Weise die Unigebühren. Vermutlich wird sie irgendwann mal Anwältin und verdient fünfmal so viel wie ich.«

»Das könnte sie wahrscheinlich jetzt schon, wenn sie nicht so wählerisch mit ihrer Kundschaft wäre«, mutmaßte ich stirnrunzelnd. »Wenn der Mörder Maxine für eine Prostituierte gehalten hat, wollte er sie vielleicht von ihrem sündhaften Leben erlösen. Möglicherweise ist das sein Motiv.«

»Er schneidet ihnen die Haare ab und kleidet sie in Weiß. Kann schon sein.«

»Gab es im Fall Kirsty einen Bezug zur Prostitution?«

»Nicht dass ich wüsste.«

»Haben Groves und Burns diesen Aspekt geprüft?«

»Da müssten Sie die beiden selbst fragen.« Peake verzog gequält das Gesicht. »Bradbury besteht darauf, dass sämtliche Anfragen über seinen Tisch gehen. Ich durfte mit ihnen nicht mal fünf Minuten allein reden, bevor wir in Anna Melvilles Haus waren.«

»Dann sollte ich am besten immer Godley mitbringen. Der ist immerhin der ranghöchste Beamte, dem Bradbury wahrscheinlich je begegnen wird. Jedenfalls ist er auf ihn zugestürzt wie ein Hund auf den einzigen Laternenpfahl im Umkreis von vielen Kilometern.«

»Bradbury würde auch, ohne nachzudenken, das Bein neben ihm heben, wenn Godley das toll fände.«

»Ist wohl nicht so lustig mit ihm als Kollegen?«

»Kennen Sie das, wenn jemand auf dem Holzweg ist, man ihm das sagt und derjenige daraufhin noch viel verbissener seinen Holzweg verfolgt?«

»Leider allzu gut«, antwortete ich und dachte an Derwent.

»Er ist ein totaler Vollidiot.« Peake nahm sich eine Handvoll Erdnüsse und ließ sie sich schmecken. »Ich hasse es, dass ich mit ihm arbeiten muss. Wenn er nicht so vernagelt und unmöglich wäre, was Maxine angeht, dann müssten wir jetzt nicht alle Beteiligten noch mal neu vernehmen. Ihre Frau Chief Inspector hat ihn mittlerweile da, wo sie ihn hinhaben will – er hat voll die Panik vor ihr. Ist ja auch schon mal was.«

»Sie ist ein Profi.«

»Sie hat nach zwei Sekunden kapiert, dass Bradbury völlig überfordert ist.« Er schüttelte den Kopf. »Godley hat echt ’nen guten Riecher für weibliche Talente.«

»Sie hat sich ihren Ruf erarbeitet, bevor Godley sie in sein Team geholt hat«, entgegnete ich gelassen und ging gar nicht auf das versteckte Kompliment ein.

»Sie sind doch bestimmt froh, dass sie da ist. Sozusagen als Beweis, dass er nicht nur nach dem Aussehen geht.« Er musterte mich von oben bis unten und gab sich gespielt verlegen. »Sorry, aber Sie sehen wirklich toll aus. Da geben die Leute doch bestimmt ab und zu Kommentare ab, dass das sicher förderlich für Ihre Karriere war.«

»Klar gibt es manchmal solche Sprüche. Aber die nehmen sie meistens wieder zurück.«

»Kann ich mir gut vorstellen.« Er beugte sich nach vorn. »Ich freue mich, dass Sie heute Abend Zeit haben. Ich wollte Sie schon seit unserer ersten Begegnung näher kennenlernen.«

Es kam nicht oft vor, dass ich so klar vor Augen hatte, welche Alternativen als Nächstes in Frage kamen. Vor meinem geistigen Auge lief eine Art Film ab. Variante 1: nach Hause gehen, froh über den eigenen Freund zu sein und dankbar für das Erkennen der Gefahr, alles kaputt zu machen, was wichtig ist. Variante 2: weiterplaudern, weitertrinken, sich einen kleinen Flirt erlauben. Am Ende den feschen DS Peake besser kennen. Etwas tun, was man hinterher bedauert; nur um sich zu beweisen, dass man auch in einer festen Beziehung noch Fehler machen darf. Das Gefühl über Bord werfen, gefangen zu sein. Sich verhalten wie die Maeve von früher. Noch einmal der Mensch sein, der man einmal war.

Variante 1 war die sichere. Variante 2 klang reizvoll-verlockend. Der risikobereite Teil von mir geriet in Versuchung. Mein übriges Ich war entsetzt über diese Aussicht.

Ich griff nach meiner Tasche. »Das verschieben wir mal lieber aufs nächste Mal. Ich muss jetzt nämlich los.«

Verblüfft sah er mich an. »Aber Sie sind doch gerade erst gekommen.«

»Ich habe noch eine andere Verabredung.«

»Ein Rendezvous?«

»Nein. Beruflich. Genau wie unser Treffen.«

Seine Miene verfinsterte sich zunächst, hellte sich dann jedoch schnell wieder auf. Peake war zu stolz, als dass er zeigen würde, wenn er verärgert oder enttäuscht war. »Dann eben ein andermal. Vielleicht in einer weniger formellen Umgebung.«

»Hier gefällt es mir ganz gut.« Ich stand auf. »Schön ruhig.«

»Und oben gibt es auch Zimmer, wenn man keine Lust mehr auf den Heimweg hat.« Er sah mir fest in die Augen, ließ seinen Blick dann auf meinem Mund ruhen und verschlang mit den Augen schließlich meinen Körper. Meine Wangen brannten.

Das wäre jetzt wohl mein Stichwort gewesen: *Ich habe übrigens einen Freund, von daher …* Ich fand es schrecklich, mich auf diese Weise herauszureden, nach dem Motto: *Ich bin Eigentum eines anderen Mannes und kann deshalb nicht bleiben, so gern ich auch möchte.* Es war ja nicht der einzige Grund, weshalb ich gehen wollte. Wozu es also erwähnen?

Inzwischen hatte ich mich wieder gefasst und antwortete lächelnd: »Das ist ja praktisch. Wenn Sie rausfinden, wann Magda Feierabend hat, können Sie gleich eins davon testen.«

»Eher nicht«, entgegnete er leise, und ich hoffte sehr, dass er meine Bemerkung nicht als Eifersucht interpretierte. »Beim nächsten Mal können Sie ja aussuchen, wo wir uns treffen. Sagen Sie einfach Bescheid, wann Sie wieder frei sind, und ich bin da.«

An dieser Stelle Rob oder auch meine viel zu häufigen Überstunden zu erwähnen, wäre denkbar unpassend gewesen. Durch mein Zögern wurde das peinliche Schweigen immer länger, bis ich schließlich einen Abschiedsgruß stammelte, der alles andere als entschlossen klang. Beim Hinausgehen fragte ich mich, warum es so verdammt schwer war, Männern einen Korb zu geben, wenn sie die Ich-bin-nicht-interessiert-Signale nicht zur Kenntnis nehmen konnten oder wollten. Brachte man die Absage zu rabiat an, galt man als zickig. War man zu freundlich, schrieb man am Ende doch seine Nummer auf oder verabredete sich wieder.

Und dann gab es noch die Typen, die sich mit einem Nein nicht abfinden konnten und einen dazu brachten, ihnen zu vertrauen. Die man in seine Wohnung ließ, wo sie sich als Mörder entpuppten, die ihre Opfer aus lauter Spaß auch noch verkleideten.

Plötzlich vermisste ich Rob unendlich. Ich wählte seine Handynummer, obwohl ich wusste, dass sie in den USA wahrscheinlich sowieso nicht funktionierte. Ich klickte mich zur Mailbox durch, die er dort vermutlich gar nicht abhören konnte. Trotzdem hinterließ ich eine Nachricht, in der ich ihm für die Blumen dankte und erzählte, dass ich zwar viel arbeiten müsse, aber gut auf mich aufpasse. Und ohne ihn ganz gut klarkäme. Und er mir ein bisschen fehlte.

Halbwahrheiten.

Aber er kannte mich gut genug, um sich seinen eigenen Reim darauf zu machen.

Ich legte auf und hatte ganz und gar kein schlechtes Gewissen, dass ich den gutaussehenden und charmanten James Peake allein im Lokal zurückgelassen hatte. Denn das würde er sicher nicht lange bleiben, dachte ich. Und schließlich konnte er sich vergnügen, mit wem er wollte.

Nur nicht mit mir.

Kapitel 18

Derwent öffnete die Tür mit der inneren Einstellung eines Boxers vor der letzten Runde eines Preiskampfes, den er unbedingt gewinnen muss. Sein erster Schlag war ein Schwinger: »Was ist das denn für eine unmögliche Zeit?«

»Ich musste arbeiten. Danach hatte ich noch einen Termin. Und hinterher musste ich noch mal ins Büro, um das hier abzuholen.« Ich stand auf einem Bein, beide Arme voller Akten, die ich auf einem Knie abstützte, damit sie mir nicht herunterfielen. »Kannst du mir die mal abnehmen? Oder mich reinlassen?«

Er nahm die obersten beiden zur Hand und fing sie an durchzublättern. Ich stand immer noch auf der Türschwelle.

»Hallo?«

»Ja, was gibt's?« Er schaute dabei nicht einmal auf.

»Ich stehe immer noch hier draußen. Auf der Straße. Und es ist kalt.« Mich überkam ein Schauer, als der eisige Wind mir um die Beine wehte. »Jetzt lass mich doch endlich rein, Herrgott noch mal.«

»Ich hatte die Wahl zwischen dir die Akten abnehmen oder dich wieder in meine Wohnung lassen«, erklärte er, immer noch lesend. »Ich habe mich entschieden.«

Schäumend vor Wut, warf ich ihm die übrigen Akten vor die Füße. »Na toll. Viel Spaß damit. Morgen früh krieg ich sie zurück.«

Ich war schon fast an der nächsten Straßenecke, als er

mich einholte. »War doch nur 'n Witz. Komm schon, Kollegin. Ich hab's nicht so gemeint.«

»Eigentlich wollte ich dir alles Mögliche erzählen, was *nicht* in den Akten steht«, sagte ich unterkühlt. »Aber das hast du überhaupt nicht verdient.«

»Du hast ja Recht. Ich bin ein Arschloch. Aber zum Glück liebst du mich ja trotzdem.«

»Das stimmt exakt zur Hälfte.«

»Na los, komm.« Er nahm mich am Arm. »Nicht dass ich dich noch mal kidnappen muss.«

Ich befreite mich aus seinem Griff. »Fass mich nicht an. Ich bin aus freien Stücken hier und kann jederzeit wieder gehen.«

»Ich weiß. Tut mir leid.« Er neigte den Kopf zur Seite und musterte mich. »Warum bist du überhaupt gekommen?«

»Weil du unfair behandelt wirst.«

»Da hab ich aber Schwein, dass du so auf Underdogs abfährst.«

»Richtig. Und außerdem fördert es meine Karriere ungemein, wenn du Recht hast mit deiner Hypothese, dass es einen Zusammenhang zwischen Angelas Tod und den Mordfällen in diesem Jahr gibt.«

»Das gefällt mir schon besser«, merkte er erleichtert an. »Ehrgeizig wie immer.«

»Das würdest du an meiner Stelle nicht anders machen.«

»Vermutlich.«

Der Wind wehte mir die Haare ins Gesicht, und ich strich sie frierend zurück. »Gehen wir jetzt rein, oder was?«

»Na klar.« Er zögerte noch kurz. »Du weißt schon, dass ich dich nur verarschen wollte, oder?«

»Ja. Obwohl ich das nicht ganz nachvollziehen kann, immerhin brauchst du meine Hilfe.«

»Ich stehe mir ja selber am meisten im Weg.«

»Obwohl die Konkurrenz schon heftig ist.«

Er musterte mich eine Weile und suchte nach einer passenden Reaktion, ehe er lachend den Kopf zurückwarf. »Oh Mann, Kollegin, so langsam blicke ich durch, wie du tickst.«

»Dann hatte mein Leben einen Sinn.« Das murmelte ich jedoch nur leise vor mich hin, während ich ihm zurück zu seiner Wohnung folgte, und ich war mir ziemlich sicher, dass er es nicht gehört hatte. Ich hatte meinen Spielraum im Umgang mit Derwent jetzt maximal ausgenutzt – bei der nächsten spitzen Bemerkung meinerseits würde er mich heftig zurechtweisen.

Bei Derwent zu Hause war es so warm, dass ich ihm diesmal unten meinen Mantel überließ, damit er ihn – zum Zeichen für etwas, das ich nicht so recht benennen konnte – an der Garderobe aufhängte. Vertrauen war nicht das richtige Wort dafür. Nicht dass ich mich direkt wohl bei ihm fühlte, aber zumindest gewöhnte ich mich allmählich an seine Gegenwart.

Wir waren auf halber Treppe, beide mit Akten auf dem Arm, als Derwent plötzlich ohne Vorwarnung anhielt, sodass ich fast mit ihm zusammenstieß. »Wer ist denn eigentlich noch an den Ermittlungen beteiligt?«

»Insgesamt? Una Burt, Maitland, Colin Vale, ich … ach ja, und Peter Belcott war heute mit der Burt unterwegs. Außerdem noch die Kollegen aus Whitechapel und Lewisham.« Da Derwent keine Anstalten machte weiterzugehen, legte ich meine Akten auf der nächstbesten Treppenstufe ab.

»Und alle wissen über Angela Bescheid? Über mich?«

»Nein!« Schlagartig begriff ich, worauf er hinauswollte. »Ganz und gar nicht. Godley will das absolut vertraulich behandeln, um deinen Ruf innerhalb des Teams zu schützen.«

»Wer weiß es also? Die Burt doch bestimmt.«

»Ja, aber sie ist auch ranghöher als du.« Das war zwar ein Allgemeinplatz, aber ich sah, wie er trotzdem zusammenzuckte. Für ihn war diese Tatsache schwer auszuhalten, und mir machte es auch ein bisschen Spaß, ihn daran zu erinnern. »Außer den beiden bin ich die Einzige, die Angelas Akte gesehen hat. Von den anderen hat wahrscheinlich keiner Angelas Namen je gehört.«

»Die Akte?«

Zu spät merkte ich, dass ich mir selbst eine Falle gestellt hatte und soeben hineingetappt war.

»Du hast Angelas Akte?«

»Ich hatte sie in der Hand.«

»Und auch gelesen?«

Ich nickte.

»Kann ich sie sehen?«

»Wozu willst du dir das denn antun?«

»Lass das lieber.« Er schüttelte warnend den Kopf. »Ich warne dich.«

»Okay. In Ordnung.« Er kam mir bedrohlich nahe, sodass ich vor Schreck einen Schritt zurücktrat. »Da muss ich erst Godley fragen.«

»Der wird es auf keinen Fall zulassen.«

»Da bin ich mir gar nicht mal so sicher.«

Derwent schlug mit der Handkante heftig auf das Treppengeländer und dachte nach. Er hatte mich jetzt so sehr eingeschüchtert, dass ich jederzeit meine Akten nehmen und verschwinden konnte. Aber er wollte ja auch über die anderen Opfer Bescheid wissen. Er hatte sich so weit im Griff, dass er abwägen und die richtige Entscheidung treffen konnte.

»Okay. Frag ihn erst um Erlaubnis. So habe ich es dir ja auch beigebracht. Kein eigenständiges Denken. Immer schön den Dienstweg einhalten.« Beim vorletzten Wort tippte er bei jeder Silbe mit dem Zeigefinger an die Stirn.

»Ich werde sie dir ganz sicher nicht in die Hand geben, nur um zu beweisen, dass ich eigene Entscheidungen treffen kann.«

»Meine Rede. Ich wär sonst auch schwer enttäuscht von dir.«

Ich folgte ihm in sein Wohnzimmer, hatte dabei allerdings immer noch ein mulmiges Gefühl in der Magengegend.

Derwent legte die Akten, die er in der Hand hatte, auf den Couchtisch und richtete sie mit exakt fünf Zentimetern Abstand von der Tischkante aus. »Was zu trinken?«

»Der perfekte Gastgeber, wie immer. Tee, falls du sowieso welchen machst.« Ich legte meinen Stapel auf dem Sofa ab und beobachtete sein Gesicht, während er versuchte, gegen seine Zwangsneurose anzukämpfen. Allerdings ohne Erfolg.

»Gib mal her.« Er legte sie neben die anderen und rückte sie zurecht wie ein Hütehund, der eigensinnige Schafe zurück zur Herde drängt. »Und Tee gibt es übrigens nicht. Keine Milch im Haus. Löslichen Kaffee kannst du haben.«

»Na, du verwöhnst mich aber. Kaffee ist okay.« *Hauptsache etwas Heißes,* hätte ich fast gesagt, verkniff es mir dann jedoch. Solche Bemerkungen rächten sich bei ihm erfahrungsgemäß sofort.

Er ging hinaus, und ich hörte, wie er am anderen Ende

des Flurs Schubladen öffnete und wieder schloss. Ich ging den Geräuschen nach und kam in eine kleine, picobello aufgeräumte Küche mit weißen Einbauschränken an zwei Wänden, einem Klapptisch unter dem Fenster und zwei aufeinandergestapelten Stühlen daneben.

»Das ist ja clever.«

»Was? Der Tisch? Hab ich selber gebaut.«

»Echt?«

»Jo.« Er wischte ein paar nicht vorhandene Tropfen von der Arbeitsfläche. »Ich hasse es, im Wohnzimmer zu essen.«

»Alles immer schön an seinem Platz, was?«

»Was gibt's denn dagegen einzuwenden? Eine der ersten Regeln, die man im Leben lernt, lautet schließlich, dass man nicht dort essen soll, wo man scheißt.«

»Ich will doch sehr hoffen, dass du das in deinem Wohnzimmer auch nicht tust.«

»Na logisch. Aber ich habe die Regel auf Schlafen und Fernsehen ausgedehnt. Keine Krümel im Bett und keine Flecken auf den Polstermöbeln.«

»Kommt wohl drauf an, wie unordentlich man ist.«

»Nee, eben nicht. Essen gehört in die Küche, und dort bleibt es auch.«

»Aber bei Knabberkram vorm Fernseher machst du doch bestimmt 'ne Ausnahme.«

Er musterte mich von oben bis unten. »Tja, so kann man sich die Figur ruinieren.«

»Wie bitte?«

»Du hast den Vorteil, dass du groß bist und dein Stoffwechsel gut funktioniert. Aber ab Mitte dreißig ist das alles vorbei. Sich mit einer Tüte Chips vor der Glotze den Hintern breitzusitzen ist ein sicheres Rezept für Übergewicht. Hirnlose Fressorgien.«

Ich verschränkte die Arme und merkte, wie die übliche Wut in mir aufstieg, die Derwent regelmäßig provozierte. »Von Übergewicht kann bei mir ja wohl keine Rede sein.«

»Im Moment vielleicht. Aber warte mal ein paar Jahre ab.« Er griff nach den Kaffeebechern. »Fertig mit Rumschnüffeln?«

»Wir haben uns unterhalten«, widersprach ich.

»Du hast mir hinterherspioniert.«

Ich öffnete empört den Mund, machte ihn dann aber doch wieder zu. Im Prinzip hatte er ja Recht. Ertappt. Aber da konnte ich mich revanchieren: »Na, du musst es ja wissen.«

»Berufskrankheit. Polizisten plaudern nie einfach nur unverfänglich.« Grinsend drückte er mir eine der Tassen in die Hand. »Hier, die kannst du selber tragen. Ich bin schließlich nicht dein Sklave.«

Als wir wieder im Wohnzimmer ankamen, setzte er sich hin. »Wie soll das jetzt laufen? Willst du warten, während ich lese, oder holst du sie morgen wieder ab?«

»Ich dachte, wir könnten sie zusammen durchgehen und sehen, was uns dabei auffällt.« Ich schlug die nächstbeste Akte auf. Es war die von Maxine. »Bisher haben sich alle auf die Gemeinsamkeiten konzentriert. Ich denke, wir sollten auch mal einen Blick auf die Unterschiede werfen.«

»Fußboden?«

»Jep.« Ich fasste mit an, als er den Couchtisch aus dem Weg räumte, und half Derwent anschließend, die Akten auseinanderzunehmen: mir bisher unbekannte Frontalaufnahmen der drei Opfer mit lächelndem Gesicht, Tatortfotos, Landkarten, Grundrisse, schematische Darstellungen von den Verletzungen der Opfer, Nahaufnahmen von den Obduktionen, Autopsieberichte. Zeugenaussagen, Vernehmungsprotokolle, Telefonauswertungen, Kontoauszüge. Unmengen von Unterlagen. Drei Tote verursachten reichlich Papier.

»Das sind nur die vorsortierten Highlights«, sagte ich. »Das meiste habe ich im Büro gelassen.«

»Ist schon mal ein Anfang.« Derwent überflog den Obduktionsbericht von Anna Melville und machte sich dabei Notizen. »Schauen wir einfach, wie weit wir kommen.«

Die nächsten Stunden waren wir mit Lesen beschäftigt. Ich war bisher noch gar nicht dazu gekommen, mir die Unterlagen zu Maxine und Kirsty genauer anzusehen, und war daher froh über die Gelegenheit, mich damit vertraut zu machen. Derwent führte unterdessen Selbstgespräche, was mir vorher noch nie aufgefallen war und was ich seltsam liebenswert fand.

Ich saß am anderen Ende des Zimmers auf dem Fußboden und studierte den Grundriss von Maxines Wohnung. Plötzlich streckte sich Derwent. »Das treibt mich noch mal in den Wahnsinn.«

»Gibt's Probleme?«

»Ich versuche, das alles irgendwie zu durchschauen.«

Ich legte den Grundriss ab und merkte dabei, dass ich die ganze Zeit in einer sehr unbequemen Haltung gesessen hatte. Mein Nacken schmerzte. »Wollen wir eine Pause machen? Uns ein bisschen austauschen?«

»Ja. Was hast du vorhin gesagt? Einen Blick auf die Unterschiede werfen?« Er schlug eine neue Seite in seinem Notizbuch auf. »Dann mal los.«

»Gut. Also, ich denke, sie wurden von ein und demselben Mann getötet.«

»Die *Unterschiede,* Kollegin.«

»Dazu komme ich gleich«, sagte ich unbeeindruckt. »Soweit ich das beurteilen kann, waren alle drei vom

Typ her sehr verschieden. Sie hatten ganz unterschiedliche Berufe und haben weder nahe beieinandergewohnt noch -gearbeitet. Es gibt keinerlei Übereinstimmungen bei ihrer Herkunft – Kirsty ist in Schottland aufgewachsen, Anna in Hampshire und Maxine in Australien. Wir wissen nicht, wo unser Täter Kontakt zu ihnen aufgenommen oder warum er sie ausgewählt hat.«

»Aus irgendeinem Grund hat sein Psychoradar angeschlagen«, sagte Derwent. »Wegen etwas, was sie gesagt oder getan haben, oder wegen ihres Aussehens.«

Von mir aus gesehen, standen die Bilder der Opfer kopf. Ich betrachtete sie und schaute dann ein zweites Mal hin. »Moment mal.«

»Was denn?«

Ich nahm drei Blätter und legte sie als Rahmen über Kirstys Gesicht, sodass ihre Haare nicht mehr sichtbar waren. »Eins.« Dann machte ich das Gleiche mit Maxines Foto. »Zwei.«

»Was soll das werden? Bastelstunde im Kindergarten?«

»Warte kurz.« Nun verdeckte ich noch Annas Haare. »Jetzt sehen sie sich total ähnlich. Sie haben das gleiche Lächeln.«

»Du denkst, sie lächeln ihn an.« Derwent klang nicht ganz überzeugt.

»Das könnte genügen.« Ich runzelte die Stirn, überlegte und stieß dann auf den Obduktionsbericht von Anna Melville, den ich noch gar nicht geschafft hatte zu lesen. »Bingo. Wir haben auf Annas Körper ein Haar gefunden. Im Bericht steht, dass es ein synthetisches war. Von einer Perücke. Er schneidet die Haare ab, damit er ihnen die Perücke aufsetzen kann.«

»Was für eine Farbe?«

»Blond.«

»Wie Angela?«

Ich wollte unbedingt auch diesen Vergleich anstellen. Dazu musste ich schnell eine Entscheidung treffen. Statt Derwent zu antworten, stand ich auf, holte meine Tasche und nahm Angelas Akte heraus. »Jetzt nicht durchdrehen.«

Er war immer noch auf Knien und versuchte zu erkennen, was ich in der Hand hatte. »Was ist das?«

Ich legte ihr Schulfoto neben die anderen drei Bilder. »Stimmt perfekt überein, würde ich sagen.«

»Ist das Angelas Akte?«

»Ja, aber konzentrier dich bitte auf das hier. Das ist wirklich wichtig. Er sieht sie – überall. Er stellt die Verbindung selbst her. Sie waren alle in etwa gleich groß – ungefähr 1,60 Meter – mit ganz ähnlicher Statur wie Angela. Mit der Perücke wirken sie praktisch gleich. Du hast Recht. Alles dreht sich nur um sie.«

»Gib mir die Akte.« Derwent konnte seinen Blick nicht davon lösen.

»Du hörst mir überhaupt nicht zu.«

»Gib sie mir.«

Ich presste sie an mich und verschränkte die Arme davor. »Noch nicht. Worauf bist du gestoßen? Du hast irgendwas vor dich hin gemurmelt.«

Derwent warf mir einen strafenden Blick zu. »Genieß den Moment, Kollegin, denn lange wirst du dich nicht mehr als Chefin aufspielen. Wenn alles wieder normal läuft, wirst du auf schmerzliche Weise erfahren, dass du noch eine blutige Anfängerin bist.« Er nahm die Tataufnahmen aus Maxines Wohnung und Annas Schlafzimmer zur Hand. »Okay. Schau dir das mal an. Warum liegt Anna Melville mit dem Kopf am Fußende des Bettes?«

»Keine Ahnung. Damit man sie vom Fenster aus sehen kann?«

Er gab einen Brummton von sich. »Gute Antwort, aber leider falsch. Weshalb hat der Mörder Maxines Bett verrückt?«

»Hat er das getan?«

»Definitiv.« Derwent tippte auf das Bild. »Das da drüben ist ihr Nachttisch. Und das hier ist der Rand des Kopfteils an der Wand. Dieser Abdruck auf dem Teppich stammt von den Möbelrollen am Bett. Das Bett stand ursprünglich nicht so da.«

Ich sah mir Kirstys Fotos an. »Aber hier hat er die Lage nicht verändert.«

»Musste er auch nicht. Tu mir mal einen Gefallen. Pack doch mal die Tatortbilder aus Angelas Akte aus.«

Ich kam seiner Aufforderung nach. »Und?«

»Es geht ihm darum, dass ihr Kopf nach Osten zeigt. Ich wette, bei Angela ist das genauso.«

Er hatte Recht. Nachdenklich kaute ich auf meiner Lippe. »Dann verwandelt er sie also komplett in Angela. Das lässt wohl darauf schließen, dass er sie ebenfalls umgebracht hat. Aber weshalb die zeitliche Lücke von zwanzig Jahren?«

»Keine Ahnung. Da musst du ihn selber fragen.« Er fixierte ununterbrochen die Akte. »Es wäre sicher sinnvoll, die ursprünglichen Tatortfotos mit den heutigen zu vergleichen.«

Ich zog sie aus der Akte, hielt sie dann jedoch zögernd in der Hand und fragte ihn: »Hältst du das aus, sie anzusehen?«

»Es ist lange her, Kollegin.«

»Trotzdem.«

Er streckte die Hand aus. »Komm schon, ich hab sie doch sowieso schon mal gesehen.«

»Wann denn?«

»Als Leonard Orpen, dieses Schwein, mich vernommen hat.« Er breitete sie mit sicherer Hand vor sich aus. »Gut. Was haben wir da?«

»Die Blumen und Pflanzen passen zu unseren neuen Opfern.« Ich sah hinüber zu den anderen Bildern. »Aber die Kerzen. Am Poole-Tatort gab es keine.«

»Um die Uhrzeit, mitten in der Nacht, war es dort stockdunkel. Je weniger Licht es in einem Zimmer gibt, desto stärker erinnert es an Angelas Todesumstände. Ein paar Kerzen liefern ausreichend Licht, damit er seine Opfer sehen kann. Die Vorhänge oder Jalousien kann er nicht öffnen, damit ihn niemand sieht. Und mit elektrischem Licht wirkt die Umgebung für ihn nicht authentisch.«

»Kerzenlicht flackert«, sagte ich. »Dadurch wirkt es für ihn vielleicht, als ob sie sich bewegen. Falls er das Geschehen richtig inszeniert, meine ich.«

Wir saßen einen Moment schweigend da und stellten uns den Mörder vor, wie er mit den Toten redet. Weil Tote ja nicht antworten können. Unvermittelt fiel mir ein Witz ein, den Derwent einmal bei einem Familienmord am Tatort erzählt hatte, wo das weibliche Opfer in einer Blutlache auf dem Küchenboden lag.

Was sagst du zu einer Frau mit zwei blau geschlagenen Augen?

Nichts mehr. Du hast es ja schon zweimal probiert.

»Und die Augen«, fragte Derwent. »Was ist damit?«

Ich erzählte ihm Dr. Chens Geschichte mit dem Bild auf der Netzhaut.

»Jack the fucking Ripper.« Er schüttelte den Kopf. »Kann ich mir nicht vorstellen.«

»Die Methode ist jetzt anders. Ich weiß nicht, ob das

relevant ist. Nicht mehr von Hand, sondern mit dem Messer.«

»Penibler.« Er zeigte auf die aktuellen Tatortbilder. »Das ist alles irgendwie zaghafter, finde ich. Er hat nicht den Mumm, sie draußen zu töten. Angelas Mord war schnell und brutal. Sie direkt neben ihrem Wohnhaus zu töten war außerdem äußerst riskant für ihn.«

»Aber warum hat er sie denn überhaupt ermordet? Laut Akte lag keine sexuelle Gewalt vor.«

»Vielleicht hatte er nicht genug Zeit, weil er zum Beispiel gestört wurde.« Derwent atmete schnaufend aus. »Ich fantasiere hier keine Verbindung zusammen, oder?«

»Ich denke nicht. Suchen wir nach ein und demselben Mörder?«

»Weiß der Geier. Kann sein.«

»Zwanzig Jahre Pause und nicht genau das gleiche Tatmuster. Aber er nutzt dasselbe Markenzeichen wie Angelas Mörder. Er lässt es wieder aufleben.«

»Könnte sein, dass wir nach einem Mörder suchen, der 1992 Anfang zwanzig war, dann im Gefängnis oder außer Landes war und jetzt Anfang vierzig ist und nicht mehr die Nerven hat, draußen zu töten oder Augen mit bloßer Hand zu entfernen. Oder aber bei Angela *wollte* er ursprünglich auch ein Messer benutzen, hatte aber keins. Er hätte seine Tat vielleicht *lieber* drinnen begangen, musste dann aber draußen handeln, weil sich gerade die Gelegenheit dazu bot. Beides wäre denkbar. Vielleicht vervollkommnet er seine Methoden ja ständig, statt das Geschehen von 1992 zu imitieren.« Auf dem einzigen Stück Teppich, das nicht mit Unterlagen bedeckt war, lief Derwent nervös auf und ab.

»Ich sehe noch einmal in der Datenbank nach, ob jemand, der im Jahr nach Angelas Tod für längere Zeit hinter Gitter gewandert ist, in letzter Zeit freigelassen wurde.«

»Oder ob bei jemandem die Bewährungszeit abgelaufen ist. Vielleicht macht ihn das übermütig, wenn ihm niemand mehr über die Schulter schaut.« Er schnippte mit den Fingern. »Mit Bewährungshelfern solltest du auch reden. Frag nach, ob sie sich im Zusammenhang mit diesen Morden um irgendwen Sorgen machen.«

Es würde unendlich lange dauern, diesen ganzen Papierkram zu erledigen. »Aus dem geografischen Blickwinkel kommen wir nicht weiter«, gab ich zaghaft zu bedenken. »Wir haben keine Chance herauszufinden, wo er ansässig ist. Offenbar hat er kein Problem damit, immer dort zuzuschlagen, wo seine Opfer wohnen.«

»Ich kann mir gut vorstellen, dass er früher beim Militär war. Er passt sich dem jeweiligen Gebiet an. Das ist typisch militärisches Denken.«

»Könnte aber auch auf einen Schachspieler zutreffen.«

»Wir suchen hier nicht nach einem verdammten Nerd, Kollegin. Irgendwelche schachversessenen Streber gehen nicht einfach los und fangen an, Frauen zu erwürgen und zu verstümmeln. Dieser Typ ist ein Alphatier, ein dominanter Macher. Er weiß genau, was er will, und sorgt dafür, dass er es auch kriegt.«

»Das hört sich fast so an, als ob du ihn bewunderst.«

Er schüttelte den Kopf. »Bewunderung habe ich für so ’nen Scheißkerl ganz bestimmt nicht übrig. Aber man muss schon zugeben, dass er ein verdammter Profi ist. Drei Morde, ohne dass wir irgendwas in der Hand haben. Unter allen, die vernommen wurden, ist kein ernsthaft Verdächtiger dabei – genau wie beim letzten Mal. Ich war der Einzige, der für sie in Frage kam, und es war pures

Glück, dass ich ein Alibi hatte, denn ansonsten wäre ich in den Knast gewandert.«

»Und wie sieht es diesmal aus?«

»Wie sieht was aus?«

»Hast du Alibis für die Nächte, in denen die Morde begangen wurden?«

Unwillig antwortete er: »Vermutlich. Ich hab mich nicht darum gekümmert.«

»Solltest du aber vielleicht besser.«

»Wieso?«

»Falls jemand die gleichen Parallelen zieht wie wir und dir Fragen stellt. Andy Bradbury würde dich bestimmt liebend gern im Vernehmungsraum ein bisschen in die Mangel nehmen.«

»Dieser Wichser.«

»Ja, dieser frisch beförderte Wichser.« Ich begann den nächstliegenden Papierstapel zu sortieren. »Jemand hat ins Spiel gebracht, dass wir vielleicht nach einem Polizeibeamten zu suchen haben.«

»Schon möglich. Aber ich war es auf jeden Fall nicht.«

Ich sah zu ihm hinauf und stellte fest, dass er mich mit seinem stechend blauen Blick fixierte, der mir eindeutig sagte, dass er verärgert war. »Natürlich nicht«, pflichtete ich ihm einen Augenblick zu spät bei.

»Und was passiert als Nächstes? Du hast gesagt, Godley behandelt die Sache vertraulich. Sind Una Burt und du also die Einzigen, die damit beschäftigt sind, Angelas Tod mit den drei jüngsten Mordfällen zu vergleichen?«

»Das ist nicht ganz richtig«, entgegnete ich vorsichtig. »Una Burt hat damit zu tun, die beteiligten Teams zu koordinieren.«

»Dann also nur du.«

»Immerhin weißt du, dass du mir vertrauen kannst.« *Sieh es mal positiv …*

»Verdammt noch mal.« Derwent lief wieder ruhelos auf und ab. »Da muss ich doch mit einbezogen werden.«

»Nein, Josh, du musst dich da raushalten.« Ich stutzte und war selbst überrascht, dass ich seinen Vornamen ausgesprochen hatte, aber er schien nichts zu bemerken.

»Ich halte mich da überhaupt nicht raus. Ich bin ja schon mittendrin. Das ist doch meine Geschichte, verdammt. Hier geht es um mich.«

»Es geht um drei tote Frauen. Oder vier, wenn man Angela mitrechnet. Und du musst dich raushalten, weil Godley uns sonst beide feuert, und zwar zu Recht. Pass auf, ich werde dir alles weitersagen, was ich herausfinde, mit dir Vernehmungsstrategien absprechen und dich wissen lassen, mit wem ich rede. Du kannst halt nur nicht direkt mit dabei sein.«

»Maeve …«

»Nein.« Ich legte Angelas Akte auf dem Sofa ab. »Es ist spät. Ich muss jetzt nach Hause. Ich lasse dir alles hier, weil ich glaube, dass du es lesen solltest – egal, was Godley sagt. Du musst dich im Hintergrund halten, kannst mich aber auf jeden Fall beraten. Und, unter uns gesagt, wir werden bestimmt zu Ergebnissen kommen.«

Er schüttelte den Kopf. »Du kannst mich nicht mit der Akte bestechen.«

»Okay, dann nehme ich sie eben gleich wieder mit, und du kannst Godley selbst darum bitten, dass er dich offiziell ins Boot holt.« *Wozu es niemals kommen wird.* Er ließ die Schultern sinken, und ich wusste, dass ich gewonnen hatte, auch wenn mich das nicht sonderlich erfreute. »Ich versuche dir zu helfen, ist dir das eigentlich klar?«

»Ja, ist es.«

»Ich will doch auch herausfinden, was passiert ist.«

»Ja.« Er sah aus dem Fenster, hinunter auf die Straße. Sie war menschenleer, abgesehen von einem mageren Fuchs, der auf der anderen Straßenseite nach etwas Essbarem suchte. Er beobachtete das Tier, bis es verschwand. Beinahe zu sich selbst sagte er dann: »Ich möchte es doch einfach nur wissen.«

Sonntag

Kapitel 19

Ich weiß nicht, ob ich ihn auf der Straße erkannt hätte, aber als ich ihn in seinem eigenen Lokal sah, war mein erster Gedanke, dass sich Shane Poole nicht wesentlich verändert hatte, seit er siebzehn war. Sowohl seine Schultern als auch seine Hüften waren zwar ein Stück breiter geworden, und seine Haare wirkten schon erstaunlich grau, obwohl er noch keine 40 war. Trotzdem waren seine Grundzüge die gleichen geblieben: ein großer, etwas grobschlächtiger Kerl mit kräftigen Händen und ernster Miene. Er erinnerte mich an Derwent, ohne dass ich sagen konnte, weshalb. Vielleicht lag es an seiner Stimme und seinem Benehmen und möglicherweise auch ein wenig an seinem Auftreten. Ich fragte mich, ob es einfach daran lag, dass sie in derselben Gegend aufgewachsen waren, oder ob Derwents Einfluss auf Poole so groß gewesen war, dass sich dieser auch nach so vielen Jahren immer noch ganz ähnlich gab wie er.

Sein Lokal hieß *Rest Bar* und befand sich in einer Seitenstraße der Brick Lane, was bei mir sofort die Alarmglocken schrillen ließ, nachdem ich ihn aufgespürt hatte. Brick Lane und Umgebung war der Hotspot für indische Lokale und äußerst beliebt bei den Mitarbeitern umliegender Unternehmen. Hier pulsierte das Leben, und die Kneipen hatten bis spät in die Nacht geöffnet. Außerdem war es nicht weit bis zur City, wo Anna gearbeitet hatte, und noch näher zu Whitechapel, Maxines Wohnviertel. Gut möglich, dass die Opfer hier öfter verkehrt hatten und dabei auf ihren Mörder getroffen waren. Ein Mörder, der ganz offensichtlich besessen war von Shane Pooles Schwester und der Art und Weise ihres Todes. Als ich ihn aufsuchte, hatte ich eine lange Liste mit Fragen dabei und zudem das unangenehme Gefühl, dass Derwent direkt hinter mir stand, mir über die Schulter sah und jede einzelne meiner Bewegungen überwachte.

An einem Sonntagmorgen um neun war die *Rest Bar* vollkommen leer, abgesehen von einem dunkelhäutigen Mann, der bedächtig den Dielenboden kehrte. Um diese Uhrzeit wirkte der Laden denkbar trostlos – viel zu still ohne Stimmengewirr und Musik und auch viel zu hell, wenn die Sonne strahlend durch die Fenster auf die grauen Lederpolster schien, die, bei Licht betrachtet, unangenehm klebrig aussahen. Abends wirkte alles sicher wesentlich angenehmer, wenn über der Bar die Pendelleuchten aus Kupfer angeschaltet waren. Aber jetzt gab es nichts, das den unangenehmen Geruch – eine Mischung aus verschüttetem Wein, schalem Bier und Putzmittel – hätte ausgleichen können. Ich hatte erwartet, dass mein Gespräch mit Shane Poole in einem Hinterzimmer stattfinden würde, doch er ging auf eine Sitznische im Gastraum zu und nahm dort Platz, wobei er seinen Arm scheinbar entspannt auf der Banklehne ablegte. Das war er allerdings ganz und gar nicht, wie ich am Zucken seines rechten Augenlids und dem unaufhörlichen Fingerklopfen ablesen konnte, das er offensichtlich nicht unterdrücken konnte.

»Danke, dass Sie sich Zeit genommen haben.«

»Sie haben gesagt, es geht um Angela.« Er hatte eine raue, kehlige Stimme und sprach ein wenig zu laut. Der Mitarbeiter mit dem Besen hob kurz den Kopf, als er ihn reden hörte, beugte sich dann aber schnell wieder über seine Arbeit. Auf mich wirkte er irgendwie verängstigt, und ich fragte mich, ob er sich vor Shane fürchtete oder ob er

Angst hatte, dass ich die Aufenthaltspapiere der Angestellten kontrollieren und ihn anschließend mit dem erstbesten Flieger zurück nach Lagos schicken würde.

»Wir versuchen herauszufinden, ob es eine Verbindung zwischen Angelas Tod und den drei Mordfällen gibt, in denen wir derzeit ermitteln. Die Opfer heißen Kirsty Campbell, Maxine Willoughby und Anna Melville.«

Er zog seine Mundwinkel nach unten und zuckte mit den Schultern, um damit anzudeuten, dass die Namen ihm nichts sagten.

»Sie wurden im letzten Dreivierteljahr in ihren Wohnungen erwürgt.«

»Das tut mir leid zu hören.«

»Durch bestimmte ... Umstände sehen wir uns veranlasst, diese Fälle mit dem Mord an Angela zu vergleichen.«

»Denken Sie, es war derselbe Kerl?«

»Durchaus möglich.«

Mit auf die Knie gestützten Ellbogen beugte er sich nach vorn und sah zu Boden statt zu mir. »Ich dachte, ich hätte das alles hinter mir. Es ist Jahre her, seit wir das letzte Mal was von Ihnen gehört haben. Jahre!«

Mir war klar, dass er damit die Polizei ganz allgemein meinte. »Bei ungelösten Fällen gibt es eben manchmal einfach nichts, was wir den Familien mitzuteilen haben. Da ist es oft besser, eine offizielle Fallüberprüfung abzuwarten, statt sie grundlos zu behelligen.«

»Wäre aber gut gewesen zu wissen, dass sich noch jemand dafür interessiert.«

Es hatte sich jemand dafür interessiert. Sehr sogar. Dieser Jemand hieß Josh Derwent. Doch diesen Namen wollte ich jetzt noch nicht ins Spiel bringen.

»Es gab keinerlei neue Entwicklungen. Gelegentlich ist die Aufklärung von Mordfällen ein wahres Geduldsspiel.

Aber ich kann natürlich verstehen, dass es schwer ist zu warten, wenn man das Gefühl hat, es wird nichts getan.«

»Meine Mutter hat gewartet. Sie hat viel Geduld bewiesen. Jetzt ist sie tot. Im Dezember ist es drei Jahre her, seit sie gestorben ist.« Er strich sich über seinen kratzigen Dreitagebart. »Sie ist nie darüber hinweggekommen, wie Sie sich vielleicht vorstellen können. Konnte sich nie verzeihen, dass sie es nicht verhindert hat. Ist nie zur Ruhe gekommen in dem Wissen, dass Sie den Täter nie gefasst haben.«

»Das war kein einfacher Fall«, sagte ich leise. »Es gab kaum Hinweise, denen man hätte nachgehen können.«

»Es gab einen dringend Tatverdächtigen, und Sie haben ihn laufen lassen.« Shane sah mich mit feuchten Augen, aber dennoch herausfordernd an. »Und jetzt ist er einer von Ihnen.«

»Er hatte ein Alibi. Ihr Vater ...«

»Mein Vater. Wissen Sie, wo der ist?«

Ich schüttelte den Kopf.

»Im Heim. Nicht weit von dort, wo wir damals gewohnt haben. Aber das weiß er nicht mehr. Er ist dement. Weiß nicht mal, was für ein Tag heute ist. Das hat wahrscheinlich damals, 1992, schon angefangen – zwei Jahre später konnte er nicht mehr arbeiten. Meine Mutter hat versucht, sich um ihn zu kümmern, aber keine Chance. Wir mussten das Haus verkaufen, um seinen Heimplatz zu finanzieren. Sie ist zu ihrer Schwester gezogen.«

Shane kam mir mit seinem Zeigefinger unangenehm nahe. »Erzählen Sie mir nicht, dass er sich nicht geirrt haben kann. Ist einfach durcheinandergekommen. Hat einen Jugendlichen mit einem anderen verwechselt. Einer ist dafür verantwortlich, was mit Ange passiert ist. Und der ist ungeschoren davongekommen.«

»Er konnte gleich zu Beginn der Ermittlungen als Tatverdächtiger ausgeschlossen werden.«

»Er war mein *Freund*. Und er hat meine Schwester vergewaltigt.«

Ich runzelte die Stirn. »Ich bin ganz bestimmt die Letzte, die einen Vergewaltiger in Schutz nimmt, aber wenn es tatsächlich Vergewaltigung war, dann nur im formalen Sinne. Soweit ich weiß, hat es sich um einvernehmlichen Verkehr gehandelt.«

»Sie war fünfzehn und er deutlich älter. Das *war* Vergewaltigung.«

»Die Staatsanwaltschaft hat das damals geprüft und entschieden, dass eine strafrechtliche Verfolgung nicht von öffentlichem Interesse war.« Ich zögerte und überlegte, ob ich fortfahren sollte. *Wer A sagt …* »Ich habe die Akte gelesen. Aussagen von ihren Freunden. Auszüge aus ihren Tagebüchern. Es gab eine Menge Indizien dafür, dass sie die sexuellen Aktivitäten in der fraglichen Nacht aus freien Stücken vollzogen hat. Sie wurde jedoch ermordet, bevor sie jemandem davon erzählen oder aufschreiben konnte, was geschehen ist, aber …«

Seine Nasenflügel bebten. »Er hat sie ausgenutzt und dann umgebracht und *verstümmelt*.«

Ich beschloss, mich auf keine weiteren Diskussionen mit ihm einzulassen. Nachdem er zwanzig Jahre lang seinen Groll gegen Derwent gepflegt hatte, würde ich ihn nicht innerhalb von zwanzig Minuten umstimmen können. »Was Angela zugestoßen ist, war entsetzlich. Wie gesagt, ich habe die Akte gelesen. Es tut mir unendlich leid, dass der Mörder nicht gefasst wurde. Ich möchte nicht abtun, was Sie mir über den Ihrer Ansicht nach Schuldigen gesagt haben, aber ich denke, dass es wichtig ist, auch andere Ansätze zu verfolgen.«

»Wenn Sie die Wahrheit nicht erkennen können oder wollen, dann kann ich Ihnen nicht weiterhelfen«, sagte er sehr entschieden, sodass ich fürchtete, er würde jeden Moment aufstehen und gehen.

Hastig holte ich daher drei Fotos hervor und legte sie vor Shane auf den Tisch. »Können Sie sich diese Bilder bitte einmal ansehen und mir sagen, ob Sie jemanden davon kennen?«

Er sah sie sich an. »Wer ist das?«

»Die drei neuesten Opfer.« Mehr sagte ich nicht zu ihrer Identität. Er sollte unvoreingenommen versuchen, die Gesichter mit Namen zu versehen, falls er jemanden erkannte. Er beugte sich nach vorn und starrte sie erneut einige Sekunden an.

»War eine von diesen Frauen zum Beispiel Gast in Ihrem Lokal?«, machte ich einen Vorstoß.

»Da müssen Sie meine Mitarbeiter fragen. Ich komme nicht viel dazu, mit den Gästen zu reden.«

»Aber Sie sind während der Öffnungszeiten schon hier?«

Er breitete die Arme aus. »Das ist mein Leben. Ich wohne in der oberen Etage.«

Und er hatte mich nicht in seine Wohnung gebeten, sondern zog es vor, mich im viel öffentlicheren Lokal zu treffen. Beinahe ein Affront. Aber ich würde es wahrscheinlich genauso halten, wenn die Polizei mich vernehmen wollte.

»Vielleicht haben Sie die Frauen ja schon einmal gesehen, ohne direkt mit ihnen zu sprechen. Sehen Sie noch einmal hin.«

Als er Maxines Foto zur Hand nahm, überkam mich ein Anflug von Aufregung, aber er legte es kommentarlos wieder ab.

»Kommt Ihnen keine der Frauen bekannt vor?«

Er schüttelte den Kopf. »Sie können die Bilder hierlassen, wenn Sie wollen. Dann kann ich sie den Stammgästen und Mitarbeitern zeigen. Vielleicht finde ich ja jemanden, der sie kennt.«

Ich war erstaunt. »Das ist sehr nett von Ihnen.«

»Ich habe ein sehr persönliches Interesse daran, dass Mörder gefasst werden. Und es macht ganz den Eindruck, als ob Sie dabei ein bisschen Hilfe von außen brauchen können.«

Ich packte meine Visitenkarten aus und reichte ihm einen Stapel davon. »Wenn jemand meint, sich an eine der Frauen zu erinnern, kann er sich gern bei mir melden.«

Er legte die Karten beiseite und zog die Augenbrauen hoch. »Sonst noch was?«

»Gehen wir zurück ins Jahr 1992, als Angela starb. Können wir uns darüber noch ein bisschen unterhalten? Ich möchte keine schlimmen Erinnerungen heraufbeschwören, aber falls es einen Zusammenhang mit den jüngsten Morden gibt, dann müssen wir so viel wie möglich herausfinden.«

»Was wollen Sie denn wissen?«

»Vor dem Mord an Angela, erinnern Sie sich da an ungewöhnliche Vorgänge? Dass ein Unbekannter aufgetaucht ist oder ein fremdes Auto mehr als einmal an Ihrem Haus vorbeigefahren ist?«

»Nein.«

»Hat sich jemand zu der Zeit, als der Mord geschah, merkwürdig verhalten? Und danach – hat sich jemand auffallend anders benommen? Hatten Sie das Gefühl, dass jemand durch ihren Tod besonders mitgenommen war?«

»Das waren wir alle. Es hat einen ganzen Haufen Leute ziemlich umgehauen.«

»Und niemanden ganz besonders auffällig?«

»Ich habe Ihnen doch gesagt, wer sie umgebracht hat«, fuhr er mich an. »Ich weiß überhaupt nicht, wozu Sie mich mit Ihrer Fragerei nerven.«

»Ich bitte um Nachsicht«, entschuldigte ich mich und schlug einen anderen Kurs ein. »Woran erinnern Sie sich noch in Bezug auf die Nacht, als sie umgebracht wurde?«

Er seufzte und wandte wieder den Blick ab. »Ich weiß es nicht. Bruchstücke. Ich war an diesem Abend mit ein paar Kumpels unterwegs und hatte ein bisschen Gras geraucht. Als ich hinterher nach Hause kam, standen da lauter Polizeiwagen, und ich dachte irgendwie, die wären gekommen, um mich zu verhaften. Ich hab dann versucht, mich hinter zwei parkenden Autos zu verstecken, können Sie sich das vorstellen? So ein Schwachsinn.«

»Und wann haben Sie gemerkt, dass die Polizei gar nicht Ihretwegen da war?«

»Es stand auch ein Krankenwagen dabei, was mir natürlich komisch vorkam. Die Sanitäter haben ständig über meine Mutter geredet, dass sie ein Beruhigungsmittel kriegen soll und so was. Ich dachte erst, mit meinem Vater wär irgendwas passiert. Irgendwann hat mich dann einer von den Polizisten entdeckt, da bin ich vorgekommen. Ich war total verschwitzt und hab gezittert, aber meine Eltern waren so fertig, dass sie das wahrscheinlich gar nicht mitgekriegt haben. Die Polizisten hatten in der Situation natürlich anderes zu tun, als mich wegen ein bisschen Hasch festzunehmen, obwohl einer von ihnen mich dann ein paar Tage später deswegen noch mal beiseitegenommen hat. Er meinte, ich soll das mal lieber lassen mit dem Zeug. Hat nicht ganz geklappt, aber er hat's halt versucht.«

»Haben Sie Angela gesehen?«

»An dem Abend? Nein, ich musste dann später mit meinem Vater die Leiche identifizieren. Meine Mutter war dazu nicht in der Lage, und ich wollte ihn dabei nicht allein lassen.«

»Wo fand das statt?«

»Im nächstgelegenen Krankenhaus. In der Leichenhalle.« Er schauderte. »Schrecklich dort.«

»Haben Sie je Fotos vom Tatort zu sehen bekommen?«

»Nein.«

»Wissen Sie, ob in der Presse Bilder von Angelas Leiche erschienen sind, entweder aus dem Garten oder aus dem Leichenschauhaus?«

»Ich glaube nicht. Wieso fragen Sie?«

»Ich versuche, die Zahl der Menschen einzugrenzen, die zu irgendeinem Zeitpunkt die Leiche gesehen haben. Manchmal kursieren solche Fotos ja auch irgendwo – in der Schule zum Beispiel.«

Er spannte die Muskeln in Brust und Schultern kurz an. »Nie im Leben hätte ich das zugelassen, verdammt. Nicht eine Sekunde.«

»Woran erinnern Sie sich sonst noch?«

»An die Beerdigung. Sämtliche Mädchen aus ihrem Jahrgang haben geheult und sich aneinander festgeklammert. Sie sollten eigentlich ein Ehrenspalier bilden, haben sich und die Schule dabei aber nur elend blamiert.« Er schüttelte den Kopf, was mich plötzlich wieder an Derwent erinnerte: die Missbilligung, die Ablehnung von Schwäche jeglicher Art, wenn eine Pflicht zu erfüllen war.

»Das war für alle sicher sehr aufwühlend.«

»Das war meine letzte Beerdigung. Nie wieder.« Er sah mich kurz an. »Da Sie es sicher sowieso rausfinden werden, erzähl ich's Ihnen lieber gleich. Josh ist nach der Trauerfeier auf uns zugekommen und hat versucht, meinem Vater und mir die Hand zu geben. Da ist es mir hochgekommen, und ich musste kotzen. Mitten in der Kirche. Es hat ekelhaft gestunken. Das ist das, was ich noch weiß von Angelas Beerdigung: die Massen von Lilien auf ihrem Sarg und wie sich ihr starker Geruch dann mit dem Gestank von dem Erbrochenen vermischt hat.« Beim Gedanken daran musste er sich beinahe wieder übergeben, was ich ihm nicht verdenken konnte. Er war ganz grün im Gesicht und stand auf. »Ich brauch jetzt 'nen Schluck Wasser. Wollen Sie auch was trinken?«

»Nein danke.«

Als er zurückkam, hatte er wieder mehr Farbe im Gesicht. Er setzte sich mit einem gequälten Lächeln. »Ich weiß auch noch genau, wann ich Josh dann das nächste Mal gesehen habe. Das war in der Schule, und ich habe ihm eine in die Fresse gehauen. Heute bedauere ich das wirklich.«

»Oh«, begann ich. »Das hat er bestimmt längst vergessen …«

»Ich hätte ihn härter verprügeln sollen«, unterbrach mich Shane. »Das ist es, was ich bedauere.«

Ich konnte nachvollziehen, wie man Derwent gegenüber derartige Fantasien entwickeln konnte.

»Und dann ist er nicht mehr in die Schule gekommen.«

»Korrekt. Josh ist zur Armee gegangen. Einfach abgehauen, um zu saufen und rumzuvögeln und in Zypern oder Deutschland oder sonst wo mit der Knarre zu wedeln. Soldat spielen und einen auf Held machen.«

»Wie ging es bei den anderen weiter?«

»Alles ist völlig aus dem Ruder gelaufen. Wir waren ja so eine feste kleine Clique – Josh, Ange, unser Freund Vinny und seine Schwester und ich. Das hat uns allen schwer zu schaffen gemacht, auf ganz verschiedene Weise. Ich hab angefangen, ziemlich viel Drogen zu nehmen: Tabletten und Koks, eigentlich alles außer Heroin, weil ich Nadeln scheiße fand. Glücklicherweise. Vinnys Schwester Claire ist für ’n paar Jahre von hier abgehauen. Ist zu ihrer Tante nach Birmingham gezogen. Wahrscheinlich wollte sie weg von hier, damit sie in ihrem eigenen Tempo damit fertigwerden konnte.« Er zuckte mit den Schultern. »Keine Ahnung. Als sie wieder zurückkam, war sie mit irgend ’nem Typen von dort verlobt, aber der hat sie dann sitzen lassen. Sie hatte ein Kind von ihm. Das brauchte natürlich ’ne Menge Zeit. Deshalb hab ich sie kaum noch gesehen. Sie war zwar noch total jung, hatte sich aber fest vorgenommen, ihre Sache als Mutter richtig gut zu machen. Ich glaube, sie ist mit Absicht schwanger geworden. Sie wollte wahrscheinlich was beweisen und besonders intensiv leben, weil Ange nicht die Chance dazu hatte.« Seine Augen füllten sich unvermittelt mit Tränen, und er sah konzentriert an die Decke, bis er sich wieder unter Kontrolle hatte. Ich tat so, als hätte ich es nicht bemerkt.

»Und wie sah es bei Vinny aus?«

Er lachte auf, musste dann husten und rang immer noch um Fassung. »Vinny und ich haben die Schule zu Ende gemacht. Danach ist er erst mal durch die Weltgeschichte gereist. Ich konnte nicht weg hier, weil meine Eltern mich brauchten. Was auch gut so war, denn ansonsten hätte ich wahrscheinlich irgendwo unterwegs ’ne Überdosis genommen. Vinny war viel in Asien – Thailand, Kambodscha, Laos, Vietnam – und hat sich dort hauptsächlich von Reis ernährt und in billigen Absteigen übernachtet. In Thailand hat er ein bisschen Kickboxen gemacht und auch an ein paar Kämpfen teilgenommen. Er hat sogar überlegt, für immer dort zu bleiben und Profi zu werden, ist dann aber doch wiedergekommen. Hier hat er nie lange in einem Job gearbeitet und sich immer schnell gelangweilt.

Außerdem konnte er sich Vorgesetzten nicht unterordnen. Von daher war es echt der Brüller, als er irgendwann auch zum Militär gegangen ist.«

»Wollte er Josh nacheifern?«

»Er war in einem anderen Regiment.«

Was ja aufs Gleiche hinausläuft, lag mir auf der Zunge, aber ich verkniff es mir. »Na gut. Aber trotzdem hat er ja offenbar auf ganz ähnliche Weise wie Josh versucht, mit Angelas Tod zurechtzukommen.«

»Kann sein. Keine Ahnung. Der Kontakt zu Vinny ist auf jeden Fall nie abgerissen. Ganz im Gegensatz zu Josh, der zum Glück völlig abgetaucht war. Vinny ist immer für mich da gewesen, selbst wenn er gerade am anderen Ende der Welt war.«

»Wie kann ich ihn denn erreichen?«, erkundigte ich mich und sah, wie er zusammenzuckte.

»Gar nicht.« Ich ahnte schon, was er sagen würde, ließ ihn jedoch trotzdem ausreden. »Er ist tot.«

»Wann ist er denn gestorben?«

»Letzten November. Ist jetzt fast ein Jahr her. Afghanistan. Ist auf eine sogenannte unkonventionelle Spreng- und Brandvorrichtung getreten. Was eine Autobatterie war, die irgendein verdammter Ziegenhüter im schlimmsten Land der Welt an Überreste von russischem Plastiksprengstoff angeschlossen hat.«

»Wie entsetzlich«, sagte ich mit aufrichtigem Mitgefühl.

Shane nickte. »Er war mein bester Freund.«

»Das wusste ich nicht. Es tut mir leid für Sie.«

»Ich vermisse ihn sehr«, gab er zu. »Hier. Das ist Vinny.« Er hatte ein Bild aus seiner Brieftasche genommen und zeigte es mir. Es war ein professionelles Porträtfoto in Uniform. Vinny hatte gut ausgesehen, ein harter Kerl mit kantigem Gesicht. Sein Nacken war breiter als sein Kopf.

»Und das war im November?«, fragte ich noch einmal nach.

»Hab ich doch gesagt.« Er schob das Foto wieder an seinen Platz und steckte die Brieftasche ein.

»Mit wem sollte ich sonst noch sprechen? Ihr Vater …«

»Verschwenden Sie damit nicht Ihre Zeit. Er erinnert sich weder an mich noch an Angela und erst recht nicht an das, was mit ihr passiert ist.«

»Wer käme sonst noch in Frage?«

»Claire, würde ich sagen. Sie wohnt wieder in Bromley. Da sie nicht verheiratet ist, heißt sie immer noch Claire Naylor. Sie ist Chefin in 'nem Laden für Glückwunschkarten.«

»Ich finde sie schon.«

»Sie wird Ihnen das Gleiche erzählen wie ich, aber vielleicht ist es ja gut, wenn Sie es von ihr auch noch mal hören.« Er stand auf und signalisierte, dass er alles gesagt hatte, was es aus seiner Sicht zu sagen gab, und unser Gespräch damit beendet war. »Ja, reden Sie mal mit Claire.«

Kapitel 20

Ich machte Claire Naylor ausfindig, indem ich in Bromley die vier Geschäfte anrief, die Glückwunschkarten verkauften. Wie es der Zufall wollte, war sie die Chefin des vierten Ladens und obendrein gerade krankgeschrieben. Trotzdem bestand ich darauf, dass mir die unfreundliche Stellvertreterin ihre Adresse gab. Die verkürzten Öffnungszeiten am Sonntag waren zwar theoretisch eine gute Idee, sorgten aber dafür, dass die Läden in dieser kompakten Zeit viel voller waren. Außerdem, so sagte mir die stellvertretende Ladenchefin gestresst, steckten sie mitten im Vorweihnachtsgeschäft. Um diese Zeit schon.

Ich hielt es für angeraten, Claire persönlich aufzusuchen, statt einfach nur anzurufen. Ich war mit einem allgemeinen Dienstwagen unterwegs, dessen Kupplung mehr als launisch war, hatte unterwegs im Stau gestanden und war eine Stunde durch Bromley gekurvt, ehe ich endlich an der richtigen Stelle gelandet war. Meine Stimmung war daher ziemlich im Keller.

Ich suchte Derwents ehemaliges Wohnhaus, in dem jetzt eine asiatische Familie lebte. Auch den Friedhof entdeckte ich, wo er und Angela miteinander geschlafen hatten. Allerdings verzichtete ich auf eine Wallfahrt zum Schauplatz des Geschehens, da dort vermutlich keine Gedenktafel angebracht war. Von dort aus fuhr ich zum ehemaligen Haus der Pooles in der Kimlett Road. Wie ich von Shane Poole erfahren hatte, war es vor einigen Jahren verkauft worden, sodass ich nicht fürchten musste, Angehörige von ihm zu verärgern. Trotzdem verhielt ich mich so unauffällig wie möglich, als ich am Tor stand und in den Garten schaute, wo Angela ihr Leben lassen musste. Der Baum war gefällt worden, und anstelle der Hecke befand sich zwischen den beiden Häusern jetzt ein hoher Holzzaun. Außerdem hatte man das Haus um einen großen Wintergarten erweitert, der nun einen Gutteil des Gartens einnahm. Das Haus nebenan sah allerdings noch in etwa so aus wie auf den Bildern von damals. Es war das Haus von Stuart Sinclair. Es konnte sicher nicht schaden, dort einmal zu klingeln, was ich auch tat. Ein Kind öffnete die Tür. Es war ein etwa neunjähriges Mädchen, das enttäuscht wirkte, als es mich sah. Seine Mutter kam durch den dunklen Flur herbeigeeilt. Sie war füllig, hatte strenge Gesichtszüge und sehr dunkle gerade Augenbrauen, die den abweisenden Eindruck noch verstärkten.

»Tut mir leid. Sie dachte, es wäre ihre Freundin.« An ihre Tochter gewandt, sagte sie: »Geh ins Wohnzimmer, Milly, aber schnell. Ich hab dir doch gesagt, dass du nicht an die Tür gehen sollst.«

Sie wartete, bis das Mädchen verschwunden war, und ließ mich dann wissen: »Ich kaufe nichts an der Tür.«

»Ich will gar nichts verkaufen«, entgegnete ich und zeigte ihr schnell meinen Dienstausweis, weil sie die Tür schon wieder zumachen wollte. »Ich bin von der Polizei. DC Kerrigan ist mein Name. Ich wollte mich nur erkundigen, ob Stuart Sinclair noch hier wohnt oder ob Sie seine Adresse haben oder die seiner Familie.«

»Er ist unser Vermieter. Keine Ahnung, wo er wohnt.«

»Wie kontaktieren Sie ihn denn?«

»Gar nicht.« Sie seufzte. »Okay, ich kann meinen Mann fragen. Der kümmert sich um solche Sachen.«

»Ist er da?«

»Nein, der ist verreist. Männer-Kurztrip übers Wochenende.« Sie verdrehte die Augen. »In seinem Alter.«

Ich gab ihr meine Visitenkarte. »Ich muss ihn dringend sprechen. Es wäre sehr nett, wenn Sie Ihren Mann bitten würden, sich telefonisch oder per Mail bei mir zu melden.«

»Ich werde sehen, was ich tun kann«, antwortete sie gleichgültig.

»Ich würde mir gern noch kurz Ihren Namen notieren.«

»Sharon Parsons. Mein Mann heißt mit Vornamen David.« Skeptisch beobachtete sie, wie ich das Gesagte aufschrieb, als ob sie befürchtete, dass ich etwas anderes in meinem Notizbuch vermerkte oder Schreibfehler einbaute.

Ich wollte mich schon zum Gehen wenden, überlegte es mir aber doch anders. »Wäre es möglich, dass ich mich kurz oben umschaue? Es geht mir nicht um die Einrichtung, sondern nur um den Blick aus Ihren Fenstern.«

Aber sie schüttelte schon den Kopf. »Auf gar keinen Fall. Das ist privat.«

»Verstehe. Ich frage deshalb, weil ich in einem Mordfall ermittle und ...«

Das Wörtchen »Mord« löste normalerweise eine gewisse Reaktion aus. Nicht jedoch bei ihr. Ihre Miene war wie versteinert. »Da kann ich Ihnen nicht weiterhelfen.«

An dieser Stelle waren mir die Hände gebunden. Ich konnte sie nicht dazu zwingen, mich in ihr Haus zu lassen. Daher verabschiedete ich mich mit mehr Fragen als zuvor und wenig Hoffnung, dass ihr Mann Kontakt mit mir aufnehmen würde.

Ich brauchte noch einmal zwanzig Minuten, um zu Claires Adresse zu gelangen. Sie wohnte in einem Viertel, das einst als sozialer Wohnungsbau angelegt worden war und hauptsächlich aus langen, kurvenreichen Sackgassen bestand. Bis ich endlich vor ihrem Haus stand, hatte ich das Wenden in drei Zügen mehrfach ausgiebig trainiert. Nachdem ich geklingelt hatte, betrachtete ich den tadellos gepflegten Rasenstreifen und den älteren, aber blitzsauberen Fiat in der Einfahrt. Das sah ganz nach Perfektionismus aus.

»Kann ich Ihnen helfen?«

Claire war augenscheinlich völlig zu Recht krankgeschrieben: ihre Augen wirkten glasig, ihre Haut sah blass aus, und ihre Nase war stark gerötet. Im Gegensatz zu Shane kam sie mir gut zwanzig, wenn nicht mehr Jahre älter vor als auf dem Foto, das Derwent bei sich zu Hause hatte, mit Falten auf der Stirn und den streng blauschwarz gefärbten Haaren. Sie hatte sich in einen Bademantel gehüllt und machte den Eindruck, dass ihr alles andere als nach einer längeren Unterhaltung zumute war.

»Claire Naylor? Ich bin Detective Constable Maeve Kerrigan. Ich würde Ihnen gern ein paar Fragen über Angela Poole stellen.«

»Angela?« Sie schlang einen Arm um ihre Taille und hielt mit der anderen Hand den Kragen ihres Bademantels zusammen. »Warum denn das?«

»Angelas Tod könnte für eine laufende Ermittlung relevant sein.« Die Frau rührte sich nicht von der Stelle. Ich nahm ein Blatt aus Derwents Buch und stellte meinen Fuß auf die Schwelle, damit sie mir nicht die Tür vor der Nase zuschlagen konnte. »Darf ich reinkommen? Ich werde mich auch bemühen, Sie nicht allzu lange aufzuhalten.«

»Ich kann nicht … oh mein Gott.« Sie rieb sich die Stirn. »Mich hat eine Grippe erwischt.«

»Ich werde es kurz machen.« *Und im Übrigen rühre ich mich hier sowieso nicht von der Stelle, da können Sie mich auch gleich reinlassen.*

Wahrscheinlich hatte sie mir meine Entschlossenheit angesehen, denn sie trat einen Schritt zurück, und ich schob mich an ihr vorbei in den Flur. Der sah genauso so tadellos aus wie der Vorgarten und war so sauber, dass er fast steril wirkte. Ich ging in Richtung Wohnzimmer, weil ich annahm, dass wir uns dort unterhalten würden.

»Warten Sie! Ich möchte vorher noch kurz aufräumen. Geben Sie mir eine Sekunde.«

Sie drängte sich an mir vorbei und machte die Wohnzimmertür hinter sich zu. Ich hörte, wie sie in Windeseile durch das Zimmer fegte und Schubladen öffnete und schloss. Nach weniger als einer Minute ging die Tür wieder auf.

»Jetzt können Sie reinkommen.«

Ich betrat einen Raum, der sicher noch nie unaufgeräumt gewesen war, seit Claire Naylor hier wohnte. Sie schien eine äußerst penible Hausfrau zu sein, denn die Wände und Regale wirkten schmucklos und geradezu kahl. An einem Schrank in der Ecke des Zimmers war in der Eile eine Schublade leicht offen geblieben, und ich hätte nur allzu gern nachgesehen, was sich darin befand. Als hätte sie meine Gedanken erraten, trat sie zwischen mich und den Schrank und lehnte sich gegen einen Sessel.

»Bitte, setzen Sie sich.«

Ich kam ihrer Aufforderung nach und holte mein Notizbuch heraus.

»Möchten Sie etwas trinken? Tee oder Wasser?« Ein rasselnder Husten erschütterte ihren schmalen Körper.

»Nein, vielen Dank.« Ich wartete, bis sie ebenfalls Platz genommen hatte – sie setzte sich auf den äußersten Rand des Sessels, als wollte sie jeden Moment die Flucht ergreifen.

»Sie haben gesagt, dass es um Angela geht. Das verstehe ich nicht so ganz. Wozu wollen Sie denn da mit mir reden?«

»Wir beschäftigen uns noch einmal mit Angelas Tod, weil er möglicherweise im Zusammenhang mit einer Mordserie steht, die sich in den vergangenen Monaten ereignet hat.« Ich zeigte ihr die Fotos, nannte nacheinander die Namen der Frauen, und sie nickte dabei.

»Ich habe in der Zeitung davon gelesen. Sie wurden erwürgt wie Angela.« Sie sah zu mir hoch. »Genauso wie Angela?«

»Es gibt bestimmte Ähnlichkeiten.«

Sie schauderte. »Mehr will ich gar nicht darüber wissen. Denken Sie, es ist derselbe Mörder?«

Ich zögerte. »Wir haben derzeit noch niemanden konkret im Visier. Das ist auch ein Grund, warum ich Sie aufgesucht habe. Für Sie klingt das wahrscheinlich sehr weit hergeholt, aber wir müssen prüfen, ob wir von Ihnen etwas erfahren können, das uns auf die richtige Spur bringt.«

»Ich glaube nicht, dass ich Ihnen da weiterhelfen kann«, sagte sie ausdruckslos. »Mir ist wirklich nicht klar, warum Sie hergekommen sind.«

»Shane Poole hat mir empfohlen, mich an Sie zu wenden.«

»Shane? Den habe ich schon seit Jahren nicht mehr gesehen.«

»Soweit ich weiß, hatte Ihr Bruder Kontakt zu ihm.«

»Ja, Vinny, das stimmt.« Sie schniefte, und ich konnte nicht so recht deuten, ob sie das so mitnahm oder ob es an der Grippe lag. »Nach allem, was passiert war, bin ich weggezogen. Shane und Vinny sind in Verbindung geblieben, aber ich wollte das nicht. Für mich wäre das alles immer wieder hochgekommen.«

»Sie waren mit Angela befreundet.«

»Wir waren alle Freunde. Vinny, Shane, Angela und ich.«

»Und?«, hakte ich nach.

»Josh Derwent.« Sie sprach seinen Namen mit tonloser Stimme aus, sodass ich daran nicht ablesen konnte, wie sie über ihn dachte. Sie sah mich scharf an. »Er ist Polizist geworden. Kennen Sie ihn?«

Es wäre sinnlos gewesen, das zu leugnen. »Ich arbeite mit ihm zusammen. Aber er hat mit den Ermittlungen in diesem Fall nichts zu tun.«

»Weiß er, wo ich wohne? Haben Sie ihm erzählt, dass Sie mit mir reden wollen?«

»Nein, nein. Das werde ich auch nicht tun, wenn Sie es nicht möchten.«

»Sagen Sie es ihm nicht. Bitte.« Sie begann nervös ihren Bademantel über den Knien glattzustreichen. »Ich möchte ihm nicht begegnen. Ich habe ihn seit damals nicht wiedergesehen, und dabei möchte ich es auch lassen.«

»Er war der Hauptverdächtige im Mord an Angela, wurde aber im Rahmen der Ermittlungen entlastet«, sagte ich ruhig. »Er hatte ein Alibi.«

»Das ist mir bekannt.«

»Dann liegt es also nicht daran, dass Sie Angst vor ihm haben?«

»Vor *Josh?*« Sie lachte. »Nein. Ich will nur vermeiden, dass alles wieder hochkommt.«

»Wann haben Sie ihn denn zum letzten Mal gesehen?«

»Ein paar Monate nachdem es passiert war.« Sie unterbrach sich, weil sie wieder husten musste. »Ich habe danach zu ihm gehalten und nichts von dem geglaubt, was über ihn geredet wurde. Ich wusste, dass Angela es war, die unbedingt mit ihm schlafen wollte. Es war nicht Joshs Idee. Er hat sie geradezu angebetet und hätte ihr nie etwas antun können. Niemals wäre er einer Frau gegenüber gewalttätig geworden.«

»Heißt das, dass er bei Männern in dieser Hinsicht weniger zimperlich war?«

»Wenn Sie Josh kennen, dann wissen Sie, dass das seine Art war, sich gegen diejenigen zu behaupten, die ihn für schuldig hielten – also praktisch alle. Und seine Familie hat ihn rausgeworfen. Es war wirklich ein Drama.«

»Das klingt, als hätte er Ihnen leidgetan.«

»Stimmt.« Sie schaute einen Moment lang betroffen ins Leere, fasste sich aber schnell wieder. »Das heißt aber nicht, dass ich wieder etwas mit ihm zu tun haben will. Ich bin glücklich mit meinem jetzigen Leben. Ich habe zu ihm gehalten, als er mich brauchte, und bin froh darüber. Wir waren ja noch Kinder. Heute ist er bestimmt ganz anders. Ich habe mich jedenfalls verändert.«

»Soweit ich weiß, sind Sie Mutter geworden. Da mussten Sie wahrscheinlich besonders schnell erwachsen werden, oder?«

»Wer hat Ihnen das erzählt? Shane?« Wieder hustete sie. »Ich habe in Birmingham jemanden kennengelernt, Mark hieß er. Die Beziehung hat allerdings nicht gehalten. Aber sie hat mir Luke geschenkt, das war für mich mehr als genug.«

»Wohnt Luke hier bei Ihnen?« Das Wohnzimmer sah derart perfekt aus, dass ich mir partout nicht vorstellen konnte, wie ein Jugendlicher hier auf dem Sofa vor der Glotze lümmelt. Allerdings entdeckte ich hinter dem Fernseher eine PlayStation mit herausgezogenen und fein säuberlich aufgerollten Kabeln.

»Er studiert auswärts. In Cambridge«, fügte sie hinzu. »Maschinenbau.«

»Also ist er offenbar ein schlauer Bursche.«

»Ja, das ist er auf jeden Fall«, antwortete sie stolz.

»Kommt er da nach Ihnen? Haben Sie auch studiert?

»Nein, das ging nicht durch die Schwangerschaft. Es gab zwar Krippen, und meine Mutter hat ihn auch öfter betreut, aber ich war trotzdem zu sehr mit ihm beschäftigt, um an ein Studium zu denken.«

»Wie schade.«

»Für mich war es viel wichtiger, mich auf Luke zu konzentrieren, statt dauernd nur an mich zu denken. Eigentlich wollte ich Anwältin werden, habe dann aber auf meine beruflichen Ambitionen verzichtet.«

»Aber Sie sind doch berufstätig.«

»Nur um uns zu ernähren. Mein Herz hängt da nicht dran. Niemanden interessiert es, ob ich den besten Kartenladen in Bromley betreibe. Es ist ihnen egal, ob ich eine gute Ladenchefin bin oder nicht. Selbst wenn ich mal ein oder zwei Tage fehle, wird im Laden nichts schiefgehen. Ich mache einfach da weiter, wo ich aufgehört habe, und keiner merkt, dass ich nicht da war. Aber Luke hat mich tagtäglich rund um die Uhr gebraucht, und ich war für ihn da. Das bereue ich keine Sekunde.«

Sie war so selbstbeherrscht, wie ich es selten erlebt hatte. Verbissen verteidigte sie ihre Entscheidungen und wollte unbedingt alles richtig machen, egal, wie hoch der Preis dafür war.

Claire runzelte die Stirn. »Was hat das denn eigentlich mit dem Mord an Angela zu tun?«

»Nichts. Tut mir leid. Ich bin es einfach gewohnt, Fragen zu stellen.« Ich wollte erreichen, dass sie sich entspannte, während wir uns über unverfängliche Themen unterhielten. Und außerdem hatte ich von meiner Mutter den Drang geerbt, Menschen in ihrem familiären Kontext zu sehen und jeden Zweig ihres Stammbaums zu analysieren, bis das Thema endgültig erschöpft war.

»Na ja, gehört halt zu Ihrem Beruf.« Sie zog den Gürtel ihres Bademantels fest. »Ich möchte nicht unhöflich sein, aber Sie hatten eigentlich gesagt, dass es schnell geht.«

»Können Sie mir erzählen, woran Sie sich im Zusammenhang mit Angelas Tod noch erinnern? Wie haben Sie erfahren, was ihr zugestoßen ist?«

»Shane hat um vier Uhr morgens bei uns angerufen und wollte Vinny sprechen. Wir hatten ja damals noch keine Handys – unvorstellbar, was? So lange ist es ja noch gar nicht her, aber trotzdem hatten die damals noch absoluten Seltenheitswert. Er hat also bei uns auf dem Festnetz angerufen und damit die gesamte Familie geweckt.« Sie machte eine kurze Pause und überlegte. »Kennen Sie das, wenn das Telefon klingelt und Sie schon im Voraus wissen, dass es nichts Gutes zu bedeuten hat? Tja, genauso war das nämlich. Warum sollte jemand so früh am Morgen bei uns anrufen? Ein Todesfall war die einzige Erklärung. Aber dass es Angela war, hätte ich nie und nimmer gedacht.«

»Haben Sie ihren Leichnam gesehen?«

»Nein. Natürlich nicht.« Sie sah mich vorwurfsvoll an. »Es war ein geschlossener Sarg.«

»Hatten Sie einen Verdacht, wer es gewesen sein könnte?«

»Ich wusste nur, dass es Josh nicht war. Ansonsten hatte ich keine Ahnung.«

»Woher wussten Sie das?«

»Wie ich Ihnen schon gesagt habe, das war völlig ausgeschlossen«, erwiderte sie bestimmt. »Er war … total nett. Überhaupt kein Grübler. Manchmal konnte er zwar aufbrausend sein, aber das sah dann meistens so aus, dass er jemanden kurz anbrüllte oder boxte und sich hinterher eine halbe Stunde lang entschuldigte. Wenn er wütend war, beruhigte er sich immer ganz schnell wieder. Erwürgt hätte er sie nie im Leben, selbst wenn sie ihn irgendwie provoziert hätte.«

Etwas an ihrem Tonfall veranlasste mich zu der Frage, ob sie ein enges Verhältnis zu Angela gehabt hatte.

»Nein, nicht direkt.«

»Aber Sie gehörten doch alle zu einer Clique.«

»Vinny und ich waren so miteinander.« Sie hielt die ineinander verschränkten Finger hoch. »Josh und Shane mochte ich sehr gern, aber da sie zuerst mit Vinny befreundet waren, hat es eine Weile gedauert, ehe sie mich voll akzeptiert haben. Ich war früher eher jungenhaft. Wir waren richtige Kumpels und hatten den gleichen Humor und die gleichen Interessen. Angela gehörte da gar nicht so richtig dazu. Oder doch irgendwie, weil Josh es halt so wollte.«

»Und die anderen fanden das nicht so gut?«

»Vinny konnte sie nicht leiden. Seiner Meinung nach war sie nicht die Richtige für Josh. Er hat mir mal erzählt, dass sie ständig versucht hat, mit ihm zu flirten, wenn Josh nicht dabei war. Sie wollte immer von den Jungs bewundert werden und Bestätigung bekommen, dass sie gut aussah, glaube ich.«

»Ist zwischen den beiden etwas gewesen?«

»Nein. Er hätte sie nie angerührt, dazu war er Josh gegenüber viel zu loyal. Außerdem mochte er sie ja gar nicht. Trotzdem hatten wir sie ständig am Hals. Shane hatte ziemlich die Nase voll davon, dass seine kleine Schwester dauernd dabei war, sodass ich irgendwann mehr mit ihm und Vinny unterwegs war, während Josh und Angela sich abgesetzt haben. Shane konnte nicht zusehen, wie sie sich küssen. Er war der ältere Bruder und Beschützer, der sich auf der anderen Seite aber auch Josh verpflichtet fühlte. In Gegenwart der beiden wusste er nie, wie er sich verhalten sollte. Da war er total hin- und hergerissen.«

»Von Josh hält er immer noch nicht allzu viel.«

»Ja. Na ja, Shane war nicht gerade der Hellste.« Sie schniefte wieder. »Vinny war der Einzige, der wirklich mit ihm reden konnte. Wissen Sie, was mit Vinny passiert ist? Dass er nicht mehr lebt?«

»Shane hat es mir erzählt.«

»Das ist so ein schrecklicher Verlust.« Ihre Augen füllten sich mit Tränen. »Er hätte Kinder haben sollen und definitiv länger leben als nur 38 Jahre.«

»Offenbar gefiel es ihm beim Militär, sonst wäre er ja sicher nicht so lange dabeigeblieben. Wenn er also bei einer Sache gestorben ist, die ihm am Herzen lag …«

»Dann ist das trotzdem tragisch. Vinny war ein Gewohnheitstier. Beim Militär ist er nur geblieben, weil ihm nichts anderes einfiel. Dort hatte er ein Dach über dem Kopf und sein Auskommen und wurde dafür ans andere Ende der Welt geschickt. Seit er in die Armee eingetreten war, musste er keine eigenen Entscheidungen mehr treffen.«

»Aber für dieses Leben hat er sich zumindest bewusst entschieden. Er ist doch früher viel gereist – da hatte er ja die Chance, Alternativen kennenzulernen.«

»Er hätte nie etwas anderes gemacht als Josh. Er wollte immer vor allem so sein wie Josh. Shane auch.«

»Wie *Derwent?«*, fragte ich ungläubig.

»Sie wissen ja nicht, wie er damals war.« Sie zuckte mit den Schultern. »Vielleicht ist er ja jetzt anders. Früher war er … lustig und verrückt, und alle wollten so sein wie er oder ihn als Freund haben. Es gab zwar auch Leute, die ihn nicht leiden konnten, aber er musste nur mit den Fingern schnippen, und schon sahen sie das ganz anders. Sie mochten ihn nicht, weil er sich nicht für sie interessiert hat. Aber eigentlich wollten sie alle nur von ihm beachtet werden. Er hatte wirklich die Gabe, dass ihm alle Welt zu Füßen lag.«

»Sie auch?«, fragte ich und erntete daraufhin einen vorwurfsvollen Blick.

»Wir waren Freunde. Mehr nicht.«

»Und Sie haben ihn nie für schuldig gehalten?«

»Nein, nie.«

»Und Vinny?«

»Der auch nicht.«

»Hatten Sie eine Idee, wer als Täter in Frage kam?«

Sie seufzte. »Darüber habe ich viel nachgedacht. Mit Vinny habe ich auch oft darüber geredet. Shane auf gar keinen Fall – der war total durch den Wind wegen der ganzen Sache. Man konnte nicht mal ihren Namen aussprechen, ohne dass er gleich durchgedreht hat. Aber Vinny und ich, wir haben schon versucht herauszufinden, was passiert war. Leider ohne Erfolg. Ich habe mir immer vorgestellt, dass es ein Fremder war, der sie zufällig auf dem Heimweg gesehen und verfolgt hat und dann über sie hergefallen ist.«

»Ist Ihnen denn damals jemand Fremdes in Ihrem Umfeld aufgefallen? Unbekannte Autos, die mehr als einmal aufgetaucht sind, oder jemand zu Fuß?«

Sie schüttelte zunächst den Kopf, hielt dann jedoch inne und sah zu Boden. »Da war so ein Typ, der uns mal abends im Park angesprochen hat. Er hat sich als Craig vorgestellt und war um einiges älter als wir – angeblich 28, aber er kam mir ein paar Jahre älter vor, obwohl er schon ziemlich cool gekleidet war. Es machte den Eindruck, als ob er sich besonders anstrengt, so auszusehen wie wir. Aber Sie wissen ja, dass Jugendliche alle Erwachsenen für uralt halten, von daher würde ich auf meinen Eindruck nicht allzu viel geben.«

Ich war jedoch mehr als geneigt, ihr zu glauben. Immerhin war sie siebzehn gewesen, also kein Kind mehr. Wenn sie ihn auf über dreißig geschätzt hatte, dann war das höchstwahrscheinlich richtig.

Fast zu sich selbst sagte sie: »Komisch. Damals habe ich mir gar nichts weiter dabei gedacht, aber jetzt frage ich mich schon, weshalb er unbedingt Kontakt zu einer Gruppe von Jugendlichen haben wollte.«

Ich machte mir eine Notiz dazu, obwohl es vermutlich eine Sackgasse war. Aber zumindest war es eine neue Information. »Fällt Ihnen zu diesem Mann sonst noch etwas ein?«

»Er hatte wirklich coole Klamotten an.« Sie grinste, und dabei blitzte in ihr etwas von dem burschikosen Mädchen auf, das eng mit Derwent befreundet gewesen war. Allerdings nur für einen kurzen Augenblick. Danach wurde sie sofort wieder ernst. »Ansonsten nicht allzu viel. Er hat sich sehr für uns – also die Mädchen – interessiert und uns ausgefragt nach der Schule und ob wir einen Freund hätten. Ich fand ihn nett, kein bisschen unheimlich. Das war ungefähr zehn Tage bevor es passiert ist.«

»Und haben Sie ihn vor Angelas Tod noch einmal gesehen?«

»Nur ein einziges Mal in der Stadt. Er hat mir aber nur kurz zugewinkt.«

»Und danach?«

»Nie wieder. Er meinte, dass er nur auf der Durchreise wäre. Er wollte in Richtung Süden.«

»Wohin genau?«

»Nach Frankreich. Und von dort aus weiter. Er hatte nicht vor, irgendwo zu bleiben.«

»Können Sie ihn beschreiben?«

»Groß. Langer Hals, mit einem stark vorstehenden Adamsapfel. Helle Haut. Braune Haare.« Sie zuckte mit den Schultern. »An mehr erinnere ich mich wirklich nicht. Genauer kann ich ihn nicht beschreiben.«

»Wäre ein Phantombild denkbar?«

»Nein, ich kann mich ja nicht mal mehr an seine Gesichtsform erinnern.«

»Und wenn ich Ihnen eine Reihe von Fotos vorlege, würden Sie ihn darauf erkennen?«

»Das wage ich zu bezweifeln.« Sie bemerkte mein enttäuschtes Gesicht. »Es ist ja nicht so, dass ich Ihnen nicht helfen will. Aber das ist alles schon so lange her, es war dunkel, und wir waren bekifft. Ich hatte das schon total vergessen.«

»Haben Sie ihn damals der Polizei gegenüber erwähnt?«

»Nein. Niemals hätte ich das mit den Drogen einem Erwachsenen gegenüber zugegeben.« Sie veränderte ihre Sitzposition. »Ich würde das aber auch nicht überbewerten. Falls er der Mörder war, hat er sicher gelogen, was seinen Namen und sein Alter angeht. Und falls er es nicht gewesen ist, dann war es nur ein armer Trottel, dem man nie auf die Spur kommen wird.«

»Da könnten Sie Recht haben, aber wenigstens ist es ein Anfang. Hat er Ihnen sonst noch etwas von sich erzählt?«

»Er hat gesagt, dass er vorher im Norden war, aber dort sei es ihm zu kalt gewesen. Angeblich konnte er Französisch, aber das war Schwachsinn – er kannte ein paar Redewendungen, und den Rest hat er sich ausgedacht. Angela und ich haben uns den ganzen Abend über ihn lustig gemacht. Aber allzu viel hat er nicht von sich erzählt. Es ging ihm mehr darum, etwas über uns zu erfahren. Was wir natürlich total schmeichelhaft fanden. Jung, wie wir waren, haben wir eine Menge über uns geredet und uns nichts weiter dabei gedacht.« Sie hustete lange. »Apropos viel reden, das ist wirklich Gift für meine Stimme.«

»Ich weiß. Es tut mir leid. Ich lasse Sie gleich in Ruhe.« Ich zögerte. »Darf ich mich wieder bei Ihnen melden, wenn mir noch etwas einfällt?«

»Natürlich. Aber bitte allein. Nicht mit Josh.«

»Ich werde Ihren Wunsch respektieren, versprochen.«

»Danke.« Sie drückte einen Fingerknöchel unter ihr Auge, um damit eine Träne aufzufangen. »Wahrscheinlich werden Sie das nicht verstehen, aber ich haben diesen Teil meines Lebens vor langer Zeit abgeschlossen. Und ich möchte nicht, dass er mich so sieht. Wo ich doch in meinem Leben nichts weiter erreicht habe, als mich in eine hässliche Alte zu verwandeln.«

»Ich glaube nicht, dass er das in Ihnen sehen würde.« Dennoch konnte ich Derwents Stimme ätzen hören: Scheiße, ist die alt geworden. *Ist das denn wirklich so schwer, sich ab und an mal ein bisschen Creme ins Gesicht zu schmieren?*

»Ist er eigentlich verheiratet?«

Ich schüttelte den Kopf.

»Hat er eine Freundin?«

»Diese Woche nicht, soweit ich weiß.«

Sie seufzte. »Kennen Sie ihn denn gut?«

»Ich arbeite oft mit ihm zusammen. Aber ich würde nicht sagen, dass ich ihn gut kenne. Er ist mein Vorgesetzter.« *Und außerdem ein Idiot, von daher…* »Wir sind nicht befreundet. Es ist ein rein kollegiales Verhältnis.«

»Ist er gut in seinem Beruf?«

»Ja, das ist er«, antwortete ich, ohne dass ich nachdenken musste.

»Ist er immer noch so witzig?« Ihre Frage klang ein bisschen wehmütig.

»Er hat eine sehr spezielle Art von Humor«, erwiderte ich wahrheitsgemäß. »Er ist schon irgendwie anders als alle anderen, die ich kenne.« *Gott sei Dank.*

Sie nickte. »Tut mir leid, dass ich Sie über ihn ausgefragt habe. Ich bin einfach nur neugierig. Obwohl ich ihm nicht begegnen möchte, interessiert es mich schon, was aus ihm geworden ist. Sagen Sie ihm aber bitte nicht, dass ich mich danach erkundigt habe.«

»In Ordnung.«

Sie begleitete mich zur Tür und sah mir nach, wie ich zum Auto ging. Ihre Miene war besorgt, und ich wusste, dass sie mir nicht traute.

Während ich in Bromley war, hatte sich meine schlechte Laune in leichte Melancholie verwandelt. Da sonst niemand weiter zu befragen war, suchte ich im Radio einen Oldie-Sender und summte auf dem ganzen Weg zurück durch die verstopften Straßen Liebesschnulzen mit.

Montag

Kapitel 21

Ich hatte den Parsons Unrecht getan. Noch ehe ich am nächsten Morgen aus dem Haus ging, klingelte mein Telefon. Ganz im Gegensatz zu seiner Frau hörte sich David Parsons außerordentlich hilfsbereit und engagiert an.

»Entschuldigung, dass ich so früh störe, aber meine Frau meinte, es wäre dringend. Ich habe eine Nummer von Stu Sinclair, allerdings kein Festnetz. Ich weiß nicht, wo er wohnt.«

»Eine Handynummer reicht mir aus«, antwortete ich und kramte nach einem Stift. Er gab mir die Zahlen sehr langsam durch und ließ sie mich ihm noch einmal vorlesen, um zu überprüfen, dass ich sie auch wirklich korrekt notiert hatte.

»Er geht nie direkt ran, sprechen Sie ihm am besten auf die Mailbox, dann ruft er meistens schnell zurück.«

»Vielen Dank für Ihre Hilfe.«

»Er ist doch nicht in Schwierigkeiten, oder? Wir haben uns das nämlich gefragt. Meine Frau meinte, es geht um einen Mordfall, in dem Sie ermitteln?« Neugier, pur und unverhohlen. Ich wechselte zu einem deutlich sachlicheren Tonfall.

»Es geht um einen alten Fall, in dem er ein wichtiger Zeuge war, das ist alles. In diesem Zusammenhang muss ich mit ihm sprechen, daher bin ich Ihnen sehr dankbar.«

»Jederzeit gerne«, sagte er, und es klang, als meinte er das auch so.

Ich legte auf und fragte mich, wie zwei Menschen mit

so unterschiedlichem Charakter miteinander verheiratet sein konnten. Erwartungsgemäß erreichte ich Stuart Sinclair nicht sofort, als ich ihn anrief. Aber ich musste ohnehin ins Büro. Dort stapelte sich schon der unerledigte Papierkram, und ein paar weitere Anrufe waren auch zu erledigen. Wieder einmal musste ich an Derwents Vorwurf denken, dass ich die Lageberichte nicht regelmäßig las. Am liebsten hätte ich ihn freundlich darauf hingewiesen, dass ich im Moment nicht dazu kam, weil ich in meiner Freizeit damit beschäftigt war, den Mord an seiner früheren Freundin aufzuklären.

Bevor ich das Haus verließ, dachte ich noch kurz über das Wohnzimmerfenster nach, das einen Spalt offen stand. Seit Rob weg war und ich fast rund um die Uhr arbeitete, bemerkte ich in der Wohnung zunehmend einen unangenehmen Geruch. Obwohl ich den Kühlschrank nach etwaigen Fäulnisquellen abgesucht und den Mülleimer geleert hatte, roch es immer noch irgendwie streng. Wir wohnten zwar so weit oben, dass wir uns wegen Einbrechern eigentlich keine Sorgen machen mussten, aber ich wollte das Risiko trotzdem nicht eingehen, das Fenster offen zu lassen. Sämtliche Türen und Fenster sorgfältig zu schließen gehörte bei mir zu den grundlegenden Sicherheitsmaßnahmen, die mich nachts ruhig schlafen ließen. Letztendlich machte ich das Fenster zu und verriegelte es zweimal. Mit üblen Gerüchen kam ich klar, meine Ängste waren dagegen nicht so leicht auszuhalten.

Sobald ich im Büro angekommen war, vertiefte ich mich in meine Arbeit. Es war schon nach elf, als Stuart Sinclair sich bei mir meldete, und beim Klingeln des Telefons brauchte ich einen Moment zum Umschalten, sodass ich anfangs eher unsicher als kompetent klang.

»Ah, richtig. Ja, es ging um …«

Er unterbrach mich. »Sie haben mich zuerst angerufen. Ich hoffe doch sehr, dass Sie noch wissen, worum es ging. Ich weiß es jedenfalls ganz bestimmt nicht.«

Da ich an Derwent gewöhnt war, konnte Stu Sinclair mich so nicht aus dem Konzept bringen. »Wie schon gesagt, würde ich Sie gern in Bezug auf eine Zeugenaussage vernehmen, die Sie 1992 bei den Ermittlungen im Mordfall Angela Poole gemacht haben.«

Er atmete hörbar aus. »Das ist schon eine ganze Weile her, damals war ich ja fast noch ein Kind. Gibt es einen besonderen Grund, warum das jetzt so eilt?«

Wäre er sympathischer gewesen, hätte ich ihm vielleicht sogar gesagt, dass es im Zusammenhang mit den jüngsten Morden steht. »Ich überprüfe derzeit die damalige Fallakte und bin dabei auf ein paar Ungereimtheiten gestoßen. Deshalb möchte ich gern mit Ihnen persönlich sprechen. Am besten heute noch.«

Seine Reaktion darauf war fast ein wenig verängstigt, was aber positiv zu werten war, denn jeder normale Mensch sollte so reagieren, wenn er es mit einer Mordermittlung zu tun bekommt. Ich ahnte, dass sein knallhartes Getue eher aufgesetzt war. »Ah, okay. Das ist wirklich schon sehr lange her, und ich erinnere mich nicht mehr so genau wie damals, aber wenn Sie meinen, dass ich Ihnen weiterhelfen kann, dann versuche ich es auf jeden Fall. Heute Nachmittag muss ich mich allerdings um mein Kind kümmern. Aber falls es Ihnen nichts ausmacht, wenn ein Kleinkind dabei ist, können Sie gern zu mir nach Hause kommen.«

»Kein Problem. Geben Sie mir die Adresse?«

»Danbury Road 82 in West Norwood. Die Postleitzahl ist SE27.«

»Ich kenne die Gegend«, sagte ich und notierte mir alles. »14 Uhr?«

Er zögerte. »Sagen wir 14.30 Uhr. Leider habe ich auch nicht allzu lange Zeit. Wenn es länger dauert als eine halbe Stunde, müssen wir es verschieben.«

»Ich werde es kurz machen«, beruhigte ich ihn, was auch nicht gelogen war. Ich hatte nur eine kurze Liste mit Fragen an Stuart Sinclair, die jedoch sehr wichtig waren. Ich hätte ihm wahrscheinlich das Blaue vom Himmel versprochen, wenn ich ihn dadurch zu einem zeitnahen Treffen überreden konnte.

Die Danbury Road war von viktorianischen Reihenhäusern gesäumt, allerdings nicht den herrschaftlichen mit vier Etagen, sondern der bescheideneren, kleineren Variante, wie sie zu Hunderten und Tausenden für höhere Beamte und Angestellte mit kleinen Familien gebaut worden war. Straßen wie diese schlängelten sich durch die Londoner Vororte, in deren rotem Backstein sich der spätviktorianische Wunsch nach Wohnen mit Badezimmer und Garten manifestierte. Norwood war nie besonders angesagt gewesen, und die Danbury Road wirkte seltsam heruntergekommen, zugleich aber angenehm ruhig. Hier wohnten viele Familien mit kleinen Kindern, dachte ich mit Blick auf die Kinderwagen in vielen Eingängen, während ich auf Nummer 82 zusteuerte.

Ohne groß darüber nachzudenken, rechnete ich mit einer erwachsenen Ausgabe des fetten Stu, wie ihn mir der unglückselige Derwent beschrieben hatte. Als dann ein dunkelhaariger, gutgebauter Mann die Tür öffnete, dachte ich zunächst, ich hätte mich in der Hausnummer geirrt. Aber schon an seinen ersten Worten erkannte ich, dass ich doch richtig war.

»Superpünktlich. Ich bin beeindruckt, DC Kerrigan.«

»Mr. Sinclair?«

»Höchstpersönlich. Bitte kommen Sie rein.« Er machte mir Platz, und ich betrat den dunklen, engen Flur, wo mir ein Gewirr von Gummistiefeln und kleinen Schuhen verriet, dass das hier wohnende Kind im Mittelpunkt stand.

»Er macht noch Mittagsschlaf«, erklärte Sinclair mit gedämpfter Stimme. »Vielleicht können wir uns ja doch ungestört unterhalten.«

Ich nickte und folgte ihm in ein heillos chaotisches Wohnzimmer, dessen Fußboden komplett mit Spielsachen übersät war und in dessen Ecke sich ein Stapel Sofakissen türmte.

»Entschuldigen Sie die Unordnung. Wir haben nach dem Mittagessen hier Verstecken gespielt.« Er begann den Turm abzubauen, und ich murmelte, dass es nicht nötig sei, extra aufzuräumen, war aber von seinem Äußeren einigermaßen abgelenkt. Es waren gar nicht so sehr seine spielenden Armmuskeln oder der vom Kraftsport gestählte Oberkörper, was meinen staunenden Blick auslöste, während er das Zimmer in Ordnung brachte. Vielmehr war es die Tatsache, dass er sich – genau wie Shane Poole – als Erwachsener vollständig der Derwent-Schablone angepasst hatte. Ich versuchte zu erkennen, worauf genau die Ähnlichkeit beruhte. Er sah besser aus als Derwent, trug jedoch den gleichen Haarschnitt, und auch seine Kleidung entsprach dem, was Derwent im Privatleben trug, wie ich inzwischen wusste. Er hatte ein strahlend weißes, perfektes Lächeln, das sehr für seinen Kieferorthopäden sprach, wenn Derwents Beschreibung von früher zutraf. Obwohl er Derwent so ähnlich sah, fand ich ihn attraktiv. Er hatte ein ansprechendes Gesicht mit blauen Augen, kantigem Kinn und gerader Nase. Leider drehte er sich im falschen Moment um und bemerkte meinen starrenden Blick. Das Grinsen, das ich erntete, war daher meine eigene Schuld.

Ich nahm auf dem wieder hergerichteten Sofa Platz und holte betont langsam mein Notizbuch heraus und kramte dann in aller Seelenruhe nach meinem Stift, obwohl ich genau wusste, wo er war. Derwent würde es mir nie verzeihen, wenn ich zuließe, dass Stuart Sinclair die Oberhand gewann. Bei diesem Gedanken straffte ich meinen Rücken noch ein wenig.

»Danke, dass Sie sich so kurzfristig zu diesem Treffen bereiterklärt haben.«

»Freut mich, wenn ich Ihnen helfen kann«, sagte er, setzte sich in einen Sessel und legte sein rechtes Bein angewinkelt auf dem linken Knie ab. Ich hörte förmlich Derwents vernichtendes Urteil dazu: *Nur totale Deppen setzen sich so hin, Kollegin, egal, wie gut sie aussehen.* Er trug Stiefel mit etwas höheren Absätzen, sodass ich mich fragte, ob er möglicherweise ein Problem mit seiner Körpergröße hatte. Er war ein Stück kleiner als ich – schätzungsweise 1,75 Meter gegenüber meinen 1,80. Mit solchen Schuhen spielte dieser Unterschied allerdings keine Rolle mehr. Obwohl er alles andere als klein war, erinnerte ich mich noch gut daran, wie Derwent ihn mir beschrieben hatte. Mit Sport und Diät kam man zwar gegen seine genetische Veranlagung einigermaßen an, aber gegen die Körpergröße war nun einmal nicht viel zu machen. Da ich selbst eher groß gewachsen war, konnte ich nicht ganz nachvollziehen, was das für eine Rolle spielte. So toll war es nun auch wieder nicht, eine lange Bohnenstange zu sein.

Zügig informierte ich ihn über den möglichen Zusammenhang zwischen dem Tod von Angela Poole und den drei jüngsten Morden. Bei jedem Opfer machte er zwei Sekunden lang ein betroffenes Gesicht, aber darüber hinaus zeigte er keine Reaktion.

»Und woraus schließen Sie, dass es einen Zusammenhang gibt?« Er reichte mir die drei Fotos zurück.

»Das Tatmuster. Also, wie er vorgegangen ist.«

»Ich kenn das Wort. Ich sehe mir oft Krimis an.« Breites Grinsen. »Ich nehme an, Sie haben es nicht so mit Krimis.«

»Korrekt. Ich weiß nicht, wie viel Sie im Zusammenhang mit Angelas Tod noch in Erinnerung haben …«

»Mehr, als ich dachte«, antwortete er prompt. »Seit Ihrem Anruf habe ich viel darüber nachgedacht. Es fällt mir alles wieder ein.«

»Sehr gut. Denn Sie sind praktisch der Einzige, der möglicherweise Angelas Mörder gesehen hat, und ich wollte Sie bitten, sich zu erinnern, ob es etwas gibt, was Sie damals der Polizei vielleicht nicht gesagt haben.«

Er schüttelte den Kopf. »Genau wie damals kann ich Ihnen auch heute nur sagen, dass ich ihren Freund habe weggehen sehen, und zwar kurz nach Mitternacht. Durch irgendetwas war ich ein paar Minuten davor aufgewacht – werden wohl die Schreie des armen Mädchens gewesen sein, nehme ich an.«

Die Art und Weise, wie er sich über sie äußerte, wirkte seltsam gefühllos, insbesondere verglichen mit Derwents grenzenloser Trauer.

Andererseits war seit ihrem Tod auch eine Menge Zeit vergangen. »Kannten Sie Angela gut?«

»Sie wohnte halt neben uns. Ich hatte mehr über sie gehört, als dass ich sie selbst kannte.«

»Waren Sie in sie verliebt?« Zum ersten Mal wirkte er verblüfft, und ich erklärte, was ich damit meinte. »Na ja, das Mädchen von nebenan – das ist doch eigentlich der Klassiker, oder?«

»Nicht dass ich mich erinnern könnte.« Er lächelte. »Aber wie dem auch sei, für sie wäre ich auch völlig uninteressant gewesen. Ich war klein, dick und hässlich. Und wie gesagt, sie hatte ja auch einen festen Freund. Nämlich den Kerl, den die Polizei nicht einsperren wollte, obwohl er sie umgebracht hat.«

»Er hatte ein Alibi.«

»Das muss falsch gewesen sein. Er hat es getan. Ich habe ihn schließlich gesehen«, sagte er mit festem Blick. Er klang felsenfest überzeugt, und ich musste dem Drang widerstehen, Einwände zu Derwents Verteidigung zu erheben.

»Was genau haben Sie gesehen? Als Sie vor zwölf aufgestanden sind, haben Sie da im Garten nebenan etwas bemerkt?«

»Nein. Ich habe auch nichts gehört. Es war Sommer, und mein Fenster stand offen. Ich habe mich hinausgebeugt, konnte aber nichts feststellen. Deshalb habe ich mich wieder ins Bett gelegt.«

»Und dann …«

»Habe ich mir Sorgen gemacht. Ich dachte, dass es besser wäre, noch einmal aus einem anderen Fenster zu schauen.«

»Das nach vorn zeigt.«

»Ja.«

»Das ist das Schlafzimmer, richtig? Haben dort Ihre Eltern geschlafen?«

»Meine Mutter. Mein Vater hatte uns verlassen.« Er ließ kurz seine weißen Zähne aufblitzen. »Inzwischen bin ich darüber hinweg. Aber damals habe ich ihn schon sehr vermisst.«

»Sie sind also hineingegangen und haben aus dem Fenster gesehen.«

»Ja.«

»Und sie lag im Bett und hat geschlafen, oder …«

»Das weiß ich nicht mehr so genau.« Er zog die Augenbrauen hoch. »Sie legen ja sehr viel Wert auf Details.«

Es war nicht leicht auszudrücken, was ich sagen wollte. »Ich glaube Ihnen nicht so ganz, dass Sie wirklich oben aus dem vorderen Fenster geschaut haben.«

»Wollen Sie damit sagen, dass ich ein Lügner bin?« Sein Tonfall war zwar immer noch freundlich, aber seine Finger gruben sich in sein oben liegendes Bein, sodass die Knöchel ganz weiß wurden.

»Ich denke, dass Sie diese Geschichte so oft erzählt haben, dass Sie inzwischen selbst daran glauben, obwohl Sie kurz nach zwölf niemanden haben weggehen sehen. Sie konnten Angelas Freund nicht leiden und wollten ihm eins auswischen. Deshalb haben Sie ausgesagt, dass Sie ihn gesehen haben. Sie wussten nichts von seinem Alibi und mussten dann bei Ihrer Version bleiben, nachdem Sie die Geschichte einmal erfunden hatten.«

Er schüttelte vehement den Kopf. »Nein. Das stimmt nicht.«

»Er hat Sie schlecht behandelt, nicht wahr? Er hat Sie gehänselt und beschimpft. Sie waren stinksauer auf ihn, haben sich aber auch vor ihm gefürchtet. So haben Sie Ihre Chance gewittert, ihn ohne viel Mühe richtig in Schwierigkeiten zu bringen. Sie waren fünfzehn und haben wahrscheinlich gar nicht richtig begriffen, wie ernst die Lage war und dass Sie unter keinen Umständen lügen sollten.«

»Bitte, verschonen Sie mich mit Ihrer Psychologie!« Sein Gesicht war jetzt rot angelaufen. »Ich habe jemanden gesehen und dachte, es wäre Josh Derwent gewesen. Er sah auf jeden Fall aus wie Josh Derwent.«

»In welcher Hinsicht?«

»Er war groß und ist schnell gelaufen. Er – ich weiß

auch nicht. Ich habe einfach erwartet, dass es Josh war. Ich dachte, er wäre es gewesen.« Er sah mich an, jetzt wieder mit ganz aufrichtigem Blick. »Ich habe wirklich gedacht, dass er es war.«

»Wenn Sie noch einmal genau darüber nachdenken, können Sie dann Ihrer Beschreibung etwas hinzufügen, das Sie vorher noch nicht erwähnt haben?«

»Nein.«

»Sie hatten Der… Josh Derwent an diesem Abend schon einmal gesehen. Haben Sie die Kleidung beschrieben, die er zu diesem Zeitpunkt getragen hat? Oder trug die von Ihnen wahrgenommene Person tatsächlich ein T-Shirt in der gleichen Farbe und eine ähnliche Jeans wie Josh Derwent? Konnten Sie das im Schein der Straßenbeleuchtung wirklich erkennen, als er davongelaufen ist?«

»Okay, okay. Sie haben Recht. Ich habe tatsächlich nur seine Umrisse gesehen. Vielleicht hatte er schwarze Kleidung an. Auf jeden Fall dunkle Farben.« Stuart strich sich mit der Hand über die Oberlippe und besah sich dann seine Finger. »Ich komme richtig ins Schwitzen. Sie machen Ihre Sache ziemlich gut, was?«

»Ich komme zurecht.«

»Aber Sie haben dabei etwas verraten. Sie haben ihn bei seinem Nachnamen genannt. Sie kennen ihn, richtig? Josh Derwent? Er ist Polizist, soviel weiß ich. Sind Sie befreundet?« Er machte eine kurze Pause. »Oder sogar liiert?«

»Ich kenne ihn. Wir arbeiten gelegentlich zusammen. Aber ich bin hier, weil mein Chef mich beauftragt hat, mehr über Angelas Tod herauszufinden. Mit Derwent hat das nichts zu tun.«

»Danach werden Sie bestimmt ziemlich oft gefragt. Ob Sie ein Verhältnis mit ihm haben, meine ich.«

»Erstaunlich oft«, gab ich zu. »Vor allem, weil er gar

nicht mein Typ ist.« Das war wohl die Untertreibung des Jahrhunderts.

»Ich bin so nett und glaube Ihnen, wenn Sie mir den gleichen Gefallen tun. Ich war wirklich der Ansicht, dass ich ihn gesehen habe. Die ganze Zeit zu lügen, das hätte ich nicht draufgehabt.« Er schauderte. »Diesen Kerl hatte ich schon fast vergessen – Orpen hieß der. Das war ein echter Fiesling. So ein Bulle von der ganz alten Sorte. Jedes Mal, wenn ich mit ihm zu tun hatte, war ich total verängstigt. Es kam mir immer so vor, als müsste er sich arg beherrschen, nicht gewalttätig zu werden. Kennen Sie ihn?«

»Das Vergnügen werde ich in Kürze haben«, antwortete ich lächelnd.

»Na dann viel Spaß.« Er sah auf die Uhr. »Oh, die Zeit vergeht ja wie im Fluge. Haben Sie sonst noch Fragen an mich?«

Ich spulte das übliche Standardprogramm ab und erkundigte mich nach unbekannten Personen oder Fahrzeugen, was er ausnahmslos verneinte.

»Fällt Ihnen im Zusammenhang mit diesem Abend sonst noch etwas ein? Auch Sachen, nachdem man die Leiche entdeckt hatte. Vom Lärm und den Lichtern haben Sie doch bestimmt etwas mitbekommen.«

»Wahrscheinlich. Ich erinnere mich nicht mehr.«

Das konnte ich mir beim besten Willen nicht vorstellen, aber andererseits war ich auch schon seit dem zarten Alter von fünf Jahren absolut fasziniert von der Polizei und ihrer Arbeit gewesen. Ein Mord direkt nebenan wäre daher für mich spannender gewesen als die schönste Fernsehserie. »Aber die Polizei haben Sie schon gesehen? Und den Krankenwagen?«

»Ja, habe ich.«

»Angelas Leiche auch?«

»Nein.« Er sah mich nervös an. »Warum fragen Sie?«

»Es gibt Ähnlichkeiten zu den Tatorten, mit denen wir es derzeit zu tun haben. Es hat den Anschein, als ob diese Taten von jemandem begangen wurden, der wusste, in welchem Zustand Angelas Leichnam zurückgelassen wurde. Ich versuche herauszufinden, wie viele Leute sie dort gesehen haben. Aber Sie sagten ja, dass Sie vom Fenster aus nichts sehen konnten.«

»Nein.« Er zog an seiner Lippe. »Ist das denn wichtig?«

»Sehr sogar. Wissen Sie, ob Fotos davon kursierten, in der Schule oder sonst irgendwo? Oder ist Ihnen vielleicht aufgefallen, dass sich andere darüber unterhalten haben?«

»Nein. Aber ...« Er ging hinaus in den Flur und kam mit einer braunen Umhängetasche aus Leder zurück. Es war ein teures Herrenmodell, das Derwent sofort und unerbittlich als schwul klassifiziert hätte, was garantiert nicht als Kompliment aufzufassen war. Er nahm ein abgenutztes iPad heraus, tippte auf den Bildschirm und reichte es mir dann. »Wenn Sie wissen wollen, wer Angelas Leiche gesehen hat, dann sollten Sie sich das hier mal ansehen.«

Ich starrte eine Weile auf das Gerät und begriff nicht gleich. Eine Nahaufnahme von Angelas Gesicht füllte den gesamten Bildschirm aus. Es war ein Bild, das aus ihrer Akte stammte. Ihre Haare hatten sich in den Blumen verfangen, und die Lider ruhten geschlossen über den leeren Augenhöhlen. »Was *zum Teufel* ist das?«

Statt einer Antwort durchschnitt ein langgezogener, leidender Klagelaut den Raum, und ich zuckte zusammen.

»Das ist nur das Babyfon. Oliver ist aufgewacht.« Stuart nahm ein weißes Gerät zur Hand und drückte daran herum, bis das Weinen aufhörte. »Zum Glück kann man es stumm schalten.«

Von Weitem hörte man es leise schreien, was offenbar von oben kam.

»Wollen Sie ihn nicht holen gehen?«, fragte ich.

»Doch, doch.« Er sah mich noch immer aufmerksam an und versuchte, meine Miene zu deuten. »Sie wissen, was das ist, oder?«

»Ein Tatortfoto von Angela Poole.«

»Scrollen Sie nach unten. Da sind noch mehr. Ich konnte es gar nicht fassen, als ich sie zum ersten Mal gesehen habe. Ihnen geht es bestimmt genauso.«

Ich folgte seiner Empfehlung, wurde jedoch durch das von oben kommende Weinen abgelenkt. Es wurde immer lauter und verzweifelter. »Woher haben Sie die denn? Was ist das für eine Website?«

»Das ist ein Blog namens Tatort-Schnappschüsse. Ich hatte noch nie etwas davon gehört. Nach unserem Telefonat musste ich viel an Angela denken und habe dann einfach mal im Netz nach ihrem Namen gesucht, ob es irgendetwas Neues gibt. Und dabei bin ich dann *darauf* gestoßen.«

Während ich mich durch die Bilder klickte, fluchte ich leise vor mich hin. Es waren zum Teil Aufnahmen, die ich in der Akte gar nicht gefunden hatte. »Jeder kann das gesehen haben.«

»Jeder mit einem Internetzugang«, bestätigte Stuart. Zögernd ging er in Richtung Tür. »Ich werde mal lieber hochgehen.«

»Ja, ich warte so lange.«

»Na ja.« Er sah wieder auf die Uhr. »Es ist nur so, dass meine Frau gleich wiederkommt, und ich habe ihr nicht gesagt, dass Sie hier sein würden.«

»Ich kann so was ganz gut erklären«, erwiderte ich und blieb sitzen.

»Ich möchte aber nicht, dass sie etwas von Angela erfährt. Das ist vorbei und hat nichts mit dem zu tun, wer ich heute bin.«

»In fünf Minuten bin ich weg«, versprach ich ihm. Er sah mich an und wollte wohl noch etwas sagen, überlegte es sich dann aber anders und verließ den Raum. Ich hörte, wie er die Treppe hinaufeilte und dabei jeweils zwei Stufen auf einmal nahm.

Kurz darauf war er schon wieder unten und hielt einen rothaarigen Jungen von vielleicht vierzehn Monaten im Arm, der am Daumen lutschte. Das Kind war mit Windel und Hemdchen bekleidet und hatte immer noch Tränen auf den stark geröteten Wangen. Bestimmt *zahnt* er, dachte ich und erinnerte mich, wie meine Nichten gelitten hatten, als die furchtbar scharfen Babyzähnchen bei ihnen durchs Zahnfleisch gedrungen waren.

»Alles in Ordnung mit ihm?«

»Ja, schon okay.«

»Bekommt er Backenzähne? Das tut höllisch weh, wenn die durchbrechen.«

Stuart zuckte mit den Schultern. »Kann sein. Irgendwas ist immer.« Der Junge stemmte sich weg von ihm, woraufhin Stuart sich hinunterbeugte und ihn absetzte. »So, Oliver. Hol dir mal was zu spielen. Liegt ja genug Zeug herum.«

Oliver sah mich an und suchte dann das gesamte Zimmer ab. Als er niemanden weiter sah, warf er sich auf den Boden und fing verzweifelt an zu schreien.

»Er vermisst seine Mama«, gab mir Stuart über den Lärm hinweg zu verstehen. »Ich spiele hier definitiv nur die zweite Geige. Haben Sie sonst noch Fragen?«

»Wissen Sie noch, ob sich jemand nach Angelas Tod anders verhalten hat? War jemand besonders launisch oder mitgenommen oder hat seinen Alltag erkennbar verändert?«

»Ja. Ein Einziger. Nämlich Josh Derwent.« Er schüttelte den Kopf. »Ich weiß, dass Sie es nicht hören wollen, aber ich halte ihn immer noch für schuldig.«

»Wenn er es gewesen wäre, dann hätte man es ihm auch nachweisen können.«

»Er hatte für alles eine Ausrede – ist mit einer erfundenen Geschichte hausieren gegangen und damit durchgekommen. Aber er hat sie umgebracht.« Neben uns auf dem Fußboden weinte und hustete Oliver abwechselnd, während ihm aus beiden Nasenlöchern graugrün der Rotz lief. Stuart beugte sich zu ihm hinunter und wuschelte ihm durchs Haar. »Na komm, Oliver. Reiß dich mal zusammen. Sie kommt ja gleich wieder.«

»Wenn Ihnen noch etwas einfällt …«

»Dann rufe ich Sie an.« Er nahm mir die Karte aus der Hand, die ich ihm entgegenstreckte, und verstaute sie in seiner hinteren Hosentasche. »Gut, Ich bringe Sie zur Tür.«

Er überließ Oliver seinem Schicksal und verschwand in Richtung Flur. Ich brachte es nicht übers Herz, einfach an ihm vorbeizugehen, und hockte mich neben ihn.

»Ist ja gut. Deine Mami ist gleich wieder da. Papa spielt bestimmt mit dir, wenn ich weg bin.«

Oliver starrte mich mit ausdruckslosem Gesicht an. Ich kramte in meiner Tasche nach einem Zellstofftuch und wischte ihm das Gesicht ab. Als ich das vollgesogene Tuch zusammenfaltete, überkam mich ein leichter Anflug von Übelkeit. Da nirgends ein Eimer zu sehen war, musste ich es wohl oder übel wieder in meine Tasche stecken und hoffte nur inständig, dass ich daran denken würde, wenn ich das nächste Mal etwas suchte, und nicht versehentlich hineingriff.

Stuart stand im Flur, und seine Ungeduld war ihm

mehr als deutlich anzusehen. Kaum sah er mich aus dem Wohnzimmer kommen, öffnete er auch schon die Tür. Offenbar handhabte er Verabschiedungen eher kurz und schmerzlos.

Als ich aus dem Haus trat, kam gerade eine kleine dunkelhaarige Frau auf den Eingang zu. Sie trug ein adrettes graues Kostüm und eine Aktentasche. Einen Moment lang starrte sie mich an und sah dann an mir vorbei in Richtung Stuart.

»Was ist hier los?«

»Sie will gerade gehen.«

»Wer sind Sie denn?« Von drinnen ertönte ein Schreien, woraufhin sie sich an Stuart wandte, bevor ich antworten konnte. Sie eilte an mir vorbei. »War das Oliver? Ist alles in Ordnung mit ihm? Wann ist er denn aufgewacht?«

»Gerade eben.«

»Mist. Ich dachte, er schläft noch mindestens eine halbe Stunde.« Dann traf mich wieder ihr vorwurfsvoller Blick. »Wer waren Sie noch mal? Haben Sie sich schon vorgestellt?«

»Zeugen Jehovas«, ertönte es hinter ihr, und ich sah, wie Stuart ein hilfloses Gesicht zog, als wollte er sagen: *Was soll ich machen?* »Ich hab versucht, sie abzuwimmeln.«

»Mit Gott hab ich's nicht so«, sagte die Frau zu mir. »Stu, ganz ehrlich. Da lässt man dich mal eine Stunde allein, und schon lässt du wildfremde Leute ins Haus. Da fällt mir wirklich nichts mehr ein.«

»Kennst mich doch. Ich kann nicht unhöflich sein.« Über ihren Kopf hinweg sah er mich mit weit aufgerissenen Augen an, die mir bedeuten sollten: *Verschwinde.*

Ohne ein weiteres Wort der Bestätigung oder des Widerspruchs kehrte ich ihnen den Rücken. Hinter mir hörte ich Stuart fragen: »Wie war das Vorstellungsgespräch?«

Die Tür schloss sich jedoch, ehe ich die Antwort hören konnte. Es war offensichtlich, dass Stuart nicht oft allein auf Oliver aufpasste. Die Schattenseiten des Familienlebens schienen ihm nicht sonderlich vertraut zu sein. Ein typischer Vater, der gern spielte und scherzte, aber Rotz und Windeln verabscheute, dachte ich und konnte den Gedanken nicht unterdrücken, dass ich die Schönwetterpapas sogar ein bisschen verstehen konnte. Rotznasen abzuwischen gehörte auch nicht zu meinen Lieblingsbeschäftigungen.

Ich hoffte, dass Stuart keinen allzu großen Ärger bekam. Wäre ich seine Frau gewesen, hätte ich sofort gemerkt, dass er gelogen hat, und würde ihn jetzt erst einmal gründlich zur Rede stellen. Aber vielleicht war es im Hinblick auf das gemeinsame Kind für sie leichter, so zu tun, als ob sie ihm glaubte. Oder es war ihr egal, dass er mit einer nicht unansehnlichen Frau allein gewesen war und deswegen zu fadenscheinigen Ausreden griff.

Oder ich überschätzte mein Aussehen gewaltig. Das war zwar nicht meine bevorzugte Deutung, aber wohl die wahrscheinlichste.

Dienstag

Kapitel 22

Ich saß im Auto, wartete an einer Ampel auf Grün und wünschte mich sehnlichst an einen anderen Ort. Die Aussicht, Detective Inspector (im Ruhestand) Lionel Orpen allein aufzusuchen, hätte mich schon nervös genug gemacht. Aber dass ich Derwent zu ihm mitnehmen musste, gab mir wirklich den Rest.

»Was hat er noch mal genau gesagt?«

»Er hat gesagt, dass ich dich mitbringen soll. Er will sehen, was aus dir geworden ist und dir außerdem ein paar Sachen über die Ermittlungen erzählen, die er vorher noch niemandem gesagt hat.« Es langweilte mich unendlich, mein Telefonat mit dem pensionierten Kollegen noch einmal zu wiederholen. Schroff war gar kein Ausdruck für die Art, wie er sich dabei gegeben hatte. Nachdem ich mich vorgestellt hatte, war das Einzige, wofür er sich interessierte, die Frage, ob ich Derwent kannte.

»Und dann?«, hakte er nach.

»Und dann hat er gesagt, dass er nur dann bereit wäre, mit mir zu reden, wenn du mitkommst.« Angestrengt sah ich zu ihm hinüber. »Jetzt zufrieden?«

»Begeistert.« Er grinste. »Freut mich, wieder im Boot zu sein.«

»Bist du aber nicht. Deshalb sitzt du auch nicht am Steuer.« Der Wagen schoss an der Ampel los, sodass ich gleich wieder bremsen musste. Ich biss mir auf die Lippe. Man musste das Gaspedal beinahe durchtreten, damit sich das Fahrzeug überhaupt von der Stelle bewegte, und dabei konnte man sich leicht verschätzen. Überhaupt kein Problem, ließ mich Derwent wissen, nachdem ich ihn abgeholt hatte und wir zwei Minuten unterwegs waren. Ein *normaler* Fahrer wäre damit natürlich problemlos klargekommen. »Vergiss nicht, dass du hiervon niemandem erzählen darfst. Offiziell erledige ich das nämlich allein.«

»Du brauchst aber jemanden, der dich ein bisschen beschützt, Kollegin. Erstens ist Lionel verdammt unheimlich. Und zweitens hast du den fetten Stu einigermaßen vorgeführt. Und Shane *noch dazu*.«

Meinen Besuch bei Claire hatte ich ihm vorsichtshalber verschwiegen und nicht einmal ihren Namen erwähnt. Diese Befragung hatte ich in seinen Augen garantiert auch völlig falsch aufgezogen. Derwent war der schlimmste Beifahrer, den man sich denken konnte, und auch sonst versuchte er, mir dauernd dazwischenzufunken. Ich war zwar froh, ihn dabeizuhaben, falls das Lionel Orpen gesprächiger machte, aber ich war ernsthaft versucht, ihn auf dem Rückweg irgendwo am Straßenrand abzusetzen.

»Und denk dran: Godley darf auf keinen Fall erfahren, dass du heute mit dabei bist. Wenn du dich verquatschst, krieg ich 'nen Haufen Ärger.«

»Mach dich mal locker«, säuselte Derwent, ließ sein Fenster herunter und streckte lässig den Ellbogen hinaus. Eiskalter Wind blies mir ins Gesicht und wehte mir die Haare vor die Augen.

»Hey! Fenster zu!«

»Ich brauche aber frische Luft.«

»Ich komme mir vor wie mit einem Hund. Muss ich mit dir vor unserem Gespräch auch noch Gassi gehen, oder hältst du es so lange aus?«

»Sehr witzig«, antwortete er, ohne das Fenster zu schließen. Zähneknirschend konzentrierte ich mich darauf, nach

Kensal Rise zu finden, wo Lionel Orpen in einem kleinen Reihenhaus seinen Ruhestand verbrachte.

In Orpens Straße konnte man nirgends parken, also fuhr ich um die nächste Ecke und stellte das Auto an einem kleinen Park mit Spielplatz ab. Der Tag war zwar kühl, aber sonnig, sodass dort viele Mütter mit kleinen Kindern unterwegs waren, die unbeschwert lärmend herumrannten. Ich musste an Oliver Sinclair denken und fragte mich, ob Stuart je wieder allein auf ihn aufpassen durfte, nachdem er einfach eine Fremde ins Haus gelassen hatte.

Derwent verdrehte angestrengt die Augen. »Müssen die immer solchen Krach machen?«

»Wenn man klein ist, geht das nicht anders, wenn man Spaß hat.«

Zwei kleine Jungen rannten auf der anderen Seite des Zauns an uns vorbei und rauften wild miteinander.

»Und in fünfzehn Jahren werden sie dann vor der Kneipe wegen Handgreiflichkeiten nach Schankschluss festgenommen.«

»Na, das ist zum Glück nicht mehr dein Problem. Dann bist du ja schon im Ruhestand«, konterte ich.

Er verzog das Gesicht. »Noch nicht ganz. Außerdem haben sie das Pensionsalter auf siebzig erhöht, um die Staatskasse zu schonen. Vielleicht arbeite ich auch für lau weiter. Die Aussicht, den ganzen Tag nur rumzusitzen, ist ja auch nicht gerade prickelnd.«

»Ich glaube nicht, dass man zwangsläufig nur rumsitzen muss. Da lässt sich bestimmt eine sinnvolle Beschäftigung finden.«

»Und, was soll das sein? Kreuzworträtsel, oder was?« Er schnaubte verächtlich. »Los komm. Schau'n wir mal, wie das so aussehen kann.«

Egal, ob Lionel Orpen nun ein guter Polizist gewesen

war oder nicht – ein Aushängeschild für Pensionäre stellte er ganz sicher nicht dar. Er öffnete die Tür und beäugte uns skeptisch. Ein stoppeliger Dreitagebart bedeckte seine mit roten Äderchen überzogenen Wangen. Früher war er ein Mann von kräftiger Statur gewesen, doch jetzt hing ihm seine Kleidung nur noch lose am Leib, abgesehen von einem beachtlichen Bauch, der sich unter seinem dünnen Wollpullover wölbte. Noch bevor ich seinen Atem roch, wusste ich, dass er ein Alkoholproblem hatte. Obwohl es erst halb elf war, schwankte er schon, als er uns in ein Zimmer führte, in dem sich massenhaft Bücher und Zeitungen stapelten.

»Entschuldigen Sie die Unordnung. Ich schreibe gerade an meinen Memoiren. Das hier ist das Material dafür. Quellen und dergleichen.« Er ließ sich in einen abgewetzten Sessel neben dem Gasofen sinken und überließ es uns selbst, einen Platz zu finden. Derwent hockte sich auf eine Armlehne des Sofas, das über und über mit vergilbten Zeitschriften bedeckt war und als Sitzmöbel praktisch nicht nutzbar war. Ich blieb an der Tür stehen und vermied es tunlichst, etwas zu berühren. Im Haus roch es nach Schimmel, und ich traute mich nicht, einen der vielen Stapel anzuheben, weil ich befürchtete, dass mich daraus etwas anspringen könnte. Eine Bewegung in meinem Rücken ließ mich herumschnellen.

»Hat Sie erschreckt, was?« Orpen klopfte auf sein Bein, und eine Katze bahnte sich, leise miauend, ihren Weg zwischen den Bücherstapeln hindurch. Es war ein Kater mit kräftigem Kopf, zerfledderten Ohren und vernarbter Nase. Er sprang Orpen auf den Schoß und ließ sich von ihm ihn an der Kehle kraulen. »Armer alter Rudolf.«

»Wie das Rentier?«, erkundigte sich Derwent.

»Nein, wie Heß.«

Derwent sah zu mir herüber, und ich konnte in seinem Gesicht lesen, was er dachte. *Oha, daher weht der Wind* …

»Sie fragen sich jetzt bestimmt, warum ich ihn nach einem Nazi benannt habe. Tja, er hat mich halt an ihn erinnert. Er war ursprünglich ein Streuner, und ich habe ihn nur ab und zu gefüttert, wenn er im Garten aufgetaucht ist. Er hatte ein prima Leben – kämpfen, vögeln und Ratten jagen. Dann wurde er allerdings von den Gutmenschen nebenan aufgelesen und ins Tierheim gebracht, als ob ihn dort je einer rausgeholt hätte. Als ich erfahren habe, wo er gelandet ist, saß er schon in der Todeszelle. Ich bin sofort hingefahren, um ihn zu retten, aber da hatten sie ihm schon die Eier abgeschnitten. Wie er mich da durch die Gitterstäbe angesehen hat, das war genau wie Heß in Spandau.«

»Oh, das ist …«

Orpen fiel Derwent ins Wort. »Aber Sie sind ja nicht hergekommen, um mit mir über Rudy zu plaudern, sondern wegen Angela. Verarschen Sie mich nicht. Ich hab lange genug in dem Job gearbeitet, in dem Sie sich gerade versuchen.«

»Gut.« Derwent straffte sich auf seiner Sofalehne. »Dann erzählen Sie uns doch mal etwas über Angela.«

»Zuerst Sie. Warum sind Sie zur Met gegangen?«

»Ich habe da für mich eine gute berufliche Perspektive gesehen.«

»Schwachsinn. Ich will die Wahrheit hören.«

»Ich wollte anderen Leuten helfen.«

»Verschwenden Sie nicht meine Zeit.«

»Ich wollte den Idioten das Handwerk legen, die denken, dass sie mit dem Leben ihrer Mitmenschen machen können, was sie wollen.«

Orpens Miene hellte sich auf. »Das hat mir immer gefallen, Joshua. Sie haben kapiert, worum es bei uns ging.«

»Sie haben versucht, mir den Mord an Angela in die Schuhe zu schieben«, sagte Derwent mit bewundernswerter Beherrschung.

»Es lag auf der Hand, dass Sie es waren. Alle Indizien haben auf Sie gedeutet. Nur dass Sie es nicht getan haben konnten.« Er begann rasselnd zu husten. »Wir haben Charlie Poole ordentlich unter Druck gesetzt, damit er seine Aussage zurücknimmt, aber er hat sich geweigert. Fand es unfair. Er wollte Gerechtigkeit, nicht Rache an Ihnen üben, weil Sie sein allerliebstes Töchterlein zur falschen Zeit an den falschen Ort geschleift hatten.«

»Er war ein anständiger Mann.«

»Ach ja, meinen Sie?« Orpen lehnte sich zurück, damit die Katze sich an seinen Oberkörper und seine Schulter schmiegen konnte. »Er hatte nichts als Verachtung für Sie übrig.«

»Wundert mich nicht. Väter haben doch meistens Stress mit den Liebhabern ihrer Töchter.«

»Er hat Sie für einen Idioten gehalten.«

»Da hatte er wahrscheinlich gar nicht mal so unrecht«, entgegnete Derwent lächelnd. »Ich war halt ein Teenager.«

»Sie waren kein schlechter Kerl. Nicht ganz so schlau, wie Sie von sich dachten, aber ganz sicher cleverer als die meisten anderen.« Wieder hustete er. »Ich habe erfahren, dass Sie zum Militär gegangen sind, wissen Sie? Ich habe Kontakt zu Ihrem Sozialarbeiter gehalten und von ihm gehört, dass Sie die Armee verlassen haben, um zur Polizei zu gehen.«

»Ich fühle mich geschmeichelt.« Sarkasmus war bei ihm derart an der Tagesordnung, dass ich nicht wusste, ob er das ernst meinte oder nicht.

»Dazu gibt es keinen Grund. Ich habe bei einigen Jungs versucht, ihren Weg zu verfolgen. Vor allem bei denen, die ich aus den verschiedensten Gründen nicht hinter Gitter bringen konnte. Manche davon sind wie erwartet zu Mördern und Vergewaltigern geworden und dann später doch noch in den Knast gewandert. Aber aus einigen sind auch ganz normale, unbescholtene Bürger geworden. Sie sind allerdings der Einzige, der zur Met gegangen ist, so viel kann ich Ihnen sagen.«

»Überrascht mich kein bisschen. Sie waren nicht unbedingt das beste Vorbild, was man sich vorstellen kann.«

»Ich. Habe. Meinen. Job. Gemacht.« Sein Gesicht war knallrot angelaufen, und er schlug mit einer Hand auf die Armlehne seines Sessels, sodass ich unwillkürlich einen Schritt zurücktrat, obwohl er gar nicht mich angesprochen hatte. Der Kater nahm ihm das übel, sprang von seinem Schoß und verschwand unter dem Sessel. Orpen sah jetzt sehr erschöpft aus und war nur noch ein Schatten seiner selbst. Es musste wirklich ein schockierendes Erlebnis gewesen sein, von ihm vernommen zu werden, damals zu seinen besten Zeiten.

Derwent verschränkte die Arme und zeigte sich nach außen hin ungerührt. »Ja. Hat aber nicht ganz geklappt. Schließlich haben Sie den Schuldigen an Angelas Tod nie gefasst. Wen haben Sie denn außer mir sonst noch verdächtigt?«

»Am Anfang den Vater. Aber das war eine Sackgasse. Sie beide haben sich ja praktisch gegenseitig entlastet und dem jeweils anderen ein Alibi verschafft.« Orpen rülpste laut und fuhr dann fort, als wäre nichts gewesen. »Dann die ortsansässigen Bösewichte. Es gab ein paar Sexualstraftäter, die in der Nähe wohnten und von daher in Frage kamen, aber es lag ja gar kein sexueller Übergriff vor.«

»Wie kam das Ihrer Ansicht nach?«, erkundigte ich mich, weil mich das alles viel zu sehr interessierte, um weiter schweigend danebenzustehen.

»Keine Ahnung. Vielleicht hat er die Nerven verloren oder keinen hochgekriegt. Oder er wurde gestört und ist abgehauen.« Mit funkelndem Blick sah er Derwent an. »Vielleicht hatte er auch keinen Bock auf eine, die kurz vorher schon mal gevögelt worden war.«

Diese Bemerkung saß. Derwent verändert seine Sitzhaltung zwar nur minimal, aber durchaus wahrnehmbar, was Orpen ebenfalls nicht entging.

»Sie trauern immer noch um sie, oder? Und bereuen es, sie nicht nach Hause gebracht zu haben.«

Normalerweise war Derwent der Letzte, dem man irgendwie zu Hilfe kommen musste, doch in diesem Moment wirkte er derart wehrlos, dass ich ihm reflexhaft beisprang.

»Mr. Orpen, ich habe gestern mit Stuart Sinclair gesprochen. Er hat zugegeben, dass er Sie in seiner damaligen Zeugenaussage belogen hat.«

»In Bezug auf den da?« Orpen zeigte mit seinem ausgestreckten faltigen Zeigefinger auf Derwent. »Das war mir klar. Ein elendes Muttersöhnchen. Seine Mutter musste nachts ihre Tür zuschließen, damit er nicht ständig zu ihr ins Schlafzimmer kam.«

»Ach du Scheiße«, warf Derwent ein. » Sie meinen …«

»Nein, nicht so.« Orpen hob die Hand, um Derwent am Weiterreden zu hindern. »Kein Grund zur Aufregung. Die Ehe der Sinclairs war Anfang des Jahres auseinandergegangen. Stuart machte das so zu schaffen, dass er nachts nicht mehr schlafen konnte und die ganze Nacht im Haus umhergeschlichen ist. Das hat seine Mutter ganz meschugge gemacht. Sie wollte verhindern, dass er sie ständig stört.«

»Dann hat er also gar nicht aus dem vorderen Fenster geschaut«, schlussfolgerte ich.

»Nein.«

»Und Sie wussten die ganze Zeit, dass er lügt.«

»Ja, aber das hat ihn nicht gestört. Er blieb bei dem, was er angeblich gesehen hatte.«

»Waren Sie in seinem Zimmer?«, wollte ich wissen. »Wie viel konnte er denn aus seinem Fenster vom Nachbargarten sehen?«

Orpen starrte konzentriert in eine Zimmerecke und versuchte sich zu erinnern. »Ein bisschen was konnte er erkennen, denke ich. Sein Zimmer war hinten links.«

»Könnte er von seinem Zimmer aus Angela und ihren Mörder beobachtet haben?«

»Er hat es verneint.«

»In Bezug auf Derwent hat er auch gelogen«, gab ich zu bedenken.

»Da stand ein Baum in dieser Ecke des Gartens. Da er voll belaubt war, dürfte seine Sicht eingeschränkt gewesen sein.«

Ich überlegte und versuchte mir die Situation vorzustellen. Ein schlafloser Fünfzehnjähriger, der durch Geräusche eines Handgemenges aufmerksam wird und eine Bewegung unter den Bäumen wahrnimmt. Er geht davon aus, dass es die Tochter von nebenan mit ihrem Freund ist, und nimmt an, dass die beiden Sex miteinander haben. Praktisch unter seinem Fenster. Und er hasste Derwent. Auf jeden Fall so sehr, dass er die beiden stören wollte.

»Wissen Sie, wer kein Alibi hatte?« Orpen musterte Derwent wieder mit einem ironischen Grinsen. »Ihr Kumpel. Wie hieß er noch gleich? Vinny. Der hat behauptet, dass er bei Shane gewesen wäre, aber das war Schwachsinn.«

»Und warum haben Sie die beiden nicht festgenommen?«, wollte ich wissen.

»Aus Mangel an Beweisen.« Er sog Luft durch die Zähne ein. »Und am Ende hatte Shane dann *doch* ein Alibi.

Irgendein Mädchen, mit dem er eigentlich gar nicht hätte verkehren dürfen. Deshalb hat er gelogen. Er hat Vinny mit hineingezogen, damit der ihn deckt – sie haben sich diese Geschichte nur ausgedacht.«

»Shane schied also aus. Aber warum haben Sie Vinny nicht festgenommen?«, erkundigte ich mich.

»Wollte ich ja. Aber das war nur eine Vermutung. Beweisen konnte ich nichts. Ich habe ihn zweimal vernommen, und dabei ist nichts herausgekommen. Mein Chef hat mich dann zurückgepfiffen, weil er noch minderjährig war und seine Eltern nervös wurden.«

»Wer war denn das Mädchen?«, fragte Derwent.

»Na, Sie stellen vielleicht Fragen.« Er nahm einen Stapel Unterlagen zur Hand und befeuchtete seinen Daumen, um leichter blättern zu können. »Hier. Claire Naylor hieß sie. Reden Sie am besten noch mal mit diesem Vinny. Finden Sie heraus, ob er etwas über diese Mordfälle weiß, in denen Sie derzeit ermitteln.«

Derwent sagte erst einmal nichts, sondern starrte nur ins Leere. Ich nahm an, dass er es nicht fertigbrachte, Orpen zu sagen, was mit Vinny passiert war. Nachdem ich es ihm mitgeteilt hatte, hatte er mich einfach stehen lassen und war gegangen – ehe ich ihm sagen konnte, wie leid mir das tat.

»Vinny ist tot, Mr. Orpen. Er ist in Afghanistan ums Leben gekommen«, sagte ich.

»Dann ist er höchstwahrscheinlich nicht Ihr Mörder.«

»Vermutlich nicht.«

»Er hätte Angela nie etwas antun können.« Derwent hatte sich wieder gefasst. »Ausgeschlossen.«

»Tja, aber irgendjemand muss es getan haben. Sie haben mich nach meiner Meinung gefragt, und die habe ich Ihnen gesagt.«

»Können Sie sich erinnern, ob Sie bei den Vernehmungen vielen Leuten die Tatortfotos gezeigt haben? Wissen Sie noch, wer genau sie zu sehen bekommen hat?«

Orpen verzog das Gesicht. »Das mit den Fotos ist ein wunder Punkt. Uns ist damals ein ganzer Satz abhandengekommen.«

»Wie meinen Sie das, abhandengekommen?«, hakte Derwent nach.

»Sie sind verschwunden. Sie lagen im Polizeirevier auf einem Schreibtisch, und jemand hat sie verlegt.«

»Oder sie wurden gestohlen«, mutmaßte ich.

»Wer würde denn so was tun?«, fragte Orpen. »Aber warum erkundigen Sie sich eigentlich danach?«

Ich berichtete ihm von der Website, die Stuart mir gezeigt hatte, und erklärte, welche Relevanz sie hinsichtlich unserer Morde hatte. Orpen zuckte mit den Schultern.

»Da kann ich Ihnen nicht weiterhelfen. Ich wusste damals nicht, wer sie geklaut hat, und kann es Ihnen heute erst recht nicht sagen. Sonst noch Fragen?«

»Nur eine noch«, sagte ich hastig. »Können Sie sich erinnern, ob Ihnen zu dieser Zeit etwas über einen Kerl namens Craig zu Ohren gekommen ist? Er war genau um die Zeit in der Gegend auf der Durchreise, als der Mord passiert ist.«

»Vorname oder Familienname?«

»Das kann ich Ihnen nicht sagen.«

»Personenbeschreibung?«

Ich beschrieb ihm, was ich von Claire erfahren hatte, doch er schüttelte den Kopf. »Wo haben Sie das denn her?«

»Ich bin nebenbei darauf gestoßen«, sagte ich vage.

»Noch nie etwas von ihm gehört. Na dann viel Glück, wenn Sie ihn zwanzig Jahre später aufspüren wollen.«

»Danke.«

Orpen nickte in meine Richtung. »Sie ist ein helles Köpfchen, Joshua.«

»Ich hätte gar nicht gedacht, dass Sie einem lieblichen Gesicht so schnell auf den Leim gehen«, ätzte Derwent und disqualifizierte mich wie üblich.

»Gar nicht mein Typ. Viel zu groß. Aber sie hat schon was.«

»Ja. Nämlich Ohren«, schimpfte ich genervt. »Könnten Sie jetzt mal aufhören über mich zu reden, als ob ich nicht dabei wäre?«

»Nehmen Sie's als Kompliment, meine Liebe.« Der alte Polizeibeamte gab ein keuchendes Lachen von sich, das jedoch sogleich wieder in Husten überging.

Derwent drehte sich so, dass Orpen sein Gesicht nicht sehen konnte, und sah zuerst zu mir und dann zur Tür. Ich verstand den Wink, verabschiedete mich und ließ Derwent allein zurück. Ein paar Minuten später kam er dann ebenfalls zur Tür heraus und schnäuzte sich die Nase.

»Können wir?«, erkundigte ich mich.

»Ja.« Er ging in Richtung Auto, und ich eilte ihm hinterher.

»Alles in Ordnung mit dir?«

»Ja klar. Hab nur Staub in die Nebenhöhlen bekommen. Diese Wohnung ist ja wohl 'ne Gefahr für Leib und Leben.« Wieder schnäuzte er sich und wischte sich bei dieser Gelegenheit verstohlen die Augen. »Oh verdammt. Ich werd wohl noch zum Weichei mutieren.«

Ein Lkw, der einen Container geladen hatte, polterte vorbei und fuhr viel zu schnell über die Temposchwellen auf der Fahrbahn. Bei jeder Schwelle hob sich der Container ein Stück und krachte dann wieder herunter. Ich wartete, bis der Lkw vorbei war und der Lärm, der sich anhörte wie Gewehrschüsse, nachgelassen hatte. Erst dann fragte ich:

»Was hat er denn zu dir gesagt?«

»Er meinte, dass er stolz drauf wäre, was aus mir geworden ist.«

»Ach, wie nett von ihm.«

»Bitte«, sagte Derwent und schüttelte den Kopf. »Bitte nicht.«

»Ich wusste zwar, dass du sentimental bist, aber das erstaunt mich jetzt doch. Ich wette, dass er dich bei den Vernehmungen nie zum Weinen gebracht hat.«

»Ja, das stimmt.« Derwent schniefte. »Erzähl das auf keinem Fall weiter.«

»Du bist doch gar nicht hier, hast du das vergessen?« Ich holte den Autoschlüssel heraus. »Von daher wird es nie jemand erfahren.«

Wir bogen um die Ecke, und der Park kam in Sicht. Die Kinder schrien immer noch herum, und zwar noch schriller als zuvor. Ich sah zum Spielplatz hinüber und wollte gerade eine Bemerkung zu Derwent darüber machen, wobei ich stehen blieb. Ich merkte, dass er ebenfalls anhielt und in dieselbe Richtung schaute. Etwas stimmte da nicht, dachte ich und versuchte zu ergründen, was es war. Zunächst konnte ich weder Kinder noch Mütter sehen, sondern nur etliche verlassen herumstehende Kinderwagen und Buggys. Doch dann entdeckte ich in der Mitte des Parks einen vollkommen schwarz gekleideten Mann.

Als er sich in unsere Richtung wandte, sah ich, dass er eine Waffe in der Hand hielt.

Derwent und ich rannten im selben Moment los. Hin zum Geschehen, nicht weg davon.

Etwas anderes wäre uns beiden nicht in den Sinn gekommen.

Kapitel 23

Derwent war etwas fitter und schneller und kam daher vor mir an, wenn auch nur knapp. Nur wenige Sekunden später duckte ich mich neben ihn hinter ein Auto, das am dichtesten beim Parkeingang stand.

»Du bleibst hier. Mach Meldung. Sag ihnen, dass sie die bewaffnete Sondereinheit schicken sollen.«

»Das muss ich nicht extra dazusagen«, wandte ich berechtigterweise ein. Ein Bewaffneter auf einem Spielplatz setzt bei der Met sämtliche verfügbaren Ressourcen in Gang. Ich hatte mein Telefon längst hervorgeholt und wählte schon den Notruf. Derwent drehte sich um und wollte sich in Bewegung setzen.

»Hey«, zischte ich. »Wo willst du denn hin?«

»Ich werde ganz bestimmt nicht hier rumhocken und abwarten, bis er anfängt, Kinder zu töten.«

»Und was willst du dagegen unternehmen? Ihn totquatschen, oder was? Du bist schließlich unbewaffnet.« Mehr konnte ich nicht zu ihm sagen, da sich in diesem Moment die Polizeileitstelle meldete. Das nutzte er aus, schoss hinter dem Auto hervor und durch das Eingangstor des Parks. Noch immer mit dem Telefon am Ohr rückte ich ein Stück vor, blieb allerdings hinter dem Auto in Deckung. So konnte ich ihn und den Bewaffneten gut sehen und den Abstand zwischen den beiden im Blick behalten. Er war viel zu gering und wurde zudem immer kleiner.

Und dann stieß Derwent einen Pfiff aus, zwei verwegene Töne, um den Mann auf sich aufmerksam zu machen.

»Alles klar, Mann? Prima Tag für so was.«

Der Bewaffnete drehte sich um und streckte Derwent warnend seine freie Hand entgegen. »Verschwinde!«

Er war älter, als ich zunächst angenommen hatte – ungefähr vierzig. Weiß. Blonde, leicht schüttere Haare. Tiefe Falten zerfurchten seine Stirn und Mundpartie. Er hatte die Augen so weit aufgerissen, dass sogar ich aus meiner Entfernung das Weiß darin sehen konnte. Die Waffe hielt er jedoch fest umklammert.

»Lass gut sein, Junge. Fuchtel damit mal lieber nicht so rum.« Derwent hatte die Hände in den Taschen und ging langsam, aber unaufhaltsam auf ihn zu. Der Bewaffnete wich einen Schritt zurück.

»Verpiss dich, *Mann*. Misch dich hier nicht ein.«

»Was gibt's denn für ein Problem? Was ist hier los?«

Zwischen den Zähnen presste der Mann hervor: »Ich bin auf der Suche nach meiner Frau, dieser Schlampe, und meinem kleinen Jungen.«

An meinem Ohr wiederholte die Kollegin aus der Leitstelle gerade alles, was ich gesagt hatte, und glich noch einmal mit ruhiger und leicht näselnder Stimme die Adresse ab. Was sich vor mir abspielte, forderte meine ganze Aufmerksamkeit.

»Wir schicken Ihnen umgehend Verstärkung. Ein Sondereinsatzkommando ist unterwegs. Unterstützung aus der Luft startet in diesem Moment. Bleiben Sie bitte am Telefon.«

Ich wollte ihr zwar nicht widersprechen, aber ich brauchte jetzt beide Hände. Daher steckte ich mein Telefon in die Jackentasche, ohne das Gespräch zu beenden, damit sie hören konnte, was passierte, und bewegte mich in Richtung Parkeingang. Derwent war jetzt nur noch knapp zehn Meter von mir entfernt und näherte sich dem

Bewaffneten – und vor allem seiner Waffe – immer mehr. Hinter ihm konnte ich eine Gruppe von etwa zehn Frauen und vielleicht fünfzehn Kindern erkennen, die sich dicht zusammendrängten. Sie beobachteten Derwent wie einen Heilsbringer.

»Verstehen Sie sich nicht so gut mit ihr?«

»Wir sind nicht mehr zusammen. Seit ein paar Monaten. Sie hat mich rausgeworfen.«

»Ts«, machte Derwent. »Wie heißen Sie, Mann?«

»Lee.«

»So kommen Sie aber auch nicht weiter. Sie wollen doch nicht, dass Ihr Sohn Sie hier mit einer Knarre sieht!«

»Ich weiß nicht mal, wo er ist.« Lee drehte sich zu der Gruppe von Frauen und Kindern um und zeigte mit der Waffe auf sie. »Die wollen es mir ja nicht sagen.«

»Vielleicht ist er gar nicht mehr hier. Vielleicht ist er längst zu Hause.«

»Aber doch nicht ohne seine Mutter.« Sein Gesicht verzog sich zu einem grausigen Grinsen. »Die geht nämlich nirgendwohin.«

Ich sah es im selben Moment wie Derwent: Auf dem Boden lag eine Frau. Aus meinem Blickwinkel konnte ich lediglich zwei Beine in einer engen Jeans und flachen braunen Lederstiefeln erkennen. Sie bewegten sich nicht. Sie lag auf dem Bauch, direkt neben einem knallbunten Klettergerüst in Form einer Giraffe.

»Was haben Sie getan, Lee?«, rief Derwent mit schneidender Stimme. »Haben Sie auf sie geschossen?«

»Manchmal muss man einfach aufhören zu labern und Tatsachen schaffen. Sie wollte nie auf mich hören. Ich hab sie gewarnt, aber sie hat sich nicht geändert. Was geht dich das denn überhaupt an?« Er richtete die Waffe jetzt direkt auf Derwents Brust. »Bleib verdammt noch mal stehen, sonst knalle ich dich auch noch ab. Ich hab's dir gesagt, verschwinde!«

»Keine Chance, Junge«, sagte Derwent, näherte sich dem Mann jedoch nicht weiter. »Ich gehe hier nicht weg. Sie braucht Hilfe, und deshalb legen Sie jetzt die Waffe weg.«

»Ich will meinen Sohn. Diese Schlampe hat ihn mir weggenommen. Sie hat ihn gegen mich aufgehetzt. Mich! Seinen Vater.« Lee schüttelte fassungslos den Kopf. »Das macht mich total fertig. Wenn keiner auf mich und andere hören will, denen es so geht wie mir, dann muss ich eben andere Saiten aufziehen. Höchste Zeit, endlich was zu tun, was keiner mehr übersehen kann.«

»Das ist ganz bestimmt der falsche Weg, um ihn zurückzubekommen«, erklärte Derwent. »Sie verbauen sich auf ewig sämtliche Chancen. Hören Sie auf zu schießen und schalten Ihren Kopf ein. Geben Sie mir die Waffe, damit wir einen Krankenwagen für die Frau rufen können.«

»Sie ist eine Hure und hat ihre verdiente Strafe gekriegt.«

Ich war jetzt nahe genug bei ihnen, um die Waffe erkennen zu können. Es war kein Revolver, was mich nicht wunderte, da so etwas illegal war und sich nicht so einfach auftreiben ließ.

Es handelte sich um eine umgebaute Schreckschusspistole, deren Besitz zwar ebenfalls illegal war, die aber wesentlich billiger und leichter zu beschaffen war. Die Handhabung war selbst für Geübte höchst riskant, alles also völlig unberechenbar. Vermutlich konnte er nur ungenügend zielen. Es war sehr wahrscheinlich, dass sich der Schlagbolzen beim ersten Schuss verbogen hatte und die Waffe somit nicht mehr zu gebrauchen war. Andererseits war das reine Spekulation. Ich bezweifelte, dass er scharfe Munition verwendete, aber aus kurzer Distanz konnte selbst ein kleinkalibriges Projektil tödlich sein. Ich hätte gern mehr von der Frau am Boden gesehen. Eilig holte ich mein Telefon aus der Tasche und erstattete der Frau in der Leitstelle gedämpft Bericht, dass die Sanitäter sich auf mindestens ein Schussopfer einzustellen hatten.

»Damit erreichen Sie gar nichts«, wiederholte Derwent. »Das war eine ganz schlechte Idee, und Sie sollten dringend darüber nachdenken, wie Sie da wieder rauskommen wollen.«

»Genau das wollte ich ja. Die Gerichte hören doch nicht auf uns Männer. Ehrliche Leute, die mal Klartext reden, sind dort nicht erwünscht. Väter haben überhaupt nichts zu melden, außer als Ernährer für faule Flittchen wie Marianne.«

Marianne war vermutlich die Frau, die am Boden lag.

»Sie klingen ja wie Philip Pace«, sagte Derwent. »Dieser Väterrechtler von *Dads Matter.*«

»Philip Pace ist der Einzige, der sich traut, diesen ganzen linken Nazi-Emanzen-Schlampen die Stirn zu bieten, die in diesem Land das Sagen haben.«

Ich überlegte, welche Politikerin derzeit wirklich Macht hatte, aber mir fiel partout keine ein. Doch darüber wollte Lee im Moment wahrscheinlich nicht mit mir diskutieren.

Nachdem Derwent gemerkt hatte, dass er so nichts erreichte, verlor er die Geduld. Er verzichtete auf die kumpelhafte Ansprache und ging zu seinem gewohnten bissigen Tonfall über. »Pace ist ein elender Egozentriker. Er will nur selbst im Mittelpunkt stehen. Für Leute wie Sie interessiert der sich doch nicht die Bohne.«

»Er ist der Einzige, der sich um uns kümmert. Der Einzige.«

»Junge, Sie sind ja total durch den Wind, verdammt.

So wie Sie hier mit 'ner Waffe auf dem Spielplatz rumfuchteln.«

»Haben Sie Kinder?«, wollte Lee wissen. »Haben Sie überhaupt eine Ahnung, worum es für mich hier geht?«

»Ich glaube, das wissen Sie selbst nicht so genau. Sie hatten doch von Anfang an keine Chance.«

»Ist mir egal, was Sie glauben. Das geht Sie 'nen Scheißdreck an.«

»Sie haben selbst dafür gesorgt, dass es mich was angeht. Ihre Eheprobleme interessieren mich ungefähr so sehr wie ein Sack Reis, der in China umfällt. Aber ich möchte definitiv, dass hier alle heil nach Hause kommen.«

»Das ist jetzt eh zu spät.«

»Nein, ist es nicht. Zu spät ist es, wenn die bewaffnete Sondertruppe hier aufschlägt und Sie niederschießt, weil Sie bewaffnet und gemeingefährlich sind. Da fackeln die gar nicht lange, die legen Sie einfach um.«

»Interessiert mich nicht.«

»Sollte es aber. Sie wollen Ihren kleinen Sohn doch aufwachsen sehen. Nur darum geht es Ihnen doch, haben Sie gesagt. Das ist auch immer noch möglich, wenn Sie jetzt Ihre Waffe ablegen und aufgeben.« Über uns wurde das Knattern eines Hubschraubers hörbar, der schnell näher kam. Derwent musste lauter sprechen, um sich verständlich zu machen. »Sie schaffen sich gerade riesige Probleme an den Hals, Kumpel. Schätzungsweise drei Minuten haben Sie noch Zeit, da rauszukommen. Die Leute vom Sonderkommando trainieren ihr ganzes Leben lang diesen einen Moment. Sie sind dafür ausgebildet zu töten. Kopf, Brust, Exitus. Ihnen ist hoffentlich klar, dass die schießen, wenn Sie nicht zur Besinnung kommen. Also nehmen Sie Vernunft an.«

»Sind Sie Bulle?«

»Ja.«

»Und wieso tragen Sie keine Uniform?«

»Ich arbeite bei der Kriminalpolizei. Von daher weiß ich, wovon ich rede.«

Ich entschied, dass das mein Stichwort war, und verließ meine Deckung. »Diese Frauen und Kinder haben nichts damit zu tun. Höchste Zeit, sie gehen zu lassen.« Leider mussten sie auf dem Weg zum Tor an ihm vorbei. Der Zaun rings um den Park war dazu gedacht, Leute fernzuhalten. Er war sehr hoch und durch Klettern nicht zu überwinden.

Der Bewaffnete sah mich jetzt zum ersten Mal an, drehte sich dann jedoch hektisch um und musterte die Gruppe, die sich hinter ihm dicht zusammendrängte. Das Geschrei hatte inzwischen aufgehört, aber jemand schluchzte laut. Es hörte sich schrecklich erstickt an und verursachte mir einen Stich in der Magengegend. »Die bleiben hier.«

Derwent schüttelte den Kopf. »Es hilft niemandem, was Sie da machen, mein Freund. Tun Sie sich selbst einen Gefallen – lassen Sie die Leute gehen.«

»Nein.«

»Die nützen Ihnen doch gar nichts. Sie sind nur ein zusätzlicher Ballast für Sie.«

Ich riskierte einen Schulterblick und sah, dass die angekündigte Verstärkung inzwischen eingetroffen war, obwohl ich die typischen blauen Anzüge und Panzerwesten der bewaffneten Met-Sondertruppe SO19 noch nicht ausmachen konnte. Von meiner Position aus konnte ich drei Beamte erkennen, die ebenfalls hinter Fahrzeugen in Deckung gegangen waren. Das hieß, dass noch mehr von ihnen in der Nähe waren, auch wenn ich sie im Moment nicht sehen konnte. Allerdings waren sie bestenfalls mit

Elektroschockwaffen ausgestattet und zudem viel zu weit entfernt, um wirklich etwas ausrichten zu können.

Mein einziger Trost war im Augenblick, dass ich mich ansonsten praktisch direkt in ihrem Schussfeld befinden würde.

»Ich brauche eine Geisel«, verkündete der Mann. »Eine von ihnen muss hierbleiben.«

»Keine Chance. Wenn Sie sich ihnen nähern, muss ich Sie daran hindern.« Derwent klang außerordentlich resolut. Über uns kreiste der Hubschrauber – nicht so tief, dass wir den Wind der Rotorblätter spürten, aber doch niedrig genug, dass wir laut rufen mussten, um uns zu verständigen.

»Das trauen Sie sich doch gar nicht.«

»Doch, es ist sogar meine Pflicht.«

»Dann werde ich Sie erschießen«, drohte Lee und richtete seine Waffe wieder auf Derwent. »Das können Sie mir glauben.«

Derwent ging noch einen Schritt auf ihn zu und brachte sich in Position. »Bring sie weg, Maeve.«

Zügig lief ich an den beiden vorbei, ohne groß darüber nachzudenken, wie gefährlich das war. Trotzdem krampfte sich mir vor Angst der Magen zusammen. Dabei sorgte ich mich viel mehr um die Kinder als um mich selbst. Und um Derwent, der momentan nicht ganz im Vollbesitz seiner geistigen Kräfte war und viel zu sehr den Helden spielte.

Ich suchte mir eine ältere Frau aus, die zwei kleine Mädchen an der Hand hielt und ruhiger wirkte als die übrigen. »Gehen Sie jetzt los, nicht rennen und immer in kleinen Gruppen. Sie und die beiden Kinder sind die Ersten.«

Sie nickte und führte die Kinder über den Spielplatz in Richtung Tor, nicht im Laufschritt, aber dennoch zügig. Nach ihr schickte ich die nächsten beiden los, dann eine

Vierergruppe. Aufmerksam sah ich ihnen hinterher, damit auch alles glattging. Die erste Frau überquerte die Straße und verschwand um die nächste Ecke. Ich wusste, dass die Kollegen ihnen aus der Deckung heraus Anweisungen gaben und sie außer Sichtweite in Sicherheit brachten. Noch einmal vier. Dann wieder drei. Und nun fünf zusammen, was riskant war, aber sie hielten sich alle an den Händen, zwei Frauen und drei Kinder. Die Gruppe schrumpfte zusehends, und als ich mich den letzten Verbliebenen zuwandte, wurden diese immer nervöser. Eine der Frauen hatte einen kleinen Jungen an der Hand, der sich versuchte loszureißen. Sie war kurz davor, hysterisch zu werden.

»Ich kann das nicht. Ich kann nicht.«

»Beruhigen Sie sich.« Ich legte ihr meine Hand auf die Schulter und ließ sie dort liegen, während ich zwei andere Frauen mit Kindern auf dem Arm losschickte, damit sie in Sicherheit gelangten. »Sie gehen mit mir zusammen.«

»Zwingen Sie mich nicht. Bitte.«

»Alles wird gut.« Mit ihrer Panik begann sie die anderen anzustecken: zwei Frauen, die aussahen wie Mutter und Tochter mit einem kleinen Mädchen, das sich an der jüngeren Frau festklammerte wie ein Äffchen. »Sie haben doch gesehen, dass es alle anderen geschafft haben. Das kriegen Sie auch hin.«

In der Zwischenzeit sprach Derwent ununterbrochen gedämpft und ruhig mit dem Bewaffneten. Mir war klar, dass ich mich beeilen musste, und ich konnte diesen Gedanken von ihm förmlich hören. Aber ich mahnte mich zur Geduld.

»Also, wir gehen alle zusammen. Ohne zu weinen, zu schreien oder zu rennen. Wir dürfen die Kinder nicht beunruhigen.«

»Aber ich habe so schreckliche Angst«, jammerte die

panische Frau, und ich sah, wie Lee sich zu uns umdrehte. Derwent beugte sich nach vorn und bemühte sich, seine Aufmerksamkeit zurückzugewinnen, aber er hatte uns jetzt fest im Blick.

»Losgehen«, zischte ich durch die Zähne, ergriff ihren Arm und geleitete sie in Richtung Parkausgang, als ob ich sie abführen wollte. Dabei ging ich auf der Seite, die direkt an Lee vorbeiführte, und schirmte sie auf seiner Höhe ab. Doch er entdeckte sie.

»Izzy, du dämliche Kuh. Das ist alles nur deine Schuld.« Er packte mich am Arm und schob mich beiseite, damit er an sie herankam. Dann hob er die Waffe und richtete sie direkt auf ihre Schläfe.

Ich hielt Izzy noch immer fest und zog sie weiter, weg von der Waffe. Dadurch geriet ich zwischen die beiden, sah ihr angstverzerrtes Gesicht und den kleinen Kopf des Jungen, den sie an sich drückte und der sein Gesicht an ihrer Schulter verbarg. Zum Glück konnte ich die Waffe jetzt nicht mehr sehen, sodass es für mich keine Vorwarnung geben würde, wenn er schoss. Alles um mich herum kam mir auf einen Schlag ganz still vor, und ich fühlte mich, als würde ich schwerelos im Moment schweben.

Aus dem Augenwinkel nahm ich eine Bewegung wahr: Derwent kam auf Lee zugestürzt und versuchte, ihm die Waffe abzunehmen. Aber er war zu langsam. Zu spät.

Als der Schuss losging, kam er mir vor wie das Ende der Welt. Izzy stürzte zu Boden und ich mit ihr; der Länge nach lagen wir auf dem gummierten Untergrund. Hinter mir verlor Derwent das Gleichgewicht und geriet ins Straucheln. Ich sah zwar, wie seine Lippen sich bewegten, konnte aber nichts hören, weil es in meinen Ohren nach dem Schuss dröhnte. Ich wusste nicht, ob ich verletzt war oder Izzy oder ob – Gott bewahre – dem Jungen etwas passiert war. Ich vergewisserte mich bei beiden und stellte fest, dass der Schuss sie nicht getroffen hatte. Allmählich kehrte auch mein Gehör zurück, als ob jemand langsam die Lautstärke hochregelte. Zuerst nahm ich nur das dumpfe Brummen des Hubschraubers wahr, dann Geschrei und schließlich eine Stimme, die dem Bewaffneten Anweisungen gab.

Ich drehte mich um und sah Derwent. Er stand da, konnte sich aber kaum noch auf den Beinen halten. Er taumelte rückwärts, versuchte, nicht zu fallen, doch vergebens. Er stürzte. Alles lief wie in Zeitlupe ab. Niemals hätte ich gedacht, dass ich einmal miterleben würde, wie er sich geschlagen gab, aber in seinem Gesicht stand die Resignation. Er schlug hart auf den Boden auf, wobei er seitlich auf die Schulter fiel und sein Kopf gegen eine Gehwegplatte aus Beton krachte statt auf den weichen, federnden Bodenbelag des Spielplatzes. Aber ich hatte keine Zeit, über ihn nachzudenken, denn als ich mich weiter umdrehte, sah ich, wie Lee genau in diesem Moment mit kreidebleichem Gesicht seine Waffe wieder erhob und auf mein Gesicht richtete. Ich bemerkte, dass er sie jetzt in der anderen Hand hielt. Von seiner Rechten tropfte Blut. Ich war mir fast sicher, dass seine Pistole diesmal fehlgezündet hatte und vermutlich nicht mehr zu gebrauchen war. Höchstwahrscheinlich war er Rechtshänder und konnte mit links nur verlangsamt agieren. Ich könnte ihn überwältigen, ihm die Pistole abnehmen und somit entwaffnen, wie es Derwent vorgehabt hatte.

Aber ich konnte mich nicht bewegen.

Hinter mir rappelte sich Izzy auf und rannte mit ihrem Sohn auf dem Arm los. Ich zählte ihre Schritte, stellte mir den Weg zum Tor vor, das zur Straße führte, und die rettende Polizeiabsperrung dort. Die Kollegen würden ihr helfen.

Nur für mich war keine Hilfe in Sicht.

»Nicht schießen!« Es war frustrierend: Zwischen den Spielgeräten und der am Parkeingang befindlichen Zivilistin mit ihrem Kind hatten die bewaffneten Kollegen keine Chance, Lee außer Gefecht zu setzen. Als Antwort vernahm ich ein Rufen und erinnerte mich gerade noch rechtzeitig an ein paar Verhaltensregeln aus der Grundausbildung. Ich machte mich ganz klein, hielt schützend die Arme über den Kopf und wartete ab. In diesem Moment schoss etwas an mir vorbei, schneller als ein Mensch sich bewegen konnte, flog es durch die Luft und hatte nur ein Ziel: zu töten.

Als Nächstes ging Lee schreiend zu Boden, über ihm ein vierzig Kilo schwerer Belgischer Schäferhund.

Wenige Augenblicke später schloss sein Hundeführer zu ihm auf, gefolgt von der – wie es schien – kompletten Sondereinheit, doch diese Augenblicke kamen mir vor wie eine Ewigkeit. Ich hob vorsichtig den Kopf, blieb aber wachsam, weil ich mich an die Frage eines Mitschülers an der Polizeiakademie erinnerte, die er dem Trainer während unserer Ausbildung im Umgang mit Hunden gestellt hatte.

»Woher wissen die Hunde eigentlich, dass sie keine Polizisten beißen sollen?«

»Das wissen sie nicht. Sie haben einen enorm starken Jagdtrieb. Der schließt auch uns nicht aus.«

»Aber kann man ihnen denn nicht antrainieren, niemanden in Uniform anzugreifen?«

Er hatte nur mit den Schultern gezuckt. »Wozu soll man sich diese Mühe machen? Halten Sie einfach Abstand. Die Tiere haben Spaß an ihrer Aufgabe. Sie sind heiß darauf. Wenn Sie ihnen in die Quere kommen, bekommen Sie ihre Zähne zu spüren.«

Lee war ein ausgesprochen geeignetes Ziel für diesen Jagdtrieb, und der Hund erteilte ihm mit großer Begeisterung seine Lektion. Einer der SO19-Beamten nahm die Waffe an sich, während die übrigen Kollegen in sicherer Distanz blieben. Der Hundeführer versuchte, allerdings nicht sehr vehement, das Tier davon zu überzeugen, Lees Arm loszulassen.

»Komm, Bruiser. Braver Junge.«

Bruiser wedelte euphorisch mit dem Schwanz. Seine Kiefer blieben jedoch in Lees Bizeps verbissen. Lees Stimme war zwar immer noch lautstark zu hören, doch inzwischen war aus den wütenden Schmährufen eher ein verängstigtes Stöhnen geworden. Eine äußerst willkommene Änderung der Situation.

Dennoch wollte ich mir das Spektakel nicht länger ansehen, ich war viel zu besorgt um Lees Opfer. Die Rettungskräfte kauerten neben der Frau, die sie inzwischen in die stabile Seitenlage gebracht hatten. Der Boden um sie herum war mit Blut getränkt, aber sie sprach mit den Sanitätern. Sie war an der linken Schulter verletzt und offenbar nicht an lebenswichtigen Organen. Ich rannte zu ihnen hinüber.

»Marianne? Wo ist Ihr Sohn? Wo ist der Kleine? Ist mit ihm alles in Ordnung?«

Sie sah mich mit weit aufgerissenen Augen an. »Ich habe zu ihm gesagt, er soll sich verstecken. Ich wollte nicht, dass er Lee so sieht.«

»Wo ist er?«

»Im Marienkäfer.«

Ich sah mich ratlos um und erkannte dann, was sie meinte: einen großen roten Käfer aus Plastik mit Stufen hinten und einer Rutsche vorn. Er war innen hohl, und an der Seite gab es eine Öffnung, durch die man hineinklettern und darunterkriechen konnte.

»Wie heißt er?«

»Alfie.«

Ich ging zu dem Spielgerät hinüber und kauerte mich daneben. »Alfie? Du kannst jetzt rauskommen.«

»Ich spiele Verstecken. Mit der Mami.«

»Das Spiel ist jetzt vorbei. Komm wieder raus. Mami wartet auf dich.«

»Du musst aber erst *zählen.*« In der Öffnung tauchte ein verärgertes kleines Gesicht auf. Der Junge war drei oder vier Jahre alt, hatte die Augen seiner Mutter, den Mund seines Vaters, weißblonde Haare und war sehr ungehalten. »Ich hab auf sie *gewartet.* Schon *ganz* lange. Wenn du mitspielen willst, musst du *zählen.*«

Einer der Sanitäter kam dazu und hockte sich neben mich. Er war ein väterlicher Typ, etwa Mitte vierzig, und zwinkerte Alfie zu, ehe er mir zuraunte: »Ich übernehme hier. Ich glaube, Sie werden da drüben gebraucht.«

Ich folgte seiner Blickrichtung und erstarrte. Derwent lag immer noch am Boden und war ebenfalls von mehreren Sanitätern umgeben. Außerdem standen uniformierte Beamte dabei und machten ein besorgtes Gesicht. So schnell ich konnte, hastete ich quer über den Spielplatz, bahnte mir unsanft einen Weg durch die Menge der Gaffer und ließ mich neben Derwents Kopf auf die Knie fallen. Er war ansprechbar, kreidebleich und zitterte vor Schmerzen.

»Was ist passiert? Wo hat er dich erwischt?«

»Ihm wurde in den Oberschenkel geschossen«, antwortete eine junge Frau, die gerade eine Spritze vorbereitete. Daraus und aus ihrer Warnschutzjacke schloss ich, dass sie Ärztin war. »Das wird Ihnen helfen, Josh.«

»Was ist das?«, stieß er mit zusammengebissenen Zähnen hervor. »Morphin? Will ich nicht.«

»Das lindert die Schmerzen.«

»Die halt ich schon aus.« Typisch Macho-Derwent. Er schwitzte.

»Das müssen Sie aber nicht. Wir können sie lindern.«

Er machte eine abweisende Handbewegung in ihre Richtung, die keinen Widerspruch duldete, und sah mich an. »Was für eine verdammte Scheiße.«

»Du bist für die anderen in die Bresche gesprungen.«

»Das tut scheiße weh.« Er griff nach meiner Hand, umklammerte sie und vergrub seine Finger darin. »Tut mir leid. Hilft irgendwie.«

»Mach ruhig.«

»Nicht zu fassen, dass der mich erwischt hat.«

»Er hat dich gewarnt.«

»Ja, aber ich dachte, der blufft nur.« Er schaute gen Himmel. »Tja, manchmal klappt's, und manchmal geht's halt in die Hose. Wie sieht es aus?«

Ich riskierte einen Blick auf sein Bein. Sie drückten eine Kompresse auf die Eintrittswunde und hatten eine weitere unter seinen Oberschenkel gelegt, sodass ich nicht erkennen konnte, wie schwer die Verletzung war, aber es sah auf jeden Fall schlimm aus. Trotzdem antwortete ich so unbeschwert wie möglich: »Deine Hose ist auf jeden Fall hinüber. Aber das Bein behältst du hoffentlich.«

»Natürlich behält er das«, wies mich die Ärztin zurecht. »Es ist ein glatter Durchschuss. Ich nehme an, das Geschoss hat den Knochen gestreift. Vermutlich sind deshalb die Schmerzen so stark.«

»Hast du es gehört?«, fragte ich Derwent, der die Augen geschlossen hatte.

»Wort für Wort.« Wieder drückte er meine Hand. »Tut mir leid, dass ich das nicht besser hingekriegt hab.«

»Du hast das ganz großartig gemacht.«

»Wenn ich jedes Mal 'n Pfund kriegen würde, wenn 'ne Frau das zu mir sagt …«

»Dann hättest du jetzt ein Pfund«, beendete ich den Satz für ihn.

»Touché.« Derwent verzog schmerzerfüllt das Gesicht. »Großer Gott.«

»Lass dir endlich das Schmerzmittel geben. Für heute hast du genug Heldenmut gezeigt.«

»Wahrscheinlich fürs ganze Leben.« Er schüttelte den Kopf. »Nee danke, ich kann Morphin nicht ausstehen. Dann fange ich an zu sagen, was ich wirklich denke.«

Verblüfft sah ich ihn an. »Soll das heißen, sonst machst du das nicht? Wenn ich mir überlege, was du normalerweise so ablässt, dann frage ich mich ernsthaft, was du dir da alles noch verkneifst.«

»Passt schon.« Er hob den Kopf und fixierte die Ärztin. »Ich mein das ernst. Packen Sie die Nadel wieder weg. Ich werd's schon überleben.«

»Daran zweifle ich nicht«, entgegnete die Ärztin streng. »Aber wir müssen Sie jetzt hier wegbringen.«

Ich ließ Derwents Hand los.

»Hey«, protestierte er. »Komm mit, Maeve.«

»Im Krankenwagen haben wir keinen Platz«, teilte ihm einer der Sanitäter mit.

»Ich besuch dich dann im Krankenhaus«, versprach ich ihm.

»Das will ich ja wohl hoffen.«

Ich sah zu, wie er auf eine Trage gehoben und damit zum wartenden Krankenwagen gefahren wurde. In diesen Anblick war ich so versunken, dass ich gar nicht registrierte, wie vor dem Park ein schwarzer Mercedes hielt. Noch ehe ich ihn bemerkte, stand plötzlich Godley neben mir.

»Was ist hier los? Was ist passiert? Was hatte Josh hier zu suchen?«

Ich sah Godley an. »Ich sollte seine Hand halten. So was hätte ich ihm nie im Leben zugetraut.«

Und dann brach ich – wie furchtbar peinlich – in Tränen aus.

Mittwoch

Kapitel 24

»Meine Güte, du siehst ja schlimmer aus als ich.«

»Das wage ich zu bestreiten«, antwortete ich, stellte meine Tasche an Derwents Bettende ab und setzte mich daneben. »Wieso siehst du eigentlich nicht ausgeruht und rosig aus? Du hattest doch in den letzten 24 Stunden nichts weiter zu tun, als im Bett zu liegen.«

»Ich wurde angeschossen«, verteidigte er sich. »Ich bin verletzt und brauchte sogar eine Bluttransfusion.« Er sah in der Tat einigermaßen mitgenommen aus, mit wirren Haaren und leicht grau wirkendem Teint. Er hatte dringend eine Dusche, eine Rasur und ein saftiges Steak nötig, und zwar in dieser Reihenfolge. Das Tablett mit dem Mittagessen auf dem Tisch sprach Bände: ein unangetasteter Teller mit angetrocknetem Nudelauflauf und ein Schälchen undefinierbaren Inhalts mit Vanillesauce. Auf einem kleineren Teller lagen zwei Scheiben Weißbrot, die sich in der trockenen, überheizten Zimmerluft schon nach oben bogen. Mit derart fadem Essen brachte man ja wohl niemanden wieder auf die Beine, und es war kein Wunder, dass Derwent es nicht angerührt hatte.

»Mach dir keine Sorgen. Die Ärzte meinen, du wärst schon auf dem Weg der Besserung.«

»Und was ist mit der Schweigepflicht?«

»Mach ihnen keinen Vorwurf, sie mussten offiziell Stellung nehmen.« Ich beugte mich nach unten und suchte in der anderen Tasche, die ich mitgebracht hatte, nach den Zeitungen. »Schon gesehen?«

»Nur was im Fernsehen lief.« Derwent setzte sich mühsam auf, und ich ging an das Kopfende des Bettes, um die Kissen zurechtzurücken. »Lass mal gut sein, Florence Nightingale. Ich komm schon zurecht.«

»Gut.« Ich setzte mich wieder hin. »Du findest dein Bild auf den ersten fünf Seiten sämtlicher Boulevardblätter und der meisten seriösen Tageszeitungen. Aber leider bist du nirgends gut getroffen. Die meisten sind total unscharfe Aufnahmen von gestern aus viel zu großer Entfernung oder irgendwelche uralten Bilder. Der *Guardian* hat sogar extra eine Umfrage gestartet, ob Polizisten bewaffnet sein sollten, und ich muss sicher nicht extra dazu sagen, dass die Antwort Nein lauten wird. Die *Daily Mail* fordert, dass wir standardmäßig mit Elektroschockern ausgerüstet werden sollen. Und die *Times* hat deine Vergangenheit beim Militär und deine grandiosen Leistungen bei der Met ausgegraben. Ich wusste gar nicht, dass du mal Scharfschütze warst.«

Er kniff die Augen zusammen. »Darüber rede ich nicht gern.«

»Wirst du aber vielleicht demnächst müssen. Alle Welt will dich interviewen. Du bist voll der Star.«

Er starrte auf die erste Seite der *Sun*, die mit einem dramatischen und reichlich verschwommenen Bild titelte, auf dem er gerade rückwärts zu Boden ging. Im Vordergrund sah man Izzy und ihren Sohn, wie sie sich in Sicherheit brachten. Sie sah völlig verängstigt aus, und ihr Sohn weinte. Es war ein Standbild aus einem Video, das ein Anwohner mit seinem Handy aufgenommen hatte. Dieser Film war in sämtlichen Nachrichtensendungen gelaufen, zusammen mit Bildmaterial aus der Kamera des Polizeihubschraubers. Derwent hatte den Fernseher mit abgeschaltetem Ton laufen und den Beitrag sicher inzwischen gesehen. Dieser eine Moment, der für die Zeitung ausgewählt worden war, hatte schon etwas Fesselndes an sich: ein hochdramatisches Geschehen – live und in Farbe.

»Und wo warst du zu dem Zeitpunkt?«

»Draußen vor dem Tor. Ich bin nicht mit im Bild.«

»Das geht ja wohl gar nicht.« Empört schüttelte er den Kopf. »Du warst doch auch dabei.«

»Ach, schon okay. Ich gönn dir den Ruhm von Herzen.«

»Du müsstest auch mit auf die Titelseite und nicht erst auf Seite …« Er blätterte weiter. »Neun auftauchen. Meine Güte, wie sehen denn deine Haare aus? Hast du das nicht besser hingekriegt?«

Das abgedruckte Bild war ein offizielles Porträt in Uniform, aufgenommen, als ich gerade die Polizeiakademie in Hendon abgeschlossen hatte. Darauf sah ich wirklich nicht besonders ansprechend aus, und die wirren Haare waren dabei noch das kleinste Problem.

»Ich lege keinen gesteigerten Wert auf mediale Aufmerksamkeit.«

»Aber deine Mutter wird stinksauer sein, wenn sie nichts für ihr Erinnerungsalbum kriegt.«

»Sauer ist sie sowieso. Und zwar auf mich.« Ich schauderte. »Ich will gar nicht dran denken, was sie dazu sagen wird, dass wir völlig planlos ’nem Bewaffneten praktisch in die Arme laufen. Bestimmt schimpft sie, dass du mich vom rechten Weg abbringst.«

Angesichts dieser Aussicht schien er ernstlich besorgt. Derwent mochte meine Mutter – aus Gründen, die sich mir noch nicht so recht erschlossen hatten. Vermutlich spielte dabei ihre deftige Hausmannskost eine nicht zu unterschätzende Rolle. Und wahrscheinlich vermisste er auch seine eigene Mutter, kam es mir zum ersten Mal in den Sinn. Es war eine schreckliche Vorstellung, dass sie diejenige war, die den Kontakt zu ihm abgebrochen hatte. Das hatte er wahrlich nicht verdient. Wieder bröckelte zu meinem eigenen Erstaunen ein Stück von meiner Antipathie gegen Derwent.

»Ist nicht wahr, dass du noch nicht mit ihr gesprochen hast«, rügte mich Derwent. »Rufst du sie denn nicht jeden Tag an?«

»Nur wenn sich's gar nicht vermeiden lässt. Außerdem war ich ja noch nicht mal zu Hause. Der Anrufbeantworter ist wahrscheinlich schon längst voll, nur von ihren Anrufen.«

»Sie wird ja wohl deine Handynummer haben.«

Ich stöhnte. »Ja, aber das hab ich auf dem Spielplatz verloren, und ein übermotivierter Kollege von der Spurensicherung hat es als Beweisstück sichergestellt. Ich hab gestern stundenlang versucht, es zurückzubekommen. Die SIM-Karte hätte mir ja gereicht. Aber keine Chance.«

»Idioten. Und wieso warst du nicht zu Hause? Hast du die Nacht durchgefeiert, oder was?«

»Ich bin kaum zum Luftholen gekommen, weil ich bei allen denkbaren Stellen Bericht erstatten musste.« Auch wenn ihm das nicht aufgefallen war, hatte ich immer noch die Sachen von gestern an, die inzwischen zerknittert und schlaff an mir herunterhingen. Zudem war am einen Knie noch Blut zu sehen, das ich mir aufgeschrammt hatte, als ich dem geschlagenen Krieger Mut zusprach.

»Wer genau hat dich befragt?«

»Godley. Der SO19-Kommandeur. Die Freunde vom Department for Professional Standards, die überprüfen wollten, ob wir uns auch an alle Vorschriften gehalten haben.«

Derwent verdrehte die Augen. Unsere interne Disziplinarabteilung war denkbar unbeliebt, und niemand wollte mit ihr mehr zu tun haben als unbedingt nötig. »Du hast ihnen hoffentlich klargemacht, dass sie dich mal können.«

»Nicht mit so vielen Worten.« Ich wusste, dass ihm die nächste Information gefallen würde. »Die Untersuchungskommission für polizeiliches Fehlverhalten hat ein paar Leute in die Spur geschickt, falls Lee versucht, Beschwerde einzulegen.«

»Das soll er mal versuchen.«

»Irgendein Anwalt versucht garantiert gerade, ihn dazu zu überreden.« Ich konnte ein Gähnen nicht mehr unterdrücken.

»Langweilst du dich? Bist doch eben erst gekommen. Stell dir mal vor, wie's mir hier geht.« Er drehte den Kopf von einer Seite zur anderen. »Ich gehe hier noch die Wände hoch. Wieso kommst du mich denn eigentlich jetzt erst besuchen?«

»Du sollst dich erholen. Wir haben dich nicht behelligt, damit du dich ausruhen kannst. Na ja egal, die ermittelnden Kollegen haben mich die letzten Stunden durchgängig die Zeugenaussagen lesen lassen.« Wieder gähnte ich. »Jetzt bin ich ziemlich kaputt.«

»Irgendwas von Interesse?«

»Wie zu erwarten. Lee und Marianne hatten eine stürmische Beziehung – dauernd Streit, häusliche Gewalt auf beiden Seiten. Izzy hat Marianne letztendlich davon überzeugt, Lee zu verlassen. Deshalb hat er auch so heftig reagiert, als sie an ihm vorbeigegangen ist. Aus der Trennung ist dann eine Schlammschlacht geworden, nachdem Lee monatelang keinen Unterhalt für seinen Sohn gezahlt hatte. Daraufhin hat Marianne ihn voriges Jahr im August verklagt und sein Umgangsrecht für Alfie ausgesetzt. Lee hatte seine kleine Racheaktion schon länger geplant, aber jetzt erst zustande gebracht. Marianne wusste, dass Lee nach ihr suchte, weil sein Bruder sie gewarnt hatte. Mit der Waffe hatte sie allerdings nicht gerechnet.«

»Na ja, Schreckschusspistole. Als richtige Waffe kann man das wohl nicht bezeichnen.«

»Aber mit echter Munition«, widersprach ich. »Zum Glück hatte Lee nur vier Schuss; so konnte er nicht üben. Gezielt hat er nämlich auf Mariannes Herz, sagte sie, aber das Projektil hat sie weiter oben, ziemlich weit links getroffen.«

»Trotzdem verdammt knapp. Wo hat er das Ding denn überhaupt her?«

»Auf 'nem Kneipenparkplatz in Gravesend gekauft. Der Tipp kam über drei Ecken, sodass wir den Waffenschmied wohl kaum ausfindig machen werden, schätze ich. Auf jeden Fall lässt die Qualität arg zu wünschen übrig. In der ballistischen Auswertung steht, dass die Knarre schon fast auseinanderfiel, als er auf dich geschossen hat. Dadurch hatte der Schuss nur halbe Kraft und hat zudem Lee beim Abfeuern ziemlich an der Hand verletzt. Noch einen Schuss hätte er damit vermutlich nicht zustande gebracht.«

»Da hast du ja Glück gehabt.«

»Und du auch, dass er nicht vor Marianne auf dich geschossen hat. Wenn er mit voller Wucht deinen Oberschenkelknochen getroffen hätte, würdest du wahrscheinlich für den Rest deines Lebens humpeln und Invalidenrente beziehen.«

»Statt heute im Laufe des Tages entlassen zu werden.«

»So schnell?«

Derwent grinste. »Ich bin dabei, sie dazu zu überreden.«

»Wahrscheinlich können sie's gar nicht erwarten, dich endlich loszuwerden.«

»Unsinn. Die Schwestern lieben mich.«

Hinter mir ging die Tür auf, und Godley betrat den Raum. In einer Hand hatte er einen üppigen Blumenstrauß und in der anderen eine Tüte Weintrauben. »Sie haben gesagt, dass du Besuch jetzt verkraftest.«

»Bitte bloß keine Blumen. Sonst komm ich mir so tot oder schwul oder sonst was vor.«

»Um deine sexuellen Präferenzen zu ändern, reichen ein paar Blumensträuße ganz sicher nicht aus«, merkte ich an.

»Ich will da lieber nix riskieren. Schenk die am besten der hübschesten Krankenschwester hier in dem Laden, Chef.«

Godley legte die Trauben auf den Nachttisch und brachte die Blumen hinaus in den Flur.

»Ach, jetzt kapier ich, weshalb du bei den Schwestern so beliebt bist«, witzelte ich.

»Nicht nur. Auch weil ich immer so nett mit ihnen scherze.«

»Die Armen.«

»Selber schuld, wenn du das nicht zu schätzen weißt, Kollegin.«

»Ich gewöhn mich langsam dran«, gab ich zu und erntete von Derwent ein selbstgefälliges Grinsen.

»Irgendwann krieg ich sie damit alle.«

Godley kam wieder herein. »Im Schwesternzimmer sieht es aus wie im Blumenladen. Das haben sie wahrscheinlich alles dir zu verdanken.«

»Ich kann damit nichts anfangen und habe ihnen gesagt, sie sollen den ganzen Blühkram an Leute verschenken, die selber keine Blumen kriegen.« Er veränderte seine Sitzposition, offenbar unter Schmerzen. »Keine Ahnung, wie jemand auf die Idee kommt, hier mit ’nem Strauß anzurücken.«

»Die Idee kam in diesem Fall nicht von mir, sondern von Marianne Grimes«, erklärte Godley und ließ sich auf dem Stuhl neben dem Bett nieder. »Sie ist dir außerordentlich dankbar.«

»Dazu hat sie auch allen Grund. War nicht dumm von ihr, sich tot zu stellen, aber ewig hätte das nicht funktioniert. Wie geht es denn dem Kind?«

»Der Junge ist ziemlich durcheinander«, antwortete Godley. »Er weiß nicht, was passiert ist, außer dass seine Mami sich nicht ganz wohlfühlt und deshalb noch eine Weile im Krankenhaus bleiben muss. Lee hat er gar nicht gesehen, und bisher haben auch alle dichtgehalten. Er ist ja noch viel zu klein, um das zu verstehen.«

»Ist nicht ohne«, sagte ich. Irgendwann würde er es trotzdem erfahren.

»Apropos verstehen.« Schlagartig war alle Herzlichkeit aus Godleys Stimme gewichen. »Josh, kannst du mir mal bitte erklären, was du dort eigentlich zu suchen hattest?«

»Kollegin Kerrigan brauchte mich.«

»Für die Vernehmung von Lionel Orpen«, ergänzte ich. Das hatte ich Godley auch schon erklärt und den Disziplinarleuten vom DPS ebenfalls. Ich war mir nur noch nicht so ganz darüber im Klaren, welches Ausmaß der Ärger haben würde, den wir am Hals hatten.

»Er wollte unbedingt mit mir reden«, beteuerte Derwent.

»Er hat darauf bestanden.«

»Maeves Idee war es auf jeden Fall nicht.«

»Es ging nur um diese eine Vernehmung.«

»Niemand sollte erfahren, dass ich dabei war.«

»Ich dachte, das wäre in Ordnung«, sagte ich. »Es ging ja nur um Angela und nicht um die aktuellen Morde.«

»Das zu entscheiden lag nicht in Ihrer Kompetenz.«

Godley sah Derwent an. »Und jetzt zu dir. Ich weiß gar nicht, wo ich anfangen soll. Du hättest ablehnen müssen. Du warst immerhin beurlaubt. Ich habe dich gewarnt.«

»Ja, aber …«

»Ich will es nicht hören.«

»Wenn ich nicht dabei gewesen wäre«, betonte Derwent, ohne auf die Unterbrechung einzugehen, »dann hätte die Kollegin allein mit Lee fertigwerden müssen. Dabei wäre garantiert jemand draufgegangen – entweder ein Kind, Marianne oder sogar Maeve selbst.«

»Dann haben wir also ganz großes Glück gehabt, dass ihr euch beide einer klaren Anweisung widersetzt habt und in diesem Zusammenhang vorhattet, die Unwahrheit zu sagen – willst du das damit andeuten?« Godleys zynischer Tonfall ließ mich zusammenzucken.

»Wir haben das Richtige getan.« Derwent ließ sich nicht einschüchtern.

»Du hättest meine Genehmigung einholen müssen.«

»Die du mir verweigert hättest.«

»Wenn du das ernsthaft annimmst, dann hat der Schuss ins Bein wahrscheinlich deinem Gehirn geschadet.«

»Chef, wir mussten unbedingt mit Orpen reden. Er ist ein verbitterter Alter. Der Kollegin hätte er definitiv abgesagt.«

»Hat er ja auch *tatsächlich*«, warf ich ein.

»Wenn wir die Sache mit Lee mal beiseitelassen, dann war das im Handumdrehen erledigt. Es tut mir leid, dass es so gelaufen ist, aber das war es auf jeden Fall wert.«

Godley zog die Augenbrauen hoch. »Der Zweck heiligt also die Mittel? Ist das so, Josh?«

»Was soll ich dazu sagen?«

»Eine Entschuldigung wäre schon mal ein guter Anfang.«

»Es tut mir sehr, sehr leid.«

»Dass es aufgeflogen ist«, ergänzte Godley, und Derwent grinste.

»Lange wütend zu sein schaffst du aber auch nicht, was?«

»Wenn das noch ein einziges Mal vorkommt, Josh, dann bist du raus. Eine zweite Chance kriegst du nicht. Das ist mein voller Ernst.«

»Verstanden.« Die beiden tauschten einen Blick aus, mit dem Derwent eingestand, dass er einen Fehler gemacht hatte, und mit dem Godley deutlich machte, dass er sich so etwas nicht noch einmal bieten lassen würde.

»Und was Sie betrifft, Maeve …«, begann Godley.

Derwent langte nach der Fernbedienung und konzentrierte sich voll und ganz auf den Fernseher. »Das sind wir. Hier. Wir sind schon wieder im Programm.«

Ich sah mit einem Auge hin und wandte dann den Blick wieder ab. Diesen Bericht hatte ich schon mehr als einmal gesehen.

»Komm schon, Kollegin. Schau's dir an. Gleich kommt dein großer Auftritt.« Derwent regelte die Lautstärke hoch, damit wir hören konnten, was gesagt wurde. Der Tonfall des Reporters war beinahe pathetisch.

»Ein Vater wurde in aller Öffentlichkeit gewalttätig … und zwei mutige Polizeibeamte haben seinem gefährlichen Treiben ein Ende gesetzt. Lee Grimes war wütend auf seine Exfrau und hatte eine illegal beschaffte Schusswaffe bei sich. Die umgebaute Pistole war zwar nicht voll funktionsfähig, wäre jedoch geeignet gewesen, um damit jemanden zu töten.«

Um mehr aus dem Filmmaterial herauszuholen, ließen sie es in Zeitlupe ablaufen, sodass die unscharfe Aufnahme praktisch in Einzelbildern über den Bildschirm flimmerte und ich mir genau ansehen konnte, wie ich versucht hatte, Izzy vor Lee abzuschirmen, und wie Derwent zu Boden stürzte. Mit dem Wissen im Hinterkopf, wie es ausgegangen war, war dieser Anblick noch schwerer zu ertragen.

»Warte, jetzt kommt gleich meine Lieblingsstelle«, sagte Derwent grinsend. Ich schaute gerade noch rechtzeitig wieder auf den Bildschirm, um zu sehen, wie ich in Tränen ausbrach, während Godley mich stützte.

»Ich stand unter Schock.«

»Du hattest schreckliche Angst um mich und hast deswegen geheult.«

»Ich war gerade um ein Haar einem Schuss entgangen. Da darf man ja wohl ein bisschen mitgenommen sein.«

»Aber, aber«, schaltete sich Godley ein. »Ich muss doch sehr bitten.«

In dem Fernsehbeitrag wurden jetzt hochemotionale Szenen gezeigt, in denen Eltern ihre Kinder in die Arme schlossen, die zumeist gar nicht so recht wussten, wie ihnen geschah.

»Schlimm«, sagte Godley und verzog das Gesicht. »Sobald man Kinder hat, ist der Gedanke, dass ihnen etwas passiert, nicht zu ertragen. Dann lässt man sie eine Zeitlang nicht mehr aus den Augen.«

»Tut er Ihnen leid?«, fragte ich ihn. »Also Lee, meine ich.«

»Ein bisschen schon. Ich hoffe zwar, dass ich mich in seiner Lage anders verhalten würde, aber offenbar ist er sehr verzweifelt, weil er seinen Sohn nicht sehen kann.«

»Eigentlich wollten sie an diesem sonnigen Herbstnachmittag nur unbeschwert spielen und sind nur durch Zufall – und zwei unbewaffnete Polizeibeamte – einem schrecklichen Blutbad entgangen«, tönte der Reporter.

Ich schnaubte verächtlich. »Er hatte vier Geschosse. Vier. Und eins war ja schon für Marianne verbraucht.«

»Es hätte auch sein können, dass er sie erledigt, dann Alfie umbringt und zum Schluss die Waffe gegen sich selbst richtet. Oder dass er Izzy tötet, weil sie sich eingemischt hat. Oder wild um sich ballert und dabei einige von den Kindern trifft.« Godley schüttelte den Kopf. »Vier Kugeln können enorm viel Leid anrichten.«

»So ganz heil bin ich ja auch nicht gerade davongekommen«, betonte Derwent. »Keine Ahnung, wann ich wieder joggen gehen kann.«

»Oder arbeiten.« Godley stand auf. »Damit eins klar ist: Bevor du wieder arbeiten kannst, musst du nachweislich genesen sein. Das wird nicht nur ein paar Tage dauern, sondern Wochen. Überleg also schon mal, was du während der Krankschreibung anfangen willst, falls du dich hier gerade langweilst.«

Wie zu erwarten war, bekam Derwent einen Wutanfall. »So ein Schwachsinn. Ich brauch doch mein Bein nicht, um Fälle aufzuklären. Denk mal an diesen Ironside. Der saß sogar in 'nem verdammten Rollstuhl!«

»Dir ist aber schon klar, dass das eine Fernsehserie war, ja?«

»Ich sehe vor allem klar vor Augen, dass ich jetzt lange genug kaltgestellt war. So langsam will ich wieder das machen, worin ich gut bin.« Derwent wandte sich erneut den Nachrichten zu. »Dieser Blödmann.«

Auf dem Bildschirm erschien ein Gesicht, das ich auf Anhieb erkannte, auch ohne den darunter eingeblendeten Schriftzug zu lesen. Philip Pace wirkte zwar angespannt, aber trotzdem attraktiv – allerdings auf eine aalglatte Art und Weise. Seine Haut war für meinen Geschmack ein bisschen zu sehr gebräunt und seine Haare zu gestylt. Er trug einen schwarzen Anzug mit kobaltblauer Krawatte, die er zurechtrückte, während die Nachrichtensprecherin ihn vorstellte.

»Damit hat er sich verraten. Er ist total nervös.«

»Dazu hat er auch allen Grund.« Derwent warf eine Weintraube in Richtung Fernseher, verfehlte ihn jedoch. »Ist doch alles seine Schuld. Heizt sinnlos die Massen an und redet ihnen ein, dass sie alle Opfer sind.« Die nächste Beere traf ihr Ziel, prallte ab und fiel auf sein Bett. »Wenn Lee Grimes sich wirklich für Alfie interessiert, dann würde er pünktlich seinen Unterhalt zahlen, statt seine Frau so zu nerven, dass sie mit harten Bandagen kämpfen und sogar das Familiengericht bemühen muss.«

»Daran sieht man, wie aussichtslos die Lage von Männern in unserer gleichgültigen Gesellschaft ist, einer Gesellschaft, die die Rechte der Männer als Väter und *Menschen* missachtet«, verkündete Philip Pace mit Betroffenheitsmiene.

»Menschen, die für die gleiche Arbeit immer noch mehr verdienen als Frauen«, merkte ich an.

»Und zwar völlig zu Recht«, ätzte Derwent. »Sie nehmen auch nicht andauernd ein Jahr bei voller Bezahlung frei, wenn sie gerade mal Bock auf ein Baby haben.«

»Das sie sich natürlich ganz allein machen. Kein Mann hat damit was zu schaffen.«

»Steigen Sie nicht drauf ein, Maeve. Er will Sie doch nur provozieren.« Godley streckte sich. »Ich würde gern länger bleiben, aber die Pflicht ruft.«

»Bei dir doch sicher auch, Maeve.« Derwent warf noch eine Beere, diesmal nach mir. »Du hast bestimmt noch ’ne Menge zu tun, oder?«

»Ich wollte gerade gehen«, antwortete ich und nahm meine Tasche.

»Ich denke«, sagte Philip Pace gerade, »dass wir uns als Gesellschaft fragen müssen, warum wir einen liebenden, fürsorglichen Vater dafür verteufeln, dass er seinen kleinen Sohn vermisst hat.«

»Das ist ja nicht auszuhalten.« Ich nahm die Fernbedienung und schaltete den Ton aus. »Die meisten liebenden, fürsorglichen Väter versuchen nicht, die Mütter ihrer kleinen Söhne umzubringen.«

»Die meisten Väter würden für ihre Söhne ihr eigenes Leben hergeben«, pflichtete mir Godley bei.

»Nicht alle«, sagte Derwent. »Manchen Leuten sollte man die Fortpflanzung verbieten. Es müsste eine extra Genehmigung dafür geben.«

Godley war schon an der Tür und wollte gerade die Hand heben und sich von Derwent verabschieden, als sein Telefon klingelte.

»Sag jetzt nicht, dass schon wieder einer losgegangen ist und jemanden umgebracht hat«, murmelte Derwent in meine Richtung. »Wissen die denn nicht, dass ich gerade außer Gefecht gesetzt bin?«

Ich lächelte verhalten, beobachtete dabei jedoch Godleys Gesicht und versuchte zu erraten, was er gerade erfuhr. Er schaute auf die Uhr. Viel mehr als ja und nein sagte er allerdings nicht, sodass ich mir nichts zusammenreimen konnte.

»Schick mir die Adresse aufs Handy. Ich bin in einer halben Stunde da. Ja, ist sie. Mach ich.« Er legte auf und sah mich an. »Ich weiß, dass die letzten 24 Stunden hart für Sie waren, aber Sie sollten mich besser begleiten.«

»Was ist passiert?«

»Wieder eine Frau. Erwürgt.«

»Wann?«, wollte Derwent wissen. Er versuchte sich wieder aufzusetzen. Aus seinem Gesicht war alle Farbe gewichen, die es im Laufe unseres Besuches angenommen hatte.

»Das letzte Mal hatte gestern Abend um 22.30 Uhr jemand Kontakt mit dem Opfer. Gefunden wurde sie um die Mittagszeit.«

»Womit du eindeutig nicht in Frage kommst«, sagte ich zu Derwent. »Du warst ja schließlich hier, umgeben von entflammten Krankenschwestern.«

»Du siehst in allem etwas Gutes.« Derwent war immer noch aschfahl im Gesicht.

»Wir müssen jetzt los«, mahnte mich Godley. Seine Stimmungslage hatte sich auf einen Schlag komplett gewandelt – eben war er noch ganz gelassen gewesen, und plötzlich wirkte er seltsam enthusiastisch. Ich konnte nicht nachvollziehen, warum die Nachricht vom Tod einer weiteren Frau ihn so euphorisch machte. »Gute Besserung, Josh.«

»Jaja.« Er klang vollkommen abwesend und registrierte meinen Abschiedsgruß kaum. Jeder von uns war in Gedanken vollauf mit dem neuen Opfer beschäftigt und mit der Frage, welchen Aufschluss ihr Tod uns über den Täter geben konnte.

Godley eilte den Korridor entlang, sodass ich kaum hinterherkam und im Slalom Patienten und Transportwagen auswich. Er pfiff leise vor sich hin, schien das aber gar nicht zu bemerken.

»Wie ist denn ihr Name, Chef?«

»Deena Prescott.«

Ich dachte angestrengt nach, aber der Name sagte mir nichts.

»Nicht zu fassen, dass es schon wieder passiert ist. So kurz nach dem letzten Fall.« Ich bemühte mich sehr, gedämpft zu sprechen, denn das Letzte, was wir jetzt brauchen konnten, war ein Tross von Reportern im Gefolge. »Können wir sicher sein, dass er derselbe Mörder ist? Ist das Tatmuster identisch?«

»Mehr oder weniger.« Godley drückte auf den Knopf für den Fahrstuhl, überlegte es sich dann aber anders und steuerte die Treppe an, als ob er Stillstand gerade nicht ertragen könnte. Ich ging hinter ihm durch die Tür und ergriff seinen Arm. So etwas hätte ich normalerweise nie getan, aber ich war müde, durcheinander und zutiefst beunruhigt.

»Moment mal. Nur ganz kurz.«

Ich wartete, bis ein paar Besucher an uns vorbeigegangen waren. Von unten kam schon wieder jemand herauf, und auf dem Treppenabsatz über uns hörte man ebenfalls Stimmen, wir hatten also nicht lange Zeit. Halb im Flüsterton fragte ich ihn: »Ich verstehe das nicht so ganz. Er hat wieder zugeschlagen, und das nicht erst Wochen oder Monate später, sondern schon nach ein paar Tagen. Weshalb erfreut Sie das so sehr?«

Godley trat dicht an mich heran, damit seine Worte nicht durch das belebte Treppenhaus hallten. Seine Lippen berührten dabei fast mein Ohr: »Weil wir diesmal eine Spur haben.«

Jetzt war ich es, die einen Adrenalinschub bekam, der so heftig war, dass mir beinahe schwindlig wurde. Während ich hinter Godley die Treppe hinunterhastete, fragte ich mich, ob der Mörder den gleichen Kick empfand wie ich, wenn er ein Opfer gefunden hatte – ob das für ihn auch so einen Suchtfaktor hatte wie für mich. Manchmal fühlte ich mich den Kriminellen, die ich jagte, fast zu ähnlich. Unser Täter war zum Mörder geboren. Und mir gefiel die Vorstellung, dass ich geboren war, um ihn zu fassen.

Kapitel 25

Als wir Deena Prescotts modernes, aber winziges Stadthaus in Walthamstow erreichten, fühlte sich das wie ein Déjà-vu-Erlebnis an. Wie bei Anna Melville war die Straße voll mit Polizeifahrzeugen. Vor einer eilig errichteten Absperrung im Umkreis von hundert Metern in alle Richtungen drängten sich die Medienvertreter. Und als Godleys Wagen durchgewinkt wurde, blitzten massenweise Kameras auf, die mir fast die Sicht nahmen. Ich schirmte meine Augen ab.

»Du liebe Güte. Können Sie zum Fahren überhaupt genug sehen?«

»Ich bin das gewohnt.« Er stellte das Auto ab und eilte zum Tatort. Ich bemühte mich, mit ihm Schritt zu halten. Godley hatte inzwischen die Treppe zum Hauseingang erreicht, der schon mit einem Sichtschutz versehen war. Noch ehe er oben ankam, öffnete sich die Tür, und Una Burt tauchte auf. In ihrem Schutzanzug wirkte sie noch rundlicher als sonst. Sie setzte die Kapuze ab, sodass ihre nassgeschwitzten Haare zum Vorschein kamen, die ihr unvorteilhaft am Kopf klebten. Ich fand ihre mangelnde Eitelkeit immer wieder erstaunlich, aber offenbar war ihr das eigene Aussehen tatsächlich vollkommen egal.

Alles andere als egal war ihr jedoch ihr Beruf. Ohne Umschweife kam sie zur Sache: »Ich denke, er ist in Panik geraten.«

»Der Mörder?«

»Ja.«

»Können wir sicher sein, dass es derselbe Täter war?«

»Ja und nein.«

»Erklären Sie das bitte«, fordert Godley sie auf.

»Später.« Auch wenn es nicht konfrontativ klang, war klar, dass sie sich keinesfalls umstimmen lassen würde. Als sie mich sah, verdunkelte sich ihre Miene. »Ich würde Sie gern kurz sprechen.«

»Nicht jetzt, Una«, schaltete sich Godley ein. »Sie soll sich zuerst den Tatort ansehen.«

»Dazu ist sie nicht hier. Sie muss vor allem erklären, warum Josh Derwent gestern mit ihr unterwegs war.«

»Ich habe schon mit ihr darüber gesprochen. Und mit Josh selbstverständlich auch.«

Aber Una Burt ließ sich nicht so leicht abwimmeln. »Vermutlich hätten wir nie etwas davon erfahren, wenn es nicht zu diesem Zwischenfall gekommen wäre.«

»Wahrscheinlich nicht«, gab ich zu.

»Sie hatten die explizite Anweisung, ihn von sämtlichen Bereichen der Ermittlungen fernzuhalten.«

»Bei allem Respekt, aber ohne ihn hätte ich diese Vernehmung nicht durchführen können. Für diesen Mord hat er außerdem ein Alibi. Ihre Bedenken in Bezug auf ihn waren daher ohnehin unbegründet.«

»Einige Bedenken vielleicht. Aber nicht alle.« Sie sah mich immer noch vorwurfsvoll an. »Hat es sich denn wenigstens gelohnt? Die Vernehmung, meine ich.«

»Ja, ich denke schon.« Mühsam erinnerte ich mich, was wir von Orpen erfahren hatten. Einigen Anhaltspunkten musste ich noch nachgehen, falls ich jemals dazu kam, aber ich konnte derzeit noch nicht sagen, ob sich daraus etwas ergeben würde.

Godley wurde ungeduldig. »Das ist jetzt nicht angebracht, Una. Können wir das bitte erst mal vertagen?«

»Aber nicht für lange.« Sie trat beiseite und ließ ihn vorbei. Mir stellte sie sich dann jedoch wieder in den Weg. »Denken Sie bloß nicht, dass ich Sie damit davonkommen lasse. Sie haben bewusst eine Anweisung missachtet und hatten vor, in diesem Zusammenhang die Unwahrheit zu sagen. Das hätte ich nicht von Ihnen gedacht.«

Ich merkte, wie ich rot anlief. »Hören Sie, ich hatte keine andere Wahl. Ich …«

»Doch, hatten Sie. Sie haben sich für Josh Derwent entschieden. Hoffentlich werden Sie das nicht noch bedauern, obwohl das eigentlich unvermeidlich ist.«

»Ich glaube nicht, dass es darum geht, für eine Seite Partei zu ergreifen.«

»Dann kann man sich auf Ihr Urteilsvermögen noch weniger verlassen, als ich dachte.«

Ich folgte ihr ins Haus und schüttelte hinter ihrem Rücken den Kopf. Dass mir jemand noch mehr auf die Nerven ging als Derwent, war noch nie vorgekommen, aber sie war auf dem besten Wege dazu.

»Sie brauchen einen Schutzanzug, Maeve, und auch Schuhüberzieher«, ließ mich Pierce, der Assistent von Kev Cox, wissen und reichte mir die nötigen Utensilien. »Kev ist hier besonders pingelig.«

Ich stieg in den Anzug und eilte Godley und Una Burt hinterher. Aus dem ersten Raum, der links vom Flur abging, hörte ich ihre Stimmen. Es war das Wohnzimmer. Ich versuchte, etwas von ihrem Gespräch zu verstehen. Glücklicherweise ging es nicht um mich, sondern um den Tatort. Es wäre für mich schwer erträglich gewesen zu hören, wie Godley mich in Schutz nahm oder – noch schlimmer – mich genauso kritisierte wie DCI Burt.

»Keine Inszenierung«, bemerkte Godley.

»Nein, diesmal nicht.«

»Gibt es Einbruchsspuren?«

»Nein. Sie hat ihn hereingelassen. Oder ihm zumindest die Tür geöffnet – möglich, dass er dann gewaltsam eingedrungen ist.«

»Und dann haben sie sich hier aufgehalten. Waren die Vorhänge offen oder geschlossen, als die Leiche gefunden wurde?«

»Geschlossen. Das Licht war angeschaltet.«

»Das erklärt, wie er sie umbringen konnte, ohne dass es jemand gesehen hat. Und außerdem deutet es darauf hin, dass es in der Nacht passiert ist und nicht heute Morgen.«

Nachdem Pierce mich begutachtet und durchgewinkt hatte, hastete ich ins Wohnzimmer, wo ich als Erstes einen umgestürzten Tisch sah und als Zweites eine auf dem Fußboden liegende Leiche. Godley kniete gerade neben ihr. Sie hatte eine gekrümmte Haltung – ein Arm bedeckte ihr Gesicht, und ihr Rumpf war verdreht, sodass ihre Hüften flach auf dem Boden ruhten, jedoch das ganze Gewicht ihres Oberkörpers auf der rechten Schulter lag. Sie trug einen Schlafanzug, dessen Oberteil aufgeknöpft war, und die Hose war halb über die Hüften heruntergezogen, sodass ihr Rumpf weitgehend entblößt war. Er war mit blauen Flecken und Kratzern übersät, als hätte der Täter die Nerven verloren und sie mit bloßen Händen malträtiert. Sie sah so jämmerlich aus, dass ich dem Drang widerstehen musste, ihre Kleidung wieder in Ordnung zu bringen. Es war nicht erkennbar, ob der Mörder sie bewusst so zurückgelassen hatte, um sie zu erniedrigen, oder ob er sich einfach nur nicht die Mühe machen wollte, sie wie die anderen herzurichten. Sie war klein und vollbusig mit hennarotem Haar. Das hatte er genau wie bei den anderen abgeschnitten, wobei jedoch die Locken rings um sie herum und auf ihr verteilt lagen. Auch das wunderte mich.

Godley betrachtete ihr Gesicht, das ebenfalls mit Blessuren überzogen und blutig war. »Er hat durchgedreht, oder? Er hat die Augen nicht entfernt, sondern wild hineingestochen.«

»Das ist längst nicht der einzige Unterschied.« Una Burt beugte sich vor und streckte ihren Finger aus. »Die gesamte Wand und der Fußboden sind voller Blut. Er hat zunächst auf sie eingeschlagen und ihren Kopf gegen sämtliche harten Kanten geknallt, die er finden konnte.«

»Ob er wütend ist, weil das Töten allein ihm nicht mehr genügt?«, überlegte ich laut.

»Gute Frage«, antwortete Una Burt. »Aber ich glaube, ich weiß, weshalb der Mord an Deena von den anderen abweicht. Als ich hier ankam, hatte ich ein sehr aufschlussreiches Gespräch mit ihrer besten Freundin Elaine Bridlow. Sie hat die Leiche gefunden. Nachdem sie Deena den ganzen Vormittag versucht hatte zu erreichen, war sie so besorgt um sie, dass sie in der Mittagspause hierhergeeilt ist, um nach ihr zu sehen.«

»Das ist also die Spur, die Sie erwähnt hatten?«

Sie nickte. »Sie war ziemlich hysterisch, aber zumindest habe ich aus ihr herausbekommen, dass Deena sie letzte Nacht sehr spät angerufen hat. Sie hörte sich wohl einigermaßen verwirrt an und sagte, dass sie gerade in den Nachrichten gesehen hätte, dass jemand im Krankenhaus wäre, den sie kennt, und dass sie jetzt nicht wüsste, was sie tun sollte.«

»Hat sie das näher erklärt?«

»Sie hatte die Aufnahmen vom Spielplatz gesehen. Derwents kleines Abenteuer. Laut Elaine sagte sie: ›Ich glaube, das ist der Typ, aber ich bin mir nicht ganz sicher. Ich hab ihn nur ein einziges Mal gesehen.‹«

»Wie bitte?«, riefen Godley und ich wie aus einem Mund.

Una Burt nickte. »Sie hat Elaine erzählt, dass sie jemanden kennengelernt hätte, der sich ihr als Met-Inspector Josh vorgestellt und behauptet hätte, dass er in die Mordermittlungen involviert wäre. An einem Abend vergangenen Monat ist er ihr auf dem Heimweg gefolgt, als sie lange arbeiten musste. Sie hat es bemerkt und ihn zur Rede gestellt. Er hat ihr daraufhin erklärt, dass ein gefährlicher Krimineller in der Gegend sein Unwesen treibt und er dafür sorgen wollte, dass sie sicher nach Hause kommt. Er hat sie aufgefordert, niemandem etwas von ihm zu erzählen, weil er Probleme bekommen würde, wenn er sie warnt. Daher sollte sie das unbedingt für sich behalten.«

Mir fiel ein, was ich von Derwent über dessen Ambitionen erfahren hatte, Frauen zu deren eigener Sicherheit wissentlich oder unwissentlich zu verfolgen, und bekam ein äußerst unbehagliches Gefühl in der Magengegend.

»Hat sie noch mehr erzählt?«

»Er hat sie mehrfach kontaktiert, telefonisch und per Mail. Er wollte vorbeikommen und ihre Sicherheitsvorkehrungen überprüfen. Sie dachte, dass er mit ihr flirten wollte, war sich aber nicht ganz sicher, ob er ihr einfach nur einen Gefallen tat.«

»Kirsty Campbell hat ihrer Hausverwaltung eine Liste zukommen lassen«, sagte ich. »Vielleicht erschleicht er sich so ihr Vertrauen. Er gibt sich als Polizist aus und bittet um Zutritt zu ihrer Wohnung, um sie in Sachen häusliche Sicherheit zu beraten. In Wirklichkeit hält er sie aber nur hin und sieht sich bei ihnen zu Hause in aller Ruhe um.«

»Elaine hat Deena gefragt, warum sie ihr nicht früher etwas von ihm erzählt hätte. Darauf hat sie geantwortet, dass es nicht viel zu berichten gab. Es wäre eine reine Zufallsbekanntschaft, und bisher sei nichts weiter passiert. Deena war laut Elaine eine hoffnungslose Romantikerin.

Sie wollte eine potenzielle Beziehung nicht dadurch aufs Spiel setzen, dass sie zu früh darüber sprach.«

»Er hat wirklich ein Händchen dafür, sich die richtigen Frauen herauszupicken«, sagte ich.

»Unser Josh kann es dann aber nicht gewesen sein«, konstatierte Godley mit Nachdruck. »Zum Todeszeitpunkt war er schließlich im Krankenhaus.«

»Es ist denkbar, dass es jemand in seinem Auftrag getan hat«, entgegnete Una Burt.

»Ausgeschlossen«, sagte ich. »Auf keinen Fall Derwent.«

Sie fuhr herum. »Sie sind wirklich hoffnungslos verblendet. Wahrscheinlich würden Sie nicht mal die nächstliegenden Beweise anerkennen. Es gibt deutliche, offensichtliche Unterschiede zwischen diesem Mord und den anderen Fällen. Eine Erklärung dafür lautet, dass es ein anderer Täter war, der jedoch versucht hat, es so aussehen zu lassen, als hätte es ein und derselbe getan.«

»Ist ja auch kein Problem, einen Ersatzmörder zu finden, wenn man gerade verhindert ist, weil man ein Alibi braucht.« Ich gab mir keine Mühe, meine Fassungslosigkeit zu verbergen. »Das meinen Sie doch wohl nicht im Ernst.«

»Doch, das meine ich so ernst wie nie. Und Andy Bradbury sieht das genauso.«

»Das sollte für Sie der erste Hinweis sein, dass Sie völlig auf dem Holzweg sind«, entgegnete ich denkbar unterkühlt. »Bradbury ist nämlich ein geistiger Tiefflieger.«

»Woher weiß er es überhaupt?«, erkundigte sich Godley.

»Ich habe ihn informiert.«

»*Was* haben Sie?«

»Er hat viel Zeit in diese Ermittlung gesteckt, und es ist nur fair, dass er vollständig im Bild ist. Es war falsch, einen

Teil vor ihm geheim zu halten, vor allem da es der wichtigste Aspekt in diesem Fall sein könnte.«

»Schert sich denn überhaupt keiner mehr um meine Anordnungen?« Godley war erbost. »Ich habe Sie angewiesen, diese Information diskret zu behandeln, Una. Sie sind ja wohl auch nicht besser als Derwent.«

»Das kann ich so nicht hinnehmen. Meinem Eindruck nach haben Sie die Lage nicht richtig eingeschätzt, und aus diesem Grund habe ich mich eingeschaltet.«

»Bitte, nicht so laut«, mahnte ich, weil ich bemerkte, dass die Kollegen von der Spurensicherung aufmerksam wurden. Pierce spitzte bereits die Ohren.

»Dieses Thema ist noch nicht beendet«, sagte Godley. »Aber ich werde das neben der Leiche dieser armen Frau nicht weiter diskutieren.« Vorwurfsvoll fügte er hinzu: »Sie sollten dringend Ihren Tonfall überdenken.«

»Ich habe nur gesagt, was ich für richtig halte.«

»Das ist mir nicht entgangen.«

»Was genau ist an diesem Mord anders als bei den vorherigen?«, fragte ich, zum einen, um den Frieden zu wahren, und zum anderen, weil es mich wirklich interessierte. »Er hat ihr die Haare zwar abgeschnitten, sie aber danach einfach auf ihr verteilt. Er hat die Leiche in keine spezielle Pose gebracht. Er hat sie geschlagen und sehr schnell getötet. Was noch?«

»Er hat ihre Kleidung in die Wanne geworfen und Putzmittel darübergeschüttet.«

Jetzt, da Una Burt es erwähnte, bemerkte ich einen starken Geruch nach Haushalts-Chemie. Ich sah mich im Zimmer um. Überall war ein Spezialpulver aufgetragen worden, das alle möglichen Spuren sichtbar machte, jedoch keine Fingerabdrücke. »Hat er die Wohnung gereinigt?«

Kev Cox beantwortete meine Frage: »Er hat hier, im Flur und in der Küche geputzt. Um das Schlafzimmer oben hat er sich nicht gekümmert, weshalb wir annehmen, dass er sich dort nicht weiter aufgehalten hat, außer um ihre Sachen zu holen. Das Bad ist so steril wie ein OP.«

»Was schließen Sie daraus?«, wollte Godley von mir wissen.

»Schadensbegrenzung. Vermutlich hatte er Angst, dass sie ihn verraten würde. Hier ging es nicht darum, irgendwelche Fantasien auszuleben. Er wollte sie töten, das ist alles.« Ich sah Una Burt an. »Das heißt nicht zwangsläufig, dass es nicht derselbe Mörder war wie in den anderen Fällen.«

»Wir haben es hier mit einer schwachen Nachahmung der anderen Taten zu tun.«

»Er legt Wert darauf, sowohl die Frauen als auch die Tatorte zu kontrollieren«, erläuterte ich. »Er kommt mit einem geringen Maß an Gewalt aus. Seine Art, die Leichen zu arrangieren, hat fast etwas Künstlerisches an sich. Möglicherweise hat Deena ihn provoziert, indem sie sich ihm zum Beispiel verbal oder körperlich widersetzte. Oder er war auf ihren Tod nicht so vorbereitet, wie er sich das vorgestellt hat. Das könnte dazu geführt haben, dass er bei diesem Mord anders vorgegangen ist. Ich vermute, dass er es als eine Art Ehre für das jeweilige Opfer ansieht, wenn es von ihm auserkoren wird. Vielleicht hatte sie es in seinen Augen nicht verdient, von ihm so behandelt zu werden wie die anderen. Möglich, dass sie einen Vertrauensbruch begangen hat.«

»Vermutlich wusste er gar nichts von ihren Anrufen bei Elaine. Vielleicht dachte er, er kann herkommen und sie umbringen, bevor sie Kontakt zu anderen hat«, mutmaßte Godley.

Una Burt blieb stur. »Es war jemand, der im Namen von Josh Derwent gehandelt hat.«

»Aber wer? Wer sollte so was tun?«

»Ein Freund. Jemand, den er durch seine Arbeit kennengelernt hat – möglicherweise eine Person, die er festgenommen hat.«

»Das ist ja auch wirklich eine tolle Methode, Freunde zu finden.« An Godley gewandt, sagte ich: »Das ist doch völliger Unsinn. Oder?«

»Ich respektiere Unas Meinung«, erwiderte Godley langsam. »Ich teile sie zwar nicht, aber ich würde sie auch im Moment nicht verwerfen. Ich bin mir nicht ganz sicher, ob meine Objektivität durch die Freundschaft zu Josh nicht doch beeinträchtigt ist.«

Durch den Schlafmangel war ich etwas schwer von Begriff. Ich fühlte mich wie mitten in einer Nebelwand. »Derwent war im Krankenhaus. Wie hätte er es anstellen sollen, diese Fantasieperson mit dem Mord an Deena zu beauftragen?«

»Er war ja nicht bewusstlos. Sein Handy hatte er auch bei sich. Ich werde eine Liste aller ein- und ausgegangenen Anrufe auf seiner Nummer in den letzten 24 Stunden anfordern, und für das Telefon im Krankenhaus ebenfalls. Ich werde nachweisen, dass Derwent sehr wohl in der Lage war, Kontakt zu jemandem herzustellen, der bereit war – aus Zuneigung oder für Geld –, einen Mord für ihn auszuführen. Er könnte diese Person per Telefon instruiert haben, wenn auch nicht in allen Einzelheiten. Daher die Unterschiede.« Sie sah zu Godley. »Sie kennen ihn schon sehr lange. Sie wissen, dass er imstande ist zu töten. Beim Militär hat er das ja auch getan. Er hat Menschen erschossen …«

»Das ist doch etwas ganz anderes«, widersprach ich.

»Nun ja.« Sie wandte nicht einmal den Kopf um. »Er hat keine Freundin. Er lebt allein. Wer weiß denn, was er alles in seiner Wohnung hat? Solange er noch im Krankenhaus ist, sollten wir dringend einen Durchsuchungsbeschluss beantragen und uns bei ihm zu Hause mal umsehen.«

Ungehalten fuhr ich sie an: »Hören Sie, erstens war ich erst vor Kurzem in seiner Wohnung, und ich bezweifle, dass Sie dort etwas finden werden. Und zweitens: Glauben Sie nicht, dass Derwent belastendes Material eher woanders lagern würde, wenn er tatsächlich ein Mörder wäre? In einem Lagerhaus oder einer abschließbaren Garage? Er hat ja wohl oft genug miterlebt, was man in so einem Fall besser vermeiden sollte, oder? Und außerdem wird er nicht mehr lange im Krankenhaus bleiben. Gut möglich, dass er schon entlassen wurde. Wollen Sie ihm wirklich ins Gesicht sagen, dass Sie ihn für einen Mörder halten?«

»Auf gar keinen Fall«, schaltete sich Godley ein. »Una, das muss einstweilen unter uns bleiben. Sollten Sie Recht haben, dann möchte ich, dass Josh sich sicher und unbeobachtet fühlt. Wir werden sein Telefon und seine Kontobewegungen überprüfen und ihn überwachen lassen.«

»Und was ist mit den anderen Kollegen?«

»Wir berufen nachher eine Besprechung mit allen Beteiligten ein. Bitte kümmern Sie sich darum. Ich bin einverstanden, dass wir hinter verschlossenen Türen mit ihnen reden, da wir alle Optionen berücksichtigen müssen. Aber ich möchte keinesfalls, dass Sie mit Bradbury oder sonstigen Außenstehenden sprechen, wenn ich nicht dabei bin. Kein Wort zu ihnen.« Er wandte sich an mich: »Maeve, mir ist bewusst, dass Sie mit diesem Ermittlungsansatz nicht einverstanden sind. Ich bestehe nicht darauf, dass Sie an der Besprechung teilnehmen. Sie haben ja sicher noch andere Dinge im Zusammenhang mit diesem Fall zu erledigen. Hinweise aus der Orpen-Vernehmung zum Beispiel, denen Sie nachgehen wollten.«

Ich bemühte mich, einen klaren Gedanken zu fassen. Alles kam mir irgendwie fern und belanglos vor. Es war deutlich, dass ich hier aufs Abstellgleis geschoben werden sollte, damit ich nicht querschoss. Dagegen hätte ich mich ganz sicher gewehrt, wenn dafür noch Energie übrig gewesen wäre.

»Ich muss einige Anrufe machen«, bestätigte ich daher. »Aber sollte ich bei der Besprechung nicht lieber dabei sein?«

»Besser nicht.« Schlagartig begriff ich, dass er das Gleiche dachte wie Una Burt: dass man mir nicht trauen konnte. »Und lassen Sie sich das noch einmal in aller Deutlichkeit gesagt sein: Kein Wort über Joshs mögliche Beteiligung – weder zu ihm noch zu anderen.«

»Das versteht sich ja wohl von selbst«, antwortete ich pikiert.

»Er kann schließlich sehr überzeugend sein und hat Sie im Laufe dieser Ermittlung ja auch schon gehörig beeinflusst. Sie waren sogar schon in seiner Wohnung, und ich möchte lieber nicht wissen, was Sie da gemacht haben. Ich hoffe nur, dass es private Gründe hatte und nicht im Zusammenhang mit dieser Ermittlung stand.«

»Ich habe keine *intime* Beziehung mit ihm, falls Sie darauf hinauswollen.«

»Es wäre aber nicht das erste Mal, dass Sie mit einem Kollegen im Bett landen.« Das auszusprechen hatte er eigentlich mit aller Macht versucht zu vermeiden.

»Ich würde *niemals* …«

»Das geht mich nichts an.« Er seufzte. »Ich muss schon zugeben, dass ich ziemlich enttäuscht von Ihnen bin,

Maeve. Durch Joshs Einfluss haben Sie das genaue Gegenteil von dem getan, was Ihnen gesagt wurde.«

»Ich wollte doch nur die Wahrheit herausfinden«, flüsterte ich. »Ich habe getan, was notwendig war.«

»Sie haben gemacht, was Sie wollten. Sie haben gegen explizite Anweisungen verstoßen, und die Konsequenzen werden noch zu besprechen sein.« Godley sah auf Deenas Leichnam hinunter. »Wenn Sie anders gehandelt hätten, dann wäre Derwent gestern nicht mit Ihnen unterwegs gewesen und würde heute nicht durch sämtliche Medien geistern. Unabhängig von der Frage, ob er für diesen Mord verantwortlich ist oder nicht, dürfte seine plötzliche mediale Präsenz der Grund für Deenas Tod sein.«

»Das ist nicht fair.«

»Trotzdem. Ich kann es nicht riskieren, Sie in diesen Bereich der Ermittlungen weiterhin mit einzubeziehen. Sie können gern den Hinweisen aus dem alten Fall nachgehen, erstatten dann aber Bericht an Harry Maitland. Setzen Sie ihn ins Bild, wenn Sie wieder ins Büro kommen. Ich werde ihn anhalten, sich in Ihre Aufzeichnungen einzuarbeiten. Er wird den Fall dann übernehmen.«

»Wenn Sie mir nicht vertrauen, dann sollten Sie mich auch nicht in Ihrem Team behalten«, sagte ich, weil ich es mir partout nicht verkneifen konnte.

»Wenn Sie gehen wollen, ist das Ihre Entscheidung.« Nachdenklich schüttelte er den Kopf. »Ich verstehe nicht, warum es allen so schwerfällt, Anweisungen Folge zu leisten. Dabei haben wir hier direkt vor Augen, wie essenziell das ist.«

Una Burt musterte mich mit stechendem Blick. Es war unverkennbar, dass sie Godleys Ansichten teilte.

Das Problem war vor allem, dass er nicht einmal Unrecht hatte. Ich hatte genau das Gegenteil von allem getan, was man mir gesagt hatte. Ich hatte mich von Derwent herumkommandieren lassen und damit irgendwie die Ereigniskette ausgelöst, die letztendlich zu Deenas Tod geführt hatte.

Als vor meinen Augen alles verschwamm, wandte ich mich schleunigst ab und taumelte in Richtung Tür. Zum zweiten Mal innerhalb von nur 24 Stunden brach ich im Dienst in Tränen aus. Das musste ich mir dringend abgewöhnen, dachte ich und versuchte mich abzulenken.

Während ich den Schutzanzug abstreifte, riss ich mich sehr zusammen und schaffte es sogar noch, mit Pierce kurz über seine Wochenendpläne zu plaudern. Als ich hinaus in die hereinbrechende Dunkelheit trat, fing es an zu regnen. Der kalte Wind drang durch meine Kleidung und machte mir Gänsehaut. Da einer der Polizeibusse gerade dabei war loszufahren, fragte ich, ob sie mich mitnehmen konnten. Als ich auf einem der hinteren Sitze Platz genommen hatte, schlug ich meinen Kragen hoch, um von den Kameras nicht abgelichtet zu werden.

Eine junge Beamtin beugte sich über den Gang hinweg zu mir herüber. »Sind Sie nicht die Kollegin, auf die gestern geschossen wurde?«

Ich schüttelte den Kopf und lächelte schwach, damit es nicht gar zu schroff wirkte. Streng genommen war meine Antwort ja korrekt – Lee Grimes hatte gar nicht auf mich geschossen. Sie wurde rot. Natürlich wusste sie, dass sie Recht hatte, war aber zu höflich, um mich weiter zu bedrängen.

»Lass sie mal in Ruhe. Sie will nicht drüber reden.« Ich hörte, wie es um mich herum flüsterte, versuchte aber, das zu ignorieren. Es stimmte, ich wollte nicht reden. Sondern nur noch schlafen. Ich wollte das Chaos in meinem Kopf sortieren. Und ich wollte herausfinden, was mich so sehr beunruhigte an dem, was ich in den vergangenen Tagen erfahren hatte. Ich wollte Una Burt beweisen, dass ihr Verdacht falsch war und Derwent nichts damit zu tun hatte. Und Godley sollte zurücknehmen, was er zu mir gesagt hatte.

Aber vor allem wollte ich nicht mehr das Gefühl haben, mir einen kapitalen Fehler nach dem anderen zu leisten. Aber ich hatte nicht die leiseste Vorstellung, wie ich es richtig machen sollte.

Kapitel 26

Als ich im Büro ankam, hatte ich mich wieder einigermaßen gefangen. Ich traf auf Maitland, der mich unsicher ansah, als ich auftauchte. Godley hatte ihn offenbar bereits kontaktiert, um mich anzukündigen und ihn über Derwents Vergangenheit in Kenntnis zu setzen. Vermutlich hatte er dabei Maitland auch gewarnt, dass meine emotionale Verfassung angeschlagen sein könnte, was mir äußerst unangenehm war. Außerdem waren solcherlei Befürchtungen völlig unbegründet. Ruhig und distanziert ging ich mit ihm die Einzelheiten zum Mord an Angela Poole durch und informierte ihn, was ich als Nächstes vorhatte. Er akzeptierte ohne Wenn und Aber, dass ich den anstehenden Hinweisen noch nachgehen wollte, ehe ich den Fall an ihn übergab. Er war ein kompetenter Kollege, der ganz sicher gute Arbeit leistete. Trotzdem waren das immer noch mein Fall und meine Ermittlungen, und es gab dabei eine Menge Fragen, die ich selbst klären wollte.

»Ja. Natürlich. Kein Problem.« Maitland strich mit der Hand auf der Knopfleiste seines Hemdes auf und ab und spielte mit den Knöpfen. »Sagen Sie mir einfach, was Sie herausgefunden haben, und dann machen wir die endgültige Übergabe, sagen wir in einer Stunde.« *Um die Zeit wirst du allerdings ein für alle Mal raus sein aus dem Fall, und ich werde deinen Platz einnehmen. Aber das muss ich dir nicht sagen, weil du es selbst genau weißt.*

»Okay, in einer Stunde«, wiederholte ich. Mit Zeitdruck konnte ich ganz gut umgehen. Außerdem blieb mir ja gar nichts anderes übrig. Ich hatte also exakt sechzig Minuten Zeit, um jemanden zu finden, der nicht Derwent war, sich aber als Derwent ausgab.

Oder jemanden, der Derwent verfolgte und die Frauen ermordete, denen er helfen wollte.

Oder Derwent.

Letzteres klammerte ich erst einmal aus, weil es einfach undenkbar war. Ich nahm den Telefonhörer zur Hand.

Zuerst rief ich bei sämtlichen Pflegeheimen an, die ich in Bromley ausfindig machen konnte, und erkundigte mich dort nach einem Bewohner namens Charles oder Charlie Poole. Beim fünften Versuch hatte ich Glück. Im Tall Pines Care Home meldete sich eine Frau mit starkem osteuropäischem Akzent, die jedoch fließend und sehr schnell sprach.

»Charlie? Ja, der wohnt bei uns. Sind Sie eine Verwandte?«

Ich erläuterte, wer ich war und dass ich vorbeikommen und ihn sprechen wollte.

»Ach herrje. Also von unserer Seite ist das überhaupt kein Problem. Aber Sie werden da nicht viel erreichen. Charlie leidet schon sehr lange an Demenz. Er kann nicht mal mehr Ja oder Nein sagen.«

»Wenn ich ihm ein paar Fotos zeige …«

»Nein. Das Einzige, worauf er noch reagiert, ist Musik, und das auch nur manchmal. Wir versuchen es immer wieder, aber …« Ihr Schulterzucken war förmlich durch die Leitung hörbar.

»Bekommt er oft Besuch?«

»Ab und zu kommt sein Sohn vorbei und setzt sich ein bisschen zu ihm.«

»Erkennt Charlie ihn noch?«

»Nein, schon seit einem Jahr nicht mehr oder noch länger.«

Der arme Shane. Ich bedankte mich für das Gespräch, und sie seufzte.

»Ich habe großen Respekt vor unseren Heimbewohnern, aber manchmal habe ich das Gefühl, dass sie einfach nur warten, warten, warten. Solche Leute wie Charlie – da kommt es mir manchmal so vor, als hätte der Tod sie vergessen. Furchtbar traurig ist das.«

Ich dankte ihr noch einmal und verabschiedete mich. Sie hatte mir zwar nicht weitergeholfen, aber wenn es im Pflegeheim Tall Pines eine plötzliche Häufung unerwarteter Todesfälle geben sollte, dann wusste ich, wo ich anfangen musste zu ermitteln.

Die Nächste auf meiner Liste war Claire Naylor, die inzwischen wieder im Dienst und über meinen Anruf alles andere als erfreut war. Noch einsilbiger wurde sie, als ich nachfragte, warum sie Shane ein Alibi für den Mord an seiner Schwester gegeben hatte.

»Ich weiß es nicht mehr. Vermutlich waren wir zusammen unterwegs.«

»Das ist eher unwahrscheinlich«, sagte ich ruhig. »Sie haben mir doch gesagt, dass Sie von Angelas Tod erfahren haben, als Shane um vier Uhr morgens bei Ihnen zu Hause angerufen und die ganze Familie aufgeweckt hat. Da lagen Sie doch schlafend in Ihrem Bett.«

Sie antwortete nicht, und ich hätte in diesem Moment zu gern ihr Gesicht gesehen.

»Shane hat erzählt, dass er mit ein paar Kumpels unterwegs war und Gras geraucht hat, bevor er nach Hause kam und dort die Polizei antraf. Sie wissen nicht zufällig, wer diese Kumpels waren?«

»Nein.«

»Sie sagten, dass Sie auch öfter Gras geraucht haben. Aber an diesem Abend waren Sie nicht mit dabei.«

Keine Antwort. Ich wartete, und wie so oft tat das Schweigen ein Übriges. Sie seufzte, und ich hörte eine Tür klappen, woraufhin die Hintergrundgeräusche aus dem Laden plötzlich aufhörten.

»Also gut, ich habe gesagt, dass er bei mir war. Wo ist das Problem?«

»Sie haben in einer Mordermittlung gelogen.«

»Das war ja nur, weil er solche Panik vor dem Polizisten hatte.«

»Lionel Orpen?«

»Genau. Der hat Vinny total fertiggemacht, weil er sich in den Kopf gesetzt hatte, dass Vinny sie umgebracht haben könnte. Das war natürlich völliger Schwachsinn, und es gab auch keine Beweise. Er wollte Vinny zu einem Geständnis bringen, indem er ihn besonders hart anfasste. Aber keine Chance. Vinny hat er nicht kleingekriegt.« Aus ihren Worten hörte ich Stolz auf ihren Bruder heraus, aber auch ein wenig Traurigkeit.

»Shane hatte also Angst.«

»Ja. Vor allem weil er halt an diesem Abend Drogen genommen hatte. Ich meine, es war ja nichts weiter. Nur ein bisschen Gras. Normalerweise hätte sich die Polizei darum nicht geschert, aber Orpen suchte immer noch nach einer heißen Spur. Er fing an, über Vinny hinauszudenken, und wäre dann früher oder später bei Shane gelandet. Das wollte Shane verhindern.«

»Und Sie waren kein bisschen skeptisch, als Shane Sie um ein falsches Alibi bat?«

»Überhaupt nicht. Dieser Polizist war wirklich ein fieser Typ. Dem hat keiner von uns über den Weg getraut.«

Tolle Leistung, Orpen. Kein Wunder, dass der Fall nie aufgeklärt wurde.

»Und Sie wissen nicht, mit wem Shane in Wirklichkeit zusammen war?«

»Da müssen Sie ihn selbst fragen.«

»Werd ich machen.«

»Und bitte rufen Sie mich nicht mehr an. Ich will mit Angelas Tod nichts mehr zu tun haben.« Ihre Stimme bebte vor Anspannung.

»Es tut mir leid. Ich wollte nur …«

»Lassen Sie mich einfach nur in Ruhe.« Sie legte auf.

Ich runzelte die Stirn. Seltsam überzogene Reaktion auf einen harmlosen Anruf. Wieder kam es mir so vor, als wäre mir etwas entgangen. Etwas, das Claire versuchte zu verschweigen – und zwar ziemlich krampfhaft.

Als Nächstes rief ich – logischerweise – Shane an, bei dem sich jedoch sofort die Mailbox meldete. Ich kritzelte ein Sternchen neben seinen Namen, um es später noch einmal zu probieren, und machte dann mit Stuart Sinclairs Nummer weiter. Dort forderte mich die gleiche unpersönliche Stimme auf, eine Nachricht zu hinterlassen, was ich auch tat – in der Hoffnung, dass er sich wieder so schnell bei mir meldete wie beim letzten Mal. Nachdem ich ihm auf die Mailbox gesprochen hatte, markierte ich seinen Namen ebenfalls mit einem Sternchen. Offenbar gehörte er zu den Leuten, die nie direkt ans Telefon gingen und lieber vorher wissen wollten, wer es war und worum es sich handelte, ehe sie ihrerseits Kontakt aufnahmen.

Ich sah auf die Uhr. Zwanzig Minuten blieben mir noch. Obwohl Maitland es mit der Zeit bestimmt nicht ganz so genau nehmen würde, lief sie mir gerade gnadenlos davon. Weder Shane noch Stuart hatte ich erreicht. Ich hatte das dringende Bedürfnis, Derwent anzurufen und ihn zu fragen, ob er sich jemals auf der Suche nach schutzbedürftigen Frauen in den Straßen von Walthamstow herumgetrieben hatte. Aber das würde ich natürlich tunlichst unterlassen. Inzwischen wurde er garantiert vollständig überwacht. Sämtliche Anrufe, die er im Krankenhaus tätigte und annahm, würden überprüft werden. Es wäre sinnlos zu beteuern, dass es nicht um den Fall ging. Außerdem wäre das auch gelogen, denn Derwent wüsste natürlich auf Anhieb, worauf ich mit meiner Frage hinauswollte. Nachdem ich meine Hand schon nach dem Telefon ausgestreckt hatte, zog ich sie unschlüssig wieder zurück.

Lieber auf Nummer sicher gehen. *Sorry, Derwent.*

Die verbleibenden Minuten brachte ich damit zu, meine Notizen zu den verschiedenen Vernehmungen durchzugehen und mich zu vergewissern, dass es sonst keine Hinweise mehr gab, denen ich noch hatte nachgehen wollen. Ich überprüfte sogar, ob Claires Sohn tatsächlich in Cambridge studierte, und suchte im Internet nach seinem Namen. Was auch immer sie mir verheimlichen wollte, das war es definitiv nicht. Binnen Sekunden recherchierte ich sein College, seinen Twitter-Account und seine Facebook-Seite. Das College war groß und angesehen und verfügte über ein weitläufiges Gelände und eine traditionsreiche Rudermannschaft. Er konnte sich wirklich glücklich schätzen, dachte ich. Ich fragte mich, ob Luke vielleicht ein paar Fotos von Claire oder Vinny hochgeladen hatte, und ging auf Facebook. Viele seiner Inhalte waren öffentlich sichtbar, perfekt. Sein Profilbild war eine Bierflasche. Ich klickte mich zu seinen Fotoalben durch und entdeckte ihn gleich auf dem dritten Bild. Und damit tat sich schlagartig eine ganze Ladung neuer Probleme auf. Ich saß da und starrte sein Gesicht an. Dabei fiel es mir wie Schuppen von den Augen.

Oh *verdammt.*

»Sind das Ihre letzten Worte zu diesem Thema, Kollegin? Haben Sie bei Ihren Anrufen etwas erreicht?« Maitland war sichtlich um Freundlichkeit bemüht, lächelte aber ziemlich nervös. Er beugte sich über meinen Computer und schaute interessiert auf den Monitor. Der einzige klare Gedanke, den ich im Moment fassen konnte, war der, dass er nichts davon erfahren sollte, solange ich noch nicht genau wusste, wie ich damit umgehen wollte. Ich schloss das entsprechende Fenster und teilte ihm mit, dass ich nicht sehr weit gekommen sei.

»Und was ist damit?« Sein dicklicher Finger senkte sich auf meine Aufzeichnungen und zeigte auf das Sternchen neben Shanes Namen.

»Eine Erinnerung, dass ich es bei ihm später noch einmal versuchen muss. Ich habe ihn nicht erreicht.«

»Wer war das noch mal?«

»Angelas Bruder. Er hat bei den damaligen Ermittlungen ein falsches Alibi angegeben. Dem zuständigen Ermittler ist das entgangen. Shane hatte Marihuana geraucht und offensichtlich Angst, deswegen Ärger zu bekommen.«

»Wie verwerflich.«

»Na ja, er war damals noch ein Teenager. Und nicht sonderlich schlau.« Im Gegensatz zu Derwent. In meinem Kopf fuhren die Gedanken Achterbahn. Ich zwang mich, wieder an den Fall zu denken. »Er war an diesem Abend mit ein paar Leuten unterwegs, die nie aufgespürt wurden. Es wäre sicher sinnvoll, mit ihm zu reden und herauszufinden, wer diese Leute waren und ob sie etwas gesehen haben.«

»Von mir aus«, antwortete Maitland. »Gibt's sonst noch was?«

»Stuart Sinclair. Er war der einzige Zeuge. Allerdings …«

»Allerdings was?«

»Er hat gelogen.«

Maitland zuckte die Schultern. »Das haben ja wohl alle, oder?«

»So ziemlich. Aber Sinclair hat falsche Angaben darüber gemacht, was er gesehen hat. Beziehungsweise wo er sich aufhielt, als er es sah. In beiden Fällen wird er das richtigstellen müssen.«

»Aber nach zwanzig Jahren erinnert sich doch kein Mensch mehr daran, was er damals zusammengeschwindelt hat.«

»Hängt davon ab, was er getan hat, würde ich sagen. Wenn man einen triftigen Grund hatte oder es zumindest dachte, dann erinnert man sich vielleicht zuerst an die Lüge und als Zweites an die Wahrheit.«

»Tja, dann ist es wohl höchste Zeit, dem Gedächtnis ein bisschen auf die Sprünge zu helfen.« Maitland strich mit dem Finger über meinen Schreibtisch und sah nach unten. »Wo finde ich denn diesen Shane Poole?«

»Er wohnt in der Nähe der Brick Lane.« Ich schrieb ihm Namen und Adresse auf einen Zettel und gab ihm diesen. »Bei ihm darf man nicht zu offensiv sein. Er ist ein bisschen nervös.«

Statt mein Büro zu verlassen, wie ich erwartet hatte, drehte Maitland mein Telefon zu sich herum und begann zu wählen. Das fand ich eine nette Geste von ihm, denn dadurch bekam ich genug von beiden Gesprächspartnern mit, um das Telefonat zu verfolgen. Er war ein guter Detective Sergeant und mochte Godley. Aber das bedeutete noch lange nicht, dass er automatisch dessen Strafmaßnahme guthieß. Das rechnete ich ihm hoch an.

»Ich hätte gern Shane Poole gesprochen.«

»… nicht da.«

»Wissen Sie, wo er ist?«

»… wüsste ich auch gern. Eigentlich sollte er das Lokal öffnen, aber … eine Stunde zu spät … *immer noch nicht* aufgetaucht.«

»Ist das ungewöhnlich für ihn?«

»In sechs Jahren das erste Mal … immer zuverlässig.«

»Haben Sie versucht, ihn telefonisch zu erreichen?«

»… es nicht mitgenommen.«

»Woher wissen Sie das?«, fragte Maitland.

»Ich höre es oben klingeln.« Die Stimme war plötzlich lauter und deutlicher geworden. Ein praktischer Nebeneffekt, wenn jemand verunsichert war.

»Kann es nicht sein, dass er ebenfalls oben ist?«

»Na ja, ich habe ihn nicht gesehen.«

Maitland deckte die Sprechmuschel des Telefonhörers ab. »Haben Sie das mitbekommen?«

»Sein Telefon ist da, aber er nicht.«

»Schon merkwürdig, oder?«

»Absolut. Ich mache mir große Sorgen, dass er zwar in seiner Wohnung ist, aber nicht ans Telefon gehen kann. Möglicherweise ist er in Gefahr.« Ich zog die Augenbrauen hoch. »Meinen Sie nicht?«

»Doch, auf jeden Fall.« Das war der ideale Vorwand, um in die Wohnung zu gelangen, ohne den Aufwand und die Verzögerung eines gerichtlichen Beschlusses in Kauf nehmen zu müssen. Maitland wandte sich wieder seinem Gesprächspartner zu. »In Ordnung. Ich bin in einer halben Stunde bei Ihnen. Haben Sie einen Schlüssel zur Wohnung?«

Ein heiseres Krächzen interpretierte ich als ein Ja.

»Gehen Sie aber bitte nicht nach oben, ehe ich da bin. Versuchen Sie, sich nicht allzu viele Gedanken zu machen.« Er legte auf. »Da werd ich wohl mal in Richtung Brick Lane fahren.«

»Viel Erfolg.«

Er wandte sich zum Gehen, drehte sich dann jedoch noch einmal um. »Sie könnten doch mitkommen. Sie haben ihn schon einmal getroffen und wissen, was wir ihn fragen müssen, wenn wir ihn finden.«

»Ich soll eigentlich nicht …«

»Das gehört mit zur Übergabe. Es wäre wirklich eine große Hilfe.«

»Sehr freundlich von Ihnen, aber ich möchte nicht, dass Sie Ärger bekommen.«

»Was denn für Ärger?« Maitland breitete unschuldig seine Hände aus. »Wer sollte etwas dagegen haben?«

Ich brachte es nicht fertig, die Namen aufzuzählen, aber die Liste begann mit Charles Godley und endete mit Una Burt. Eins wusste ich jedenfalls genau: Eine weitere Standpauke konnte ich heute nicht ertragen. Ich wollte gerade dankend ablehnen, horchte dann aber noch einmal in mich hinein. Eigentlich war es tragisch, dem wohlvertrauten Drang zur Aufklärung, der mich zu einer guten Polizistin machte, nicht nachzugeben – nur um Ärger zu vermeiden. Derwent hätte nicht mal im Traum daran gedacht abzulehnen, und obwohl er sich auf der Karriereleiter derzeit eher abwärtsbewegte, konnte ich immer noch eine Menge von ihm lernen. Zum Beispiel, dass man ungeachtet der möglichen Konsequenzen immer zielstrebig bleiben sollte.

»Na gut. Wenn Sie darauf bestehen.«

»Genau das tue ich«, bestätigte Maitland streng, zog sich die Hose bis unter den Schmerbauch hoch und machte sich auf den Weg. Ich fuhr meinen Computer herunter und folgte ihm. Meine Überlegungen zu Luke Naylor schob ich einstweilen beiseite. *Eins nach dem anderen …*

Kapitel 27

Das Lokal war schon geöffnet, und an einigen Tischen aßen Gäste zeitig zu Mittag. Hinter der Theke stand eine Bardame, die Getränke servierte. Sie war etwas älter als das übrige Personal – ich schätzte sie auf Mitte vierzig –, und an ihren hängenden Schultern und den heruntergezogenen Mundwinkeln sah man ihr deutlich an, dass sie sehr beunruhigt war. Als sie uns entdeckte, sagte sie kurz etwas zu ihrem Kollegen an der Bar und kam dann auf uns zugeeilt.

»Hatten Sie wegen Shane angerufen?«

Maitland nickte. »Und wer sind Sie, bitte?«

»Ginny Miles. Ich bin die stellvertretende Chefin.«

»Keine Spur von ihm, nehme ich an?«

»Nichts. Ich habe zur Sicherheit noch mal auf seinem Handy angerufen.« Sie atmete flach, und ich fragte mich, ob sie vielleicht Asthma hatte.

»Möglicherweise klärt sich das alles auf«, sagte ich. »Vielleicht ist er unterwegs und hat nur vergessen, es mitzunehmen. Trotzdem würden wir das gern überprüfen.«

»Wann haben Sie ihn doch gleich das letzte Mal gesehen?«

»Gestern Nachmittag. Er hat vor dem Ansturm am Abend eine Pause gemacht. Er ist immer über Mittag hier, und wenn sich das Lokal dann gegen Nachmittag langsam leert, geht er meist nach oben und legt sich ein bisschen hin, oder er macht Besorgungen. Wir haben bis ein Uhr nachts geöffnet, da muss er fit sein.«

»Kann ich mir vorstellen.« Maitland sah sich aufmerksam um und sagte dann zu ihr: »Gut, Ginny, zeigen Sie uns bitte den Weg.«

Sie führte uns durch die Küche, wo ich einem Mann in Gummischürze ausweichen musste, der gerade ein riesiges Tablett mit Gläsern aus dem Geschirrspüler holte und dabei in eine Dampfwolke eingehüllt war. Zwei Köche waren in ihre Arbeit vertieft und bemerkten uns kaum, als wir an ihnen vorbeigingen und auf eine Gasse hinter dem Lokal hinaustraten, wo sich eine blaue Tür befand. Mit zitternden Händen holte sie den Schlüssel hervor und schloss auf.

»Es gibt einen separaten Eingang zu seiner Wohnung, weil das einfacher ist, wenn das Lokal zuhat und die Alarmanlage eingeschaltet ist. Außerdem kann er so kommen und gehen, wann er will, ohne dass ihn ständig die Arbeit einholt.«

»Aber Sie haben doch gesagt, dass er ansonsten fast immer da ist«, wandte Maitland ein.

»Das ist auch so. Aber trotzdem kommt und geht er zwischendurch öfter. Komisch ist nur, dass er heute überhaupt noch nicht da war. Ich kann mich nicht erinnern, dass so was schon mal vorgekommen ist. Das hat er noch nie gemacht.«

»Bitte, öffnen Sie«, sagte ich und sah zu, wie sie sich am Schloss zu schaffen machte. »Waren Sie schon mal in seiner Wohnung?«

»Ein paarmal.«

»Würden Sie bemerken, wenn dort etwas fehlt?«

»Ich kann es nicht beschwören.« Sie hielt uns die Tür auf, hinter der eine mit grauem Teppich ausgelegte Treppe zum Vorschein kam, die direkt von der Tür aus steil nach oben führte. Es war so eng, dass ich fast Platzangst bekam und so schnell wie möglich hinter Maitland nach oben eilte. Aus Gründen der Hierarchie ließ ich ihn vorangehen, damit er nach Lebenszeichen – oder dem Gegenteil – Ausschau hielt. Kurz darauf kam er wieder zum oberen Treppenabsatz zurück, wo Ginny und ich warteten.

»Nichts. Nur sein Handy habe ich in der Küche gefunden.« An Ginny gewandt, fügte er hinzu: »Ich denke, wir sollten uns noch einmal vergewissern, dass wir keinen Hinweis auf seinen Verbleib übersehen haben.«

Sie nickte, wobei sie die Arme fest verschränkt hatte und nach wie vor todunglücklich aussah. »Das hat doch nichts mit diesen Mädchen zu tun, oder? Er hat uns die Fotos gezeigt. Dieser Gentleman-Mörder. Sie denken doch hoffentlich nicht, dass er das war.«

»Machen Sie sich keine Gedanken«, beruhigte sie Maitland. »Wir sehen uns hier nur kurz um.«

Ich machte mich unterdessen schon mit den Gegebenheiten in der Wohnung vertraut. Das Wohnzimmer befand sich ganz oben, mit offener Küche und einer Sitzgarnitur aus Leder, die zusammen mit dem Couchtisch fast den gesamten Raum ausfüllte. Den Rest nahm die Küche an der gegenüberliegenden Seite des Zimmers ein. Linker Hand gab es außerdem ein großes Schlafzimmer mit einer Reihe von Einbauschränken und einem direkt angrenzenden Badezimmer. Rechter Hand befand sich noch ein kleineres Zimmer mit einem Schreibtisch und einem Sofa darin. Die Möbel waren zwar funktional, aber keineswegs von der billigsten Sorte. Die Einbauküche sah sogar danach aus, als hätte sie richtig Geld gekostet – Schränke mit Hochglanzoberfläche und Arbeitsplatten aus Granit. Trotzdem wirkte alles eher unpersönlich und zudem kalt, als wäre schon länger nicht mehr geheizt worden. Ich fröstelte und fühlte mich hier ausgesprochen unwohl. Über Shane sagten seine vier Wände nicht allzu viel aus, abgesehen davon, dass er offenbar nicht gerade unter Geldnot litt. Im Wohnzimmer waren keinerlei persönliche Gegenstände zu sehen, und das kleine Zimmer diente als Büro. Ich sah kurz die Unterlagen auf dem Schreibtisch durch, es waren hauptsächlich Belege und Abrechnungen für das Lokal. Ein Ordner mit Kontoauszügen fiel mir noch ins Auge, aber auch darin fand sich nichts von Interesse – lediglich Direktabbuchungen und größere regelmäßige Abhebungen von Bargeld waren daraus ersichtlich. Manche Leute zahlten aus Angst vor Betrug lieber bar als mit Karte – viele Polizeibeamte zum Beispiel. Im Hinblick auf unsere Ermittlungen nützte uns das allerdings überhaupt nichts. Ich ging zurück ins Wohnzimmer, wo Ginny wartete.

»Sah es hier schon immer so aus?«

»Er hat es komplett neu einrichten lassen«, sagte Ginny. »Als das Lokal renoviert wurde. Er meinte, das wäre eine lohnende Investition, aber ich weiß nicht so richtig. Wer will denn über einer Kneipe wohnen?«

»Schon praktisch, wenn man mal versackt«, kommentierte Maitland, der gerade aus dem Schlafzimmer kann. »Ich habe seinen Pass gefunden.«

Ich hielt eine Brieftasche hoch, die ich zwischen zwei Zeitschriftenstapeln auf dem Couchtisch gefunden hatte. »Hat er die normalerweise bei sich?«

»Ja«, bestätigte Ginny. Mir kam sie ebenfalls bekannt vor. Als ich sie öffnete, fand ich darin Bankkarten und das Foto von Vinny, das er mir gezeigt hatte, jedoch keinerlei Bargeld.

»Wer ist das?«, fragte Maitland.

»Sein Freund. Er ist tot.«

»Im Schlafzimmer gibt es ein paar Bilder von ihm.«

Ich ging nach nebenan und ließ mir von Maitland die

Wand mit der kleinen Bildergalerie zeigen. Man sah ein Hochzeitsbild seiner Eltern, eine informelle und leicht unscharfe Aufnahme. Angela im Alter von acht oder neun Jahren beim Eisessen, während ihr Bruder seinen Arm um sie gelegt hat. Claire und Vinny als Teenager, die grinsend den Stinkefinger in die Kamera halten. Und schließlich das Foto der ganzen Gruppe, das auch Derwent besaß – nur mit der Ausnahme, dass Derwents Gesicht mit schwarzem Filzstift übermalt war. Ich nahm es von der Wand, betrachtete die vor dem Mord eng befreundeten Jugendlichen und fragte mich, ob sie wirklich so unbeschwert und glücklich gewesen waren, wie man angesichts des strahlenden Sonnenscheins und ihres breiten Grinsens denken könnte.

In meinem Rücken schickte Maitland gerade Ginny nach unten und versicherte ihr, dass wir wieder abschließen und ihr Bescheid geben würden, falls wir etwas fanden, was Rückschlüsse auf den Verbleib ihres Chefs zuließ. Maitland musste sie zwar eine Weile überreden, aber schließlich verließ sie die Wohnung, und er gesellte sich zu mir.

»Abgehauen ist er also schon mal nicht, sondern einfach nur von jetzt auf gleich verschwunden. Was denken Sie? Entführung? Kurze Auszeit?«

»Falls er entführt wurde, lässt nichts auf Gewalteinwirkung schließen. Hier ist ja alles tadellos in Ordnung.« Ich sah mich um. »Denkbar wäre, dass er alles so sorgfältig geplant hat, dass er diese Sachen hier gar nicht brauchte. Das Handy hat er hier gelassen, weil man ihn damit sonst orten könnte. Die Bankkarten wollte er nicht benutzen, damit keine Kontobewegungen aufgezeichnet werden. Da in seiner Kneipe bar bezahlt wird, dürfte es kein Problem für ihn sein, innerhalb kurzer Zeit größere Mengen an

Bargeld zu besorgen. Wahrscheinlich hat er hier irgendwo einen Tresor, der voll davon ist. Den Pass hat er nicht mitgenommen, weil er plant wiederzukommen, sobald erledigt ist, was er vorhat.«

»Und was genau soll das sein?«

»Das weiß ich nicht«, gab ich zu. »Auf jeden Fall ist er nicht allzu lange vor Deena Prescotts Tod verschwunden.«

Maitland stieß einen Seufzer aus, der von ganz tief drinnen kam. »Na ganz super. Egal, wie man's dreht, er müsste hier sein und ist es nicht. Und das heißt, wir haben ein verdammt großes Problem.«

Meine Probleme nahmen dadurch auch noch weiter zu, denn natürlich stand es mir im Moment nicht zu, mich in der Nähe der *Rest Bar* aufzuhalten. Maitland bot mir an, dass ich mich verdrücke, doch ich lehnte ab. Ich wollte so lange wie möglich dabei sein, denn der Drang herauszufinden, was sich hier abspielte, war stärker als meine innere Stimme, die mich zur Vorsicht mahnte. Godley würde nichts riskieren: Bei einer eventuellen heißen Spur würde er sämtliche verfügbaren Ressourcen aktivieren. Und genauso war es auch. Zuerst rückte die Spurensicherung unter Leitung von Kev Cox an, der ausgeglichen und gut gelaunt wie immer war. Hinzu kam ein als Leichenspürhund ausgebildeter Spaniel, der Blutgeruch oder menschliche Überreste wahrnehmen konnte, die uns ansonsten entgangen wären. Una Burt traf gemeinsam mit Andrew Bradbury und James Peake ein. Sie kamen direkt von der Besprechung, in der es um den Verdacht gegen Derwent gegangen war. Mir war klar, dass DCI Burt sich über die Unterbrechung durch mich ärgerte, zumal diese ja einen anderen Verdächtigen ins Spiel brachte. Peake schien von den dreien als Einziger erfreut, mich zu sehen, allerdings reichte seine Begeisterung darüber für drei. Als er mich vor der Tür stehen sah, hellte sich sein Gesicht schlagartig auf, und er stürzte beglückt auf mich zu. Ich war dankbar, dass ich mich mit ihm unterhalten konnte und dadurch die missbilligenden Blicke von seinem Chef und Una Burt nicht so sehr mitbekam.

»Haben Sie ’nen Verdächtigen für uns ausfindig gemacht, was?«

»Möglicherweise. Bisher ist alles noch ziemlich unklar.«

»Wohnung schon durchsucht?«

»Wir haben uns kurz einen Überblick verschafft, aber Maitland wollte gleich die Spurensicherung ranlassen, damit wir keinen Schaden anrichten.«

»Kommt dieser Kerl ersthaft als Täter in Frage? Wie sind Sie denn auf ihn gestoßen?«

Ich beantwortete zuerst die zweite Frage. »Er hatte etwas mit einem ungeklärten Fall zu tun, der möglicherweise im Zusammenhang mit den aktuellen Ermittlungen steht. Ich kann noch nicht sagen, ob diese Spur etwas taugt oder nicht, aber sie ist auf jeden Fall die brauchbarste, die wir haben.«

»Wem sagen Sie das.« Über uns kreiste ein Hubschrauber. Peake sah nach oben und schirmte seine Augen ab. »Ist nicht von uns. Wird wohl ein Reporterteam sein.«

»Jetzt schon?«

»Auf dem Weg hierher haben wir mehrere gesehen, die gerade Stellung beziehen. Fünf oder sechs Ü-Wagen stehen da.«

»Um Himmels willen. Jemand vom Personal des Lokals muss ihnen einen Tipp gegeben haben. Das ist natürlich denkbar ungünstig, falls er abgehauen ist. Wenn er weiß, dass wir ihn suchen, wird es umso schwerer, ihn zu finden.«

Peake zuckte mit den Schultern. »Ist halt 'ne tolle Story. Alle warten auf einen Durchbruch in diesem Fall. Und apropos tolle Story – davon hatten Sie diese Woche ja reichlich, was?«

Ich lächelte verhalten und zögerte, mich dazu zu äußern. Ich schaute an ihm vorbei und sah Burns und Groves auf uns zukommen. Ich ging ihnen entgegen. Bei ihnen angekommen, entspann sich ein nahezu identisches Gespräch, mit dem einzigen Unterschied, dass sie ihrerseits wieder ganz das Komikerduo gaben, als das sie aufeinander eingespielt waren.

»Da haben Sie gerad mal eine Woche Zeit, und schon liefern Sie uns einen Verdächtigen. Wir haben Monate dafür gebraucht.« Groves zwinkerte mir zu und war offensichtlich angetan.

Burns schniefte. »Der Name hat mir überhaupt nichts gesagt, bevor der Anruf kam. Aber wenn es der Richtige ist, dann spielt das ja keine Rolle.«

Godley traf als Letzter ein, was ungewöhnlich war. Maitland gesellte sich zu der kleinen Gruppe hinter dem Gebäude, nachdem Kev ihn hinausgeworfen hatte, weil er Platz brauchte.

»Tut mir leid, Harry. An der Absperrung hat mich die Presse in die Fänge gekriegt.«

»Was haben Sie denen gesagt?«

»Dass ich später eine Erklärung abgeben werde. Hat aber eine Weile gedauert, ihnen das klarzumachen«, antwortete er grinsend und wandte sich dann an mich: »Maeve. Warum überrascht es mich nicht, Sie hier anzutreffen?«

»Ich habe sie gebeten mitzukommen«, sagte Maitland. »Es war meine Idee.«

»Das glaube ich sofort.«

Ich rechnete damit, dass er mich zur Rede stellte, aber stattdessen sprach er schon wieder mit Maitland. »Ich will doch hoffen, dass Sie sich einen Durchsuchungsbeschluss besorgt haben, bevor Sie hier losgelegt haben?«

»Wir haben uns hier rechtmäßig Zutritt verschafft, Chef. Wir hatten Grund zur Annahme, dass Mr. Pooles Sicherheit ernsthaft in Gefahr ist.«

Godley hob die Hand. »Ich mache Ihnen ja keinen Vorwurf, Harry. Man muss die Gelegenheiten beim Schopf packen, wenn sie sich bieten. Aber den Rest dieser Hausdurchsuchung möchte ich vor Gericht absolut wasserdicht machen. Falls er unser Mörder ist, möchte ich alle Geschütze auffahren, die wir haben.«

»Da haben Sie Recht.«

»Wie weit sind wir?«

»Kev nimmt sich die Wohnung gerade vor. Vorher haben wir uns kurz umgesehen, konnten aber bis auf sein Handy und seine Brieftasche nichts Verdächtiges finden.« Mit einem Seitenblick zu mir fügte er hinzu: »Wir vermuten, dass er das bewusst so gehandhabt hat, damit man ihn nicht aufspürt.«

»Gut möglich.« Godley sah nach oben. »Wie groß ist die Wohnung?«

»Nicht riesig.« Ich beschrieb sie ihm, und er nickte. »Ich möchte nicht, dass Heerscharen dort einfallen, sobald Kev uns hineinlässt. Die Wohnung muss gründlich und professionell durchsucht werden. Harry, Sie werden das übernehmen, zusammen mit Colin Vale. Er soll sich das Büro vornehmen und sich die Unterlagen ansehen.«

»Wer noch?«, erkundigte sich Maitland. »Nur wir beide? Wird dann aber eine Weile dauern.«

Godley drehte sich zu mir um. »Was ist mit Ihnen, Maeve? Suchen ist doch Ihre Spezialität, oder?«

Ich errötete bis zu den Ohren. Damit spielte er auf die Begebenheit an, bei der er vor ein paar Jahren erstmals auf mich aufmerksam geworden war. Ich hatte angenommen, dass er sie längst vergessen hatte. Meinerseits erinnerte ich mich zwar noch sehr genau daran, aber es war auch ein einschneidender Moment in meinem Leben gewesen. Es kam für mich gänzlich unerwartet, dass er sich noch an ein zweiminütiges Gespräch mit einer uniformierten Beamtin bei einem Fall erinnerte, der damals gerade große Wellen schlug – auch wenn es der Grund dafür war, dass ich jetzt in seinem Team arbeitete.

Hinter ihm zog Una Burt die Augenbrauen zusammen. Sein Tonfall und die Tatsache, dass er mir Gelegenheit gab, wieder an Bord zu kommen, ließen darauf schließen, dass ich bei ihm wieder besser angesehen war. Zudem würde es an ihr nagen, dass sie den Hintergrund seiner Bemerkung nicht kannte.

»In Ordnung, ich bin dabei.«

»Gut.« Godley wandte sich den übrigen Kollegen zu, die sich in der Gasse vor dem Lokal versammelt hatten. »Wir Übrigen sollten uns einen Platz suchen, wo wir warten können. Sobald wir genug über Shane Poole in Erfahrung gebracht haben, werden wir über das weitere Vorgehen beraten. Bis dahin …«

»Das Lokal ist geschlossen«, sagte Groves. »Das wäre doch zum Warten gut geeignet.«

»Sie schaffen das« sagte Burns schmeichelnd und fügte dann hinzu: »Keine schlechte Idee übrigens.«

»In der Tat.« Godley nickte Maitland zu. »Halten Sie mich auf dem Laufenden, Harry. Wir warten hier unten.«

Das Wissen, dass im Lokal unter uns lauter Kollegen warteten, die liebend gern mit uns die Plätze getauscht hätten, machte mich einigermaßen nervös, während ich Shane Pooles Wohnung durchsuchte. Maitland wies mir das Schlafzimmer zu, wo ich mit der langwierigen Kontrolle der Taschen sämtlicher Kleidungsstücke in seinem Schrank begann. Außerdem durchsuchte ich Schuhe und Schubladen, samt deren Unterseite, falls daran etwas befestigt war. Anschließend warf ich einen Blick in den Spülkasten der Toilette im angeschlossenen Badezimmer und überprüfte, ob die Verkleidung der Wanne sich ablösen ließ. Ich räumte Schrankfächer leer, nahm Pullover und Socken heraus, schüttelte das Bettzeug und legte mich der Länge nach auf den Fußboden, um unter das Bett zu schauen.

»Haben Sie was?«

Ich sah zu Maitland hoch und schüttelte den Kopf. »Und bei euch?«

»Wir haben den Tresor gefunden.«

Ich hatte die Bohrgeräusche gehört. »Und?«

»Eigentlich müssten darin die Bareinnahmen der ganzen Woche liegen, aber sämtliche Scheine sind weg.«

Banknoten, weder markiert noch fortlaufend nummeriert und somit nicht nachverfolgbar. Ich fluchte leise. »Wenn er für irgendwas Geld braucht, hat er es also.«

»Jep. Sind Sie dann fertig?«

»Fast. Können Sie bei der Matratze mal bitte mit anfassen?«

Er ging ans andere Ende des Bettes und half mir, sie anzuheben. Darunter war nichts versteckt, und die Matratze sah noch nagelneu aus. Das Polsterteil hatte jedoch ein Loch, das wir beide sofort entdeckten. Maitland zog seine Handschuhe zurecht, griff hinein und holte einen kleinen Umschlag heraus.

»Kev«, rief er. »Das hier sollten Sie sich mal anschauen.«

Kev kam herein und legte Papier auf das Polsterbett, auf

dem er den Inhalt des Umschlags ausschüttete. Zuerst fiel ein Paar Ohrringe heraus, es waren kleine silberne Schleifen, die schwarz angelaufen waren. Anschließend kamen zwei Ringe zum Vorschein, die aussahen, als wären sie oft getragen worden.

»Ein Ehering und ein Verlobungsring.« Ich sah genauer hin. »Eher altmodisch. Vielleicht von seiner Mutter?«

»Kann sein. Aber die Ohrringe?«

»Angela Poole hat solche bei ihrem Tod getragen«, erklärte ich. »Ich erkenne sie von den Tatortfotos wieder.«

»Und das hier?« Kev schüttelte noch mehr aus dem Umschlag heraus. Es war eine blonde Locke, zusammengehalten mit einem schwarzen Band. Dazu noch ein Foto in Passbildgröße, herausgeschnitten aus einer größeren Aufnahme. Es zeigte Angela Poole, die lachend auf Derwents Schoß saß. Der jugendliche Derwent hatte sein Gesicht in ihren Haaren verborgen und liebkoste ihren Hals. Jemand hatte jedoch sein Gesicht mit kurzen, wütenden Kratzern unkenntlich gemacht. Und zuletzt fiel ein Zeitungsausschnitt heraus, der ebenfalls schon etliche Jahre alt war. Es ging um die Urteilsverkündung in einem Mordfall. Eine ältere Frau, der die Handtasche entrissen worden war, war an den Kopfverletzungen gestorben, die sie dabei erlitten hatte. Zwei Siebzehnjährige hatte man verurteilt. Ganz unten im Text war ein Zitat von DS Josh Derwent gelb hervorgehoben: »Diese Verurteilung kann für Beryls Familie den Verlust nicht wiedergutmachen. Vor dem Angriff war sie bei guter Gesundheit und hätte vermutlich noch viele Lebensjahre vor sich gehabt. Obwohl die Täter, die dieses schreckliche Verbrechen begangen haben, noch sehr jung sind, müssen sie zur Verantwortung gezogen werden, und ich bin froh, dass das Gericht die Schwere ihrer Tat erkannt hat.«

Am Rand hatte jemand – vermutlich Shane – diese Stelle mit einem Ausrufezeichen versehen.

Ich betrachtete unseren Fund, und mich überkam ein sehr unbehagliches Gefühl bei dem Gedanken, wo Shane Poole sich wohl gerade aufhielt und was er möglicherweise vorhatte.

Kapitel 28

Es schien unvermeidlich, dass ich bei der anschließenden Besprechung unten im Lokal im Mittelpunkt stehen würde. Schließlich war ich die Einzige, die Shane Poole schon einmal begegnet war. Diese Rolle war mir reichlich unangenehm, aber es führte wohl kein Weg daran vorbei. Ich holte mir an der Theke einen Kaffee, ehe das Personal geschlossen aufgefordert wurde, den Raum zu verlassen. Dann suchte ich mir einen Platz ganz hinten, was dazu führte, dass alle sich jedes Mal zu mir umdrehten, wenn mein Name genannt wurde. Godley hatte Dr. Chen hinzugezogen. Sie saß mit verschränkten Armen ganz vorn und wirkte in ihrem marineblauen Kostüm zwar schmal, aber durchaus Respekt einflößend.

Das Personal des Lokals hatte aus Diskretionsgründen die Jalousien heruntergelassen, sodass man sich vorkam wie in einer verriegelten Kneipe, in der man nach Schankschluss weitertrinken konnte. Nur mit dem Unterschied, dass es keinen Alkohol gab.

In der Ecke lief der große Fernseher, der allerdings stumm geschaltet war. Eingestellt war ein Nachrichtensender, der immer wieder Liveaufnahmen vom Lokal zeigte, wo nichts passierte. Groves stand am Fenster. Ab und zu bewegte er die Jalousie und versuchte, den Kameramann damit zum Heranzoomen zu animieren.

Godley stand mit Maitland vor der Theke und bemühte sich, etwaige Informationslücken bei den Kollegen zu schließen. Zunächst erläuterte er, wer Shane Poole war, was seiner Schwester zugestoßen war und inwiefern die aktuellen Fälle dem zwanzig Jahre zurückliegenden Mord ähnelten. Danach ging er darauf ein, wie DI Derwent unter Verdacht geraten war und warum Shane ihn unter Umständen im Visier hatte.

»Es könnte allerdings auch sein«, ergänzte Una Burt, »dass die beiden nach wie vor befreundet sind. Shane könnte Deena nach Derwents Vorgaben getötet haben.«

»Shane hasst Derwent«, widersprach ich – ich konnte nicht an mich halten. »Er macht ihn für das verantwortlich, was mit Angela passiert ist, und hat von mir gefordert, dass ich ihn wegen Verführung Minderjähriger festnehme.«

»Kleines Ablenkungsmanöver.«

»Nein. Das war sein voller Ernst.« Ich berichtete ihnen von dem Foto, das er übermalt hatte, damit man Derwent nicht mehr darauf erkennen konnte, und von der zerkratzten Aufnahme.

»Lassen wir Josh Derwent vorerst beiseite«, empfahl Godley. »Was ist mit Shane? Als seine Schwester ermordet wurde, war er ein Teenager. Stand er damals unter Verdacht?«

»Er hatte ein Alibi, das jedoch falsch war.« Im Raum erhob sich Gemurmel. Ich fuhr fort: »Wir sollten einen Aspekt des Mordes an Angela besonders beachten, der bei der aktuellen Mordserie ebenfalls gegeben ist – dass offenbar keine sexuelle Komponente vorliegt.«

»Das heißt allerdings noch lange nicht, dass seitens des Täters kein sexuelles Erregungsmoment vorhanden ist«, meldete sich Dr. Chen zu Wort.

»Das ist mir klar. Aber wenn Shane sie umgebracht hat, würde das diesen Umstand erklären. Anstatt sie umzubringen, weil er Sex mit ihr wollte, wollte er sie möglicherweise bestrafen, weil sie mit ihrem Freund geschlafen hat. Er hat sich mir gegenüber außerordentlich angewidert über die Vorstellung geäußert, dass sie Sex mit Derwent hatte.«

»Also gut. Spinnen wir den Faden weiter«, sagte Godley. »Er bringt seine Schwester um. Und dann?«

»Dann hat er ein paar Jahre damit zugebracht, sich mit Drogen zu betäuben«, fuhr ich fort. »Anschließend hat er einen Entzug gemacht, ein bisschen Geld aufgetrieben und dieses Lokal übernommen, das den Unterlagen in seinem Büro zufolge ausgesprochen gut läuft.«

»Was für eine Erfolgsgeschichte. Er hat seine Vergangenheit hinter sich gelassen. Aus welchem Grund sollte er alles aufs Spiel setzen und seit einem Jahr wiederholt Frauen töten?«

»Es könnte ein auslösendes Moment gegeben haben«, erklärte Dr. Chen. »Etwas, das ihn an das erinnert hat, was vor zwanzig Jahren passiert ist. Etwas, das ihn wieder in den Gemütszustand versetzt hat, in dem er den Drang entwickelte zu töten.«

»Sein bester Freund ist gestorben«, sagte ich. »In Afghanistan. Das war etwa zwei Monate vor Kirstys Tod. Er hatte großen Einfluss auf Shane und kannte Derwent ebenfalls.«

Dr. Chen nickte. »Das kann durchaus ein Trauma auslösen.«

»Und jetzt?«, fragte Bradbury mit verschränkten Armen und versteinerter Miene. »Sollen wir die Indizien einfach ignorieren, die auf einen Polizeibeamten hindeuten, nur um einen untergetauchten Lokalbesitzer zu jagen? Wurde oben etwas gefunden, das Shane Poole in Verbindung mit den aktuellen Morden bringt, oder habe ich da etwas verpasst?«

»Bisher nicht«, gab Maitland zu. »Aber die Auswertung ist auch noch nicht abgeschlossen.«

»Das kann doch Monate dauern«, beschwerte sich Bradbury. »Wir haben schließlich einen Verdächtigen und wissen, wo er sich aufhält. Ich schlage vor, dass wir bei unserem ursprünglichen Plan bleiben – Derwent wird verdeckt oberserviert und sämtliche Anhaltspunkte diskret verfolgt, um ihn als Täter zu überführen. Falls das nichts bringt, holen wir ihn uns und nehmen ihn so lange in die Mangel, bis er gesteht.«

Ich konnte mir nicht verkneifen loszulachen. »Glauben Sie wirklich, dass Derwent irgendetwas zugibt, nur weil *Sie* ihn unter Druck setzen? Na dann viel Erfolg.«

Bradbury warf mir einen vernichtenden Blick zu. »Bei Ihnen wissen wir ja, auf welcher Seite Sie stehen.«

DCI Burt beugte sich zur Seite und flüsterte ihm etwas ins Ohr. Dabei schirmte sie ihren Mund ab, damit niemand anders etwas hören konnte. Er nickte. Ich hätte zwar allzu gern erfahren, was sie gesagt hatte, ahnte allerdings, dass es besser war, es nicht zu wissen. Wenn Una Burt derart gemeinsame Sache mit Bradbury machte, hatte ich keinerlei Bedürfnis mehr, ihr in irgendeiner Weise zu imponieren.

Godley räusperte sich und lenkte damit die Aufmerksamkeit aller Anwesenden wieder nach vorn. »Manche von Ihnen kennen Josh Derwent persönlich und die meisten zumindest vom Hörensagen. Ich wäre außerordentlich erleichtert, wenn wir ausschließen könnten, dass er in irgendeiner Weise in diese Mordfälle verwickelt ist. Aber ich werde selbstverständlich nicht den Fehler machen, dass wir uns einem neuen Verdächtigen zuwenden, ohne in Bezug auf ihn weiter sorgfältig zu ermitteln. Somit gibt es also keinen Grund zur Beunruhigung, Andy.«

»Ist er das nicht, da in den Nachrichten?«, rief Groves vom Fenster aus. »Was hat er denn jetzt wieder angestellt?«

Wie auf Kommando wandten sich sämtliche Köpfe im Raum in Richtung Fernseher, wo am unteren Rand gerade ein Banner mit einer Eilmeldung durchlief. Als ich genauer hinsah, war der Filmbeitrag zu Ende, und eine Nachrichtensprecherin wurde eingeblendet. Ihre Lippen bewegten sich, und ihr Lipgloss reflektierte die Studiobeleuchtung.

»Schalten Sie laut«, sagte Godley gepresst.

»... wir bleiben bei diesem Thema und sprechen mit unserem Reporter, der direkt vor Ort war, als der Vorfall sich ereignete. Tom, können Sie mich hören?«

»Ja, hallo, Carly.« Tom war jung, sah gut aus und fand den wie auch immer gearteten Vorfall offenbar ziemlich amüsant. Für einen Journalisten war es natürlich ein Volltreffer, zur richtigen Zeit am richtigen Ort zu sein, und so zeigte er sich hocherfreut, aller Welt zu berichten, was er miterlebt hatte. Er stand an einer Straßenecke, die mir irgendwie bekannt vorkam, und ich überlegte stirnrunzelnd, woher. Da er direkt vor dem Straßenschild stand, konnte ich nur das Wort »Street« erkennen, was natürlich nicht allzu hilfreich war.

»Was können Sie uns über die Ereignisse am heutigen Nachmittag berichten?«

»Tja, es haben sich ungewöhnliche Szenen abgespielt im Londoner St. Luke's Krankenhaus, wo Detective Inspector Josh Derwent sich von einer Schussverletzung am Bein erholt, die er bei einer Schießerei auf einem Spielplatz erlitten hat. Heute fühlte er sich jedoch schon so wohl, dass er das Krankenhaus auf eigene Verantwortung wieder verließ. Offenbar macht er also gute Fortschritte bei der Genesung. Heute Nachmittag waren wir hier um fünfzehn Uhr mit Philip Pace verabredet, dem Chef der Interessengruppe *Dads Matter*, die ja von einigen Seiten für die Schüsse von Lee Grimes auf dem Spielplatz mit verantwortlich gemacht wird. Philip Pace wollte sich bei DI Derwent dafür bedanken, dass er die Situation zu einem glimpflichen Ende gebracht hat.«

Und Derwent dazu benutzen, um mal wieder ein bisschen positive PR zu bekommen. Ich ahnte Schlimmes.

»Aber das verlief nicht wie geplant?«, fragte die Moderatorin, und ein wissendes Lächeln umspielte ihren Mund.

»So kann man das nennen. DI Derwent hatte kein Interesse, mit Mr. Pace zu sprechen, und weigerte sich, ihn im Krankenhaus zu empfangen. Aber da Philip Pace sich bekanntlich nicht so einfach abspeisen lässt, hat er in Erfahrung gebracht, durch welche Tür der Polizeibeamte das Krankenhaus verlassen würde, und hat dort auf ihn gewartet. Was sich dann ereignet hat, beschreiben unsere Bilder wahrscheinlich besser, als ich das könnte.«

Auf dem Bildschirm wurde jetzt der Eingangsbereich des Krankenhauses sichtbar, wo Philip Pace seitlich davorstand. Eine Tür öffnete sich, und an Krücken herausgehumpelt kam Derwent – noch genauso unrasiert und ungekämmt wie am Morgen. Mit finsterem Blick registrierte er die versammelte Medienmeute.

»Was wollt ihr denn alle hier?«

Philip Pace trat auf ihn zu und legte Derwent seine Hand auf den linken Arm. »Im Namen von *Dads Matter* wollte ich …«

»Ich habe Ihnen doch gesagt, dass ich nicht interessiert bin.« Unwillig schüttelte er die Hand ab.

Pace taxierte kurz die Journalisten und schätzte ab, wie groß der Schaden für seinen Ruf war. Krampfhaft überlegte er, wie er aus dieser Lage wieder herauskam, ohne das Gesicht zu verlieren. »Oh, hahaha, DI Derwent. Das freut mich ja, dass Sie immer noch so viel Humor haben.«

»Was gibt's denn da zu lachen?« Derwent warf ihm den bedrohlichsten Blick zu, den er im Repertoire hatte.

Pace schätzte die Situation jedoch völlig falsch ein und legte plump seinen Arm um Derwents Schultern, bevor er antwortete. Trotz seiner Verletzung war Derwent jedoch keineswegs handlungsunfähig. Er senkte seine linke Schulter und holte mit seiner rechten Hand kräftig aus, wobei seine Krücken zu Boden fielen und er selbst sich um die eigene Achse drehte. Seine Faust traf Pace an der Nase, was zunächst für ein hässliches Knirschen sorgte und anschließend einen Schrei von Pace sowie lautes Gemurmel bei den Journalisten hinter der Kamera auslöste. Der Chef von *Dads Matter* verlor das Gleichgewicht und fiel. Dabei hielt er sich schreiend beide Hände vor das Gesicht, während ihm Blut zwischen den Fingern hindurchrann. Die Kamera behielt ihn die ganze Zeit voll im Bild. Im Hintergrund sah man, wie Derwent seine umgefallene Krücke aufhob und davonhumpelte, ohne den Journalisten weiter Beachtung zu schenken. Der Kameramann schwenkte noch einmal kurz von Pace weg und fing Derwents Hinterkopf ein, wie er in einem Polizeifahrzeug verschwand. Pace war allerdings deutlich spektakulärer, wie er sich vor Schmerzen krümmte und vor sich hin stöhnte.

Jemand im Lokal – ich konnte nicht erkennen, wer – begann zu applaudieren, und kurz darauf johlte der ganze Saal. Erleichtert stellte ich fest, dass Godley ebenfalls grinste. Als die Nachrichtensprecherin wieder eingeblendet wurde, beruhigten sich die Kollegen allmählich.

»Und wie geht es jetzt weiter? Wurde DI Derwent festgenommen?«

Tom, der Reporter, erwiderte heiter: »Wie Sie sicher gesehen haben, ist er in einen Polizeiwagen gestiegen. Der sollte ihn eigentlich nach Hause bringen, was sich dann jedoch verzögerte, weil er zuvor noch eine Aussage gegenüber seinen Kollegen machen musste, die zufällig in der Gegend unterwegs waren. Festgenommen wurde er jedoch nicht. Nach meiner Einschätzung wird Philip Pace wohl kaum Anzeige gegen ihn erstatten. Die ganze Angelegenheit ist ihm höchst peinlich, und er will dazu weder öffentlich Stellung nehmen, noch reagiert er auf Interviewanfragen.«

»Wie schwer sind denn seine Verletzungen, Tom?«

»Soweit ich weiß, hat er eine gebrochene Nase und ein paar heftige Prellungen, Carly. Er wurde umgehend in der Notaufnahme des St. Luke's Krankenhauses behandelt.«

»Hat sich DI Derwent zu dem Vorfall geäußert?«

»Ja, wir haben es tatsächlich gewagt, ihn darauf anzusprechen, nachdem er zu Hause angekommen war. Dabei ist dann Folgendes passiert.«

Nun kam eine Schaltung zu einer wackeligen Handkamera. Sie fing einen Polizeiwagen ein, der gerade in die Straße einbog, in der Derwent wohnte.

»Hallo, Inspector Derwent. Würden Sie sich bitte kurz zu dem Zwischenfall mit Philip Pace äußern?«

Derwent stieg aus dem Fahrzeug. Erschöpft drehte er sich um und schüttelte den Kopf.

»Möchten Sie überhaupt etwas sagen?« Man sah, wie Tom ihm das Mikrofon so zaghaft entgegenstreckte, als wollte er einen Tiger von Hand füttern.

»Eine ganze Menge sogar«, antwortete Derwent. »Aber nicht vor der Kamera.«

Dann wackelte das Bild und schwenkte zurück zu Tom, der bei Derwent an der Straßenecke stand. Lachend kommentierte er: »Das ist alles, was wir erfahren konnten. Aber zumindest ist diesmal niemand verletzt worden.«

»Ach Josh«, murmelte Godley und wiegte den Kopf. »Du hast wirklich ein Talent, dir Ärger an den Hals zu holen. Wahrscheinlich werden mich deswegen die Leute wieder mit Anrufen bombardieren. Bitte den Ton ausschalten.«

Ich schaute auf den Bildschirm, wo der Reporter seinen Beitrag gerade beendete. Im Lokal erhob sich Gemurmel. Die meisten äußerten sich zustimmend, einige jedoch auch äußerst kritisch. Wer sich besonders lautstark über Derwents Verhalten beschwerte, war nicht schwer zu erraten. Godley klatschte in die Hände.

»So, das reicht jetzt. Gibt es noch Fragen?«

James Peake hob die Hand. »Wir sollten Shane Pooles Bild in den Medien veröffentlichen, zusammen mit einer Erklärung, dass wir ihn als Zeugen befragen wollen, weil er uns möglicherweise entscheidende Informationen liefern kann. Allzu schlimm kann es ja wohl nicht sein, was er vorhat, da er seinen Pass hiergelassen und sein Konto nicht abgeräumt hat.«

»Das könnten wir versuchen. Weitere Wortmeldungen?« Godley sah sich unter den Anwesenden um. »Gut. Ich habe Shane und seinen Wagen im gesamten Südosten zur Fahndung ausgeschrieben. Sämtliche Kameras zur Nummernschilderkennung werden auf sein Kennzeichen reagieren. Da er allerdings in anderen Belangen ausgesprochen vorsichtig war, um seine Spuren zu verwischen, rechne ich eigentlich damit, dass er mit gefälschten Kennzeichen unterwegs ist. Derwent behalten wir weiter im Auge und überprüfen seine Vergangenheit. Im Übrigen wird Harry den damaligen Fall übernehmen, etwaige Fragen sind somit an ihn zu richten.«

Maitland sah erschrocken aus. Ich suchte meine Sachen zusammen. Meine Rehabilitation hatte also eindeutig ihre

Grenzen, wie ich feststellen musste. Ich hatte mich zwar als brauchbares Mitglied seines Teams erwiesen, aber Godley war noch weit davon entfernt, mich wieder vollständig darin aufzunehmen.

»Wo wollen Sie denn hin?« Peake kam zu mir herüber und schob die Hände in die Hosentaschen.

»Nach Hause. Ins Bett. Vielleicht vorher noch in die Badewanne.« Ich schlang meinen Schal um den Hals. »Ich brauch dringend eine Pause.«

»Klingt gut.«

Für solche Sachen hatte ich jetzt keinen Nerv. »Mit gut hat das nichts zu tun. Ich will nur noch schlafen. Und zwar sehr, sehr lange.«

»Ich wollte nicht …«

»Haben Sie aber.«

Gegen meinen Willen musste ich lächeln. Er schaute mich betroffen an und biss sich auf die Lippe. Seine Betroffenheit wirkte leicht überzogen, gleichzeitig aber auch extrem anziehend. »Viel Erfolg. Wir sehen uns dann bei Shanes Verhaftung.«

»Wenn nicht vorher«, entgegnete Peake und trat beiseite, um mich durchzulassen. Im Vorbeigehen nickte ich Godley zu, der das Nicken erwiderte, als ob er damit sagen wollte: *Ja, das ist die erste vernünftige Entscheidung, die ich bei Ihnen heute erlebe.*

Obwohl ich es nur ungern zugab, teilte ich diese Auffassung.

Kapitel 29

Draußen war es dunkel, es regnete stark, und die Luft fühlte sich nasskalt an. Ich taumelte und kam mir vor, als prallte ich gegen eine Wand aus purer Erschöpfung. Auf einem Umweg lief ich zur nächsten U-Bahn-Station und wich den allgegenwärtigen Kameras damit, so gut es ging, aus. Es war zwar unwahrscheinlich, dass ich einen auf Derwent machen würde, aber auch nicht ganz ausgeschlossen.

Unterwegs hatte ich mit verspäteten, überfüllten Zügen und genervten Mitfahrern zu kämpfen. An meiner Station angekommen, nahm ich den kürzesten Weg nach Hause und sah mich nur ab und zu flüchtig nach hinten um. Im Moment war mein Schlafbedürfnis erheblich größer als die Sorge um meine Sicherheit. Meine Haare trieften, und der Regen rann mir in den Mantelkragen. Meine Schultern waren schon ganz nass, und die Kälte kroch mir durch die Schuhsohlen.

Als ich zu Hause ankam, wurde es nicht viel besser. In der Wohnung war es kühl, und irgendetwas roch äußerst suspekt. Ich drückte mir das Wasser aus den Haaren und band sie zusammen. Nachdem ich den Wasserkocher angeschaltet hatte, suchte ich die Küche ab, fand aber weder im Kühlschrank noch in den Schränken oder im Mülleimer die Quelle des Gestanks. Also kontrollierte ich noch die anderen Räume der Wohnung und zum Schluss das Wohnzimmer. Der Anrufbeantworter blinkte, und so hörte ich nebenbei die Nachrichten ab, während ich weitersuchte. Irgendwo musste der Geruch doch herkommen. Vielleicht von einem Teller mit Essensresten unter einem Stuhl oder aus einer Tasse, in der es schon üppig schimmelte? Auch wenn ich ganz bestimmt keine Heldin des Haushalts war, wäre vergessenes Essen in einer Zimmerecke ein neuer Tiefpunkt.

»Maeve, hier ist deine Mutter. Ich wollte mich erkundigen, ob du es geschafft hast, deiner Tante Niamh zu schreiben. Ich …«

Ich schnitt ihr das Wort ab. Nächste Nachricht.

»Maeve. Du bist offenbar immer noch nicht wieder da. Ich wollte nur nachfragen, ob du meine vorigen Nachrich…«

Genervt schaltete ich weiter. Da meine Mutter es ablehnte, sich mit der modernen Welt anzufreunden, weigerte sie sich auch, mich auf dem Handy anzurufen. Was an sich für mich völlig in Ordnung ging, weil ansonsten meine Mailbox ständig voll wäre mit mehr oder weniger belanglosen Anrufen, die keinen Rückruf erforderten. Im Moment hätte es dann allerdings nur einsam in seinem Asservatenbeutel vor sich hin vibriert – wo auch immer dieser gerade gelandet war –, und ich wäre herrlich unerreichbar gewesen.

»Maeve Áine Kerrigan, was musste ich da gerade in den Nachrichten sehen? Ruf mich bitte sofort an, wenn du das hörst. Umgehend.«

Sie klang ernsthaft erbost. Ich verzog das Gesicht und hörte mir die nächste Nachricht in voller Länge an.

»Du könntest jetzt tot sein. Ich weiß nicht, was in dich gefahren ist, dass du da ohne Waffe oder sonst was unterwegs bist. Außerdem höre ich, dass dein feiner Herr Chef angeschossen wurde. Das ist ja wohl auch das Mindeste, was er verdient hat, wenn er dich dermaßen leichtfertig und unbedacht in eine so gefährliche Situation bringt. Ruf mich an, sobald du das gehört hast.«

Ihr nächster Spruch klang dann weniger verärgert, dafür aber besorgter. In der darauffolgenden Nachricht teilte sie mir mit, dass sie es auf dem Handy versucht hätte, jedoch ohne Erfolg. Und danach kam dann die volle Breitseite: »Natürlich spielen wir für dich überhaupt keine Rolle, aber es wäre schon sehr freundlich, wenn du hin und wieder zur Kenntnis nehmen würdest, dass es uns gibt.«

Ich streckte meine Hand nach dem Telefon aus, hielt jedoch inne, als der AB noch einmal piepte. Nachdem mein Finger schon auf der Löschtaste lag, zog ich wieder zurück, als ich merkte, dass es Rob war. Er klang angespannt. »Maeve, ich habe deine Nachricht bekommen und die ganze Zeit versucht, dich auf dem Handy zu erreichen. Aber du gehst nicht ran, und ich weiß nicht, warum. Ich habe auch im Büro schon eine Nachricht hinterlassen – vielleicht hörst du die ja früher. Maeve, ich will dich nicht erschrecken, aber bitte pack ein paar Sachen zusammen – sofort – und bring dich in Sicherheit.« Er bemühte sich um Sachlichkeit, aber es klang deutlich durch, wie dringlich es ihm war. Ich hörte auf, weiter Sofakissen anzuheben und nach dem übelriechenden Krabbensandwich zu suchen, das ich als Ursache für den Gestank vermutete. Ratlos starrte ich das Telefon an, als könnte es mir im Vorhinein sagen, worauf das Ganze hier hinauslief.

»Du hast dich bei mir für die Blumen bedankt, aber ich habe dir gar keine geschickt und weiß auch nicht, von wem sie stammen könnten. Ich ahne schon, dass du jetzt versuchen willst herauszufinden, wer es war, aber bitte verschwende keine Zeit damit. Verlass einfach gleich die Wohnung.«

Schön und gut, dass Rob mich zum unverzüglichen

Aufbruch mahnte, trotzdem konnte ich nicht anders, als mir die Blumen vorher noch einmal genauer anzusehen, ob mir daran irgendetwas auffiel. Als ich mich über den Strauß beugte, wurde der strenge Geruch deutlich stärker. Die Rosen waren inzwischen ganz aufgeblüht und standen so dicht beieinander, dass man nur schwer etwas erkennen konnte. Doch plötzlich fiel der Schein der Deckenlampe auf etwas, das ganz eindeutig nach Fleisch aussah. Da ich allein war, musste ich keine krampfhafte Tapferkeit an den Tag legen, sondern schrie einfach nur los und ließ die Vase fallen. Das Glas zerbrach und sprang in tausend Stücke. Inmitten der Scherben und Blätter sah ich lauter kleine weiße Dinger, die sich krümmten. Maden. Es stank jetzt so sehr, dass ich würgen musste. Mit Handschuhen, Küchenschere und einem Holzlöffel zum Stochern bewaffnet, gelang es mir, den Strauß auseinanderzuziehen und mir anzusehen, was sich in der Mitte befand: ein zwischen die Stängel gepresstes Stück Fleisch. Hühnchen wahrscheinlich oder Schwein, auf jeden Fall ekelhaft grün verfault und von Maden übersät. Ich musste mich abwenden und erwartete, mich jeden Moment übergeben zu müssen. Meine Übelkeit hing allerdings nicht nur mit dem stinkenden Fleisch zusammen. Jemand hatte sich als Rob ausgegeben und mir eine Nachricht geschickt. Derjenige wusste also, wo ich wohnte und dass ich im Moment allein war. Und er wollte, dass ich das erfuhr.

Man musste nicht besonders schlau sein, um daraus das Gleiche zu schließen wie Rob. Chris Swain, der als Nachbar zunächst so harmlos gewirkt hatte, war beängstigend clever darin, mich aufzuspüren – egal, wie sehr ich mich bemühte, meinen Aufenthaltsort vor ihm geheim zu halten. Er trieb schon länger seine Spielchen mit mir und genoss es, mich gründlich in Angst und Schrecken zu versetzen und mir zu zeigen, wie wenig ich in der Lage war, mich davor zu schützen. Er hatte mich als Opfer auserkoren, und es gelang mir offenbar nicht, mich aus dieser Rolle zu befreien, sosehr ich es – und ihn – auch hasste. Er war ein Stalker, Spanner und Vergewaltiger, der seine Opfer unter Drogen setzte, damit sie sich nicht wehren konnten. Und ein elender Feigling.

Zudem hochgefährlich.

Besonders ratlos machte mich an dieser ganzen Sache, dass ich keine Ahnung hatte, wie ich mich ein für alle Mal von ihm konnte. Durch Demütigung? Oder drastische Maßnahmen?

Tod?

Ich ging ins Schlafzimmer, um meine Kleidung zu wechseln, und zog Jeans, Schnürstiefel und ein dickes Sweatshirt an. Währenddessen war ich mir mehr als bewusst, dass ich möglicherweise dabei beobachtet oder mit einer irgendwo verborgenen Kamera gefilmt wurde, wie Swain sie schon einmal verwendet hatte. Ich packte ein paar Wechselsachen und meine Toilettentasche in einen Rucksack. Anschließend wappnete ich mich mit zwei Paar übereinandergezogenen Handschuhen sowie Kehrschaufel und Besen für den unangenehmsten Teil der anstehenden Arbeiten. Ich holte einen Plastikbeutel aus der Küche und schaufelte alles hinein: das widerliche Fleisch, die Glasscherben, die geknickten Stängel und sämtliche Maden. Dann fischte ich die Folie und die Lage Zellstoff, mit der der Strauß umwickelt gewesen war, aus dem Mülleimer und verstaute alles in einem Pappkarton. Zum Schluss holte ich noch einen Briefumschlag und durchsuchte das Altpapier nach der beigelegten Karte. Glücklicherweise hatte ich den Müll am Vortag nicht entsorgt. Wäre ich ein ordentlicherer Mensch, gäbe es dieses Beweisstück schon längst nicht mehr.

»Punkt für mich«, sagte ich laut und bemühte mich sehr, nicht den Mut zu verlieren und meine Angst in Schach zu halten, denn ehe ich die Wohnung verlassen konnte, hatte ich noch ein paar Sachen zu erledigen. Gleichzeitig zog mich mein Selbsterhaltungstrieb unaufhaltsam in Richtung Tür.

Aber ich musste sämtliches Beweismaterial sicherstellen, um Anzeige erstatten zu können. Ich wollte, dass dieser Vorfall offiziell registriert wurde. Swain stand bereits auf der Fahndungsliste der Met, da wir Videoaufnahmen bei ihm sichergestellt hatten, wie er dutzendfach bewusstlose Frauen sexuell missbrauchte. Wenn er gefasst wurde, woran ich keinen Zweifel hatte, wollte ich unbedingt dafür sorgen, dass er auch wegen der Straftaten zur Verantwortung gezogen wurde, die er mir gegenüber begangen hatte. Das sollte er mir büßen – auch wenn diese in der Anklage keinesfalls ganz oben stehen würden. Andere hatten unvergleichlich viel mehr unter Swain leiden müssen als ich, aber auch bei mir war das Maß jetzt endgültig voll. Ich wollte, dass er verurteilt wurde und hoffentlich für zehn Jahre hinter Gitter wanderte, wenn wir ihn endlich zu fassen bekommen hatten.

Ich packte noch einen zweiten Beutel um den ersten und stellte ihn in den Flur, wo der Gestank bis zum nächsten Tag hoffentlich nicht gar zu schlimm werden würde. Den Vorfall jetzt sofort zu melden wäre sinnlos gewesen. Die Kollegen würden ihm ganz sicher um diese Uhrzeit keine Priorität einräumen, sondern ihn erst hinter sämtliche Fälle häuslicher Gewalt, mutmaßliche Einbrüche und Kneipenschlägereien im Osten Londons einsortieren. Und ich hatte ganz bestimmt nicht vor, stundenlang in meiner Wohnung zu sitzen, bis der Täter zuschlug. Es war besser zu warten, bis die Frühschicht der lokalen Kriminalpolizei begann, und einen freundlichen Detective mit der Sache zu betrauen, der meine Aussage aufnehmen und einen Bericht dazu verfassen würde. Ich wollte hier nur noch weg, sobald ich so weit war. Mich noch länger in der Wohnung aufzuhalten war nahezu unerträglich. Mein Kiefer schmerzte, und ich merkte, wie fest ich die Zähne zusammenbiss. Außerdem hatte ich die Fäuste geballt, und der Adrenalinausstoß zerrte an meinen Nerven. Was war sonst noch zu tun?

Ach ja, richtig. Mir eine Bleibe suchen. Das bedeutete eine weitere Verzögerung, da ich in der Nähe niemanden kannte. Rob und ich hatten uns zum Teil auch deshalb für Dalston entscheiden, weil wir hier keinerlei Sozialkontakte hatten und somit sehr unauffällig leben konnten. Da ich kein Handy mehr besaß, hatte ich keine Nummern und konnte so auch niemanden anrufen, bei dem Verlass darauf wäre, dass er nicht gleich in Panik verfallen würde. Ich sollte wohl dringend ein paar Nummern auswendig lernen. Bisher hatte ich lediglich die von Rob, meinen Eltern und meinem Bruder im Kopf. Meine Eltern würde ich in eine solche Situation ganz bestimmt nicht mit hineinziehen, und zu meinem Bruder konnte ich auch nicht gehen, da sich bei ihm garantiert jemand – eine meiner Nichten, seine Frau oder Dec selbst – gegenüber meiner Mutter verplappern würde. Und dann hätte ich noch mehr Probleme am Hals, weil ich es ihnen verschweigen wollte. Der Wind ließ den Regen direkt gegen die Fensterscheiben prasseln. In der Wohnung konnte ich definitiv nicht bleiben, weil ich hier nicht sicher war. Aber ich wollte sie auch nicht verlassen, ohne zu wissen, wohin ich gehen konnte.

So stand ich bebend im Wohnzimmer und überlegte, welche Varianten in Frage kamen. Keine von ihnen klang sonderlich verlockend. Im Büro gab es keine Schlafgelegenheit. Hierbleiben und hoffen, dass Swain die Blumen deshalb geschickt hatte, weil er durch unsere Sicherheitsvorkehrungen nicht anders an mich herankam, war ebenfalls keine Option. Aber ich fühlte mich ja schon jetzt total beobachtet und würde kein Auge zumachen können. Zu Liv zu fahren würde Ewigkeiten dauern, da sie in Guildford wohnte, was meilenweit außerhalb von London lag. Außerdem wollte ich das nicht riskieren, ohne mich vorher zu vergewissern, ob sie überhaupt da war. Im Büro anrufen, mich zu Godley durchstellen lassen und den Fall in seine Hände geben wollte ich auch nicht. Der hatte ohnehin schon zu viel um die Ohren, als dass ich ihn wegen einer derart kranken Sache belästigen und von einer wichtigen Mordermittlung abhalten wollte, selbst wenn sie mich gehörig in Angst versetzt hatte. Mir ein Zimmer in einem billigen, anonymen Hotel zu suchen erschien mir ebefalls nicht sonderlich verlockend, auch wenn die Türen dort bestimmt gut gesichert waren. Nur äußerst ungern wollte ich mit meinen Ängsten allein sein, selbst wenn ich mich nicht in meiner Wohnung befand. Ausgeschlossen, dass ich mich so weit würde entspannen können, um auch nur die Augen zu schließen, von schlafen ganz zu schweigen. Es hatte also ganz den Anschein, als ob keine Variante praktikabel war.

Abgesehen von einer Person, die in der Nähe wohnte, ganz sicher zu Hause war und mir vermutlich nur allzu gern zu Hilfe kam. Genauer gesagt wäre er wahrscheinlich stinksauer, wenn ich mich nicht an ihn wandte. Außerdem war er mir noch etwas schuldig. Die Vorstellung war zwar einigermaßen anstrengend, aber immer noch besser als alles andere, was mir ansonsten noch einfiel.

Ich hoffte nur, dass seine Überwachung noch nicht angelaufen war.

Kapitel 30

»Verschwinde!«

»Hallo, Kollege, ich bin's.« Ich bückte mich hinunter zum Briefschlitz, wobei ich mich bemühte, dass meine Mantelschöße nicht nass wurden. Der Wind zerrte an meinen Haaren und meiner Kleidung, als wollte jemand dadurch meine Aufmerksamkeit gewinnen. Ich sprach in halbem Flüsterton, weil ich weder Passanten noch die Medien oder Derwents Nachbarn neugierig machen wollte. Nur ein Einziger sollte mich endlich ernst nehmen, aber der dachte gar nicht daran.

»Verpiss dich. Noch mal sag ich das nicht.«

»Hier ist Maeve. Kerrigan«, fügte ich hinzu und verdrehte die Augen. Ich war mir ziemlich sicher, dass er nur eine Maeve kannte. Ich blickte mich prüfend um, und als ich niemanden sah, hob ich erneut die Abdeckung des Briefschlitzes. Dahinter erspähte ich seine Füße und erkannte, dass er auf der obersten Treppenstufe saß. Ohne Rücksicht darauf, dass ich eigentlich leise sprechen sollte, fauchte ich: »Ich bin hier, weil ich Hilfe brauche. Wenn du zu feige bist, mich reinzulassen, dann geh ich halt wieder. Aber dann werde ich dir klar und deutlich sagen, was ich in diesem Fall von dir halte. Dann bist du nämlich ein … ein …«

»Ein was?«, erkundigte er sich neugierig.

»Ein Vollidiot, Kollege.«

»Das kannst nur du sein, Maeve Kerrigan. Niemand anders braucht so lange, um das Wort ›Vollidiot‹ herauszubringen. Ich hatte eigentlich was Kreativeres erwartet.« Mühsam stand er auf und balancierte auf einem Bein, während er nach seinen Krücken langte. »Ich lass dich rein, aber es dauert 'ne Weile, bis ich an der Tür bin.«

»Keine Hektik«, sagte ich und erschauerte vor Kälte. Meine Hände und Ohren konnte ich schon seit einer Weile nicht mehr spüren.

Aber statt hinunter an die Tür zu kommen, war Derwent dabei, aus meinem Blickfeld zu verschwinden.

»Wo willst du denn hin?«

»Ich habe gerade Tee aufgegossen. Wenn ich den Teebeutel nicht sofort aus der Tasse fische, kann ich ihn wegkippen.«

Ich musste also noch weitere fünf Minuten wutschnaubend vor der Tür zubringen, während Derwent erledigte, was auch immer er noch zu tun hatte, und dann ungefähr so theatralisch und mit zahlreichen Kunstpausen die Treppe herunterkam wie eine alternde Diva bei ihrem Debüt in Las Vegas. Als er endlich die Tür öffnete, schob ich ihn beiseite und stürmte hinein.

»Eigentlich wartet man, bis man hereingebeten wird, junges Fräulein.«

»Das gilt aber nur für Vampire, nicht für Gäste.« Ich drehte mich um. »Wann kommen sie eigentlich vorbei und bringen dir deinen Schwergewichtsgürtel?«

»Oh, das hast du gesehen?«

»Nicht nur ich, sondern alle Welt. Super Schlag auf jeden Fall.«

»Das kannst du laut sagen. Ich hab mir dabei sogar die Hand geprellt.« Er zeigte mir seine Faust, die rot und geschwollen war und an einem Finger eine Scharte hatte.

»Hat er zugebissen?«

»Ja. Hätte er nicht solche Pferdezähne, wäre eigentlich

alles bestens. Wo ich ihm doch direkt eins auf Nase verpasst habe. Aber wie ich meine Glückssträhne im Moment so einschätze, wird er wahrscheinlich Tollwut haben.«

»Die Kollegen, mit denen ich deine kleine Vorstellung gesehen habe, waren jedenfalls begeistert und haben sogar Beifall geklatscht.«

»Echt?«, fragte er sichtlich angetan. »Die Jungs am Krankenhaus hatten zum Glück keine Ambitionen, mich festzunehmen. Sie haben Pace bequatscht, dass er nicht Anzeige erstattet. Sehr freundlich von ihnen.«

»Ich kann mir gut vorstellen, dass 'ne Menge Leute das für absolut berechtigt halten.«

»Tja, kennst mich doch. Ich bin halt der geborene Held.«

»Schon klar.« Da ich im Treppenhaus fürchterlich fror, wandte ich mich zur Treppe. »Ich geh mal hoch ins Warme.«

»Willst du denn nicht auf mich warten?«

»Ich hab heute Abend schon lange genug auf dich gewartet.«

Ich stürmte hinauf ins Wohnzimmer, das warm und angenehm beleuchtet war. Er hatte die Jalousien geschlossen und sich damit von der Außenwelt abgeschottet, sodass mich zum ersten Mal seit vielen, vielen Stunden ein Anflug von Entspannung überkam. Ich zog meine Stiefel und meinen Mantel aus und wärmte mir an der Heizung die Hände, die beinahe schmerzten, als die Kälte aus ihnen wich und das Gefühl zurückkehrte.

Derwent kam nach einer Weile ebenfalls oben an, warf scheppernd die Krücken von sich und humpelte ins Wohnzimmer.

»Fühl dich wie zu Hause.«

»Ich hab's mir schon mal bequem gemacht.«

Ohne darauf einzugehen, fragte er: »Was verschafft mir denn das Vergnügen? Falls du Streit mit deinem Freund hast, bin ich nicht dein Seelenklempner.«

»Mit so was würde ich ganz sicher nicht zuerst zu dir kommen«, bestätigte ich. Ich zitterte immer noch. Allerdings schien das wohl eher damit zu tun zu haben, dass ich krank wurde oder unter Schock stand. Denn in der Wohnung herrschte eine Affenhitze. Derwent trug nur T-Shirt und Jogginghose. Ich gab mir größte Mühe, meinem Nervensystem klarzumachen, dass es sich erst einmal beruhigen konnte. »Ich konnte nicht in meiner Wohnung bleiben.«

»Weshalb nicht?«

»Wegen 'nem Blumenstrauß. Irre, was?«

Derwent hörte zu und stellte gelegentlich eine Frage, während ich ihm stockend alles erzählte. Sein Zynismus war völlig verschwunden, und stattdessen saß mir jetzt der Polizist Derwent gegenüber, der sich voll und ganz auf die Fakten und deren Folgen konzentrierte. Derart besonnen hätte ich die Situation auch gern bewertet, aber dazu war ich viel zu nahe dran.

»Erstens: Wer wusste, dass Rob verreisen würde?«

»Niemand.« Nach einem vorwurfsvollen Blick von ihm versuchte ich es noch einmal: »Okay. Also, ich wusste es natürlich. Liv gegenüber habe ich es erwähnt, die es vielleicht Joanna erzählt hat. Robs Kollegen. Dir habe ich es nicht gesagt.«

»Stimmt.«

»Meine Eltern und unsere Freunde waren nicht informiert.« Ich biss mir auf die Lippe. »Das war's, würde ich sagen.«

»Hast du mit jemandem am Telefon darüber gesprochen? Könnte dein Festnetzanschluss angezapft worden sein?«

»Ich nutze das Festnetz nur, um Nachrichten abzuhören – hauptsächlich von meiner Mutter. Ansonsten telefoniere ich immer mobil.«

»Und wie sieht's mit Mails aus?«

»Nope.«

»Facebook?«

»Ich bin nicht bei Facebook.« Als ob ich mein Privatleben vor aller Welt ausbreiten würde. Das sollte Derwent eigentlich wissen.

»Sonstige Seiten im Netz?«

Ich schüttelte den Kopf. »Ausgeschlossen.«

»Ist deine Wohnung verwanzt?«

»Ich weiß es nicht. Swain hat schon mal dafür gesorgt.« Ich fing wieder an zu zittern.

»Lass das überprüfen.« Derwent hatte sich auf die Armlehne eines Sessels gesetzt, sprang jetzt jedoch auf und fing an, auf und ab zu laufen. Zwei Schritte schaffte er, dann knickte ihm sein Bein weg, und er landete ziemlich plump wieder im Sessel. »Verdammt.«

»Alles okay?«

»Bestens.« Er rückte sich auf dem Sessel zurecht. »Und was ist mit deinem Jungstar? Kann der die Klappe halten?«

Ich ignorierte seinen Spott. »Normalerweise schon.«

»Und du dachtest zuerst, die Blumen wären von ihm.«

»Ja, aber die Nachricht war untypisch für ihn. Sie klang ziemlich kontrollierend.«

»Würde das zu Chris Swain passen?«

»Ich will lieber gar nicht dran denken, was so alles zu Chris Swain passt.« Seufzend fügte ich hinzu: »Weißt du, ich glaube nicht, dass wir das heute Abend aufklären werden. Es war absolut widerlich, und ich kann mir gut vorstellen, dass Swain was damit zu tun hat. Ich hoffe, du verstehst jetzt, warum ich hergekommen bin.«

»Ja, klar weiß ich das. Damit Onkel Josh sich um alles kümmern kann.«

Ich gab mir größte Mühe, ihn nicht genervt anzusehen, obwohl es mir enorm schwerfiel.

»Was zu trinken?«

»Danke, ich brauche nichts.«

»Ich meinte eigentlich, dass du mir was bringen sollst.«

»Ah ja.« Ich verkniff mir ein bissiges *Hol's dir doch selber*. Denn mit Krücken ließen sich Getränke natürlich denkbar schlecht tragen, und es war das Mindeste, was ich für ihn tun konnte. »Was willst du?«

»Bier. Aus dem Kühlschrank. Wo die Küche ist, weißt du ja.«

Das wusste ich in der Tat. Als ich mit der Flasche in der Hand auf dem Rückweg war, fiel mir etwas ein. Ich kehrte noch einmal um, um mich zu vergewissern, ging dann in Richtung Wohnzimmer und blieb in der Tür stehen.

»Hier drüben sitz ich. Komm bloß nicht auf die Idee, den Polizeijob hinzuschmeißen und dich als Kellnerin zu versuchen – das wird nämlich nix.«

»Du hast gelogen.«

Er zog die Augenbrauen hoch.

»Du hast behauptet, dass du Tee gemacht hast, aber der Wasserkocher ist kalt, und weder im Spülbecken oder Geschirrspüler noch hier drin ist eine Tasse zu finden. Im Kühlschrank steht keine Milch, und Teebeutel hast du auch nicht im Haus. Weil du nämlich gar keinen Tee trinkst, wie du mir beim letzten Mal gesagt hast. Was hast du also gemacht? Aufgeräumt? Beweismittel beiseitegeschafft?«

Er bedachte mich mit einem breiten Grinsen, das mich an einen Jagdhund erinnerte. »Jetzt gibt das Bier schon her.«

»Nicht bevor du es mir erklärt hast.«

»Ach komm schon.« Er streckte die Hand aus. »Wenn du's unbedingt hören willst: Ich bin beeindruckt, Kollegin. Du hast ganz toll aufgepasst.«

»Genau. Und jetzt will ich wissen, was du in der Zeit wirklich gemacht hast.«

»Aufgeräumt.«

»Nur dass es hier gar nichts aufzuräumen gibt, weil du nie Unordnung machst.«

»Wieso interessiert dich das denn so?«

»Weil ich es nicht leiden kann, wenn ich angelogen werde.«

Er streckte sich. »Aber in wichtigen Fragen hab ich dich noch nie belogen. Das weißt du hoffentlich, oder?«

»Dachte ich zumindest bisher.«

»Stimmt auch.« Mit klarem Blick sah er mir direkt in die Augen. »Das kannst du mir glauben. Aber du musst mir schon auch zugestehen, dass ich mich halt manchmal wie ein Kerl benehme. Ich dachte, dass du mich zusammenstauchen willst, weil ich Pace vor der Kamera eine reingehauen habe. Da wollte ich dich mal ein bisschen warten lassen.«

»Na schönen Dank auch.«

»Keine Ursache.« Er sah mich einigermaßen betreten an, soweit das Derwent überhaupt möglich war. »Geh jetzt mal lieber schlafen und ruh dich aus. Du siehst aus wie 'ne wandelnde Leiche.«

»Wo soll ich denn mein müdes Haupt betten?«

»Da drin.« Er zeigte auf die Tür neben dem Wohnzimmer.

Ich nahm meine Tasche, ging hinein und schaltete das Licht an. Einen Moment blieb ich stehen, dann trat ich den Rückzug an.

»Das ist doch dein Schlafzimmer.«

»Na und?«

»Also, da hast du offenbar was missverstanden«, stammelte ich mit brennendem Gesicht.

»Nein, aber du wahrscheinlich. Das ist hier ’ne Zweizimmerwohnung. Ich überlasse dir das Schlafzimmer. Das soll allerdings nicht heißen, dass ich die Nacht mit dir zusammen verbringen will – und zwar in keiner Hinsicht. Fühl dich also nicht zu sehr geschmeichelt.«

Er war zwar eher belustigt als verärgert, aber ich schämte mich immer noch in Grund und Boden. Daher erkundigte ich mich einigermaßen spitz: »Und was ist mit dir? Wo hattest du vor zu schlafen?«

»Auf dem Sofa.«

»Ausgeschlossen, du bist verletzt. Ich kann doch das Sofa nehmen.«

»Kommt nicht in Frage.«

»Ich schlaf doch nicht in deinem Bett, nachdem du erst vor anderthalb Tagen angeschossen wurdest und eigentlich noch im Krankenhaus liegen müsstest.«

»Wer hat dir das denn erzählt?«

»Das erkennt man ja wohl auf den ersten Blick«, antwortete ich. »Du siehst grauenhaft aus.«

»Sagte die Frau mit den rot unterlaufenen Augen und den wirren Haaren. Vergiss es, da könnte mir auch gleich Koko der Clown ’nen Vortrag halten.«

Prüfend befühlte ich meine Haare und kam zu dem Schluss, dass ich an dieser Stelle nicht widersprechen sollte. »Wie ich aussehe, tut hier nichts zur Sache. Du musst dich auf jeden Fall erholen, und das nicht ausgerechnet auf dem Sofa.«

Entnervt rieb er sich das Gesicht. »Mannomann. Hör zu, Kollegin. Ich vertrau dir mal ein kleines Geheimnis an.

Dieses Bein hier, das tut scheiße weh. Schlafen werd ich von daher heute Nacht eh nicht können – selbst wenn ich in meinem Bett liege.«

»Haben die dir denn kein Schmerzmittel mitgegeben?«

»Doch.«

»Und?«

»Ich steh da nicht so drauf. Deshalb nehm ich es nicht.«

»Du bist so was von stur.«

Er hievte sich hoch. »Weiß ich. Aber ist immer noch mein Körper. Ich kann Drogen nicht ausstehen und hab mit Schmerzen weiter kein Problem. Ich find's einfach blödsinnig, so zu tun, als würde ich heute Nacht ein Auge zukriegen, während du so aussiehst, als könntest du 'ne Woche am Stück durchschlafen.«

»Zwei.«

»Eben.« Er humpelte an mir vorbei und stützte sich dabei an der Wand ab. »Ich hol mir einfach 'ne Ersatzdecke und klau dir ein Kissen. Das passt dann schon.«

Wie üblich hatte es keinen Zweck, mit ihm zu diskutieren. Außerdem war ich viel zu müde zum Streiten. Der Gedanke an ein weiches Bett veranlasste mich schließlich zum Einlenken. Ich ging mir die Zähne putzen – in einem Bad, das von den Toilettenartikeln bis zu den Handtüchern ausgesprochen männlich und zudem klinisch rein wirkte. Als ich wieder herauskam, lehnte Derwent im Flur an der Wand.

»Brauchst du sonst noch was?«

»Nein danke«, antwortete ich, zögerte dann jedoch. »Und vielen Dank. Dafür, dass ich hierbleiben kann.«

»Gern geschehen«, sagte er, und es klang, als meinte er das ernst.

Ich wünschte ihm eine gute Nacht und schloss hinter mir sorgfältig die Tür. Noch lieber wäre es mir gewesen, wenn ich sie hätte abschließen können. Auch wenn ich Derwent vertraute, hätte ich das Gefühl der Sicherheit hinter einer verschlossenen Tür sehr zu schätzen gewusst. Während ich im Bad gewesen war, hatte er das Bett abgezogen, und ich brauchte eine Weile, um es frisch zu beziehen. Es war ein seltsames Gefühl, Hausarbeit in Derwents Wohnung zu verrichten – in seine Privatsphäre einzudringen, was mir noch vor Kurzem nicht im Traum eingefallen wäre. Ich wollte mir lieber nicht vorstellen, was Godley dabei dachte, falls er es je erfahren sollte.

»Nichts als schmutzige Gedanken im Kopf, Chef«, murmelte ich und stieg in Derwents Bett, nachdem ich das Licht ausgeschaltet hatte. Ich kroch unter die Decke und kuschelte mich erleichtert ein. Ich war froh, dass Derwent mir so weit vertraute, dass er mich aufgenommen hatte. Ebenso zufrieden war ich damit, dass ich ihm zur Seite gestanden hatte, als Godley und Una Burt mich vor ihm gewarnt hatten. Allmählich konnte ich mir sogar fast vorstellen, dass wir Freunde werden könnten.

Befreundet mit Derwent? Das war schon eine sonderbare Vorstellung. Aber sonderbare Dinge kamen eben vor.

Trotz allem, was passiert war, schlief ich mit einem Lächeln auf den Lippen ein.

Um zehn vor vier wachte ich schlagartig auf, ohne zu wissen, wo ich war oder was mich aus dem Schlaf gerissen hatte. Ich war völlig durcheinander und wusste nur eins: dass ich Angst hatte. Ich brauchte ein paar Sekunden, um mir ins Gedächtnis zu rufen, wo ich mich hier befand und warum. Erleichterung überkam mich, als mir einfiel, dass ich in Sicherheit war und es keinen Grund zur Sorge gab.

Ein paar Sekunden später bewegte sich jedoch etwas im Raum, direkt vor dem Fenster mit den geschlossenen

Jalousien, sodass ich nur kurz eine Silhouette sah. Es war ein Mann.

»Derwent?«, fragte ich mit verschlafener Stimme. Ich nahm an, dass er etwas vergessen hatte oder nicht mehr wusste, dass ich da war. Auf jeden Fall ahnte ich nichts Böses.

Allerdings nur so lange, bis er sich ohne Vorwarnung mit voller Wucht auf mich stürzte, mit den Knien meine Arme herunterdrückte und mit beiden Händen meinen Hals umklammerte. Dann begann er fest zuzudrücken. Was ich dabei fühlte, war weniger Angst oder Verzweiflung, sondern vielmehr Wut. Ich war zornig über mich selbst. Ich hatte Derwent geglaubt und mich mörderisch in ihm getäuscht. Was gerade geschah, war ganz allein meine Schuld. Meine Güte, wie ich Fehleinschätzungen hasste.

Weiße und rote Lichtblitze erschienen in der Dunkelheit, und ich konnte mich weder wehren noch schreien oder sonst irgendetwas tun.

Abgesehen davon zu sterben.

Donnerstag

Kapitel 31

Wie gern hätte ich mir eingeredet, dass mir von irgendwoher übermenschliche Kräfte zuwachsen würden, sodass ich mich befreien konnte. Es war eine verlockende Vorstellung, dass es mir auf schnelle, clevere und intuitive Weise gelingen würde, meine eigene Haut zu retten. Die Realität sah allerdings so aus, dass ich in ernsthaften Schwierigkeiten steckte und dem Tod so nahe war wie noch nie zuvor. Ich bekam kaum noch etwas mit, außer dass es meinem Gehirn zunehmend an Sauerstoff mangelte. Außerdem nahm ich einen grellen Lichtschein wahr. Eine schwere Last drückte mir auf den Brustkorb, sodass ich kaum atmen konnte, obwohl in mir alles nach Luft schrie. Doch dann war die Last plötzlich verschwunden, und ich konnte wieder Atem schöpfen. Während der Sauerstoff in meine Lunge strömte, zog ich unwillkürlich die Knie an die Brust. Mein Hals brannte wie Feuer, meine Augen tränten, und das Schlagen meines eigenen Herzens dröhnte mir in den Ohren. Zusammengekrümmt rollte ich mich auf die Seite und keuchte jämmerlich.

So lag ich allerhöchstens eine Minute, bis ich mich wieder so weit gefangen hatte, dass ich meine Umgebung wahrnehmen konnte. Das grelle Licht war die Deckenlampe im Schlafzimmer. Ein scharrendes, von dumpfen Schlägen und Stöhnen unterbrochenes Geräusch stellte sich als Kampf heraus, der sich irgendwo ganz in der Nähe abspielte. Das polternde Krachen kam von der Eingangstür, die offenbar gerade jemand einzutreten versuchte. Die

Dringlichkeit, etwas zu tun, rüttelte mich wach. Ich setzte mich auf und sah Derwent handlungsunfähig auf dem Boden liegen, verwickelt in einen Kampf, der ausgesprochen brutal aussah. Der nicht erkennbare Angreifer trug dunkle Kleidung und eine Beanie-Mütze. Er war groß und äußerst aggressiv. Während ich noch versuchte, mir einen Reim darauf zu machen, was sich gerade abspielte, verpasste er Derwent einen kurzen, aber heftigen Schlag in die Magengegend, sodass dieser aufstöhnte. Derwent drückte daraufhin den Kopf des Mannes zurück, presste ihm die Hände gegen den Hals und suchte nach dem Druckpunkt, der den Angreifer – zumindest theoretisch – nachhaltig außer Gefecht setzen sollte. Der Kerl revanchierte sich seinerseits mit einem Kniestoß in die Leistengegend, verfehlte sein Ziel jedoch um etliche Zentimeter, als Derwent sich seitlich wegdrehte.

Höchste Zeit für mich einzugreifen, statt tatenlos zuzuschauen, sagte ich mir und sah mich nach einem geeigneten Hilfsmittel um. Die Nachttischlampe war aus Metall und beim Anheben erstaunlich schwer. Ich zog den Stecker und erhob mich mühsam vom Bett – fest entschlossen zuzuschlagen …

Ich hielt jedoch inne, als mir klar wurde, dass ich gar nicht wusste, wem ich beistehen sollte. Es war nicht erkennbar, wer mich angegriffen hatte und wer mir zu Hilfe gekommen war. Derwent fing meinen Blick auf und sah mich für den Bruchteil einer Sekunde – länger gelang es ihm nicht – mit einem vorwurfsvollen Blick an, den ich deutete als: *Was stehst du da rum? Los, tu was, Kollegin!*

Aber ich ging zunächst um die beiden herum, um das Gesicht des Mannes zu erkennen. Derwent drückte ihm gerade wieder den Kopf zurück, wobei seine Armmuskeln hervortraten, weil er alle Kraft zusammennahm und mit den Fingern versuchte, dessen Augen zu erreichen. Jetzt erkannte ich ihn endlich: Es war der von der Met meistgesuchte Mann – Shane Poole. Ich hob die Lampe und ließ sie auf seinen Nacken niedergehen, woraufhin er in sich zusammenfiel wie ein Turm bei einer kontrollierten Sprengung.

»Wurde ja auch Zeit.« Derwent zog an Shanes Schulter und versuchte, sich von ihm zu befreien. »Hast du auf 'ne Extraeinladung gewartet, oder was?«

»Lebt er noch?«

»Jep. Nur bewusstlos. Gut hingekriegt.« Derwent kroch unter ihm hervor, setzte sich auf und stützte seine Arme auf den Knien ab, während er versuchte, seine Atmung wieder unter Kontrolle zu bekommen. Er sah an mir vorbei. »Heute Abend bin ich offensichtlich abonniert auf ungebetene Gäste.«

Als ich mich umsah, fiel mein Blick auf zwei Männer, die in der Tür standen. Der eine war klein und der andere groß und kräftig, und beide trugen Bomberjacken aus Leder. Dass sie Polizisten waren, sah man ihnen sofort an – auf Zivilkleidung hätten sie da ruhig verzichten können.

»Wir haben gesehen, wie er hier eingestiegen ist. Eigentlich wollten wir noch auf Verstärkung warten, aber dann haben wir Kampfgeräusche gehört und Ihre Tür geöffnet.«

»Wie groß ist der Schaden?«, erkundigte sich Derwent.

»Nicht der Rede wert«, antwortete der größere Beamte und zeigte ihm den Rammbock, den sie dabei eingesetzt hatten. »Die Türangeln müssen Sie wahrscheinlich reparieren lassen.«

»Na wunderbar.«

Der kleinere Kollege nahm sein Funkgerät zur Hand. »Eine Person in Gewahrsam. Wir brauchen einen Krankenwagen. Nein, zwei Krankenwagen«, korrigierte er sich nach einem Blick in meine Richtung. Ich befühlte meinen Hals und merkte plötzlich, dass er unangenehm pulsierte.

Sein größerer Kumpel beugte sich über Shane Poole, brachte ihn in die stabile Seitenlage und legte ihm dann vor dem Körper Handschellen an. »Für alle Fälle«, sagte er zu mir. »Manchmal staunt man, wie schnell sie sich erholen, wenn es ihnen was nützt.«

»Was wollte der denn hier?«, fragte ich Derwent.

»Mich würde eher interessieren, was die zwei hier zu suchen haben«, konterte er. »Habt ihr mich beschatten lassen?« Er sah mich vorwurfsvoll an. »Wusstest du was davon?«

»Ich war informiert, dass du überwacht werden solltest. Dass sie hier vor Ort sind, wusste ich nicht.«

»Und wieso hast du mir das nicht gesagt, verdammt noch mal?«, schimpfte Derwent aufgebracht.

»Weil ich meinem Chef schon noch verpflichtet bin und er mich gebeten hat, es nicht zu tun. Mein Ruf bei ihm ist ohnehin schon ziemlich angeschlagen. Was, glaubst du, hätte Godley gemacht, wenn ich dich vor der Überwachung gewarnt hätte?«

»Wahrscheinlich hätte er dich gefeuert.« Derwent zuckte mit den Schultern. »Nicht mein Problem. Ich find's auf jeden Fall scheiße, wenn ich belogen werde.«

»Jetzt krieg dich mal wieder ein.« An die Zivilkollegen gewandt, fragte ich: »Was haben Sie gesehen?«

»Wir standen mit unserem Wagen an der Ecke. Unseren Freund hier haben wir schon vor ein paar Stunden beobachtet, wie er ein bisschen herumspioniert hat und wieder verschwunden ist. Sah alles nicht so verdächtig aus, dass wir ihn kontrolliert hätten. Wir wussten ja nicht, wer er ist, ansonsten hätten wir das natürlich gemacht. Vor etwa zehn Minuten ist er dann hinten über die Mauer geklettert und durchs Badfenster eingestiegen.«

»Mist«, fluchte Derwent. »Das ist garantiert auch kaputt.«

»Hörte sich so an.«

»Vor zehn Minuten?« Ich konzentrierte mich auf den zeitlichen Ablauf. »Länger ist das nicht her?«

»Er war erst seit 'ner Minute hier drin, als ich das Licht angeschaltet habe«, erklärte Derwent. »Ich hatte ihn im Flur gehört und wusste sofort, dass du das nicht sein konntest, weil du beim Rumlaufen nicht solchen Lärm machst. Zuerst ist er ins Wohnzimmer gekommen, aber dort konnte ich ihn nicht überwältigen.«

»Wo warst du denn?«

»Hinterm Sofa.«

Ich versuchte, mir ein Lachen zu verkneifen, was allerdings nicht so ganz klappte.

»Ich hab mich nicht versteckt, sondern wollte dort einfach nur pennen.«

»Ah ja, klar«, nickte ich wissend. »Glaub ich dir sofort. Du hast bestimmt abgewartet, bis er abgelenkt war, und wolltest dich dann auf ihn stürzen, stimmt's?«

»Ich komme frisch aus dem Krankenhaus«, klagte Derwent beleidigt. »In Topform bin ich da bestimmt nicht.«

»Sie haben sich wacker geschlagen«, tröstete ihn der größere der beiden Polizisten. »Gar nicht mal so übel.«

Derwents Brustkorb dehnte sich um etliche Zentimeter aus. »Mein Problem ist, dass ich nie weiß, wann ich keine Chance mehr habe. Ich kämpfe immer weiter, selbst wenn es völlig aussichtslos ist.« Er sah mich an. »So was nennt man Siegertyp, Kollegin.«

»Klingt für mich eher schwachsinnig.« Ich begab mich

gerade auf sehr dünnes Eis, was derartige Bemerkungen anging. Daher wechselte ich schleunigst das Thema. »Aus welchem Grund wollte er mich denn nun eigentlich umbringen?«

»Das müssen wir erst noch herausfinden.« Derwent betrachtete den Mann zu seinen Füßen. Shane stöhnte, hielt die Augen jedoch noch geschlossen. Derwent stieß prüfend mit der großen Zehe gegen seinen Brustkorb, doch nichts passierte. »Falls er jemals wieder zu sich kommt. Was hast du dem denn für eine verpasst, sag mal?«

»Ich hab mir vorgestellt, das wärst du.«

Obwohl die Rettungssanitäter im Hinblick auf Shanes Zustand besorgt den Kopf wiegten und ihn ins Krankenhaus brachten, wo er nach allen Regeln der Kunst untersucht wurde, wurde keine Gehirnerschütterung bei ihm festgestellt, und man erklärte ihn zum späten Nachmittag für vernehmungsfähig. Ich saß im von Derwent aus nächstgelegenen Polizeirevier, in einem winzigen Raum mit Derwent, Maitland, Godley und Una Burt. Derwent war ziemlich gereizt und provozierte am laufenden Band, sodass Godley ihn mehr als einmal ermahnen musste, höflich zu bleiben.

»Tut mir leid, Chef. Aber das kotzt mich total an. Ich kapier einfach nicht, wieso ich nicht mit ihm reden darf.«

»Weil du viel zu befangen bist. Maitland und ich werden das übernehmen, und du kannst alles per Videoübertragung verfolgen.«

»Bloß keine Umstände«, murmelte Derwent genervt vor sich hin.

»Wir nehmen aber gern Anregungen und Vorschläge für die Vernehmung entgegen. Vielleicht ist ja was Brauchbares dabei.«

»Ich will wissen, was er überhaupt von mir wollte. Und was das alles mit Angela zu tun hat. Fragt ihn, ob er sie und die anderen Frauen umgebracht hat und warum er voriges Jahr angefangen hat zu morden.«

»Wirklich sehr, sehr hilfreich«, bemerkte DCI Burt mit dem eigentlich für Derwent typischen ironischen Unterton. »Ohne Ihren wertvollen Beitrag wäre natürlich niemand auf die Idee gekommen, derart komplexe Fragen zu stellen.«

»Kann sein, dass ich keine bahnbrechend neuen Vorschläge habe, aber ich kann die Fragen viel besser stellen. Wenn Sie den Raum betreten, wird er … Ich hätte fast gesagt *erschüttert* sein, aber ganz bestimmt nicht deshalb, weil Sie ihn einschüchtern. Er wird sich über Sie kaputtlachen.«

»Josh«, zischte Godley. *»Ich warne dich.«*

Derwent ignorierte den Einwurf. »Wenn er dagegen mich sieht, wird er sich in die Hosen machen vor Angst. Ich gehe einfach rein, stelle ihm genau diese Fragen, und schon gibt er auf. Ich *kenne* ihn und kann ihn aus der Reserve locken, bis er explodiert.«

»Sagen wir lieber: Du kanntest ihn«, widersprach Godley und sah zu Colin Vale auf, der gerade mit einer Akte zur Tür hereinkam. »Ihr habt seit 20 Jahren kein Wort miteinander geredet. Ihr wart als Jugendliche miteinander befreundet, aber inzwischen ist er ein erfolgreicher Geschäftsmann.«

»Geht es gerade um Poole?«, erkundigte sich Colin. »Also, falls es gerade passt, könnte ich kurz berichten, wie erfolgreich er genau ist.«

»Bitte.«

»Er hat den Laden von einer zweifelhaften Kaschemme zu einer angesagten und gut gehenden Adresse in dieser Straße gemacht. Aus den benachbarten Kneipen hört man, dass er sich das alles selbst hart erarbeitet hat. Er lebt für sein Lokal, malocht wie ein Verrückter und hat lange Zeit sämtliche Gewinne wieder ins Unternehmen gesteckt, statt sich ein schönes Leben davon zu machen. Seine Bücher führt er akribisch, was für mich sehr praktisch ist. Wirtschaftlich geht es ganz klar bergauf. Allerdings steht das Ding zum Verkauf.«

»Seit wann?«

»Seit Januar. Kein guter Zeitpunkt, in Anbetracht der allgemeinen Krise. Den Preis hat er ziemlich hoch angesetzt, was aber wohl angemessen ist, meinen Insider. Er nimmt es in Kauf abzuwarten, bis ihm jemand den anvisierten Preis bezahlt, und legt in der Zwischenzeit mehr vom Gewinn auf die hohe Kante. Zumindest hat er das bisher getan.«

»Wie meinen Sie das?«, fragte Godley.

»Tja, das ist eine merkwürdige Sache. Maeve, Sie haben doch die Sache mit dem Bargeld bemerkt, oder?«

Ich nickte. »Er scheint private Ausgaben nie mit Karte zu begleichen, sondern immer nur bar, sodass es für uns nicht nachvollziehbar ist.«

»Das war allerdings nicht immer so«, erklärte Colin. »Das hat erst voriges Jahr angefangen. Aus irgendeinem Grund wollte er seitdem verhindern, dass nachvollziehbar ist, was er macht.«

»Vorbereitungen für die Morde«, warf DCI Burt ein.

»Oder für den Verkauf des Lokals«, gab ich zu bedenken und spielte damit den Advocatus Diaboli. »Bei einem Verkauf müssen sämtliche Bücher offengelegt werden. Vielleicht wollte er manche Sachen lieber für sich behalten.«

»Aber hier geht es doch um sein Privatkonto«, wies

mich Una Burt zurecht. »Das hat mit der Firma gar nichts zu tun.«

»Vielleicht hat er ein paar Pauschalkräfte bar auf die Hand bezahlt, um die Lohnkosten zu drücken und so die Zahlen für potenzielle Käufer zu frisieren«, sagte Colin. »Die Ausgaben für Personal sind meistens der Pferdefuß in der Gastronomie. Denn selbst der Mindestlohn ist immer noch teuer genug, und dazu kommen die Ausgaben für die Sozialversicherung. Wenn er ein bisschen was aus der Kasse nimmt, dann müssen sie keine Einkommensteuer zahlen, und er kann seine Betriebskosten ein ganzes Stück senken.«

»Durchaus denkbar«, antwortete ich und musste an den kehrenden Nigerianer denken, der mich so verängstigt angesehen hatte.

»Er versucht, etwas zu verschleiern, was mit den Morden zusammenhängt«, meldete sich Derwent gelangweilt zu Wort. »Müssen wir hier wirklich damit herummachen, was es für harmlose Gründe für seinen übermäßigen Bargeldverkehr geben könnte?«

»Auch wenn ich es nur ungern zugebe – das sehe ich genauso.« An Godley gewandt, fügte DCI Burt hinzu: »Sie müssen doch auch erkennen, dass er dringend tatverdächtig ist.«

»Muss ich das?«, fragte Godley amüsiert. »Es könnte natürlich sein. Aber eine Meinung bilde ich mir dazu erst, wenn ich mit ihm gesprochen habe.«

»Ich möchte bei der Vernehmung dabei sein.« Una Burt vermied es, Derwent dabei anzusehen, wodurch ihr allerdings eindeutig etwas entging, denn sein Gesicht sprach Bände. Ganz offensichtlich spielte sich hier ein Machtkampf ab, bei dem sie ihn deutlich daran erinnerte, dass sie einen höheren Dienstrang bekleidete und zudem Godley näher stand als er. Godley musste man allerdings zugutehalten, dass er das auf Anhieb erkannte.

»Ich möchte nicht mehr Leute dabeihaben als unbedingt nötig. Ich werde selbst mit ihm sprechen. Und Harry wird mich begleiten, weil er als geschulter Vernehmer der Beste ist, den ich in meinem Team dafür habe.«

Maitland lächelte erfreut. »Sehr freundlich, Chef.«

»Und Sie beide – und alle anderen auch – verfolgen die Vernehmung bitte am Bildschirm. Wir werden ab und zu Pausen einlegen, sodass Sie uns Hinweise geben können, falls uns etwas entgeht. Ich schätze Ihre Mitarbeit außerordentlich, möchte in diesem Fall jedoch auf Ihre Anwesenheit verzichten.«

DCI Burt stand auf und murmelte etwas von wichtigen Telefonaten, die sie noch zu erledigen hätte. Damit ging sie hinaus. Godley und Maitland verließen ebenfalls den Raum, um die Vernehmung vorzubereiten. Derwent erhob sich lachend, merkte dann jedoch, dass sein Bein noch nicht gut genug mitspielte, um im Zimmer auf und ab zu laufen.

»Die Burt will er nicht mit reinnehmen, weil Shane sich vor ihr zu Tode erschrecken würde. Sie ist nämlich sogar in der Antifolterkonvention der UNO explizit erwähnt, wusstest du das? Grausame und ungewöhnliche Bestrafung – damit ist sie gemeint.«

»Sie ist schon in Ordnung.«

»Die kann dich *nicht ausstehen.*«

»Wie kommst du denn darauf?«

»Böse Blicke, wenn du was gesagt hast, und hat deinen Einwand mit der Offenlegung der Bücher plattgemacht. Dabei fand ich das Argument gar nicht mal so dumm. Respekt.«

»So ein Lob von dir ist natürlich unbezahlbar«, gab ich trocken zurück.

Derwent setzte sich wieder hin, diesmal direkt neben mich. »Eine Frage hab ich noch an dich. Das würde mich wirklich interessieren.«

»Was denn?«

»Schläfst du immer in deinen Alltagsklamotten?«

»Ich hatte keine Schlafsachen eingepackt.«

»Hätte ich dir auch borgen können.«

»War aber nicht nötig. Ich hab kein Problem damit, angezogen zu schlafen.«

»Schon ziemlich schräg. Da sparst du bestimmt 'ne Menge bei den Kleiderbügeln. Vielleicht lag es ja auch eher daran, dass du mir nicht über den Weg getraut hast. Aber bild dir bloß nichts ein, Kollegin. Ich hab das ernst gemeint, dass du nicht mein Typ bist.«

Es blieb mir erspart zu antworten, weil der Monitor in diesem Moment aufflackerte. Derwent verstummte schlagartig neben mir und hing seinen Gedanken nach, während Godley und Maitland sich auf Shanes Ankunft im Vernehmungsraum vorbereiteten.

Wie üblich dauerte es ewig, bis alle Beteiligten so weit waren – die Anwältin musste im Korridor noch kurz telefonieren, und Shane weigerte sich, den Raum ohne sie zu betreten. Nach einer Weile hatten dann aber alle am Tisch Platz genommen, und Maitland begann mit der Befragung, die zu verfolgen wirklich eine Freude war. Mit seiner freundlichen, unaufdringlichen und trotzdem beharrlichen Art war er meilenweit entfernt von der Brechstangen-Rhetorik, die gemeinhin als zielführend betrachtet wurde. Bereits in den ersten drei Minuten erreichte er, dass Shane ihm vertraute, weil er ihn einfach als Menschen behandelte. Es war deutlich erkennbar, wie dieses Vertrauen zunehmend wuchs, während seine Anwältin immer unruhiger wurde.

Schon bald ging er auf die Ereignisse der zurückliegenden Nacht ein.

»Sie haben sich Zutritt zum Haus verschafft.«

»Ja, das ist richtig.« Beinahe erleichtert, bestätigte Shane dies.

»Was hatten Sie vor, nachdem Sie in das Haus eingedrungen waren?«

Die Anwältin war eine groß gewachsene Frau mit Igelfrisur und langen, rot lackierten Fingernägeln. Sie beugte sich zu ihrem Mandanten hinüber und redete leise auf ihn ein, während dieser mit den Schultern zuckte und ganz nüchtern und sachlich antwortete.

»Ich wollte Josh Derwent finden und ihn umbringen.«

Derwent zuckte nicht einmal mit der Wimper.

»Aus welchem Grund?«

»Weil er für den Mord an meiner Schwester verantwortlich ist und mir niemand glauben wollte, als ich das ausgesagt habe. Nur weil er Polizist ist, wird das alles unter den Teppich gekehrt.«

Betont ruhig und verständlich erklärte Godley daraufhin: »Wenn Beweise vorlägen, die darauf hindeuten, dass er ein Verbrechen begangen hat, dann würden wir das sehr ernst nehmen. Wesentlich ernster sogar als bei jemandem, der nicht im Polizeidienst steht.«

»Ihre Märchen können Sie stecken lassen.« Die Verbitterung war Shane selbst im unscharfen Videobild anzusehen.

Dann übernahm Maitland wieder. »Warum haben Sie DC Kerrigan tätlich angegriffen?«

»Sie lag in seinem Bett«, antwortete er, als würde das als Erklärung ausreichen. Ich hätte einiges darum gegeben, mit zu Protokoll geben zu können, dass ich allein und vollständig bekleidet war und keinerlei Interesse an näherem Kontakt zu ihm hatte.

»Und das war für Sie Grund genug, um sie zu töten?«

»Nein.« Er schluckte. »Geht es ihr einigermaßen gut?«

»Sie ist noch sehr aufgewühlt«, sagte Godley mit eisiger Stimme.

Derwent beugte sich zu mir herüber und tätschelte meine Hand. »Du Arme.«

»Spar dir das.« Ich rückte das Tuch zurecht, das ich um den Hals trug, um die in allen Farben schillernden Blessuren zu verbergen. »Das ist alles nur deine Schuld.«

Auf dem Bildschirm sah man, wie Shane die Hände vors Gesicht schlug. »Es tut mir so leid. Ich hätte das nicht tun dürfen. Aber im Schlafzimmer war es dunkel, und ich habe nicht gemerkt, dass ich nicht Josh erwischt hatte. Erst nach ein paar Sekunden habe ich mitbekommen, dass es eine Frau ist. Sie war aufgewacht, und ich dachte, dass sie gleich losschreien würde. Da habe ich durchgedreht. Ich habe überlegt, was ich machen soll, obwohl ich eigentlich wusste, dass ich sie umbringen muss. Aber dann dachte ich mir: ›Egal. Dann merkt er endlich mal, wie es ist, wenn man jemanden verliert, den man liebt.‹«

»Sie hatten sich also entschlossen, sie zu ermorden.«

»Ich wusste nicht, was ich tun sollte.«

Die Anwältin schrieb etwas auf ihren Notizblock.

»Haben Sie in der Vergangenheit schon einmal jemanden getötet?«

»Nein.«

»Haben Sie Ihre Schwester umgebracht?«

»Nein! Natürlich nicht«, entgegnete er aufgebracht, während die Adern an seinem Hals hervortraten. Godley legte eine Hand flach auf den Tisch, um Maitland anzuzeigen, dass er jetzt wieder die Gesprächsführung übernehmen wollte.

»Darauf kommen wir später noch einmal zurück. Zuvor möchte ich allerdings wissen, warum Sie vorgestern so plötzlich verschwunden sind, Shane.«

»Ich hab ihn in den Nachrichten gesehen. Also Josh, meine ich. Als er auf dem Spielplatz angeschossen wurde. Mir war klar, dass er im Krankenhaus sein musste und ich ihn mir dort vornehmen konnte. Ich habe mir in der Nähe vom Krankenhaus ein Hotelzimmer genommen und dort überlegt, wie ich es anstellen kann, an ihn ranzukommen. Als ich dann am nächsten Tag die Bilder von seiner Entlassung gesehen habe, dachte ich, dass ich meine Chance verpasst hätte. Das wär auch so gewesen, wenn er nicht diesem Pace eine verpasst hätte.«

»Inwiefern hat Ihnen das geholfen?«

»Der Reporter, der ihm gefolgt ist, hatte sein Haus gefilmt. Dabei konnte ich einen Straßennamen erkennen. Den hab ich dann bei Google Maps eingegeben, und das passte. Ich konnte mein Glück gar nicht fassen.«

»Ich auch nicht«, schimpfte Derwent vor sich hin. »Da ist man ein paarmal in den Nachrichten, und schon wird man zum Freiwild. Fair ist was anderes.«

»Vielleicht lernen Sie ja daraus, dass Sie niemanden vor laufender Kamera schlagen sollten«, merkte Una Burt an, die inzwischen wieder hereingekommen war.

»Nennen Sie mir einen, der meine Schläge nicht verdient hätte«, forderte Derwent sie auf, erntete jedoch nur Schweigen.

Es gab eine kurze Pause, ehe Shane dazu befragt wurde, warum er so plötzlich zum Bargeldverkehr übergegangen sei (»um nicht abgezockt zu werden«), aus welchem Grund sein Lokal zum Verkauf stehe (»Ich hatte die Nase voll von diesem Land und wollte lieber irgendwo leben, wo es warm ist«) und weshalb beides gerade zu diesem Zeitpunkt erfolgte. Abgesehen von dem Gespräch mit mir, bestritt er jegliches Wissen über die Morde.

»Haben sie Ihr Lokal besucht? Die Frauen?«

»Weiß ich nicht. Kann ich mir aber nicht vorstellen.«

»DC Kerrigan sagte, dass Sie vorhatten, die Bilder der Opfer Ihrem Personal zu zeigen. Haben Sie das getan?«

»Ja. Aber keiner kannte sie.« Er schüttelte den Kopf. »Ich habe keine Ahnung, was Sie mir da anhängen wollen. Ich gebe zu, was ich letzte Nacht getan habe, aber das war's. Mehr habe ich Ihnen nicht zu sagen.«

»Haben Sie Alibis für die Nächte, in den die Morde passiert sind?« Maitland trug schnell hintereinander die Daten vor.

Shane rieb sich die Augen. »Keine Ahnung. Da müsste ich in meinen Kalender schauen.«

»Das sollten Sie dringend tun.«

»Sie haben generell ein Problem mit Alibis, oder?«, warf Godley ein. »Für den Mord an Angela mussten Sie auch schon eins erfinden.«

»Was? Woher wissen Sie das denn?« Seine Miene verfinsterte sich. »Hat Claire es Ihnen …?«

»Haben Sie Angela umgebracht?«

»Nein, hab ich nicht.«

»Bei Angela lag keine sexuelle Gewalt vor. In solchen Fällen liegt für uns immer die Vermutung nahe, dass der Täter aus der Familie kommt. Also zum Beispiel Sie oder Ihr Vater. Jemand, der sie nicht vergewaltigen, sondern eher bestrafen wollte.«

»Ich bitte Sie. Mein Vater war zu der Zeit am anderen Ende der Stadt, und ich bin erst nach der Polizei zu Hause angekommen.«

»Warum haben Sie damals gelogen?«, fragte Godley entschlossen.

»Ich hatte panische Angst vor dem Polizisten, der damals für den Fall zuständig war. Ich dachte, der würde mich hinrichten, weil ich was geraucht hatte. Und ich wollte nicht, dass meine Eltern erfahren, dass ich, statt auf Angela aufzupassen, Drogen genommen habe. Das hätten sie mir nie verziehen. Ich hab mich ja selber gehasst dafür.«

»Wie ergreifend«, kommentierte Una Burt ironisch.

Derwent warf ihr einen vernichtenden Blick zu. »Sie kennen ihn doch gar nicht. Er meint das ernst.« Sosehr Shane seinen früheren Freund auch hasste, Derwent war selbst nach so langer Zeit ihm gegenüber immer noch absolut loyal.

»Wann haben Sie sich entschlossen zu lügen?«, fragte Godley.

»Das war Vinnys Idee. Der Polizist hatte Vinny total fertiggemacht, und da war er sicher, dass ich das nicht durchstehen würde.«

Diese Darstellung stimmte zumindest mit Claires Aussage überein. Allmählich hatte ich den Eindruck, dass wir uns durch die Lügengespinste hindurchgearbeitet hatten und jetzt langsam zur Wahrheit vordrangen – oder uns ihr zumindest annäherten.

»Erzählen Sie uns von Vinny«, forderte Godley ihn auf. »Er war beim Militär, soweit ich weiß. Wann haben Sie von seinem Tod erfahren?«

Obwohl es keine besonders schwierige Frage war, wirkte Shane unsicher. An seine Anwältin gewandt, fragte er: »Können wir eine Pause einlegen?«

»Wir haben doch gerade erst eine gemacht«, erinnerte ihn Maitland umgehend.

»Mir tut der Kopf weh. Ich brauche Schmerztabletten und einen Arzt.« Er kniff die Augen zusammen und öffnete sie dann wieder. Ich fange an, alles doppelt zu sehen.«

Godley griff zum Aufnahmegerät. »Vernehmung um 16.22 Uhr unterbrochen.«

»Das hat ihm nicht gefallen«, bemerkte Derwent. »Und zwar ganz und gar nicht.«

»Aus welchem Grund?«, erkundigte sich DCI Burt. »Sie kennen ihn immerhin.«

»Da will ich lieber nicht spekulieren.« Derwent stand auf, nahm seine Krücken und humpelte aus dem Raum, wobei er gegen die meisten Möbelstücke stieß, an denen er vorbeikam. Er war ganz offensichtlich unterwegs zu Godley und Maitland, um noch einmal alles mit ihnen durchzusprechen. Daher überraschte mich weder Una Burts beleidigtes Gesicht noch die Tatsache, dass sie ihm kurz darauf unter einem Vorwand folgte.

Colin Vale ging immer noch die Zahlen durch und hantierte hinter mir entzückt wie ein Kind im Sandkasten mit den Unterlagen. Ich schwieg und genoss es, endlich ein bisschen Zeit zum Überlegen zu haben. Ich dachte über die Clique von damals nach, ihre Beziehungen untereinander und die komplizierte Dynamik dabei. Außerdem musste ich an Vinny denken, der ebenfalls ohne Alibi war, der Vernehmung von Orpen jedoch standgehalten hatte. Vinny war vor alldem davongelaufen, indem er zunächst auf Reisen ging und dann in die Armee eintrat. Sein Tod hatte sich vor Beginn der aktuellen Mordserie ereignet. Auch Shane und sein plötzlicher Übergang zum Bargeldverkehr gingen mir durch den Kopf. Dazu die Gastronomie und die dort üblichen verdeckten Beschäftigungsverhältnisse. Dann kam mir noch ein Gesicht in den Sinn, das ich zunächst nicht erkannt hatte, weil es überhaupt nicht ins Bild passte und das eigentlich auch völlig undenkbar und ausgeschlossen war.

»Ich muss mal kurz telefonieren«, sagte ich zu einem völlig ahnungslosen Colin und verließ den Raum.

Es dauerte lange, bis ich die Information erhielt, die ich brauchte – deutlich länger als gedacht. Aus einem Telefonat wurden zwei, und dann musste ich auch noch auf einen Rückruf warten. Währenddessen drehte ich mich mit dem Bürostuhl an einem fremden Schreibtisch und stellte mich den Fragen der Kollegen vor Ort. Auch wenn es kaum auszuhalten war, zwang ich mich zu warten, bis ich die ganze Wahrheit kannte – oder zumindest so viel davon, wie ich von anderen in Erfahrung bringen konnte. Als ich das letzte Gespräch beendet hatte, brauchte ich einen Moment, bis sich die Informationen gesetzt hatten. Daraufhin ging ich zurück in unseren kleinen Besprechungsraum, wo die Stimmung inzwischen in offene Aggression umgeschlagen war und Colin verzweifelt nach jemandem Ausschau hielt, der im verbalen Schlagabtausch zwischen den Kontrahenten Burt und Derwent als Schiedsrichter fungieren konnte. Auf dem Monitor sah man, dass die Vernehmung bereits fortgesetzt wurde.

»Wir müssen noch einmal unterbrechen«, sagte ich.

»Auf gar keinen Fall«, fuhr mich DCI Burt an. »Sie haben ja gerade erst wieder angefangen, und gerade läuft es wirklich gut.«

»Aber ich habe eine wichtig Information für sie.«

»Geben Sie ihr eine Chance«, schaltete sich Derwent ein. Ich hatte fest mit seiner Unterstützung gerechnet, wenn ich mich gegen Una Burt durchsetzen musste. »Worum geht's denn?«

»Vinny ist gar nicht in Afghanistan gestorben. Er ist

voriges Jahr im November zurückgekehrt, nachdem er ehrenhaft entlassen wurde. Derzeit hält er sich in London auf.«

»So ein Wichser«, flüsterte Derwent. Und Una Burt sah aus, als ob sie in etwa das Gleiche dächte.

Für den Fall, dass die beiden nicht gleich begriffen, worauf das hinauslief, fasste ich es für sie kompakt zusammen: »Und nachdem Vinny sechs Wochen wieder in Großbritannien war, wurde Kirsty Campbell ermordet.«

Kapitel 32

Nach dieser Aussage widersprach mir niemand mehr. Una Burt ging höchstselbst los und klopfte an der Tür des Vernehmungsraumes. Maitland und Godley kamen daraufhin im Laufschritt durch den Korridor geeilt und drängten sich in unseren kleinen Raum, um sich anzuhören, was ich herausgefunden hatte, während DCI Burt hinter ihnen stand.

»Ist das Ihr Ernst?«, fragte Maitland ungläubig.

»Mein vollster. Er ist am Leben und gibt nur vor, tot zu sein.«

»Warum hat er die Armee verlassen?«, erkundigte sich Godley.

»Dafür gibt es zwei Versionen. Die Wahrheit habe ich nur erfahren, weil ich mit seinem Vorgesetzten sprechen konnte, der jetzt in Essex stationiert ist. Die offizielle Variante lautet, dass er selbst den Dienst quittiert hat, weil er genug vom Militär hatte. Als ich dem Mann ein bisschen auf den Zahn gefühlt habe, hat er mir dann unter der Hand anvertraut, dass Vinny in der afghanischen Provinz Helmand in ernste Schwierigkeiten geraten war. Er hätte dort einen Jugendlichen angegriffen und ihn dabei beinahe getötet. Der Vorfall wurde vertuscht – offiziell hieß es, der Junge sei ein Taliban gewesen, und Vinny habe in Notwehr gehandelt. Aber nach Aussage seines Vorgesetzten hat er ihn fast totgeprügelt und ihm Verletzungen zugefügt, die sein ganzes Leben verändern.«

»Was heißt das genau?«, wollte Derwent wissen.

»Er hat ihm die Eier abgerissen.« Sämtliche Männer im Raum verzogen schmerzerfüllt das Gesicht, ganz besonders Derwent. »Du hast selbst danach gefragt«, erinnerte ich ihn.

»Gibt es Hinweise zu seinem Motiv?«

»Wohl eine Auseinandersetzung um ein Mädchen aus der Gegend.«

»Oha«, machte Derwent. »Ein Verbrechen aus Leidenschaft also. Da hat er aber ziemliches Schwein gehabt, dass die ihn dort nicht gleich gelyncht haben.«

»Vinny war offenbar ausgesprochen beliebt und angesehen. Niemand wollte ihn vor ein Militärgericht stellen. Es gab massenhaft Beweise gegen ihn, und er hat sich überhaupt keine Mühe gegeben, seine Tat oder sein Motiv zu verschleiern. Daher hätte ihm eine erhebliche Freiheitsstrafe samt unehrenhafter Entlassung bevorgestanden. Sein Vorgesetzter hat ihn stattdessen angewiesen, den Dienst zu quittieren und die Heimreise anzutreten.«

»Und das haben die ihm genehmigt?«, fragte Maitland ungläubig.

»Es ist ja nicht in unseren Breiten passiert. Afghanistan ist verdammt weit weg, und das Prinzip Auge um Auge ist dort praktisch an der Tagesordnung«, erklärte Derwent.

»Der Vorgesetzte hat zu mir gesagt: ›Was in Helmand passiert, bleibt in Helmand‹«, fügte ich hinzu.

Godley verschränkte die Arme. »Soll sich das Militär um das eigene Chaos kümmern. Wenn sie ihn einfach so davonkommen lassen, dann werde ich mich da nicht einmischen. Aber über das zeitliche Zusammentreffen möchte ich gern mehr erfahren, und außerdem will ich geklärt haben, was Shane über Vinny weiß.«

»Sie sollten als Erstes von ihm in Erfahrung bringen, wo Vinny gewohnt hat. Auf jeden Fall nicht bei ihm, nicht in seiner Wohnung.« Da ich sie selbst durchsucht hatte, war ich mir da ganz sicher.

»Fragen Sie ihn, ob er Vinny Geld gegeben hat. Das könnte seine plötzliche Vorliebe für Bargeld erklären«, schlug Colin vor.

»Wenn Vinnys Familie ihn für tot hält, dann dürfte er ihnen eine Hinterbliebenenrente überweisen«, mutmaßte DCI Burt. »Dadurch ist er bestimmt knapp bei Kasse.«

»Shane hat ihm Geld gegeben, aber nicht bar auf die Hand. Vinny hat bei ihm im Lokal gearbeitet.« Inzwischen war ich es schon beinahe gewohnt, diejenige zu sein, die für die Paukenschläge zuständig ist. Aber dieser hier hatte fast den gleichen Knalleffekt wie die Nachricht, dass Vinny gar nicht tot war.

»Wie jetzt, verdammte Sch…«, begann Derwent, aber Godley schnitt ihm das Wort ab.

»Woher wissen Sie das?«

»Ich habe ihn gesehen.« An Maitland gewandt, fuhr ich fort: »Sie übrigens auch. Erinnern Sie sich, als wir dort durch die Küche gegangen sind? Der Kerl, der gerade den Geschirrspüler ausgeräumt hat? Beide Arme bis oben hin tätowiert? Muskulös?«

»Nur vage.«

»Er hatte ein blaues T-Shirt an«, beschrieb ich ihn weiter. Maitland schüttelte den Kopf. Ich gab auf und setzte meine Schilderung fort. »Ich habe sein Gesicht zwar gesehen, konnte die Verbindung aber erst jetzt herstellen, weil ich ihn ja für tot gehalten habe.«

»Sie glauben also, er ist zurückgekommen, hat sich bei Shane gemeldet, und der hat ihm einen Job gegeben«, fasste Godley zusammen.

»Und Shane ist zum Bargeldverkehr übergegangen, damit er das Geld abzweigen konnte, das für Vinny bestimmt war. Ich wette, dass der bei ihm mehr verdient hat als normale Küchenhilfen«, sagte ich.

»Wir müssen ihn herholen«, forderte Una Burt.

Ich schüttelte den Kopf. »Nachdem ich herausgefunden hatte, dass er noch am Leben ist, habe ich ein paar Nachforschungen angestellt. Ich musste ja ohnehin auf den Rückruf von Vinnys Vorgesetztem warten. Aus dem Lokal weiß niemand, wo er wohnt, und seit Shane verschwunden war, hat ihn ebenfalls keiner mehr gesehen. Er ist wie vom Erdboden verschluckt.«

»Dann gehen wir jetzt wieder hinein und konfrontieren Shane mit diesen Informationen.« Godley konnte es kaum erwarten, was bei ihm äußerst ungewöhnlich war. Er wollte diesen Fall aufklären, und zwar nicht wegen der Medien oder des Drucks von oben, sondern weil er den Mörder dieser vier Frauen endlich fassen und damit weitere Morde verhindern wollte.

»Falls Sie sonst nichts weiter aus ihm herausbekommen, versuchen Sie, ihn dazu zu bringen, dass er uns einen Hinweis gibt, wer sonst noch etwas von Vinnys Überleben weiß«, empfahl ich. »Er wird auf jeden Fall Hilfe brauchen, um unterzutauchen. An dieser Stelle könnten wir dann anfangen zu suchen.«

In unserem kleinen Besprechungsraum hätte man eine Stecknadel zu Boden fallen hören. Alle Anwesenden starrten wie gebannt auf den Bildschirm, wo man Maitland und Godley wieder Platz nehmen sah.

»Geht es wieder besser, Shane? Was macht der Kopf?«, erkundigte sich Maitland.

»Ja. Ist okay.«

»Möchten Sie ein Glas Wasser? Oder lieber Tee oder Kaffee?«

»Nein danke.« Shane sah ihn zwar misstrauisch an, hatte jedoch nicht genug Erfahrung, um zu wissen, worum es Maitland dabei ging: Er schloss damit alle denkbaren Hintertürchen, damit Shane kein ernst zu nehmender Vorwand mehr blieb, um die Vernehmung abzubrechen.

»Entschuldigen Sie die Unterbrechung«, sagte Godley leichthin. »Da es sich um eine laufende Ermittlung handelt, kommen immer wieder neue Informationen herein, die uns dabei helfen zu klären, was passiert ist.«

»Tja, aber die neueste ist schon eine ziemliche Sensation, oder?«, warf Maitland ein und grinste Godley an. »Man erfährt ja nicht jeden Tag, dass ein Toter wieder lebendig geworden ist.«

Shane ließ seinen Blick zwischen Maitland und Godley hin und her wandern und versuchte, aus ihren Gesichtern etwas abzulesen. Godley beugte sich nach vorn.

»Vinny Naylor. Die Gerüchte um seinen Tod waren weit übertrieben.«

»Ich weiß nicht, wovon Sie reden.«

»Ach, kommen Sie. Natürlich wissen Sie das. Großer, kräftiger Kerl, arbeitet in Ihrem Lokal in der Küche. Nicht besonders gesprächig, aber ganz freundlich zu den anderen.«

»Das ist Jimmy. Er ist lernbehindert. Geringe Schulbildung. Ein netter Kerl, aber nur für Hilfsarbeiten zu gebrauchen.«

Godley tippte mit den Fingern auf den Tisch. »Ihr *Jimmy* ist aber verschwunden. Und zwar etwa zu der Zeit, als in Ihrem Lokal ein großes Polizeiaufgebot vertreten war. Wo könnte er denn abgeblieben sein?«

»Keine Ahnung.«

»Sie sind nach eigener Aussage losgegangen, um sich an Josh Derwent zu rächen. Hat Vinny versucht, Sie davon abzuhalten? Hat Vinny nach Ihnen gesucht, als Sie sich in diesem Hotel verkrochen haben? Oder hatte Vinny seine eigenen Probleme?« Godley fasste ihn reichlich hart an und gab ihm kaum Zeit zu antworten. Shane verzog gequält das Gesicht.

»Wir wissen, was sich in Afghanistan abgespielt hat. Uns ist bekannt, dass er nach Hause zurückgekehrt ist und nicht wollte, dass jemand davon erfährt. Wir haben festgestellt, dass er kurz vor dem Mord an Kirsty Campbell wieder hier eingetroffen ist. Glauben Sie, dass dieses zeitliche Zusammentreffen reiner Zufall ist?«

»Ja, ganz bestimmt.«

Godley setzte nach: »Dann geben Sie also zu, dass Jimmy in Wirklichkeit Ihr Freund Vinny ist.«

Shane vermied es, die Frage mit Ja zu beantworten. Schließlich nickte er so schwach, dass es kaum wahrnehmbar war, und Godley gab dies so zu Protokoll.

Neben mir seufzte Derwent. »Der arme Shane. War noch nie die hellste Kerze im Leuchter. Fühlt sich für mich fast so an, als ob wir ihn ausnutzen.«

Gänzlich frei von derartigen Gewissensbissen, fuhr Godley fort: »Und Sie haben ihm Bargeld aus der Kasse gegeben, für seinen Lebensunterhalt und die Zahlungen an seine Familie.«

»Ich habe ihn für seine Arbeit bezahlt.«

»Warum in bar?«

»Er hat kein Konto«, gab Shane zu. »Cash ist viel einfacher.«

»Wo wohnt er?«

»Weiß ich nicht.«

Maitland schnaubte. »Jetzt reden Sie doch keinen Unsinn.«

»Ich weiß es *wirklich* nicht. In so einer Art Hostel im East End, glaube ich. Ich habe ihn ein paarmal danach gefragt, aber er meinte, es wäre besser, wenn ich es nicht wüsste. Ist wohl nicht gerade die Ecke, wohin man mit seinen Freunden indisch essen geht.«

Da Vinny wusste, dass Shane ein unsicherer Kandidat in Sachen Verschwiegenheit war, hatte er auf diese Weise für den Fall vorgesorgt, dass nach ihm gesucht wurde. Bei mir schrillten jetzt sämtliche Alarmglocken. Bei Una Burt und Derwent offenbar ebenfalls, denn die beiden tauschten gerade vielsagende Blicke aus, als ich zu ihnen hinsah. Vielleicht herrschten zwischen ihnen ja gar keine Animositäten, sondern vielmehr amouröse Schwingungen. Ich nahm mir vor, das bei meinem nächsten Gespräch mit Derwent unter vier Augen anzubringen, wenn ich wieder einmal Lust auf eine kleine Auseinandersetzung hatte.

»Wohin ist er verschwunden, Shane?«, bedrängte ihn Maitland.

»Ich habe keine Ahnung. Ich hatte ja selbst ein paar Sachen zu regeln.«

»Hatten Sie seitdem Kontakt zu ihm?«

»Nein.«

»Haben Sie eine Handynummer von ihm?«

»Nein.«

Godley blätterte in der vor ihm liegenden Akte und suchte offenbar etwas. »Hier ist ein Ausdruck aller Kontakte von Ihrem Handy. Sind Sie sicher, dass Vinny nicht dabei ist?«

»Ja.«

»Wer ist denn Jimmy Vincent?«

»Ein Kumpel.«

»Nicht zufällig ›Jimmy‹, der mit richtigem Namen Vincent heißt?«

Shane sah verzweifelt aus. »Kein Kommentar.«

»Dazu ist es zu spät. Sie können die Aussage in dieser Vernehmung nicht mehr verweigern.« Godleys Tonfall war jetzt tiefer geworden und klang wesentlich Respekt einflößender. »Er ist abgetaucht, Shane, und wir müssen ihn finden. Seinetwegen und um andere zu schützen. Was glauben Sie, warum er verschwunden ist?«

»Was weiß denn ich? Wahrscheinlich kann er Bullen nicht ausstehen.« Shane zuckte mit den Schultern. »So langsam kann ich das auch nachvollziehen.«

»Wir können nicht zulassen, dass er wieder tötet.«

»Er ist kein Mörder.«

»Als er in Afghanistan diesen Jugendlichen zusammengeschlagen hat, wurde er dadurch möglicherweise an Angela erinnert. So sehr, dass er jemanden verletzen wollte. Es hat womöglich die Kette von Ereignissen ausgelöst, die vier junge Frauen das Leben gekostet hat. Vier. Wollen Sie wirklich, dass noch mehr hinzukommen?«

»Er war es nicht.« Shane war am Rande der Verzweiflung. »Ich weiß nicht, wie ich es Ihnen erklären soll, damit Sie das verstehen. Er ist kein Mörder. Das ist er ganz bestimmt nicht.«

»Manchmal haben gerade die Menschen, die man am besten zu kennen meint, die düstersten Geheimnisse«, sagte Godley. »Dafür muss man sich nicht schämen. Denken Sie nur an die vielen Ehefrauen, die ihre Männer verteidigen, bis erwiesen ist, dass sie sich in ihnen getäuscht haben.«

Maitland legte nach. »Sie sind nicht verheiratet, Shane, richtig? Wie würden Sie Ihr Verhältnis zu Vinny beschreiben? Sind Sie befreundet? Oder mehr als das?«

»Was soll das denn heißen?«, empörte sich Shane mit finsterer Miene.

»Das wird ihm ganz und gar nicht gefallen«, sagte Derwent voraus.

»Jemand müsste etwaige Adressen für Vinny recherchieren«, sagte DCI Burt unvermittelt. »Maeve, Sie haben heute gute Arbeit geleistet. Wollen Sie gleich ein paar Anrufe machen?«

Nein danke. Ich würde lieber hierbleiben und miterleben, wie wir uns immer weiter zum meistgesuchten Mörder Londons vortasten. Aber sie erwartete von mir keine ehrliche Antwort. Langsam und zögerlich stand ich auf und ging zur Tür.

»Und wenn du wiederkommst, bring gleich Kaffee mit«, wies mich Derwent an, ohne den Blick vom Bildschirm zu wenden.

»Kann länger dauern«, entgegnete ich.

»Kein Problem. Ich warte.«

»Wirst du auch müssen«, presste ich zwischen den Zähnen hervor und schloss von außen die Tür. Auch wenn ich die Vernehmung dann verpassen würde, dachte ich nicht daran, mich zu beeilen.

Am selben Schreibtisch wie zuvor brachte ich die nächsten zwei Stunden damit zu, das Internet zu durchsuchen, Telefonbücher zu wälzen und Anrufe zu tätigen. Ich versuchte es bei Hostels, Arbeiterheimen, Billigunterkünften, Wohlfahrtsorganisationen und Kirchengemeinden – also dort, wohin sich Leute wenden konnten, wenn sie keinen anderen Ausweg wussten. Ich rief praktisch überall an, wo man im Londoner East End und darüber hinaus mittel- bis langfristig ein preiswertes Quartier bekam – insbesondere solche Adressen, die man im weitesten Sinne als Hostel bezeichnen konnte. Überall beschrieb ich Vincent Naylor alias Jimmy, bis ich nicht mehr klar denken konnte, meine Stimme heiser war und meine Hand von den vielen Notizen schmerzte. Ich listete alles auf, was mir aussichtsreich erschien, und reichte die Aufstellung an Colin Vale weiter, der die örtlichen Polizeidienststellen kontaktierte und die Kollegen vor Ort beauftragte, die potenziellen Kandidaten umgehend persönlich zu befragen.

Es war eine angenehme, leicht unsichere Stimme am anderen Ende der Leitung, die meine Sisyphusarbeit endlich belohnte. Sie gehörte Pater Gordon von der katholischen Kirche St. Philips in Bethnal Green. Er war für das von der Gemeinde betriebene Hostel zuständig. (»Das ist vielleicht eine zu hochtrabende Bezeichnung für ein Haus, das uns ein Gemeindemitglied vermacht hat. Wir bringen darin Obdachlose unter und andere, die es im Leben gerade schwer haben. Jeder bekommt von uns ein Zimmer; Bad und Küche werden gemeinsam genutzt.«)

Ich erklärte kurz, wer ich war und von wo aus ich anrief, und beschrieb ihm dann Vinny, ohne dazu zu sagen, warum ich nach ihm suchte.

»Oh ja, Jimmy wohnt schon seit einiger Zeit bei uns. Er ist sehr hilfsbereit – ich weiß gar nicht, wie wir das Haus ohne ihn am Laufen halten sollten. Er hat erst vor Kurzem ein Loch im Dach repariert, ein Stück lose Regenrinne wieder befestigt und das Tor instandgesetzt, als jemand rückwärts dagegengefahren ist. Er ist wirklich Gold wert.«

»Wissen Sie, wo er jetzt ist?«

»Im Moment ist er leider nicht da.«

»Wann haben Sie ihn denn zum letzten Mal gesehen, Pater?«

»Heute Morgen«, antwortete er verwundert. »Ist alles in Ordnung?«

»Wir möchten nur kurz mit ihm reden. Es geht um das Lokal, in dem er arbeitet.«

»Ah, verstehe. Aber das ist im Moment geschlossen.«

»Ja, ich weiß«, erwiderte ich geduldig.

»Ich werde ihm sagen, dass Sie ihn sprechen wollten.«

Hastig wiegelte ich ab. »Das ist wirklich nicht nötig. Es hat überhaupt keine Eile. Ich wollte mich nur vergewissern, wo wir ihn erreichen.«

»Aber wenn Sie Ihren Namen und Ihre Nummer hinterlassen, dann wird er sich ganz bestimmt bei Ihnen melden.«

»Ich möchte Ihnen keinesfalls Umstände machen«, sagte ich und verwendete dabei eine Formulierung, die meine Mutter immer gebrauchte, wenn sie jemanden ganz unbedingt von etwas abhalten wollte. Das war verblüffend wirkungsvoll und erzielte auch bei dem Priester den gewünschten Effekt.

Colin stand hinter mir und eilte auf mein Nicken hin zu Godley, um ihm mitzuteilen, dass wir eine Adresse hatten. Der Superintendent würde ein paar Leute dorthin schicken, um Vinny festzunehmen. Außerdem wurden sämtliche Kräfte für die Suche nach ihm mobilisiert für den Fall, dass er von Shanes Festnahme erfahren hatte und inzwischen tatsächlich auf der Flucht war. Ich lehnte mich auf dem geborgten Stuhl zurück und war vor Müdigkeit ganz benommen. Jetzt, da die Jagd beinahe vorüber war, fühlte ich mich völlig leer und ausgebrannt. Ich konnte einfach nicht mehr. Ich nahm mein Handy und wählte Robs Nummer, nur um seine Mailboxansage zu hören und so zu tun, als wäre er gar nicht so weit weg, auf der anderen Seite des Atlantiks. Als der Signalton kam, sagte ich, dass es mir gut gehe, die Arbeit mich in Atem halte und ich seit seiner Abreise kaum zu Hause gewesen sei, sodass keine Gefahr bestehe. Ich bemühte mich um einen heiteren und unbeschwerten Tonfall, so als würde ich ihn überhaupt nicht vermissen.

Es war zwar nicht anzunehmen, dass er darauf hereinfiel, aber ich fühlte mich anschließend besser, und das war wohl mein eigentliches Anliegen.

Anderthalb Stunden später hielt ich mich immer noch in besagter Polizeidienststelle auf, war nach wie vor sehr müde und langweilte mich zudem entsetzlich. Die Vernehmung von Shane Poole war vom Zentrum der Ermittlung zu einer Art Nebenschauplatz verkommen. Godley war längst aufgebrochen, zusammen mit Colin Vale. Harry Maitland und Una Burt stellten Shane nach wie vor unendlich viele Fragen über seine Schwester, Vinny und die ermordeten Frauen. Meine Aufgabe war es, mich um Derwent zu kümmern und aufzupassen, dass er sich so benahm, wie Godley ihn angewiesen hatte. Wie ich das anstellen sollte, wusste ich allerdings noch nicht so genau. Vorsichtshalber hatte ich mich schon mal vergewissert, wo der nächste Feuerlöscher hing, und nahm mir vor, ihn notfalls gegen Derwent einzusetzen.

Allmählich kamen DCI Burt und Maitland mit ihren Fragen an Shane zum Ende. Es war spät und alle Energie erschöpft. Ganz besonders bei Maitland. Es war deutlich erkennbar, wie unangenehm ihm die Zusammenarbeit mit Una Burt war, die ihm ständig ins Wort fiel und wahllos Fragen stellte. Shane hatte Probleme nachzuvollziehen, worauf sie hinauswollte und wie er darauf antworten sollte. Ich nahm an, dass sie genau das damit erreichen wollte, war mir aber nicht ganz sicher. Und Derwent war mit ihrer Art so unzufrieden, dass er ständig hämische Kommentare abgab, sobald sie etwas sagte.

Plötzlich öffnete sich die Tür zu unserem Besprechungsraum, und ein uniformierter Kollege steckte seinen Kopf herein. »Weiß jemand von Ihnen, wo DC Kerrigan ist?«

»Das bin ich«, antwortete ich und sprang auf.

»An der Rezeption ist jemand, der Sie sprechen möchte.«

Ich ließ ihn kaum ausreden und hatte den Flur schon halb durchquert. Endlich aus diesem stickigen Raum herauszukommen war mein sehnlichster Wunsch gewesen. Dafür war mir jeder Vorwand recht.

Ich passierte die schwere Tür zur Rezeption und fragte mich, wer überhaupt wissen konnte, dass ich hier war. Höchstwahrscheinlich einer von meinen Kollegen. Insgeheim tippte ich auf Peake.

Er stand mit dem Rücken zu mir und las an einer Pinnwand einen Hinweis zur Verkehrssicherheit. Er wirkte riesig in seiner Steppjacke und hatte sein Basecap tief in die Stirn gezogen, sodass man ihn nicht gleich erkennen konnte. Daher näherte ich mich zunächst von der Seite, um herauszufinden, woher ich ihn kannte. Als ich nur noch wenige Schritte von ihm entfernt war, drehte er sich zu mir um, und ich erstarrte.

»Ich hab gehört, Sie suchen nach mir?«, sagte er.

In diesem Moment kam Derwent durch die Sicherheitstür und wandte sich in Richtung Ausgang. Beim Gehen hatte er noch immer schwer mit seinen Krücken zu kämpfen. Er warf einen kurzen Blick zu mir herüber und sah dann an mir vorbei, woraufhin sich sein Gesichtsausdruck derart unvermittelt von gelangweilt zu ungläubig veränderte, dass es schon beinahe etwas Komisches hatte.

Mit weit aufgerissenen Augen sagte er: »Ich glaub's nicht.«

Vinny Naylor grinste. »Hallo, Josh, lange nicht gesehen.«

Kapitel 33

Als Nächstes hätte eigentlich Folgendes passieren müssen: Ich hätte Vinny Naylor verhaften, auf seine Rechte hinweisen, durchsuchen und erste erkennungsdienstliche Maßnahmen einleiten müssen, um ihn dann abführen zu lassen, damit er in Untersuchungshaft kam. Dort hätte er warten müssen, bis ein Rechtsbeistand eintraf sowie neue Vernehmer, da Maitland und DCI Burt dringend eine Pause brauchten. Godley wäre umgehend wieder hier erschienen, hätte ihn als Trophäe präsentiert und auf der Eingangstreppe eine kurze Pressekonferenz abgehalten, während Vinny drinnen alle vier Morde und alles, was wir ihm sonst noch zur Last legten, gestand. Anschließend hätten wir uns alle auf die Schultern geklopft und uns zu diesem Erfolg gratuliert.

In Wirklichkeit humpelte jedoch Derwent in unglaublichem Tempo an mir vorbei, packte Vinny am Arm und zischte: »Was hast du hier zu suchen? Willst du im Gefängnis landen?«

»Nein, natürlich nicht«, gab Vinny zurück. »Aber ich will nicht, dass Shane hier lauter Fragen beantwortet, die ihr eigentlich mir stellen müsstet.«

»Shane kommt schon klar.«

»Nein, kommt er nicht. Er wird sich um Kopf und Kragen reden, ich kenne ihn doch. Und das hat er nicht verdient.« Vinny war genauso groß wie Derwent, und die beiden standen sich Auge in Auge gegenüber.

»Los, komm mit.« Er ließ Vinny los und humpelte zurück zur Tür, die in die Polizeidienststelle führte. »Maeve, du musst auch mitkommen.«

Überrumpelt und sprachlos stand ich an der Rezeption. Weder für mich noch für Derwent war erkennbar, ob Vinny unter seiner voluminösen Jacke eine Waffe trug. Und Vinny Naylor war ein Mörder, da war ich mir absolut sicher. Ich zögerte daher zunächst, den beiden – Vinny voran – durch die Tür zu folgen, tat es dann aber doch.

»Was soll das werden? Wir müssen hier vernünftig vorgehen. Godley …«

»Wird total durchdrehen, wenn er es mitkriegt. Ist schon klar.«

»Du kannst dir keine Eskapaden mehr leisten. Du stehst kurz davor, aus dem Team zu fliegen, wenn du nicht bald anfängst, dich wieder wie ein normaler Polizist zu benehmen. Und ich hab keine Lust, dich bei deinem Abgang zu begleiten.«

Er fuhr mich an: »Hör zu, ich muss mit Vinny reden. Ich hatte zwar schon ewig keinen Kontakt mehr zu ihm, aber ich denke, dass ich ihn dazu bringen kann, mir zu vertrauen. Du kennst ihn nicht, aber er ist ein verdammt harter Brocken, und keiner von unseren Vernehmern wird es schaffen, dass er auch nur gesteht, sich heute früh angezogen, geschweige denn jemanden ermordet zu haben.«

»Und du denkst, bei dir ist das wegen der alten Zeiten anders.«

»Einen Versuch ist es zumindest wert.«

»Das sehe ich anders. Er hat vier Frauen getötet. Vier.«

»Wenn er sie umgebracht hat, warum ist er dann hier?«

»Vielleicht ist er arrogant genug zu glauben, dass er ungeschoren davonkommt. Er weiß, dass wir hinter ihm her sind, und will die Sache unter Umständen selbst steuern.«

»Wenn die anderen herausfinden, dass er hier ist, kriegt

er sofort eine Mordanklage an den Hals, und ich hab keine Chance, an ihn ranzukommen, verstehst du? Das hier ist meine einzige Möglichkeit.«

»Aber …«

Doch er hatte die Tür schon passiert und sie hinter sich ins Schloss fallen lassen, während ich davorstand. Außer mir vor Wut, wartete ich auf die Rezeptionistin und ließ mir von ihr aufschließen. Ich wusste nicht, was ich tun sollte. Godley anrufen und ihm sagen, was Derwent vorhatte? Versuchen, Derwent am selbst verschuldeten Karriereaus zu hindern? Mich mit dazusetzen, damit ich wenigstens eingreifen konnte, falls Vinny ausrastete, was recht wahrscheinlich war?

Leichtsinnig war Derwent schon immer gewesen. Er sah sich gern als Rebell und Querdenker, und starrsinnig war gar kein Ausdruck für ihn: Er war fest davon überzeugt, dass er immer genau wusste, was zu tun war. Ausgeschlossen, dass er auf mich oder sonst jemanden hören würde. Und wenn Vinny gekommen war, um das zu Ende zu bringen, was Shane begonnen hatte, bot er ihm dazu alle Gelegenheit. Ich drückte die Tür auf und rannte durch den Korridor. Dabei stieß ich um ein Haar mit einigen der hiesigen Kollegen zusammen, die sich erschrocken an die Wand drückten, um mir Platz zu machen.

Derwent war mit Vinny in den kleinen Besprechungsraum gegangen, in dem wir zuvor gewartet hatten. Leise öffnete ich die Tür und wusste nicht so recht, was mich erwartete. Der Monitor lief immer noch, war allerdings stumm geschaltet. Vinny hatte die Hände in den Taschen und starrte stirnrunzelnd auf das Bild.

»Hast du ihn durchsucht?«, fragte ich Derwent. Der schüttelte den Kopf und ging auf ihn zu.

»Los, Vinny, Jacke aus.«

Widerspruchslos nahm er zusätzlich sein Basecap ab und ließ es über sich ergehen, als Derwent ihn schnell, aber gründlich abtastete.

»Nichts«, sagte er anschließend zu mir.

Beruhigt war ich dadurch allerdings noch lange nicht. Es war ja schön und gut, dass Vinny keine Waffe bei sich trug, aber immerhin war er bei der Infanterie gewesen und auch im unbewaffneten Kampf geschult. Ich behielt seine Hände im Blick, hoffte, dass Derwent genug Abstand zu ihm hielt, und bezog in der Nähe der Tür Stellung, um im Notfall schnell die Flucht ergreifen zu können.

»Gut«, sagte Derwent. »Setz dich.«

Vinny nahm Platz. Ohne Jacke und Mütze konnte ich ihn mir jetzt etwas genauer ansehen. Er war eher grobschlächtig als gutaussehend, hatte ein kantiges Kinn, das mit reichlich Stoppeln überzogen war, sodass man schon fast von einem Bart sprechen konnte. Sein Gesicht wirkte offen und ehrlich, und ich musste an die vier Opfer denken, die ihrem Mörder vertraut hatten; und ich wappnete mich, um ihm nicht ebenfalls auf den Leim zu gehen.

»Also, das läuft jetzt folgendermaßen ab: Wir drei werden uns ein bisschen unterhalten, und du erzählst uns, was passiert ist, seit du in Afghanistan diesen Ärger am Hals hattest.«

Er nickte.

»Sobald jemand spitzkriegt, dass du hier bist, wirst du sofort verhaftet. Also sollten wir uns beeilen.«

»In Ordnung«, antwortete Vinny. »Ich mache alles, was ihr wollt, um Shane aus der Klemme zu helfen. Ich hab ja sowieso nichts zu befürchten, weil ich unschuldig bin.«

»Shane und du, ihr habt aber alles dafür getan, euch verdächtig zu machen«, sagte Derwent. »Viel kann ich nicht machen, um euch zu helfen. Ich werde an den Vernehmungen nicht beteiligt sein – sie unterbinden jeden Kontakt.« Er sah auf den Bildschirm. »Kein Wort durfte ich mit Shane reden.«

»Ist wahrscheinlich auch besser so«, erwiderte Vinny. »Der hat so ’ne Art fixe Idee, was dich betrifft.«

»Er ist in meine Wohnung eingebrochen und hat versucht, mich umzubringen.«

»Ja, hab ich mir schon fast gedacht, dass er solchen Blödsinn verzapft. Ich hab noch versucht, ihm das auszureden.«

»Schönen Dank. Gib dir beim nächsten Mal mehr Mühe.«

»Du mich auch«, entgegnete Vinny nicht unfreundlich. »Du hast dich kein bisschen verändert, was?«

»Ich hab doch nur gesagt, dass du’s nicht besonders gut hingekriegt hast.« Derwent setzte sich auf die Tischkante und legte sein verletztes Bein auf einem Stuhl ab. »Okay, jetzt mal ohne Scheiß. Warum bist du hier?«

»Um sie zu treffen.« Er nickte in meine Richtung. »Sie hat bei dem Priester angerufen, der für das Haus zuständig ist, in dem ich wohne. Der hat mir gesagt, dass sie nach mir gefragt hat.«

Verdammt. Und dadurch hatte er genug Zeit gehabt, um sämtliche Beweismittel zu vernichten, seit Shane untergetaucht war. Ich sah gerade alle Felle davonschwimmen, und das sehr schnell.

»Was ist in Afghanistan passiert? Warum hast du dich entschlossen, einen auf tot zu machen?«

Vinny verzog das Gesicht. »Ich hab’s verkackt. Da gab es einen Typen, den ich kennengelernt hatte, einen Einheimischen, aber ziemlich okay. So alt wie wir, hatte aber drei Töchter und vier Söhne. Das älteste Mädchen war 15. Die Jungs allesamt noch nicht mal zehn. Nette Familie. Keine Kohle zwar, aber die hat dort eh keiner. Sie hatten ein paar Ziegen, glaub ich. Und ein bisschen Land.«

»Und die älteste Tochter wurde vergewaltigt.«

»Nein«, seufzte Vinny. »Die jüngste war es, die Elfjährige.«

»Scheiße.«

»Sie war noch ein Kind. Der Kerl, der das getan hat, war ein totaler Idiot. Er ist mir ein paarmal über den Weg gelaufen. Wenn wir auf Patrouille waren, hat er uns ständig provoziert, damit wir ihn verprügeln und er Schadenersatz fordern kann. Er konnte ganz gut Englisch, woher, weiß ich nicht, denn das Einzige, was er von uns je gehört hat, war ›verpiss dich‹. Seine Familie hatte Streit mit dem Vater von diesem Mädchen wegen einer Grundstücksgrenze, und dann hat er damit angegeben, dass er das Mädchen vergewaltigt hätte, um ihm eine Lektion zu verpassen. Er meinte, sie wäre damit entehrt und wertlos, und nun würde er das Gleiche auch mit den anderen machen. Die Polizei vor Ort wollte sich nicht darum kümmern – die hatten genug damit zu tun, einigermaßen für Ordnung zu sorgen. In dem Land geht es wirklich drunter und drüber, Mann, das kannst du dir nicht vorstellen.«

»Sie haben also beschlossen einzugreifen«, sagte ich und beobachtete währenddessen Maitland und DCI Burt, die sich immer noch mit der Vernehmung abrackerten. Es wurde immer später. Lange würde sie nicht mehr dauern. Das Letzte, was ich jetzt brauchen konnte, war, dabei erwischt zu werden, wie wir hinter ihrem Rücken mit dem Hauptverdächtigen plauderten.

»Ich wollte doch nur mit ihm reden.« Vinny schüttelte den Kopf. »Ich kann das gar nicht richtig erklären. Ich bin total ausgerastet. Aber das war ihm völlig egal. Er hat mich nur zugetextet, wie geil das für ihn war. Sie wär so schön *eng* gewesen und so was.« Er ballte die Hände zu Fäusten, und ich spürte den Zorn, der von ihm ausging.

»Wie ich gehört hab, bist du nicht gerade zimperlich mit ihm umgegangen«, warf Derwent in neutralem Tonfall ein. Es war nicht herauszuhören, welche Haltung er dazu hatte.

»Ich habe völlig durchgedreht. Ich wollte ihn eigentlich nur ein bisschen leiden lassen, damit er so was nie wieder macht.« Vinny legte sich die Hand an die Stirn. Ich sah, wie seine Finger zitterten. »Ich kann's immer noch nicht fassen, was ich da getan habe. Ich war total blutverschmiert und hab auf ihn eingetreten. Und dann hab ich plötzlich gehört, was er gesagt hat, und schlagartig aufgehört.«

»Was war es denn?«

»Er wollte, dass ich ihn umbringe. Er hat mich regelrecht angefleht.«

»Aber das hast du nicht gemacht.«

»Ich hab ihn in unser Camp geschleppt und 'nen Sani gesucht. Er wurde nach Kabul geflogen. Dort hat er die beste medizinische Behandlung gekriegt, die das britische Militär leisten kann. Hat ihm aber nicht allzu viel genützt.«

»Warum hast du ihn nicht getötet?«, wollte Derwent wissen.

»Ich konnte es nicht. Nicht so. Das wäre kein fairer Kampf gewesen, sondern Mord.«

Oh, wie tugendhaft, dachte ich. »Warum wurden Sie denn nicht festgenommen?«

»Die Sache wurde vertuscht. Mein Vorgesetzter wollte keinen Prozess, damit es die Einheimischen nicht gegen uns aufbringt. Sie hätten das auf ihre Weise geregelt – egal, ob ich vor ein Militärgericht gestellt wurde oder nicht. Auf mich war ein Kopfgeld ausgesetzt. Da wurde es zu gefährlich in Helmand.« Vinny sah zu Derwent hoch. »Um mich hatte ich keine Angst, Josh. Aber wenn es dazu gekommen wäre, dass wir auf Patrouille angegriffen werden und dabei jemand – als Rache für meine Tat – verletzt wird oder sogar stirbt, dann wäre ich schuld daran gewesen.«

»Also hast du den Dienst quittiert.«

»Genau.«

»Und wieso hast du das verschwiegen und dich stattdessen als tot ausgegeben?«

Vinny schüttelte den Kopf und wandte den Blick ab. »Wegen meiner Familie. Ich wollte nicht, dass sie's erfahren.«

»Weshalb nicht?«

»Ich wollte vor ihnen nicht zugeben müssen, dass ich Scheiße gebaut habe. Das Einzige, wo ich jemals was auf die Reihe gekriegt hab, war die Armee. Die waren so stolz auf mich. Sie dachten, ich hätte mein Leben endlich in den Griff bekommen und all so was. Da konnte ich es ihnen doch unmöglich antun, als der letzte Loser wiederzukommen.« Er schob seinen Ärmel hoch und präsentierte ein Tattoo auf seinem muskulösen Unterarm: *Tod vor Unehre.*

»Aber Ihre Familie hat doch bestimmt um Sie getrauert«, gab ich zu bedenken. »Wie konnten Sie ihr das denn antun?«

»Die Familie ist groß. Wir sind zu acht, und die meisten sind verheiratet. Massenhaft Enkel. Da vermisst mich keiner.«

»Da täuschst du dich sicher«, sagte Derwent leise. »Ich denke da an deine Mutter. Sie ist nicht darüber hinweggekommen.«

»Hast du noch Kontakt zu deiner Familie?«

Derwent zuckte kaum merklich zusammen. »Nein. Seit damals nicht mehr.«

»Dann weißt du ja, dass es manchmal besser ist, einen Schlussstrich zu ziehen und zu gehen.«

»Ich hatte keine Wahl.«

»Ich hab für mich auch keine gesehen.«

Ich unterbrach sie in ihrem Selbstmitleid: »Wie haben Sie es denn eigentlich angestellt, alle davon zu überzeugen, dass Sie tot sind?«

»Ich hatte vor einer Weile als nächste Angehörige meine Freundin eintragen lassen. Wir haben uns dann zwar getrennt, aber ich konnte sie dazu überreden, meiner Familie mitzuteilen, dass man sie über meinen Tod informiert hätte.«

»Ohne Leiche und Beerdigung?«

»Ich hab 'ne Story erfunden, dass ich bei 'ner verdeckten und streng geheimen Aktion gestorben wär und deshalb aus Gründen der nationalen Sicherheit weder mein Tod noch die näheren Umstände bekannt gegeben werden könnten.«

»Und das haben deine Eltern geglaubt?« Derwents Augenbrauen schossen hoch bis zum Haaransatz.

»Ja, offenbar. Ich nehme an, sie fanden es auch irgendwie toll, dass ich so wichtig war und riskantes Zeug gemacht hab. Außerdem waren sie es ja gewohnt, nicht darüber zu reden, was ich da beim Militär so gemacht habe.«

»Warum bist du dann nach London zurückgekommen?«

»Ich hatte kein Geld und wusste nicht, was ich machen sollte.«

»Und deshalb hast du dich bei Shane gemeldet?«

»Ja. Wir hatten irgendwann mal so 'ne Absprache, wenn einer von uns in Schwierigkeiten steckt, dass der andere dann tut, was er kann, um ihm zu helfen. Shane war so froh, dass ich noch lebe, und hat mir ’nen Job gegeben und immer mal wieder ein bisschen Bargeld.«

»Und was haben Sie beide geplant?«, fragte ich. »Nachdem Sie zurück waren, hat Shane sein Lokal zum Verkauf angeboten. Was hatte er vor?«

»Wir wollten nach Thailand und ein Restaurant oder so was aufmachen. Ich kenn mich da ganz gut aus, weil ich früher öfter dort unten war, und Shane hatte auch nichts gegen ein bisschen Veränderung. Hat er zumindest gesagt. Aber dann hat er ein paar Angebote für sein Lokal ausgeschlagen, von daher weiß ich das gar nicht so genau.«

»Was glaubst du, worauf er gewartet hat?«, fragte Derwent.

»Dass sein Vater stirbt.«

»Vielleicht hat er ja auch gemerkt, dass er Spaß am Töten hat?« Die beiden sahen mich entgeistert an. »Was denn? Er ist immer noch tatverdächtig. Und Sie übrigens auch, Vinny.«

»Ich habe niemanden umgebracht.«

»Sind Sie nicht auf den Geschmack gekommen, als Sie diesen Jungen verprügelt haben? Haben gemerkt, wie toll es sich anfühlt, die Kontrolle über jemanden zu haben, ihm Angst einzujagen und ihn um Gnade flehen zu lassen?«

»Ich konnte es kaum ertragen«, entgegnete Vinny und betonte dabei jedes Wort.

»Ich habe mir den Mordfall Angela Poole noch einmal genauer angesehen. Ein Zeuge, den ich als vertrauenswürdig ansehe, hat mir gegenüber ausgesagt, dass Sie Angela Poole nicht mochten.«

Derwent sah mich erstaunt an. »Red doch keinen Unsinn.«

An Derwent gewandt, sagte Vinny: »Ist kein großes

Drama, Josh. Sie ist mir nur ziemlich auf die Nerven gegangen.«

»Angela?« Derwent war perplex. »Wieso das denn?«

Vinny sah kurz zu mir und dann zurück zu Derwent. »Wenn du's unbedingt wissen willst: Sie hat ständig versucht, mich dazu zu bringen, sie zu küssen. Sie hat mich voll angebaggert und dauernd in den Hintern gekniffen, wenn du nicht hingeschaut hast. Oder sich bei jeder Gelegenheit an mich rangeschmissen.«

»Scheiße, wieso hast du mir das denn nicht erzählt?«

»Du hättest doch voll durchgedreht.«

»Aber damit hast du mich praktisch belogen.« Derwent war außer sich. »Wie konntest du das denn für dich behalten?«

Betreten antwortete Vinny: »Ich dachte, du würdest mir die Schuld dafür geben.«

»Hast du sie angefasst oder geküsst?«, fragte Derwent streng.

»Nein! Niemals.«

»Du verdammter *Lügner*!« Das letzte Wort durchschnitt den Raum.

»Es ist aber die Wahrheit. Da ist nie was gewesen – kein einziges Mal. Nur dass sie einen ständig scharfmachen wollte.«

Ohne an sein Bein zu denken, sprang Derwent auf und wollte auf ihn stürzen, nur dass er dabei peinlicherweise fast hinfiel und von dem Mann gestützt werden musste, den er eigentlich attackieren wollte. Nur mühsam konnte ich mir das Lachen verkneifen, indem ich mir auf die Lippe biss und wegschaute. Dabei fiel mein Blick auf den Bildschirm, wo die Anwältin gerade ihre Unterlagen zusammensuchte. Maitland hielt sich die Hand vor den Mund und gähnte. DCI Burt redete nach wie vor.

»Sieht aus, als wären sie gleich fertig.« Ich schnippte mit den Fingern. »Hey, lasst den Unsinn. Wir haben nicht mehr viel Zeit.«

Derwent schüttelte ratlos den Kopf. »Mir fällt echt nichts mehr ein, was ich ihn fragen soll.«

»Aber mir. Sie hatten kein Alibi für den Mord an Angela. Warum nicht? Wo waren Sie?«

»Ich bin rumgelaufen.« Vinny bemerkte meinen skeptischen Gesichtsausdruck. »Das stimmt. Ich hatte Streit mit meiner Freundin. Da bin ich los zu Shane, aber der hing mit ein paar total bekifften Typen rum, und darauf hatte ich keinen Bock. Und Josh war natürlich mit Angela zusammen. Da bin ich halt spazieren gegangen.«

»Ist Ihnen dabei etwas Ungewöhnliches aufgefallen?«

»Nein.«

»Warst du auch in der Nähe von Angelas Haus?«

»Ich bin spät in der Nacht dort vorbeigegangen, weil ich sehen wollte, ob du sie nach Hause gebracht hast. Aber in ihrem Zimmer war kein Licht, da dachte ich, dass ihr noch zusammen seid.«

»Sie ist etwa um Mitternacht gestorben.«

»Ich weiß. Ich war erst später dort. Gegen halb eins oder so. Ich hab sie dort nicht gesehen und auch sonst niemanden.« Er fing an zu lachen. »Ach ja, außer diesen komischen Dickie von nebenan. Er stand am vorderen Fenster und hat rausgeglotzt.«

»Und was ist daran so witzig?«, wollte Derwent wissen.

»Weil ich damals an dich denken musste. Du wärst begeistert gewesen. Er hatte 'ne Schlafanzughose an und dazu ein T-Shirt mit der Aufschrift ›How soon is now‹. Weißt du noch, wie du ihn immer verarscht hast, weil er pausenlos The Smiths gehört hat? Als er da so stand, hab ich mir vor Lachen fast in die Hose gemacht. Ich konnte es gar nicht erwarten, dir das am nächsten Tag zu erzählen, aber dazu bin ich ja gar nicht mehr gekommen.«

»Wie sah er aus?«, erkundigte ich mich.

»Der fette Stu? Na fett halt.« Vinny begann wieder zu lachen. »Voll dämlich auch. Der hat mich einfach nur angestarrt, wie er das immer so gemacht hat. Das war sein Leben – am Fenster stehen und Leute beobachten.«

»Er hat ausgesagt, dass er jemanden gesehen hat, der ganz ähnlich gekleidet war wie DI Derwent an diesem Abend. Kann es sein, dass Sie das waren?«

»Wahrscheinlich.«

»Er sagte, dass er denjenigen beobachtet hätte, wie er gerade den Garten verließ. Sind Sie durch das Tor gegangen?«

»Nein. Ich habe nur zum Fenster hochgeschaut.« Vinnys Lächeln schwand. »Ich bin gar nicht auf die Idee gekommen, dass sie zu Hause sein könnte.«

»Und Sie haben auch keine andere Person weglaufen sehen?«

»Nein.«

Mir fiel ein, was Derwent über die Würgemale an Angelas Hals gesagt hatte und dass der Täter offenbar große Hände besaß. Vinnys Hände waren riesig wie Baggerschaufeln.

»Angela hat mit Ihnen geflirtet und versucht, Sie zu provozieren. Bei ihm hat das ja offenbar funktioniert«, sagte ich und zeigte auf Derwent. »Sie wollen mir doch nicht erzählen, dass Sie das nicht angemacht hat. Sie waren Teenager. Da fackelt man doch nicht lange, wenn ich mich recht erinnere.«

Vinny war das sichtlich unangenehm. »Sie war tabu. Und außerdem konnte ich sie nicht leiden.«

»Man muss jemanden doch nicht besonders gut leiden

können, um Sex mit ihm zu haben. Vor allem wenn es um Vergewaltigung geht.«

»Ich wollte sie doch nicht vergewaltigen.«

»Haben Sie Angela in dieser Nacht gesehen? Und sind ihr gefolgt? Wollten Sie ihr eine Lektion erteilen?«

»Nein.« Vinny sah Derwent an. »Ganz bestimmt nicht.«

»Ich glaube Ihnen nicht«, sagte ich. »Und ich halte es für sehr unwahrscheinlich, dass Sie unschuldig sind. Sie haben Kirsty, Maxine, Anna und Deena ermordet.«

»Nein.«

»Sie haben diese Frauen erwürgt, genau wie Angela.«

»Nein.«

»Und hinterher haben Sie sich abgesetzt. Sie haben alle und alles hinter sich gelassen.«

»Das hat jeden von uns unglaublich mitgenommen. Es war eine schlimme Zeit.« Vinny sah zu Derwent. »Erklär's ihr, Josh.«

»Nein, du sollst uns erklären, warum du bei der Vernehmung durch Orpen nicht zugegeben hast, dass du in der Tatnacht in Angelas Straße warst. Davon steht nämlich nichts in der Akte«, brauste Derwent auf.

»Ich weiß auch nicht. Lügen war irgendwie einfacher. Der Mann war echt die Hölle. Wenn der davon Wind gekriegt hätte, dass ich ungefähr zu der Zeit dort war, als sie gestorben ist, dann wär ich schneller in den Bau gewandert, als man das Wort ›unschuldig‹ aussprechen kann. Der war total versessen darauf, jemanden ranzukriegen, und ich hatte nicht vor, mich auf dem Silbertablett zu servieren.«

»Die Vernehmung ist zu Ende«, stellte ich mit Blick auf den Monitor fest. Die anderen standen auf, und Shane bereitete sich darauf vor, wieder in seine Zelle gebracht zu werden.

»Mist.« Derwent zeigte mit dem Finger in Vinnys Richtung. »Glaub bloß nicht, dass du aus dem Schneider bist. Auch wenn ich die Vernehmung nicht führe, werde ich sie mir genau ansehen und dabei sofort merken, wenn du lügst.«

»Ich werde nicht lügen.« Er lächelte unverbindlich, und ich merkte, wie ich wütend wurde. Mir war von vornherein klar, dass seine Vernehmung zu nichts führen würde, und er hatte vermutlich längst dafür gesorgt, dass in seiner Unterkunft keinerlei Beweise zu finden waren. Aber irgendwie würde es mir noch gelingen, ihn als Mörder zu überführen.

»Sobald ich in Haft bin, muss man Shane doch gehen lassen, oder?«

»Wir müssen überhaupt nichts. Bist du deswegen hergekommen? Um Shane hier rauszuholen?«, fragte Derwent.

»Er hat sich immer um mich gekümmert«, sagte Vinny schlicht. »Das ist das Mindeste, was ich für ihn tun kann.«

»Wie rührend«, höhnte ich. In diesem Moment öffnete sich hinter mir die Tür, und Una Burt kam herein. Sie blieb wie angewurzelt stehen.

»Was geht denn hier vor sich? Ist das …«

»Vincent Naylor.« Er stand auf und hielt ihr die Hand hin. »Freut mich, Sie kennenzulernen.«

Ohne ihm zu antworten, zischte sie vorwurfsvoll zu Derwent: »Was haben Sie sich denn jetzt wieder geleistet?«

»Gar nichts. Er steht voll und ganz zu Ihrer Verfügung.« Derwent eilte so hastig zur Tür, dass Una Burt einen Schritt zurückweichen musste, um ihm aus dem Weg zu gehen. Ich schloss mich ihm an und ließ Vinny zurück, ohne mich noch einmal nach ihm umzusehen. Maitland kam gerade zur Tür herein.

»Ihr braucht ein Paar Handschellen.«

Verblüfft fragte er: »Was? Wozu denn?«

Ich sagte nichts, sondern eilte Derwent nur hinterher. Er passierte gerade mit angespannter Miene den Haupteingang, und ich hütete mich davor, ihn aufzufordern, langsamer zu gehen. Wir waren schon fast an der nächsten Straßenecke, ehe er anhielt.

»Was denkst du?«

»Von ihm?« Ich schüttelte den Kopf. »Schuldiger geht's nicht.«

»Aber warum stellt er sich dann?«

»Weil er Spielchen mit uns treibt. Ich weiß zwar nicht, warum und wie die Regeln sind, aber irgendwas erhofft er sich davon. Auf jeden Fall will er Shane retten.«

»Sagt er.« Derwent rieb sich das Gesicht. »Scheiße. Und du meinst wirklich, dass er unser Mörder ist?«

»Ich sehe zumindest keinen Grund, was anderes anzunehmen.«

»Glaubst du, dass er Angela umgebracht hat?«

»Ich halte es für recht wahrscheinlich.«

Derwent verzog das Gesicht, als ob allein der Gedanke ihm Schmerzen bereitete. »Und wie wollen wir ihm das nachweisen?«

»Ich werde noch mal zu dem Zeugen fahren und nachhaken.«

»Zum fetten Stu?«

»Genau zu dem. Er war sich so sicher, dass er damals dich gesehen hat. Was, wenn es Vinny war? Ihr habt euch sehr ähnlich gesehen. Auch heute noch.«

»Nur dass ich deutlich besser aussehe«, merkte Derwent reflexhaft an. »Ich komme mit zu Stu.«

»Auf gar keinen Fall.«

»Ich würde ihn gern mal wiedersehen.«

Ich schüttelte den Kopf. »Er wird kein Wort sagen, wenn du dabei bist. Außerdem ist es viel zu spät, heute Abend noch hinzufahren.«

»Komm schon, Kollegin, wir beide sind doch ein super Team. Wir ziehen das einfach zusammen durch.«

»Lass gut sein. Ich hab schon genug Ärger am Hals, weil ich dich dauernd im Schlepptau habe. Schönen Dank auch.«

»Ohne mich kriegst du doch nix gebacken. Du bist auf mich angewiesen.«

»Das glaubst auch nur du«, entgegnete ich und ließ ihn stehen. Aber Derwent kam hinter mir hergehumpelt.

»Kollegin, warte.«

Ich legte einen Schritt zu, sodass er nicht mithalten konnte.

»Das ist unfair«, rief er mir nach. »Du nutzt mein Handicap gnadenlos aus. Das werde ich nie vergessen.«

Ich hielt nicht an, sondern verlangsamte nur kurz mein Tempo, damit ich mich umdrehen, ein paar Schritte rückwärtsgehen und ihm zuwinken konnte. Seinen Gesichtsausdruck wollte ich noch einmal richtig auskosten.

Freitag

Kapitel 34

Am nächsten Morgen machte ich mich gleich als Erstes auf den Weg zu Stuart Sinclair. Am Abend zuvor war ich noch einmal ins Büro gefahren, um meinen Schreibtisch zu inspizieren, und fand dort eine Nachricht der Kollegin vor, die meinen Blumenstrauß untersucht hatte. Darin forderte sie mich auf, sämtliche Vorfälle von Belästigung aufzulisten, die bisher aufgetreten waren. Was Chris Swain betraf, so hätte ich ein ganzes Buch darüber schreiben können, was er mir oder meinem Umfeld alles angetan oder angedroht hatte, aber ich beschränkte mich auf eine Zusammenfassung der gravierendsten Ereignisse. Kev Cox hatte sich bereit erklärt, die von mir sichergestellten Beweismittel zu prüfen. Wir verabredeten uns bei mir zu Hause, damit er sie in Empfang nehmen konnte. Dabei war er gut gelaunt wie immer – selbst als ich ihm den Beutel mit fauligem Fleisch in die Hand drückte. Bei der Kriminaltechnik würde das zwar keine Priorität haben, aber er versprach mir, dass es so bald wie möglich untersucht werden würde.

»Ich kann nicht nach Hause zurück, ehe ich nicht weiß, ob Swain dahintersteckt«, sagte ich zu Kev und wunderte mich dann, warum ich es so eilig hatte, wieder in die Wohnung zu können. Schließlich war es dort kalt, einsam und roch nach Arbeit, seitdem dort verwestes Fleisch Einzug gehalten hatte.

Ich nahm Abstand davon, wieder in Derwents Wohnung zu fahren und meine Sachen abzuholen, die dortgeblieben waren. Mit ihm hatte ich an diesem Tag lange genug zu tun gehabt, das reichte vorerst. Ich packte also eine neue Tasche und fuhr mit dem Zug hinaus nach Guildford, wo Liv und Joanne schon auf mich warteten und das Thema Arbeit erst einmal ausgeklammert war. Joanne gab mir Arnika für meinen übel zugerichteten Hals, woraufhin Liv empört tat, weil sie mir zuvor schon Codein gegeben hatte. In ihrer Gegenwart fühlte ich mich sehr wohl und lachte viel. Während die beiden in der Küche waren und sich wegen der Soße kabbelten, die Joanne zubereiten wollte, musste ich an Vinny Naylor denken und fragte mich, ob seine Vernehmung immer noch lief oder ob sie die Nacht über unterbrochen wurde.

»Worüber du auch immer gerade nachdenkst, lass es lieber.« Liv ließ sich neben mir auf das Sofa fallen. »Du machst dabei nämlich ein total grimmiges Gesicht.«

»So seh ich halt aus.«

»Nee, das stimmt nicht.« Sie nahm mein Weinglas vom Couchtisch und reichte es mir. »Trink ’nen Schluck und vergiss es, egal, was es war.«

Wir stießen an und tranken von dem schweren Shiraz, den Joanne geöffnet hatte. Dabei schaffte ich es weiungsgemäß sogar beinahe, die Arbeit zu vergessen. Beinahe. Als dann der Wein seine Wirkung zu entfalten begann, spielte sie keine große Rolle mehr.

Am nächsten Tag machte ich mich – in Begleitung eines veritablen Katers – auf den Weg nach West Norwood, wo Stuart Sinclair wohnte. Ich klingelte und hörte von drinnen ein ohrenbetäubendes Kreischen. Oliver war also wach und zudem bestens bei Stimme.

Nicht Stuart, sondern seine Frau öffnete die Tür. Sie musterte mich stirnrunzelnd und konnte mich nicht so recht einordnen. Sie sah auch ganz anders aus als beim letzten Mal und trug statt des Kostüms jetzt Jeans und

Sweatshirt. Auf ihrer Hüfte saß Oliver und wischte gerade seine Nase an ihrer Schulter ab.

»Entschuldigen Sie die Störung. Ich war vor Kurzem schon einmal da und habe mit Stuart gesprochen. Ich weiß nicht, ob Sie sich erinnern …«

Als sie mich erkannt hatte, gingen bei ihr sofort innerlich die Jalousien herunter. Ihr Lächeln verschwand schlagartig, und sie wollte die Tür gleich wieder zumachen. »Danke, ich bin nicht interessiert. Das habe ich Ihnen ja beim letzten Mal schon gesagt.«

»Warten Sie.« Ich zeigte ihr meinen Dienstausweis. »Ich bin Polizistin.«

Sie hielt inne und ließ ihren Blick von meinem Ausweis zu mir wandern. »Ernsthaft?«

»Detective Constable Maeve Kerrigan. Ich ermittle in einer Serie von Mordfällen und wollte dazu noch einmal mit Mr. Sinclair sprechen. Ist er da?«

»Stuart?«

»Ich brauche nur noch ein paar Informationen von ihm«, schob ich schnell nach. »Ich bin nicht hergekommen, um ihn festzunehmen oder so was. Wissen Sie, wo er ist?«

Verständnislos sah sie mich an. »Keine Ahnung. Wahrscheinlich in seiner Wohnung.«

»In seiner …«

»Wohnung, ja«, wiederholte sie. »Bei sich zu Hause«, *Sie Blitzmerkerin*, hörte ich aus ihrem Tonfall heraus.

Ich war viel zu verblüfft, um gleich Verdacht zu schöpfen. »Das ist jetzt vielleicht eine komische Frage für Sie, aber wohnt Stuart gar nicht hier?«

»Hier? Wie kommen Sie denn darauf?«

Also, er *hat mir das zu verstehen gegeben.* Dachte ich zumindest. Vielleicht hatte ich das ja falsch verstanden. Vielleicht leben sie getrennt. »Darf ich Sie fragen, in welchem Verhältnis Sie zu Mr. Sinclair stehen?«

»Er ist ein Freund.« Sie wurde rot. »Streng genommen ein Freund von einer Freundin.«

»Er ist also nicht Ihr Ehemann. Oder Ihr Exmann. Und auch nicht Olivers Vater.«

»Nein. Meine Güte, Sie haben ja überhaupt keine Ahnung.«

»Da habe ich wohl etwas missverstanden.« *Was aber offenbar Absicht war.* In meinem Kopf verschoben sich die Puzzleteilchen zu einem ganz neuen Bild, und ich fragte mich, warum mir nicht aufgefallen war, wie unbeholfen er den Jungen auf dem Arm hielt, den er als seinen Sohn ausgegeben hatte. Wie konnte ich ihm nur abnehmen, dass er eine Beziehung zu ihm hatte? Und aus welchem Grund würde jemand ein derartiges Lügenkonstrukt errichten, wenn er nicht ernsthaft etwas zu verbergen hatte?

»Kennen Sie ihn gut?«

»Einigermaßen. Ich weiß nicht. Mehr oder weniger. Er ist halt ein Freund.« Sie rückte Oliver zurecht, der ihr abzurutschen drohte. »Sagen Sie mal, worum geht es denn eigentlich?«

»Wenn Sie nichts dagegen haben, wäre es sicher besser, wenn Sie mich hereinlassen würden, damit wir uns im Haus unterhalten können.«

»Ich habe eigentlich gar keine Zeit. Ich muss in fünf Minuten los.«

»Das sollten Sie besser verschieben.« Ich stellte meinen Fuß in die Tür, damit sie mich nicht einfach draußen stehen ließ. »Tut mir leid, aber das ist sehr wichtig.«

Sie wurde blass. »Ist er in Schwierigkeiten? Hat er etwas *falsch gemacht?«*

»Ich möchte Ihnen nur ein paar Fragen über ihn stellen.«

»Ich habe ihm mein Kind anvertraut. Soll das heißen, dass er *gefährlich* ist? Kann er ihm etwas *angetan* haben?« Ihre Stimme wurde immer schriller und klang schon fast hysterisch.

»Ich denke nicht«, sagte ich, trat ins Haus und schloss die Tür hinter mir. »Bitte, versuchen Sie sich zu beruhigen.« Das war leichter gesagt als getan, denn mein Herz schlug ebenfalls heftig.

Sie hielt Oliver derart fest, dass sie ihm mit ihren Fingernägeln wehtat und er anfing zu weinen. »Ist ja gut, mein Kleiner. Pst, nicht weinen«, gurrte sie und schaukelte ihn von einer Seite zur anderen. Ihre Augen waren dabei jedoch vor Entsetzen weit aufgerissen.

»Es deutet nichts darauf hin, dass er je einem Kind etwas zuleide getan hat. Bitte machen Sie sich keine Sorgen.«

Sie kniff die Augen zusammen und versuchte sich wieder zu fassen. »Okay. Okay, ich möchte hören, was Sie zu sagen haben. Natürlich verschiebe ich meine Verabredung. Ich muss nur noch kurz eine Nachricht schreiben.«

»Aber nicht an Stuart«, warnte ich sie.

»Nein.«

»Erwähnen Sie bitte nicht, dass es um ihn geht. Finden Sie einen anderen Vorwand.«

Sie nickte und rang noch immer um Fassung. Oliver wand sich auf ihrem Arm, beschwerte sich lautstark und wollte sich losreißen.

Ich ging in die Küche, setzte Teewasser auf und stellte zwei Tassen bereit. Sie setzte sich an den Tisch und tippte schnell etwas in ihr Handy. Als sie fertig war, sah sie mich erwartungsvoll an. Oliver schaffte es, von ihrem Knie herunterzuklettern, und stürzte sich auf eine herumliegende Spielzeugschlange.

»Ich weiß noch gar nicht, wie Sie heißen.« *Mrs. Sinclair zumindest nicht.*

»Jenny Coppard.«

»Jenny, wie lange kennen Sie Stuart schon?«

»Hm.« Sie zog ihre Ärmelbündchen über die Hände und überlegte. »Seit ein paar Monaten. Vielleicht ein halbes Jahr.«

»Wie haben Sie ihn kennengelernt?«

»Durch eine Freundin. Sie ist mit ihm irgendwann in einem Café ins Gespräch gekommen, und die beiden hatten eine Menge gemeinsam. Zu viel, fand sie, weil sie ihn wirklich toll fand, aber leider verheiratet ist. Dann hat sie uns miteinander bekannt gemacht. Wahrscheinlich wollte sie mich verkuppeln.« Jenny verdrehte die Augen. »Das passiert mir andauernd.«

»Sind Sie alleinerziehend?«

»Ja, und zwar bewusst. Ich habe mich noch vor Olivers Geburt von meinem Mann getrennt.«

»Das ist sicher nicht einfach.«

»Er hat mich betrogen. Auf jeden Fall ist es einfacher, als die ganze Zeit belogen und nicht respektiert zu werden. Was hat Stuart denn nun getan?«

»Möglicherweise gar nichts.« Ich übergoss die Teebeutel mit kochendem Wasser und hielt Ausschau nach Milch. »Aber er wollte mir gegenüber ganz eindeutig den Eindruck erwecken, dass er hier wohnt und Oliver sein Sohn ist. Er hat Sie als seine Frau bezeichnet.«

»Ich glaub's ja wohl nicht.« Sie war rot geworden und wirkte trotz ihrer Besorgnis auch ein wenig geschmeichelt.

»Wissen Sie, wo er wohnt? Haben Sie seine Anschrift?«

Sie nickte, nahm sich den Pizza-Werbeflyer, der auf dem

Tisch lag, und notierte darauf aus dem Kopf seine Adresse. »Larchfield Mews. Das ist zu Fuß nur fünf Minuten von hier. Die Postleitzahl kenne ich nicht.«

»Kein Problem.« Ich nahm ihre Notiz entgegen und steckte sie so sorgsam weg, als wäre es der Heilige Gral und keine billige Werbebroschüre. »Dann sind Sie also einfach nur miteinander befreundet.«

»Ja.« Wieder errötete sie.

»Hat er je etwas getan, woraus Sie schließen konnten, dass daraus mehr werden könnte?«

»Ständig. Aber so ist er einfach. Er flirtet immerzu.«

»Ging es auch manchmal über einen reinen Flirt hinaus?«

»Vor einer Woche hat er mich geküsst. Wir haben herumgealbert – ich habe versucht, Eis zu essen, er wollte kosten, und ich hab ihn nicht gelassen, und dann – tja, dann hat er mich geküsst. Hinterher hat er sich entschuldigt. Da hab ich gesagt, das wär schon okay, und er meinte, das fände er gut, denn wirklich leid würde es ihm gar nicht tun. Sie wissen schon.«

Ich konnte es mir in der Tat vorstellen. Genau so etwas fanden einsame Frauen mit kleinen, anstrengenden Kindern ausgesprochen charmant. »Aber ansonsten ist nichts passiert.«

»Nein, es gab bisher auch gar keine Gelegenheit dazu. Und ich wusste nicht so recht, ob ich den nächsten Schritt machen sollte.« Sie zuckte mit den Schultern.

»Als er auf Oliver aufgepasst hat, war das Stuarts Idee?«

»Ja. Ich hatte ein Vorstellungsgespräch. Das hatte eigentlich gar nichts mit ihm zu tun. Aber meine Mutter konnte sich nicht um Oliver kümmern, weil sie einen Termin in der Klinik hatte, und sonst habe ich ja niemanden.«

»Dann war es also das erste Mal.«

»Und auch das einzige.« Sie sah jetzt wieder ganz verängstigt aus. »Ich habe ihn zum Schlafen hingelegt und bin dann weggegangen. Ich hab Oliver allein mit ihm gelassen.«

»Jenny, ich war die meiste Zeit dabei, die er mit ihm allein war. Oliver hat noch geschlafen, als ich kam, und ist erst aufgewacht, kurz bevor Sie wiederkamen. Sie müssen sich also keine Gedanken machen.«

Sie griff sich an den Kopf. »Gott sei Dank.«

Ich würde ihr nicht sagen, was mein Verdacht war. Sollte er tatsächlich der Gentleman-Mörder sein, dann würde sie das früh genug erfahren. »Was können Sie mir sonst noch über ihn erzählen? Wohnt er schon lange in West Norwood?«

»Nein. Er ist erst vor etwa einem Jahr aus Japan zurückgekommen. Er hat dort lange als Englischlehrer gearbeitet, aber das gefiel ihm irgendwann nicht mehr. Das war irgendwo in einer ländlichen Gegend, wo er es nach den ersten fünf Jahren dann ziemlich langweilig fand. Trotzdem ist er geblieben, weil er nicht wusste, was er sonst machen sollte. Ich glaube, insgesamt war er sieben Jahre dort.«

»Wo arbeitet er jetzt?«

»Er unterrichtet Englisch als Fremdsprache an einem College in Croydon.«

Und außerdem hatte er Einnahmen aus der Vermietung seines Elternhauses, wie ich rein zufällig wusste. Finanziell stand er also vermutlich recht gut da.

»Lebt er allein?«

»Ja.«

»Eine Freundin hat er nicht?«

»Nein. Nicht dass ich wüsste«, fügte sie desillusioniert hinzu. Alles in allem hatte sie wohl kein großes Glück mit der Suche nach einem vertrauenswürdigen Mann.

Ich versuchte, noch mehr Informationen aus ihr herauszubekommen, aber da war nicht viel zu machen. Während wir unseren Tee tranken und Oliver friedlich spielte, entspannte sich Jenny so weit, dass sie mir einen Einblick in ihr Gefühlsleben gab, aus dem ich mir ein Bild machen konnte, wie sehr sie in Stuart verliebt war und wie geschickt er es angestellt hatte, sie an sich zu binden. Soweit sie wusste, war er nie in irgendeiner Weise gewalttätig geworden, und sie war entsetzt über diese Vorstellung. Er hatte sich immer als ausgesprochen hilfsbereit gezeigt und zum Beispiel für ältere Nachbarn mit eingekauft oder bei Jenny den Rasen gemäht, wenn es nötig war. Er war also ein durchweg anständiger Kerl oder gab sich zumindest so. Im Laufe unseres Gesprächs schien sie beinahe zu vergessen, warum ich eigentlich gekommen war, und äußerte sich zunehmend herzlicher über ihn. Sie beschrieb ihn als humorvoll, charmant und praktisch begabt.

»Der perfekte Mann«, konstatierte sie wehmütig. »Dachte ich zumindest.«

»Es gelingt ihm auf jeden Fall sehr gut, das Vertrauen anderer zu gewinnen.« Vor allem, wenn diese anderen weiblich sind. Er präsentierte sich als äußerst zuverlässig und sympathisch und als jemand, den man, ohne zu zögern, in seine Wohnung lässt.

Mit einem flauen Gefühl im Magen musste ich daran denken, dass es mir ganz ähnlich gegangen war.

Als ich meinen Tee ausgetrunken hatte und Jenny anfing, immer wieder das Gleiche über Stuart zu erzählen, bedankte ich mich bei ihr für ihre Unterstützung und bat sie, meinen Besuch vertraulich zu behandeln. Dann verabschiedete ich mich und ging zu Fuß in Richtung Larchfield Mews, einem tristen Wohnblock hinter einer kleinen Ladenzeile und ganz in der Nähe der mitten durch den Stadtteil verlaufenden Fernverkehrsstraße. Auch wenn man sie von seiner Wohnung aus wahrscheinlich nicht sehen konnte, war sie doch mehr als deutlich zu hören. Er wohnte ganz oben links, und ich warf beiläufig einen Blick hinauf zu seinen Fenstern. Unterhalb des Gebäudes gab es einen kleinen Parkplatz, der jedoch mit einem Tor verschlossen war. So konnte ich mir das Grundstück nicht genauer ansehen, aber ich ging davon aus, dass eins der dort abgestellten Fahrzeuge Stuart gehören musste. Ich war fest davon überzeugt, dass es sich lohnen würde, sich das einmal genauer anzusehen.

Aber ich hatte keine Ahnung, wie ich andere davon überzeugen sollte. *Ich* war mir zwar ganz sicher, dass Stuart Sinclair der Gentleman-Mörder war, aber diese Annahme fußte auf mehr als dürftigen Indizien. Er hatte mich in Bezug auf seine Adresse belogen und sich als verheirateter Vater eines Sohnes ausgegeben, was beides nicht zutraf. Das war zwar merkwürdig, aber natürlich noch lange keine Beweis für einen Mord. Er hatte eine angenehme Ausstrahlung, und seine Äußerungen wirkten schlüssig. Seine Verbindung zu Angela Poole war zwar unstrittig, aber wo genau er sich in der Tatnacht aufgehalten hatte, war unklar. Ich wusste lediglich, dass das, was er angeblich gesehen und gehört hatte, gelogen war, aber es war selbst mir unklar, ob es sich dabei um Lügen oder eine harmlose Verwechslung handelte. Dass er Derwent beobachtet hatte, war ausgeschlossen, aber es konnte durchaus Vinny gewesen sein. Nach übereinstimmenden Aussagen war er früher ein seltsamer, schüchterner und nicht gerade attraktiver Teenager gewesen, der sich jedoch in einen gutaussehenden und aufgeschlossenen Erwachsenen verwandelt hatte. Eigentlich deutete nichts darauf hin, dass er ein Mörder sein könnte, und doch schien es mir mehr als wahrscheinlich. Mir war natürlich klar, dass alle Vinny für einen kaltblütigen Mörder hielten – ich selbst war bisher ebenfalls davon ausgegangen –, und Shanes Verhalten wirkte nach außen hin ja auch wesentlich verdächtiger als das von Stuart. Trotzdem war ich mir sicher. *Ganz sicher* sogar.

Und ich würde mein Leben dafür hergeben, um es zu beweisen, dachte ich – ohne zu ahnen, dass genau das möglicherweise der Preis dafür war.

Kapitel 35

Als ich wieder im Büro war, rief ich in der japanischen Botschaft an und bedrängte die dortigen Mitarbeiter so lange, bis sie mich zu jemandem durchstellten, der Zugriff auf Stuart Sinclairs Visumsanträge hatte. Daraus ging hervor, dass er sich in einem Ort namens Takayama in der Präfektur Gifu niedergelassen und eine feste Stelle an einer örtlichen Oberschule angetreten hatte. Jennys Auskunft über seine Rückkehr nach Großbritannien zufolge sah es danach aus, als hätte er mitten im Schuljahr das Land wieder verlassen, lange vor Ablauf seines Visums. Da es in London schon auf die Mittagszeit zuging und uns Japan neun Stunden voraus war, versuchte ich gar nicht erst, die Schule zu kontaktieren. Stattdessen stellte ich einen Antrag für eine Japanisch-Dolmetscherin und stöberte eine Weile im Internet nach Informationen über Takayama und – was noch wichtiger war – nach der Telefonnummer der örtlichen Polizeidienststelle. Möglicherweise sprach dort jemand Englisch. Aber da ich kein Wort Japanisch konnte und dieser Anruf äußerst wichtig war, wollte ich jedes Wort verstehen, das gesagt wurde. Da ich nicht wusste, wie lange es dauern würde, mahnte ich mich zu Geduld, was auch mehr oder weniger klappte.

Er hatte sich eine ausnehmend schöne Gegend ausgesucht, ein beliebtes Reiseziel in den Bergen mit alter Bausubstanz und einer landschaftlich reizvollen Umgebung. Im Winter gab es reichlich Schnee, und im Sommer war es angenehm warm – ein Wohnort wie aus dem Bilderbuch. Ich konnte mir zwar nicht vorstellen, sieben Jahre dort zu verbringen, aber ich war ja auch ein Stadtkind und in der Welt nie allzu viel herumgekommen. Frostige Sommerferien in Donegal waren keine gute Vorbereitung auf exotische Regionen, selbst wenn sie einen abhärteten wie ein Bergschaf.

Maitland blieb kurz stehen, als er bei mir vorbeikam. »Urlaubspläne?«

»Ich recherchiere nur etwas«, antwortete ich. »Schon was erreicht bei Vinny?«

»Nein.«

»Und bei Shane?«

»Auch nicht.«

»Wurde gegen einen von ihnen schon Anklage erhoben?«

»Nein.«

»Halten Sie mich auf dem Laufenden, ja?«

»Ja«, sagte er grinsend, lenkte dann aber ein. »Die beiden wurden ins Revier Charing Cross gebracht, um den Weg abzukürzen. Godley hat sich fest vorgenommen, einen von ihnen zum Reden zu bringen. Er ist davon überzeugt, dass der eine es getan hat und der andere Bescheid weiß. Von daher ist es nur eine Frage der Zeit, wann der Unschuldige die Nerven verliert. Zum Glück ist bei beiden das Zeitlimit für die U-Haft noch nicht ausgereizt.«

»Und was ist Ihre persönliche Meinung?«

»Ich weiß nicht so recht. Ich hatte damit gerechnet, dass wir längst Ergebnisse haben. Und von der Spurensicherung gibt es auch nach wie vor für beide nichts Brauchbares.« Er zuckte mit den Schultern. »Wir sind also noch meilenweit von einer Anklage entfernt.«

Dass sie noch nichts Verwertbares in der Hand hatten, stimmte mich zuversichtlich. Das bedeutete, dass Godley aufgeschlossener sein würde, wenn ich einen neuen Verdächtigen ins Spiel brachte. Insbesondere wenn mir noch ein geeigneter Grund für eine Durchsuchung von Stuarts Wohnung einfiele. In der Vergangenheit hätten mir Godley und Una Burt sicher Gehör geschenkt, aber inzwischen war mir klar, dass sie sich von mir nur schwer überzeugen lassen würden. Im Laufe der vorigen Woche hatte ich einiges an Ansehen eingebüßt – vermutlich mehr, als ich mir bisher überhaupt erarbeitet hatte.

Nachdem ich zwei Stunden gewartet hatte und mir in der Küche gerade die siebte oder achte Tasse Tee machte, steckte Ben Dornton den Kopf zu mir herein. »Da ist eine nette japanische Dame, die nach dir fragt.«

»Super. Endlich.«

»Sie kriegen die ganzen spannenden Fälle«, beklagte er sich. »Ich darf nur 'nen Kerl vernehmen, der in der Pampa von Euston jemanden niedergestochen hat, um an Drogen zu kommen. Wahrscheinlich wird er sich letzten Endes schuldig bekennen. Mit so was darf ich mich herumschlagen.«

Ich neigte den Kopf zur Seite und zeigte ihm meinen in allen Farben des Regenbogens schillernden Hals. »Spannende Fälle sind total überbewertet.«

»Ich hätte nichts dagegen einzuwenden. Da wär ich mal 'nen Tag lang der Held.«

»Um damit bei jemandem Eindruck zu schinden?«, fragte ich hinterhältig und musste lachen, als er rot wurde. Er war schwer verliebt in die bezaubernde Christine, und ich drückte ihm ganz fest die Daumen.

Als ich wieder an meinem Schreibtisch ankam, wartete die Dolmetscherin schon auf mich. Gleich auf den ersten Blick war mir klar, warum Dornton sie als Dame bezeichnet hatte. Sie war etwa Mitte vierzig und sah sehr adrett aus mit ihrem Kaschmir-Twinset samt Tweedrock und Perlenschmuck. Englischer als die Queen, dachte ich und stellte mich vor.

»Mein Name ist Akiko Larkin. Was kann ich für Sie tun?« Ihre Stimme klang weich, und ihr Englisch war praktisch akzentfrei. Ich zog einen Stuhl heran, damit sie neben mir Platz nehmen konnte.

»Ich möchte in einem japanischen Polizeirevier anrufen, um Informationen über einen Verdächtigen zu bekommen.« So schnell ich konnte, teilte ich ihr das Wichtigste mit, wobei sie aufmerksam zuhörte und sich gelegentlich etwas notierte.

»Es kann ein bisschen dauern, bis wir an der richtigen Stelle sind. Um diese Zeit ist auf jeden Fall jemand erreichbar, aber vielleicht nicht der zuständige Ansprechpartner.«

»Wir versuchen es einfach«, erwiderte ich bestimmt und reichte ihr das Telefon. Ich war darauf angewiesen, ihr diese Aufgabe zu übertragen, und hoffte, dass sie es genauso professionell erledigte, wie sie auftrat.

Um die richtige, für Takayama zuständige Stelle der Präfekturpolizei zu erreichen, brauchten wir zwei oder drei Anläufe und mussten dann noch einmal eine halbe Stunde auf den Rückruf des zuständigen Inspektors, Nakamura Shoichi, warten. Zuvor hatte Akiko ausführlich den Grund unseres Anrufs erläutert.

»Nakamura ist sein Familienname«, ließ mich Akiko wissen, nachdem sie festgestellt hatte, dass ich über Japan und die dort üblichen Gepflogenheiten so gut wie nichts wusste. »Im Japanischen wird der Familienname immer zuerst genannt.«

»Dann heißen Sie also eigentlich Larkin Akiko?«

Sie lachte höflich. »Vor meiner Heirat hieß ich Sakamoto Akiko. Aber da ich seit mehr als zwanzig Jahren mit einem Engländer verheiratet bin, habe ich mich schon lange an die Anrede Mrs. Larkin gewöhnt.«

Das Telefon klingelte, ich nahm den Hörer ab und reichte ihn an Akiko weiter, als der Anrufer mich auf Japanisch begrüßte. Schnell und leise sprach sie mit ihm, während ich versuchte, die eine oder andere Wendung herauszuhören. Stuarts Name klang japanisch ausgesprochen sehr ungewohnt, und bis auf *»hai«* und *»arigato«* verstand ich überhaupt nichts, aber Akiko machte sich jede Menge Notizen. Sie beendete das Gespräch mit ausführlichen Dankesbekundungen und legte auf, bevor ich sie davon abhalten konnte.

»Ich kann ihn zurückrufen, wenn Sie noch weitere Fragen haben, aber ich dachte, dass Sie erst einmal hören möchten, was er gesagt hat.«

»Ja, bitte.« Ich mochte es zwar überhaupt nicht, auf Quellen aus zweiter Hand angewiesen zu sein, aber mir blieb keine andere Wahl.

»Inspektor Nakamura wusste auf Anhieb, wen ich meine. Ihr Verdächtiger hat länger in Takayama gewohnt und war bei den Einheimischen gut bekannt. Er hatte eine japanische Freundin, mit der er zusammenlebte. Er fühlte sich dort wohl und war sesshaft geworden. Aber dann wurde eine Touristin umgebracht, und er stand unter Verdacht.«

»Aus welchem Grund?«

»Er hatte sie ein paar Tage vor ihrem Tod kennengelernt und öfter Zeit mit ihr verbracht. Seine Freundin hatte ihn gerade verlassen, und die Freunde des Opfers nehmen an, dass die beiden eine sexuelle Beziehung eingegangen sind.«

»Wie ist sie gestorben?«

»Sie wurde erwürgt«, sagte Akiko ruhig.

»Aber sie haben ihn nicht festgenommen.«

»Es lagen keine weiteren Beweise gegen ihn vor, und bevor sie etwas finden konnten, ist er abgereist.«

»Heißt das, er hat das Land verlassen?«

»Ja. Er hat sein Auto und etliche persönliche Gegenstände zurückgelassen. Der Inspektor war sehr beunruhigt, dass er der Täter sein könnte, konnte aber nichts weiter tun, weil es, abgesehen von seinem Verdacht, keinerlei Beweise gab. Mr. Sinclair hat Inspektor Nakamura dann von London aus angerufen und ihm mitgeteilt, dass er aufgrund seiner Trennung schwer depressiv wäre und nicht nach Japan zurückkehren würde. Seine überstürzte Abreise hat er damit erklärt, dass Selbstmordgefahr bei ihm bestanden hätte. Danach hat er dafür gesorgt, dass seine Sachen verkauft oder für soziale Zwecke gespendet werden.«

»Haben Sie sonst noch etwas erfahren?«

»Der Inspektor hat vorgeschlagen, dass Sie Kontakt zu Mr. Sinclairs Freundin aufnehmen. Sie heißt Takahashi Yumi. Mit Inspektor Nakamura wollte sie zwar damals nicht sprechen, aber da inzwischen etwas Zeit vergangen ist, hat sie ihre Meinung vielleicht geändert.«

Noch ein Anruf in Japan, hervorragend. »Hat er Ihnen gesagt, wie wir sie erreichen können?«

»Da er damit gerechnet hat, dass wir mit ihr sprechen wollen, hat er vor seinem Anruf bei uns ihre Familie kontaktiert. Ich habe ihren Namen und ihre Telefonnummer. Sie wohnt in Bayswater.«

»In London?«

»Sie studiert am St. Martins College.« Akiko verstaute das Notizbuch in ihrer Tasche. »Sie spricht Englisch. Da brauchen Sie mich nicht.«

Ich dachte vorerst nicht weiter über die sensationelle Nachricht nach, dass seine Freundin in London war, was praktisch der erste glückliche Umstand war, der mich in diesem Zusammenhang ereilte. »Es kann durchaus sein, dass ich von Ihnen noch eine Übersetzung brauche oder dass wir in Japan noch jemanden anrufen müssen.«

Sie nickte, zwar ohne zu lächeln, aber offenbar doch erfreut. Ich wählte die Nummer, die sie mir gegeben hatte, und erreichte Yumi auf Anhieb.

»Es geht um Stuart Sinclair.«

Am anderen Ende der Leitung hörte ich ein erschrockenes Keuchen, und dann fragte sie ganz leise: »Hat er was angestellt?«

»Ich brauche ein paar Informationen über ihn; dabei ist es allerdings sehr wichtig, dass Sie Stillschweigen bewahren.«

Sie nahm dies wortlos zur Kenntnis, und ich stellte eine weitere, ganz entscheidende Frage.

»Haben Sie im Moment Kontakt zu ihm?«

»Nein. Ich will Stuart nie wiedersehen!« Ich rechnete damit, dass sie gleich auflegte, aber kurz darauf seufzte sie. »Wann wollen wir uns treffen?«

»Jetzt gleich, wenn möglich.« Ich gab ihr die Adresse unseres Büros, und sie versicherte mir, dass sie umgehend herkommen würde, obwohl sie gleich Vorlesung hätte. Ich legte auf, und Akiko nahm ihre Tasche.

»Sie haben ja selbst gehört, dass sie ganz passabel Englisch spricht.«

»Bitte, bleiben Sie noch.« Aus irgendeinem Grund hatte ich das Gefühl, dass sie hier noch gebraucht wurde. »Bis nach der Vernehmung.«

»In Ordnung.«

»Sie spricht zwar Englisch, aber längst nicht so gut wie Sie.« Das stimmte. Yumi äußerte sich nur stockend und pausierte vor jedem neuen Satz, weil sie nach den richtigen

Worten suchte. Sie schien zwar alles zu verstehen, was ich sagte, aber ganz sicher war ich mir trotzdem nicht. »Ihr Englisch ist exzellent.«

»Das macht die langjährige Praxis.«

»Leben Sie schon lange hier?«

»Seit 24 Jahren.«

Es war angenehm, zur Abwechslung einmal wieder ein Gespräch zu führen, das nicht mit einer Festnahme endete – das kam in meinem Leben gerade eindeutig zu kurz. Während wir auf das Mädchen warteten, erfuhr ich, wie Akiko Mr. Larkin kennengelernt hatte (Paris, 1988, beim Studium an der Sorbonne), ob sie Japan vermisste (ja, aber ihr Leben war jetzt hier bei ihren Kindern) und ob sie ihren Beruf liebte (an manchen Tagen ja, an anderen nein). Ich hoffte, dass sie nichts dagegen hatte, wenn ich ihr all die Fragen stellte, aber ich konnte nicht anders. Meine Neugier war im Laufe der Zeit für mich zu einer so festen Größe geworden, dass ich sie nicht mehr ablegen konnte.

In Vorbereitung auf die Befragung von Takahashi Yumi erklärte ich Akiko, was wir brauchten: nämlich Beweise, die deren ehemaligen Freund als Verdächtigen im Fall des Gentleman-Mörders auswiesen. »Hat Ihnen der Inspektor den Namen des Mädchens genannt, das in Japan ermordet wurde?«

»Grace Brumberger. Sie war Amerikanerin.«

»Wir brauchen die Ermittlungsakte von ihm.«

Akiko rief ihn zurück, während ich im Internet über Grace Brumberger recherchierte. Dabei stieß ich auf eine wahre Fundgrube an Informationen – ihre Facebook-Seite, wo seit ihrem Tod Meldungen ihrer trauernden Freunde und Bekannten veröffentlicht wurden, eine weitere Erinnerungsseite im Netz, ein von den Eltern an ihrer früheren Schule eingerichtetes und nach ihr benanntes

Stipendium und – besonders nützlich – einen sechzehnseitigen Bericht aus der Lokalzeitung ihrer Heimatregion über die Ereignisse in Japan. Sie stammte aus Connecticut und war Mitglied einer Cheerleader-Gruppe gewesen. Ihre Eltern waren wohlhabend und hatten keine weiteren Kinder. Sie war intelligent, fleißig und hatte ein Herz für Bedürftige.

Und sie sah Angela Poole außerordentlich ähnlich.

Ich hatte den Drang, auf meinem Stuhl auf und ab zu hüpfen, nur Akikos Gegenwart hielt mich davon ab. Und der Umstand, dass ich mit alldem immer noch nichts beweisen konnte. Stuart hatte sich den Ermittlungen im Mord an Grace entzogen – in dem Zeitungsartikel über sie wurde er nicht einmal erwähnt. Es ging darin hauptsächlich um die großen Erwartungen, die Grace im Vorfeld dieser Reise gehabt hatte, wie ihre Eltern von ihrem Tod erfahren hatten und wie sie mit dieser Nachricht gelernt hatten umzugehen.

Dennoch war ich jetzt vollkommen sicher, dass ich Recht hatte.

Akiko legte gerade auf, woraufhin das Telefon sofort wieder klingelte. Es war die Rezeption, die mir mitteilte, dass unten eine Miss Tacky-Irgendwas auf mich wartete. Ich nahm Akiko und mein Notizbuch mit und machte mich auf den Weg zu ihr.

Takahashi Yumi entsprach sämtlichen Klischees einer Modestudentin am St. Martins College, indem sie krampfhaft *anders* aussehen wollte. Sie trug rote Schnürschuhe mit übertrieben gebogenen Absätzen und Plateausohlen, die aussahen wie einem Märchen entsprungen. Ihre Strumpfhose war schwarz und mit einem Muster aus weißen Disteln und Efeuranken versehen, die sich vom Knöchel bis hinauf zum Oberschenkel schlängelten. Dazu trug sie knappe Ledershorts und einen weiten flauschig-weißen Pullover, dessen Hals- und Ärmelabschlüsse ausgefranst waren. Obwohl für den heutigen Tag maximal sieben Grad vorhergesagt waren, hatte sie keine Jacke dabei, dafür aber einen Regenschirm, dessen Griff die Form eines Entenkopfes hatte. Sie war klein und zierlich und eigentlich nicht besonders hübsch, hatte sich jedoch die Augen auffällig geschminkt, den Lippenstift passend zu den Schuhen ausgewählt und damit den Amorbogen stark betont, wie in den Zwanzigerjahren üblich. Ich starrte sie zunächst ein paar Sekunden lang beeindruckt an, ehe mir einfiel, was eigentlich mein Anliegen war.

»Danke, dass Sie gekommen sind.«

Sie nickte. »Wie kann ich Ihnen helfen?«

Ich entschloss mich, gleich zur Sache zu kommen. »Ich denke, dass Stuart mehreren Frauen Gewalt angetan hat, kann es aber noch nicht beweisen. Ich muss daher wissen, ob er Ihnen gegenüber je etwas getan hat, was Ihnen unangenehm war, womit er Sie verletzt hat, oder ob er andere Verhaltensweisen hatte, die Ihnen verdächtig vorkamen.«

Sie blinzelte drei oder vier Mal hastig. An ihren falschen Wimpern waren ganz vorn kleine Herzen angeklebt, und ich wagte mir nicht vorzustellen, wie lange sie morgens brauchte, um sich fertig zu machen.

»Es gab da ein paar Sachen …« Sie brach ab.

»Ich würde gern mit dem Anfang beginnen. Woher kennen Sie ihn?«

»Er war mein Lehrer in der Schule.«

»Wirklich?«

»Ja, aber damals waren wir noch nicht zusammen, sondern nur befreundet.«

»Verstehe.«

»Ich habe ihm Japanisch beigebracht, und er hat mir geholfen, Englisch zu lernen. Ich wollte in London studieren, war aber ziemlich schlecht in Fremdsprachen.«

»Dann haben Sie sich also gegenseitig geholfen.«

»Ein Jahr lang. Als ich fertig war mit der Schule, ist mehr daraus geworden.«

»Sie sind bei ihm eingezogen.«

Sie nickte und biss sich leicht auf die Lippe. »Meine Eltern waren sehr traurig. Aber ich war in ihn verliebt.«

»Wie lange haben Sie zusammengewohnt?«

»Fast zwei Jahre. Ich habe es in der Zeit nicht geschafft, ins Ausland zu gehen oder Takayama zu verlassen. Ich wollte nur noch bei ihm sein. Ich habe mit allem aufgehört, was ich vorher gern gemacht habe: Mode, schick anziehen, Internet, Freunde. Er war mein Ein und Alles.« Ihre Stimme kippte, sie schlang die Hände ineinander und versuchte mühsam, die Tränen zurückzuhalten.

»War er herrschsüchtig?«

Sie sah mich fragend an. Daraufhin beugte sich Akiko zu ihr und versuchte es mit einer japanischen Wendung. Daraufhin nickte sie. »Ja.«

»Er hat Sie also gezwungen, seine Regeln zu befolgen.«

»Und er hat mir verboten, mit meinen Eltern zu sprechen.«

»War er nett zu Ihnen?«

»Ja.« Sie wandte den Blick ab. »Nein.«

»War er brutal?«

Zwei Tränen glitten an Yumis Wange herunter. »Ja. Nein.«

»Wie meinen Sie das?«

»Ja, das war er, aber es gefiel mir. Dachte ich zumindest. Ich kannte es ja nicht anders.«

Wieder beugte sich Akiko zu ihr und sagte leise etwas. Als Yumi ihr antwortete, sprach sie sehr schnell. Das Gespräch der beiden hörte sich für mich an wie plätscherndes Wasser oder als ob jemand mit Handschuhen klatschte. Es gab keine schrillen Töne, nichts Hartes – abgesehen vom Thema, um das es ging.

Wieder an mich gewandt, fasste Akiko zusammen: »In ihrer Beziehung spielte Sadomasochismus eine gewisse Rolle. Sie sagt, dass Stuart nicht zu einer normalen sexuellen Beziehung mit ihr in der Lage war, sondern es nur dann erregend fand, wenn er sie dabei gewürgt hat. Es gefiel ihm, wenn sie sich tot stellte. Dann hat er auf ihr masturbiert.« Es war ein merkwürdiges Gefühl, Akiko so etwas sagen zu hören. Offenbar war sie dabei kein bisschen verlegen. Sie fuhr fort: »Sie berichtet, dass sie Gefallen daran gefunden hat und gern die Unterlegene spielte, bis er sie einmal so sehr gewürgt hat, dass sie ohnmächtig wurde. Als sie wieder zu sich kam, war er nicht erschrocken, sondern geradezu euphorisch. Sie bekam Angst, dass er sie beim nächsten Mal umbringen würde, und hat sich von da an geweigert, sich noch einmal darauf einzulassen.«

»Wie hat er darauf reagiert?«

»Er hat angefangen, in die nächstgelegene Stadt zu fahren und Prostituierte aufzusuchen. Er hat nicht mehr mit ihr gesprochen. Daraufhin hat sie sich entschuldigt und gesagt, dass sie alles tun würde, was er verlangte.«

»Und?«

Akiko wandte sich wieder an Yumi, die ein paar Sätze herausbrachte und dann wieder in Tränen ausbrach.

»Er hat sie wieder gewürgt, bis sie bewusstlos wurde. Als sie wieder zu sich kam, waren ihre Augen blau geschlagen und geschwollen. Zwei Tage lang konnte sie nichts sehen. Die Ärzte hatten große Sorge, dass sie ihr Augenlicht verlieren könnte, aber sie hatte Glück. Danach wusste sie, dass es zu gefährlich war mit ihm, und hat ihn verlassen.«

Yumi weinte jetzt bitterlich und hielt sich ein Taschentuch vor die Augen. Sie zog ihre künstlichen Wimpern ab und legte sie auf ihr Knie, wo sie aussahen wie zwei tote Tausendfüßler. »Ich kannte es ja nicht anders. Ich habe gedacht, er macht das, weil er mich gernhat. Ich habe ihn wirklich geliebt.«

»Haben Sie Angst vor ihm?«

Sie nickte. »Aber er hat sich nie wieder bei mir gemeldet. Seit vorigem Oktober nicht mehr.«

Das war die Zeit, in der Grace Brumberger ermordet wurde. Ich konnte mir vorstellen, dass Stuart sie umgebracht hatte und dabei erkannte, dass er seine Fantasien tatsächlich ausleben konnte. Es war zwar entsetzlich, passte aber durchaus zusammen.

»Sind Sie bereit, über Stuart auszusagen?«

Sie sah mich erschrocken an. »Ich will nicht öffentlich darüber reden, was er getan hat.«

»Sie müssen sich dafür nicht schämen«, sagte ich sanft. »Er war ja derjenige, der sich so verhalten hat.«

Yumi murmelte etwas und schüttelte den Kopf.

»Darf ich?«, flüsterte Akiko mir zu.

»Bitte.«

Ich konnte nicht erraten, was sie zu Yumi sagte, doch während sie sprach, füllten sich die Augen der Modestudentin wieder mit Tränen. Akiko redete ihr weiter gut zu und versuchte, sie zu überzeugen. Nach einer Weile nickte Yumi.

»Sie wird eine Aussage machen. Ich helfe ihr dabei«, erklärte Akiko.

Yumi stand auf und war dabei so wackelig auf den Beinen wie ein neugeborenes Rehkitz. »Wo ist denn hier die Toilette?«

Ich zeigte ihr den Weg. Als sie zur Tür hinaus war, wandte ich mich an Akiko.

»Was haben Sie zu ihr gesagt?«

»Ich habe ihr erzählt, dass ich eine zwanzigjährige Tochter habe, die sehr hübsch ist und um die ich große Angst habe. Ich habe sie daran erinnert, dass die Opfer von Stuart Sinclair auch Eltern hatten, die ihre Töchter geliebt haben.« Akiko lächelte, aber ihr Blick sah traurig aus. »Ich habe gesagt, dass sie großes Glück hatte.«

Kapitel 36

In meinem Job als Polizistin war ich ganz passabel – glücklicherweise, denn zur Einbrecherin taugte ich definitiv nicht. Die Wohnung war leer, das wusste ich genau, trotzdem lotete mein Herz frequenztechnisch gerade die Grenzen des Machbaren aus. Meine Hände waren so verschwitzt, dass die Gummihandschuhe sich innen schon ganz rutschig anfühlten. Ich zog sie weiter über meine Handgelenke und blies mir die Haare aus dem Gesicht.

»Können wir?«

»Ja.« Maitland stand hinter mir. Er trug einen schweren Mantel und hatte ein Funkgerät in der einen und eine Kamera in der anderen Hand. Er wirkte in etwa so angespannt wie vor einem Picknick und beruhigte mich grinsend: »Keine Sorge. Falls er auftauchen sollte, werden wir rechtzeitig gewarnt.«

»Sind Sie sicher, dass das hier drin auch funktioniert?« Der Empfang war möglicherweise nicht besonders gut. Überraschungen durch Funklöcher konnte ich jetzt wirklich nicht brauchen.

»Ich hab das überprüft.« Er verschränkte die Arme und sah mich erwartungsvoll an. »Aber je länger Sie brauchen, desto größer wird natürlich das Risiko.«

»Ist ja gut. Hetzen Sie mich nicht.«

Wir standen an der Eingangstür im schmalen Flur, der sich in der Mitte von Stuart Sinclairs Wohnung befand. Er war dunkel und roch klinisch sauber. Rechts von mir war das Schlafzimmer, von dem ein kleines Bad abging.

Zu meiner Linken lagen das Wohnzimmer und die ebenfalls kleine Küche.

»Wenigstens haben wir nicht viele Zimmer zu durchsuchen.«

»Das macht es manchmal noch schwieriger.« Ich sah die ersten Anzeichen, dass er einerseits sehr ordentlich und andererseits ziemlich sammelwütig war: Am Ende des Flurs stand ein übervolles Bücherregal, auf dem oben noch Kartons aufgestapelt waren und in dem ganz unten sauber ausgerichtete Zeitschriftenstapel lagen. Im Chaos ließ es sich wesentlich leichter wühlen. »Wenn die Sachen so sorgfältig verstaut sind, muss ich alles rausholen, um zu sehen, ob was Brauchbares dabei ist.«

»Dann mal los, worauf warten Sie noch?«

Die Wahrheit war, dass ich es nicht wusste. Ich wartete noch auf den ultimativen Geistesblitz, der mir eingab, wo Sinclair das Zubehör für sein kleines Hobby aufbewahrte. Außerdem war ich nervös, falls er mit Polizeibesuch rechnete und seine Wohnung vorsorglich mit Sprengfallen ausgestattet hatte. Auf Grundlage unseres Durchsuchungsbeschlusses konnten wir die Wohnung ohne seine Zustimmung in Augenschein nehmen. Ich ahnte, dass er uns diese verweigert hätte, wenn er gefragt worden wäre. Ich wollte vermeiden, bei unserem Besuch Spuren zu hinterlassen, die ihn warnen würden, falls wir nichts fanden. Es war auf jeden Fall dringend geboten, ihn überwachen zu lassen, um möglicherweise dadurch belastendes Beweismaterial gegen ihn zu gewinnen. Das konnte allerdings nur gelingen, wenn er sich sicher fühlte und annahm, dass wir uns auf andere Ermittlungsansätze konzentrierten. Daher hielt ich die Augen offen nach vereinzelten Haaren, schwarzen Fäden oder nachlässig angeordneten Papierstapeln, die in dieser Hinsicht verräterisch waren. Eine solche Falle aufzubauen war deutlich leichter, als ihr Auslösen zu vermeiden. Aus diesem Grund hatte man mich auch allein hierhergeschickt und mir nur Maitland als Verstärkung für alle Fälle zur Seite gestellt. Je weniger Personen sich in Stuart Sinclairs Wohnung aufhielten, desto geringer war die Gefahr, dass wir uns verrieten.

»Wo wollen Sie anfangen?«

»Im Schlafzimmer.«

»Nicht im Wohnzimmer?«

»Es sieht nicht danach aus, als hätte er oft Besuch, und wenn doch, dann sicher in diesem Raum. Ich wette, dass wir etwas Verdächtiges am ehesten dort finden.«

»Na dann, auf geht's.«

Langsam schob ich die Schlafzimmertür auf, ging vorsichtig hinein und versuchte, im Dämmerlicht etwas zu erkennen. Er hatte schwere dunkelblaue Vorhänge an den Fenstern, die trotz Tageslicht noch immer zugezogen waren. Ich vergewisserte mich, dass in der Mitte kein Spalt war, holte meine Taschenlampe heraus und fing an zu suchen.

Das Bett war gemacht und die Decke glattgezogen. Darunter stand fein säuberlich aufgereiht sein Schuhwerk: mehrere Paar Turnschuhe, zwei Paar elegante Slipper und ein Paar knöchelhohe Wildledertreter. Ich kontrollierte kurz die Sohlen und schüttelte jeden einzelnen Schuh, ob nicht etwas darinsteckte. Der Fußboden war mit Teppich ausgelegt und sah sehr sauber aus. Ich erinnerte mich, dass der Mörder peinlich darauf geachtet hatte, den Tatort jedes Mal tadellos aufgeräumt zu hinterlassen. Wäre er ein schlampiger Chaot, würde uns das die Arbeit erheblich erleichtern.

Ich öffnete die Schranktür einen Spalt und stieß einen unterdrückten Laut des Erschreckens aus.

»Alles in Ordnung?« Umgehend tauchte Maitland in der Tür auf.

»Bin nur erschrocken«, sagte ich und klappte die Schranktüren jetzt vollständig auf, damit er den Ganzkörperspiegel auf der einen Seite und das lebensgroße Poster auf der anderen Seite sehen konnte, das Stuart Sinclair dort angebracht hatte.

»Ist er das?«

»Ganz sicher.« Auf dem Bild trug er denkbar knappe Shorts und war extrem gebräunt. Seine Muskeln traten deutlich hervor und glänzten ölig. Er hatte die Hände in die Seiten gestemmt und posierte mit angespanntem Bizeps in bester Bodybuildermanier. »Mr. Fitness. Das ist wahrscheinlich seine Motivationsecke hier.«

»Vollidiot«, zischte Maitland und schoss ein paar Fotos, ehe er wieder hinausging. Wir mussten alles auch nur ansatzweise Verdächtige an Ort und Stelle dokumentieren, falls Sinclair es vor unserem nächsten Besuch entfernte.

Ich setzte meine Suche fort und entdeckte drei dunkle Anzüge komplett mit Hemd und Krawatte zwischen seiner ansonsten eher legeren Kleidung. Ich murmelte vor mich hin: »Wozu brauchst du denn als Lehrer diese Anzüge? Gehst du öfter zu Beerdigungen?«

Weder auf dem Boden des Kleiderschrankes noch oben darauf ließ sich etwas finden. Die Nachttische waren leer. Die Kommode enthielt Stapel von penibel gefalteter Kleidung. Die Schubladen ließen sich zwar nicht vollständig herausziehen, aber ich legte mich auf den Boden und kontrollierte die Unterseiten und strich sogar mit der Hand über die Rückwand der Schubladen, um mich vergewissern, dass dort nichts klemmte. Ich schaute unter die Matratze, fand dort jedoch nur den Lattenrost. Auch unter dem Kissen sah ich nach sowie in den Kissenhüllen und dem Bettbezug.

»Was gefunden?«

Ich nahm die Taschenlampe aus dem Mund, die ich mir zwischen die Zähne geklemmt hatte, während ich das Bettzeug untersuchte. »Dann hätte ich Ihnen schon Bescheid gesagt.«

»Fünf Minuten.«

»Alles klar.«

Für das Badezimmer brauchte ich zwei Minuten: Zahnpasta für weiße Zähne, Haarfärbemittel und Gesichtscreme. Teures Shampoo und Haarspülung. Augenlotion. Der Mann hatte mehr Kosmetik im Haus als ich.

Die Küche war winzig und so sauber, dass ich mich fragte, ob er sie überhaupt manchmal benutzte. Die Schränke waren voll mit Eiweißpulver und Energieriegeln. Im Kühlschrank befanden sich Eiklar, Reismilch, Geflügelfleisch, Kabeljau und mehrere Beutel Spinat.

»Lecker«, sagte ich.

Maitland lief im Flur auf und ab wie ein Raubtier im Zoo. »Der sollte mich mal zum Essen einladen.«

Ich suchte weiter. Weder Wein noch Bier. Stattdessen eine Packung mit losem Grüntee, dazu japanisches Teegeschirr mit kleinen Trinkschalen ohne Henkel. Außerdem Reiswaffeln und -nudeln.

In der Ecke stand ein kleiner Gefrierschrank mit drei Schubfächern, die ich ebenfalls durchsuchte. Oberstes Fach: noch mehr Fleisch und magerer Fisch. Keine Eiscreme. Mittleres Fach: Tiefkühlgemüse. Keine Pommes. Unterstes Fach: mit einer dünnen Eisschicht beschlagene Gefrierbehälter aus Plastik. In den obersten beiden war offenbar Hackfleisch. Eine größere, flache Dose darunter war ungewöhnlich leicht beim Anheben. Ich öffnete den Deckel und zuckte zusammen.

»Ach du Schreck!«

»Was ist denn?«

»Ist schon okay.« Vorsichtig nahm ich den Inhalt heraus und legte ihn über meine Fingerspitzen, damit er frei herunterhängen konnte. »Ist nur eine Perücke.«

»Im *Tiefkühlschrank?*«

»So ist es.« Ich lächelte zufrieden. »Nettes Versteck. Die Haarfarbe ist genau die von Angela Poole. Passt auch von der Länge und vom Schnitt her. Ich möchte wetten, dass davon auch das einzelne Haar stammt, das wir auf Anna Melvilles Leiche gefunden haben.«

Maitland machte Fotos, während ich ein paar Haare abriss und sie in einen Asservatenbeutel steckte. Dann legte ich die Perücke zurück in die Dose und stellte diese wieder in den Gefrierschrank.

»Kann ich das so an die Kollegen durchgeben?« Er bewegte das Funkgerät zum Mund.

»Nur zu. Ich suche aber noch ein bisschen weiter.«

Im Wohnzimmer fand ich Hanteln und Trainings-DVDs sowie vier Edelstahlmesser in einer Hülle, die unter den Esstisch geklebt war. Sie waren in Japan gefertigt und extrem scharf. In der Mitte war eine Lücke.

»Er könnte ein Messer bei sich haben.«

»Ich sag Bescheid.«

Weitere Bücherregale. Eigentlich mochte ich solch ein Zimmer mit vielen Büchern, aber nicht wenn ich es mit einer Taschenlampe absuchte und in Eile war. Godley hatte mich angewiesen, weiterhin behutsam vorzugehen, falls die Perücke kein Treffer war. Natürlich war es ausgeschlossen, jedes Buch einzeln herauszunehmen und zu kontrollieren, dass nichts darin versteckt war. Ich kaute auf der Unterlippe – ich wusste, dass ich etwas übersehen hatte.

Unter den Sofakissen hatte ich nichts gefunden, auch nicht im Bezug oder unter der Sofadecke.

Ein großer Gummibaum in der Ecke fiel mir ins Auge. Er stand auf einem Untersetzer mit Rädern, sodass man ihn leicht bewegen konnte. Ich schob ihn ein Stück beiseite und sah, dass der Teppichboden dort nicht ganz glatt war. In der Ecke waren die Teppichnägel gelöst worden, und der Belag wellte er sich leicht.

»Ha, erwischt.«

Der Teppich ließ sich ganz leicht anheben, doch darunter sah ich zunächst nichts weiter als Dielenbretter. Ich schob meine Hand so weit voran, wie ich konnte, und beschrieb dabei mit meinem Arm weite Bogen. Währenddessen fluchte ich leise vor mich hin, weil diese Haltung denkbar anstrengend und unbequem war. Aber alle Mühe war schlagartig vergessen, als meine Fingerspitzen gegen etwas stießen. Ich streckte sie noch ein Stück weiter aus und bekam eine Ecke von etwas zu fassen, das sich als A4-Umschlag erwies. Ich kontrollierte, ob dort nicht noch etwas lag, und förderte zwei weitere Kuverts zutage.

»Harry? Ich hab da was.«

Er kam und blieb in der Tür stehen, als ich den Inhalt des ersten Umschlags auf den Tisch schüttete. Bilder und medizinische Unterlagen kamen zum Vorschein. Es war eine Chronik der Verwandlung Stuart Sinclairs von dem rundlichen Jungen mit vorstehenden Zähnen, der von Derwent verhöhnt worden war, in einen, nun ja …

»Ist das Josh Derwent?«, erkundigte sich Maitland.

Es war ein Bild, das ich noch nie gesehen hatte – eine Nahaufnahme von Derwent in Schuluniform, wie er in die Kamera griente. An die Rückseite waren zwei kleinere Aufnahmen geheftet. Die erste war ein seitlicher Schnappschuss von ihm, auf dem er sich gerade unterhielt, auf dem zweiten Bild lächelte er jemanden an. Er sah aus, als käme er frisch aus der Dusche. Seine Haare waren nass und hingen ihm nicht wie damals üblich in die Stirn, sondern lagen ganz glatt zurückgekämmt, sodass man seine Gesichtszüge, den Haaransatz und die Form seiner Ohren gut erkennen konnte.

»Derwent war offenbar sein Idealbild. Als ob die Welt zwei davon bräuchte.«

Maitland prustete los. Ich blätterte die Papiere durch.

Die Zähne hatte er auf Kosten der Krankenkasse behandeln lassen, aber die umfangreicheren Maßnahmen – eine Kieferkorrektur und etliche Kronen – waren in Ungarn erfolgt. Für eine Nasen-OP und ein Kinnimplantat war er extra nach Los Angeles geflogen, die Kosten dafür waren astronomisch. Bei vier Reisen nach Südafrika hatte er sich mehrfach Fett absaugen, die Augenlider liften und die Ohren anlegen lassen. Die Bilder sprachen Bände: Sie erzählten von der Metamorphose eines unglücklichen, körperlich schlaffen jungen Mannes zu dem durchtrainierten Typen mit ebenmäßigen Gesichtszügen, dem ich gegenübergesessen hatte. Seine Verwandlung umfasste die Entfernung von Körperbehaarung, die Verschiebung des Haaransatzes, die Aufhellung seiner Haarfarbe, exzessives Fitnesstraining sowie Besuche im Sonnenstudio, und das alles hatte tatsächlich *funktioniert.* Ich versuchte, mich zu erinnern, ob mir an seinem Gesicht und dessen Bewegungen etwas Ungewöhnliches aufgefallen war, was nach Schönheitsoperationen häufig der Fall war. Aber das Einzige, was ich an ihm bemerkt hatte, war seine Ähnlichkeit mit Derwent, die ich als reinen Zufall abgetan hatte. Und ich hatte ihn überraschend attraktiv gefunden.

»Gruselig«, merkte Maitland an. »Was haben wir noch?«

Das nächste Kuvert war ein Schlag in die Magengrube: ein kompletter Satz Tatort- und Obduktionsfotos vom Mordfall Angela Poole.

»Wo hat er denn die her?«

»Gestohlen. Sie waren während der damaligen Ermittlungen abhandengekommen. Der Chefermittler hatte sie herumliegen lassen. Stuart war der wichtigste Zeuge – ich schätze, dass er in der Polizeidienststelle praktisch ein- und ausgegangen ist.« Ich tippte auf eines der Bilder. »Wahrscheinlich hat er sie selbst auf die Website hochgeladen, die er mir gezeigt hat. Diese Bilder waren das Referenzmaterial für seine Morde, und er musste sie öffentlich zugänglich machen, damit es praktisch jeder gewesen sein konnte.«

»Wie clever.«

»Niemand hat behauptet, dass er nicht clever ist.« Ich begann einen wirklichen Hass auf Stuart Sinclair zu empfinden, der wie Galle in mir aufstieg. Er hätte es beinahe geschafft, sich über jeden Verdacht erhaben zu machen. Und ich hätte ihn um ein Haar übersehen.

Ich hatte vor Deenas Tod mit ihm gesprochen und ihn keine Sekunde lang verdächtigt.

Der dritte Umschlag war in mehrfacher Hinsicht der interessanteste. Er enthielt mehr als fünfzig Karteikarten mit Namen, Adressen, Personendaten und Beschreibungen des Äußeren von Frauen sowie eine Brieftasche. Ich klappte sie auf. »Bingo.«

»Was ist das?«

»Ein gefälschter Polizeiausweis auf den Namen Josh Derwent. Das Foto zeigt allerdings Sinclair.«

Maitland sah ihn sich an. »Der sieht ja kein bisschen echt aus. Total dilettantisch.«

»Aber um ihn im Halbdunkel auf der Straße jemandem vor die Nase zu halten, reicht er allemal aus.« Ich setzte mich auf die Fersen. »Wir haben ihn überführt.«

»War ja zu erwarten. Was ist denn sonst noch drin? Was sind das für Karten?«

»Recherche.« Ich ging sie kurz durch und fand auch Jenny Coppard darunter. Ihr Kärtchen war mit einem roten Stern versehen, und die Information, dass sie Mutter war, hatte er mit demselben Stift eingekreist. Er wollte Jungfrauen, dachte ich, keine Mütter. Trotzdem hatte sich Jenny für ihn als nützlich erwiesen.

»Ich habe bisher für keines unserer Opfer eine Karte gefunden«, sagte ich beim Durchsehen.

»Vielleicht versteckt er die noch irgendwo anders.«

»Oder er vernichtet sie, sobald sie tot sind.« Dann waren sie ja für ihn nicht mehr von Interesse und stellten keine Herausforderung mehr dar.

Bei den letzten Karten angekommen, erstarrte ich plötzlich. »Das kann ja wohl nicht wahr sein.«

»Was denn?« Maitland schaute zu mir herüber. »Oh, da haben Sie aber Glück gehabt.«

Stuart hatte auch für mich eine solche Karte angelegt, samt Telefonnummer, Körperbeschreibung und – in Großbuchstaben – KENNT JD!!! Allerdings war sie ebenfalls oben mit einem Stern gekennzeichnet.

»Ich frage mich, warum ich durchgefallen bin.«

»Zu groß«, schlug Maitland vor und grinste, als ich ihn vorwurfsvoll ansah. »Zu riskant.«

»Ja, er geht nicht gern Risiken ein«, stimmte ich ihm zu. »Er geht lieber auf Nummer sicher.«

»Dann hoffen wir mal, dass er bald Sehnsucht nach seinem gemütlichen Heim bekommt.« Maitland zeigte auf das Funkgerät. »Packen Sie alle Unterlagen zusammen, die nehmen wir mit. Die Pflanze rücken wir lieber wieder zurecht, falls er zurückkommt, ohne dass wir ihn vorher abfangen können. Aber ich würde sagen, dass wir mehr als genug gegen ihn in der Hand haben. Sobald wir ihn verhaftet haben, nehmen wir die Wohnung komplett auseinander, damit uns auch wirklich nichts entgeht.«

Ich strich den Teppich wieder glatt, rückte die Pflanze zurecht und machte dann noch einen letzten Rundgang durch die Wohnung, um sicherzugehen, dass alles so aussah, wie ich es vorgefunden hatte.

»Zufrieden?«, fragte Maitland.

»Begeistert«, sagte ich und meinte es ernst. Jetzt mussten wir ihn nur noch erwischen.

Kapitel 37

Stuart Sinclair zu fassen war natürlich leichter gesagt als getan, denn dazu konnten wir nichts weiter tun als warten. Godley hatte etwa zwanzig Beamte in Pkws und Kleinbussen rund um die Wohnung stationiert, die allesamt die Gegend observierten und jederzeit zum Zugriff bereit waren. Es herrschte eine derart aufgeladene Atmosphäre, dass sie Sinclair meiner Ansicht nach kaum entgehen konnte, wenn er nach Hause kam. Oder er hatte uns längst gesehen und befand sich schon auf der Flucht. Vielleicht war in seiner Wohnung ein stiller Alarm ausgelöst worden, und er tauchte nie wieder hier auf.

Zwei Stunden und vier Verdächtige lang, die sich dann doch als harmlos herausstellten, zermarterte ich mir das Hirn, ob ich etwas falsch gemacht und ihn damit verschreckt hatte. Irgendwann stützte ich meinen Kopf gegen das Lenkrad und stöhnte.

»Er kommt bestimmt nicht zurück. Wir werden ihn niemals fassen. Wahrscheinlich setzt er sich wieder ins Ausland ab, legt sich noch ein paarmal unters Messer und beschafft sich ’nen falschen Pass.«

»Er ist kein Verbrechergenie«, widersprach mir Liv. »Überhaupt kein Genie. Er hat Unsummen dafür ausgegeben, um wie Derwent auszusehen. Was sagt uns das?«

»Zwanghafte Persönlichkeit. Schlechter Geschmack. Serienmörder. Du hast ja Recht. Ich werde ihn mal lieber nicht meinen Eltern vorstellen.« Ich blieb jedoch sitzen und umklammerte das Lenkrad so fest, dass meine Knöchel ganz weiß wurden.

»Ich hab dich noch nie so nervös erlebt. Alles okay bei dir?«

»Das war ’ne grauenhafte Woche. Überhaupt nichts ist okay bei mir.«

»Vermisst du Rob?«

»Ja.«

Sie sah mich mit großen Augen an. »Wow. Keine Ausreden. Kein Herumeiern. Das muss wahre Liebe sein.«

»Na und?« Ich grinste sie an.

»Ich hätte nicht gedacht, dass du das jemals zugeben würdest.«

»Ja. Sollte ich ihm wohl doch langsam mal sagen.«

»Maeve Kerrigan, willst du allen Ernstes behaupten, dass du zu diesem Traum von einem Mann noch nie ›Ich liebe dich‹ gesagt hast? Deinem Seelenfreund? Dem Typen, der dir sofort ein Lächeln ins Gesicht zaubert, sobald ich nur seinen Namen erwähne?«

»Aber das weiß er doch«, protestierte ich.

»Das heißt aber noch lange nicht, dass er es nicht gelegentlich hören sollte.« Das Funkgerät neben Livs Füßen knarzte, und sie nahm es zur Hand.

»Männliche weiße Person bewegt sich auf Zielort zu. Soeben von der Argyle Road auf die Larchfield Avenue abgebogen.« Es war die Stimme von James Peake, sie klang ganz ruhig und sehr sachlich. Gute Funkstimme, dachte ich überflüssigerweise und versuchte, mein Herzrasen in den Griff zu bekommen.

»Er kommt von dort drüben«, sagte Liv nach einem Blick auf den Stadtplan. Sie zeigte auf die andere Seite des Bereiches, den wir überwachten. Ich lehnte mich auf meinem Sitz zurück, weil ich vor lauter Anspannung immer noch Magenschmerzen hatte, obwohl wir uns auf der falschen Seite befanden und viel zu weit entfernt waren, um direkt am Zugriff beteiligt zu sein.

»Blaue Jeans, schwarze Jacke mit Superdry-Logo auf der Schulter, graue Turnschuhe«, präzisierte Peake.

»Halten Sie sich bereit«, sagte Godley. »Wir stellen erst die Identität sicher und starten dann.«

Ich spürte die Anspannung in meinen Armen, als ich eine Hand auf den Türgriff legte. Unser Wagen stand in der Nähe der Hauptstraße, ein Stück von der Wohnung entfernt. Nach meinen Schätzungen befanden sich zehn oder zwölf Kollegen in einer günstigeren Ausgangsposition, um ihn zu überwältigen. Trotzdem war ich innerlich beteiligt, und ich sah Liv an, dass es ihr ähnlich ging.

Jetzt konnte ich ihn in einiger Entfernung auch sehen. Er war noch etwa dreißig Meter vom Tor zum Grundstück entfernt und ging ohne Eile darauf zu. Er sah entspannt aus und hatte eine Sporttasche über der Schulter. »Das ist er.«

»Es ist definitiv unser Mann«, sagte Maitland über Funk praktisch im selben Moment.

Darauf hatte Godley nur gewartet. »Zugriff, Zugriff, Zugriff.«

Plötzlich kam Bewegung in die Straße, als alle aus ihren Fahrzeugen sprangen und auf Sinclair zuliefen. Die Strategie lautete, schnell zu sein, die Zielperson zu verwirren, ihr die Orientierung zu nehmen und sie anschließend zu überwältigen, ehe sie auch nur daran denken konnte, sich zu wehren. Doch Sinclair war so reaktionsschnell wie eine Katze. Obwohl er nicht vorgewarnt war, rannte er im Handumdrehen los und kam auf dem Fußweg in unsere Richtung gesprintet.

»Er kommt auf uns zu«, rief ich hektisch zu Liv hinüber.

Ehe Sinclair uns erreichte, stellte sich DI Bradbury ihm in den Weg. Doch ohne zu zögern, zielte Sinclair mit seiner Sporttasche auf dessen Kopf und landete einen Volltreffer. Bradbury ging zu Boden wie ein gefällter Baum, sodass der nächste Beamte – zufällig Harry Maitland – über ihn stolperte. Beide zusammen stellten ein erhebliches Hindernis für die herbeieilenden Kollegen dar, sodass diese zusammenstießen und dadurch viel zu langsam waren. Sinclair rannte weiter, ohne sich umzusehen, und profitierte dabei von dem Durcheinander. Die gut organisierte und geordnete Festnahme hatte sich binnen Sekunden in ein einziges Chaos verwandelt, ohne dass ich richtig nachvollziehen konnte, wie es dazu gekommen war. Wir hatten ja schließlich alle Zeit der Welt zur Vorbereitung gehabt, während Sinclair vor allem eine Menge Glück hatte. James Peake rappelte sich auf und heftete sich mit großen Schritten an Sinclairs Fersen, aber der hatte inzwischen fünf bis sechs Meter Vorsprung.

Somit war es nun an uns, Sinclair aufzuhalten, damit er nicht die offene Straße erreichte. Als er uns vor sich sah, scherte er aus und rannte quer über die Straße zum gegenüberliegenden Fußweg. Ich verfolgte ihn und schnitt ihm den Weg ab, ohne auf den Verkehr zu achten, meinen Teleskopschlagstock einsatzbereit. Liv war an meiner Seite und rief ihm zu, dass er stehen bleiben solle.

Aber er dachte gar nicht daran. Er senkte den Kopf und stürmte direkt auf uns zu. Er traf Liv mit voller Wucht, und ich hörte, wie sie ins Straucheln kam und mit einem Schrei stürzte, während er mich mit gestrecktem Arm aus dem Weg schob und dabei nach meinem Schlagstock griff, um mich damit aus dem Gleichgewicht zu bringen. Ich ließ ihn los, drehte mich um die eigene Achse, konnte mich aber wie durch ein Wunder aufrecht halten. Bei alldem hatte ich nur den einen Gedanken im Kopf, dass ich nicht schuld am Scheitern der Operation sein wollte, nur weil er stärker war als zwei Polizistinnen. Außer mir vor Wut, hastete ich hinter ihm her und schloss aufgrund meiner Körpergröße mit jedem Schritt zu ihm auf. Als wir uns dem Ende der Straße näherten, riskierte er einen Blick zurück: Ich würde ihn einholen, das wusste er genau.

Ich konzentrierte mich voll und ganz auf Sinclair. Ich flog förmlich und war schon so nahe, dass ich ihn mit den Fingerspitzen berühren konnte, beinahe konnte ich ihn packen und überwältigen ...

Ich kann wirklich nicht sagen, was er vorhatte, als er die hüfthohe Absperrung aus Metall am Ende der Straße erreichte. Sie war dazu gedacht, Fußgänger daran zu hindern, die vielbefahrene Fernstraße zu überqueren, auf der ununterbrochen auf vier Spuren der Verkehr vorbeirauschte. In diesem Moment dachte ich – und nehme es noch immer an –, dass er vorhatte, sie mit einem Sprung zu überwinden und alles auf eine Karte zu setzen und zu versuchen, sich zwischen den Autos hindurchzuschlängeln. Er war extrem von sich eingenommen und hoffte vermutlich, dass er schnell genug sein würde, um nicht überfahren zu werden.

Was auch immer er vorhatte, er blieb beim Springen an der Absperrung hängen und kam zu Fall. Der Länge nach lag er nun auf dem Asphalt und hob den Kopf, um zu sehen, was auf ihn zukam. Mehr Zeit blieb ihm nicht, ehe ein voll beladener Sattelschlepper ihn bei vollem Tempo überrollte. Ich spürte den Fahrtwind, als er an mir vorbeifuhr. Ich war nur Bruchteile einer Sekunde hinter Sinclair gewesen, und doch machte diese Zeit einen Unterschied zwischen Leben und Tod aus. Der Wind zerrte an meinen Haaren und meiner Kleidung, als ich gegen die Absperrung prallte. Ich war einfach zu schnell, um anhalten zu können, und stürzte darüber hinweg. Ich bekam sie zwar noch zu fassen, kam aber nicht gegen den Schwung an, der mir die Beine wegzog, sodass ich genau wie Sinclair in Richtung Straße geschleudert wurde, wo der Verkehr ohne Unterlass rollte und noch niemand registriert hatte, dass hier gerade ein Mensch ums Leben gekommen war.

Als eigentlich schon alles zu spät war, packte mich jemand von hinten an der Jacke und zog mich zurück, weg von der Gefahr, sodass ich wieder auf den Füßen zu stehen kam. Ich starrte auf die Straße und sah die rote Schmierspur. Das war alles, was von Stuart Sinclair übrig geblieben war. Die Autos machten in diesem Moment eine Vollbremsung, was für mich jedoch diesen einen Augenblick zu spät gewesen wäre, wenn es mich wirklich auf die Straße geschleudert hätte. Ich hob den Kopf und schaute James Peake ins Gesicht, dann sackte ich in seinen Armen zusammen, weil mich alle Kräfte verließen. Ich stand viel zu sehr unter Schock, um mir klarzumachen, was hätte passieren können oder was mit Sinclair geschehen war. Ich konnte kaum einen klaren Gedanken fassen, geschweige denn sprechen.

Nach einer gefühlten Ewigkeit fand ich endlich meine Worte wieder. »Sie haben mir das Leben gerettet.«

»Höchstwahrscheinlich. Gern geschehen.« Er ließ seinen Kopf ganz kurz auf meinem ruhen. »Das war verdammt knapp.«

»Er ist mir entwischt. Wäre ich eine Sekunde schneller gewesen, dann hätte ich ihn gehabt.«

»Machen Sie sich darum jetzt keine Gedanken. Das Wichtigste ist, dass Ihnen nichts passiert ist.«

Ich löste mich von ihm und konnte mich schon wieder

auf den Beinen halten, als die übrigen Kollegen endlich bei uns ankamen. Godley machte ein finsteres Gesicht.

»Alles in Ordnung mit Ihnen?«

»Ja.« Ich sah wieder auf die Straße. Dave Kemp und Ben Dornton schirmten die Leiche ab und leiteten den Verkehr an der Spur vorbei, auf der Stuarts Einzelteile überall verstreut lagen. Dazu mussten sie heftig gestikulieren und die Autofahrer lautstark zurechtweisen, die im Schritttempo an der Stelle vorbeifuhren, um einen Blick zu erhaschen. Diese Aufgabe war mindestens genauso gefährlich wie das, was ich an diesem Tag vollbracht hatte, nur mit dem Unterschied, dass sie dafür wenig Anerkennung bekommen würden. Auf einer Schnellstraße ohne Warnweste oder einen einzigen Absperrkegel den Verkehr zu regeln hieß praktisch, dem Tod direkt ins Auge zu sehen. Keiner von beiden war darauf sonderlich erpicht.

Ein Stück weiter hatte der Sattelschlepper inzwischen angehalten und den Warnblinker eingeschaltet, während der Fahrer aus seiner Kabine kletterte. Ein paar Kollegen liefen auf ihn zu, um mit ihm zu sprechen. Er sah völlig aufgelöst aus und hielt sich eine Hand vor den Mund und die andere an den Kopf.

»Die sollen dem Fahrer am besten gleich sagen, dass er sich keine Vorwürfe machen muss«, sagte ich. »Den wird keiner vermissen.«

»Ich hätte gern Gelegenheit gehabt, ihn zu verhaften«, sagte Godley sanft. »Um zu hören, was er zu sagen hatte.«

»Er hätte nur gelogen.« Ich begann zu zittern, als der Schock einsetzte. »Die lügen doch alle. Der Wahrheit kommt man nicht mal ansatzweise auf die Spur.«

»Da ist mehr Wahres dran, als Sie denken«, erwiderte Godley so leise, dass nur ich es hören konnte. Ich hob den Kopf, sah ihn an und fragte mich, was er wohl damit meinte. Aber er fügte nichts weiter hinzu, sondern ging los, um mit dem Lkw-Fahrer zu reden. Unterdessen trafen mehrere Einsatzwagen mit Blaulicht und Sirene ein und übernahmen die Verkehrsregelung. Hinter ihnen kam ein Krankenwagen, und ich fragte mich, warum sie sich so beeilten. Für Sinclair konnte doch niemand mehr etwas tun.

Maitland kam auf mich zu. Er machte ein gequältes Gesicht. »Alles okay?«

»Könnte nicht besser sein.« Ich versuchte, mein Zähneklappern zu unterdrücken. »Alles in Ordnung.«

»Gut.« Er sah immer noch betroffen aus.

»Wirklich, mir geht's gut.«

»Das glaube ich Ihnen. Aber Sie müssen bitte mitkommen.«

»Was ist denn los?«

»Sie hatten Recht. Er war wirklich mit einem Messer bewaffnet.«

Ich starrte ihn fragend an und konnte förmlich sehen, wie er zu dem Schluss kam, dass es unmöglich war, mir die Nachricht schonend beizubringen. Drei Worte genügten.

»Es ist Liv.«

Montag

Kapitel 38

»Klopf, klopf.«

Ich sah von meiner Arbeit auf und hielt den Atem an. »Das kann doch gar nicht sein.«

»Doch, kann es. Ich musste mir dazu nur ein neues Flugticket kaufen.« Rob ließ seine Tasche fallen und kam durch das leere Wartezimmer auf mich zugestürmt, während ich aufsprang und in seine Arme flog. »Wie geht es dir?«

»Geht schon«, murmelte ich mit dem Gesicht an seiner Brust. »Ich kann's echt nicht fassen, dass du gekommen bist.«

»So schnell ich konnte. Da bin ich mal für 'ne Woche weg, und schon wirst du fast erschossen. Und erwürgt.«

»Nicht zu vergessen, dass ich fast überfahren wurde.«

»Dazu wollte ich gleich kommen.« Er zog mich noch fester an sich. »Und dann auch noch Swain. Der allein reicht schon, damit ich sofort ins Flugzeug steige. Nicht auszudenken, was passiert wär, wenn ich die ganzen zwei Wochen hätte bleiben müssen.«

»Nichts Gutes«, sagte ich schlotternd. »Aber ich bin unverletzt. Und vor Chris Swain hab ich auch keine Angst.«

»Das schon wieder.« Er schüttelte mich sacht. »Solltest du aber.«

»Dann hat er aber gewonnen.«

»Gewinnt er halt. Sei lieber die Verliererin und hab ein langes Leben. Mir zuliebe.«

»Dir zuliebe«, sagte ich. Ich hielt ihn noch immer fest. Erst ganz langsam begriff ich, dass er wirklich da war. »Wie hast du es denn geschafft, früher abzureisen? Hat Debbie dir freigegeben?«

»Nicht wirklich.«

»Rob!«

»Ich hab ihr erklärt, dass es wichtig ist. Sie wird's verkraften.«

»Sie kann mich aber nicht ausstehen«, entgegnete ich. »Bestimmt schäumt sie vor Wut.«

»Mach dir deswegen keine Gedanken.«

»Aber du kannst doch nicht meinetwegen deine Karriere ruinieren.« Ich war jetzt ernstlich besorgt.

»Ich hab überhaupt nichts ruiniert. Sie kommt schon damit klar, glaub's mir.« Er strich mit dem Daumen über mein Gesicht, beugte sich dann zu mir herunter und küsste mich. Diesmal überkam mich ein wohliger Schauer, und ich schmiegte mich an ihn, die Arme um seinen Hals gelegt. Als wir wieder Luft holten, sah er mir in die Augen. »Eins will ich jetzt mal klarstellen. Wenn ich zwischen der Arbeit und dir wählen muss, dann werde ich mich immer für dich entscheiden. Du kommst für mich an erster Stelle.«

»Ich liebe dich.«

Fassungslos sah er mich an. »Was hast du gesagt?«

»Hast du doch gehört.«

»Da bin ich mir grad nicht so sicher.«

»Ich liebe dich«, sagte ich langsam und deutlich.

Entzückt grinste er mich an. »In einem Wartezimmer im Krankenhaus. Ist jetzt nicht das romantischste Setting, das du dir da ausgesucht hast, aber geht schon klar. Ich liebe dich auch.«

»Ich weiß.« Ich legte den Kopf an seine Schulter und schmiegte mich an seinen Hals. Ich hatte ihn mehr vermisst, als ich für möglich gehalten hätte.

»Geht es dir wirklich gut? Was ist mit Liv?«

Mit belegter Stimme antwortete ich: »Ihr geht's nicht so toll.«

Drei quälende Tage lang hatten wir abwarten müssen, ob Liv durchkommen würde nach der Not-OP, in welcher der Schaden repariert wurde, den Stuart Sinclair mit seinem Messer angerichtet hatte. Dem Messer, das keiner gesehen und vor dem ich die Kollegen noch gewarnt hatte. Er hatte es ihr – fast beiläufig – in den Bauch gerammt, als er an ihr vorbeigerannt war, und einfach dort stecken lassen. Sie hatte zwar ihre Schutzweste getragen, die jedoch hochgerutscht war – was öfter vorkam –, und Sinclair hatte erneut Glück gehabt. Obwohl die Chirurgen sie wieder zusammengeflickt hatten, litt sie anschließend an einer postoperativen Infektion, die viel Kopfschütteln und Besorgnis auslöste. Ich war wie gelähmt und wollte ihr irgendwie helfen, aber ich konnte nichts Sinnvolles für sie tun.

»Warst du hier, nachdem es passiert ist?«

»Fast die ganze Zeit«, gab ich zu. »Wie hast du das erraten?«

»Du siehst aus wie direkt nach 'nem Langstreckenflug.«

»Wohingegen man dir das kein bisschen ansieht. Wie machst du das bloß?«

»Ich hab da meine Tricks«, antwortete er. »Allerdings bin ich am Verhungern. Im Flugzeug hab ich das Essen verschlafen, und auf dem Weg hierher wollte ich nicht noch mal anhalten.«

»Die Cafeteria in der dritten Etage ist ganz okay.«

»Klingt jetzt zwar nicht nach Bestnote, aber passt schon. Ich mach mich mal auf die Suche.« Er zog mich wieder ganz eng zu sich heran. »Mann, was für 'ne Aufregung. Deine Mutter ist doch mit den Nerven wahrscheinlich total am Ende, oder?«

»Ich glaube, diesmal ist sie zur Abwechslung sogar einigermaßen stolz auf mich. Aber ich musste ihr natürlich versprechen, so was nie, nie wieder zu machen.«

»Sehr vernünftig. Das wäre mein nächstes Anliegen gewesen.«

Ich lehnte meinen Kopf an ihn. »Ach, Rob.«

»Wie rührend.« Derwent ließ die Tür hinter sich zufallen und kam auf uns zugehumpelt. »Willkommen zu Hause, Loverboy.«

»Danke«, erwiderte Rob lakonisch und ließ mich los. »Ganz meinerseits.«

Derwent schaute sich um. »Hier sieht's ja aus wie im Leichenschauhaus.«

»Geschmacklose Bemerkung«, wies ich ihn zurecht.

»Sorry.« Sein Gesicht sagte allerdings etwas anderes.

»Ich weiß, dass du Liv nicht sonderlich gut leiden kannst, aber sie liegt auf der Intensivstation und kämpft um ihr Leben. Da ist es ja wohl das Mindeste, dass du ein bisschen Respekt zeigst.«

»Ich bin respektvoll ohne Ende«, protestierte er. »Erstens bin ich hergekommen, und zweitens war ich gerade dort, um nach ihr zu sehen.«

Mir blieb fast das Herz stehen. »Und, gibt's was Neues?«

Godley hatte hinter ihm den Raum betreten und beantwortete meine Frage an seiner Stelle: »Ihr Zustand ist unverändert.« Er nickte Rob zu. »Schön, Sie zu sehen. Wie läuft's bei der Flying Squad?«

»Wir haben Spaß ohne Ende.«

Godley grinste. »Dürfen wir Maeve mal kurz entführen? Für einen kurzen Informationsaustausch?«

»Kein Problem. Ich wollte mir sowieso gerade was zu essen besorgen. Bin schon weg. Will noch jemand was aus der Cafeteria?«

»Ich brauch dringend Kaffee«, verkündete Derwent. »Ich komme gleich mit.«

Rob sah mich an. »Auch 'nen Kaffee?«

Ich schüttelte den Kopf, und die beiden gingen zusammen los. Einen davon begann ich schon zu vermissen, als die Tür sich hinter ihnen noch nicht einmal geschlossen hatte. Der andere konnte von mir aus so lange wegbleiben, wie er wollte.

»Sie sollten nach Hause fahren und sich ein bisschen ausruhen«, empfahl mir Godley und setzte sich.

»Ist schon in Ordnung.« Ich konnte im Krankenhaus ganz gut arbeiten, vor allem seit ich kürzlich mein Handy zurückbekommen hatte. Meine Unterlagen hatte ich mir auch mitgebracht, und ich würde nicht eher hier weggehen, bis ich wusste, wie sich Livs Zustand entwickelte.

»Sie sehen müde aus.«

»Bin ich auch. Aber ist schon okay.«

»Ich weiß, dass Sie beide sich sehr nahestehen.« Er streckte seinen Arm aus und legte mir die Hand auf die Schulter. Das überraschte mich zwar, aber ich empfand es durchaus als tröstlich. »Um Sie haben wir uns ja auch schon die gleichen Sorgen machen müssen.«

»Es ist leichter zu ertragen, wenn man selbst außer Gefecht gesetzt ist.«

»Wie wahr.« Er lehnte sich zurück.

»Muss ich unbedingt mit Derwent reden? Ist es nötig, dass er hier ist?«

Godley sah mich erstaunt an. »Was haben Sie denn für ein Problem mit ihm?«

»Ich kann ihn im Moment einfach nicht ertragen. Nicht wenn es Liv so schlecht geht. Das ist ihm alles vollkommen egal.«

»Er ist aber jeden Tag hier gewesen, selbst wenn Sie ihn

nicht gesehen haben. Die Schwestern liegen ihm förmlich zu Füßen.«

»Und dass er mit ihnen flirtet, soll ich jetzt toll finden?«

»Sie waren ganz besonders freundlich zu Joanne und zu Livs Familie. Das hilft schon auch ein bisschen.«

»Aber das ist bei ihm doch alles reiner Selbstzweck.«

»Er ist schon vor einer Stunde hier gewesen. Er hat sich zu Joanne gesetzt und sie von Liv erzählen lassen. Als ich dazukam, hat er sie sogar zum Lachen gebracht.«

»Ernsthaft?«

»Absolut.«

Ich schluckte. »Und wieso wusste ich nichts davon?«

»Er versteckt seine positiven Seiten ziemlich gut, aber er hat sie auf jeden Fall.«

»Wenn Sie das sagen.«

Leicht befangen, fuhr Godley fort: »Wo Josh gerade nicht in der Nähe ist, möchte ich mich bei Ihnen entschuldigen.«

»Wofür denn?«

»Weil ich Ihnen das Leben in letzter Zeit so schwer gemacht habe. Ich möchte nicht, dass Sie das Team verlassen, Maeve. Sie sind eine Bereicherung, auf die ich nicht verzichten möchte.« Godley sah mich an. »In Anbetracht dessen, was Sie über mich wissen, bin ich nicht sicher, ob Sie noch unter meiner Leitung arbeiten wollen, aber solange es für Sie in Ordnung geht, haben Sie einen Platz in meinem Team.«

Ich hätte losheulen können. »Sir …«

»Es hat nichts mit Geld zu tun. Ich möchte, dass Sie das wissen.«

Ich starrte ihn ratlos an. »Ich wollte nicht …«

»Er hat mir keine Wahl gelassen. Ich versuche, ihm nichts preiszugeben, was ihm nützen könnte. Wenn ich es nicht tun würde, dann garantiert jemand anders. So bin ich wenigstens im Bild, was er weiß.«

»Sie müssen mir nichts erklären.«

»Ist mir aber ein Bedürfnis.« Zerknirscht sah er auf seine Hände. »Wissen Sie, Sie sind ganz bestimmt die Letzte, die etwas davon hätte erfahren sollen.«

»Warum denn? Ich habe niemandem davon erzählt.«

Er sah mir wieder ins Gesicht. »Weil Sie es abgelehnt und die Konsequenzen getragen hätten.«

Bevor ich mir eine sinnvolle Antwort überlegen konnte, ging die Tür wieder auf, und Derwent kam ohne Rob wieder herein, und zwar in Begleitung einer Schwester, die ein Tablett mit zwei Kaffeebechern trug, weil er das mit seinen Krücken nicht hinbekam. Er hatte die Gabe, andere für sich arbeiten zu lassen und ihnen dafür nichts weiter als ein Lächeln zu schenken.

»Danke, meine Liebe«, sagte er und zwinkerte ihr zu, während er sich auf einem Stuhl niederließ. Schlagartig verschwand sein Lächeln, und er verzog schmerzerfüllt das Gesicht.

»Wie geht's dem Bein?«, fragte ich.

»Tut weh wie Hölle. Und deinem Hals?«

»Wird besser.«

»Nur damit das klar ist«, sagte Derwent und rührte in seinem Kaffee, »ich bin heilfroh, dass du neulich nicht unter 'nem Lkw gelandet bist. Aber ein bisschen schneller hättest du schon rennen können.«

»Ich hab mein Bestes gegeben.«

»Hat aber nicht gereicht.«

»Das ist mir bewusst«, gab ich zurück.

Godley räusperte sich. »Niemand wirft Ihnen etwas vor, Maeve. Sie haben gute Arbeit geleistet.«

»Trotzdem kotzt mich das an«, widersprach Derwent.

»Zwanzig Jahre lang hab ich versucht rauszufinden, was damals wirklich mit Ange passiert ist. Zwanzig Jahre. Und nur weil du ein paar Sekunden zu langsam warst, werd ich es nie erfahren.«

Ich holte tief Luft, ehe ich antwortete. Um Derwent zu ertragen, brauchte ich eine Art Mantra, etwas Beruhigendes, das meine innere Mitte stärkte, damit er mich nicht angreifen konnte. Aber das Einzige, was mir einfiel, waren Kraftausdrücke. »Also, während ich hier herumgesessen habe, hatte ich ja Gelegenheit, ein bisschen zu recherchieren. Ich glaube, ich weiß jetzt, wie alles abgelaufen ist. Fast alle dafür notwendigen Informationen waren frei zugänglich, sodass du das in den letzten zwanzig Jahren auch jederzeit selbst hättest hinkriegen können. Es ist nicht meine Schuld, dass du den Wald vor lauter Bäumen nicht gesehen hast.«

»Hey«, sagte Derwent gekränkt, aber Godley brachte ihn mit einem Blick zum Schweigen.

»Fahren Sie fort, Maeve.«

»Gut. Also, bei den damaligen Ermittlungen haben nur zwei Leute die Wahrheit gesagt – nämlich Angelas Vater und du. Und ihr beiden habt euch gegenseitig als Täter ausgeschlossen. Orpen war die reinste Katastrophe. Er hat seine Vernehmungen extrem schlecht dokumentiert und alle eingeschüchtert, sodass ihm keiner verraten hat, was er unbedingt hätte wissen müssen.« Der nächste Teil war ein bisschen heikel, und ich hoffte, dass Derwent sein Augenmerk auf das Ergebnis richtete und nicht darauf, wie ich es in Erfahrung gebracht hatte. »Eine Zeugin, die ich aufgesucht habe, hat einen Kerl namens Craig erwähnt – ob es sein Vor- oder Familienname war, wusste sie nicht. Der hätte sich ein paar Wochen vor Angelas Tod in der Gegend herumgetrieben. Er war offenbar ohne festen Wohnsitz und befand sich wohl auf der Durchreise von Nordengland nach Frankreich. Er hatte Drogen von guter Qualität dabei und suchte die Nähe von sehr jungen Mädchen, obwohl er wahrscheinlich schon Ende zwanzig oder Anfang dreißig war.«

»Ich kann mich nicht an ihn erinnern«, warf Derwent stirnrunzelnd ein.

»Durchaus möglich, dass er vor Angelas Tod nur einmal mit ihr gesprochen hat, sagt die Zeugin. Er scheint dann schlagartig verschwunden zu sein. In der damaligen Ermittlung ist er nie aufgetaucht, weil keiner Orpen etwas von ihm erzählt hat.«

»Und woraus schließen Sie, dass er relevant ist?«, erkundigte sich Godley.

»Weil Shane in der Nacht, als Angela umgebracht wurde, mit irgendwelchen Leuten gekifft hat, die er als Freunde bezeichnete, in Wirklichkeit aber kaum kannte. Ich habe ihn gestern gefragt, ob er sich an jemanden erinnern könne, auf den Craigs Beschreibung zutrifft. Das hat er bejaht und mir berichtet, dass sie von ihm die Drogen bekommen und sich mit ihm unterhalten hätten. Er hatte ihn vorher noch nie gesehen und auch danach nie wieder. Im Laufe des Abends ist der Kerl dann verschwunden, und ich habe versucht, Shane noch mehr Einzelheiten abzuringen, aber er kann sich wirklich nicht erinnern.«

»Damit muss man rechnen, wenn man Drogen nimmt«, sagte Derwent in seinem üblichen belehrenden Ton, wobei sein Blick jedoch fest auf mich gerichtet war und er mir sehr aufmerksam zuhörte.

»Ich nehme an, dass Craig auf der Suche nach einem Mädchen war, das er umbringen konnte. Wahrscheinlich hatte er darauf gehofft, eine unter Drogen zu setzen und sie dann an einer abgelegenen Stelle zu töten, aber das klappte nicht wie geplant. Als sich kein geeignetes Opfer fand, verabschiedete er sich von den Jugendlichen im Park und lief ziellos in der Gegend herum. Unterwegs hat er dann wahrscheinlich Angela gesehen, als sie allein nach Hause ging, und ist ihr gefolgt.« Ich breitete auf dem Tisch vor mir ein paar Unterlagen aus, um sie Godley und Derwent zu zeigen. »Da er gesagt hatte, er käme aus dem Norden, habe ich mal einen Blick in die Datenbank geworfen. Hier haben wir zum Beispiel einen nicht aufgeklärten Mord in Bradford – zwei Monate vor Angelas Tod. Das Opfer hieß Laurie Morrows und war sechzehn Jahre alt. Sie war drogenabhängig und ging gelegentlich auf den Strich. Laurie wurde vergewaltigt, erwürgt und im Gesicht verstümmelt. Dieser Fall ruhte in den Akten der Polizei von West Yorkshire, und keiner ist auf die Idee gekommen, dass er relevant sein könnte, bis ich angefangen habe, nach ähnlich gelagerten Fällen zu suchen. Dass Laurie anschaffen gegangen ist, hat die Kollegen zunächst auf eine falsche Fährte gelockt, und sie haben nur unter Freiern gesucht. Da Angela ja keine Prostituierte war, hat man in West Yorkshire keine Verbindung gesehen, und hier unten wusste niemand von dem Mord an Laurie. Oder hier, dieser Fall: Coventry, einen Monat vor Angelas Tod. Eine Jugendliche, die ihren Hund ausgeführt hatte, wurde gewürgt, konnte dem Angreifer jedoch entkommen. Die Personenbeschreibung ist zwar lückenhaft, könnte aber auf Craig passen.«

»Lief aber doch ganz anders ab als bei Angela.«

»Ja, das stimmt. Allerdings gab es nach Angela noch drei Mordfälle in Frankreich.« Ich hatte sie auf einer Karte eingezeichnet, sie lagen auf einer gebogenen Linie, die von Pas de Calais bis zu den Pyrenäen verlief. »Eins, zwei, drei. Allesamt Teenager. Alle erwürgt. Alle sexuell missbraucht. Alle auf verschiedenste grausame Weise im Gesicht verstümmelt – Zähne ausgeschlagen, Augen entfernt. Einem Opfer wurden Nase und Ohren abgetrennt. In keinem Fall konnte ein Täter ermittelt werden, allerdings haben die französischen Kollegen durchaus einen Zusammenhang zwischen diesen drei Morden gesehen. Sie konnten zwar DNA sicherstellen, sie aber nie jemandem zuordnen.«

»Und dann? Was ist dann passiert? Ist er einfach vom Erdboden verschwunden?«

»Ich warte noch auf Rückmeldung von den spanischen Behörden. Ich bin mir sicher, dass es noch mehr Fälle gibt. Dort wurde zwar zu dieser Zeit niemand mit dem Namen Craig unter Mordverdacht oder aus sonstigen Gründen festgenommen, aber das lag definitiv auf seiner Reiseroute. Und von dort aus …« Ich zuckte mit den Schultern. »Weiter nach Portugal? Nordafrika? Da gibt es eine Menge Varianten, wohin er sich verdrückt haben könnte. Weiter bin ich im Moment noch nicht gekommen. Zwanzig Jahre sind eine lange Zeit, aber an Fremde können sich die Leute meist ganz gut erinnern, und Craig war offenbar alles anderes als unauffällig.«

»Warum hat er Angela nicht vergewaltigt?« Derwent streckte seine Hand nach einem der von mir ausgebreiteten Blätter aus, drehte es um und rückte es zurecht. Da war sie wieder, seine Zwangsneurose, dachte ich.

»An dieser Stelle kommt Stuart ins Spiel. Er war in seinem Zimmer, von wo aus er nicht gesehen haben kann, was im Garten nebenan vor sich ging. Aber nach eigenen Angaben hat er es *gehört*. Davon sei er aufgewacht, sagte er. Er ist also darauf aufmerksam geworden.«

»Und?«

»Und er dachte, es wärt Angela und du. Ich habe mit

Stuarts japanischer Freundin gesprochen. Von ihr habe ich eine Menge über Stuart erfahren. Er hat sich etwa alle sechs Wochen heillos betrunken – wahrscheinlich war das sein Ausgleich für sein ansonsten streng reglementiertes Diät- und Fitnessprogramm. Ich habe ihr erzählt, was wir über Angela wissen – in Kontrast zu dem, was Stuart uns erzählt hat. Sie sagte, dass er ihr gegenüber ein paarmal darüber gesprochen hätte. In dieser Nacht hat Stuart gehört, wie Angela gestöhnt hat, und nahm an, dass ihr beide zusammen seid. Sein erster Gedanken war, Angela und dich beim Sex zu stören. Dann hat er jedoch beschlossen, dass es noch besser wäre, euch dabei zuzusehen. Er war ja total besessen von dir. Und Angela flirtete ständig herum. Vinny sagt, sie hätte dauernd andere Jungs angemacht. Sie stand gern im Mittelpunkt, sodass man sich fragen muss, ob sie Stuart vielleicht ebenfalls Hoffnungen gemacht hat. Er war ein sexuell extrem frustrierter Teenager, der keine Chance auf eine Freundin hatte. Näher konnte er an echten Sex nicht herankommen.«

»Dann hat er sie also beobachtet?«

»Von seinem Fenster aus konnte er nichts sehen. Er musste nach unten gehen und aus der Eingangstür treten. Dort hat er Angela tot auf der Wiese vorgefunden. Es ist zwar Spekulation, aber falls es tatsächlich Craig war, der das Mädchen in Coventry angegriffen hat, dann war er möglicherweise äußerst wütend und frustriert. Allem Anschein nach hat er Angela zuerst die Augen herausgerissen, um sie zu unterwerfen und gefügig zu machen. Der Tatort war für ihn ja sehr riskant, weil er von vielen Häusern umgeben war. Insofern war es für ihn wichtig, dass sie keinen Laut von sich gab. Deshalb hat er sie gleich erwürgt. Vielleicht spielte es für ihn gar keine Rolle, ob sie tot oder lebendig war, als er sie vergewaltigte. Aber dazu kam er dann gar nicht mehr. Durch Stuarts Auftauchen wurde Craig bei seiner Tat gestört und musste die Flucht ergreifen, noch ehe er sich sexuell an ihr vergehen konnte.«

»Aber das alles hat sich auf Stuart nachhaltig ausgewirkt«, sagte Godley.

Ich nickte. »Ich vermute, dass er Angelas Obduktionsbilder gestohlen hat, weil er ihren Anblick als erregend empfand. Er war verunsichert, unglücklich, traumatisiert durch die Scheidung seiner Eltern, und das war nach Angaben seiner japanischen Freundin sein erstes sexuelles Erlebnis. Es war ein erschütterndes, aufwühlendes Ereignis, das er nie verarbeitet hat. Direkt nach dem Mord hat er für kurze Zeit eine sehr wichtige Rolle gespielt. Dabei war er in der Lage, sich an demjenigen zu rächen, der ihn schikaniert und belächelt hat.« Ich sah Derwent an. »Damit bist übrigens du gemeint.«

»Alles klar.«

»Das war für ihn ein Wendepunkt. Er wurde selbstsicherer. Er fasste den Entschluss, sein Äußeres radikal zu verändern, um sich seinem Ideal anzugleichen. Auf diese Weise war er in der Lage, seine Fantasien tatsächlich auszuleben. Er hat nur lange gebraucht, um den Mut dazu aufzubringen. Aber es stellte sich heraus, dass er dafür ein echtes Händchen hatte. Es fiel ihm nicht schwer zu töten. Kirsty, Maxine und Anna spielten für ihn als Menschen überhaupt keine Rolle. Deshalb war es für uns auch so schwer, eine Verbindung zwischen ihnen herzustellen. Sie passten einfach nur vom Äußeren her, und mehr war für ihn nicht wichtig.«

»Aber wie hat er sie dazu gebracht, ihm zu vertrauen?«, wollte Godley wissen.

»Er ist mit meiner Identität aufgetreten«, sagte Derwent seltsam gleichgültig, obwohl das für ihn sehr schwer zu ertragen sein musste.

Ich nickte. »Ich bin die Karteikarten durchgegangen, die er in seiner Wohnung hatte, und habe mit den Frauen gesprochen, die für ihn von Interesse waren. Er hatte meist zwei bis drei von ihnen gleichzeitig im Visier, nehme ich an. Manchmal hat er sie auch wieder fallen lassen – vielleicht weil sie zu viele Fragen gestellt haben oder ihm zu riskant erschienen. Soweit ich es beurteilen kann, hat er hauptsächlich Frauen belästigt, die ihn an Angela erinnert haben. Er brachte in Erfahrung, ob sie allein lebten, und hat sie dann angesprochen. Dabei hat er sich als Polizeibeamter namens Josh ausgegeben und auch DI Derwents Familiennamen und Dienstrang benutzt, wenn sie es genauer wissen wollten. Er hat ihnen Hinweise in Sachen häusliche Sicherheit gegeben, die er sich vermutlich auf der Met-Website angelesen hatte, wie sich aus Kirsty Campbells Liste schließen lässt. Er versprach, bei ihnen zu Hause vorbeizukommen und ihre Schlösser zu überprüfen, und hat ihnen Blumen geschickt. Weiße. Die Blumen warteten also schon auf ihn, und die Frauen vertrauten ihm voll und ganz, wenn er sie zu Hause aufsuchte, um sie zu töten.«

Derwent verzog schmerzerfüllt das Gesicht. »So ein berechnendes Schwein. Widerlich.«

Ich kniff die Augen zusammen. »Wir sollten an dieser Stelle allerdings nicht vergessen, dass du auch Frauen hinterherschleichst, um für ihre Sicherheit zu sorgen.«

»Das tut hier nichts zur Sache.«

»Josh …« Godley machte ein angewidertes Gesicht.

»Völlig belanglos«, sagte Derwent. »Klingt schlimmer, als es ist.«

»Angelas Tod hatte nachhaltige Auswirkungen auf euch

beide. Bei Sinclair hat er bewirkt, dass er Frauen umbringt. Du willst sie davor bewahren. Aber so viel anders bist du gar nicht.«

Derwent warf mir einen vernichtenden Blick zu, und Godley fragte hastig: »Und aus welchem Grund hatte er keinen Sex mit ihnen?«

»Aus den Angaben seiner Freundin geht hervor, dass er dazu nicht imstande war. Dr. Chen könnte das sicher fachlich korrekt formulieren, aber ich gehe davon aus, dass er extrem penibel war. Seine Wohnung war geradezu steril. Er hasste Unordnung. Er konnte es nicht ertragen, sich schmutzig zu machen, und das schloss Sex mit ein. Die Art und Weise, wie er die Augen entfernte – daran hatte er kein Vergnügen, sondern es gehörte zum Ritual. Damit hat er Angela immer wieder von Neuem getötet. Und konnte anschließend ihre Leiche so lange betrachten, wie er wollte. Den Moment genießen. Sich davon erregen lassen, aber immer die Kontrolle behalten. Beim Mord an Deena war das vermutlich anders, denn da war er wütend und konnte ihn nicht auskosten. Dieser Mord fiel für ihn höchstwahrscheinlich in eine andere Kategorie und hatte rein praktische Gründe und mit Genuss nichts zu tun.«

»Und jetzt ist er tot.« Derwent lehnte sich zurück und verschränkte die Hände hinter dem Kopf. »Irgendwie ist das doch fast so was wie Gerechtigkeit. Auf jeden Fall besser, als wenn er auf Kosten des Steuerzahlers hinter Gittern lebt wie die Made im Speck.«

»War mir ein Vergnügen«, sagte ich grinsend.

Godleys Telefon klingelte. Er warf einen Blick aufs Display und verzog das Gesicht. »Meine Frau. Ich geh mal lieber ran.«

Er verließ den Raum, und Derwent sah mich an. »Weißt

du, egal, was ich immer so rede, du bist schon 'ne ziemlich gute Polizistin.«

Bevor ich etwas dazu sagen konnte, ging die Tür wieder auf, und Kev Cox steckte seinen Kopf zu uns herein. »Alles klar? Von unserer Patientin gibt's noch nichts Neues, hab ich gehört?«

»Sie hält durch«, sagte ich und wurde damit unsanft wieder auf den Boden der Tatsachen zurückgeholt. Ach *Liv*.

»Ich wollte gern mit Ihnen persönlich reden.« Kev kam auf mich zu und ließ seinen Blick zwischen Derwent und mir hin und her wandern. »Kann ich offen über die Sache mit dem Blumenstrauß reden?«, fragte er mich.

»Die Blumen? DI Derwent ist darüber im Bilde.«

Kev wirkte erleichtert. »Also. Das ist erst mal inoffiziell, wissen Sie, aber wir haben jetzt die Untersuchungsergebnisse für das Beweismaterial bekommen, das Sie sichergestellt haben.«

»Und?«

»Wir haben einen unvollständigen Fingerabdruck auf dem Klebeband gefunden, mit dem ursprünglich die Plastikfolie zusammengehalten wurde, und den konnten wir jemandem zuordnen, der bei uns aktenkundig ist.«

»Chris Swain«, sagte ich.

»Versuchen Sie's mal mit DI Deborah Ormond.«

Ich starrte ihn entsetzt an, während Derwent vor Lachen fast vom Stuhl fiel. »Die fiese kleine Debbie.«

»Wieso sollte sie so was tun?«

»Keine Ahnung. Aber sie wollte auf jeden Fall, dass du erfährst, wer es war«, schlussfolgerte Derwent. »Debbie weiß normalerweise, wie man keine Fingerabdrücke hinterlässt. Kann mir doch keiner erzählen, dass ihr so ein Anfängerfehler passiert.«

»Der Abdruck war gestochen scharf, falls das was hilft.

Eine Woche später

Kapitel 39

Beinahe wäre ich nicht hingefahren. Fast hätte ich mir erfolgreich eingeredet, dass es mich nichts anging.

Aber es lag einfach nicht in meiner Natur, mich nicht einzumischen.

Diesmal rief ich vorher nicht an. Ich klingelte an der Tür und wartete. Als Claire öffnete, sah sie um einiges besser aus – jünger, hübscher und mit mehr Farbe im Gesicht. Trotzdem war sie noch genauso abweisend. »Was wollen Sie?«

»Darf ich reinkommen?«

Sie zögerte. »Im Moment ist es ungünstig.«

»Es dauert nicht lange.«

»Kann ich vorher noch kurz aufräumen?«

»Nicht nötig«, antwortete ich. »Ich weiß es.«

Sie verstand sofort, was ich meinte, und ihr Gesicht fiel in sich zusammen. »Wie haben Sie es herausgefunden?«

»Ich habe meine Schlüsse gezogen. Kann ich also reinkommen?«

Sie ging voraus ins Wohnzimmer und setzte sich bebend auf die Vorderkante eines Sessels. Ich lief im Zimmer herum und betrachtete die Fotos von Luke, die sie zuvor versteckt hatte. Es war auf Anhieb erkennbar, warum ich sie nicht sehen sollte. Die Bilder an den Wänden, in den Regalen und auf allen verfügbaren Flächen dokumentierten seine Entwicklung von einem entzückenden Säugling zum Kleinkind, Teenager und schließlich zu einem Studenten im offiziellen Universitätstalar. Auf jedem dieser Bilder war er einem wie aus dem Gesicht geschnitten: seinem Vater.

Ich nahm ihr gegenüber Platz. »Sie wissen sicher, was ich Ihnen sagen möchte, oder? Sie sollten es ihm mitteilen.«

»Nein.«

»Er hat ein Recht darauf, es zu erfahren.«

»Wir haben ihn nicht gebraucht und sind sehr gut ohne ihn zurechtgekommen.«

»Ja, Sie kommen ohne ihn zurecht. Aber vielleicht braucht *er* ja Luke.«

»Reden Sie keinen Unsinn. Das interessiert ihn doch überhaupt nicht.«

»Ich glaube nicht, dass Sie da Recht haben, aber selbst wenn – was haben Sie zu verlieren? Sie könnten es ja Luke erst dann erzählen, wenn Sie es herausgefunden haben – wie auch immer es ausgeht. Streng genommen müssen Sie es Luke überhaupt nicht sagen. Aber sein Vater sollte es auf jeden Fall erfahren.«

»Ich möchte ihn nicht teilen müssen«, sagte sie mit verkrampftem Lächeln. »Luke gehört mir. Mir allein. Er hat überhaupt nichts zu tun mit Josh.«

Ich hatte seinen Namen nicht aussprechen wollen, ehe sie es tat, obwohl ich mir vollkommen sicher war, dass Luke der Sohn von Derwent war. »Er ist ihm so ähnlich, Claire. Zumindest vom Aussehen her.«

Ohne mich anzusehen, nickte sie, während ihr die Tränen übers Gesicht liefen. »Auch in seiner Art.«

»Wirklich?«

»Ganz und gar Josh.«

Ich hoffte für Luke, dass das nicht die ganze Wahrheit war. »Was weiß denn Luke über seinen Vater? Ist er nicht auf der Suche nach ihm?«

»Er weiß nicht, wer es ist. Ich habe ihm nie gesagt, was

damals passiert ist. Wie alle anderen denkt er, es wäre irgendein Kerl aus Birmingham gewesen.«

»Ist es denn sonst niemandem aufgefallen?«, fragte ich ungläubig. »Sie ähneln sich doch wie ein Ei dem anderen.«

»Die Leute sehen, was sie sehen wollen. Meine Mutter fand, dass er aussah wie Vinny als Baby.« Sie verdrehte die Augen. »Ich hab es ihr nicht ausgeredet, obwohl es völliger Unsinn war.«

»Ich wusste gar nicht, dass Sie mit Josh zusammen waren.«

Sie schnaubte. »Waren wir auch nicht. Es war nur ein Unfall. Wie das manchmal so ist. Sie wissen ja, dass Josh damals eine Weile bei uns gewohnt hat, nachdem seine Eltern ihn rausgeworfen hatten. Er war so traurig und so verletzt deswegen, das war wirklich schlimm.« Sie schüttelte den Kopf. »Tja, dumm gelaufen. Purer Zufall, dass an einem Samstagabend die ganze Familie außer Haus war. Meine Eltern und meine jüngeren Geschwister waren zur Messe. Ich musste noch Hausaufgaben machen. Vinny war bei seiner Freundin. Josh hatte einen Spaziergang gemacht, kam dann aber irgendwann wieder, und ich bin zu ihm reingegangen, um nach ihm zu sehen. Er lag auf dem Bett, und ich hab mich einfach neben ihn gelegt und ihn umarmt, weil ich ihm zeigen wollte, dass es mir nicht egal war, wie es ihm ging. Na ja, und dann kam eins zum anderen.«

Ich konnte es mir nur allzu gut vorstellen: der jugendliche Derwent, gutaussehend und tieftraurig, der Trost brauchte. Claire, die ihn aufmuntern wollte, indem sie freundlich zu ihm war und versuchte, sein Leid zu lindern. Die Erinnerung an den merkwürdigen, peinlichen und tragischen Sex mit Angela wurde überlagert von einer ganz neuen Erfahrung, die so zart und überraschend war, dass sie Derwent sein Selbstvertrauen wiedergab und Claires Leben für immer veränderte.

»Warum haben Sie es denn niemandem gesagt?«

»Vinny hätte Josh umgebracht. *Umgebracht.* Josh war ja alles andere als beliebt. Ich hab mich einfach nicht getraut, jemandem von dem Kind zu erzählen. Ehe ich es meiner Mutter endlich anvertraut hatte, war er schon abgereist. Sie hat mich dann in Birmingham bei meiner Tante und meinem Onkel untergebracht. Sie hat mir geglaubt, dass der Vater ein Junge war, mit dem ich eine Zeitlang gegangen bin. Sie ist nie auf die Idee gekommen, dass es Josh sein könnte.«

»Haben Sie damals Ärger bekommen?«

»Oh mein Gott, ja. Und es kam noch schlimmer. Ich sollte Luke nicht behalten, wissen Sie? Er sollte zur Adoption freigegeben werden, aber das hab ich nicht übers Herz gebracht. Von daher waren die ganze Geheimniskrämerei und das Weglaufen umsonst gewesen.«

»Haben Ihre Eltern Sie unterstützt?«

»Letztendlich schon.« Ihre Miene wurde weicher. »Als sie Luke erst einmal gesehen hatten, haben sie ihn auch ins Herz geschlossen.«

»Wäre es Josh nicht genauso gegangen?«, fragte ich behutsam.

»Ja sicher. Aber er war noch ein Kind. Wir waren beide noch Kinder.« Sie seufzte. »Wenn ich gewusst hätte, dass ich Luke großziehen würde, dann hätte ich ihm vielleicht die Wahrheit gesagt. Und als ich mich dann entschieden hatte, war es zu spät. Wir haben uns ja sowieso aus den Augen verloren.«

Ich legte eine Visitenkarte verdeckt auf den Tisch. »Es ist Ihre Entscheidung, aber wenn Sie Kontakt zu ihm aufnehmen wollen, sind hier seine Angaben.«

Sie betrachtete die Karte, als wäre sie vergiftet. »Ich will das nicht. Und Sie dürfen ihm das auf keinen Fall sagen. Luke auch nicht. Ihn lassen Sie da auf jeden Fall raus.«

»Mach ich«, versprach ich ihr. »Aber denken Sie darüber nach. Sie sind so stolz auf Luke. Sie haben das toll hinbekommen, ihn großzuziehen. Sie sollten Derwent die Chance geben, ihn kennenzulernen.«

Sie gab keine Antwort, sagte aber zumindest auch nicht, dass es völlig ausgeschlossen sei. Ich hatte keine Ahnung, was sie tun würde, aber ich wollte mein Wort definitiv halten und ihm nichts davon sagen. Obwohl ich natürlich liebend gern in dem Moment sein Gesicht gesehen hätte, in dem ihm klar würde, dass ihn tatsächlich etwas mit Philip Pace verband. Ich ließ die Karte liegen und verabschiedete mich. Claire war ganz in Gedanken versunken und erwiderte nichts. Ich verließ ihre Wohnung und hoffte, dass ich das Richtige getan hatte.

Unwillkürlich überkam mich auf dem Weg zum Auto eine Welle der Traurigkeit. Ich fragte mich, wie schwer Geheimnisse wogen und ob das der Grund war, warum ich eine zusätzliche Last auf meinen Schultern spürte. Aber ich konnte und würde sie tragen.

Es war ja nur ein weiteres Geheimnis, das es zu bewahren galt.

Danksagung

In mancherlei Hinsicht ist das der schönste Teil, wenn ich mich bei all denen bedanken kann, die dazu beigetragen haben, dass dieses Buch Wirklichkeit wird. Zuallererst geht mein Dank an die Mitarbeiter des Lektorats Belletristik bei Ebury Press – Gillian Green, Emily Yau, Hannah Robinson, Louise Jones, Helen Arnold, Jake Lingwood, Fiona MacIntyre, Martin Higgins und den gesamten Vertrieb sowie an Beccy Jones in der Herstellung und an Jeanette Slinger. Die Leserschaft ist geteilt in jene, die Derwent mögen, und jene, die ihn nicht ausstehen können. Gillian, meine wunderbare Lektorin, hält ganz große Stücke auf ihn. (Ansonsten ist ihr Urteilsvermögen jedoch exzellent.)

Zweitens bin ich allen Mitarbeitern von United Agents für ihren Rat und ihre Unterstützung sehr zu Dank verpflichtet. Meine Agentin Ariella Feiner ist ebenso klug wie liebenswürdig und genauso bezaubernd wie ermutigend, was eine Menge über sie aussagt. Es ist eine Freude, mit ihnen allen zusammenzuarbeiten.

Drittens danke ich allen, die ihr Wissen an mich weitergegeben haben. Ohne Gemma Golder und ihren wunderbaren Freund Jon Morrell, die mich beide in Fragen der japanischen Geografie, Gepflogenheiten und Namen beraten haben, hätte ich in Kapitel 35 einen Nervenzusammenbruch erlitten. Aus Rory Stewarts fantastischem Buch *So weit die Knie tragen. Mein Fußmarsch durch Afghanistan* habe ich eine Menge über Afghanistan gelernt und mich über das Soldatendasein dort in *Dead Men Risen* von Toby Harnden informiert.

Viertens gebührt meinen Freunden und meiner Familie ein gehöriger Applaus dafür, dass sie es mir nachsehen, wenn ich nicht auf Anrufe, SMS, Mails und Ähnliches reagiere. Und wenn ich mir einen Ehemann für eine Krimiautorin ausdenken müsste, dann würde er ganz sicher meinem eigenen sehr stark ähneln. Abgesehen davon, dass James ein wandelndes Lexikon für alle kriminalistischen Fragen ist, hat er die wunderbare Gabe, auch in Zeiten unmöglicher Abgabetermine die Ruhe zu bewahren. Edward, Patrick und Fred beweisen großes Verständnis für meine Arbeit und die Tatsache, dass sie mich dadurch gelegentlich viel zu selten sehen.

Fünftens danke ich Frank Burns, Jonty Johnson und Caitriona Bennett dafür, dass ich mir ihre Namen für meine Romanfiguren ausleihen durfte. Die fiktive Caitriona tauchte zum ersten Mal in *Die Blender* auf, und ich mochte sie so sehr, dass sie auch in diesem Buch wieder vorkommt.

Abschließend noch ein Wort zu den Orten der Handlung. London ist eine fantastische Kulisse für Krimiautoren, mit zahllosen für Morde hervorragend geeigneten Schauplätzen. Dieses Buch spielt zwar in London, ist jedoch alles andere als ein Reiseführer für diese Stadt. Ich vermeide es tunlichst, fiktive Leichen in bestimmten Stadtvierteln zu platzieren. Genau wie der Mörder, seine Opfer und alle anderen Protagonisten existieren diese Orte also ausschließlich in meiner Fantasie.